HEYNE BÜCHER



SCIENCE FICTION

Herausgegeben
von Wolfgang Jeschke

Von Lucius Shepard erschienen in der Reihe
HEYNE SCIENCE FICTION & FANTASY:

Das Leben im Krieg · 06/4555
Grüne Augen · 06/4604

LUCIUS SHEPARD

# Grüne Augen

*Roman*

Deutsche Erstausgabe

*Science Fiction*



WILHELM HEYNE VERLAG
MÜNCHEN

HEYNE SCIENCE FICTION & FANTASY
Band 06/4604

Titel der amerikanischen Originalausgabe
GREEN EYES
Deutsche Übersetzung von Irene Bonhorst
Das Umschlagbild schuf Michael Hasted

Redaktion: Wolfgang Jeschke

Printed in Germany 1989
Umschlaggestaltung: Atelier Ingrid Schütz, München
Satz: Schaber, Wels
Druck und Bindung: Elsnerdruck, Berlin

ISBN 3-453-03471-6

*Dieses Buch ist meiner Mutter gewidmet,*
*aus all den üblichen, wohlverdienten Gründen;*
*und Kim,*
*aus Gründen, die nicht ganz so üblich sind.*

Ich habe kein Verlangen mehr zum Ausdruck
der alten Beziehungen von erfüllter Liebe
oder lächerlich gewordener, keinen Raum für Schmerz,
auch nicht, anmutig zu sagen, was Gedichte schon
gesagt haben
über den einen oder anderen der alten Zwänge.
Denn jetzt ist die Zeit gekommen, um zu gestehen.

*Alun Lewis*

**BIAP-Interview Nr. 1251**
**Name der Wirtsperson:** Paul Pelizzarro
**BIAP-Name:** Frank Juskit
**Dauer des Interviews:** siebenundfünfzig Minuten
**Erklärungen:** Keine. Siehe Video.
**Anmerkungen/Persönliche Eindrücke/Sonstiges:** Ich bin, wie üblich, sowohl betrübt über den Tod als auch abgestoßen von dem Verhalten des Patienten und von meiner pflichtgemäßen Reaktion; genau gesagt, von der Art der Arbeit: von den Tricks, die wir anwenden, und den Patienten an sich, die komisch wirken in ihrer Schwäche und gleichzeitig schrecklich in ihrer Gier nach Leben, ihrer aufzuckenden Leidenschaft, die ihr Ende bedeutet ... Grüne Feuerkugeln liegen in ihren Augenhöhlen, ihre Seelen flackern auf in der Lust eines ganzen Lebens, die in einen Zeitraum von wenigen Minuten zusammengepreßt ist. Dennoch finde ich die Patienten in ihrem Zustand geballter Erregung bei weitem interessanter als irgend jemanden sonst, den ich kenne, und ich glaube, daß sogar relativ untaugliche Objekte wie Mr. Juskit – wenn sie ein volles Menschenleben derart hochtourig durchlaufen hätten – entscheidend mehr vollbracht hätten, als aus den Berichten hervorgeht. Das Abstoßende wird meiner Meinung nach durch die Intensität ihrer Ausdruckskraft mehr als aufgewogen. Aus diesem Grund möchte ich meine gestern – am 24. Oktober 1986 – unterbreitete Kündigung zurückziehen.

**Unterschrift der Therapeutin:** *Jocundra Verret*

**Anmerkung für die Personalabteilung:** *Verret soll so schnell wie möglich mit der Betreuung eines Nachzünders beauftragt werden, jedoch kommt dafür nicht der Nächstbeste in Frage. Ich möchte von jedem neuen Nachzünder eine Photographie und einen Ausdruck seiner Daten sehen, und anhand dieses Materials werde ich den geeigneten auswählen.*

*A. Edman*

# 1. KAPITEL

**Aus *Menschenbeschwörung: Meine Arbeit mit Ezawa in Tulane* von Dr. med. Dr. phil. Anthony Edman**

... ich sah meinen ersten ›Zombie‹ erst am zweiten Tag nach meiner Ankunft in Tulane, als Ezawa mir gestattete, einem Interview beizuwohnen. Er führte mich in einen kleinen Raum, in dem mehrere Klappstühle standen, und schaltete einen Spionierspiegel ein. Der Raum jenseits des Spiegels war im Stil eines Bordells der Jahrhundertwende eingerichtet: mit rotem Plüsch bezogene Sessel und Sofas thronten auf Klauenfüßen, ihre Rahmen bestanden aus Nußbaumholz und wiesen feine Schnitzereien auf; Pfauenfedern standen in Messingvasen; burgunderrote Vorhänge und kastanienbraun gestreifte Tapete; ein vielarmiger Leuchter in der Form einer Spinne aus schwarzem Gußeisen. Die Beleuchtung war grell wie in einem Photoatelier. Da die ›Zombies‹ – zumindest die Kurzzeitigen – erst gegen Ende klar sehen können, reagieren sie auf Farbe und Licht, und im übrigen unterstützte die Einrichtung die Überzeugungskunst der Therapeutin.

Nebenbei möchte ich erwähnen, daß ich das Fehlen einer geeigneten Sitzgelegenheit im Beobachtungsraum als persönlichen Affront empfand. Da Ezawa selbst ebenfalls ein Mann von einiger Leibesfülle ist, könnte man vermuten, daß es sich lediglich um ein Versehen gehandelt haben könnte und er sich einfach keine Gedanken über meinen stämmigen Körperbau gemacht hatte; ich kann mich jedoch nicht zu der Auffassung durchringen, daß dieser pedantische und höfliche Gentleman irgend etwas versehentlich tun könnte, ohne daß eine Absicht dahinterstünde. Er hatte seinen ganzen Einfluß geltend gemacht, um meine Ernennung zum leitenden Psychiater bei diesem Projekt zu hintertreiben, da er meine Methoden für zu radikal hielt, und ich glaube, er genoß es, mich zu beobachten, wie ich fast eine Stunde lang mit einer Hinterbacke auf dem Stuhl saß, während die andere über die Seite hinausragte. Der Wahrheit zuliebe muß ich jedoch sagen, daß das, was ich jenseits des Spiegels zu sehen bekam, in mir jeden Gedanken an meine unbequeme Lage vertrieb, und selbst wenn ich gezwungen gewesen wäre, auf einem Jagdstuhl zu sitzen und zwischen den Schultern einer Menschenmenge hindurchzuspähen, hätte ich mich noch für außerordentlich begünstigt gehalten.

Die Therapeutin, Jocundra Verret, saß auf der Sofakante und hielt die Hände im Schoß gefaltet. Sie war annähernd einen Meter achtzig groß, schlank, von leidenschaftsloser Schönheit (ein Kriterium bei der Auswahl von Therapeutinnen sind ihre körperlichen Reize), und sie trug einen weißen Schwesternkittel und Hosen. Sie sah jünger aus als ihre fünfundzwanzig Jahre, mit schmalen Gliedern und ernsten, großen Augen. Dunkelbraunes Haar, durchwoben mit goldblonden Strähnen, fiel ihr auf die Schultern, und ihre Haut hatte einen hellen Olivton, wie man ihn auf Renaissance-Gemälden findet. Das Bemerkenswerteste an ihrer Erscheinung war jedoch das übertrieben aufgetragene Make-up. Lippenstift, Eyeliner und Wimperntusche verwandelten ihr Gesicht in eine exotische Maske, die den gleichen Eindruck von Symmetrie erweckte wie das Muster auf den Flügeln eines Schmetterlings. Diese übertriebene Aufmachung war ein wesentlicher Bestandteil der visuellen Präsentation der Therapeutin; ein ähnliches Make-up wurde während der ganzen Anfangsphase der Existenz eines Nachzünders benutzt und dann nach und nach verringert, während sich sein Wahrnehmungsvermögen schärfte.

Jocundras Bewegungen waren anmutig und ohne Hast, und ihr Gesichtsausdruck entwickelte sich langsam zu einem entrückten Lächeln und nachdenklichen Stirnrunzeln, was auf eine ruhige und beherrschte Persönlichkeit schließen ließ. Im Laufe meiner weiteren Zusammenarbeit mit ihr erkannte ich, daß dieser Eindruck zur Hälfte eine Täuschung war. Tatsächlich betrachtete sie die Welt als ein System geordneter Vorgänge, in dem man sich zurechtfindet, indem man Erfahrungen auf ein logisches Minimum eingrenzt und sie analysiert; aber ihre Neigung zur Logik, ihr Sinn für Ordnungsmäßigkeit, ihre Zurückhaltung dem Leben gegenüber – diese Charaktermerkmale wurden aufgewogen durch eine starke romantische Ader, die sie überempfindlich machte und – wie später bekannt werden sollte – zu einer leichten Beute für ruchlose Handlungen werden ließ.

Ich fragte Ezawa, ob es schwierig sei, Therapeutinnen zu gewinnen, und er antwortete, daß die Zahl der Kündigungen gering sei und es eine Warteliste von Bewerberinnen gäbe, obwohl die Kombination von physischer Schönheit, sittlicher Unbefangenheit und einer wissenschaftlichen Ausbildung nicht allzu häufig vorkomme. Ich wollte außerdem von ihm wissen, ob er eine allgemeine Übereinstimmung im Lebenslauf oder in der Persönlichkeitsstruktur bei den Therapeutinnen festgestellt habe, und er antwortete mit einem Beiklang von Verlegenheit, daß viele von ihnen eine etwas wechselhafte akademische Karriere hinter sich hätten und eine Neigung zum Okkultismus besäßen. Jocundra war in dieser Hinsicht ziemlich typisch. Sie hatte angefangen, Physik zu studieren, war dann zur Anthropologie übergewechselt und hatte bei einem Forschungsprojekt über den Voodoo-Kult mitgearbeitet, bevor sie zu diesem Projekt stieß. Ezawa, für den die Wahrheit aus mikrobiologischen Daten zu bestehen schien, zeigte wenig Interesse für die psychologischen Rätsel, die unsere Versuchsobjekte aufgeben mochten, und absolut gar keines für die der Therapeutinnen; hingegen war er ständig bestrebt, alles Geheimnisvolle, das das Projekt umgeben mochte, herunterzuspielen. In Anbetracht dessen erschien es mir merkwürdig, daß er den Ausdruck ›Zombie‹ gebrauchte, anstatt des offiziellen ›Bakteriell Induzierte Artifizielle Persönlichkeit‹ bzw. die Abkürzung BIAP; das deutete einen kleinen Abstrich an seiner wissenschaftlichen Verbissenheit an.

»Ich muß zugeben«, sagte er, »der Vorgang hat durchaus einiges gemein mit einem Voodoo-Rezept. Wir isolieren tatsächlich die Bakterien aus der Erde, die wir alten Sklavenfriedhöfen entnehmen, aber das liegt einfach daran, daß dort Särge aus biologisch abbaubarem Material verwendet wurden ... Dadurch wird ermöglicht, daß sich das in der Zersetzung begriffene Gewebe mit den Mikroorganismen des Erdbodens verbindet.«

Als die Bakterien erst einmal isoliert waren, erklärte Ezawa weiter, wurde ein DNS-Extrakt, gewonnen aus der Ziegenraute, in das Wachstumszentrum eingeführt, und dadurch wurden die Bakterien angeregt, Chromosomen und DNS-Fragmente aus der Ziegenraute aufzunehmen und so als Mittler für die Wiederzusammenführung der beiden Typen von DNS zu wirken. Das dabei entstehende Gen-Material wurde dann mittels einer Herzpumpe bei Leichen, die noch keine Stunde tot waren, ins Kleinhirn und die Schläfenlappen injiziert, woraufhin die Bakterien einen prätranskriptionellen Prozeß des genetischen Komplements bei der Leiche in Gang setzten und dadurch den Körper wieder in ausreichendem Maße zum Leben erweckten, damit er den posttranskriptionellen Prozeß einleiten konnte. Vierundzwanzig Stunden nach der Injektion war der ›Zombie‹ bereit für die Therapeutin.

Ein Pfleger betrat den Raum auf der anderen Seite des Spiegels und schob einen blassen, plumpen Mann in einem Rollstuhl herein: aufgedunsen, mittelalt, mit schütterem braunen Haar und einem stupiden Gesichtsausdruck. Er war mit einem grünen Krankenhauskittel bekleidet. Der Pfleger half ihm, sich auf das Sofa zu setzen, und der Mann machte einen schwachen Versuch, sich zu erheben, wobei er den Couchtisch umstieß. Sein Name, so entnahm ich Ezawas Block, war Paul Pelizzarro gewesen, ein Landstreicher, obwohl er sich bald an einen anderen Namen und eine andere Vergangenheit erinnern würde. Zufällige Bruchstücke der umgewandelten DNS in den neuen Bakterienzusammensetzungen waren der Schlüssel zu einer vollkommen neuen Persönlichkeit, so drückte es wenigstens Ezawa aus. Als ich einwarf, daß es sich möglicherweise nicht um eine vollständig neue Persönlichkeit handeln könnte, daß wir vielleicht nur die Erfüllung einer Wunschvorstellung auf der Ebene der Zellen miterlebten, sah er mich verwundert an, als ob ihm plötzlich der Verdacht gekommen wäre, ich könnte nicht ganz richtig im Kopf sein – so kam es mir jedenfalls in jenem Moment vor, obwohl mir rückblickend klar ist, daß er wesentlich mehr über die Natur unserer Versuchsobjekte wußte und deshalb über meine auf der Hand liegende Deutung gar nicht überrascht sein konnte. Vielleicht paßte ihm einfach mein Scharfsinn nicht.

Pelizzarro saß unbeweglich da; den Kopf hatte er auf eine Schulter geneigt, die Augen blickten stumpf, und sein Mund stand offen. Nach ihrer Wiederbelebung sind sie alle desinteressiert und willenlos, unbeschriebene Blätter, ziemlich genau wie die Zombies in den Geschichten. Der Pfleger erzählt ihnen, daß sie gestorben und mittels eines experimentellen Vorgangs wieder ins Leben zurückgeholt worden seien und daß er sie zu jemandem bringen werde, der ihnen helfen könne. Die Aufgabe der Therapeutin ist es, in dem ›Zombie‹ den Wunsch zu wecken, ihr zu gefallen, indem sie ihrerseits eine sexuelle Anziehung vortäuscht und die Weichen für eine spätere Abhängigkeit stellt.

»Natürlich«, sagte Ezawa, »hat die sexuelle Erregung den Nebeneffekt einer erhöhten Produktion von Azetylcholin und Norepinephrin in den neuromuskulären Kreuzpunkten, was die motorische Kontrolle erhöht.« Er schaltete das Audiogerät ein. Der Pfleger hatte sich entfernt, und das Interview war bereits im Gange.

Jocundra stand vor dem ›Zombie‹ und schwenkte die Hüften wie ein Starlet, das einen Filmproduzenten verführen will.

»Warum sagst du nichts?« fragte sie.

Er wackelte mit dem Kopf von einer zur anderen Seite, fest an die Polster gelehnt, da er zum Aufrechtsitzen immer noch zu schwach war. Als sein Kopf gegen den Plüsch des Sofas stieß, atmete er mit einem leisen Grunzen aus.

Jocundra trat hinter ihn und fuhr ihm mit den Fingern den Hals entlang, um die Nerven der Wirbelsäule anzuregen. Er starrte mit schräggelegtem Kopf, als ob er auf ein verhängnisvolles Flüstern lauschte; seine Augen flackerten unruhig hin und her. Er schien von Angst besessen. Jocundra ging um das Sofa herum und stellte sich wieder vor ihn hin.

»Erinnerst du dich an deinen Tod?« fragte sie kühl. »Oder an irgend etwas danach?«

Der ›Zombie‹ zappelte und wedelte mit den Armen; seine Lippen zogen sich zurück und enthüllten zwei Reihen makellos weißer Zähne, klein und eher wie die Zähne einer Frau aussehend, ein Gegensatz zu seinem fleischigen Körper. »Nein!« Seine Stimme klang gepreßt. »Nein! O Gott ... ich ... nein, nicht.«

»Vielleicht sollte ich jetzt einfach gehen. Du scheinst keine Lust zu haben, dich zu unterhalten.«

»Bitte ... nicht.« Er hob eine Hand, dann ließ er sie auf eines der Kissen fallen.

Ich sollte im Laufe der Zeit noch lernen, daß jede Therapeutin eine ganz bestimmte Methode anwandte, um auf die ›Zombies‹ einzuwirken, aber – vielleicht lag es auch nur daran, daß Jocundra die erste Therapeutin war, der ich zusah – mir kam kein anderer Stil je wieder so überzeugend vor; nie wurde das Wesen des errichteten Mythos im Kern deutlicher. Ich erwähnte bereits, daß ihre Bewegungen normalerweise anmutig und ohne Hast waren, bei der Arbeit wurden sie jedoch geziert und aufreizend, als ob sie unsichtbare Schleier schwenkte, und ich wurde an die Gesten einer balinesischen Tänzerin erinnert. In diesem Moment nahm sie der ›Zombie‹ zum erstenmal als verschwommene Silhouette wahr, eine schattenhafte Gestalt inmitten eines schwachen Kerzenscheins, eine unbekannte Göttin, die an einem Zauberbann wob, um sein Augenmerk auf sich zu ziehen, bis sich schließlich seine Sicht klärte und er sie vor sich menschliche Gestalt annehmen sah. Jocundra bediente sich der klassischen weiblichen Taktik der Annäherung und Verweigerung, um ihre sichtbare und fühlbare Gegenwart eindringlicher zu machen, und bei dieser speziellen Begegnung – die man ›Interview‹ nannte –, nachdem der ›Zombie‹ sie erst einmal gebeten hatte zu bleiben, setzte sie sich zu ihm aufs Sofa und nahm seine Hand.

»Wie heißt du?« fragte sie.

Die Frage schien ihn zu verblüffen, aber nach einigen Sekunden antwortete er. »Frank. Frank Juskit.« Er sah sie forschend an, um in ihren Zügen eine Reaktion zu entdecken, und er brachte ein Lächeln zustande. »Ich war ... Händler.«

»Was für ein Händler? Mein Onkel ist auch Händler.«

»Ach, ich habe nur mit alten Pferden gehandelt«, sagte er und beschwor damit einen Charakter herauf, der gleichzeitig prahlerisch war und zur Selbsterniedrigung neigte. Sein Akzent, der seine Herkunft aus dem mittleren Westen verriet, ließ die Vokale schleifen, und dieser Akzent wurde immer ausgeprägter, je mehr er sich beim Erzählen seiner Geschichte ereiferte. »In

Wirklichkeit habe ich nicht viel Pferde verkauft. Ich habe mehr die Bücher geführt. Aber ich habe Geschäftskonzessionen und Fabriken verkauft, Schwemmland und Grundstücke am Meer. Ich habe Pachtverträge und Hyptheken und Landerschließungen ausgearbeitet. Teufel, ich habe alles in alle Richtungen verscherbelt, manchmal auch mehrfach.«

»Immobilien?«

»Ja, Ma'am. Immobilien und Mobilien!«

Er klatschte in die Hände und versuchte, ein Augenzwinkern zustandezubringen, wobei aufgrund seiner mangelhaften Muskelbeherrschung nur ein groteskes Schielen herauskam. »Und was ich nicht verkaufen konnte, das kaufte ich! Ich verwandelte Ödland in Einkaufszentren, von Bäumen gesäumte Vororte in Neonwüsten. Ich schluckte beschauliche Wohngegenden und als Scheiße kamen Industrieparks heraus. Ich war der böse Geist der Börse! Ich jagte durch die Welt mit Blut an den Zähnen und einem Notarsiegel als linkes Auge! Und wenn ich zur Hölle fahre, dann verkaufe ich dem Teufel ein Haus mit zwei Schlafzimmern und Bad und Blick aufs Gelobte Land und übernehme den verdammten Laden selbst ...«

Ezawa hatte solche Ausbrüche als ›ekstatische Bekenntnisse‹ etikettiert, aber mir erscheint dieser Ausdruck ungenau, ich ziehe ›Lebensgeschichte‹ vor. Da die Sinneswahrnehmung eines ›Zombie‹ verschwommen und die Beherrschung seiner Bewegungen eingeschränkt ist, muß er die Vielfalt seiner gesammelten Erfahrungen in kommunikative Päckchen zusammenpressen, um sich selbst voll und ganz zu verwirklichen. Das Ergebnis ist ein kompaktes, symbolträchtiges Gewebe, eines, das ein Leben voller kreativer Impulse in sich vereint: eine Lebensgeschichte.

»Das ist typisch«, sagte Ezawa. »Ich bezweifle, daß wir irgend etwas von Bedeutung erfahren werden. Haben Sie die Augen gesehen?«

Ich sah hin. In der Iris flackerte ein phosphoreszierendes Grün auf, das ich sogar aus einer Entfernung von drei Metern erkennen konnte; am Anfang war es schwach; das Aufflackern erfolgte jedoch in immer kürzeren Abständen, und das Grün wurde immer strahlender.

»Das ist die Wirkung der Bakterien auf den Sehnerv«, erklärte Ezawa. »Sie sind biolumineszent. Wenn man das beobachtet, weiß man, daß das Ende nah ist. Außer im Fall der Nachzünder natürlich. Deren Gehirne verlangsamen den Prozeß. In Shadows läuft einer herum, der schon seit zwei Monaten dieses Grün aufweist.«

Auf Befragen durch Jocundra erzählte Mr. Juskit – ich lernte, an ihn unter seinem angenommenen Namen zu denken, überzeugt durch die Eindringlichkeit seiner Erinnerungen – Einzelheiten über eine Krankheit, die ihn schließlich heimgesucht und zu seinem Tod geführt hatte, an den er sich bis dahin nicht hatte erinnern können. Das Flackern in seinen Augen wurde noch heftiger, sie glühten wie Irrlichter, erblühten zu grünen Sternen, und er vollführte mit geballter Faust eine jener Gesten, mit der der oberste Boß einer Firma zu verstärkten Verkaufsanstrengungen anfeuert. Je mehr Beherrschung er über seine Muskeln erlangte, desto mehr erschien er wie der Händler, der Napoleon der Börse, der schlagfertige, ständig plappernde kleine Mann, der aus der Vereinigung eines Landstreichers mit bakterieller DNS hervorgegangen war. Als ich ihn zum erstenmal in dem Raum hinter dem Spiegel gesehen hatte, benebelt, dumpf, kaum bei Bewußtsein, hatte mich das Perverse an der Situation berührt: vor einem unsympathischen, halbtoten Mann tanzte eine schöne Frau in Schwesterntracht, und das Ganze in einem überladen ausgestatteten Raum, der der Privatsalon eines Luxusbordells hätte sein können. Die Szene verkörperte die Halluzination von Sexualität. Aber inzwischen umgab die Vorgänge etwas völlig Natürliches, die Dinge stimmten einfach;

ich konnte mir nicht vorstellen, daß irgendein Raum durch die Anwesenheit von Mr. Juskit unnatürlich werden könnte. Er beherrschte seine Umgebung, zwang die Aufmerksamkeit auf sich, und ich erkannte, daß auch Jocundra aufgehört hatte, ihr Netz aus eleganten Bewegungen zu spinnen, sie spielte nicht mehr die Rolle der Verführerin. Sie beugte sich zu ihm vor und lauschte aufmerksam seinen Worten, mit im Schoß gefalteten Händen, hingebungsvoll wie eine pflichtbewußte Gattin oder Geliebte.

Mr. Juskit ging dazu über, sie mit ›Kleine‹ anzusprechen; er berührte sie oft, und schließlich bat er sie, den Kittel abzulegen. »Zieh das Ding aus, Kleine«, sagte er mit ansteckender Fröhlichkeit, »und laß mich die süßen Schnuckelchen sehen!« Ich war derart überzeugt davon, daß er das Recht hatte, sie darum zu bitten, und daß er in ihrer Beziehung einen Besitzanspruch hatte, daß ich keineswegs abgestoßen war, als er die Arme ausstreckte, die Knöpfe ihres Kittels aufmachte und sie bis zur Taille entblößte. Sie senkte den Blick in einer Geste der Unterwerfung. Mr. Juskit gab sich einen Stoß und erhob sich mühsam vom Sofa, wobei sein Krankenhauskittel seine starke Erektion nicht verbarg; er taumelte auf sie zu, machte mit ausgestreckten Armen, steifen Bewegungen und brennenden Augen von kometenhaftem Grün einen Schritt auf sie zu. Jocundra neigte sich zur Seite, als er mit dem Gesicht nach unten zu Boden fiel. Zuckungen schüttelten ihn fast eine halbe Minute lang, er war jedoch schon tot, lange bevor sie aufhörten.

Ezawa ließ den Spiegel undurchsichtig werden. Ich hatte mich vorgebeugt und stützte mich am Rand des Spiegels ab, und ich glaube, ich starrte ihn mit wildem Blick an. Als er meinen Gefühlsaufruhr bemerkte und ihn ohne Zweifel auf eine Empfindung des Ekels oder etwas dem Verwandtes zurückführte, sagte er: »So endet das häufig. Die sexuelle Anziehung vom Anfang läßt sie nicht los, und während des letzten Aufbäumens von Vitalität versuchen sie im allgemeinen, die Therapeutin zu umarmen oder ... um eine gewisse Gunst zu bitten.« Er hob die Schultern. »Da es ihr letzter Wunsch ist, geht die Therapeutin gewöhnlich darauf ein.«

Ich war jedoch nicht angeekelt, nicht erschreckt; ich war vielmehr erschüttert über das plötzliche Erlöschen von etwas, das mir während der vergangenen Stunde als eine Art dynamischer Imperativ erschienen war: Mr. Juskits Existenz. Es war unvorstellbar, daß er so unvermittelt aufgehört hatte zu sein. Als ich später mehr Abstand von den Ereignissen und Zeit zum Nachdenken hatte, verstand ich langsam, wessen ich Zeuge geworden war, die mythische Dimension des Vorgefallenen. Eine schöne Frau, gleichzeitig Eva und Delila, hatte einen Mann aus dem Reich des Todes zurückgeholt, hatte ihn zu lebhaften Äußerungen hingerissen, ihn dazu überredet, sich ihr preiszugeben und ihr seine Geheimnisse zu verraten, in einer wilden Aufeinanderfolge von Augenblicken zu leben und einen Atemzug vor der Belohnung zu sterben, genau in dem Moment, als er nach ihr griff. Die Beziehung zwischen einer Therapeutin und einem ›Zombie‹, so erkannte ich, verlieh der breiten Skala von Wechselbeziehungen zwischen Mann und Frau eine neue, unergründete Tiefe; ich konnte es kaum erwarten, in Shadows einzuziehen und mit meiner Forschung über die Nachzünder zu beginnen. Sie waren der Kern des Projektes. Die Szene, die ich soeben erlebt hatte – die Geburt, das Leben und der Tod von Frank Juskit, während er sich in der Gesellschaft von Jocundra Verret befand –, hatte eine ursprüngliche Kraft ausgestrahlt, als ob die Illustration auf der Trumpfkarte im Tarockspiel plötzlich zum Leben erwacht wäre; und obwohl ich bis dahin Hilmer Magnusson und Donnell Harrison noch nicht begegnet war, glaube ich, daß ich in jenem Augenblick deren wundersames Erscheinen vorausgesehen habe.

## 2. KAPITEL

**BIAP-Interview Nr. 1251**
**Name der Wirtsperson:** Paul Pelizzarro
**BIAP-Name:** Frank Juskit
**Dauer des Interviews:** siebenundfünfzig Minuten
**Erklärungen:** Keine. Siehe Video.
**Anmerkungen/Persönliche Eindrücke/Sonstiges:** Ich bin, wie üblich, sowohl betrübt über den Tod als auch abgestoßen von dem Verhalten des Patienten und von meiner pflichtgemäßen Reaktion; genauer gesagt, von der Art der Arbeit: von den Tricks, die wir anwenden, und von den Patienten an sich, die so komisch wirken in ihrer Schwäche und gleichzeitig schrecklich in ihrer Gier nach Leben, ihrer aufzuckenden Leidenschaft, die ihr Ende bedeutet ... Grüne Feuerkugeln liegen in ihren Augenhöhlen, ihre Seelen flackern auf in der Lust eines ganzen Lebens, die in einen Zeitraum von wenigen Minuten zusammengepreßt ist (so stelle ich es mir wenigstens vor, obwohl ich sicher bin, daß Dr. Ezawa einer derart unwissenschaftlichen Darstellung heftig widersprechen würde). Inzwischen bin ich längst vertraut mit der geringen Abweichung in der Körpertemperatur und anderen auffallenden Unterschieden zwischen den Patienten und dem gewöhnlichen Verlauf des Menschseins, aber ich bezweifle, daß ich jemals abgestumpft genug sein werde, um von diesen letzten Augenblicken nicht mehr berührt zu werden.

In solchen Momenten erkenne ich, wie sehr mich meine Arbeit von meinen Freunden und meiner Familie entfernt hat. Dennoch finde ich die Patienten in ihrem Zustand geballter Erregung bei weitem interessanter als irgend jemanden sonst, den ich kenne, und ich glaube, daß sogar relativ untaugliche Objekte wie Mr. Juskit –

wenn sie ein volles Menschenleben derartig hochtourig durchlaufen hätten – entschieden mehr vollbracht hätten, als aus den Berichten hervorgeht. Das Abstoßende an ihnen wird meiner Meinung nach durch die Intensität ihrer Ausdruckskraft mehr als aufgewogen. Aus diesem Grund möchte ich meine gestern – am 24. Oktober 1986 – unterbreitete Kündigung zurückziehen.

**Unterschrift der Therapeutin:** *Jocundra Verret*

**Anmerkung für die Personalabteilung:** *Verret soll so schnell wie möglich mit der Betreuung eines Nachzünders beauftragt werden, jedoch kommt dafür nicht der Nächstbeste in Frage. Ich möchte von jedem neuen Nachzünder eine Photographie und einen Ausdruck seiner Daten sehen, und anhand dieses Materials werde ich den geeigneten auswählen.*

*A. Edman*

## 3. KAPITEL

*10. Februar 1987*

Auf die Straße nach Shadows wurde durch keinen Wegweiser hingewiesen, oder vielmehr war es so, daß der Wegweiser – ein altes Metallschild – völlig von Immergrün überwuchert war, und ein Zweig des Immergrünen Eichbaumes war vom Stamm abgebrochen und in das Gestrüpp gefallen und hatte es in einen Schleier aus feinem Blattwerk und Strängen der Bartflechte gehüllt. Trotzdem erhaschte Jocundra einen Blick auf das Metall, als sie vorbeifuhr, und trat heftig auf die Bremse. Der Lieferwagen kam ins Schleudern und drehte sich einmal um sich selbst, und der Mann neben ihr wurde nach vorn gegen das Armaturenbrett geworfen. Sein Kopf prallte ab und zurück gegen die Sitzlehne; danach neigte er ihn schlaff zu ihr herüber und runzelte die Stirn.

»Es tut mir leid«, sagte sie. »Diese Bremse ist schrecklich. Ist bei dir alles in Ordnung?« Sie berührte mitfühlend sein Bein und merkte, wie sich die Muskeln auf und ab bewegten.

Das Schweigen zwischen ihnen sirrte vor Spannung. Grillen zirpten, ein Eichelhäher schrie, das Gestrüpp wogte und zischelte in einem plötzlich aufkommenden Wind, und all die durchdringenden Geräusche des Lebens schienen von seiner wachsenden Feindseligkeit ihr gegenüber zu zeugen. Sein Stirnrunzeln milderte sich zu einem mißbilligenden Blick, und er wandte sich ab, um hinauszustarren auf die Wolken weißen Staubs, die sich um den Lieferwagen herum absetzten.

»Wir müßten in einer halben Stunde dort sein«, sagte sie. »Und dann mache ich uns etwas zu essen.«

Er seufzte, erwiderte aber nichts.

Die Hitze flimmerte über dem Buschwerk, und jede Fläche, die Jocundra berührte, war glitschig von ihrem Schweiß. Ein Moskito summte beharrlich neben ihrem Ohr; sie schlug danach und blies sich eine Haarsträhne aus dem Gesicht. Sie setzte den Wagen zurück, wobei sein Kopf wieder hin- und hergeworfen wurde, und bog in einen Schotterweg ein, dessen Abzweigung so mit Pflanzen überwuchert war, daß sich Ranken über die Windschutzscheibe zogen und Zweige mit Bündeln gelbgesprenkelter Blätter am Seitenfenster vorbeistrichen und ihren Ellbogen peitschten. Reihen von immergrünen Eichen bildeten Bögen über ihnen, und die Straße lag in dunklem Schatten, unterbrochen durch Querstreifen von Sonnenlicht, das durch Spalten in dem Laubdach fiel. Einst war dies eine prächtige Promenade gewesen, auf der glänzende Karossen mit feinen Damen und eleganten Herren gefahren waren, aber jetzt war sie voller Schlaglöcher, Farn wuchs in den Fahrrillen, und die nicht zu unterscheidenden blauen Lieferwagen, die für das Projekt eingesetzt waren, stellten den einzigen Verkehr darauf dar.

Die Schlaglöcher zwangen sie, langsam zu fahren, aber sie konnte es kaum erwarten, endlich in Shadows anzukommen und ihn den Pflegern zu übergeben. Vielleicht würde ihn eine Stunde oder so des Alleinseins wieder etwas liebenswürdiger machen. Sie beugte sich vor, zog sich das Kleid von ihrer feuchten Haut weg und sah zu ihm hinüber. Er blickte starr aus dem Fenster, seine Finger zuckten in seinem Schoß. Der braune Anzug, den man ihm in Tulane verpaßt hatte, hatte zu kurze Ärmel und ließ seine knochigen Handgelenke frei, und als sie ihn zum erstenmal darin erblickt hatte, waren ihr die halbwüchsigen Jungen ihrer Heimatstadt in den Sinn gekommen, die ihre schlechtsitzenden Sonntagsanzüge angezogen hatten und auf den Armeebus warteten, der sie in eine ungute Zukunft transportieren würde. Er war um einiges älter, fast dreißig, aber er hatte jenes Aussehen eines Hexers, das man bei Männern aus den Sumpfgebieten oft fand: hohlwangig, mit einer langen Nase, einem scharfen Kinn und strähnigem schwarzen Haar, das ihm ausgefranst über den Kragen hing. Kein gutaussehender Mann, aber auch kein häßlicher. Große haselnußbraune Augen ließen seine Gesichtszüge in den Hintergrund treten und verliehen ihm ein trauriges, leidenschaftliches Aussehen, so wie man es im Werk eines alten Meisters finden mochte bei einem Heiligen, der kurz davor stand, an den Wunden zu sterben, die er in seiner Liebe zu Jesus Christus empfangen hatte. Seine Iris zeigte noch keine Spur von Grün.

»Weißt du, ich bin ungefähr vierzig Meilen von hier entfernt geboren«, sagte sie; die gekünstelte Heiterkeit in ihrer Stimme war ihr peinlich. »Drüben am Bayou Teche. Es ist schön dort. Reiher und Zypressen und alte Plantagengebäude wie in Shadows ...«

»Ich möchte nicht reden.« Seine Stimme war schwach, aber voller Gift. Er hielt den Blick starr in Richtung Fenster gerichtet.

»Warum bist du so wütend?« Sie legte ihm die Hand auf den Arm und fuhr ihm über die Innenseite der Armbeuge. »Ich versuche doch nur, freundlich zu sein.«

Er sah sie mit weit aufgerissenen Augen an, und sie überlegte, wie es wohl sein müßte, wenn ihr Fleisch ebenso kalt und gefühllos wäre und die Finger eines lebendigeren Wesens ihre Nerven anregen und Energie in die schlummernden Winkel ihres Gehirns schicken würden. Sie stellte sich vor, wie geistige Blitze in eine Landschaft verkümmerter Gedanken hinabfuhren, neue Lebensfunken aufsprühten, neue Erinnerungen; aber es wäre bei weitem nicht so dramatisch. Die Dinge dämmerten nur sehr langsam in ihnen. Jede Gefühlsregung, so schien es, enthielt für sie die Offenbarung ihrer grundsätzlichen Falschheit, ihres Mangels an einer echten Beziehung zur Welt, und sie strengten sich nach Kräften an, die undeutlichen Schatten und unbekannten Gerüche und klingenden Stimmen in Strukturen zu ordnen, die ihnen hilfreich sein konnten.

Der Atem kam ihm pfeifend aus der Kehle, aber er sagte nichts; er lehnte sich zurück und schloß die Augen.

Sein Name – sein ›Zombie‹-Name – lautete Donnell Harrison, obwohl sein Körper einst die Träume und Erinnerungen von Steven Mears beherbergt hatte, eines Jahrmarktsarbeiters, der im Alter von neunundzwanzig Jahren an einer Alkoholvergiftung gestorben war. Er erinnerte sich nicht an Mears' Leben, doch erinnerte er sich daran, ein Poet gewesen zu sein und mit seiner Frau Jean in einer Berghütte gewohnt zu haben. »Die Luft war die Reinheit selbst«, hatte er gesagt. »Der Regen fiel wie der Frieden herab.« Mit fast gesungenen Worten hatte er ihr erzählt, wie seine Frau ums Leben gekommen war: während eines Sturms von einem herabstürzenden Dachbalken erschlagen. Seine Hand hatte die Armlehne des Sofas umklammert, während er sich bemühte, das in ihm aufsteigende Gefühl auszudrükken, und Jocundra hatte sich vorgestellt, daß seine Haut kein Fleisch und Blut enthielt, sondern straff über eine kalte Dunkelheit gespannt war, die von grünen Nebelschwaden erhellt wurde, der magischen Entsprechung eines Glühfadens in der Mitte einer Glühbirne. Sie hatte seit dem Anfangsinterview die Bandaufnahmen so oft angehört, daß sie seinen letzten Ausbruch auswendig kannte.

»Alte Männer, alte Lügner, schläfrig vom Essen und dem Herdfeuer, deren Geist an einem abschüssigen Hang mit dem Tod am Fuße graste, erzählten, daß der wilde König des Nordens das Hochland in der Verkleidung des Windes besucht und Feuerwerke von aufzuckenden Blitzen und Hosiannagesänge aus

Wolken aufsteigen läßt. Aber dieser Sturm war tierisch, eine Woge von schwarzem Tieratem, schlimmer als am Anfang. All seine Elemente zogen das Land in Mitleidenschaft und verschandelten es wie die Haut eines von Flöhen heimgesuchten Hundes, entzündeten die Feuer Sankt Elmos, um in den Spitzen der Pinien zu glühen, ließen die Steine zu Donnergrollen zerfallen, zerstörten die Ordnungsprinzipien des Tages, bis das Licht Feuer fing und brüllte ...«

Dann, als er den Verlust erkannte und das Ausmaß der Tragödie begriff, die er für sich selbst erfunden hatte, hatte er seine Lebensgeschichte abgebrochen und war in Depressionen versunken. Jocundra war es nicht gelungen, ihn wieder aufzurichten. »Nachzünder machen immer einen gewissen Dämmerzustand durch«, hatte Edman ihr erklärt. »Es ist gerade so, als ob sie erkennen würden, daß ihnen eine lange Plackerei bevorstünde und sie besser eine Ordnung in ihr Handeln bringen, ihre Geschwindigkeit verringern und ihre Intensität vermindern sollten. Machen Sie sich keine Sorgen. Früher oder später wird er aus sich herauskommen.« Aber Jocundra war nicht sicher, ob sie Edman glauben sollte; jeder Rat, den er ihr gab, hatte etwas Beschwichtigend-Huldvolles, Rücksichtsvolles wie im Umgang mit einem Kranken.

Die Schlaglöcher hatten inzwischen solche Ausmaße, daß sie behutsam hineinfahren und das Vierganggetriebe einschalten mußte, um wieder herauszukommen. Die Immergrünen Eichen standen immer weniger dicht, und das Sumpfland begann. Streifen von schwarzem, morastigem Wasser waren von dürren Zypressen gesäumt, deren mit Bartflechten überzogenen oberen Zweige den verrotteten Quermasten einer Piratenflotte glichen, die in den Untiefen vermoderten. Mückenschwärme kräuselten die Luft über einem schuppigen Stamm; Schaum aus rostroten Blasen umspülte den

Schilf am Rand. Es herrschte Totenstille, Trostlosigkeit, aber für Jocundra war es Heimatboden, und sein Schweigen erzeugte in ihr eine damit im Einklang stehende Ruhe, die sich auf ihre Spannung wie eine kalte Kompresse auf einer fiebrigen Stirn auswirkte. Sie wies Donnell auf die Besonderheiten der Natur hin: Ein Gekräusel im Wasser deutete auf das Vorhandensein einer Schlange hin, dunkle Stellen in den Wipfeln der Zypressen waren Nester, ein Falke kreiste über eine mit Dickicht bewachsene Insel. Durch ihre Berührung aufgerüttelt, hob er den Kopf und blickte sich um; er benutzte – das wußte sie – irgendeine undeutliche Form oder Farbe dessen, was er sah, dazu, seiner Lebensgeschichte neuen Stoff zu geben, indem er dem Himmel über seiner Berghütte noch Falken oder Wolkenformationen zufügte.

Der Sumpf wurde abgelöst durch Lichtungen mit Palmbüschen und Akazien und Bambusunterständen; Insekten schwirrten in Balken aus Sonnenlicht. Sie kamen an eine geschmiedete Eisentür, die in eine grobe Steinmauer eingelassen war. Daneben stand eine Bude aus Teerpappe. Der Sicherheitsposten hakte ihre Ankunft auf seinem Klemmblock ab. »Sie werden alle einen sehr angenehmen Tag haben«, sagte er und blinzelte Jocundra zu, als ob er genau wüßte, daß angenehme Tage nicht auf dem Programm stünden.

Das Gelände war unfreundlich und leicht hügelig. Ein mit Steinplatten belegter Weg, der von Farn und Azaleen gesäumt war, verlief im Zickzack durch verzaubert aussehende Eichen, die in regelmäßigen Abständen aus dem Boden geschossen waren. Sie standen über den Rasen verstreut und warfen dunkelgrüne Schatten auf die Bänke unter ihnen; schmale Sonnenstrahlen drangen bis zur Grasfläche durch und sprenkelten sie wie mit Goldmünzen. Und inmitten all dieser Düsternis, sanft strahlend wie die Quelle des ganzen Zaubers, stand ein zweistöckiges Haus aus rosenfarbenen Klinkersteinen mit weißen Einfassungen und gerillten Säulen an der Front entlang. Eine Kuppel aus Facettenglas wölbte sich über die Mitte des giebelförmigen Daches. Zwei Pfleger kamen die Treppe heruntergeeilt, als Jocundra vorfuhr und Donnell in seinen Rollstuhl half.

»Wenn Sie Mr. Harrison in die Suite bringen«, sagte sie, »werde ich mich darum kümmern, daß seine Aufnahmeformalitäten erledigt werden.« Und ohne auf Donnells aufgeschreckte Reaktion zu achten, ging sie über die Auffahrt davon.

Von der Bank aus, die dem Eingangstor am nächsten stand, erweckten der Glanz der Klinkersteine und die helle Einfassung den Eindruck, als ob sich das Haus in seiner düsteren Umgebung verformte, als ob es, während sie gelaufen war, zu seiner wahren Gestalt zurückgekehrt wäre – ein verwunschenes Schloß, ein Knusperhäuschen –, und als sie sich umwandte, hatte sie es dabei ertappt. Es war ein Ort, an dem man kaum wissenschaftliche Arbeit erwartet hätte, obwohl seine romantische Atmosphäre das Bild verdichtete; das Edman heraufbeschworen hatte; sein Bestreben war es gewesen, Shadows zu einer ERFAHRUNG zu machen, über die man unter dem Gesichtspunkt der Förderung einer Gruppe mit menschlichem Potential sprach, anstatt jede Mystifizierung abzubauen, wie er es für gewöhnlich bei jedem Anflug von Okkultem tat. Sie hatte sich mit anderen Therapeuten und Therapeutinnen unterhalten, die in Shadows gearbeitet hatten, aber die meisten von ihnen schienen unter einem Trauma zu leiden und wollten nicht darüber reden. Sogar der Mikrobiologe war bei ihrer Unterweisung in verschwommenen Erklärungen hängengeblieben; er hatte darauf hingewiesen, daß man bisher noch wenig über die Art von Bakterien wüßte, die man Donnell injiziert hatte. »Er wird länger am Leben erhalten bleiben«, hatte Ezawa gesagt. »Mit besserer Kontrolle der Motorik und geschärfter Sinneswahrnehmung. Beobachten Sie besonders die Entwicklung seiner visuellen Fähigkeit, und vergessen Sie nicht, daß er nicht so leicht getäuscht werden kann. Er ist kein Kurzzeiter.«

Daran konnte kein Zweifel bestehen, dachte sie, während sie langsam zum Haus zurückschlenderte. Bevor er in seine Depression verfiel, hatte Donnell eine Empfindsamkeit und gute Laune an den Tag gelegt, eine genußvolle Anerkennung des Lebens, die offensichtlich auf einer realistischen Einschätzung seiner Freuden und Leiden beruhte, und das unterschied ihn ganz wesentlich von den Kurzzeitern: Sie waren benebelte, groteske Geschöpfe, die sich an einen klammerten und einen anstarrten, bis man befürchten mußte, unter dem sengenden Starren ihrer Augen in Flammen aufzugehen. Sie besaßen viele der Eigenschaften der Zombies, die in den gespenstischen Gute-Nacht-Geschichten ihres Vaters vorkamen: geistesverwirrte, zerlumpte Männer und Frauen, die um Mitternacht durch die Felder der Plantagen taumelten, eingepfercht zu fünfzig oder mehr in einen Raum einer fensterlosen Hütte, stinkend, schlurfend, voller Angst, einander zu berühren, und die sich von Wasser und ungesalzenem Brot ernäherten. »Sobald sie einen Hauch von Salz schmecken«, hatte ihr Vater erzählt, »begeben sie sich so schnell wie möglich wieder zum Friedhof und versuchen, sich ihren Weg zurück in die Hölle zu graben.« Es kam vor, daß ein Feldaufseher sie zur Verfolgung von weggelaufenen Sklaven ausschickte, dann watete der Sklave durch die Sümpfe, mit rollenden Augen und einem dem Zerreißen nahen Herzen, während er das Platschen der Schritte der Zombies hinter sich hörte oder ihre Schatten aus den unheimlichen Nebeln, die um die Zypressen waberten, heraustreten sah und sie die verfaulenden Finger und die Arme so starr wie Galgen nach ihm ausstreckten. Falls der Sklave jedoch entkam, wanderte der Zombie immer weiter und suchte unbeirrbar noch viele Jahre lang – denn ein Zombie lebt so lange, wie der ihn bindende Zauber anhält; selbst wenn sich sein Fleisch auflöst, beherbergen die bleibenden Partikel immer noch den Geist – vielleicht noch hundert Jahre später, und das Bild seines Gegners ist zu einer so unfaßbaren Größe angewachsen, daß er auf jede nur annähernd menschliche Gestalt reagiert. So ein Zombie entdeckt das erleuchtete Fenster eines Hauses in der Sumpflandschaft und wird vom Geruch nach Blut angezogen ... Ihr Vater hatte mit einem Knall gegen das Fußende des Bettes geschlagen und war in gespieltem Entsetzen aufgesprungen, und sie hatte noch stundenlang wachgelegen, zitternd, und hatte die gequälten Gesichter der Zombies in der Maserung der Deckenbalken gesehen.

Aber bei Donnell war keinerlei derartige Hexerei im Spiel, dachte sie; oder falls es doch so war, dann war es eine Hexerei von ausgesprochen menschlicher Art.

An der Tür überkam sie einen Moment lang große Nervosität; ihr wurde flau im Magen, als ob das Überschreiten der Schwelle ein spirituelles Eingeständnis darstellte, doch sie lachte sich selbst aus und zwang sich, hineinzugehen. Niemand war zu sehen. Der Vorraum hatte an der Stirnseite eine große cremefarbene Tür mit zwei Flügeln, die sich in die Eingangshalle öffnete; die Wände waren blaß pfirsichfarben gestrichen, und die Türen an den Seiten waren von feinen Schnitzereien eingerahmt. Farnwedel ergossen sich aus dickbauchigen Messingtöpfen, die dazwischen aufgestellt waren. Es herrschte Stille wie in der Kirche, mit der frommen, abgestandenen Luft, wie sie in Krankenhäusern oder Leichenhäusern üblich ist.

»Jocundra!« Eine träge, honigsüße Stimme.

Vom anderen Ende des Korridors kam ein schlankes, aschblondes Mädchen auf sie zu und winkte geziert. Laura Petit. Sie war unter den Therapeuten in Tulane eine Besonderheit gewesen, weil sie ständig gemeinsame Unternehmungen, Parties und Dinners organisierte, während die meisten von ihnen vollkommen in ihrer Arbeit mit den Patienten aufgingen. Laura machte zwischen den einzelnen Sätzen wirkungsvolle Pausen, in denen sie tief Luft holte; sie ließ die Augenlider flattern und wedelte mit den Händen, wenn sie lachte. Das gesamte Repertoire ihres manirierten Verhaltens hatte sie einer Generation von unbegabten Filmsternchen abgeschaut, in der Rolle von oberflächlichen, hohlen Nymphen, die sich für nichts anderes interessieren als für Hähnchenrezepte und Spitzendeckchen. Aber trotz alledem, und trotz der Tatsache, daß sie die Patienten als ›Plumpsäcke‹ bezeichnete, war sie eine hervorragende Therapeutin. Sie schien zu jenen Menschen zu gehören, für die eine emotionale Bindung etwas Außerirdisches ist und die es gelernt haben, sich eine Ersatzgefühlswelt zu schaffen, indem sie Freunde und Kollegen und – in diesem Fall – ihre Patienten manipulieren.

»Das muß deiner gewesen sein, den man da gerade hereingerollt hat«, sagte sie, während sie Jocundra umarmte.

»Ja.« Jocundra nahm ein Wangenküßchen hin und befreite sich.

»Da solltest du gut auf dich aufpassen, Schätzchen. Er sieht gar nicht übel aus für eine Leiche.« Sie spielte ›Ihr Beliebtestes Lächeln‹. »Wie geht's?«

»Ich sollte mich um die Aufnahmeformalitäten kümmern ...«

»Ach was, du triffst Edman, wenn er seine Runde macht. Hier geht es wirklich ganz ungezwungen zu. Komm jetzt!« Sie zog Jocundra am Arm. »Ich mache dich mit Magnusson bekannt.«

Jocundra zögerte. »Ist das in Ordnung?«

»Sei doch nicht so schüchtern, Schätzchen. Du willst doch wissen, was aus deinem Knaben werden wird, oder nicht?«

Während sie gingen, informierte sie Laura über Magnusson, wobei sie echtes Interesse an seiner Arbeit vortäuschte, aber das war gespielt, ein Rahmen, der ihr erlaubte, mit ihrem eigenen Erfolg zu prahlen, zu erklären, wie sie dem Wunder auf die Welt geholfen hatte. Dr. Hilmer Magnusson war ihr erster Erfolg mit der neuen Bakterienzüchtung: der Körper eines gewissen John Doe, einst herrenlos und jetzt Wirtskörper für die Persönlichkeit eines medizinischen Forschers, der, weniger als einen Monat nach seiner Injektion, ihnen ganz beiläufig ein Heilmittel für muskuläre Dystrophie unterbreitet hatte: ein Heilmittel, das in begrenzten Versuchen zu neunundfünfzig Prozent erfolgreich war.

»Eines Tages«, erzählte Laura, und ihre Stimme hob sich am Ende jeder Wortgruppe und verlieh dem Gesagten damit einen Hauch von Unglaublichkeit, »bat er mich um die Unterlagen von Johns Hopkins, anhand derer er nach seiner Erinnerung zum erstenmal die Wirkungsweise demonstriert hatte. Nun, ich wußte gar nicht, *wovon* er sprach, aber ich ging darauf ein und sagte, daß ich jemanden danach schicken würde. Jedenfalls wurde er langsam ungeduldig und machte sich daran, ohne die Unterlagen zu arbeiten, wobei er dauernd jammerte, daß sein Gedächtnis nicht mehr das sei, was es einmal war. Es war unglaublich!«

Die Dinge, stellte Jocundra fest, renkten sich für Laura immer vorteilhaft ein, Türen öffneten sich für sie von selbst, gutaussehende Männer gaben ihren Freundinnen den Laufpaß und machten ihr den Hof, und jetzt hatte Magnusson ein Wunderheilmittel hergestellt. Es war, als ob sie durch feine Drähte mit allem um sie herum verbunden wäre, und wenn sie daran ruckte, überschlug sich alles und gab ihr den Weg zu einem bestimmten Ziel frei. Die Frage war: War ihr manipulatives Talent intellektuell begründet, oder war ihr schlicht die Gabe des Glücks der Dummen beschieden, als Ausgleich für den Mangel an Emotionsfähigkeit? Es war eigentlich kaum zu glauben, daß jemand mit einem Funken Intelligenz eine derart verlogene Scheinwelt errichten konnte und nicht wußte, daß das Ganze so leicht zu durchschauen war.

Sprenkel von Sonnenlicht fielen durch aufgestellte Jalousieschlitze auf den Teppich, aber ansonsten war Magnussons Zimmer dunkel, durchzogen von einem Geruch nach Spiritus und Urin. Im ersten Moment konnte Jocundra nichts sehen; dann blinzelte ein Paar glühender Augen vor der gegenüberliegenden Wand. Die Pupillen waren auf die Größe von Stecknadelköpfen zusammengezogen; die Iris schimmerte grün und war durchzogen von Streifen eines noch strahlenderen Grüns, das heller wurde und wieder verblaßte. Das Strahlen erhellte einen Teil seines Gesichts, erfaßte Wangen mit einer Tätowierung aus geplatzten Äderchen und eine knochige, rüsselartige Nase. Sein Rollstuhl quietschte über den Teppich, als er auf sie zukam, und sie sah, daß er ein alter, ein sehr alter Mann war, dessen Gesichtsmuskeln so erschlafft waren, daß sein Schädel zerlaufen und mißgestaltet aussah.

Laura stellte sie einander vor.

»Jocundra. Was für ein bezaubernder Namen.« Magnussons Stimme war schwach und rauh und ließ wenig Rückschlüsse auf seine Stimmung zu. Jede Silbe knarrte in seiner Kehle wie ein antikes Schloß, das aufgebrochen wurde.

»Er ist kreolisch, Sir.« Sie saß auf dem Bett und hatte ihm das Gesicht zugewandt. Sein Bademantel war fleckkig von Essensresten. »Meine Mutter war halb kreolisch.«

»War?«

»Meine Eltern starben beide vor einigen Jahren. Bei einem Feuer. Die Polizei hatte den Verdacht, daß es mein Vater selbst gelegt hatte.«

Laura warf ihr einen überraschten Blick zu, und Jocundra wunderte sich über sich selbst. Sie hatte noch nie jemandem von dem Polizeibericht erzählt, und doch hatte sie keine Sekunde gezögert, Magnusson davon zu erzählen.

Er streckte den Arm aus und ergriff ihre Hand. Sein Fleisch war kühl, trocken, fast gewichtslos, aber sein Puls raste. »Mein Mitgefühl«, sagte er. »Ich weiß, wie es ist, allein zu sein.« Er zog seine Hand zurück und nickte gedankenverloren. »Rigmor, meine Urgroßmutter, pflegte mir immer zu erklären, daß Amerika ein Land sei, in dem niemand je allein zu sein braucht. Sie sagte, daß diese Erkenntnis im ersten Moment über sie gekommen sei, als sie den ersten Schritt von dem Schiff tat, das sie aus Schweden gebracht hatte, und sie die Menschenmenge sah, die die Docks bevölkerte. Natürlich hatte sie keine Ahnung, wie sich die Dinge im zwanzigsten Jahrhundert noch entwickeln würden, von der Art von oberflächlichen Beziehungen, die die Folge der Zerstörung der Familie durch Fernsehen, Autos, die ganze technische Epidemie sein würden. Sie hielt an ihrer Vorstellung fest von Familien, die auf Gepäckballen thronten: Iren, Polen, Italiener, Araber, dickliche Mädchen mit dunkelhäutigen Babies, apfelbäckige junge Männer mit schmalkrempigen Hüten, die ihre Erbschaft in einem Sack bei sich trugen. Fremde taten sich zusammen, wurden Liebende und Partner. Sie hatte nie mitbekommen, daß sich das alles geändert hatte.« Magnusson versuchte sich in einer verdeutlichenden Geste, die jedoch wie ein krankhaftes Zittern wirkte. »Es ist schrecklich! Die flüchtigen Beziehungen zwischen den Menschen heutzutage. Schlimmer als die Einsamkeit. Es gibt kein Vertrauen, kein Engagement, keine Liebe. Ich bin so glücklich, Laura zu haben.«

Laura machte ein strahlendes Gesicht und stemmte sich die Hände in die Taille, eine Pose, die sowohl niedlich als auch triumphierend war. Magnusson betrachtete seine Handrücken, als ob er über ihren traurigen Zustand nachdächte. Einige seiner Finger waren einmal gebrochen gewesen und nicht wieder richtig eingerichtet worden; der Nagel an seinem rechten Daumen fehlte, und man sah einen gequetschten Wulst von Fleisch.

Jocundra schämte sich plötzlich wegen ihrer Anwesenheit in diesem Zimmer.

»Vielleicht ist es einfach nur meine verdammte schwedische Krankhaftigkeit«, sagte Magnusson plötzlich aus heiterem Himmel. »Einmal habe ich versucht, mich umzubringen, wissen Sie. Habe mir die Handgelenke aufgeritzt. Verdammt dummer Kindskopf! Der Regen und die Weltwirtschaftslage hatten mich entmutigt. Kein besonders gewichtiger Grund zur Selbstzerstörung, werden Sie denken, aber zu jener Zeit fand ich ihn überaus bedrückend.«

»Nun«, sagte Laura nach einer Weile unbehaglichen Schweigens. »Nun, wir lassen dich jetzt etwas ausruhen, Hilmer.« Sie legte die Hand auf den Türgriff, aber der alte Mann fing noch mal an zu sprechen.

»Er wird Sie durchschauen, Jocundra.«

»Wie bitte, Sir?« Sie drehte sich zu ihm um.

»Sie arbeiten nach einem blasseren Prinzip als er, und er wird Sie durchschauen. Aber Sie sind ein gesundes Mädchen, wenn auch etwas durchschaubar. Ich kann es an Ihren Gelbs und ihren Blaus erkennen.« Er lachte, ein widerwärtiges Krächzen, bei dem er nach Luft japste, und während er japste, brachte er noch die Worte heraus: »Sie haben Ihre Gesundheit, ja ...« Als er die Beherrschung wiedererlangt hatte, klang in seinem Tonfall Belustigung mit. »Ich wollte, ich könnte Ihnen meinen medizinischen Rat angedeihen lassen. Meiden Sie gebratene Speisen, duschen Sie kalt oder etwas in der Art. Aber soweit ich sehen kann, und das ist weiter, als es den meisten vergönnt ist, befinden Sie sich im Rosa. Ein schrecklicher Anblick! Wenn man im Rosa ist, ist man ziemlich krank.«

»Wovon sprichst du, um alles in der Welt, Hilmer?« Lauras Stimme verriet einen Anflug von Wut und Enttäuschung.

»O nein!« Magnussons knochige Augenhöhlen schienen durch das grüne Glühen seiner Augen zu zerbröseln, als ob es sich um Brocken eines seltenen Elements handelte, die ihm in den Schädel eingesetzt worden waren und ihn vernichteten. »Du wirst nicht mehr in meinem Gehirn herumstochern. Ein alter Mann braucht seine Geheimnisse, seinen kleinen Winkel auf der Welt, während sie sich zurückzieht.«

»Ezawa glaubt, daß er vielleicht ... bioenergetische Auras sieht.« Laura schloß die Tür hinter ihnen und spreizte die lackierten Nägel ihrer linken Hand, als wäre es eine Klaue mit blutigen Spitzen. »Ich werde es ihm schon austreiben! Er gerät in einen immer heftigeren Erregungszustand. Wenn sein Körper nicht von Anfang an so ausgemergelt gewesen wäre, hätte er mich längst ums Bett herum gejagt.«

Laura ging hinunter in den Verpflegungsraum, um Magnussons Essen zuzubereiten, und Jocundra, die keine Eile hatte, sich wieder zu Donnell zu gesellen, spazierte im Korridor auf und ab. Die Hälfte der Räume war nicht belegt; sie alle waren mit antiken Mahagonimöbeln ausgestattet und die Wände mit der gleich gemusterten Tapete bedeckt: die Anfänge von rosenumrankten Landhäusern und Weinreben. An den Türen der belegten Zimmer steckten Karten in Messinghalterungen, und sie las sie, während sie müßig daran vorbeischlenderte. Clarice Monroe. Das war bestimmt die junge schwarze Frau, die sich für eine Tänzerin hielt und sich schon nach ein paar Wochen das Gehen beigebracht hatte. Marilyn Ramsburgh, Kline Lee French, Jack Richmond. Unter jedem Namen war eine verschlüsselte Eintragung, aus der die Besonderheiten der Behandlung und die Prognose hervorgingen. Hinter Magnussons Name waren zwei grüne Punkte, als Zeichen für die Anwendung der neuen Züchtung; nach seiner gegenwärtigen Prognose hatte er noch eine Lebensdauer von drei Monaten, plus/minus einer Woche. Das bedeutete, daß Donnell noch acht oder neun Monate hatte, falls sein jugendlicher Zustand die Wirkung der Bakterien nicht weiter hinauszögern würde. Das war eine lange Zeit, um sie miteinander zu verbringen, länger, als ihre Ehe gedauert hatte. Der Dreißigwöchige Krieg, so hatte Charlie sie genannt. Sie hatte ihn vor einem Monat getroffen; er hatte sich die Haare geschnitten und den Bart gestutzt, war sonnengebräunt und trug ein teures Jackett, goldene Halsketten, eine goldene Armbanduhr, goldene Ringe ... die ausgebeutete Ader seines Körpers, äußerlich mit Gold paniert. Sie lächelte über ihre Gehässigkeit. So schrecklich war er gar nicht. Jetzt, da er einfach nur noch ein weiteres Produkt des French Quarters war, rund um die Uhr in seinem Restaurant arbeitete, das Glas erhob, um mit durchhängenden frischgeschiedenen Frauen anzustoßen, und einen sexuellen Mount Everest vortäuschte, um desillusionierte Hausfrauen aufzubauen, hatte er nur noch wenig Ähnlichkeit mit dem Mann, den sie geheiratet hatte, und das war zweifellos der Grund, warum sie ihn jetzt tolerieren konnte: Es war das Original, das sie nicht leiden konnte.

Sie hatte keine ganze Minute vor Magnussons Tür gestanden, da spürte sie, daß ihre rechte Seite – die der Tür am nächsten war – prickelte in einem Gefühl ... nicht direkt der Kälte, eher eines tierischen Frösteln, das ihr Gänsehaut auf dem Arm erzeugte. Sie vermutete, daß das die Nerven waren, Übermüdung; aber als sie die Tür berührte, stellte sie fest, daß auch sie kalt war, und eine Schwingung kitzelte sie in den Fingerspitzen, als ob die Strahlung eines Röntgenapparates, der kurz angeschaltet worden wäre, durch das Holz dränge. Die Nerven, dachte sie wieder. Und tatsächlich verschwand die Kälte im selben Moment, als sie die Tür aufriß. Doch sie war neugierig. Wie wäre der alte Mann wohl, wenn er nicht unter Lauras Einfluß stünde? Sie schob die Tür noch ein wenig weiter auf, und der Geruch nach Spiritus und Verderbnis strömte heraus. Weißes Licht aus dem Korridor fiel auf Regale mit medizinischen Fachbüchern, die in Leder gebunden und goldgeprägt waren, drängte die Dunkelheit zurück, preßte sie dichter zusammen. Sie stützte sich auf den Türgriff und spähte hinein, und die scharfumrissenen Schatten, die sich unter dem Tisch und Stuhl verzerrt abzeichneten, zuckten, schwebten – bildete sie sich ein –, um durch das Fleisch und Blut ihrer Gelenke zu schneiden, wenn sie weitergehen würde. Sie kam sich wegen ihrer Befürchtungen albern vor und schob die Tür weit auf. Er saß mit dem Gesicht zur gegenüberliegenden Wand in seinem Rollstuhl; ein gedämpftes grünes Oval seines reflektierenden Blicks bildete in Kopfhöhe einen Fleck auf der Tapete. Der schaurige Anblick ließ sie innehalten, und sie wußte nicht, ob sie seinen Namen rufen sollte oder nicht.

»Gehen Sie fort!« sagte er, ohne sich umzudrehen.

Ein Schauder fuhr ihr durch die Bauchmuskeln. Sein Kopf wackelte, und seine Hand fiel von der Armlehne des Stuhls, in einer Geste, die einerseits als Wegschikken gedeutet werden konnte, andererseits aber auch als Kollaps. Er flüsterte noch einmal: »Gehen Sie weg!« Sie machte einen Schritt zurück, zog die Tür hinter sich zu und lehnte sich zitternd an den Türrahmen; sie war unfähig, das Zittern zu unterdrücken, wie intensiv sie sich auch bemühte sich einzureden, daß ihre Angst nichts anderes war als die Folge ihrer Überanstrengung. Seine Stimme hatte ihr Angst eingejagt. Obwohl es das gleiche mickrige Pfeifen war, mit dem er schon vorher gesprochen hatte, war diesmal darin eine kraftvolle Drohung, es war die Stimme eines Geistes, der durch eine Kehle voller Spinnweben sprach, dessen Flüstern nur auf das Dehnen und Zurückschnellen der Spinnfäden zurückzuführen war, die von ausgetrockneten Muskeln auseinandergezerrt wurden. Und doch, trotz all der Kraft, die sie barg, war sie brüchig und schwach, als ob ein Wind und eine Welt sie beide trennen würde.

# 4. KAPITEL

*11. Februar – 24. März 1987*

Jeden Morgen um halb zehn oder um den Dreh stieg Donnell ein beißender Geruch von Aftershave in die Nase, und der gewaltige Schatten von Dr. Edman erschien im Blickfeld. Manchmal, jedoch nicht an diesem Morgen, schlich der weniger eindrucksvolle Schatten von Dr. Brauer neben ihm her, dessen Geruch eine Mischung aus abgestandenem Tabakrauch und Schweiß war und dessen Stimme einen Beiklang von kleinkarierter Leutseligkeit hatte. Edmans Stimme dagegen vermittelte Donnell einen Eindruck von Überlegenheit; es war das honigsüße Geschleime einer Eule in einem Zeichentrickfilm, zu der alle Tiere des Waldes kamen, um sich einen weisen, aber unzuverlässigen Rat zu holen.

»Lunge frei, Herzschlag ... guuuut.« Edman fuhr mit dem Daumen über Donnells Brust und schmunzelte. »Jetzt müssen wir nur noch Ihren Kopf zurechtrücken.«

Dieser Versuch, ihn aufzuheitern, verstörte Donnell, und er blieb bei seinem frostigen Schweigen. Edman beendete seine Untersuchung und setzte sich aufs Bett; die Bettfedern quietschten, sie waren kurz davor, ihren Geist aufzugeben.

»Sind die Verschiebungen in Ihrer Scharfsicht wieder vorgekommen?«

»In letzter Zeit nicht.«

»Donnell!« sagte Jocundra tadelnd; er hörte das Aneinanderreiben ihrer Strümpfe, als sie hinter ihm die übereinandergeschlagenen Beine trennte.

Er hielt sich an den Armlehnen seines Rollstuhls fest, damit sein Schwindelgefühl nicht auffiele, und konzentriete sich auf Edmans aufgeblasenen grauen Schatten;

dann blinzelte er, straffte sich und verlegte den Brennpunkt seines Blickfeldes weiter nach vorn. Der Zipfel eines Arztkittels schob sich von dem Schatten her auf ihn zu und vergrößerte sich so, daß dadurch sein ganzes Blickfeld ausgefüllt war: mehrere Schreibstifte waren an eine ausgebeulte Tasche geklemmt. Während er seinen Blick wie einen Suchscheinwerfer über Edmans Umrisse wandern ließ, entstand in ihm das Bild eines übermäßig fetten, mittelalten Mannes mit straff zurückgekämmtem braunen Haar und einem prächtigen Schnauzbart, dessen Enden hochgezwirbelt und gesteift waren. Hektische dunkle Flecken machten seine Wangen scheckig, und seine Augen glichen funkelnden Scherben blauen Porzellans. Donnell stellte seinen Blick auf das linke Auge scharf und bemerkte die rosafarbenen Rinnen im Fleisch in den Winkeln und eine Landkarte aus feinen Äderchen: Edman hatte nicht geschlafen.

»Eigentlich ...« – Donnell überlegte, wie er Edmans Unausgeschlafenheit am besten ausnutzen könnte – »eigentlich war es gerade in dem Moment wieder passiert, als Sie hereinkamen, aber es war irgendwie anders ...« Er tat so, als bemühte er sich, etwas ganz Kompliziertes zu erklären.

»Inwiefern?« Papierbögen raschelten auf Edmans Klemmblock, der Druckknopf seines Kugelschreibers klickte. Sein Augenlid hing schlaff herab, und das blaue Auge rollte feucht nach unten.

»Das Licht sprühte aus den Poren Ihrer Hand, ein grelles Licht, wie man es nachts in einem Schnellrestaurant antrifft, aber sogar noch heller, und tief drin in diesem Licht bewegte sich etwas, etwas Blasses und Vielförmiges«, flüsterte Donnell melodramatisch. »Etwas, das ich bald als ein Meer von widerwärtigen, mißhandelten Gesichtern erkannte ...«

»Mein Gott, Donnell!« Edman knallte seinen Klemmblock auf das Bett.

»Richtig!« sagte Donnell mit gespielter Begeisterung. »Ich bin nicht ganz sicher, aber es könnte sein, daß ...«

»Donnell!« Edman seufzte, das Seufzen eines verlassenen Liebhabers. »Würden Sie bitte berücksichtigen, was unser Vorgehen für andere Patienten in der Endphase bedeutet? Tun Sie wenigstens das, wenn Sie sich schon nicht um sich selbst sorgen.«

»O ja. Es gibt bestimmt noch Tausende von weniger glücklichen Leichnamen, die um eine Chance flehen.« Donnell lachte. »Das verändert wirklich die gottverdammte Perspektive hinsichtlich eines Lebens nach dem Tode. Wenn man hilflos herumtastet und sich den Kopf am Waschbecken anhaut, wenn man spucken muß.«

»Sie wissen, daß das besser werden wird, verdammt.« Das blaue Auge blinzelte hastig. »Sie verzögern durch Ihr kindisches Verhalten Ihr eigenes Weiterkommen.«

»Was krieg' ich dafür?« Jocundra streichelte seine Schulter, um ihn zu besänftigen, aber Donnell schüttelte ihre Hand mit einem Schulterzucken ab. »Wieviel, wenn ich die Geheimnisse meiner Lebenssymptome ausspucke?«

»Was verlangen Sie?«

»Noch 'ne Hure.« Donnell machte eine Kopfbewegung zu Jocundra hin. »Die da langweilt mich.«

»Möchten Sie wirklich lieber eine andere Therapeutin haben?«

»Herrjesus! Klar. Dutzende. Orientalinnen, Watusifrauen, Turnlehrerinnen in Gesundheitssocken für meine alten Tage. Ich bums' mir den Weg frei zur geistigen Gesundheit.«

»Ich verstehe.« Edman machte sich eifrig Notizen, sein Auge blickte nach unten.

Was für abscheuliche Dinger Augen doch waren! Glitzernd, rollend, hervorquellend, hüpfend. Kleine geronnene Angstschauder in ihren knöchernen Nestern.

Donnell wünschte, er hätte die Verschiebungen in seiner Sicht niemals erwähnt, denn seither hatte man unaufhörlich auf ihm herumgehackt, und langsam hatte sich bei ihm eine Phobie in bezug auf Augen entwickelt. Aber als es ihm zum erstenmal passiert war, hatte er befürchtet, es könnte ein Anzeichen für einen Rückfall sein, und er hatte Jocundra davon erzählt.

Edman räusperte sich. »Es wird Zeit, daß wir die Wurzeln dieser Wut finden, Donnell.« Durch das Niederschreiben von Notizen hatte er seine Haltung wiedergewonnen, und in seinem Tonfall klang etwas mit, das das Ende aller Spielereien verlangte. »Es muß zermürbend sein, sich Jeans Aussehen bis auf ein paar verschwommene Einzelheiten nicht mehr vorstellen zu können.«

»Halt's Maul, Edman!« sagte Donnell. Wie jedesmal, machte ihn die Anspielung auf sein mangelhaftes Erinnerungsvermögen unangemessen wütend. Er bleckte die Zähne und spannte die Muskeln an, doch ein Teil seines Geistes blieb ruhig und lauernd, hilflos gegen den Anflug von Zorn.

»Groß, dunkelhaarig, still«, zählte Edman auf. »Eine Weberin ... oder war sie Photographin? Nein, ich erinnere mich. Beides.« Das Auge weitete sich, die Braue zog sich zu einem Bogen hoch. »Eine begabte Frau.«

»Hören Sie auf damit!« sagte Donnell düster; er wünschte, er hätte sein kleines Stück klare Sicht zu einem nadelscharfen Strahl verdichten und Edmans Körpersäfte anstechen können, daß die Flüssigkeit nur so herausgespritzt und ihm über die Backen getropft wäre; und dann hätte er zugeschaut, wie er kreuz und quer durch das Zimmer gezischt wäre, wie ein schlaffer Ballon, dem die Luft entweicht.

»Es ist merkwürdig«, sinnierte Edman, »daß Ihre deutlichste Erinnerung an diese Frau ihren Tod betrifft.«

Donnell versuchte, sich aus dem Rollstuhl zu winden,

aber ein Schmerz schoß ihm durch die Schulterblätter, und er fiel zurück. »Mistkerl!« brüllte er.

Jocundra half ihm dabei, sich wieder hinzusetzen, und fragte Edman, ob sie sich beraten könnten; dann gingen sie hinaus in den Flur.

Als er allein war und sein Ärger langsam verflog, normalisierte Donnell seine Sicht. Die Wände des Zimmers erhoben sich wie gespenstischer grauer Dunst, ohne Unterbrechung mit Ausnahme eines goldenen Nebels, wo das Fenster war, und das Mobiliar war leicht gewellt wie in einem trägen Strom. Ihm kam der Gedanke, daß die Dinge so einem König erscheinen mochten, der durch Magie in eine todesähnliche Trance versetzt und am Boden eines schattigen Sees, mitten zwischen fließenden Tangsträhnen und zerschmetterten Schiffsrümpfen auf den Thron gesetzt worden war. Er zog diese Düsternis einer klaren Sicht vor: Sie entsprach seiner inneren Düsternis und brachte eine behagliche Gedankenlosigkeit mit sich.

»... glaube nicht, daß Sie ihn zwingen sollten«, sagte Jocundra auf dem Flur wütend.

Edmans Antwort war gedämpft. »... noch eine Woche ... seine Reaktion auf Richmond ...«

Neben der Tür zu Jocundras Schlafzimmer hing ein Spiegel, der das Bild eines spindeligen Schreibtischchens, das auf pfeifenstieldünnen Beinen schwankte, zurückwarf. Donnell rollte zu ihm hin und preßte die Nase an das kalte Glas. Er sah ein todesgraues Oval mit wellenförmig flutendem Unterwasser-Haar und Klecksen als Augen. Hin und wieder flackerte ein feuriges Grün über den einen oder anderen der Kleckse.

»Du solltest dir nicht soviel Gedanken wegen deiner Augen machen«, sagte Jocundra von der Tür her.

Er setzte den Rollstuhl in Bewegung, um weiter von ihr weg zu fahren, wütend darüber, daß er ertappt worden war, als er sich unbeobachtet fühlte, aber sie stellte sich hinter seinen Stuhl und versperrte ihm den Weg.

Ihr Bild im Spiegel hob eine undeutlich umrissene Hand und machte eine Bewegung, als ob sie ihn berühren wollte, hielt jedoch inne, und einen Moment lang spürte er das angenehme Gewicht ihres Trostes.

»Ich hätte auch Angst«, sagte sie. »Aber es gibt wirklich keinen Grund zur Beunruhigung. Sie werden eine Zeitlang immer strahlender werden, und dann werden sie erlöschen.«

Einer der Pfleger sang alte Blueslieder, während er Donnells Zimmer putzte, und sein Lieblingsstück enthielt die vielfach wiederholte Zeile: »Minuten erscheinen wie Stunden, Stunden erscheinen wie Tage ...«

Donnell dachte darüber nach, daß diese Zeile eigentlich eine Fortsetzung der Metapher bekommen sollte, und er suchte nach einer Steigerung für Wochen, aber er hätte sich niemals für Monate oder Jahre entschieden. Wochen glichen Fässern voller träger Gleichförmigkeit, drei an der Zahl, und am Boden dieser Fässer saß er und schmorte vor sich hin und versuchte sich zu erinnern. Jocundra drängte ihn, etwas zu schreiben, und er weigerte sich schon aus dem Grund, weil sie ihn darum gebeten hatte. Er lehnte sich auf der ganzen Linie auf. Sie hatte verdammt zuviel Parfüm an sich, sie berührte ihn zu oft, und sie wühlte seine Erinnerungen an Jean auf, denn sie war ebenfalls groß und dunkelhaarig. Besonders aus diesem Grund lehnte er sie ab. Manchmal flüchtete er sich vor ihr in seine Erinnerungen; er legte sie aus und verglich sie mit dem Bereich seines Leidens, mit seinem Verlust, etwa auf die Art, wie ein Archäologe die Teilstücke eines Medaillons aus dem Altertum auf einem Samttuch ausbreiten würde, in der Hoffnung, dadurch die größere Form zu erkennen, von dessen Zerstörung sie zeugten: ein Leben, das Einigkeit und Sinn, traurige Tiefen und glückliche Höhen enthielt. Aber daß er sich nicht an Jeans Gesicht erinnern konnte, machte all die Bruchstücke seiner Erinnerung unwesentlich. Die gehäkelten Teppiche auf dem Boden ihrer Hütte, die Photographie über ihrem Bett, die ein Spinnennetz zeigte, das ein vor Frost blaugeflecktes Fenster umspannte, ein Tag auf dem Jahrmarkt. Es waren so wenige. Ohne sie als Mittelpunkt mangelte es ihnen an Faßbarkeit, und sein Kummer war wahrscheinlich weniger die Folge seines Verlustes als eine Schwärze, die aus einem Negativfeld in ihm aufstieg. Von Zeit zu Zeit schrieb er tatsächlich etwas, in der Annahme, daß der Akt des Schreibens einen Beweis erbringen, eine neue Erinnerung heraufbeschwören könnte; die Gedichte waren verlogen, elegant und leer, und das erweckte in ihm das Gefühl für seine eigene Verlassenheit. Irgendwas war falsch. Diese magere Erkenntnis klang dumm, aber es war die wesentlichste Wahrheit, auf die er gestoßen war. Irgendwas war *sehr* falsch. Irgend etwas Bedrohliches stand hinter ihm, gerade außerhalb seines Gesichtsfeldes. Er wurde mißtrauisch, wenn er unbekannte Geräusche hörte, argwöhnisch, wenn sich in der Tagesroute eine Änderung ergab; er war überzeugt davon, daß er kurz davor stand, von einem finsteren Schicksal ereilt zu werden, das in der Verkleidung einer der Schatten, die ihn umgaben, auf ihn lauerte. Es gab keine vernünftige Grundlage für diese Überzeugung, und dennoch verstärkte sich seine Angst immer mehr. Die Angst trieb ihn dazu, sich mit Jocundra zu beschäftigen, und sie ihrerseits trieb ihn dazu, an Jean zu denken, rundherum und rundherum, und deshalb erschienen die Wochen wie gottverdammte Jahrhunderte, und die Monate – als es soweit war, daß ein Monat und ein paar Tage zusammengekommen waren – wie die geologischen Schichten einer langsamen, traurigen Zeit.

An einem sommerlichen Nachmittag fuhr ihn Jocundra hinaus zu der Steinbank, die dem Eingangstor am nächsten stand, und versuchte, ihn mit Geschichten über Duelle und die Vorgänge bei Hofe und über die noblen

Damen und Herren, die vor langer Zeit in dem Gelände gelustwandelt waren, zu unterhalten. Er stellte Desinteresse zur Schau, aber er hörte ihr zu. Ihre Mimik war lebhaft, ihre Stimme bebend, und er hatte das Gefühl, daß sie einen grundsätzlichen Wesenszug preisgab, eine Seite von sich offenbarte, die sie vor anderen verborgen hielt. Doch schließlich brachte seine zur Schau gestellte Langeweile ihre Begeisterung zum Erliegen, und sie schlug eine Zeitschrift auf.

Hoch über ihnen bildeten die Kronen der Eichen dunkelgrüne Kuppeln, eingehüllt in den Dunst goldener, sonnendurchfluteter Luft, doch als er den Brennpunkt seiner Scharfsicht etwas verschob, konnte er durch die schwindelerregenden Lücken im Blattwerk bis zu den Vögeln hinaufsehen, die auf den obersten Zweigen thronten. Seine Sicht verbesserte sich jeden Tag, und er hatte herausgefunden, daß sie bei Sonnenlicht am besten funktionierte. Die Farben waren echter und die Formen erkennbarer, obwohl sie sich immer noch wellenförmig in einem seekrank machenden Gewoge bewegten und obwohl das grelle Licht wieder seine besonderen Auswirkungen hatte: verschnörkeltes goldenes Licht blitzte in seinen Augenwinkeln auf; durchscheinende Strudel umwirbelten die Azaleenblätter; ein blasser bläulicher Nebel verdichtete sich um Jocundras Schultern. Er ließ den Blick über das hochglänzende Titelblatt ihres *Cosmopolitan* gleiten und stellte ihn auf ihren Mund scharf ein. Er war breit und geschminkt und voll, wie der des Mädchens auf dem Titelbild; das Grübchen über ihren Lippen war tief und ausgeprägt.

»Wie sehe ich aus?« Die Lippen lächelten.

Ihren Mund aus einer so offensichtlich intimen Entfernung aufs Korn zu nehmen, war grausam, voyeuristisch; er überspielte sein Gefühl der Peinlichkeit mit Sarkasmus. »Was gibt es Neues in der Welt der Busenvergrößerung?«

Das Lächeln verschwand. »Du erwartest doch wohl

nicht, daß ich irgend etwas von Bedeutung lese, während du mich anstarrst, oder?«

»Ich habe nicht erwartet, daß du überhaupt etwas liest.« Sprenkel von topasfarbenem Licht schimmerten in ihrer Iris; eine verirrte Strähne feinen dunklen Haars führte von ihrer Augenbraue bis zum Haaransatz. »Aber wenn du es überhaupt könntest, dann wäre es so ein Schrott wie das da. Schminkgeheimnisse der Stars.«

»Ich fühle mich in keiner Weise minderwertig, weil ich mich schminke«, sagte sie spitz. »Es heitert mich auf, wenn ich gut aussehe, und es ist weiß Gott schwer genug, in deiner Gesellschaft heiter zu sein.«

Er wandte den Kopf ab und verwischte das Fleckchen klare Sicht mit einem Augenzwinkern, um den Blick auf das verschwommene, weit entfernte Blattwerk zu richten. Es fiel ihm immer schwerer, die Wut auf sie aufrechtzuerhalten. Beinah ohne daß er es merkte, so zart wie das Spinnen eines Netzes, waren einige Fäden seiner Wut gelöst und zu einem anderen Gefühl verwoben worden. Er begriff seine Bedeutung nicht, aber er glaubte, wenn er versuchen würde, es zu verstehen, würde er nur noch mehr darin verstrickt.

»Ich muß etwas gestehen«, sagte sie. »Ich habe heute morgen in deinem Notizbuch geblättert. Einige der Fragmente sind schön ...«

»Warum siehst du nicht einfach in der Toilette nach, nachdem ich sie verlassen habe ...«

»... und ich meine, du solltest sie zu Ende schreiben.«

»... und versuchst herauszufinden, ob meine Scheiße geheime Botschaften enthält.«

»Ich versuche nicht, Geheimnisse aus dir herauszuquetschen!« Sie warf ihre Zeitschrift hin. »Ich dachte, wenn du eine gewisse Ermutigung bekämest, eine Resonanz, dann würdest du sie vielleicht fertigschreiben.«

Schlurfende Schritte scharrten auf dem Weg hinter ihm, und eine kehlige, belegte Stimme fragte: »Was ist los, he?«

»Guten Morgen, Mr. Richmond«, sagte Jocundra mit berufsmäßiger Süße. »Donnell? Kennst du Mr. Richmond?«

Richmonds Kopf und Rumpf schwebten in sein trübes Gesichtsfeld. Er hatte ein scharfkantiges, ausgezehrtes Gesicht, eingerahmt von schulterlangem braunen Haar. Hervorstehende Backenknochen, einen fehlenden Zahn im Unterkiefer. Er stützte sich auf einen Spazierstock und grinste; seine Pupillen hoben sich von seiner Iris ab wie Planeten, die grüne Sonnen verdunkelten.

»Für dich bin ich Jack, Mann«, sagte er und streckte die Hand aus.

Donells Nackenhaare stellten sich auf, er brachte kein Wort heraus und war unfähig, den Blick von Richmond abzuwenden. Ein Frösteln lief ihm das Rückgrat hinunter.

»Noch so ein hoffnungsloser Ausgebrannter«, sagte Richmond, und sein Grinsen verstärkte sich. »Was ist los, Miesepeter? Hast du dir in die Hose gemacht?«

Eine vollbusige, braunhaarige Frau kam an seine Seite und murmelte: »Jack!« Aber er starrte weiterhin Donnell an, dessen Befürchtung sich in Panik verwandelte. Seine Muskeln waren kraftlos, und da er unfähig war wegzulaufen, schrumpfte er in sich selbst zusammen.

Die braunhaarige Frau berührte Jacks Arm. »Warum machen wir unseren Spaziergang nicht zu Ende, Jack?«

Richmond machte sie mit hohem Piepsstimmchen nach. »›Warum machen wir unseren Spaziergang nicht zu Ende, Jack?‹ – Scheiße! Da stopfen sie diesen Ort hier voll mit solchen Superhasen, und sie sind nicht bereit, irgendwas für einen zu tun, außer höflich zu sein!« Er beugte sich runter, bis sein linkes Auge ein paar Zentimeter vor Donnells Gesicht war, und blinzelte; sogar im geschlossenen Zustand durchdrang ein Schimmer von leuchtendem Grün sein Augenlid. »Oder machst du dir nichts aus den Damen, Miesepeter? Vielleicht windest du dich bei meinem Anblick innerlich?« Er humpelte lachend davon und rief über die Schulter zurück: »Drück dir den Daumen, Süßer. Vielleicht komm' ich eines Nachts mal bei dir vorbei, und dann darfst du meinen Adler steigen lassen.«

Während sich Richmond entfernte, gefolgt von seiner Therapeutin, ließ Donnells Spannung etwas nach. Er stellte seine Augen auf Jocundra ein, die schnell wegsah und durch ihre Zeitschrift blätterte. Er fand es merkwürdig, daß sie sein Benehmen kommentarlos hingenommen hatte, und fragte sie nach dem Grund.

»Ich nahm an, daß dich seine Art abstieß«, sagte sie.

»Wer, zum Teufel, ist das denn?«

»Ein Patient. Er gehört einem Motorradclub an.« Sie runzelte die Stirn. »Die Höllenhunde heißen sie, glaube ich.«

»Hattest du nicht das Gefühl ...« Er hielt inne, da er das Ausmaß seiner Angst nicht eingestehen wollte.

»Was für ein Gefühl?«

»Ach, nichts.«

Richmonds Stimme wurde von der Eingangstür herübergetragen, voller Wut, und er schleuderte seinen Spazierstock durch die Luft. Die rosenfarbenen Klinker glänzten im Hintergrund, und die Kuppel aus Facettenglas oben auf dem Dach funkelte, als ob sich seine Energien zur Entladung einer tödlichen Strahlung zusammenballen würden. In Donnell kroch erneut eine animalische Angst hoch.

Nach der Begegnung mit Richmond verschanzte sich Donnell fast zwei Wochen lang in seinem Zimmer. Jocundra schalt ihn und verglich ihn mit einem kleinen Kind, das sich die Decke über den Kopf zieht, aber nichts von dem, was sie ihm sagte, konnte ihn umstimmen. Er kam zu dem Schluß, daß seine Reaktion auf Richmond auf einen Nebeneffekt des bakteriellen Prozesses zurückzuführen war, aber Nebeneffekt oder nicht, er wollte auf keinen Fall eine Wiederholung dieses Gefühls von Geschlagensein und Hilflosigkeit: wie ein Kaninchen, das von herannahenden Scheinwerfern gelähmt ist. Er lag ständig nur im Bett rum, so daß er schließlich davon schon wund war, und Jocundra schlug die Hände deswegen über dem Kopf zusammen.

»Ich werde nicht hier rumsitzen und zusehen, wie du vermoderst«, sagte sie.

»Dann hau doch ab, verdammte Scheiße!« erwiderte er; und als sie ihre Brieftasche und Puderdose in ihre lederne Handtasche packte, beschimpfte er sie, daß ihre Haut wie rosa Farbe aussähe und daß zwanzig Dollar für die Nacht wahrscheinlich ein zu hoher Preis sei, aber sie könnte es ja mal versuchen, und – als sie die Tür zuknallte – daß sie auf direktem Weg zur Hölle gehen und den Teufel mit ihrer verdammten Krankheit anstecken könnte. Er wünschte, sie würde wegbleiben, aber er wußte, daß er sie noch vor dem Mittagessen wieder belästigen würde.

Sein Mittagessentablett wurde jedoch von dem Pfleger hereingebracht, der immer sang, und als ihn Donell nach Jocundra fragte, sagte er: »Keine Ahnung, und wenn du mich schlägst. Ich weiß nicht mal, wo sich meine eigene Frau rumtreibt.«

Donnell stand vor einem Rätsel, aber er machte sich keine Sorgen. Kaltblütig entließ er sie aus seinem Leben. Er verbrachte den Nachmittag damit, die erweiterten Grenzen seines Gesichtsfeldes zu erforschen, indem er winzige Buchstaben in die Tapete ritzte und ein Landschaftsmosaik aus den Reflexionen in der Linse der Kamera, die über der Tür angebracht war, zusammensetzte und – als echter Durchbruch – den Flug eines Falken verfolgte, der in mittlerer Entfernung kreiste, und ihn so nah zu sich heranholte, daß er sogar einen schuppenartigen Fleck auf seinem Flügel und ein schreckliches Auge von der Farbe getrockneten Bluts und halb mit einer gesprungenen weißen Membran überzogen erkennen konnte. Ein alter, kranker, verrückter König der Lüfte. Der Falke glitt ihm immer wieder aus dem Blickfeld, und es gelang ihm nicht, seinen ganzen Körper zu erfassen; er beherrschte es noch nicht, seine Sehschärfe ganz seinem Willen zu unterwerfen. Es war schade, dachte er, daß die visuellen Effekte so vergänglich waren, obwohl sie für sich allein genommen nicht ausreichten, um das Leben interessant zu machen. Der Reiz des Neuen daran ließ schnell nach.

Der Pfleger, der sein Tablett mit dem Abendessen hereinbrachte, war sonnengebräunt, in den Vierzigern, mit einer Messerschnitt-Frisur, die er so gekämmt hatte, daß sie eine kahle Stelle verbarg, und seidigen schwarzen Haaren, die seine Handrücken bedeckten. Obwohl er auch nicht gesprächiger war als der singende Pfleger, hatte Donnell den Eindruck, daß er sich in eine Unterhaltung verwickeln lassen könnte. Er schüttelte mit viel Getue das Bettzeug auf, prüfte sein Aussehen im Spiegel und massierte Donnell mit unangemessen großem Vergnügen den Nacken. Sanfte, geschmeidige Finger. Am kleinen Finger trug er einen Diamantring, und zwar einen außergewöhnlich großen für jemanden mit dem Verdienst eines Pflegers, und Donnell, der sich bei ihm einschmeicheln wollte, um etwas über Jocundra zu erfahren, bewunderte ihn ausgiebig.

»Er gehörte meiner Großmutter«, sagte der Pfleger. »Der Stein, nicht die Fassung. Mir sind schon achtzehntausend dafür geboten worden, aber ich habe ihn nicht hergegeben, weil man ja nie weiß, wann vielleicht mal schlechte Zeiten über einen hereinbrechen.« Zur Untermalung, wie es wäre, wenn schlechte Zeiten hereinbrächen, zwickte er Donnell ein paarmal sachte ins Bein; dann setzte er zu einer unendlichen Geschichte über seine Großmutter an. »Sie hatte Liebhaber, bis sie siebenundsechzig war, das alte Schätzchen. Und der Himmel mag wissen, was sie danach trieb!« Kichern. Er setzte ein betrübtes Gesicht auf. »Für eine alte Frau, die nie was ausgelassen hatte, war das kein Honiglecken mehr, das kann ich dir erzählen.« Und das tat er auch.

Donnell hatte gehofft, daß er im Lauf der Unterhaltung einiges über Jocundra erfahren könnte, aber der Pfleger machte keinerlei Anstalten, sich auf ein solches Gespräch einzulassen, und er war gezwungen, ihn zu unterbrechen. Der Pfleger reagierte verletzt, sagte, daß er keine Ahnung habe, wo sie sei, und rauschte mit einer Miene gekränkter Würde aus dem Zimmer, wobei der Eindruck von raschelndem Taft entstand.

Langsam dämmerte es Donnell. Sie würde nicht zurückkommen. Sie hatte ihn verlassen. Wie konnte sie einfach gehen, ohne ihm etwas davon zu sagen und ohne für einen Ersatz zu sorgen? In Panik geraten, rollte er hinaus in den Korridor. Auf dem Weg in die Eingangshalle, wo er hoffte, Edman anzutreffen, stockte ein Rad seines Rollstuhls an einer Teppichfalte, und er rumpelte gegen einen der Töpfe mit Farnkraut; die Messingschale kippte und schepperte auf den Boden. Die Tür daneben wurde geöffnet, und eine dünne blonde Frau streckte den Kopf heraus. »Psst!« befahl sie. Sie kniete sich neben die Pflanze und rümpfte die Nase, als sie mit der Erde in Berührung kam. Sie hatte jene Art von spröder Schönheit, die sich in mittleren Jahren leicht zur Hexenhaftigkeit verhärtete, und wie in Erwartung dieser Wandlung war ihr Haar zu einem keinen Unfug duldenden Knoten hochgesteckt und mit einem dunkelblauen Band umwunden.

»Haben Sie Jocundra gesehen?« fragte Donnell.

»Jocundra?« Die Frau sah nicht auf, während sie die Erde wieder um den Farn herum festklopfte. »Ist sie denn nicht abgereist?«

»Sie ist abgereist?« Donnell weigerte sich, sich damit abzufinden. »Wann kommt sie wieder?«

»Nein, warten Sie mal. Ich habe sie nach dem Mittagessen noch auf dem Gelände gesehen. Vielleicht ist sie doch noch nicht weg.«

»Laura!« Eine quengelige Stimme drang durch die offenstehende Tür; die Frau winkte, wobei sie mit allen fünf Fingern wackelte, ein Lächeln umspielte ihre Mundwinkel, und dann schloß sie die Tür hinter sich.

Es war leicht gewesen, Jocundra davonzujagen, als er es für unmöglich gehalten hatte, daß es wirklich passieren könnte, aber jetzt hatte ihn die Möglichkeit überrollt und ihm den Boden unter den Füßen weggerissen. Er rollte die Rampe hinunter auf den Parkplatz. Die Laternen über den Steinbänken waren angezündet, Blasen gelben Lichts stachen aus der Schwärze hervor, und Glühwürmchen spielten unter den Eichen. Kröten quakten, Grillen zirpten. Sie war bestimmt – wenn sie nicht weg war – an der Bank in der Nähe des Tors. Die Räder rumpelten über die Pflastersteine, er arbeitete schwer mit dem Oberkörper, seine Arme schmerzten, und Schweiß stand ihm im Gesicht. Etwas flog ihm in die Augen, schlug mit den Flügeln, verharrte eine Sekunde lang und flatterte wieder davon. Eine Motte. Er schaffte es, sich ein wenig zu erheben, und entdeckte Jocundra auf der Bank. Sie war ungeschminkt, oder höchstens ganz wenig, und sie sah kaum älter als ein Mädchen aus. Er hatte sie immer für den intellektuellen Charaktertyp gehalten, wenn auch von der schwach ausgeprägten Sorte, und deshalb überraschte ihn ihre Jugendhaftigkeit. Ihr melancholischer Gesichtsausdruck änderte sich nicht, als sie ihn erblickte.

»Ich möchte nicht, daß du gehst«, sagte er und hielt kurz vor ihr.

Sie lächelte schwach. »Ich bin schon weg. Den Tag habe ich in New Orleans verbracht.« Sie betrachtete ihn mit mildem Wohlwollen. »Du hast es allein geschafft, herauszukommen. Das ist schon ganz gut.«

»Ich dachte, du wärst gegangen«, sagte er und wählte die Worte mit Bedacht, da er nicht allzu erleichtert klingen wollte. »Der Gedanke hat mir nicht besonders gefallen.«

»Ach?« Sie hob eine Augenbraue.

»Hör zu!« Er sträubte sich gegen eine Entschuldigung, aber er fügte sich in die Notwendigkeit. »Es tut mir leid. Ich weiß, daß ich ein Arschloch war.«

»Du hattest guten Grund, sauer zu sein.« Sie strich sich den Rock über die Knie, dann lächelte sie. »Aber du bist wirklich ein Arschloch gewesen.«

»Vielleicht ist das meine Natur«, sagte er gequält.

»Nein, du bist gar nicht so«, sagte sie nachdenklich. Sie warf sich die Handtasche über die Schultern. »Laß uns hineingehen.«

Als sie ihn zum Haus rollte, empfand Donnell eine sonderbare Befriedigung, als ob eine quälende Frage geklärt sei. Die Glühwürmchen, die in der Dunkelheit aufblitzten, das Scharren von Jocundras Schuhen, die Geräusche der Insekten, all das bildete eine raffinierte Ergänzung zu seinen Gedanken, es bestand zwischen beidem eine Beziehung, die er nicht erfassen konnte, die er aber erfaßbar machen wollte, niederschreiben wollte. Vor dem Haus flatterte ihm abermals eine Motte ins Auge, und er fragte sich – und diese Überlegung war von Ablehnung geprägt –, ob sie vielleicht vom Flackern seiner Augen angezogen würden. Er drückte ihre Flügel zusammen und hielt sie Jocundra zur Begutachtung hin.

»Das ist ein Nachtfalter«, sagte sie. »Bei mir daheim gab es einen alten Mann, einen richtig verrückten Sonderling. Er ist inzwischen blind, oder zumindest teilweise blind, aber jedenfalls hielt er sich Tausende von Nachtfaltern in seinem Hinterzimmer und studierte die Muster ihrer Flügel. Er behauptete, sie enthüllten die echte Wahrheit.« Sie schüttelte den Kopf, voller Bedauern, und fügte mit weniger begeisterter Stimme hinzu: »Clarence Bisbeau. Er war französischer Abstammung.«

»Stimmt was nicht?« Donnell ließ die Motte los, und sie schwebte davon, verschwand vor dem Hintergrund der pechschwarzen Kronen der Eichen.

»Ich habe mich nur an etwas erinnert. Er hat mich einmal sehr erschreckt. Er war betrunken und versuchte, mich zu küssen. Ich war erst dreizehn, und er war bestimmt an die Sechzig.« Sie starrte der Motte nach, als ob sie sie immer noch sehen könnte. »Es war wie ein böser Spuk. Streifen von Licht fielen durch die Bretter der Hütte, tote Motten lagen auf dem Boden, Tausende klebten an den Wänden. Jedesmal, wenn er eine Bewegung machte, erhoben sie sich flatternd von seinen Armen. Ich erinnere mich, wie er auf mich zukam, Motten fielen von ihm ab, und er sprach.« Sie machte einen Akzent nach, etwa wie Französisch, aber mit einem derberen Rhythmus. »›Isch sag' dirr‹, sprach er, ›diese Welt, sie is' voll von iberrnatirrlische Wesen, derren Zauberr wirr nisch erkennen.‹«

## 5. KAPITEL

*25. März – 17. April 1987*

»Lachen Sie nicht, aber ich habe im Zusammenhang mit unseren Patienten an Geistesbesessenheit gedacht.« Dr. Edman verschränkte die Arme vor dem Bauch und lehnte sich zurück; sein Ledersessel knarrte.

Jocundra saß Edman an dessen Schreibtisch in seinem Büro gegenüber: ein ausgefallener runder Raum, dessen Decke die Glaskuppel bildete. Strahlen der untergehenden Sonne fielen durch die Facettenscheiben, und Staubteilchen wirbelten träge herum wie die Gedanken eines Riesen mit einem Kristallschädel. In Nischen eingelassene Bücherregale umgaben den Raum – in den man über eine Treppe und durch eine Falltür gelangte –, und die Bände waren vom Schatten verdunkelt; nur hie und da strahlte etwas Licht, kroch über den unteren Teil der Wand, und das eine oder andere Wort in Goldbuchstaben trat aus der Dämmerung hervor: Zauberei, Psychologie, Pathologie. Eine Ausbildung des menschlichen Gehirns hing vor einem Teil des Regals, und Edman hatte sie mit hingekritzelten Notizen neben kleinen Pfeilen versehen, die auf verschiedene der Windungen zeigten. In dem Regal hinter seinem Kopf standen eine Reihe von eingestaubten, vergilbten menschlichen Schädeln, was in Jocundra den Eindruck erweckte, als sei er der letzte Vertreter in einer Generationenfolge von Psychologie-Königen und daß sein eigenes präpariertes Gehirn eines Tages sich zu denen seiner Vorgänger gesellen würde.

»Während eines Voodoo-Rituals«, fuhr Edman fort, »erleben die Teilnehmer Zittern und Zuckungen und legen eine andere Verhaltensweise an den Tag als zuvor. Es kann zum Beispiel geschehen, daß sie auf einmal eine starke Neigung entwickeln, in den Spiegel zu sehen oder eine bestimmte Art von Nahrung zu sich zu nehmen, und der *Houngan* erkennt in diesem Benehmen dann Aspekte, die zu einem der Götter gehören.«

»Es *gibt* eine entfernte Analogie ...« begann Jocundra.

»Folgen Sie mir noch einen Moment.« Edman wakkelte mit einem Finger und nahm seinen Gedankenfaden wieder auf. »Ich ziehe es vor, diese sogenannte Geistesbesessenheit als ein Zeichen des Unterbewußtseins zu bertrachten. Eine ziemlich ungenaue Bezeichnung, die man leicht mit der Jungschen Terminologie verwechseln könnte, doch im großen und ganzen treffend für das, was ich suche: die rohe Gewalt der Identität, die für alles soziale oder sonstwie anerzogene Verhalten bestimmend ist, die sie mit Ängsten und logischen Prozessen erdrückt und sie schließlich gegen das Licht abschirmt und sie verbannt in eine düstere Existenz in ...« Er schlug sich an den Kopf, als ob er einen Gedanken herausklopfen wollte. »Ja! In die Abgründe des Voraussehens.« Er kritzelte etwas auf seinen Notizblock und strahlte Jocundra an. »Das dürfte die Hinterbänkler bei der nächsten Versammlung aufrütteln!« Er lehnte sich wieder zurück. »Meine These ist, daß wir die Geistesbesessenheit durch mikrobiologische Mittel anstatt durch hypnotische Beeinflussung simulieren, indem wir das Unterbewußtsein dazu bringen, die Leere, die durch die Auflösung angelernter Verhaltensweisen entstanden ist, anders auszufüllen. Aber statt nun dieser neuen und ungebündelten Identität zu erlauben, einige Stunden lang aufs Geratewohl herumzuwandern, formen und führen wir sie. Und anstelle eines *Houngan* oder einer *Mama Loi*, die lediglich die Beschwörung aufsagen, setzen wir geschultes Personal ein, um ihr Potential bis zum Äußersten zu steigern und ihre Entwicklung zu beeinflussen. Natürlich, wenn es unter unseren Mitarbeiterinnen eine *Mama Loi* gäbe, würde sie sagen, wir hätten einen Gott heraufbeschworen.« Er schmunzelte. »Verstehen Sie, worauf ich hinaus will?«

»Das ist keine unbedingt wissenschaftliche Methode.« Jocundra erschien die Vorstellung, in Donnells schlichtem Geist die Rolle der Voodoo-Priesterin zu spielen, recht ansprechend, in der Art, wie sie eine Illustration in einem Comic-Heft ansprechend gefunden hätte.

»An sich bestimmt nicht. Und dennoch spricht etwas dafür. Und wäre es nicht eine echte Überraschung, wenn wir feststellen würden, daß es einen übereinstimmenden Zusammenhang zwischen Persönlichkeitstypen und den Voodoo-Größen gäbe?« Edman kräuselte die Lippen und klopfte mit dem Zeigefinger darauf. »Sie müßten doch vertraut sein mit anthropologischen Untersuchungen in dieser Hinsicht ... können Sie irgend etwas dazu beitragen?«

»Nun«, antwortete Jocundra, der es überhaupt nicht behagte, Wasser auf Edmans Mühle zu leiten. »In der Voodoo-Vorstellung von der Seele findet sich einiges von ihrer These. Nach der Lehre haben alle menschlichen Wesen zwei Seelen. Der *Ti Bon Ange*, womit mehr oder weniger das Bewußtsein gemeint ist, der sozialisierte Teil des Geistes, und der *Gros Bon Ange*, welches der unsterbliche Teil ist, der unvergängliche Zwillingsgeist. Man kann es sich so vorstellen wie das Bild eines Menschen, das sich in einem dunklen Spiegel widerspiegelt. Vielleicht hätten Sie mal Lust, Deren oder Metraux zu lesen.«

»Hm.« Edman beugte sich über seinen Notizblock. »Sagen Sie mal, Miss Verret, mögen Sie Donnell?« Er warf ihr einen Blick von der Seite zu, während er sich weiter Notizen machte. »Sie empfinden doch sicher irgend etwas für ihn.«

Jocundra verwirrte die Frage. »Ich halte ihn für sehr begabt«, sagte sie. »Sie haben ja seine Arbeit gesehen.«

»Sie scheint mir recht gelungen, aber darauf will ich

nicht hinaus. Angenommen, Donnell wäre nicht ihr Patient, würden Sie sich von ihm angezogen fühlen?«

»Ich glaube, das tut nichts zur Sache«, sagte sie ausweichend. »Das hat weder etwas mit dem Projekt zu tun, noch ...«

»Sie haben natürlich recht. Entschuldigung.« Edman machte sich noch eine Notiz und schenkte ihr ein väterliches Lächeln. »Ich bin nun mal ein alter Schnüffler.«

»Mir liegt etwas an ihm, und ich bin nicht glücklich darüber, daß er sterben wird.«

»Bitte! Das ist Ihre private Angelegenheit. Entschuldigen Sie.«

Edman zog eine Schublade mit Ordnern heraus und wühlte darin herum, ohne sich weiter mit der nervös gewordenen Jocundra zu befassen. Die Sonne ging unter; sie zeichnete rubinrote Flecken auf die unterteilten Fensterscheiben und purpurne Schatten an die Wand, und diese welken Farben – unterstrichen durch das schleimige Geräusch von Edmans Atem, während er sich über einen Ordner beugte und selbst bei dieser leichten Tätigkeit übermäßig angestrengt war – schufen eine Atmosphäre der Perversion. Sie hatte das Gefühl, in den Schmutz gezogen worden zu sein. Er hatte seine Frage nicht aus reiner Neugier gestellt; er belauerte sie ständig, machte vielsagende Andeutungen, spielte auf irgend etwas an. Sie hatte noch nie viel von ihm gehalten, aber so wenig wie jetzt noch nie. Sie stellte sich vor, wie er allein in seinem Büro saß, sich in Phantasien über die Therapeutinnen erging und an sich selbst herumspielte, während er die Videos der Patienten ansah und sich an dem Krankheitspotential ergötzte, das das Projekt bot.

Schließlich richtete er sich wieder auf, sein blasses Gesicht hing wie ein Mond über dem Schreibtisch. »Die Mikrobiologen glauben, daß Magnusson der Schlüssel ist ...« Er unterbrach sich, da seine Aufmerksamkeit von einem Zettel in einem Aktenordner in Anspruch genommen war; er schnalzte mit der Zunge und schloß den Ordner. »Wußten Sie, daß man ihn mit Material arbeiten lassen hat, das im Zusammenhang steht mit dem bakteriellen Prozeß?«

»Ja, Laura hat mir davon erzählt.«

»Aha. Nun, er ist wirklich wichtig für uns. Aber es kann natürlich sein, daß uns Donnell aufgrund seiner Jugend, seiner ausgeprägten Menschlichkeit, einen aufschlußreicheren Einblick in die Tiefen des Bewußtseins liefert als selbst Magnusson. Jetzt, da er gezähmt ist, ist die Zeit reif, daß wir die Peitsche beiseite lassen und mit dem Zucker herausrücken, obwohl ...« – Edman raschelte mit Papier herum – »obwohl ich mich frage, ob es nicht vielleicht an der Zeit ist, eine neue Wechselbeziehung herbeizuführen.«

»Er arbeitet gerade so reibungslos, daß ich ihn ungern unterbrechen möchte ... und im übrigen hat er auf Richmond gar nicht gut reagiert.«

»Keiner von ihnen reagiert gut auf Richmond!« Edman lachte. »Aber ich überlege mir andauernd, ob wir nicht, wenn wir sie von ihrer Angst-Reaktion abbringen könnten, einen großen Sprung nach vorne machen würden. Selbst Richmond scheint vor intimen Begegnungen zurückzuschrecken. Er genießt es, seine Angst zu verdrängen, aber seine Kontakte spielen sich alle auf der Ebene einer rituellen Aggression ab.«

Edman ging zu anderen Themen über, während er hauptsächlich mit sich selbst sprach und sich angelegentlich mit seinen Akten beschäftigte; er gab zu, daß er die Besprechungen mit den Therapeutinnen dazu benutzte, seine Gedanken zu ordnen, und Jocundra wußte, daß eine aktive Anteilnahme von ihrer Seite nicht gefragt war. Sie fragte sich, wie er seine neueste Theorie wohl mit seiner vorherigen vereinbaren würde: nämlich der der zellenbedingten Wunscherfüllung. Er betrachtete Richmond als gewichtigen Beweis für die neue, weil anders als bei den übrigen der Nachzünder – bei denen in allen Fällen der Hintergrund etwas im dunkeln lag –, dessen Körper eine gründlich dokumentierte Vergangenheit aufwies. Richmond, geborener Eliot Vuillemont, war Erbe einer angesehenen Familie in New Orleans gewesen, der aufgrund seiner Drogensucht enterbt worden war. Dieser junge Mann, so argumentierte Edman, der ein Leben der wirkungslosen Rebellion geführt hatte und dessen psychiatrische Befunde eine Geschichte voller Feigheit und unterdrückter Gewalt widerspiegelten, hatte sich in seinem posthumen Dasein für die Rolle des Antihelden entschieden, der einsame Wolf der Apokalypse; seine neue Persönlichkeit war der triumphale Ausdruck der nicht ausgelebten Triebe, die zu seinem Tod durch eine Überdosis an Drogen geführt hatten. Edman vertrat die Ansicht, daß die Wirkung der Erinnerung den Anteil an DNS durch einen chemischen Prozeß verändert – und zwar jenen Anteil, der die Bioform unserer geheimsten und kompliziertesten Wünsche enthält – ›den tiefestgehenden Sinn, den wir unserem Dasein geben‹ –, und er verstärkte ihre Kapazität für ein längeres Leben. Nach Jocundras Ansicht war das eine förderlichere Theorie als die vorherige, sie hatte jedoch keinen Zweifel daran, daß beide in Kürze in gedruckter Form veröffentlicht würden, zusammengeschustert zu einer wackeligen Konstruktion, bestückt mit Glitzerteilchen: eine Rube-Goldberg-Theorie der Persönlichkeit.

»Ich glaube, ich werde es heute abend vor der Belegschaft zur Sprache bringen.« Edman griff in die Innentasche seines Laborkittels und zog ein rotes Notizbuch heraus. »Der Siebzehnte scheint noch frei zu sein.«

Jocundra sah ihn fragend an; sie merkte, daß sie irgend etwas nicht mitbekommen hatte. Edman lächelte; er ließ das Buch zurück in seine Tasche gleiten – auf Jocundra machte es den Eindruck, als hätte er tief in seinen Körper hineingegriffen und sein Herz mit einem Stückchen rotem Zuckerwerk gefüttert.

»Ich werde Ihre Zeit nicht länger in Anspruch nehmen, Miss Verret. Ich hatte meinen Gedanken geäußert, daß diese Angst-Reaktion unter Gruppenbedingungen untersucht werden müsse, und ich schlug vor, daß wir für unsere grünäugigen Freunde ein Party veranstalten. Wir werden die Kollegen von Tulane einladen, für ein bißchen Musik sorgen, und dann werden wir ja sehen, ob wir unsere Patienten nicht dazu bringen können, mit ihrer Angst fertigzuwerden, als Nebeneffekt des Prozesses sozusagen. Zumindest soll es auf jeden Fall ein erinnerungswürdiges gesellschaftliches Ereignis werden.«

Der große Saal war angefüllt mit Ärzten, Technikern, Studenten und Verwaltungspersonal in lässigen Jacketts und Sommerkleidern; die meisten hatten sich um Sitzgruppen versammelt, die den Raum ungefähr in drei gleiche Teile trennten. Verstreut in der Menge befanden sich die fünf Patienten – Richmond war bis jetzt noch nicht erschienen. Ein Trio spielte auf der Terrasse Cocktail-Jazz, und mehrere Paare tanzten. Der Saal war riesig. Geschnitzte Engel schwebten an der Stuckdecke, breiteten ihre Flügel in den Ecken aus, und der Raum, dessen Heiligkeit sie gewährleisteten, hatte die Größe einer Dorfkirche, angefüllt mit Relikten aus vergangenen Zeiten. Vergoldete Stühle und Statuetten und zarte Tischchen standen in jedem freien Winkel, und jede glatte Fläche war mit *objets d'art* gefüllt, wobei Porzellanfigürchen von perückentragenden Lords und Ladies besondere Vorliebe genossen. Die Glastüren waren eingerahmt von Vitrinen, außer jener, neben der ein großes Klavier stand, in dessen poliertem Lack sich das Sonnenlicht spiegelte. Gemälde und Drucke und Photographien hingen in Reihen übereinander bis an die Decke: Darstellungen von ländlichen Szenen, historischen Persönlichkeiten, Jagdszenen und Gruppen von schäbig gekleideten Schwarzen. Einer der Drucke zeigte eine

Maskerade, deren Teilnehmer als Dämonen, Fabeltiere und prächtige Vögel kostümiert waren. Als Jocundra auf ihrem Weg zur Bowle daran vorüber kam, fand sie, daß diese Maskerade viel gemeinsam hatte mit Edmans Party: Obwohl die Mischung aus Musik und Unterhaltung ein zwangloses Beisammensein vortäuschte, waren die meisten Augen auf die Patienten gerichtet, und die meisten Gespräche betrafen sie, und es lag eine Erwartung in der Luft, als ob die Partygäste dem Augenblick der Demaskierung entgegensähen, damit sie sich schlüssig werden konnten, wer von ihnen nicht maskiert gewesen war, wer wirklich ein Dämon, ein Fabeltier, ein prächtiger Vogel war.

Um den Tisch mit den Erfrischungen ballten sich die Leute, und Jocundra lauschte ihrer Unterhaltung, während sie sich Bowle schöpfte.

»... je größer ihre verbalen Fähigkeiten sind, desto glaubwürdiger errichten sie eine vergangene Realität.« Eine kernige Männerstimme.

Jocundra schlenderte am Tisch entlang, begutachtete die Tablettes mit Sandwiches und hoffte, einen etwas weniger Edman-gefärbten Kommentar zu hören.

»... und Monroe sah aus, als ob der Teufel sie zum Tango aufgefordert hätte!« Gelächter, Stimmengewirr.

»Hört euch das mal an!« Das Klicken und Surren eines Tonbandgerätes, und dann die dünne, nach Maisbrot klingende Stimme von Kline French: »... ich bin ein leidenschaftlicher Anhänger des Tanzes, obwohl ich bis jetzt nur mit seinen regionalen Erscheinungsformen in Berührung gekommen bin.«

Clarice Monroe hatte auf einem der Sofas Ballettszenen zum besten gegeben, und French war von seiner Therapeutin so weit aus der Reserve gelockt worden, daß er darum gebeten hatte, ihrer Darbietung zuzusehen.

FRENCH: »Dies scheint die Lichtwerdung eines afrikanischen Mythos zu sein ... hab' ich recht?«

MONROE *(zitternd):* Es ist der Anansi, der Ashantigott der Lügen und des Betrugs.«

FRENCH: »Und diese junge Dame ist ihm verfallen?«

MONROE: »Sie ist die Zauberin Luweji. Sie hat die Tore des Feuers durchschritten ...«

FRENCH: »Dargestellt durch diese roten Vorhänge, wie ich annehme?«

MONROE: »Ja.« *(Schweigen)*

FRENCH: »Also, das scheint etwas Wundervolles zu sein. Ich hoffe, mir wird die Ehre zuteil, an seiner Triumphfeier teilzunehmen.«

Jocundra entdeckte French in einem Knäuel von Menschen. Er wurde in seinem Rollstuhl geschoben und nickte mit seinem massigen Kopf zu irgendeiner Bemerkung, die seine Therapeutin gemacht hatte. Seine Schultern waren so breit wie die eines Ringers; seine Augen funkelten smaragdgrün in seinem grobknochigen, leidenschaftslosen Gesicht, das Jocundra an einen Götzen erinnerte, der in einem verlassenen Tempel herrscht, oder – was der Wahrheit wahrscheinlich näherkam – an einen jener Schurken in James-Bond-Filmen, auf dessen Gesicht höchstens mal ein Lächeln erscheint, wenn er das Krachen eines brechenden Rückgrates hört. Die Ärzte sagten, daß ihnen selten ein Patient mit einer derartigen Muskelmasse untergekommen sei, im toten wie im lebendigen Zustand, und in Tulane war das Gerücht umgegangen, daß sein Körper durch einen Mittelsmann der Regierung in das Projekt eingeschleust worden sei. Aber welchen Ursprung er auch immer haben mochte, gegenwärtig hielt er sich für einen Finanzberater; die Verwaltung verfolgte seine Marktanalysen mit äußerster Aufmerksamkeit.

»French ist wieder mal unterwegs«, sagte jemand neben ihr. »Ich möchte wetten, er ist wieder hinter der Monroe her.« Kichern.

»Er wird nicht viel Glück haben. Soviel ich weiß, mußte sie beim letzten Mal hinterher gleich aufs Töpfchen.« Ungehemmtes Gelächter.

Jocundra balancierte vorsichtig ihr Bowleglas in der Hand, während sie sich durch Paare hindurchschlängelte und sich einen Weg zu Donnell bahnte. Er saß in der gegenüberliegenden Ecke und blickte düster drein; in letzter Zeit hatte er etwas Farbe im Gesicht bekommen, und seine hohlen Wangen rundeten sich ein wenig, aber sein soziales Verhalten hatte sich nicht wesentlich geändert. Bis jetzt hatte er jeden Annäherungsversuch zurückgewiesen, und inzwischen machte sich niemand mehr die Mühe, eine Unterhaltung mit ihm anzufangen. Jocundra bekam langsam das Gefühl, Verlierer in einem Wettbewerb um den schönsten Garten zu sein, während sie beobachtete, wie die Menge sich um die Gewinner scharte, und sie einsam und verlassen mit ihrem seelenlosen, grünäugigen Gewächs dasaß.

»Ich weiß, ich weiß«, sagte sie und reichte ihm das Glas. »Wo hab' ich mich rumgetrieben?«

»Wo, zum Teufel, *hast* du dich denn rumgetrieben?« Er nippte an der Bowle. »Mein Gott, das ist abscheulich. Laß uns von hier abhauen!«

»Wir müssen bleiben, bis Edman kommt. Er müßte bald hier sein.« Das war eine Lüge. Edman beobachtete die ganze Szenerie am Monitor und überblickte so die Veranstaltung vollkommen.

Marilyn Ramsburghs Therapeut machte Jocundra ein Zeichen, und sie antwortete ebenfalls durch ein Zeichen mit Nein. Donnell war noch nicht bereit für Ramsburgh. Sie war, zumindest nach Jocundras Einschätzung, von allen Patientinnen diejenige in der besorgniserregendsten körperlichen Verfassung. Zart bis zur Zerbrechlichkeit, mit weißem Haar, das so dünn war, daß man die geäderte Kopfhaut durchsehen konnte, zusammengesunken in ihrem Stuhl, die Hände mit Garn umsponnen und die Pupillen fast bis zum Nichts zusammengezogen. Sie war in Kürze zur ›Entlassung‹ fällig, und man würde sie für ein paar ›abschließende Untersuchungen‹ nach Tulane bringen; in letzter Zeit hatte sie wieder davon rumgezirpt, daß sie ihre Enkelkinder in den Arm nehmen wollte, und versprochen, allen zu schreiben, und sie hatte Edman eine schöne, handgewebte Decke geschenkt, in die die Darstellung von Rittern eingearbeitet war, die in einem von violetten Irrlichtern erhellten Wald kämpften: ein Zeichen ihrer Dankbarkeit.

Geräusche einer Auseinandersetzung drangen von der Veranda herein, eine Frau kreischte, und Richmond erschien im Blickfeld; er schwenkte seinen Spazierstock, um sich einen Weg zu bahnen. Seine Therapeutin, Audrey, folgte ihm auf den Fersen. Er humpelte am kalten Buffet entlang, nahm sich einen Sandwich, biß einmal hinein und schleuderte den Rest zu Boden; er schöpfte sich ein Glas Bowle, trank davon und kippte den Inhalt wieder ins Gefäß. »Scheiß Fruchtsaft! Du lieber Himmel!« Bowle tropfte ihm vom Kinn auf das zerschlissene T-Shirt mit einem Aufnäher, der ein grob gezeichnetes Hakenkreuz und den Schriftzug *Höllenhunde M.C.* zeigte. Fettige Haarsträhnen fielen ihm bis über die Augen herunter, und er starrte durch diese hindurch die Menge an wie ein betrunkener Indianer.

Die Menge wich vom Buffet zurück, von Richmond. Nur drei Männer und ein dickes Mädchen in einem gelben Sommerkleid blieben, wo sie waren. Als er sie bemerkte, hängte sich Richmond den Spazierstock über einen Arm, humpelte zu ihnen und grapschte nach der Brust des Mädchens; mit dem freien Arm umschlang er ihre Taille und zog sie an sich. Sie kreischte und hob die Hand, um ihm eine Ohrfeige zu versetzen.

»Nur zu, du Nutte!« sagte Richmond ungerührt. »Laß mal sehen, was du zu bieten hast!«

Der Mund des Mädchens kräuselte sich, klappte auf und schloß sich wieder, und sie ließ die Hand sinken.

Richmond legte ihr die Hand in verschiedenen Stellungen um die Brust und drückte sie rücksichtslos. »Verdammt, Mama!« sagte er. »Ich möchte wetten, du trägst A-Körbchen.«

»Laß sie in Ruhe, Jack!« Audrey versuchte, seine Hand wegzuziehen, aber er schüttelte sie ab. »Laß uns zurück ins Zimmer gehen.«

»Sachte! Wie wär's, wenn wir alle drei gingen und ein bißchen Ringelreihen spielten?« Er verstärkte den Griff um die Taille des Mädchens und spielte mit dem Daumen an ihrer Brustwarze. Sie senkte die Augenlider, ihr Kopf fiel zur Seite, als ob sie eine süße Woge der Leidenschaft erwartete.

Einer der Männer, ein dürrer Kerl in einer karierten Jacke, schob den Fuß ein Stück vor und sagte: »Ähm ... Mr. Richmond ...«

»He, kleine Wilde!« sagte Richmond gutmütig. »Ich nehme an, du willst wissen, wie die gequetschte Stelle aussieht.«

Das Mädchen entwand sich ihm. Richmond bemühte sich nicht, sie zu halten, als sie jedoch zurücktaumelte, krallte er sich am Oberteil ihres Kleides fest. Er war zu schwach, um den Stoff zu zerreißen, aber seine Finger verhakten sich um einen der Träger, und als sie sich freizappeln wollte, löste er sich in Richmonds Hand – eine kleine gelbe Schlange. Ihre rechte Brust quoll heraus, blaß und hängend; die Druckstellen seiner Finger waren bereits als dunkle Flecken sichtbar. Richmond schnupperte an dem Träger. »Riecht nach Warzenschwein«, bestimmte er die Duftnote. Der dürre Kerl hüllte das Mädchen in seine Jacke, und sie warf unter Schluchzen die Arme um ihn.

Richmond grinste die Menge an und nickte; dann wirbelte er blitzschnell herum und ließ seinen Stock auf das Bowlengefäß niedersausen, so daß es zerbarst. Die Bowle schwappte heraus und tränkte die süßen Stückchen auf den Tabletts und durchweichte die Pappteller.

Er holte wieder aus und wieder, zu Schlägen, wie um eine Schlange zu erschlagen; seine Haare flatterten, und rote Tropfen rannen an dem Tischtuch hinunter, bis ein zuckerfeiner Staub von pulverisiertem Glas um seine Füße lag. Niemand sagte etwas. Jocundra hörte, wie die Bowle auf den Teppich tröpfelte.

»Warum steht ihr braven Bürger so da und laßt mich mit euren Frauen rummachen?« fragte Richmond, während er vom Tisch weghinkte. Die Menge teilte sich vor ihm und schloß sich hinter ihm wieder. »Ich meine, das *ist* doch das richtige Leben, oder nicht?« Er entdeckte Donnell und ging auf ihn zu. »He, Süßer. Du siehst heute ganz reizend aus. Wieso glaubst du, daß ich nach der Pfeife dieser Hühnerkacker tanze?«

Donnell umklammerte die Armlehnen seines Rollstuhls, blieb jedoch in lockerer Haltung. »Laß mich mit deinem Gequatsche in Ruhe, du Arschloch!« sagte er.

»Feindschaft!« Richmond war entzückt. »Jetzt gibt's endlich 'ne Feindschaft, auf die ich eingehen kann.« Er kam näher und klopfte sich mit dem Griff seines Stokkes in die Handfläche.

Jocundra setzte ihr Glas ab und bereitete sich darauf vor, Audrey dabei zu helfen, ihn zu bändigen; es stand fest, daß von den anderen keiner helfen würde. Die Menge stand in einem dichten Knäuel um sie herum und pferchte sie alle vier gegen die Wand hin ein; ihre Gesichter waren die Gesichter von aufmerksamen Beobachtern. Tonbandgeräte surrten, Notizblöcke waren gezückt. Jocundra bemerkte, daß sich alle Patienten in die vordere Reihe gedrängt hatten, und alle legten äußerste Anspannung an den Tag. Magnusson saugte an seinem Gaumen, die Ramsburgh fuchtelte fieberhaft mit ihrem Stickzeug herum, French trommelte sich mit den Fingern aufs Bein, und die hübsche Clarice Monroe mit dem dunklen Teint spähte über eine Schulter, blinzelnd und verdutzt. Hier war, dachte Jocundra, einer von Ramsburghs Wandteppichen zum Leben erweckt worden: ein geheimnisvoller Wald, mit unzähligen Gesichtern, die durch die Zweige lugten, die Seelen der Bäume, Gnome, geisterhafte Männer und Frauen, und ein paar wenige, deren glühende Augen die strukturellen Kernpunkte des Bildes darstellten.

Magnusson setzte einen Fuß vor. »Man beobachtet uns, Goldstück. Deshalb läßt man dich hier deine Schau abziehen.«

Richmond ließ von Donnell ab und breitete die Arme in einer Geste falscher Herzlichkeit aus. »Verdammt, wenn das nicht Doktor Demento ist!«

»Und sie haben guten Grund, uns zu beobachten!« Magnusson ließ den Blick von einem Patienten zum anderen wandern. »Fühlt mal ein bißchen in euch hinein! Findet ihr da irgend etwas von Substanz, etwas Wirkliches? Wir sind nicht die, die wir waren.«

Einen Augenblick lang herrschte Stille, dann sprach French. »Ich glaube nicht, daß ich ganz verstehe, worauf Sie hinauswollen, Doktor.« Er knetete sein Bein mit dem Handballen.

»Hört doch nicht auf diesen alten Wahnsinnigen«, kreischte die Ramsburgh. »Vor'n paar Tagen war er bei mir und wollt' mich mit seinen Spinnereien vergiften.« Sie sah Magnusson stirnrunzelnd an; seine Augen glühten in der gesprenkelten Ruine seines Gesichts, und die beiden starrten einander an wie höllische Großeltern, die sich an einem bösen Gedanken ergötzen.

»Dein Geist ist vergiftet, Hilmer!« Die Hände der Ramsburgh tanzten zwischen Nadeln und Garn. »Deine Arterien sind verkalkt, und dein Gehirn ist ein ausgetrockneter Schwamm! Es wird höchste Zeit, daß du dich mit den Tatsachen abfindest und uns in Ruhe läßt.«

»Alte Frau«, sagte Magnusson feierlich. »Spürst du nicht, wie unsere Tage verrinnen?«

Edman drängte sich durch die Menge und legte die Hände um die Griffe seines Rollstuhls. »Ich glaube, die Aufregung war zuviel für Sie, Doktor«, sagte er mit berufsmäßig guter Laune. Er rollte ihn langsam weg, aber der alte Mann blockierte mit den Händen die Räder, und der Stuhl stockte.

»Seht ihr denn nicht, daß das Ganze ein Schwindel ist?« Erneut blickte er die anderen Patienten nacheinander an. »Bei Gott, du wirst es erkennen«, sagte er zu Donnell. »Du wirst einen Blick über den Rand werfen können, bevor du hinunterfällst.«

Laura kniete sich neben ihn und zog an seinen Händen. »Hör auf damit, Hilmer!« sagte sie. »Hör sofort damit auf!«

Japsend und mit vor Anstrengung gerötetem Gesicht zerrte Edman den Rollstuhl seitlich weg, und Jocundra ertappte sich, wie sie den Bruchteil einer Sekunde lang in Magnussons Augen sah; doch es war nicht nur ein In-die-Augen-Sehen, es war ein Fallen in die Tiefe von strahlenden grünen Tunneln, die so grell leuchteten, daß sie sich zu drehen schienen, wie Strudel, die sie hinabzogen, und die Muster aus Knorpelmasse und Farblosigkeit, die sie umgaben, ergaben keinerlei Sinn.

»Es ist doch so klar.« Magnusson schüttelte verwundert den Kopf, dann sah er Jocundra eindringlich an. »Kein Leid ist so groß, daß es nicht zu ertragen wäre«, sagte er, »und dieses hier kann nicht abgewendet werden.«

Jocundra glaubte ihn zu verstehen, das Gefühl des Verstehens schwand jedoch im selben Moment, als er sich abwandte und sie sich verloren vorkam.

Edman machte Platz für zwei schwarze Pfleger, die Magnussons Rollstuhl anhoben und ihn davontrugen wie einen König in einer Sänfte.

»He, Nigger!« schrie Richmond und holte mit dem Stock in Richtung des vorbeikommenden Pfleger aus; aber Audrey warf von hinten die Arme um ihn, und sein Schwung ging ins Leere. Sie rangen taumelnd miteinander.

»Es sieht hoffnungslos aus für dich, Goldstück.« Magnusson strahlte aus seiner Höhe auf Richmond herunter. »Du bist ein toter Mann.«

»Hinaus!« keifte Edman; er fuchelte mit der Faust herum, da er die Beherrschung verloren hatte. »Alle raus! Die Belegschaft in mein Büro!«

Während die Pfleger Magnusson davontrugen, rief er noch etwas zurück. »Zwei Jahre, Edman! Drei sind das äußerste. Sie werden all deine Löcher untersuchen, aber sie werden es nicht finden!«

Ein Geraune ertönte, vermischt mit erschreckten Ausrufen, und als Jocundra später darüber nachdachte, wurde ihr klar, daß Psychiater, die ihre Gelassenheit verloren, sich nicht mit Halbheiten begnügten. Sie hatte vorgehabt zu warten, bis sich die Menge etwas ausgedünnt hätte, aber Dr. Brauer kam herbeigeeilt, schob sein Gesicht dicht vor Donnells, blökte: »Harrison!« und brüllte dann Jocundra an, abzuhauen. Weitere Schreie ertönten: »Abhauen!« Und: »Laßt sie durch!« Eine derbe rothaarige Frau versuchte, ihr den Weg frei zu machen, blieb mit einem ihrer hohen Absätze hängen und fiel kopfüber über die Armlehne eines Sofas. Ihr Rock rutschte ihr bis zu den Hüften hoch und enthüllte zellulitische Schenkel. Ein Arzt und ein Pfleger rissen sich um Clarice Monroe und zankten sich um das Vorrecht, sie zu begleiten; Frenchs Rollstuhl rempelte seitlich mit dem der Ramsburgh zusammen, und diese piekste ihren Therapeuten mit einer Plastikstricknadel. Ausweichende Haken schlagend schob Jocundra Donnell durch einen Korridor aus entrüsteten Gesichtern in den Flur hinaus. Drei Ärzte hatten das Mädchen, das Richmond mißhandelt hatte, mit der Wand im Rücken abgeschirmt; sie hatte die Beine um einen Farn gespreizt und hielt die karierte Jacke zu. Tränen rannen ihr übers Gesicht. Sie nickte als Antwort auf eine Frage, aber das Nicken mußte nicht unbedingt etwas bedeuten, denn sie wackelte unaufhörlich mit dem Kopf, während sie sich Notizen auf ihren Blöcken machten.

Donnells Zimmer war sonnig, ein sanfter Windhauch bewegte die Vorhänge, Schatten von Blättern huschten über den Teppich. Jocundra fiel nichts zu sagen ein; sie wußte nicht, mit welcher Lüge sie ihn besänftigen könnte. Deshalb ließ sie ihn ruhig an seinem Schreibtisch sitzen und sammelte die schmutzige Wäsche ein, während sie ihn aus den Augenwinkeln beobachtete. Er rückte sich einen Stapel Papier zurecht, nahm einen Schreibstift auf, kritzelte etwas vor sich hin, legte ihn aus der Hand.

»Er ist wirklich ...« Er nahm den Stift wieder zur Hand.

»Wie bitte?« Sie stopfte seinen Bademantel in den Wäschekorb.

»Was ist wohl mit ihm los? Ist er einfach von Natur aus verrückt, oder hat es etwas mit dem Prozeß zu tun?« Er zappelte weiter nervös herum, während seine Hände ziellos vom Stift zum Papier und zum Notizbuch hin und her gingen.

»Er ist sehr, sehr alt.« Jocundra kniete sich neben ihn, erfreut über die Gelegenheit, nett zu ihm zu sein. »Wahrscheinlich war er schon senil, bevor man den Prozeß bei ihm in Gang setzte, und er konnte dadurch nicht mehr vollkommen wiederhergestellt werden.« Sie massierte die verhärteten Muskeln in seiner Schulter.

Er neigte den Kopf nach vorn, damit sie besser an seinen Hals herankam. »Ich kann es nicht erwarten, endlich von diesem Ort wegzukommen«, sagte er.

»Das wird früher der Fall sein, als du denkst«, sagte sie und wünschte, es wäre nicht so grausam wahr. Sie haßte sich selbst immer mehr dafür, daß sie log, aber anders konnte sie es ihm nicht sagen. »Bitte sei deswegen nicht so betrübt. Ich möchte, daß es dir besser geht.«

Eine beißende Traurigkeit stieg in ihr hoch, als ob die Worte »Ich möchte, daß es dir besser geht« ein Spritzer kalten Wassers auf den heißen Stein ihrer Gefühle gewesen wäre. Aber die Traurigkeit schien nichts mit seinem Sterben zu tun zu haben. Vielmehr erschien es als eine Folge des nachlassenden Lichts, der Temperatur, der Schatten und Geräusche: eine Art allumfassender Traurigkeit, die alles menschliche Wirken begleitete, eine, die man nur empfand, wenn die Bedingungen danach waren, die jedoch ständig vorhanden war. Sie befürchtete, daß sich dieses Gefühl auf ihrem Gesicht abzeichnen mußte, und um es zu verbergen, tat sie so, als müßte sie husten.

»Mein Gott«, sagte er. »Ich wünschte, ich wäre gesund.« Er sah zu ihr hinüber, mit weit aufgerissenen Augen und nach unten gezogenem Mund; den gleichen Gesichtsausdruck hatte er während der Fahrt von Tulane gehabt. »Ach, zum Teufel! Ich nehme an, es ist so etwas wie eine Tugend, gestorben zu sein ...« Seine Gedanken schweiften ab.

Sie wußte, daß er im Begriff gewesen war, diese Tugend mit ihr in Zusammenhang zu bringen, einen Spaß daraus zu machen, als schwache Anspielung auf die Anziehung, die er auf sie ausübte, aber er ließ die Pointe unausgesprochen, und die letzten Worte, die er ausgesprochen *hatte,* hingen zwischen ihnen in der Luft und nahmen die Färbung all der Angst und Krankheit im Raum an. Kurze Zeit darauf entschuldigte sie sich und ging ins Badezimmer. Fast eine Viertelstunde lang saß sie auf dem Rand der Wanne und erwartete, daß sie weinen würde, sie schwebte am Abgrund des Weinens, zum Überlaufen voll mit Tränen, aber das Schluchzen blieb ihr in der Brust stecken, bis es sich schließlich auflöste.

# 6. KAPITEL

**Aus *Menschenbeschwörung: Meine Arbeit mit Ezawa in Tulane***
**von Dr. med. Dr. phil. Anthony Edman**

... Ich war noch nie so nahe daran gewesen, einen Kollegen zu schlagen, denn Brauer – mit seinem Talent zur ehrgeizigen Unterwürfigkeit und seinem Durst nach Autorität – schien fest entschlossen, meine mißglückte Unternehmung, bei der ich den Patienten angeblich zuviel Spielraum gelassen hatte, an die große Glocke zu hängen, so daß ich die Beherrschung zu verlieren drohte. Ich zwang mich jedoch, mich zu beruhigen, und wies ihn darauf hin, daß wir exakt das angestrengte Ergebnis erzielt hatten: Trotz Magnussons unerwartetem Ausbruch, oder vielleicht gerade deswegen, hatten wir die Angst der Patienten voreinander offengelegt, so daß man damit umgehen und sie analysieren konnte.

»Innerhalb einer Woche werden sie Interessengemeinschaften gründen«, erklärte ich ihm. »Bei Monroe und French ist es offensichtlich, Harrison und Richmond ... Jetzt, da Richmond jemanden gefunden hat, der es mit ihm aufnimmt, jemanden, der mehr oder weniger im gleichen Alter ist wie er, kann er gar nicht anders, als erste freundschaftliche Schritte zu unternehmen. Es ist unvermeidlich. Vielleicht haben wir ein paar Fleischwunden hinnehmen müssen, aber jetzt müssen sie ihre Angst als Nebenwirkung des Prozesses akzeptieren und sich damit auseinandersetzen.«

Meine zur Schau gestellte ungetrübte Selbstsicherheit stärkte die Moral der Belegschaft und nahm Brauer tatsächlich den Wind aus den Segeln, der zwar weiterhin sein Gift verspritzte, jedoch ohne Wirkung. Ich erklärte der Belegschaft, daß die Tatsache, daß wir die Beherrschung verloren hatten, den Vorgängen nur eine um so größere Authentizität verliehe. Hatten wir nicht, so fragte ich sie, gehandelt wie äußerst besorgte Mediziner, wie Ärzte, die verantwortlich sind für das Wohlergehen von Patienten, die eine schwierige geistige Anpassungsphase durchmachen? Wir hatten ihnen unsere Menschlichkeit gezeigt, unsere Unvollkommenheit. Ich räumte ein, daß der Verlust meiner Beherrschung, genau wie bei ihnen, eine Reaktion war auf die Möglichkeit, daß die Patienten ihre eigene wahre Natur durchschauen könnten; dennoch war ich der Meinung, daß jeglicher Schaden, der durch unser oder Magnussons Verhalten verursacht worden sein mochte, uns zum Vorteil gereichen konnte, wenn wir nicht den Versuch machten, etwas zu vertuschen, wenn wir Magnusson erlauben würden, weiterhin in Shadows zu bleiben, und ihn nicht – wie Brauer vorgeschlagen hatte – vor der Welt in einer Zelle in Tulane zu verstecken. Lassen wir ihn doch daherreden, wie er mag, empfahl ich; wir werden nur ein trauriges Gesicht dazu machen und Bedauern über seine Senilität und die allgemeine Verschlechterung seines Zustandes zum Ausdruck bringen. *Wir* werden glaubhaft sein.

Natürlich erwies es sich nicht als nötig, Magnusson zu entlarven; genauso wie die Ramsburgh sich selbst verteidigt hatte, kamen die Patienten – zur Verteidigung ihrer bedrohten Identität – von selbst zu dieser Schlußfolgerung, jeder für sich und ohne Absprache.

Wir hatten infolge der Gruppenbegegnung einen gewaltigen Schritt voran getan. Die Patienten begannen offen über ihre von Furcht bestimmten Reaktionen gegenüber einander zu sprechen, und wir analysierten ihre Berichte, wodurch wir noch tieferen Einblick in das Ausmaß ihrer abnormen Wahrnehmungen erhielten. So geschah es zum Beispiel in der Zeit direkt im Anschluß an die Begegnung, daß Harrison mit der Tatsache herausrückte, daß er Bioenergie sah: »... Grobe Nebelschwaden in einer Grundfarbe hüllen den oberen Teil des Körpers ein, Flecken und Glitzerstrahlen von Sekundärfarben erscheinen, und das Ganze verblaßt innerhalb von Sekunden.« Seine Wahrnehmungen waren in besonderem Maße dazu angetan, mich zum Nachdenken über Magnussons Bemerkungen hinsichtlich meiner eigenen Krankheit zu bringen, obwohl ich zur damaligen Zeit seine Diagnose eher als einen Akt der Rache denn als ernstzunehmende Aussage einschätzte. Doch wenn solche Einblicke auch Schlußfolgerungen über den Entwicklungsprozeß dieser phänomenalen Fremden, die die BIAP-Patienten waren, zuließen, so warfen sie dennoch kein erhellendes Licht auf das Geheimnis des Wesens ihrer Existenz; und die Durchleuchtung des Geheimnisses mußte nach meiner Meinung das vordringliche Ziel des Projekts sein. Anstatt nun also am Fahrwasser von Magnussons Enthüllungen vor der Gruppe eine Hände-weg-Politik zu verfolgen, fuhr ich wie geplant damit fort, Problemsituationen herbeizuführen, die – so hoffte ich – die Patienten zu einer noch tiefergehenden Selbstentdeckung anregen würden.

Während des großen Geschreis, das ausbrach, nachdem die Medien über das Projekt berichtet hatten, haben meine Widersacher mich als Manipulator abgestempelt, und wenn ich diese Bezeichnung mit ihrem bösartigen Beiklang auch nicht akzeptiere, so unterstelle ich doch, daß jede Psychotherapie Manipulation ist; daß wir als Psychiater die Menschen nicht heilen, sondern ihre Neurosen in funktionelle Bahnen lenken. Jeder Psychiater, der etwas taugt, ist im Herzen ein Weiser, der begreift, daß er in einer großen Dunkelheit verloren ist, und der Theorien nicht als scheinheilige Doktrin einsetzt, sondern als Marksteine, um die Stellen zu kennzeichnen, die er im Umgang mit den speziellen Patienten durchleuchtet hat. Deshalb gravierten auch die

Alchemisten des Altertums in ihre Destillierkolben geheimnisvolle Symbole, die die bekannten Elemente darstellten. Man hat mir vorgeworfen, den Verlauf anderer Leben gewissenlos zu steuern, um meine akademischen Launen zu befriedigen. Diesen Vorwurf weise ich zurück. Ich habe sowohl Patienten als auch Therapeuten auf eine Weise benutzt, wie es ein Mann machen würde, der sich im Wald verirrt hat und Stein und Eisen aneinander reibt, um Licht zu erzeugen. Und wir *hatten* uns verirrt. Bevor ich dazustieß, war das Projekt ein makelloses Unterfangen, dem Mißerfolg auf der ganzen Linie beschieden war, besonders hinsichtlich der Erkundung der wahrhaften Natur der Patienten. Diese meine persönlichen Erinnerungen sind nicht der richtige Rahmen, um im einzelnen auf alles einzugehen, was wir erkundeten, nachdem ich dazugestoßen war, aber ich muß darauf hinweisen, daß die verschiedenen Schriften und Monographien meiner Widersacher meinen Erfolg beweisen (der mehr wissenschaftlich orientierte Leser wird sich vielleicht mein demnächst erscheinendes Buch *Der zweite Tod* und sein spekulativ-theoretisches Begleitwerk *Dahingegangene Seelen: Eine psychoanalytische Neubewertung animistischer Glaubenstendenzen* zulegen wollen).

Meine Widersacher haben mit besonderem Nachdruck das angeprangert, was einer von ihnen als meine »unprofessionelle Besessenheit in bezug auf Jocundra Verret« bezeichnete, und mir die ganze Schuld an allem daraus folgende Unglück in die Schuhe geschoben. In dieser Hinsicht bekenne ich mich zwar zu einer gewissen Mittäterschaft, doch wenn mir die ganze Last der Schuld auf die Schultern geladen wird, dann muß man mir auch den Verdienst für alles, was erreicht wurde, zuerkennen. Keinesfalls möchte ich die Verantwortung, die meine Mitarbeiter trugen, schmälern, und Miss Verret hat selbst bezeugt, daß sie nach eigenem Gutdünken handelte, wenn man jedoch darauf besteht, werde ich die ganze Schuld auf mich nehmen und den ganzen Verdienst für mich beanspruchen und es der Geschichte überlassen, endgültig den Wert meines Beitrags zu beurteilen. Ja, ich bin Risiken eingegangen! Ich habe Drahtseilakte ohne Netz und doppelten Boden vollführt. Ich nahm in Kauf, daß die Hölle losbrechen könnte, um hinter die Geheimnisse der Patienten zu kommen, und vielleicht waren höllische Maßnahmen nötig, damit die Wahrheit ans Tageslicht kam. Wir waren Kartographen, keine Heiler; unsere Aufgabe bestand darin, die Wildnis dieser neuen menschlichen Erscheinungsform zu erforschen, und ich konnte mich nicht damit abfinden, wie es Brauer dem Anschein nach konnte, lediglich eine Rolle als Babysitter der Untoten zu spielen.

Obwohl meine Fallstudie der Beziehung zwischen Harrison und der Verret – und noch nie zuvor war eine Liebschaft so gründlich dokumentiert worden wie die ihre, festgehalten auf Videobändern und mit Anmerkungen versehen, die Intensivbefragungen der Beteiligten enthüllten – obwohl diese Studie viele wertvolle Erkenntnisse lieferte, betrachtete ich im Laufe der Wochen diese Beziehung immer mehr nur als Leitstern, nach dem ich navigierte, einen, dessen niemals wankendes Licht die Richtigkeit meines eingeschlagenen Kurses signalisierte. Diese Einstellung könnte man für eine meinem Berufsstand unangemessene romantische Spinnerei halten, und vielleicht war sie übermäßig romantisch, aber ich glaube, ich kann sie damit rechtfertigen, daß ich meinem Handel meine eigenen emotionalen Bedürfnisse zugrundegelegt habe. Der Druck, dem ich ausgesetzt war, war gewaltig, und ich konnte ihn nur aushalten, indem ich an den Wochenenden zwischen der Stätte meines Wirkens und New Orleans hin- und herpendelte und die Nächte in meinem eigenen Heim verbrachte. Offizielle Stellen, die das Projekt unterstützten, schrien nach Ergebnissen, und meine Kollegen stellten fortgesetzt meine Sorge um das Wohlergehen der Patienten in Frage. *Meine* Sorge? Nur weil ich mich weigerte, mich mit banalen Freudschen Analysen und quasi-metaphysischem Kaffeeklatsch abzugeben und mich mit Psychiatern der zweiten Garnitur zu beschäftigen, mangelte es mir an der nötigen Sorge? Ich regte die Patienten an, ermutigte sie, versuchte, ihnen ein Gefühl des Stolzes auf das, was sie leisteten, zu vermitteln. Hätte ich sie statt dessen verpäppeln, ihnen auf den Kopf klopfen und sie dafür bewundern sollen, daß sie überhaupt atmeten? Das war Ezawas Einstellung: sie gemacht zu haben; und er war zufrieden mit seinem Werk und betrachtete sie lediglich als Monumente seiner Klugheit.

Der stärkste Druck ging jedoch von den Patienten selbst aus. Stellen Sie sich doch bitte einmal vor, wie es ist, mit einer Gruppe brillanter und charismatischer Individuen zusammenzuleben, die durch und durch dominierend sind und deren lebhafter Charakter den anderen unterdrückt und stumpf macht. Es war eine ständige Anstrengung, sich in ihrer Umgebung aufzuhalten, und ich kenne keine einzige Person, die als Folge davon nicht irgendwann einmal unter ernsthaften Depressionen litt. Sie waren Gestalten, die einen in ihren Bann zogen: grünäugige Ungeheuer mit den Fähigkeiten von Engeln. Harrisons Gedichte, Monroes Tanz, selbst Richmonds geheulter Klagegesang ... das waren kraftvolle Ausdrucksweisen bedrückend für all jene von uns, die nicht in der Lage waren, gleiches zu leisten; besonders bedrückend wegen des fahlen Lichts, das ihre Erzeugnisse auf das Wesen der Kreativität zu werfen schienen, entmystifizierend, herabwürdigend, so daß die Dinge nur noch den Wert eines technischen Fingerschnalzens hatten, wie die galvanische Reaktion eines zerlegten Frosches. Und dennoch schaffte es keiner von uns, sich im Zusammenhang mit den Patienten mystischer Empfindungen zu erwehren. Manchmal kam es mir so vor, als befänden wir uns in einer eigenartigen klosterähnlichen Ordnung, deren Sinn darin bestand, verkrüppelte, grünäugige Heilige zu pflegen und zu ernähren, die nur die leiseste Äußerung zu tun brauchten, damit wir uns eilends daran machten, sie auf Herz und Nieren zu untersuchen, um Beweise für ihre prophetischen Einblicke zu erhalten. Sie hielten alle Therapeuten in ihrem Bann, wenn sie nicht – wie Laura Petit – eine künstliche Distanz zu ihnen aufrechterhielten; das heißt, alle bis auf Jocundra Verret.

Während ich die Verret und Harrison beobachtete, mitansah, wie entspannt sie miteinander umzugehen gelernt hatten und wie ihr Verhalten von zunehmender Wärme und Natürlichkeit bestimmt war, hatte ich das Gefühl, Zeuge einer Entwicklung zu sein, bei der aus der chaotischen Sphäre von Shadows eine vollendete Form entstand: eine süße, zarte Wahrheit, die – trotz ihrer Zartheit – unserer Menschlichkeit zugrunde liegt. Verret, die schon immer eine schöne Frau gewesen war, wurde noch schöner, ihre Haut strahlte, ihr Haar glänzte, und ihr Gang – der früher träge war, mit gesenktem Kopf und starren Armen – wurde quicklebendig und mädchenhaft. Während unserer Unterredungen habe ich sie häufig darauf hingewiesen, daß sie – und zwar keinen Deut weniger als die Restmengen von DNS – ein entscheidender Faktor für Harrisons Persönlichkeit war, daß genau wie die *Mama Loi* im Voodoo-Ritual als Identifikation des sie besitzenden Geistes dient, sie die »Identifikation« von Harrison darstellt, indem sie einen bestimmten Komplex in seinem Verhalten ansprach, um ihren eigenen Bedürfnissen gerecht zu werden. Schließlich versuchte er ja, ihr zu gefallen und so an sich zu arbeiten, daß er als Mann ihren Wünschen entsprach. Wenn man von Harrisons Wahrnehmungsfähigkeiten ausgeht und bedenkt, daß seine Sinne ganz auf sie konzentriert waren, ist es wahrscheinlich, daß sie ihn auf einer Ebene beeinflußte, über die wir nur Mutmaßungen anstellen können, und das Ausmaß ihres Einflusses ist ebenso schwer einzuschätzen. Sie zog es jedoch vor, ihre Rolle als schöpferische Kraft herunterzuspielen, indem sie darauf bestand, daß er etwas Geheimnisvolleres und Selbstbestimmtes sei. Ich bin sicher, daß sie nicht wußte, was geschah, zumindest nicht am Anfang, als sie ihre Gefühle noch hinter der Fassade der Pflichterfüllung versteckte.

Obwohl ich gleich bei unserer ersten Zusammenkunft eine Ahnung von diesem in der Verret vorhandenen Potential hatte, überraschte es mich dennoch, daß zwischen zwei so wenig zueinander passenden Wesen und unter derart abschreckenden Bedingungen Liebe entstehen konnte. Die Beziehung der beiden brachte einen Hauch von Normalität in die Atmosphäre des Abnormen von Shadows; ich saugte diesen Hauch tief in mich ein, reckte den Kopf danach wie ein Bergmann, der in einem gasgefüllten Schacht eingeschlossen ist und um frische Luft ringt. Es erregte mein Interesse in zunehmendem Maße zu erfahren, wie sich diese Beziehung entwickeln würde, es ging sogar so weit, daß ich mit meinem eigenen Garn an dem Webbild mitwirkte, das die beiden schufen.

Manipulation? Jawohl, ich manipulierte. Und trotz der Ereignisse, die folgen sollten, würde ich wieder in gleicher Weise handeln, denn es ist der Sinn der Psychiatrie, die Lebenden zum Leben zu ermutigen, und dahingehend habe ich Harrison und die Verret ermutigt.

Eines Tages, als ich gerade in der Kantine mein Mittagessen einnahm, gesellten sich Laura Petit und Audrey Beamon zu mir. Die Petit hatte einen Satz Tarockkarten dabei und machte sich daran, Beamon die Zukunft daraus zu weissagen; anschließend bestand sie darauf, mir meine zu sagen. Ich wählte den Hierophant als Symbol aus, hob die Karten ab und hörte zu, wie Laura ihre Bedeutung erklärte. Laura wußte nicht, daß ich mich mit Tarock recht gut auskannte, und es entging ihr daher, daß ich durch die Art ihrer Auslegung mehr über ihren

Charakter als über mein Schicksal erfuhr. Sie unterstrich ihre Ausführungen mit Bemerkungen wie »Ach du liebe Güte!« und »Moment mal, was haben wir denn da?« und verdrehte den Sinn der Karten, indem sie mir ein schillerndes Märchen über meine Zukunft auftischte – Ruhm nach harten Zeiten – und gab mir nebenbei durch die schmeichelhafte, vieldeutige Art ihrer Auslegung zu verstehen, daß ich in ihr eine kluge Verbündete vor mir hätte, der ich jede Aufgabe anvertrauen konnte, egal wie heikel sie auch sein mochte. Hinterher legte sie eine Karte mit der Vorderseite auf den Tisch: den Teufel, eine große, zottelige, gehörnte Figur, die auf einem schwarzen Stein kauerte, an die ein nackter Mann und eine nackte Frau angekettet waren. »Ich bin wirklich der Ansicht, sie hätten diese Karte als Symbol für sich wählen sollen, Dr. Edman«, sagte sie mit klappernden Augenlidern und einem Kichern. Trotz der offenkundigen Trivialität dieser Bemerkung signalisierte sie mir, indem sie mich mit dieser erschreckenden männlichen Gestalt, diesem Meister der Grausamkeit, identifizierte, ihre Bereitschaft, sich meiner Sache zu verschreiben, sich unterzuordnen, und enthüllte gleichzeitig ihr hinterhältiges Entzücken über das, was wir ihrer Meinung nach in Wirklichkeit trieben: an der ganzen Scheinheiligkeit und Abscheulichkeit des Projekts. Nun gut, dachte ich, wenn ich Satan sein soll, dann wird Laura mein Hilfsteufelchen sein. Ich würde Gebrauch machen von ihrer affektierten Falschheit. Und das tat ich, obwohl ich überzeugt davon bin, daß meine Manipulation nicht der einzige ausschlaggebende Faktor für den Verlauf der Dinge war.

Die Bedingungen und das Klima in Shadows, daran besteht kein Zweifel, beeinflußten mein Handeln. Dieses riesige Herrschaftshaus, das düster am Rande des Sumpfes stand, mitten zwischen jahrhundertealten Eichen und umgeben von Büßermoos, in dem Tote wohnten, die ins Leben zurückgekehrt waren ... hier gab es beides, eine magische Kulisse und ausgeprägte Charaktere, der Stoff, aus dem große Dramen entstehen, und vielleicht versuchte ich unbewußt, den Funken für ein solches Drama zu legen, indem ich den Befehlen einer inneren Theatralik gehorchte, die das Haus in meinen Tiefen aufgewühlt hatte, in meinem ›Unterbewußtsein‹. Wenn man mir nach meinem Tod die Ezawa-Bakterie injizieren würde, könnte ich in der Reinkarnation vielleicht als Bühnenschriftsteller erscheinen. Doch jeden Morgen bei meinem Frühspaziergang, bevor ich die Runde machte, sah ich zu dem Haus zurück und erlebte ein Gefühl der Erregung und der Furcht. Aus der Ferne sahen seine Fenster totenschwarz aus, als ob es darin keine Möbel und keine Wände und kein Leben gäbe, sondern nur eine faulige, vergiftete Dunkelheit. Wir wohnten in dieser Dunkelheit, und von allen Beteiligten an dem Projekt wagte ich es als einziger, Streichhölzer zu entzünden und die Düsternis aufzulösen. Die meisten meiner Kollegen, so glaube ich, hatten Angst, was dabei enthüllt werden könnte, und sie begnügten sich mit Verhaltensstudien. Aber hier ging es um eine Experiment, wir befanden uns nicht in einer Klinik für Verhaltensgestörte; wir waren dort, um etwas zu erfahren, und nicht, um Anmerkungen zu bestehendem Wissen zu verfassen.

Und was erfuhren wir? Wir legten neuartige Kräfte frei, wir machten einen Schritt voran – vielleicht auf einem endlosen Pfad zur Göttlichkeit, wir krempelten das ganze Gebiet psychoanalytischer Theorien um, und, wie es bei allem Wissen der Fall ist, wir stellten fest, daß noch tiefere und überwältigendere Geheimnisse jenseits derer schlummerten, die wir zu feststehenden Tatsachen herabgewürdigt hatten.

# 7. KAPITEL

*18. April – 3. Mai 1987*

»Ihr solltet mal eine Fahrt mit mir machen«, sagte Richmond; er lehnte sich weit zurück, die Hände hinter dem Kopf verschränkt, und beobachtete nachdenklich die dahinziehenden Wolken. »Durch irgend so 'ne bescheuerte Stadt brausen und zum Brunnen im Park oder was es sonst an öffentlicher Scheußlichkeit gibt ziehen. So mit vierzig oder fünfzig Mann. Da findste keinen Bullen mehr. Verstehste, da ham se plötzlich 'n Problem auf'm Highway, und *wir* ham das Sagen. Da strömen die Damen nur so ran. Die Damen stehn auf 'ne Harley, Mann. Sie fahren mit den Fingern übern Benzintank, verstehste?«

»Hm, hm«, sagte Donnell, der zu erschöpft war, um etwas anderes zu machen, als Richmond zuzuhören. Er hatte es geschafft, fast hundert Meter weit zu gehen, und die Folge davon war, daß seine Beine zitterten, seine Brust pochte und der Schweiß ihm in die Augen rann; aber seine Leistung gab ihm ein Gefühl der heiteren Gelassenheit.

»Kapierste, Mann? Wenn wir uns abgeseilt haben, dann nix wie runter zum Golf, da kenn ich 'n Ort, besorgen uns Geld, und dann lassen wir die Puppen tanzen! Verhökern unsern Stoff im ganzen Land!« Er streckte die Hand aus, damit der andere einschlagen konnte.

Donnell richtete sich etwas auf und stützte sich auf einen Ellbogen, um ihm den Gefallen zu tun, belustigt darüber, daß ihn Richmond als Mitläufer akzeptierte. Seine Funktion, so schien es, bestand darin, ihm zuzustimmen, Richmonds Begeisterung für Drogen, Gewalttaten und flüchtige sexuelle Erlebnisse zu teilen – das waren für ihn die Freuden des Lebens – und Richmonds

Weisheit auf allen Gebieten mit Ausnahme intellektueller Weisheit zu bestätigen; intellektuelle Weisheit hingegen war Donnells Domäne. Er konnte Richmond nicht besonders gut leiden, und er reagierte immer noch nervös auf ihn, aber seine lebhaften Geschichten verfestigten sein Vertrauen in seine eigenen Erinnerungen.

»Es gibt da so 'n Gefühl, Mann«, sagte Richmond feierlich wie ein Pfarrer, »so 'n Gefühl gibt's nich noch mal. Diese gottverdammte Viertaktmaschine heult auf wie 'n Jet, und dein Mädchen drückt dir die Titten ans Leder und kitzelt dich am Hals. Wuff! Sex und Tod und Klangeffekte!«

Audrey und Jocundra saßen auf einer Bank, ungefähr zehn Meter von der Stelle entfernt, wo die beiden lagen, und Donnell konzentrierte sich auf Jocundra. Er neigte den Kopf nach vorn und sah sie von unten an, wobei er den Blick auf ihre Aura scharfstellte: ein substanzloser Schal aus blauem Licht, zart wie allerfeinster Nebel und glitzernd vor Splittern aus Rubin, Gold und Smaragd.

»Is' allerdings 'n Haken dran«, sagte Richmond ernüchtert. »Wenn du mit den Hunden mitfahren willst, mußte 'n Bullen umbringen.«

»Hast du einen Bullen umgebracht?« Donnell war überrascht zu erfahren, daß Richmond zu todbringender Gewalt fähig war; er hatte geglaubt, eine unterschwellige Ungeduld zu verspüren, eine Verspieltheit, und hatte angenommen, daß all die blutrünstigen Geschichten erlogen wären oder zumindest übertrieben.

»Ne, ich bin noch inner Probezeit, aber der Tag wird kommen, Mann.« Richmond riß ein Büschel Gras aus und warf es in die Luft, um zu beobachten, wie es der leichte Wind davontrug. »Mein Mädchen sagt, ich hab nich das Zeug zum Hochprozenter, aber was weiß sie schon, zum Teufel! Sie arbeitet in einem gottverdammten Massagesalon und knetet für fünfzig Piepen an alten Furzern rum. Das macht sie nich gerade zur Expertin für mein *Po*-tential!«

Donnell brachte die Aura zum Verschwinden und betrachtete Jocundra eingehend. Er fand immer wieder neue Züge an ihr zum Erforschen – eine leichte Abwandlung ihres Gesichtsausdrucks, das Spiel eines Muskels –, und langsam frustrierte ihn das so sehr, daß es an körperliches Unbehagen grenzte. Zwischen den Knöpfen klaffte ihre Bluse durch den Faltenwurf im Sitzen etwas auf, und er konnte die Wölbung ihrer Brust eingebettet in ein Lager aus beigefarbener Seide sehen; er stellte sich vor, daß sie ihm so nah wäre, wie es den Anschein hatte, warm und wohlriechend, ein weiches Gewicht, das zart an seiner Wange entlangstrich. Er hatte den Verdacht, daß sie sehr wohl um seine unerfüllten Wünsche wußte, und er hatte nicht den Eindruck, daß sie von der Tatsache, daß er sie begehrte, abgestoßen war.

Räder knirschten über die Steinplatten, Schritte, und Magnusson kam herangerollt, mit seiner Therapeutin zur Seite. »Geh und unterhalt dich ein wenig mit deinen Freundinnen, Laura«, sagte er. Sie wollte etwas dagegen einwenden, doch dann neigte sie den Kopf ärgerlich zur Seite und stolzierte davon.

»Hübscher Arsch«, sagte Richmond. »Aber keine Titten. Keine von denen hat Titten wie die gute Audrey.«

»Meine Herren!« Magnussons Lippen zuckten krampfartig, als ob er versuchte, seine Nase zu küssen. »Ich habe es aufgegeben, mit Ihrer Unterstützung zu rechnen, aber ich habe eine Entscheidung getroffen, von der Sie Kenntnis haben sollten.« Er sah sie an und hielt die Armlehnen seines Rollstuhls fest umklammert: ein schwacher alter König, der sich ein Bild von seinen unwürdigen Untertanen machen will.

»Der dritte Mai«, meine Herren. »Ich möchte, daß Sie sich dieses Datum merken!«

»Was liegt an, Doc?« fragte Richmond. »Gibst du 'ne Party?«

»So könnte man es fast nennen, ja. Mr. Harrison! Ich

bin entschlossen zu erreichen, daß Sie mir diesmal zuhören.«

Donnell wich dem Blick des alten Mannes aus. Seine nervöse Reaktion wurde ausgeprägter, und, wie es ihm häufig in Gegenwart von Magnusson passierte, spielte ihm seine Sicht Streiche und verschob sich, ohne daß er es wollte.

»Wie ich Ihnen letzte Woche erklärte, ist es offenkundig, daß die Lebensdauer der Bakterien im Wirtskörper bei einer Größenordnung von einem Tag oder so liegen dürfte. Mehr nicht. Nun, ich glaube ich bin dem Grund für unsere Langlebigkeit auf die Spur gekommen, obwohl ich, um sicher sein zu können, in das Innere eines befallenen Gehirns sehen müßte.«

Richmonds Rücken bebte in lautlosem Lachen.

»Ihr Gehirn würde vollauf genügen, Mr. Richmond. Bei der Zerlegung könnte man eine optimale Ausnutzung erzielen.« Magnusson gackerte. »Anfangs wollte man mich überhaupt nicht mit Daten über das Gehirn versorgen. Man behauptete, alle Patienten seien genesen und es wären keine Daten gespeichert worden. Aber es gelang mir schließlich, Brauer davon zu überzeugen, mir zu helfen. Sicher, sagte ich, muß es doch anfänglich Fehlschläge gegeben haben sowie Tierversuche. Wenn ich nur Einblick in jene Unterlagen bekommen könnte, beschwor ich ihn ... ohne ihm zu verraten, welche Erkenntnisse dabei zutage kommen könnten.«

Aus einem Augenwinkel sah Donnell Magnusson eingehüllt in einen Schleier aus rotem Licht, einer auralen Farbe von solcher Intensität, daß der Kopf des alten Mannes so konturlos und verschwommen aussah wie die Dunkelheit im Herzen eines zerbrochenen Rubins.

»Es gibt zu viele Daten, um auf alle einzugehen«, sagte Magnusson. »Lassen Sie mich also einen Sprung in meiner Argumentation machen. Jeder von uns hat Erfahrung gemacht mit Anomalitäten in der Wahrnehmung, Fähigkeiten, die die Einheitsmenschen als ›psychisch‹ einstufen würden. Es steht fest, daß ein Bereich unseres Gehirns, dem diese Fähigkeiten zuzuordnen sind, den bakteriellen Prozeß verzögert. Drei der Fallstudien, die mir Brauer zur Verfügung stellte, zeigte einen starken Befall im Bereich des Dopamin- und Norepinephrin-Systems. Ich wagte nicht, ihn über die Patienten auszufragen, aber ich glaube, sie waren wie wir, und der Sitz des Verzögerungsfaktors und damit des ›psychischen‹ Potentials ...«

»Doc, du langweilst mich zum Kotzen!« Richmond stand auf den Beinen, fast normal, und Donnell beneidete ihn um die Leichtigkeit seiner Bewegungen.

»Sie werden sich nicht mehr lange mit mir herumärgern müssen, Mr. Richmond.« Ein schleimiger Husten gurgelte in Magnussons Brust. »Ich werde am vierten Mai entlassen. Ezawa persönlich wird dabei sein, um meine ... ha! ... meine Befreiung zu beaufsichtigen.« Er sog Luft durch die Zähne. »Mr. Harrison! Ich möchte, daß Sie mir versprechen, am dritten Mai die Wände ihres Zimmers aus der Nähe anzusehen. Keine schwere Aufgabe, aber wenn Sie sie übernehmen werden, gewährleisten Sie damit meinen Seelenfrieden und liefern den entscheidenden Beweis für meinen Standpunkt.«

Donnell nickte, da er wollte, daß Magnusson endlich verschwände.

»Ihr Nicken bedeutet ein Versprechen, nehme ich an. Sehr gut. Sehen Sie ganz aus der Nähe hin. So sehr, wie Sie es nur vermögen.«

Er rollte davon, während er seine Therapeutin zu sich rief.

»Seniler alter Bastard«, sagte Richmond.

»Jedesmal, wenn er in der Nähe ist, habe ich das Gefühl, daß mir etwas die Wirbelsäule hochkrabbelt. Aber senil hört er sich für mich nicht an.«

»Das heißt gar nix. Ich krieg auch von dir merkwürdige Schwingungen ab, und du bist nich senil«, sagte Richmond mit seiner üblichen exzentrischen Logik.

»Nur weil einem so 'n alter Affe merkwürdige Schwingungen verpaßt, heißt das noch lang nich, daß er so oder so sein muß ...« Er hatte den Faden seiner Ausführung verloren. »Vielleicht liegt's daran, daß ich an Merkwürdiges gewöhnt bin«, fuhr er schlechtgelaunt fort. »Wo ich aufgewachsen bin, war ein Friedhof genau gegenüber, und da passierten die merkwürdigsten Sachen. Beerdigungen und der ganze Scheiß. Besonders donnerstags. Wie kommt das wohl, daß man allgemein den Donnerstag für einen so günstigen Tag für Beerdigungen hält, Mann?«

»Vielleicht laufen an dem Tag die Geschäfte nicht so gut.« Donnell nahm seinen Stock zur Hand.

»Ich geh mal rüber zu der Schnalle. Wer weiß!« Richmond fuhr mit der Zunge hin und her, was eine Parodie der Lust sein sollte. »Vielleicht is ja heute nacht die Nacht, in der ich und die gute Audrey zusammen auf die Matte sinken und n' bißchen Jojo spielen.«

Während Richmond davonschlurfte, wobei sein Hinken kaum zu merken war, erhob sich Donnell mühsam mit seinem Stock. Bei seinem ersten Schritt schoß ihm ein Schmerz von den Füßen bis in die Knie.

»Hallo.« Jocundra kam an seine Seite. »Soll ich den Rollstuhl bringen?«

»Ich komme schon zurecht.« Er hakte sich bei ihr ein, und mit gemessenen Schritten gingen sie aufs Haus zu. Sein Gesicht überflog jedesmal ein Glühen, wenn sie mit der Hüfte gegen ihn stieß.

»Hat Dr. Magnusson dich wieder belästigt?«

»Ja. Er sagte, daß er am vierten Mai entlassen würde.«

»Das stimmt.«

Donnell trat auf einen kleinen Stein, schwankte, aber sie hielt ihn fest. »Was aus ihm wohl werden wird?« fragte er. »Er kann doch nicht für sich selbst sorgen.«

»Wahrscheinlich kommt er in ein Altenheim«, sagte sie. »Ich werde Laura danach fragen, wenn du willst.«

Ihr Lächeln war lieblich, offenherzig, und er lächelte

zurück. »Es ist egal.« Er hatte vor, ihr von dem Versprechen, das er Magnusson gegeben hatte, zu erzählen, dann überlegte er es sich aber anders und erzählte ihr statt dessen davon, daß Richmond noch einen Polizisten umbringen mußte.

Gegen Ende April träumte Jocundra, daß Donnell eines Nachts, als sie schlief, in ihr Zimmer gekommen sei. Mit der Träumen eigenen Logik – es war ein sehr lebensechter Traum – war sie nicht überrascht ihn zu sehen, denn sie wußte – so wie es in Wirklichkeit ja auch war –, daß er oft früher aufwachte als sie und sich dann manchmal einsam fühlte und sie bat, das Frühstück zu machen. Diesmal weckte er sie jedoch nicht auf, sondern setzte sich nur auf die Bettkante. Der Mond war schon untergegangen, und er war wegen des Flackerns in seinen Augen sichtbar, gezackte grüne Lichtblitze, die sich scharf gegen die Dunkelheit abhoben, die jedoch so winzig und kurzlebig waren, daß sie in weiter Ferne zu sein schienen, als ob sie einem Gewitter am Horizont zusähe. Nach einer Minute streckte er die Hand aus und legte seine Finger für kurze Zeit auf die Innenseite ihrer Armbeuge; dann zog er sie schnell zurück, als die elektrische Spannung zwischen ihnen zu knistern begann. Einige Sekunden lang saß er reglos da, und sie hatte den Eindruck, daß er den Atem anhielt und darauf wartete, daß sie aufwachte; schließlich streckte er die Hand erneut aus und streichelte mit den Fingerspitzen über die Warze ihrer linken Brust, worauf sie sich unter ihrem Nachthemd sichtbar aufrichtete; elektrisierte Schauder fuhren ihr durch den Körper, als ob sich die Spannung, die in seinen Augen herrschte, auf sie übertrüge. Dann umfaßte er ihre Brust, eine Berührung voller Wertschätzung, und das Gewicht seiner Hände verursachte ein pulsierendes Pochen zwischen ihren Beinen.

Sie träumte gleich darauf noch einen anderen Traum, irgend etwas mit Clowns und Fangenspielen in einer

Klinikabteilung, aber sie erinnerte sich vor allem an denjenigen mit Donnell. Etwas daran störte sie, denn sie war sich nicht ganz sicher, ob es wirklich ein Traum gewesen war, und weil er ihr ein Gespräch, das sie mit Laura Petit einige Tage zuvor geführt hat, in Erinnerung rief. Donnell hatte darum gebeten, einen Morgen für sich allein zu haben, um eine neue Arbeit anzufangen – eine Geschichte, wie er sagte –, und deshalb hatte sich Jocundra eine Zeitschrift geholt und war ins Gelände gegangen. Laura war auf dem Parkplatz auf sie zugekommen und hatte gesagt, daß sie jemanden brauchte, der ihr wohlwollend zuhören würde; also spazierten sie zu der Steinbank in der Nähe der Pforte.

»Ich verliere die Verbindung zu Hilmer«, sagte Laura. »Er möchte die ganze Zeit allein sein.« Einige Haarsträhnen waren ihrer Haube entschüpft, sie hatte Schatten um die Augen, und ihr Lippenstift war verschmiert.

Jocundra neigte dazu, Mitleid mit ihr zu empfinden, aber sie konnte eine gewisse Genugtuung darüber nicht unterdrücken, daß Laura gegenüber menschlichen Anfechtungen nicht immun war. »Er geht einfach vollkommen in seiner Arbeit auf«, erklärte sie. »In diesem Stadium muß man damit rechnen.«

»Er arbeitet nicht«, sagte Laura bitter. »Er läuft rum! Den ganzen Tag lang, ich verliere ihn aus den Augen. Edman sagt zwar, daß man ihn frei im Haus herumlaufen lassen sollte, aber ich habe kein gutes Gefühl dabei, besonders, da die Kameras ja so oft versagen.« Sie warf Jocundra einen feuchten, mitleidheischenden Blick zu und sagte: »Ich sollte bei ihm sein. Er hat nur noch eine Woche vor sich, und ich weiß, daß er etwas verbirgt.«

Angewidert durch Lauras tiefsitzenden Egoismus, ihren Mangel an Mitgefühl für Magnusson, schlug Jocundra ihre Zeitschrift auf und gab keine Antwort.

Mit plötzlichem Schwung zog Laura ein Mäppchen aus ihrer Tasche und begann, sich die Nägel zu pflegen. »Nun«, sagte sie geziert, »vielleicht habe ich mit Hilmer nicht auf der ganzen Linie Erfolg gehabt, aber ich habe meine Arbeit ordentlich gemacht ... nicht wie eine gewisse Audrey Beamon.«

Jocundra war verwirrt. Audrey war zwar nicht die Hellste, aber immerhin stellte sie kein Ärgernis dar. »Welches Problem hast du mit Audrey?« fragte sie kühl.

»*Ich* habe kein Problem.« Als sie Jocundras Mißfallen spürte, nahm Laura eine hochnäsige Haltung an, mit hoch erhobenem Kopf sah sie hinüber zum Haus: eine stolze Schönheit, die zusieht, wie die Plantage brennt! »Wenn du nichts davon wissen willst, ist es auch in Ordnung. Ich meine einfach nur, daß du wissen solltest, mit wem du dich verbündest.«

»Ich kenne Audrey ganz gut.«

»Wirklich?« Laura ließ ein ungläubiges »Hmmhmmhmm« vernehmen. »So, dann weißt du sicher auch, daß sie es mit Jack Richmond gemacht hat.«

»*Gemacht* hat?« Jocundra lachte. »Du meinst, sie hat mit ihm geschlafen?«

»Ja«, sagte Laura kurzangebunden. »Kannst du dir das vorstellen?«

»Nein. Einer der Pfleger erzählt dir Märchen, um dich aufzuregen.«

»Es war nicht irgendein Pfleger!« keifte Laura. »Es war Edman!«

Verblüfft blickte Jocundra von ihrer Zeitschrift auf.

»Du kannst auf der Stelle zu ihm hingehen und ihn fragen, wenn du mir nicht glaubst!« Laura stand stirnrunzelnd mit in die Hüfte gestemmten Händen vor ihr. »Erinnerst du dich, wie letzte Woche die Kameras einen ganzen Tag lang ausfielen? Also, sie sind gar nicht ausgefallen, jedenfalls nicht den ganzen Tag lang. Edman wollte herausfinden, was geschehen würde, wenn die Leute nicht wüßten, daß sie beobachtet werden, und er erwischte Audrey und Richmond!«

Nachdem Laura davongestürmt war, dachte Jocundra amüsiert über die Möglichkeit grünäugiger Babies nach und erwog Lauras Talent zum Lügen – das ohne Zweifel groß war; aber sie kam zu dem Schluß, daß es wunderbar zu Edmans Methoden paßte, wenn das stimmte, was sie erzählt hatte. Sie versuchte sich vorzustellen, wie Audrey und Richmond sich liebten. Es war wirklich so schwer vorstellbar, wie sie es erwartet hatte; doch tatsächlich, wenn man bedachte, welchen Ruf Audrey unter den Nachwuchskräften in Tulane genoß – die brave Schwesternschülerin läuft Amok! –, dann war es kein Wunder, daß sie Richmond faszinierend fand. Außerdem erkannte Jocundra, daß bei ihr selbst die Faszination, die Donnell auf sie ausübte, dazu geführt hatte, daß sie die Rolle der Therapeutin aufgegeben und mit ihm eine Freundschaft begonnen hatte. Und wenn man mit einem Mann wie Donnell befreundet sein konnte, wenn man von seinen besonderen Lebensumständen absehen und die Person in ihm sehen konnte, die er wirklich war – etwas, das keine Überwindung kostete, denn er war sowohl faszinierend als auch talentiert – nun, dann würde es wahrscheinlich noch weniger Überwindung kosten, seine Geliebte zu werden.

Ihr Traum warf jedoch ein ganz neues Licht auf all das. Jocundra erkannte, daß die Grenzen ihrer Freundschaft zu Donnell aufgeweicht waren, und sie war froh über diese Erkenntnis. Jetzt, da sie es sich offen eingestand, konnte sie damit umgehen, und es war wichtig, damit umzugehen. Es gab sicher keine Zukunft, wenn sie die Dinge sich entwickeln ließ. Je mehr sie über den Traum nachdachte, desto mehr wuchs in ihr die Überzeugung, daß Donnell wirklich in ihr Zimmer gekommen war, daß sie sich selbst überredet hatte, daß sie schliefe, aus einer traumartigen Perspektive. Selbsttäuschung war eine ihrer ganz besonderen Begabungen, und sie hatte sich dadurch schon mal zu einer katastrophalen Ehe hinreißen lassen. Charlie hatte gar nicht heiraten wollen, aber sie hatte ihn dazu überredet. Er war ihr erster Liebhaber, und nachdem das Ritual der Entjungferung unbefriedigend vollzogen war und sie sich beschmutzt und zerstört fühlte, weil der Geist ihrer katholischen Kindheit sich aufbäumte wie eine tote Königin, die aus ihrem Sarkophag aufersteht, hatte sie sich selbst dazu verführt zu glauben, daß sie ihn lieben könnte. Aus einer qualvoll durchschnittlichen und reizlosen Gegenwart heraus hatte sie sich eine Vision von einer wonnigen Zukunft zurechtgebastelt; sie hatte es sich selbst eingetrichtert, daß Charlie eine vorrangige Rolle in ihrem Leben spielen mußte, daß sie es ihm unbedingt recht machen mußte, weil sie glaubte, daß eine solche Unterwerfung ihre Vision konsolidieren würde; in Wirklichkeit wußte sie jedoch die ganze Zeit, daß er nicht nur ihr erster Liebhaber, sondern ihr erster ernsthafter Fehler im Leben war. Und jetzt, so schien es, hatte die gleiche Selbsttäuschung mit umgekehrtem Vorzeichen eingesetzt: Sie bemäntelte ihre wachsenden starken Gefühle und tat sie als Symptome von Freundschaft und Verantwortungsbewußtsein ab.

Um damit fertigzuwerden, ließ sich Jocundra durch die Alltagsroutine in Shadows von Donnell wegtreiben. Sie nahm an den Besprechungen im Kollegenkreis mit wahrer Inbrunst teil und ließ keine Gelegenheit aus, sich mit anderen Therapeuten zu Gesprächen und zum Kaffee zusammenzusetzen; wenn sie jedoch zwangsweise mit Donnell allein war, stellte sie fest, daß all diese Maßnahmen nicht ausreichten, um die Entwicklung einer Bindung zu verhindern. In letzter Zeit lag sie oft nachts wach und grübelte über seinen Tod nach; sie zählte die Tage, die ihm noch blieben, wünschte sich, daß sie schnell vergehen mochten, wünschte sich, daß sie langsam vergehen mochten, und hatte das Gefühl, daß sie einen Teil der Schuld an den Vorgängen trug. Doch trotz ihrer Ängste war sie zufrieden mit sich, daß sie nach und nach eine Distanz zwischen sich und Donnell schaffen konnte, indem sie sich des Problems ständig bewußt war und sich streng an die Routine hielt.

Auf diese Art zufrieden blieb sie bis zum dritten Mai, als jegliche Routine aus den Fugen geriet.

»Mein Geburtsort heißt Zimmer-zu-vermieten-fünf-
Dollar,
er liegt in 'ner Seitenstraße,
so 'ne trostlose Bude, nicht mal mit Feuerleiter,
kein freier Platz und Dreck im Hof;
meine Mama läßt sich nichts mehr vormachen,
er hat sie wegen 'ner Masseuse in New Orleans
sitzenlassen.
Nimm dir Bargeld und fälsche Kreditkarten –
das war der beste Rat, den er mir je gegeben hat ...«

Vier Ärzte hielten im großen Saal eine Konferenz ab; Richmonds heisere Stimme und seine dissonanten Klavierläufe ließ sie von ihren Sitzen aufspringen; sie knöpften sich die weißen Kittel zu, ließen die Minen ihrer Kugelschreiber zurückschnappen und hasteten aufgeschreckt mit steifen Hals zur Tür. »Arschgeigen!« schnaubte Richmond. Er hämmerte weiter seine Akkorde herunter, schmetterte ihnen die Worte entgegen und stieß Donnell den Ellbogen in die Seite, um ihn aufzufordern, mit einzustimmen.

»Eines frühen Morgens, als leichter Regen fiel,
ritt ich auf meinem Stahlroß davon.
Ihr kennt mein Fahndungsbild und Strafregister:
Bewaffnet und gefährlich, keine besonderen
Kennzeichen,
gesucht wegen allerlei widernatürlicher Verbrechen,
und weil er zuviel Spaß hatte.
Er ist der Anführer einer Bande von einäugigen Typen,
man nennt ihn Harley Davids Sohn!
Ha, man sagt, die Hölle kann nicht so schlimm sein
wie die Rache einer verschmähten Frau;

einer macht den verschmähten Frauen die Hölle heiß: Harley Davids Sohn!«

Die Tür wurde zugeknallt; Richmond hörte auf zu hämmern und ließ die Finger rollend über die Tasten gleiten, ein Stil, der besser zu der friedlichen Morgenluft paßte. Sonnenstrahlen zeichneten ein Diagramm aus goldenem Licht und Schatten auf den Teppich, die unteren Reihen der Bilder spiegelten den Glanz wider und waren nicht zu erkennen, und Porzellanfigürchen schimmerten auf Seitentischchen neben der Glastür. Jocundra und Audrey saßen auf einem Sofa, sie plauderten zwanglos, und ihre Stimmen klangen sanft in einer angenehmen, gleichbleibenden Tonlage, wie das Schnattern von gezähmten Vögeln. Das alte Haus schien von seiner originalen Atmosphäre durchdrungen, sein Goldtand und Marmor und Lack atmete einen Charme, den nicht einmal Richmonds Gesang zerstören konnte. Und dennoch spürte Donnell, daß etwas Unheilvolles in der Luft lag, langsam schwindend, wie der Ton eines Gongs, der sachte wegplätscherte und schließlich hinter der Grenze der Hörbarkeit verschwand. Er fühlte, wie ihm das Verhängnis in den Körper drang und ihn beharrlich darauf hinwies, daß der Frieden und die Ruhe eine Illusion waren, daß heute der dritte Mai war, Magnussons Dritter Mai, und nach diesem Tag würde nichts mehr sein, wie es war. Er war töricht, sagte er sich selbst, töricht und beeinflußbar. Er verstand nicht die Hälfte von dem, was Magnusson verzapfte, und die andere Hälfte war unglaublich, als er jedoch versuchte, seinem Unglauben etwas Endgültiges zu geben und Magnusson zu vergessen, schaffte er es nicht. Die Ausführungen des alten Mannes – obwohl sie sich wahnwitzig anhörten – waren weder aus der Luft gegriffen noch abwegig, auch nicht senil.

»He!« Richmond gab ihm einen leichten Schubs und reichte ihm ein Blatt Papier. »Lies das mal!«

Donnell war dankbar für die Ablenkung. Er überflog die Zeilen und benutzte dabei den Klavierhocker als Tisch, um Änderungen hineinzukritzeln. »Versuch's mal so!« Er gab das Blatt Richmond zurück, der die Stirn runzelte und die Akkorde anschlug:

»Kaltes Eisen wird mich nicht aufhalten,
und eine Kanone aus Silber hast du nicht ...«

Richmond schnalzte mit der Zunge. »Mal sehen, wie es zusammenpaßt.« Er summte das Lied leise vor sich hin und schlug die Akkorde dazu an.

Das Lied war Richmonds ureigene Schöpfung, und Donnell war sehr angetan davon; es war, wie Richmond selbst, unberechenbar und sich wiederholend und formlos. Die Refrains – es gab Dutzende davon, die sich mit einem kosmischen Kriminellen beschäftigten, der einen Helm mit drei Hörnern trug – kehrten über eine lange Reihe von Akkorden immer wieder; Richmond sprach dazu die Verse in einer Blues-Tonlage in Dur und erzählte unzusammenhängende Geschichten über kleine Gauner und Huren und Schwule, die er gekannt hatte.

Die langsamen Schwingungen der Luft hörten auf, wie abgeschnitten, als ob man einen Stromunterbrecher angebracht hätte, und Donnell war mit einemmal ganz sicher, daß etwas in der Luft gewesen war, ein greifbarer Beweis für Magnussons These; es handelte sich also nicht um Einbildung oder sensorisches Feedback aus seinem eigenen Körper.

»Dies hier ist bis jetzt das gottverdammt beste!« Richmond ließ seine Hände über die Tastatur tanzen. »Hör mal!«

»Ich glaube, Magnusson hat irgend etwas getan«, sagte Donnell.

Richmond schnaubte verächtlich. »Hörst du vielleicht Stimmen oder was, Mann? Das ist doch Quatsch. Hör jetzt zu!«

»Wenn du ein Getöse hörst,
ist es zum Abhauen zu spät;
kaltes Eisen wird mich nicht aufhalten,
und eine Kanone aus Silber hast du nicht.
Dann bebt der Busen deines Mädchens,
und sie schreit: ›Mein Gott, da kommt er!‹
Halb Tier, halb Mensch, halb göttliche Vorsehung.
Es ist Harley Davids Sohn!
Ha, ich küsse deine einäugige Schwester,
ich lecke ihre Möse!
Ich bin Herr-sei-bei-uns und Hans-Dampf-in-allen-Gassen,
ich bin Harley Davids Sohn!«

»Genau!« rief Richmond stolz aus. »So haut's genau hin. »Was hältst du vom letzten Teil?«

»Er hat die urwüchsige Kraft eines guten Graffiti.«

»Ja.« Richmond klimperte auf den Tasten herum. »Echt urwüchsig!«

Die Haupttür flog auf, und Laura Petit kam hereingerauscht; sie hielt inne und fuhr mit den Fingern über die vergoldete Schnitzerei eines Tischchens. Die gleichen trägen, gekräuselten Schwingungen erfüllten den Raum, mit mehr Kraft als zuvor, als ob sie nicht abgestorben gewesen wären, sondern nur so schwach geworden, daß sie nicht mehr die Wände durchdringen konnten; jetzt konnten sie wieder hereinkommen. Audrey winkte, und Laura kam auf das Sofa zu, zögernd, wobei sie sich immer wieder nervös umsah. Sie fragte Jocundra etwas, worauf diese den Kopf schüttelte: Nein. »Bitte!« kreischte Laura. Audrey stand auf, nickte Jocundra zu, und sie alle gingen in den Flur hinaus; die Tür schlossen sie hinter sich. Die Schwingungen waren abgebrochen.

»Junge, Junge, vielleicht liegst du mit einer Meinung über den Doc richtig.« Richmond klappte den Klavierdeckel zu und drehte sich mit dem Hocker herum, um in Richtung Tür zu blicken. »Mit dieser Kleinen da ist irgend so 'ne ganz schöne Kacke hier reingekommen!«

»Was ist los?« Audrey schloß die Tür zum großen Saal.

Laura war sehr blaß, sie schluckte krampfhaft. »Hilmer«, sagte sie mit gepreßter, dünner Stimme; sie sah hinauf zu dem Glasauge der Kamera, die über der Tür angebracht war, und stand wie angewurzelte da.

Jocundra rannte los, sie wußte, daß etwas Schlimmes passiert sein mußte.

Magnussons Tür stand offen, im Raum war es dunkel. Die Sonnenstrahlen, die durch die Jalousien fielen, zeichneten heraldische Muster aus Streifen und goldenen Diagonalen auf die Beine der schattenhaften Gestalt auf dem Bett. Sie steckte den Kopf durch die Tür. »Dr. Magnusson?« Ihre Worte bewegten irgendein kleines Etwas in der Dunkelheit, ein Zittern, eine Schwingung, und dann sah sie das Flackern feuriger grüner Augen am Kopfende des Bettes, noch einmal und dann noch einmal, als ob er verstohlen durch die Schlitze seiner halbgeschlossenen Augen spähte. »Sind sie in Ordnung, Doktor?« fragte sie erleichtert, da sie den Eindruck hatte, Laura hätte übertrieben reagiert und es sei nichts Ernstliches los. Sie knipste die Deckenbeleuchtung an.

Es war, als ob sie jemandes Urlaubsdias betrachtet hätte, wobei der Vorführer ein Bild nach dem anderen durchknipste und dazu erzählte. »Hier ist Opa, wie er in seinem Zimmer schläft ... ganz schön, wie die Sonnenstrahlen da so durch die Fensterläden fallen, nicht?« Klick. Die Leinwand wird für einen Moment schwarz, und als nächstes folgt ein unanständiges Dia, das der Nachbarjunge hineingeschmuggelt hat, um die Alten zu blamieren. Klick. Magnussons Zimmer war die Unanständigkeit. Es war eine derartig große Blutlache in der Vertiefung, die sein Kopf und seine Schultern im Kissen verursacht hatten, lief über das Holz am Kopfende und auf den Boden, daß sie es zunächst nicht schaffte, den Blick auf den Körper zu richten, sondern die überall verstreuten roten Spritzer verfolgte. Ein schwüler Geruch ging von den schimmernden Flächen aus. Sie umklammerte den Türgriff, um Halt zu finden, und ließ das Kinn auf die Brust sinken; ihr war schwindelig und übel.

»Um Gottes willen!« sagte Audrey hinter ihr. »Ich hole Edman.«

Laura schluchzte.

Jocundra schluckte und sammelte sich. Magnusson lag auf der Seite; sein rechter Arm war über sein Gesicht geworfen und an das Brett am Kopfende gequetscht und verdeckte alles bis auf seine Stirn und den Winkel seines rechten Auges. Sie knipste das Licht aus, und das grüne Flackern wurde wieder sichtbar. O Gott, dachte sie, wenn er nun doch noch irgendwie am Leben ist? Sie schaltete das Licht wieder an. Langsam war das Ganze etwas leichter zu ertragen, wenn auch nicht viel. Sie ging mit vorsichtigen Schritten zwischen den Blutspritzern durch und blieb dreißig Zentimeter vor dem Bett stehen. Sein Brustkorb bewegte sich nicht. Sie kniete sich neben ihm nieder und reckte den Hals, um die Wunde zu entdecken, als sich sein Arm aus der eingeklemmten Lage löste und ihr gegen das Knie schlenkerte. Der Schreck brachte sie aus dem Gleichgewicht; sie kippte nach vorn und stützte sich mit der Hand am Bett ab, um nicht umzufallen. Blut klebte an ihren Fingern, und ihr Gesicht hielt mit einem Ruck wenige Zentimeter vor einem sauberen Schnitt in seiner Kehle inne. Seine Ränder waren mit einer Kruste aus rosafabenen Bläschen verhärtet. Eines davon platzte auf, und eine farblose Flüssigkeit tröpfelte aus der Wunde.

Laura schrie – es war ein hemmungsloser Schrei, der ihre Kehle zerreißen mußte –, und Jocundra warf sich nach hinten und plumpste hart auf den Teppich, von Angesicht zu Angesicht mit Magnusson. Schlaffe Säcke aus wachsartiger Haut hingen ihm an den Wangen, und die Bakterien strömten durch seine Augen. Spinnenförmige leuchtende Kleckse füllten die Höhlen, deren Ränder zerfressen aussahen, und enthüllten nach und nach Teile seiner Augäpfel von einem gelblichen Weiß wie bei Leberkranken und glasiger blauer Iris. Jocundra war wie von einem Bann getroffen. Dann spürte sie, wie etwas ihre Hose durchnäßte, und sie erkannte, daß die widerlich klebrige Masse, die ihr an den Hüften klebte, das herabtropfende Blut von Magnusson war. Sie stand taumelnd auf und wich in Richtung Tür zurück. Und hielt inne. Laura war auf die Knie gefallen, schluchzend, und hinter ihr standen Richmond und Donnell.

»Es hat einen Unfall gegeben«, sagte Jocundra und gab der törichten Neigung zu lügen nach. Sie schob die beiden weg und versuchte, die Tür zu schließen, aber Richmond schlug ihre Hand zur Seite und stieß die Tür mit einem Fußtritt auf.

»Mach kein' Scheiß!« sagte er und spähte ins Zimmer. »Der alte Doc is' wohl auf 'n Trip gegangen, oder was? Hm?«

Jocundra beschloß, daß sie sich nicht um Richmond kümmern konnte; sie nahm Donnells Arm und zerrte ihn an der Wand entlang. »Ich glaube, er hat sich selbst umgebracht. Hier wird jetzt gleich der Teufel los sein. Warte im Zimmer, und ich versuche, soviel wie möglich herauszubekommen.«

»Aber warum sollte er sich denn umbringen?« fragte er, während sie ihn durch die Tür schob. »Er wäre doch jetzt hinausgekommen?«

»Ich weiß nicht.« Sie half ihm, sich in den Rollstuhl zu setzen. »Laß mich jetzt gehen! Ich muß Bericht erstatten.« In einem Erinnerungsblitz sah sie noch einmal die Augen des alten Mannes vor sich, seine Kehle, etwas, das an ihm noch am Leben war, trotz des vielen Blutes überall, und sie erschauderte.

Donnell blinzelte und sah zu der Wand über dem

Schreibtisch hinüber. »Ja, geh nur«, sagte er geistesabwesend. Er rollte zum Schreibtisch und nahm einen Stift zur Hand.

»Was ist los?«

»Nichts.« Er öffnete ein Notizbuch. »Ich komme schon dahinter.«

Sie wußte, daß er ihr etwas verheimlichte, aber sie war nicht in der Stimmung, ihn zu drängen, und nicht in der Verfassung, seine Fragen auszuwerten. Sie versicherte ihm, daß sie bald zurückkehren werde, und ging in den Flur hinaus. Aufgeregte Stimmen drangen aus Magnussons Zimmer; Laura saß immer noch vor der Tür, zusammengesunken und an den geschnitzten Rahmen gelehnt, wie ein bettelndes Mädchen unter einem Tempelbogen. Jocundra lehnte sich an die Wand. Von dem Moment an, als sie Magnusson gesehen hatte, hatte sie nur noch automatisch gehandelt, ängstlich besorgt sowohl um sich selbst als auch um Donnell, und jetzt, nachdem sie von dem Druck etwas befreit war, begann sie zu zittern. Sie hob die Hand, um sich die Augen zu bedecken, und sah die braunen Blutflecken, die ihre Handfläche netzartig überzogen; sie wischte sie an der Hüfte ab. Sie wollte nichts mehr denken, weder an Magnusson, noch an sich selbst noch an Donnell. Um ihre Gedanken irgendwie abzulenken und da sich wahrscheinlich sonst niemand darum kümmern würde, da alle jetzt nur in Panik waren, daß das Experiment schiefgehen könne, eilte sie den Flur entlang um zu sehen, ob sie irgend etwas für Laura tun könnte.

SAGEN SIE JOCUNDRA NICHTS DAVON stand mit krakeliger Schrift in Buchstaben, die etwa so groß waren wie eine Faust, an die Wand geschrieben; die Buchstaben hoben sich nicht farblich ab, sondern waren in die Tapete eingeprägt, und es war nur erforderlich gewesen, daß man die Stelle aus einer leicht veränderten Perspektive betrachtete, damit man sie erkennen konnte. Unter der ersten Zeile stand noch eine zweite Botschaft:

SOBALD SIE ALLEIN SIND, SEHEN SIE UNTER DER MATRATZE NACH.

Donnell zögerte nicht. Er tastete unter der Matratze herum, berührte etwas Hartes, Dünnes, und zog eine rote Buchhaltungskladde heraus, aus der ein Umschlag herausragte. Darin waren fünf mit Maschine beschriebene Blätter und ein einfacher Plan vom ersten Stock sowie dem Untergeschoß. Auf dem ersten Blatt standen nur einige Zeilen.

> *Mein vorzeitiger Tod soll Ihnen zugute kommen, Mr. Harrison, und ich hoffe, daß Sie deshalb meiner Vernunft den Vorzug gegenüber jedem Zweifel geben und unverzüglich nach meinen Anweisungen handeln. Wenn Sie von meinem Tod gleich nach seinem Eintreten erfahren haben, dann haben diese Anweisungen volle Gültigkeit. Wenn mehr als zwanzig Minuten dazwischen vergangen sind, müssen Sie sich auf Ihr eigenes Urteil verlassen. Verlassen Sie sofort Ihr Zimmer. Machen Sie sich keine Sorgen wegen der Kameras, sie sind gegenwärtig außer Betrieb. Folgen Sie dem Plan und betreten Sie den Raum, der mit X gekennzeichnet ist. Die ganze Belegschaft wird sich ohne Zweifel mit wahnwitzigen Unwesentlichkeiten befassen; sollten Sie dennoch beobachtet werden, wird Ihnen bestimmt eine überzeugende Ausrede einfallen. Die Kladde und der Brief werden Aufschluß über alles andere geben.*

Donnell riß die Tür seines Zimmers auf. Ein Pfleger hastete vorbei und verschwand in Magnussons Zimmer; Jocundra kauerte vor dem Zimmer neben Laura, doch sie hatte ihm den Rücken zugekehrt und verhinderte, daß Laura ihn sehen konnte. Ansonsten war niemand im Flur. Er schob sich gelassen durch die Tür und rollte in Richtung Eingangshalle, wobei er erwartete, daß sie jeden Moment hinter ihm herrufen würde; er fuhr durch die Eingangshalle und durch den Korridor und bog um die Ecke. Die Tür, die ins Untergeschoß führte, war die erste links. Er stand auf, stützte sich wackelig auf seinen Stock und schob den Rollstuhl zurück in die Halle, damit sie nicht wüßten, wohin er gegangen war. Die Treppe war steil, und bei jeder Stufe fuhren ihm Schmerzen durch die Hüften und das Rückgrat. Ein düster beleuchteter Gang führte aus dem Treppenhaus hinaus; er trat durch die zweite Tür und drehte den Riegel herum. Grau gestrichene Wände, zwei Klappstühle vor einem großen Spiegel und ein Lautsprecher und Schalter, die neben dem Spiegel angebracht waren. Schweratmend setzte er sich und holte den restlichen Teil von Magnussons Brief hervor.

*Für den Fall, daß Dr. Edman diese Zeilen lesen sollte: Sir, Sie sind ein Riesenarschloch! – Wenn sie jedoch in Ihre Hände gelangt sind, Mr. Harrison, möchte ich Ihnen meine Gratulation und meinen Dank aussprechen.*

*Die Kladde enthält meine Aufzeichnungen über den bakteriellen Prozeß, der uns ins Leben gerufen hat, und einen Anhang, in dem die Beschreibung gewisser psychophysikalischer Fähigkeiten versucht wird, derer Sie sich bald erfreuen werden. Während Sie sich die medizinischen Ausführungen am besten zu Gemüte führen sollten, wenn Ihnen ein gewisses Maß an Zeit zum Müßiggang zur Verfügung steht, möchte ich vorschlagen, daß Sie den Anhang gleich im Anschluß an die Lektüre dieses Briefes lesen.*

*Ich bin nicht sicher, was mich dazu getrieben hat, posthum meinen Rat zu erteilen, aber ich fühle mich nun mal dazu getrieben. Vielleicht liegt es daran, daß wir in mikrobiologischer Hinsicht gleich sind, oder vielleicht ist der Grund, daß ich glaube, wir sollten ein Mitspracherecht haben, was den Verlauf dieser Eintagsfliegen-Existenzen angeht. Vielleicht hat das Schicksal auch diesen Bogen geschlagen. Aber mit absoluter Sicherheit liegt es daran, daß ich in Ihrer Zukunft einen höheren Sinn gese-*

*hen (beachten Sie das Verb) habe, als ihn meine Vergangenheit bot. Es gibt etwas, das Sie tun müssen, Mr. Harrison. Ich weiß nicht, was es ist, aber ich wünsche Ihnen, daß es gelingen möge.*

*Ich habe mir genau diesen Zeitpunkt für meinen Tod ausgesucht, weil ich wußte, daß sich Dr. Ezawa hier aufhalten würde und er – da er ein gewissenhafter Forscher ist – eine umgehende Autopsie anordnen würde. Das Labor, das neben diesem Raum liegt, ist der einzige geeignete Platz, an dem eine solche Arbeit ausgeführt werden kann. Wenn Sie die Wandschalter neben dem Spiegel umlegen, werden Sie in Kürze alle Vorgänge sehen und hören ...*

Donnell drückte auf die Schalter. In dem Spiegel glühte ein Licht auf, und ein ausgedehnter Raum, der von zwei Seziertischen beherrscht wurde, erschien im Blickfeld. Über dem nächststehenden Tisch brannte eine Lampe und beleuchtete Laborbehälter, Mikroskope und eine ganze Reihe von verschiedenen Glaskolben. Niemand war zu sehen. Er wandte sich wieder dem Brief zu.

*... obwohl Ihre Sicht etwas eingeschränkt sein wird, weil so viele Ärzte herumstehen und sich gegenseitig zur Seite schieben vor lauter Gier nach engstem Kontakt zu meinen Organen. Ich bezweifle, daß Sie jemand stört; das untere Stockwerk wird eine gesperrte Zone sein für alle, die nichts mit meiner Zerlegung zu tun haben, und der Raum, in dem Sie sich aufhalten, hat keine Videokamera. Er war ursprünglich gedacht, so vermute ich, als Beobachtungsposten, von wo aus man die erste Erweckungsphase bei solchen Geschöpfen wie uns im Auge behalten konnte, aber anscheinend hat man dann vorgezogen, diesen Bereich des Projektes nach Tulane zu verlegen. Auf jeden Fall wird es mehrere Stunden in Anspruch nehmen, die Videoanlage wieder herzurichten, und wenn Sie*

*Vorsicht walten lassen, sollte es Ihnen eigentlich möglich sein, unbemerkt wieder nach oben zu gelangen.*

*Genug der Vorrede. Im Folgenden werde ich eine Liste der Dinge aufführen, die ich gelernt habe und die für Ihre gegenwärtige Situation zweckdienlich sein könnten.*

*1) Wenn Sie den Blick konzentriert auf die Kameras heften, werden Sie früher oder später darum herum grelle weiße Blitze sehen: kometenhafte Lichterscheinungen, die sich nach und nach als Netz oder Käfig aus Licht manifestieren und sich dabei in ihrer Struktur ständig wandeln. Ich bin überzeugt davon, daß das eine visuelle Umsetzung der Wirkung elektromagnetischer Felder darstellt. Wenn sie auftauchen, strecken Sie die Hand danach aus, und Sie werden ein sanftes Kitzeln in den verschiedenen Richtungen ihres Fließens spüren. In der Kladde ist dieses Phänomen eingehend beschrieben, aber für den Augenblick wird es genügen, wenn Sie wissen, daß Sie dieses System durchbrechen können, indem Sie in entgegengesetzter Richtung zum Fluß der Kräfte mit den Fingern wackeln; damit zerstören Sie die Muster …*

Die Tür des Labors wurde aufgestoßen, ein schwarzer Arm schob sich herein und schaltete die indirekte Dekkenbeleuchtung ein; zwei Pfleger traten ein und rollten Magnussons Leiche auf einer Rollbahre herein. Dann drängte sich eine Gruppe von Ärzten in weißen Kitteln durch die Tür, angeführt von Dr. Brauer und einem älteren Japaner, dessen Quäkstimme aus dem Lautsprecher ertönte. »… egal wer ihm das Skalpell gab, aber ich möchte wissen, wohin es verschwunden ist.« Er stolzierte zu der Rollbahre und zog mit gespreizten Fingern eine blasse Fleischfalte von Magnussons Rippen weg. »Das Ausmaß des Blutverlustes ist bemerkenswert! Es können kaum mehr als ein oder zwei Liter in seinem Körper sein. Die Bakterien müssen die Herztätigkeit für eine entschieden längere Zeit aufrechterhalten haben, als es normalerweise der Fall wäre.«

»Kein Wunder, daß die Petit so daneben ist«, warf ein jüngerer Arzt ein. »Er muß losgegangen sein wie ein Rasensprenger.«

Ezawa warf ihm einen eisigen Blick zu, und er sackte kleinlaut in sich zusammen.

Als er seinen Schöpfer sah, stieg grimmiger Zorn in Donnell auf, redlicher Zorn, ein Zorn aufgrund der Lügen, die man ihm erzählt hatte, der sich angestaut hatte wie die Art von natürlichem Zorn, den man empfindet, wenn man den Reichen oder Mächtigen begegnet und spürt, daß es gewöhnliche Sterbliche sind, die dem Schicksal entronnen sind. Ezawa hatte eine elegante Haarmatte aus seidenweichem weißen Haar und die passenden Augenbrauen dazu; seine Augenlider waren schwer und seine Lippen voll; er hatte sie zum Zeichen seines Mißfallens gekräuselt. Leberflecke sprenkelten seine gelben Wangen. Er machte einen Eindruck von wohlgenährter Würde, von vereinigtem Shintoismus, von maßgeschneiderter Pomphaftigkeit und penibler Angewohnheiten und zartbesaiteter Empfindlichkeit; aber in einem Anflug des Erkennens durchschaute ihn Donnell als verhätschelte Seele, ein Sex-Feinschmecker mit ausgefallenen Gelüsten, ein Mann, dessen erfüllter Ehrgeiz die Saat zu einer nachsichtigen Natur gelegt hatte. Die Vielfältigkeit des Eindrucks verwirrte Donnell und minderte seinen Zorn.

»Eigentlich«, sagte Ezawa, »ist es keine zu verachtende Gelegenheit, daß wir nun vor Vollendung des Zyklus Einblick in ein Gehirn nehmen können.«

»Ich nehme nicht an«, sagte der jüngere Arzt, dem offenbar daran gelegen war, sich wieder in ein besseres Licht zu rücken, »daß noch die geringste Chance besteht, er könnte noch am Leben sein?«

»Jeder, der an diesem Projekt beteiligt ist, sollte wissen, daß es keine klinischen Kriterien für den Tod geben kann.« Ezawa lächelte. »Aber ich bezweifle, daß es für ihn irgendwie unangenehm sein wird.«

Zwei Pfleger hoben Magnusson auf den Tisch und machten sich daran, seinen Schlafanzug und seinen Bademantel wegzuschneiden; einer drückte seine Schultern nach unten, während der andere den blutdurchtränkten Stoff unter ihm wegzog und seine ausgemergelte Brust freilegte. Weil ihn dieser Anblick traurig machte, wandte sich Donnell wieder dem Brief zu.

*... Ich muß gestehen, ich zweifelte zunächst leicht an meinem Verstand, als ich zum erstenmal begriff, daß das der Fall war. Ich bin – sei es nun eine Illusion oder nicht – Wissenschaftler, und nun waren die Parameter meiner natürlichen Erwartungen überschritten. Aber jedesmal, wenn ich so vorging, wie ich es beschrieben habe, war das Ergebnis das gleiche. Ich kann das vernünftigerweise nicht als Ergebnis eines wunderbaren Zufalls werten.*

*2) Sie besitzen, wie wir alle, ein beherrschendes Wesen. Ich weiß, daß Ihnen tiefgehende Ängste und Unsicherheiten zu schaffen machen, dennoch sind Sie in der Lage, einen nicht unbedeutenden Einfluß auf unsere Betreuerinnen auszuüben. Vertreten Sie Ihren Standpunkt mit Nachdruck, dann werden Sie viel erreichen. Das hört sich vielleicht stark vereinfachend an, aber auf diese Weise konnte ich Brauer dazu bringen, mir Einsicht in die Akten zu gewähren, mir verschiedenes Material zu überlassen und mir im Laufe der Zeit Zugang zum Labor zu gewähren, wo ich mir die Mittel für meinen Abgang aus dieser Welt verschaffte.*

*3) Vertrauen Sie Ihrer Intuition, besonders was Ihre Beurteilung der Menschen betrifft. Ich habe herausgefunden, daß ich sehr viel vom wahren Charakter und den Absichten einer Person durchschaue, einfach indem ich ihr ins Gesicht sehe. Vielleicht gibt es eine Art Sprache, die in den Falten und Bewegungen der Muskeln und so weiter niedergeschrieben ist. Ich habe jedoch keine klare Vorstellung, wie so etwas abläuft. Dieses Wissen kommt einfach ohne mein Zutun in mein Gehirn. Ich bin der fe-*

*sten Überzeugung, daß es bei uns Nervosität und banges Zittern hervorruft, wenn wir jemandem über den Weg laufen – einem Mitpatienten zum Beispiel –, in dessen Gesicht wir nicht lesen können. Mir ist es nur bei einer einzigen Gelegenheit gelungen, in den anderen Patienten zu lesen: bei Edmans gesellschaftlicher Veranstaltung. Damals war es, als ob wir alle von einem Licht angestrahlt würden; vielleicht aufgrund unserer Gegenwart als Gruppe. Diese besondere Fähigkeit ist außerordentlich unberechenbar, ich würde ihr aber trauen, wenn sie sich bemerkbar macht.*

*Es gibt noch mehr, noch viel mehr, und alles klingt gleichermaßen verrückt. Die Kladde enthält alle Beweise, die ich zusammentragen konnte.*

*Die Aussicht auf meinen bevorstehenden Tod macht mir nicht allzusehr zu schaffen. Dieser Körper ist abstoßend und stinkt mir in der Nase, und die Bedingungen des Todes erscheinen mir jetzt um vieles vielfältiger als zum Zeitpunkt, da ich mit diesen Untersuchungen begann. Das verwundert mich am meisten an den Mitarbeitern des Projekts: Sie haben die Toten auferstehen lassen und finden daran nichts Wunderbares, sondern tun so, als handele es sich lediglich um ein Beispiel für einen technischen Taschenspielertrick. Nun ja, vielleicht haben sie recht, und ich befinde mich total auf dem Holzweg.*

*Verwenden Sie diese Information so, wie es Ihnen geeignet erscheint, Mr. Harrison. Ich möchte Ihnen keine weiteren Anweisungen geben, obwohl ich Ihnen noch verraten möchte, daß ich Shadows längst verlassen hätte, wenn ich die Kraft gehabt hätte. Ich glaube, daß ich außerhalb dieser Mauern in der Lage gewesen wäre, Entscheidendes zu unternehmen, aber solange ich mich innerhalb ihrer befinde, weiß ich nicht, in welche Richtung ich meine Aktivitäten lenken soll.*

*Leben Sie wohl! Viel Glück!*

Donnell faltete den Brief zusammen. Die Erschöpfung nach seinem Lauf durch den Korridor hatte etwas nachgelassen, doch seine Muskeln waren durch die Überbeanspruchung verkrampft. Sein Geist war benebelt durch düstere, unausgereifte Gedanken. Die Ärzte behinderten seine Sicht auf die Leiche, weil sie in einem dichten Kreis um den Tisch standen, sich vorbeugten und nach unten in ihr Inneres starrten, wie Spieler um einen Würfeltisch; über den Lautsprecher an der Wand drang die dünne Wiedergabe eines winselnden Knirschens, als Ezawa Magnussons Schädel aufsägte.

# 8. KAPITEL

*3. Mai – 17. Mai 1987*

»Wenn ich die Oberseite des Gehirns betrachte«, sagte Ezawa, »sehe ich die übliche starke Beeinträchtigung in der Hirnrinde, die eine verminderte Sehfähigkeit bewirkt. Ist das Tonband angeschaltet?«

Dr. Brauer versicherte ihm, daß es angeschaltet sei; einige der Ärzte flüsterten miteinander oder warfen sich vielsagende Blicke zu. Zwischen ihren Schultern hindurch sah Donnell die Lichtflecken einer grünen Strahlung, doch dann rückten sie noch näher zusammen, so daß er überhaupt nichts mehr sehen konnte.

»Darüber hinaus«, fuhr Ezawa fort, »sehe ich fadenähnliche Streifen von Biolumineszenz, die durch die Struktur der Großhirnrinde hindurchleuchtet. Gut.« Er strich sich mit dem Handrücken eine Haarlocke von den Augen, mit derselben Hand, in der er das Skalpell hielt. »Ich werde jetzt die Verbindungen durchtrennen und das Gehirn herausheben.«

Die Ärzte begleiteten Ezawa bei seinem Tun mit der schweigenden Aufmerksamkeit von Meßdienern; sie beugten sich vor, wenn er sich über die Arbeit beugte, richteten sich auf, wenn er sich aufrichtete, beugten sich wieder vor, um zu sehen, was er entfernt hatte. »Lassen Sie uns hiervon ein paar Aufnahmen machen«, sagte er. Die Ärzte wichen zurück und ermöglichten den Pflegern, mit ihren Kameras aus einem günstigen Winkel zu fotografieren, und Donnell erhaschte einen Blick auf das Gehirn. Es lag auf Magnussons Brustkorb, eine zusammengeschrumpfte graue Blüte mit blutigen Windungen und Streifen eines unirdischen Grüns, die sich an den Seiten emporschlängelten wie Klauen, die von unten danach griffen. Er wandte den Blick ab. Es bestand keine Notwendigkeit, weiter zuzusehen, keine Notwendigkeit zum Rätselraten oder um sich Sorgen zu machen. Sein verschwommener Verdacht, der während all der Wochen an ihm genagt hatte, hatte nun Form angenommen, und er stellte mit Überraschung fest, daß er sein Todesurteil bereits akzeptiert hatte, daß es weniger beängstigend war zu erkennen, daß sich seine schlimmsten Befürchtungen bestätigten, als in Unsicherheit zu verharren. Schleier von Gefühlen wehten durch ihn hindurch: Wut und Auflehnung und Abscheu vor der glühenden Abscheulichkeit in seinem eigenen Schädel und – seltsamerweise – Hoffnung. Die Andeutung einer Verheißung. Vielleicht, so dachte er, während er die Seiten der Kladde durchblätterte, war diese Andeutung nichts anderes als der Augenblick, in dem das Wissen – so wie es dem alten Magnusson widerfahren war – sich ohne sein Zutun in seinem Gehirn festsetzte.

Blitzlichter zuckten auf. Er fragte sich, ob sie sich wohl zusammen mit ihrem blutigen Wunder zu einem Gruppenbild aufstellen würden, mit untergehakten Armen und lächelnd, für einen hübschen Schnappschuß von Ezawa und seiner Bande, den man bei Partys herumreichen konnte.

Ezawa räusperte sich. »Frontal und an den basalen Seiten findet sich eine hohe Konzentration der Bakterien, und zwar in jenen Bereichen, die von Katecholamin-Strängen durchzogen sind. Flecken unterschiedlicher Helligkeit verbreiten sich vom hinteren Gehirn bis zur frontalen Hirnrinde. Jetzt mache ich mich daran, die dorsal-ventrale Achse zu kappen, um die obere Gehirnhälfte von der unteren zu trennen.«

Die Ärzte drängten sich dichter heran.

»Mein Gott! Das intrazerebrale System!« Brauer jubelte die Worte wie ein Halleluja, und die anderen Ärzte fielen in eine ehrfurchtsvolle Litanei ein: »Ich habe Kinski gegenüber bereits meine Mutmaßung geäußert ...«

»Gehirnkapazität und Erinnerungsspeicher ...«

»Unglaublich!«

Das Gebrabbel von Pilgern, die Zeugen eines Wunders und dadurch mit der Nase auf den eigentlichen Kernpunkt ihres Mysteriums gestoßen worden waren.

»Kollegen!« Ezawa schwenkte das Skalpell. »Lassen Sie uns eine Beschreibung der anatomischen Gegebenheiten auf Band aufnehmen, bevor wir uns in Spekulationen ergehen.« Er wandte sich an das Tonbandgerät. »Extrem hohe Konzentration von Bakterien in medialen und basalen Bereichen der frontalen Gehirnrinde, der Substantia Regia, dem gesamten Komplex des temporalen Lappens. Es hat den Anschein, daß das Dopamin und Norepinephrin-System der hauptsächliche Wirkungsbereich bakterieller Aktivität sind.« Er begann, da und dort kleine Sektionen abzutrennen und sie in Plastiktüten fallenzulassen, und bald sah Magnussons Brustkorb aus wie ein Abfallhaufen. Er hob eine Tüte hoch in den Lichtschein der Deckenbeleuchtung; sie enthielt ein strahlendes Stückchen Grün. »Bemerkenswerte Veränderung im ventralen Tegmentum. Es wäre interessant, dies hier durch die Zentrifuge zu schicken.«

Donnell schaltete den Lautsprecher ab. Eine Welle von Abscheu vor sich selbst schwappte über ihn; er fühlte sich minder als ein Tier: eine Marionette, manipuliert von leuchtenden grünen Klauen, die sein ventrales Tegmentum zu außerirdischen Konformationen zerquetschten. Das Kitzeln wie von Federn, das er im Kopf spürte, war nur Einbildung – hoffte er. Magnusson hatte recht: Flucht wäre die einzig logische Konsequenz. Er konnte nicht entscheiden, was das Beste für ihn wäre, solange er in diesem Leichenhaus bliebe, wo geschickte Hexenmeister ihn durch Irrgärten jagten und sein Bewußtsein analysierten und darauf warteten, ihn in Stückchen zu schneiden und seine Teile in einer Zentrifuge herumzuschleudern. Aber er würde Jocundras Hilfe brauchen, um fliehen zu können, und er war nicht sicher, ob er ihr trauen konnte. Er glaubte, daß sie ihn aus Mitleid angelogen hatte, aber es würde erforderlich werden zu prüfen, wie tief ihr Mitleid ging, und die Art der Gefühle, die dahintersteckten. Nachdem er wochenlang stark emotional ausgerichtet an sie gedacht hatte, überraschte es ihn, daß er jetzt im Hinblick auf sie so kühl kalkulierte, daß – ohne daß sich seine grundsätzliche Einstellung geändert hätte und ohne daß er sie auch nur eine Spur weniger begehrte – er so leicht umdenken konnte von seinen Wünschen auf seine notwendigen Bedürfnisse.

Unter Mithilfe von Brauer öffnete Ezawa Magnussons Brustkorb, und sie untersuchten die Organe. Schweine! Donnell schaltete den Spiegel aus. Er überflog die Seiten der Kladde, las einige Absätze flüchtig durch. Es war ein sonderbarer Bericht, eine Zusammenfassung wissenschaftlicher Daten, gespickt mit hintergründigem Humor, Rätseleinlagen, metaphysischen Spekulationen, und es entstand daraus ein Bild von Magnusson, das nichts mit dem gackernden alten Verrückten zu tun hatte, als der er erschienen war, sondern es war so, wie er selbst sich empfand: eine kraftvolle Seele, gefangen in einem Käfig aus schlaffem Fleisch und einem morschen Knochengerüst. Eine seiner letzten Eintragungen bezog sich direkt auf diese Selbsteinschätzung:

> *... Während der letzten Monate hatte ich Verbindung mit dreizehn Mitpatienten aufgenommen, von denen die Hälfte inzwischen dahingeschieden ist, und in jedem Fall, wie in meinem eigenen, habe ich bemerkt, daß wir einen ausgeprägten Hang zum Edlen, zum noblen Drumherum an den Tag legten – der sich sowohl in unserer Arbeit als auch in unserem Verhalten niederschlägt –; darin scheint sich zum Teil das Bild widerzuspiegeln, das wir uns naturgemäß von uns selbst machen. Ich befürchte, ein Psychiater würde das als Folge eines Todestraumas einstufen, indem er die Vermutung nahelegte, wir hätten eine Ver-*

*bindung hergestellt zwischen dem Mythos der Auferstehung Christi und unserer eigenen tiefsitzenden Unsicherheit darüber, daß wir gestorben und so verändert und unvollkommen wiedergeboren worden sind. Aber ich spüre weder in mir selbst noch in den anderen irgend etwas, das von sanftmütiger christlicher Machart zeugt; das Ganze ist eher heidnischer Natur, und das Gefühl des Edelmuts entspringt einem großen nachdenklichen Geist, halb tierisch, dessen Wahrnehmung das triviale Licht des Tages verdunkelt. Wenn ich spüre, wie sich dieser Geist in mir regt, kann ich nichts anderes glauben, als daß alle meine illusionären, knochentrockenen Erinnerungen an das Sortieren von Reagenzgläsern und das Schnüffeln nach irgendeiner Krume in der wissenschaftlichen Überlieferung mir durch den Prozeß meiner Existenz in Shadows eingegeben worden sind und daß sie eine dünne Schicht sind, unter der sich ein Reservoir von bedeutenderen Erinnerungen verbirgt.*

*Alle von uns, die wir jetzt am Leben sind, verkörpern diesen Geist auf ganz individuelle Weise: Richmond, der sich als Asphaltcowboy gibt; Monroe mit ihrem Alter ego in der Person der Zauberin Luweji; French, der kleine Landadlige; Harrison, der freudlose dichtende Prinz; Ramsburgh, die verrückte alte Dame, die Deckchen und Schals strickt mit der Darstellung von Druidenszenen, verwunschenen Wäldern und geschnitzten Altären. Ich halte diese allen gemeinsame Neigung für ungemein wichtig, obwohl ich nicht genau weiß, in welcher Hinsicht; in letzter Zeit verspüre ich jedoch eine Verfeinerung dieser Gefühle.*

*Eines Nachts, in einer herrlichen windigen Nacht, begab ich mich ohne Begleitung ins Gelände und saß in meinem Rollstuhl oben auf einer Anhöhe in der Nähe des Hauses. Ich hatte den Eindruck, daß alles von mir wegströmte. Der Wind brachte den kalten, ungebrochenen Rhythmus des Golfs mit sich, die Eichen neigten ihre schattenhaften Kronen, und Wolken mit silbrigen Rän-*

*dern jagten direkt unter dem Mond dahin, einem fast vollen Mond. Er war der einzige feststehende Punkt in der fließenden Substanz dieser Nacht. Schwarze Blätter glitten durch silberne Streifen von Mondlicht, und meine Kleidung zerrte an mir und flatterte, als wollte sie mich los sein. Die Zeit verstrich ohne mich, dachte ich, und ich wurde wieder zeitlos. Das war das Rechtschaffende am Leben und am Tod, dieser Zustand der Zeitlosigkeit. Meine ganze Aufmerksamkeit war auf das Fließen der Nacht und des Windes gerichtet, und ich fühlte, wie in mir Strenge und Starrsinn wuchsen gegenüber dem hübschen Flattern dieser unwesentlichen Dinge; ich spürte, wie meine kleine Erhebung zu höchster Erhabenheit anschwoll, und empfand meinen Körper wie den Klang einer Musik, der schwächer wurde, aber nach dem Einatmen eines uralten Hauchs bekam er wieder neue Fülle. Träume, werden Sie vielleicht sagen, Ausgeburten der Phantasie, kindisches Geschwätz eines alten Mannes über Mysterien im Angesicht des zweiten Todes. Aber es sind die Träume, die uns lebendig machen, und die Mysterien, und wer könnte behaupten, daß nicht sie es sind, die uns davontragen, wenn das Leben vorüber ist.*

Laura wurde mit Beruhigungsmitteln behandelt und zurück nach Tulane gebracht. »Tschüs«, sagte sie an der Tür, ohne Kraft, und sah Jocundra mit verwirrter Eindringlichkeit in die Augen, als ob sie sich über deren merkwürdige Farbe wunderte; dann wiederholte sie: »Tschüs« und blickte zu Boden; sie sprach es auf eine Art aus, wie man vielleicht ein Wort ausspricht, das man gerade erst gelernt hat und dessen fremde Aussprache man probiert.

Wie alle anderen nahm Jocundra an, daß Laura bei ihm im Zimmer gewesen war, als sich Magnusson die Kehle durchschnitt – falls es sich so abgespielt hatte: Das Fehlen des Skalpells ließ allerdings auch andere Möglichkeiten des Szenarios zu, obwohl allgemein davon ausgegangen wurde, daß Laura in ihrer Verwirrung es aufgehoben und irgendwo verlegt hatte. Aber im Gegensatz zu allen anderen glaubte Jocundra nicht, daß die gewaltsame Todesart ausschließlich die Ursache für Lauras Zustand war. Durch diesen Umstand allein hätte sie sich nicht in diese blasse, marionettenhafte Gestalt verwandelt, die man am Ellbogen führen mußte und der man beim Einsteigen in Ezawas grauen Cadillac helfen mußte; die das Gesicht an das trübe Rauchglasfenster drückte und mit matten Augen zurück zum Haus blickte. Hinter Lauras scheinbarer Abgestumpftheit gegenüber Magnusson, so dachte Jocundra, verbargen sich echte Gefühle der Verbundenheit, und es war der Schaden, den diese Gefühle erlitten hatten, der vor allen Dingen zu ihrem Zusammenbruch geführt hatte.

»Sie wird wieder gesund werden«, sagte Edman später am Tag bei einer Besprechung im Kollegenkreis. »Es war zu erwarten, daß es zu einem Trauma kommen würde.«

Aber Jocundra hatte nicht gewußt, daß man mit einem Potential des Zusammenbruchs, der Zerrüttung rechnen mußte, und sie war empört. »Das Ende wird schwierig sein«, hatte ihr ein väterlicher Edman bei einer kurzen Einweisung gesagt, bevor sie Tulane verließ. »Aber Sie werden daraus etwas sehr Menschliches und Stärkendes für sich gewinnen.« Und sie hatte es geschluckt!

Sie wollte nichts mehr zu tun haben mit Lügen oder mit Edman, der der Vater der Lügen war; sie wollte sich, so gut es ging, auf die unvermeidliche Katastrophe von Donnells Ende vorbereiten, und anschließend wollte sie sich von dem ganzen Projekt reinwaschen.

Während der nächsten beiden Wochen verstärkte sie ihre Bemühungen, um zwischen sich und Donnell eine Distanz zu schaffen, und gleichzeitig bemühte sie sich, eine Distanz zwischen sich selbst und dem Projekt zu schaffen, obwohl sich das als nicht einfach erwies. Die

Atmosphäre in Shadows war bedrückter und unheilvoller geworden als je zuvor. Es war, als ob es zuvor eine Einheit im Haus gegeben hätte, eine Vereinigung, die sich nach dem Tode von Magnusson aufgelöst hätte, und niemand konnte sicher sein von neuen Strömungen, die entstehen mochten. Die Therapeuten gingen mit abgewandten Augen aneinander vorüber, wenn sie sich in der Halle begegneten; French und Monroe verkrochen sich in ihren Zimmern, und Richmond wanderte allein durch die Gegend. Die Ärzte unterbrachen ihre geflüsterten Konferenzen, sobald jemand von niederer Stellung in die Nähe kam, und zogen sich in das Büro im oberen Stockwerk zurück. Sogar die allgegenwärtigen Farne in den Messingtöpfen schienen Instrumente der Verstohlenheit zu sein, mit ihren federigen Wedeln, die zum Verbergen empfindlicher Antennen wie geschaffen schienen. Doch trotz dieser Spaltung, oder vielleicht gerade deswegen, war ein Belauern und Belauschen und Agitieren allen gemein. Einmal zog Dr. Brauer Jocundra zur Seite und ließ sich abfällig über Edman aus, der, wie er sagte, die meiste Zeit damit zubrächte, mit Tulane zu telefonieren und die Verwaltung anzuflehen, sich rauszuhalten, sich nicht in den Prozeß einzumischen.

»Aber glauben Sie nicht, eine Einmischung wäre geboten? Sind die Patienten nicht lange genug Edmans Unvermögen ausgesetzt gewesen?« Als sie mit den Achseln zuckte, verzog er seine griesgrämige, hagere Miene zu einem scheinheiligen Lächeln und fragte: »Wie macht sich Harrison?«

»Offen gesagt«, wich sie aus, da sie wütend über seine vorgetäuschte Besorgnis war, »mir ist es egal, wer dieses verdammte Haus hier leitet, und was Harrison angeht, er wird bald sterben!«

Einige Tage lang machte sich Jocundra große Sorgen, daß Donnell aus Magnussons Tod etwas über seine eigene Situation erfahren hätte. Sie nahm eine Veränderung an ihm war, eine Veränderung, die zu gleitend und zu sehr den Umständen angepaßt war, als daß sie sie hätte einordnen können. Oberflächlich betrachtet, schien ihn das Ereignis auf eine positive Art berührt zu haben: er unternahm doppelte Anstrengungen, gehen zu lernen, sein gesellschaftliches Verhalten verbesserte sich, und er machte sich auf Entdeckungstour durchs Haus, fing Unterhaltungen mit den Pflegern an; er schrieb seine Geschichte zu Ende und begann mit einer neuen. Aber wenn sie miteinander sprachen – und sie sprachen jetzt entschieden seltener miteinander als zuvor –, war ihre Unterhaltung auf merkwürdige Weise schwerfällig. Eines Nachmittags bat er sie, sich hinzusetzen und seine Geschichte zu lesen. Es war eine wilde und verworrene, phantastische Geschichte, die in einer Welt mit einer purpurfarbenen Sonne spielte, und im besonderen in einem Dorf, das mitten in einem riesigen Wald lag, und die Handlung ging um die üblen Machenschaften eines arthritischen alten Kaufmanns, seine Rache an einer bösen Königin und ihrem schwarzgekleideten Gefolge, geheimnisvolle Magie, und das Ende war auf der ganzen Linie trostlos. Die weitschweifige Handlung und die Gänsehaut bereitenden Horroreffekte beunruhigten Jocundra. Es war, als ob eine gekringelte Wolke purpurfarbenen Rauchs aus dem Heft aufgestiegen wäre und sie in den Hauch einer prunkvollen orientalischen Hölle gehüllt hätte.

»Es ist schön geschrieben«, sagte sie. »Aber für meinen Geschmack kommt zuviel Blutrünstiges darin vor.«

»Ja, aber wird es sich verkaufen?« Er lachte. »Ich muß ja schließlich von irgendwas leben, wenn ich hier rauskomme. Stimmt's?«

»Mir gefallen deine Gedichte besser.« Sie klappte das Heft zu und betrachtete eine ausgefranste Stelle an ihrem Rock.

»Mit Gedichten ist kein Geld zu machen.« Er kam zum Schreibtisch und blieb neben ihr stehen, wodurch sie gezwungen war, zu ihm aufzusehen. »Im Ernst, ich möchte deine Meinung hören. Ich möchte zur Abwechslung mal in der Stadt wohnen, Reisen machen, und dafür braucht man Geld. Glaubst du, daß ich auf diese Weise welches verdienen kann?«

Sie brachte nur eine klägliche Geste zustande. »Ja, ich glaube schon.« Aber er schien mit der Antwort zufrieden.

Donnells neuerworbene Unabhängigkeit erlaubte Jocundra, weiter an ihrer Distanzierung zu arbeiten. Obwohl die Kameras immer noch ständig außer Betrieb waren – als ob sich 'n paar verdammte Viecher an den Kabeln zu schaffen machten, sagte der Wartungsmonteur –, verfolgten die Pfleger genau sein Kommen und Gehen, und jeden Morgen zog sie Shorts und ein T-Shirt an, nahm eine Decke und suchte sich ein sonniges Plätzchen, wo sie den Tag verbringen konnte. Sie blätterte Hochschulkataloge durch und dachte darüber nach, ob sie vielleicht nach Michigan oder Chicago oder auch Berkeley gehen sollte, um ihren Doktor zu machen. Nach einigen Jahren könnte sie im Entwicklungsdienst arbeiten. Afrika. Strohgedeckte Hütten in einer staubigen Ebene, Affenbrotbäume und Kraniche, geheimnisvolle Opferzeremonien und Tätowierungsrituale, großartige Feuerball-Sonnenaufgänge, grüne Hügel voller Gorillas und Orchideen und verwunschenen Königreichen. Jeden Mittag war sie soweit, daß sie fast glauben konnte, Shadows sei der Standort eines verlorenen Afrika oder einer Art von leergeräumtem Paradies; das Gelände war verlassen, die einzigen Geräusche stammten von Insekten oder Vögeln, und die Sonnenstrahlen fielen in gazeartigen Streifen durch das Laubdach, als ob gewaltig große goldene Engel aus ihrer Raum-Arche herabstrahlten, um die Saat der Zivilisation auszustreuen. Sie döste vor sich hin; sie las völkerkundliche Werke, die französischen Theoretiker, wobei sie eine alte Abneigung gegen den unverständlichen Jaques Lacan wiederentdeckte und ihren Geist wieder an die strenge Insider-Sprache der akademischen Welt gewöhnte. Aber nach einer gewissen Zeit, und jeden Tag nach einer kürzeren Zeitspanne, wurde es ihr in der Sonne langweilig, und Donnell ging ihr durch den Kopf. Es waren schläfrige, undeutliche Gedanken, Bilder von ihm, Dinge, die er gesagt hatte, als ob er an ihr vorbeigestrichen wäre und kleine Erinnerungsfetzen haften geblieben wären.

Am achtzehnten Mai hatte ihre Mutter Geburtstag. Sie hatte gar nicht daran gedacht, bis ein Pfleger in der Kantine nach dem Datum fragte, doch dann dachte sie während des ganzen Essens daran, wie ihre Familie den Anlaß wohl feiern mochte. Wahrscheinlich gar nicht. Vielleicht hatte ihr Vater ihrer Mutter ein Geschenk gemacht, ihr eine lauwarme Zärtlichkeit zugemurmelt und war dann hinaus auf die Veranda gegangen, hatte auf der Gitarre geklimpert und dazu seine traurigen, klagenden Lieder gesungen. Ihre Mutter hatte bestimmt die Küche aufgeräumt, ihren vogelscheuchenartigen Hut aufgesetzt und war dann in die Kirche getrippelt, um schnell einen Rosenkranz herunterzubeten, um fünfzehn Minuten in der weihrauchgeschwängerten Dunkelheit zu den geschnitzten, vergoldeten Füßen der Jungfrau Maria zuzubringen. Die Kirche war ihr einziger Vorstoß zum Individualismus gewesen, ihr einziger revolutionärer Akt gegenüber ihrem Mann, der Atheist war. Nicht daß er versucht hätte, sie zu beherrschen. Sie war vielmehr in seinen Schatten geschlüpft wie ein ängstliches Mäuslein, das sein ganzes Leben lang nach einem derartigen schützenden Unterschlupf gesucht hatte und glücklich war, wenn es nur für immer und ewig um seine Füße herumhuschen durfte. Es ärgerte Jocundra, wenn sie Anzeichen des Charakters ihrer Mutter bei sich selbst wahrnahm.

Sie hatte vorgehabt, nach dem Abendessen zur Konferenz zu gehen – wo die große Machtprobe zwischen Brauer und Edman stattfinden sollte, wenn man den Gerüchten glaubte –, aber Donnell bat sie zu bleiben und mit ihm zu reden. Er machte ihr ein Zeichen, daß sie sich aufs Bett setzen sollte, und er selbst lehnte sich gegen die Fensterbank, den Spazierstock neben sich aufgestützt. Lange Zeit sagte er kein Wort, sondern starrte sie nur an, aber schließlich erklärte er: »Dies ist eine ganz private Unterhaltung. Die Kameras haben mal wieder den Geist aufgegeben.«

Sein starr auf sie gerichteter Blick machte Jocundra nervös; er war ruhig und forschend und anders, als er sie sonst anzusehen pflegte. »Woher weißt du das?«

»Das tut nichts zur Sache.« Er ließ vor Belustigung geräuschvoll die Luft aus. »Man hat genug Daten über meine psychologische Anpassung gesammelt, und im übrigen ist meine Anpassung vollkommen. Ich bin so weit, daß ich auf der Stelle weggehen kann.«

Sie lachte gezwungen; obwohl sein Tonfall beiläufig klang, hatte jedes seiner Worte das Gewicht einer bedeutenden Mitteilung. »Du bist noch nicht stark genug, im Moment noch nicht.«

»Ich möchte dir etwas über dich erzählen.« Die Gardine bauschte sich nach innen und tauchte sein Gesicht in ein gespenstisches Spitzenmuster; er wischte sie beiseite. Die Deckenbeleuchtung minderte das Grün seiner Augen zu seltenen Lichtblitzen. »Dir ist es nicht ganz bewußt, weil du dich verweigerst, aber ich glaube, du schaffst es auch nicht, dich ganz zu entziehen. Du fühlst etwas für mich, etwas wie Liebe, wenn dieses Wort vielleicht auch zu stark ist für das, was du empfindest, denn immerhin warst du ziemlich erfolgreich darin, es zu verdrängen.«

Er machte eine Pause, um ihr die Möglichkeit zu einer Antwort zu geben, aber im ersten Moment war sie zu verwirrt, um zu antworten, dann ärgerte sie sich, daß er so etwas unterstellte, und anschließend wurde sie neugierig, weil er eine solche Sicherheit an den Tag legte.

»Natürlich liebe ich dich.« Er murmelte den Satz, als ob es eine Sache wäre, die kaum des Erwähnens wert wäre. »Ich weiß, daß es zum Programm gehört, daß ich dich liebe, daß du ...« Er ließ seinen Spazierstock zwischen den Händen hin und her gleiten. »Ich glaube, das ist nicht wichtig.« Er sah sie an, den Mund zu einer schmalen Linie zusammengepreßt, die Augenbrauen hochgezogen, als ob das, was sich seinem Blick darbot, sowohl bedenklich als auch vielversprechend sei. »Möchtest du es abstreiten?« fragte er.

»Nein«, antwortete sie und war überrascht, daß sie es mit einer gewissen heiteren Gelassenheit aussprach.

»An dem Tag, an dem Magnusson starb«, sagte er, »bin ich in einen kleinen Raum neben dem Labor gegangen und haben zugesehen, wie sie ihn zerstückelt haben.«

»Das kannst du nicht«, entgegnete sie und stand auf.

»Die übliche starke Beeinträchtigung im Bereich der Hirnrinde«, sagte er. »Bemerkenswerte Veränderungen im ventralen Tergentum.«

Sie wollte auf ihn zugehen, aber dann fiel ihr ein, wie er sie wegen ihrer Lügen verachten mußte, und sie setzte sich wieder, schwerbeladen mit Schuldgefühlen.

Er nahm eine Papiertüte von der Fensterbank und ging zum Bett. »Ich werde etwas dagegen unternehmen. Es ist schon in Ordnung.«

»Es tut mir leid.« Die Worte hörten sich dermaßen dämlich an, daß sie lachen mußten, und dieses bittere Lachen war wie Dynamit für ihre versteinerten Schuldgefühle; sie zitterte.

»Magnussen hat mir seine Notizen gegeben, bevor er starb«, sagte er. »Ich glaube, es gibt eine Möglichkeit, daß ich sie dazu verwenden kann, mein Leben zu verlängern. Ich bin nicht sicher, aber wenn ich hier bleibe, werde ich es nie herausfinden. Ich werde abhauen.«

»Das kannst du nicht!«

»Natürlich kann ich das.« Er nahm einen Schlüsselbund aus der Papiertüte. Sie erkannte ihn als den normalen Bund, der an die Pfleger ausgegeben wurde, mit Schlüsseln für die Lieferwagen und die Vorratskammer und verschiedene andere Räume. »Die Pfleger spielen in den Laborräumen Poker. Alle Telephone und Kameras sind außer Betrieb. Ebenso die Pforte.« Er lächelte. »Auch daran ist gedacht worden.«

Seine Argumente waren eingängig, logisch, unwiderlegbar. Er hätte, so sagte er, ein Recht darauf, dorthin zu gehen, wofür er sich entschied, seine Zeit so zu verbringen, wie es ihm gefiel. Was wäre das für eine Zukunft, wenn er hier bliebe, um sich untersuchen und testen und schließlich zerlegen zu lassen? Er brauchte ihre Hilfe. Wem oder was fühlte sie sich in Wahrheit verpflichtet? Sich selbst, ihm oder dem Projekt? Sie konnte nichts dagegen einwenden, aber der Gedanke, sich mit ihm in den Strudel des Lebens draußen zu stürzen, jagte ihr Angst ein.

»Wenn du dir Sorgen darüber machst, daß ich auf die Art der Wissenschaft verlorengehe«, sagte er, »dann kann ich dir versichern, daß ich sowieso nicht mehr zur Mitarbeit bereit bin.«

»Das ist es nicht«, sagte sie verletzt. »Ich weiß einfach nicht, was richtig ist, und ich glaube, du weißt es genausowenig.«

»Richtig? – Gott im Himmel!« Er nahm einen kleinen Kassettenrecorder aus einem Beutel; die Kassette, die darin steckte, war mit Edmans Handschrift auf dem Etikett beschriftet. »Hör dir das mal an!«

»Woher hast du das?«

»Aus Edmans Büro. Ich habe ihm erklärt, ich wollte mal sehen, wie die Welt aus dem Innern einer Kristallkugel aussieht. Es kitzelte seine kleine Seele, daß ein wildes Tier in seinem Schrank wühlte. Diese Dinger lagen wie Partymitbringsel einfach auf dem Regal herum, da habe ich ein paar mitgenommen.« Er drückte auf den Wiedergabeknopf, und Edmans Stimme quäkte aus dem Lautsprecher:

»Siebenundzwanzigster April ... (Husten) ... Trotz allem, was dagegen spricht, blühen die romantischen Gefühle zwischen Harrison und der Verret. Es würde mich nicht wundern, wenn ich eines Morgens bei meinem Spaziergang durchs Gelände ein Herzchen mit einem Pfeil durch und die Initialen der beiden in eine Eiche eingeritzt fände. Heute habe ich die Unterlagen über die Hintergründe der Scheidung der Verret bekommen. Um es laienhaft auszudrücken: die Verret scheint eine besondere Vorliebe für den Verlierertyp zu haben. Ihr Ehemann, ein gewisser Charles Mesier, von Beruf Musiker, hat sie offenbar körperlich mißhandelt: die Scheidung würde aufgrund körperlicher und seelischer Grausamkeit ausgesprochen. Ich hatte bisher noch keine Zeit, die Dinge bis in alle Einzelheiten zu untersuchen, aber es gibt ganz offenkundige Ähnlichkeiten zwischen den beiden Männern. Künstlerische Neigungen, beide vier oder fünf Jahre älter als die Verret, eine allgemeine Ähnlichkeit in der äußeren Erscheinung. Natürlich bin ich mir noch nicht ganz darüber im klaren, welche Rolle diese Übereinstimmung in der Entwicklung spielt, die sich jetzt anbahnt, aber ich bin überzeugt davon, wir werden es bald erfahren. Die Beziehung befindet sich meiner Ansicht nach im Stadium des Durchbruchs ... (Seufzen) ... Ich muß gestehen, daß ich mich auf gewisse Weise zur Vaterschaft an dieser Beziehung bekenne, da ich sozusagen den Ehevermittler zwischen den beiden gespielt habe ... (Lachen) ... Es scheint gar nicht so ausgeschlossen, daß wir eines Tages in den Genuß einer feierlichen Eheschließung kommen werden, in der Art, wie es zwischen Gefangenen und deren verliebten Briefpartnern vorkommt – oder, etwas passender, zwischen todgeweihten Patienten und deren Verlobten. Ich kann es mir gut vorstellen. Die Verret, wunderhübsch in Weiß unter den Bogen von Eichenzweigen. Harrison mit blitzenden Augen, der lüsterne Bräutigam. Und der Pfarrer wird feierlich seinen Spruch aufsagen: ›Was Ezawa vereinigt, soll die Welt nicht scheiden ...‹«

»Ist das vielleicht *richtig?*« Donnell drückte heftig auf den Stop-Knopf. »Daß dieser vollgefressene Geier in seinem Kristallkäfig thront und sich über unsere Triebe lustig macht?«

Jocundra ließ die Kassette rausspringen und las Edmans Beschriftung: »Harrison, Verret XIVV.« Sie drehte sie in der Hand herum; es kam ihr vor, wie wenn sie ein Glas mit ihrem Blinddarm in der Hand hielt, ein nutzloses Organ, das ihr einst schwer zu schaffen gemacht hatte, jetzt jedoch unbedeutend und wirkungslos war. Es gab keine Hoffnung auf eine sichere Lösung, aber nichts war so hoffnungslos wie Shadows. Sie hatten keine Wahl. Zumindest war Edman in gefährlichem Maße unmoralisch, und es war sogar wahrscheinlich, daß er wahnsinnig war, auf eine verschlagene Art wahnsinnig, der seinen Wahnsinn als besondere Klugheit verbrämte und damit alle um sich herum ansteckte und sogar sich selbst täuschte. Es hatte irgend etwas Traumartiges an sich, dieses extreme Handeln.

»Wir brauchen Geld«, sagte sie. »Ich habe einige Kreditkarten und ... Warum siehst du mich so an?«

»Einen Moment lang dachte ich, ich hätte dich verloren.«

Der Motor drehte durch, heulte röhrend auf und starb dann ab, als Jocundras Fuß von der Kupplung rutschte. In ihrem Übereifer würgte sie ihn zweimal ab, doch schließlich gelang es ihr, den Lieferwagen anzulassen; sie wendete in Richtung Ausfahrt und fuhr hinaus. Das

Licht der Scheinwerfer streifte durch das Gelände und strahlte eine Menagerie aus verschiedenen Blattformen an; im Außenspiegel wurde das Haus in der Dunkelheit immer kleiner, ein Puppenhaus, ein von Laternen beleuchtetes Zuckerwerk aus Rosa und Weiß, gekrönt von Nippes aus Straß. Jocundras Kehle war ausgetrocknet. Sie war ein halbes Dutzend Mal drauf und dran gewesen, ihren Entschluß rückgängig zu machen, bevor sie den Parkplatz erreicht hatten, und Donnells Plan, wie sie das Tor überwinden sollten – das wenige, das er davon preisgegeben hatte – trug nicht dazu bei, ihr Vertrauen zu bestärken; ihre Hände und Füße ließen sie jedoch nicht im Stich, sie bearbeiteten die Schaltung und die Pedale scheinbar ohne ihr Zutun. Sie fuhr dicht an das Tor heran. Zweige eines Magnolienbaumes, der daneben stand, streiften die Wagentür auf Donnells Seite. Er sackte zusammen, täuschte Bewußtlosigkeit vor. Das Scheinwerferlicht fiel durch die Stäbe, spielte auf der glitzernden Teerpappe des Wachhäuschens, und der Posten kam herangeschlurft, wobei er sich verschlafen am Bauch kratzte. »Was wollen Sie?« rief er. Er gähnte und blinzelte sich den Schlaf aus den Augen, während er sich den Pistolengurt umlegte: ein puddinggesichtiger, faßbäuchiger Mann in bauschigen Hosen.

»Ich habe hier einen Notfall«, rief Jocundra ihm zu und hoffte, daß ihre Worte die angemessene Wichtigkeit ausdrückten. »Einer der Pfleger. Sein Herz!«

»Ich kann keinen begleitenden Arzt nich' sehen.« Er winkte zum Haus zurück.

»Steig aus!« zischte Donnell. »Überzeuge ihn!«

Sie kletterte aus dem Wagen. »Bitte«, sagte sie. »Er hat einen Herzanfall gehabt.«

Der Blick des Wachmanns streifte ihre Brust. »Ich wollt', sie hätten die verdammten Telephone endlich repariert. Also gut.« Er drückte auf einen Knopf, der in die Mauer eingelassen war, und das Tor schwang einen knappen halben Meter weit auf. Er schlüpfte hindurch;

sie machte ihm den Weg frei und stellte sich vor den Wagen, während er die Magnolienzweige zur Seite schob und mit der Taschenlampe durch das Fenster leuchtete, um Donnell in Augenschein zu nehmen. Jocundra hörte ein Rascheln in dem Busch hinter ihm und sah ein Paar blitzender grüner Augen, die aus dem Dikkicht von weißen Blüten und wachsartigen Blättern herausstarrten. »Dieser Knabe is' kein Pfleger nich'«, sagte der Wachmann, und etwas zischte durch die Luft und schlug ihm auf den Kopf, schlug ein zweites Mal. Jocundra machte einen Satz zurück, wobei sie gegen das Tor prallte und der Wachmann fiel nach hinten, verschwand hinter dem Wagen außer Sicht. Im nächsten Moment stand Richmond vor ihr und steckte sich gerade die Pistole des Mannes in den Gürtel. Jocundra schlüpfte hinaus auf die Straße und brachte die Gitter zwischen ihn und sich.

»Sie ham recht, daß Sie Angst ham, meine Dame«, sagte er und lachte. »Als ihr Scheißtypen mich gemacht habt, habt ihr ein Monster in die Welt gesetzt.«

Er duckte sich zurück ins Gebüsch, dann ging er um den Wagen und stellte sich mit seiner Gitarre in der Hand vor ihn hin. Im Lichtkegel der Scheinwerfer war sein Gesicht zerfurcht und abstoßend; seine Augen strahlten hell. Donnell kletterte aus dem Auto, humpelte zum Tor und drückte auf den Knopf. Die Eisengitter schwangen zur Seite. »Los, mach daß du durchkommst!« sagte er zu Richmond.

Während Richmond mit dem Lieferwagen durch das Tor fuhr, segelte der Mond hinter den Wolken hervor, und alles war auf einmal sehr scharf und hell. Das Tor glitt wieder zu. Perlartige Reflexe zuckten über den Wagen; die Straße führte schnurgerade in das Sumpfgebiet, ein knochenweißer Streifen, der sich zwischen den dunklen Wänden aus Zypressen, Eichen und Palmbüschen verlor. Frische Moskitostiche juckten Jocundra plötzlich am Arm, als ob der Mond auch ihre Umwölkung durchbrochen hätte, ihre Verwirrung und ihre Anfälligkeit bis in den letzten Winkel ausleuchtete. Sie wollte mit Richmond nichts zu tun haben. Die Straße war eine unberechenbare Wildnis mit unvermuteten finsteren Abgründen.

Der Wachmann stöhnte.

»Los, Beeilung!« brüllte Richmond.

Donnell bearbeitete den Schließmechanismus, indem er mit den Händen üppige Formen in der Luft darum herum beschrieb; er hielt inne, offensichtlich zufrieden, und betrachtete sein Werk; dann ging er hinüber zu der Wand und tippte mehrmals auf den Bedienungsknopf.

Das Tor blieb geschlossen.

»Mann, ich kann auf dieser Straße mit der doppelten Geschwindigkeit fahren«, sagte Richmond vom Rücksitz des Lieferwagens aus. »Sie fährt ja wie 'ne lahme Ente.«

»Sie hat einen Führerschein«, entgegnete Donnell geduldig, »und du nicht.«

»Hör mal zu, Mann!« Richmond steckte den Kopf zwischen den beiden Sitzlehnen nach vorn. »Ich hab' nichts dagegen gehabt, daß du die große Schau abziehst, solang wir da drin waren, weil du mit den Kameras und dem ganzen Scheiß umgehen konntest, aber ich bin nicht ...« Er wäre fast auf die Vordersitze geschleudert worden, als der Wagen durch ein Schlagloch rumpelte, dann fiel er wieder zurück. »Was soll den der Scheiß! Will sie uns den Arsch aufreißen?«

»Hör auf, ihr ins Ohr zu brüllen! Wie, zum Teufel, soll sie fahren können, wenn du sie so anbrüllst?«

Als Jocundra die beiden streiten hörte, überkam sie einen Moment lang ein Anfall von Hysterie; ein angenehmes kleines Kribbeln kam dabei aus der Tiefe in ihr hochgekrochen, und all die unerfreulichen Begleitumstände der Situation waren in ein übernatürliches Licht getaucht. Da saßen sie wie ein paar Gangster im Fernsehen vor ihrem nächsten Supermarkt-Überfall, die planten, wie sie das Geld auf den Kopf hauen würden, und sich darüber stritten, wer der Boß des Unternehmens sein soll – um diesen Eindruck perfekt zu machen, trugen beide Sonnenbrillen, die Richmond den Pflegern gestohlen hatte –, und sie saß dabei wie ein stummer Gehilfe, wie die Gangsterbraut. Zu guter Letzt einigten sie sich auf einen Kompromiß: Donnell war das Gehirn bei der Sache, während Richmond in Situationen in Aktion treten würde, die Schnelligkeit und Abgebrühtheit verlangten. Donnell fragte sie, ob sie in der Nähe einen Platz wüßte, wo sie für ein paar Tage sicher sein könnten.

»Die Sümpfe«, sagte sie. »Es wimmelt dort von verlassenen Hütten und Unterschlupfen. Aber sollten wir nicht so weit wie möglich wegkommen?«

»Herrje!« sagte Richmond entrüstet. Er wühlte auf dem Boden rum, wobei seine Gitarre mit hohlem Klang da und dort anstieß. »Ich lege mich für eine Weile flach. Du kannst das mit ihr ausmachen, Mann.«

»Du hast nicht richtig zugehört«, sagte Donnell entmutigt.

»Tut mir leid. Ich habe mich auf die Straße konzentriert.«

»Wir werden die Nummernschilder austauschen. Sie werden erwarten, daß wir so weit wie möglich abhauen, deshalb bleiben wir in der Nähe; vielleicht beschaffen wir uns auch einen anderen Wagen. Mit den Sümpfen ist uns nicht gedient, wir brauchen einen Platz in der Nähe einer Ortschaft, den wir nach ein paar Stunden Fahrt erreichen können. So lang werden die Pforte und die Telephone außer Betrieb sein.«

»Nun, drüben bei Bayou Lafourche gibt es eine Reihe von Motels«, sagte sie. »Meistens miese Absteigen. Ich bezweifle, daß man sich dort besonders dafür interessiert, welcher Art die Kundschaft ist.«

»Sucht was aus, wo es einen Schnapsladen in der

Nähe gibt«, sagte Richmond. »Ich hab' Lust, mich zu besaufen.«

Als sie auf die Staatsstraße kamen, erhöhte Jocundra die Geschwindigkeit auf fünfzig Meilen und kurbelte ihr Fenster hoch. Der Wind pfiff scharf durch die Lüftungsschlitze. Weiße Häuser leuchteten phosphoreszierend zwischen Büschen und Zwergpinien auf; Tankstellen mit zerbrochenen Scheiben und zugenagelte Restaurants. In der Nähe der Stadt Vernon's Parish kamen sie zu einem flachen Gebäude, aus dessen Türen und Fenstern gelbe Lichtstrahlen drangen; auf seinem Dach war ein Neon-Champagnerglas montiert, und Autos standen rings darum herum. Schwarze Strichmännchen, ohne Arme und Gesichter, zappelten im Eingang, und ihre Bewegungen erweckten den Eindruck, als ob sie flackern würden, pulsierend im Rhythmus der Lichtreflexe um sie herum, wie Geister, die in einem Feuer tanzen. Dann waren sie verschwunden, der Mond war verhangen, und eine Welle dichter Dunkelheit schwappte über den Lieferwagen. Richmond zupfte auf seiner Gitarre herum.

»Auf der Strecke bis Vernon's Parish
sprühte unser Auspuff Funken.
Der Pfarrer in der Passionskirche
spürte kalte Finger um sein Herz ...«

Der Song und die Atmosphäre von abgestandener Luft und erzwungener Beengtheit im Wagen erinnerten Jocundra daran, wie sie mit Charlies Band unterwegs gewesen war. Als er ihr es beschrieb, hatte es sich romantisch angehört, aber in Wirklichkeit bedeutete es fettes Essen und niemals genug Schlaf und ständig von Roadies, die unter Drogen standen, betatscht zu werden. Das einzig Gute daran war die Musik gewesen, die dazu herhalten mußte, das Ganze mit einem gewissen Mythos zu umgeben. Sie sah zu Donnell hinüber; er hatte den Kopf erschöpft an das Fenster gelehnt, während Richmonds krächzende Stimme sich mit dem Rauschen des Highway mischte.

»Wenn du also einen Feuerregen
aus Kometen im Osten siehst,
oder den Schatten eines mageren Tieres,
der sich vor den Mond schiebt,
Wenn du spürst, wie dein Blut gerinnt,
und du einen Pfarrer rufen möchtest.
hab keine Angst, das geht vorüber,
heute nacht kannst du in Frieden ruhn.

Vielleicht möchtest du rausrennen
und dich aufs Gesicht werfen,
vielleicht schreist du oder betest,
oder vielleicht schwankst du,
oder gehst zur Heilsarmee;
aber egal, was du getan hast,
ich sage es dir auf den Kopf zu,
du kannst dem Schicksal nicht entfliehen,
und das heißt Harley Davids Sohn!

Oh, meine Tage sind dahingefegt,
wie ein Feuer durch einen Slum.
Nach meinem Tod werde ich nachts erscheinen
als der Geist von Harley Davids Sohn!

Das'n Scheißsong«, sagte Richmond betrübt. Er beugte sich zwischen den Sitzen vor. »Aber zum Teufel, Kinder! Es ist ein gutes Gefühl, mal wieder auf 'm Highway dahinzubrausen!« Er schlug Donnell auf den Arm und lachte grunzend. »Selbst wenn wir es nie zuvor erlebt haben!«

## 9. KAPITEL

*17. – 19. Mai 1987*

Eine Reihe von verkümmerten Eichen schirmte Sealey's Motel-Restaurant gegen den Highway ab. Fledermäuse drehten ihre Schleifen im Schein der Parkplatzbeleuchtung, und Kröten hüpften über den Kiesweg und quakten unter den Häuschen; es waren winzige Buden mit Schindeldächern, abgeblättertem weißen Anstrich und zerrissenen Fliegengitter-Türen. Mr. Sealey – Hank jr. laut dem Anglerpokal, der auf dem Empfangstisch stand – war selbst ebenfalls gedrungen und giftig wie eine Kröte, in den Fünfzigern, mit Doppelkinn, bekleidet mit einem schweißfleckigen Arbeitshemd und Jeans. Er hockte krumm auf einem Drehstuhl und hatte ihnen den faltigen Hals und das graue Stoppelhaar zugewandt; als sie nach einem Zimmer fragten, drehte er sich langsam herum. Er kniff das rechte Auge zusammen und blinzelte Jocundra unter dem zitternden, halb gesenkten Lid des linken hindurch an, schnalzte mit der Zunge und warf ihnen einen Schlüssel zu; dann wandte er sich wieder seiner Beschäftigung zu, eine Angelfliege anzubinden, die groß und prächtig genug war, um ein Voodoo-Fetisch zu sein. Donnell stellte sich ihn in scharlachrote Gewänder gekleidet vor, wie er besagte Fliege in eine brennende Grube baumeln ließ, aus der sich schuppige, klauenhafte Hände emporreckten.

»Nach Mitternacht will ich kein Schreien und Poltern mehr hören«, brummte Sealey. »Haus Nummer Sechs.«

Die Bude kostete zwölf Dollar für zwei Einzelbetten und ein Feldbett (»das Feldbett müssen Sie selbst herrichten«) und war damit nicht gerade billig, da es Motten und Grillen und Spinnen beherbergte. »Alles klein und unsauber«, sagte Donnell, um Jocundra aufzuheitern; sie saß da und betrachtete angewidert einen Flikken auf der Matratze, einen von vielen, die durch die Löcher im Leintuch sichtbar waren, wie Punkte aus gestreiften Inseln in einem grauen Meer. Als Beleuchtung hing eine nackte Glühbirne von der Decke, die Reste von Mottenflügeln klebten daran; zwischen den Betten stand ein rohgezimmerter Nachttisch, in dessen Schublade statt einer Bibel ein toter Palmbohrer lag; die Tapete zeigte ein verblaßtes Muster mit fleischfarbenen Orchideen und Dschungelblättern, und über dem Waschbecken war ein Farbfoto voller Fliegendreck schräg angeheftet, das den Lake Superior zeigte.

Obwohl es ein armseliger und verdreckter Ort war, machte Richmond Haus Nummer Sechs zu seiner Burg. Er brach die Zwölferpackung Bier auf, die er bei Sealey gekauft hatte, kippte die erste Dose gluckernd in sich hinein, rülpste und warf sich aufs Bett, um auf seiner Gitarre herumzuzupfen und weiterzutrinken. Nach drei Dosen Bier machte er den Vorschlag, daß sie noch eine kleine Fahrt unternehmen sollten, nach fünf bestand er auf seinem Vorschlag, aber Jocundra entgegnete ihm, daß sie kaum noch Benzin hätten. Mißmutig wanderte er im Zimmer auf und ab, unterbrach seine Wanderung, um durch die Tür ins Freie zu urinieren und vor den anderen Häuschen Serenaden mit Stellen aus seinen Songs zu bringen. Als Donnell ihn jedoch daran erinnerte, daß sie sich unbedingt ausruhen mußten, war er maulend einverstanden, sagte yeah, er hätte sowieso noch was zu erledigen. Er setzte sich aufs Bett und schüttelte seine Gitarre so lange, bis ein zusammengerolltes Stück Plastik herausfiel; er rollte es auf und entnahm ihm ein Skalpell. Dann leerte er die Pistole des Wachtpostens und begann, an den Spitzen der Kugeln herumzuschnitzen. Als sie das sah, drehte Jocundra das Gesicht zur Wand und zog die Beine eng an den Oberkörper.

»Schläfst du?« Donnell saß auf der Kante ihrer Matratze.

»Ja«, murmelte sie. »Und das solltest du auch tun.«

»Ich möchte noch ein wenig in Magnussons Notizen lesen.«

Dunkle Haarsträhnen waren ihr über die Wangen gefallen. Er strich sie ihr aus dem Gesicht, eine zärtliche Anerkennung ihrer Verletzbarkeit, doch plötzlich fühlte er sich ihr gegenüber wie ein Monster, wie ein Ungeheuer, das im Begriff war, die Wange einer ohnmächtig werdenden Jungfrau zu berühren, und er zog die Hand zurück. Er spürte eine zarte Regung in seinem Kopf, etwas Federleichtes und in alle Richtungen Fließendes. Sein Atem beschleunigte sich, er griff nach dem Bettrahmen, um sich einen Halt zu verschaffen, und er wünschte, wie immer in solchen Augenblicken, daß er nicht Zeuge der Autopsie geworden wäre oder Magnussons düstere Beschreibung seiner selbst gelesen hätte. Er blieb neben Jocundra sitzen, bis die Regung abflaute, dann stand er auf; sein Atem ging immer noch stoßweise.

»Du kannst das Licht ausschalten, Junge«, sagte Richmond. »Ich sacke jetzt weg.« Er ließ die Pistolenkugeln in einen Aschenbecher kullern.

Donnell tat, wie ihm geheißen; dann ging er ins Bad und knipste dort das Licht an. Ein grauer, mit Dreckstreifen gemusterter Linoleumboden, abgeplatzt und ausgefranst wie die Rinde eines Eukalyptusbaums; eine Duschkabine in betrunkener Schräglage; gesprungenes Porzellan; der Spiegel mit Farbspritzern gesprenkelt, so daß jeder, der sich darin betrachtete, aussah, als ob er eine Hautkrankheit hätte. Der Türrahmen war durch die Feuchtigkeit aufgequollen, und die Tür konnte man nicht vollständig schließen, sondern es blieb ein Spalt von dreißig Zentimetern. Er hängte seinen Stock an den Türgriff, klappte den Deckel der Toilette herunter, setzte sich darauf und versuchte, sich auf die Kladde zu konzentrieren. Nach Magnussons Ansicht beruhte der bakterielle Kreislauf im wesentlichen auf einer Einschleusung in die Norepinephrin und Dopamin erzeugenden Systeme; da seine »psychischen« Fähigkeiten zunahmen, je weiter die Wanderung der Bakterien fortschritt, kam er zu dem Schluß, daß diese Systeme der Sitz solcher Fähigkeiten sein mußten. Bis dahin konnte Donnell mühelos folgen, doch danach wurde die Sache durch Magnussons Ausdrucksweise rätselhaft:

> *... jede Bakterie trägt ein Kristall aus Magneteisenstein innerhalb einer Membran, die der zytoplasmischen Membran benachbart ist, und eine Kette dieser Magnetosomen bildet tatsächlich einen biomagnetischen Kreis. Die schwimmenden Bakterien verhalten sich passiv und werden getrieben von der Drehkraft, die auf ihren biomagnetischen Kreis einwirkt, ausgehend von einem geomagnetischen Feld. Da in dieser Hemisphäre hier das geomagnetische Feld nur nach Norden und nach unten gerichtet ist, tendieren die Bakterien nach Norden und neigen dazu, nach unten zu wandern; so erklärt sich ihr Vorkommen in den Sedimenten unter der Oberfläche alter Friedhöfe. Im Gehirn sind die kleinen grünen Bastarde natürlich – obwohl das geomagnetische Feld immer noch auf sie einwirkt – eingetaucht in einen Nährboden mit geregelter Temperatur, so daß die Bewegung nach unten keine zwingende Bedeutung mehr hat. Sie sind ganz zufrieden damit, sich immer weiter zu vermehren und mich schließlich durch ihre Übervölkerung umzubringen.*

Richmonds lautes Schnarchen durchbrach die Stille, und Donnell hörte Schritte im Nebenraum herumtapsen. Jocundra steckte den Kopf durch den Türspalt; sie hatte sich umgezogen und trug jetzt Jeans und ein T-Shirt. »Ich kann nicht schlafen«, sagte sie. Sie sah sich nach einer einigermaßen sauberen Stelle um, wo sie sich hinsetzen konnte; da sie keine fand, ließ sie sich trotz des Schmutzes neben der Duschkabine nieder. Sie breitete den gefalteten Duschvorhang aus und betrachtete das Muster aus Hula-Mädchen und Brandlöchern von Zigaretten, wobei sie das Gesicht verzog. »Dieser Ort ist ein Museum der Verwahrlosung.«

Sie bat, in die Kladde sehen zu dürfen, und während sie sie durchblätterte, wechselte ihr Gesichtsausdruck ständig zwischen Ratlosigkeit und Verständnis hin und her; er dachte über den Unterschied nach zwischen der Art, wie sie jetzt aussah – ein Schulmädchen, das mit einem Problem nicht weiterkommt, kaum ein Teenager, mit sorgenvoller Unterlippe, unschuldig und ernst – und einige Zeit zuvor, als sie das Zimmer betreten hatte: da war sie von sich selbst überzeugt erschienen, elegant, und hatte ihre Reaktion auf die elende Umgebung hinter einer Schicht aristokratischer Zurückhaltung verborgen. Ihr Gesicht gehörte zu jenen, die sich drastisch verändern, je nachdem, aus welchem Winkel man sie betrachtet; die Veränderung war so drastisch, daß es Donnell manchmal für den Bruchteil einer Sekunde nicht gelang, sie zu erkennen.

»Ich habe dir nicht geglaubt ... hinsichtlich der Verlängerung deines Lebens«, sagte sie aufgeregt und stöberte weiter in der Kladde herum. »Er geht zwar nicht soweit, es ausdrücklich zu sagen, aber er will darauf hinaus – so glaube ich –, daß du in der Lage sein könntest, die Bakterienkolonie zu stabilisieren ...«

»Magnetfelder«, sagte Donnell. »Er war zu sehr in Eile, so sehr damit beschäftigt zu begreifen, daß er das Naheliegende nicht sah.«

»Hier steht viel, das überhaupt keinen Sinn ergibt. All das Zeug über NMR zum Beispiel.«

»Wie bitte?«

»Nuklear-magnetische Reaktion.« Sie lachte. »Das war der Grund, warum ich beinah in organischer Chemie durchgefallen wäre. Es handelt sich um einen spektroskopischen Vorgang, um organische Bestandteile zu analysieren, um die Stärke von Radiowellen zu messen, die nötig sind, um die Anordnung von Zellkernen zur Schaffung eines Magnetfeldes zu verändern. Aber Magnusson spricht nicht von dieser analytischen Funktion.« Sie blätterte um. »Kannst du mit diesen Zeichen hier etwas anfangen?«

Auf der Seite waren drei verschiedene Kritzeleien:

Darunter hatte Magnusson geschrieben:

> *Was, zum Teufel, sollen diese Hühnerklauenspuren bedeuten? Ich habe sie seit dem Tag eins gesehen. Sie scheinen Teil eines größeren Etwas zu sein, aber es wird nicht deutlich. Merkwürdiger Gedanke: Angenommen, mein ganzer geistiger Prozeß besteht im wesentlichen aus einem Brief, den diese verdammten grünen Viecher an mein Gehirn geschrieben haben, und diese Kritzeleien sind der Stein von Rosette, mit dem ich ihn entziffern kann.*

»Ich sehe sie auch«, sagte Donnell. »Nicht die gleichen, aber ähnliche. Kleine grelle Schnörkel, die aufzucken und verschwinden. Ich dachte, es wären lediglich Beeinträchtigungen meines Sehvermögens, bis ich die Kladde in die Hände bekam und mir dieses Ding hier auffiel ...« Er deutete auf das erste Zeichen. »Wenn man es auf die Seite dreht, dann sieht es genauso aus wie der Mann mit den drei Hörnern, den Richmond auf seine Gitarre gezeichnet hat.«

»Es sind bekannte Zeichen.« Sie schüttelte den Kopf, da sie sich nicht erinnern konnte, wo sie sie schon einmal gesehen hatte; sie sah ihn forschend an. »Hierfür braucht man Zeit, und Richmond hat nicht viel Zeit.«

»Ich auch nicht.«

»Vielleicht sollten wir zurückgehen nach Shadows. Mit all den Mitteln, die für das Projekt zur Verfügung stehen ...«

»Richmond weiß über sein baldiges Ende Bescheid«, sagte Donnell mit scharfer Stimme. »Er wird bestimmt nicht zurückgehen, und ich habe auch meine Gründe, es nicht zu tun.«

Zum erstenmal seit Magnussons Tod empfand er ganz bewußt ihre Nähe, und zwar ungetrübt durch Zweifel über ihre Beweggründe oder durch den Ekel vor sich selbst, den er empfunden hatte, als ihm die Tatsache seiner bizarren Existenz klar wurde. Ihr Gesicht war leidenschaftslos, schön, doch hinter der gelassenen Fassade spürte er Angst und Verwirrung. Indem sie mit ihm geflohen war, hatte sie sich an ihn verloren, und durch dieses Verlorensein, so wie sie es noch nie zuvor gewesen war, hatte sie sich mehr von ihrem natürlichen Platz in der Welt entfernt als er, für den jeder Platz unnatürlich war.

»Woran denkst du?« fragte sie.

»An dies und jenes«, sagte er. Er nahm die Kladde wieder zur Hand und las aus dem Anhang vor: »In der Mitochondrien-Forschung wird schon seit langem die Meinung vertreten, daß menschliche Wesen nichts anderes sind als bewegliche Bakterienkolonien, warum schaudert es mich also, und warum komme ich mir vor wie eine Krankheit in einem geborgten Gehirn? – Das ist auch so was.«

Dieses Thema machte sie offensichtlich traurig. Sie sah weg und ließ den Blick über das Mosaik aus Schmutz und verblaßtem Muster auf dem Linoleum wandern. »Es gab in Shadows niemanden, der eine rein biologische Definition der Patienten gutgeheißen hätte«, sagte sie. Und sie führte Edmans Theorien als Beispiel an, seine Begeisterung über die Idee der geistigen Besessenheit, wie er begierig die Dinge aufgenommen hatte, die sie ihm von der Voodoo-Vorstellung der Seele erzählt hat, von dem *Gros Bon Ange* und dem *Ti Bon Ange*.

»Diese Sache mit dem Einfluß, den du auf mich ausübst«, sagte er. »Kaufst du ihm das ab?«

Ein schwacher Impuls flimmerte in der Luft zwischen ihnen, als ob sich ihr Geist jeweils ausgedehnt hätte und sie sich nun überlappten, um dringende Informationen auszutauschen.

»Ich nehme an, bis zu einem gewissen Grad stimmt das«, antwortete sie. »Aber ich glaube, es hat jetzt keine Bedeutung mehr.«

Donnell konnte nicht leicht einschlafen. Während er da so auf dem Feldbett lag, überwältigte ihn die Aufregung darüber, daß er wirklich weg war von Shadows, und über den sonderbaren Mißklang, den alles, was er sah, in seiner Erinnerung auslöste; zunächst schien alles unbekannt, doch dann verband es sich mit anderen Erinnerungen und rückte sich ins geistige Blickfeld. Ausgelöst durch diese erregenden Gedanken, erlebte er eine bisher noch nie dagewesene Verschiebung seiner Sicht. Das Mondlicht und die Beleuchtung der anderen Häuschen verblaßten, die Wände verdunkelten sich, und jedes Muster im Raum fing an, blaß zu glühen – die Maserung der Bretter, die Tapete, die Spinnweben, die Umrisse der Möbel –, als ob er sich in einem schwarzen Würfel befände, in dessen Wände ein Schlangenalphabet aus silbrigem Rauch eingelegt wäre. Es machte ihm Angst. Er wandte sich zu Jocundra um und wollte es ihr erklären. Die beiden, sie und Richmond, waren schwarze Gestalten, von tieferem Schwarz als der Hintergrund, verschmelzend und auseinanderbrechend: wie die Körper schlagender Götter, die ein beschleunigtes Kontinuum von Galaxien und Nebeln enthielten. Das Fliegengitter der Tür glänzte silbern, und die Flecken von den Motten, die dagegengeprallt waren, strahlten in funkelndem Rot und Blau. Sogar als er die Augen schloß, sah er sie noch, aber schließlich schlief er ein, wie hypnotisiert von dem juwelenhellen Zucken.

Er wachte von dem Geräusch laufenden Wassers auf; jemand duschte. Richmond schnarchte noch, Sonnenstrahlen glitzerten auf Spinnweben, glänzten wie flüssiges Blei in den Rissen der Fensterscheiben. Nackte Füße tapsten über das Linoleum, der Boden knirschte unter einem sich bewegenden Gewicht. Er rollte sich herum und spähte durch den Spalt in der Badezimmertür. Jocundra stand am Fenster; sie hob ihre Haarmähne an und steckte sie sich zu einem gepflegten Knoten hoch. Wassertröpfchen glitzerten auf ihrer Schulter, und sie trug einen halbdurchsichtigen Slip, der sich um die Rundungen ihres Pos spannte. Sie beugte sich vor und trocknete sich zwischen den Schenkeln; ihre kleinen Brüste bebten kaum. Das Gefühl einer warmen Auflösung durchströmte Donnells Brust und Schenkel. Ihre Beine waren unglaublich lang, von beinah außerirdischer Sinnlichkeit. Sie richtete sich auf und sah ihn. Sie sagte nichts, machte keine Anstalten, sich zu verhüllen; dann senkte sie den Blick und trat hinter die Tür, wo sie aus seiner Sicht war. Eine Weile später kam sie heraus, wobei sie sich die Bluse in einen Wickelrock stopfte. Sie tat so, als ob nichts geschehen wäre, und fragte, was sie frühstücken sollten.

Dieser Tag – so hätte es ihre Mutter ausgedrückt – war eine Prüfung für Jocundra. Nicht daß er schlecht angefangen hätte. Richmond ging so gegen zehn hinaus, um die Lage im Hinblick auf ein Auswechseln des Wagens zu sondieren; er versprach, bis Mittag zurück zu sein. Sie vertiefte sich in Magnussons Notizen, voller Befürchtung, daß sie sie am vergangenen Abend falsch verstanden haben könnte. Aber das war nicht der Fall. Die Bakterien wurden vom geomagnetischen Feld in passivem Zustand in Richtung der Dopamin- und Norepenephrin-Systeme bewegt, und sie wurden bis zum Absterben ausgehungert; die beiden Systeme waren Zentren reger Stoffwechseltätigkeit, und in ihrer Funktion als Leistungsreservoir des Gehirns und Erinnerungsspeicher und – wenigstens behauptete Magnusson das – als Antrieb für die psychische Maschinerie, verbrauchten sie alle zur Verfügung stehende Energie. Natürlich vermehrten sich die Bakterien während ihrer Wanderung, und zwar überstieg ihre Vermehrung in solchem Maße ihr Absterben, daß sie nach und nach die Ressourcen des Gehirns zu sehr strapazierten. Was Magnusson zwar nicht ausdrücklich sagte, was aber in seinen Ausführungen angedeutet wurde, war der Gedanke, daß, wenn die Bakterien schneller zwischen den Zentren großer und geringer Stoffwechseltätigkeit hin- und hertransportiert würden, und zwar in einem Prozeß, der durch ein von außen einwirkendes Magnetfeld ausgelöst wird, dann könnte ein solches Überhandnehmen gestoppt und das Ausmaß der Bakterienkolonie stabilisiert werden.

Sie besprach mit Donnell verschiedene Wege, wie sie der Sache auf den Grund kommen könnten, wieviel Geld sie benötigen würden – sehr viel! –, und versuchte erneut, ihn davon zu überzeugen, daß sie nach Shadows zurückkehren sollten.

»Ich kann nicht von dir verlangen, daß du es verstehen wirst«, sagte er. »Aber ich *weiß*, daß das nicht der richtige Weg ist.« Er hatte sich gerade geduscht, und mit dem straff nach hinten gekämmten Haar und der Sonnenbrille sah er wachsam und gerissen aus; jeder Zug in seinem Gesicht kündete ein bevorstehendes gefährliches Unternehmen an: ein Schmalspurgangster, der einen großen Coup ausbrütet. »Vielleicht New Orleans«, sagte er. »Da ist das Problem nicht so groß, an Geld zu kommen. Und es gibt Bibliotheken und Tulane.«

Sie staunte über die Veränderung, die er durchgemacht hatte. Alles, was er tat, war von solcher Bestimmtheit und Berechnung geprägt, als ob er seine Unsicherheit wie einen Umhang abgeworfen hätte und sich jetzt als jemand entpuppte, der die ganze Zeit schon bestimmt und berechnend gewesen war. Er war, das wußte sie, immer noch in vieler Hinsicht unsicher, aber er schien darauf zu vertrauen, daß sich alles von selbst irgendwie regeln würde, und sie sah keine Notwendigkeit mehr, seine Zweifel und Ängste zu beschwichtigen. Es war sogar so, als Richmond bis zum Mittag nicht zurückgekehrt war, daß er sie beruhigte, indem er sie auf einer Besichtigungstour durch ihre Behausung führte und ihr all das beschrieb, was sie nicht sehen konnte: die seltsamen bizarren Formen an den ausgefransten Rändern der Spinnweben; Insekteneier, aneinanderhaftend und in einer Ritze eingebettet wie Kristalle in einem Felsen; eine phantastische Landschaft von gebrochenem Licht, die er in einer einzigen Facette des vielfältigen Auges einer toten Fliege entdeckte. Dann führte er sie hinaus und beschrieb ihr das, von dem Magnusson geglaubt hatte, es sei das geomagnetische Feld.

»Nachts kann ich es besser sehen«, sagte er. »Dann ist es nicht so durchscheinend, eher milchig-weiß, wie eine aufgerollte Riesenschlange am Himmel, verblassend und dann in einer anderen Konfiguration wieder erscheinend. Er putzte sich die Schuhe an der Eingangsstufe zu ihrem Häuschen ab. »Ich sehe immer schon im voraus, wie etwas aussehen wird. Magnusson behauptet, das läge daran, daß die Bakterien Bewegungen verdeutlichen, indem Wissen als Intuition vermittelt wird.« Er nahm die Sonnenbrille ab und sah sie aus zusammengekniffenen Augen an. »Menschliche Felder sind etwas anderes. Käfige aus weißem Feuer, das in beide Richtungen flackert. Jeder Stab ein Lichtbogen. Als ich zum erstenmal so etwas gesehen habe, kam es mir vor wie ein Gefängnis, um die Seele im Zaum zu halten.«

Es wurde zwei Uhr, drei, vier, und Richmond kam nicht zurück. Er hatte sich auf Gewalt vorbereitet, und

Jocundra war sicher, daß er ihr begegnet war. Sogar Donnells Selbstvertrauen war ins Wanken geraten. Er brütete über der Kladde, während Jocundra auf der Lauer lag. Es kamen einige wenige Autos vorbei, ein paar davon hielten vor Sealey's Restaurant: einem weißen Betonklotz ein Stückchen die Straße weiter rauf. Einmal ging Sealey selbst vom Büro ins Restaurant hinüber, wobei er innehielt, um auf ein Büschel einer verkrümmten Agave zu spucken, die aus einer Erdinsel in der Mitte des Parkplatzes wuchs. Auf dem Boden tummelten sich Palmbohrer, das Haus stank nach Schimmel, Jocundras Gedanken wirbelten in dunklen Kreisen der Niedergeschlagenheit. Als Richmond dann schließlich doch zurückkam, betrunken, es war schon Abend, verkündete er, daß er nicht nur einen Wagen gefunden hätte – den man sicherheitshalber erst am frühen Morgen abholen sollte –, sondern daß er sich auch mit der Tagesbedienung von Sealey's fürs Kino verabredet hatte.

»Die guten alten Mädchen vom Lande«, sagte er und rieb sich die Leistengegend, wobei er ein zweideutiges Lächeln aufsetzte; dann sah er Jocundra vielsagend an und meinte: »Is' schon was anderes als die Dämchen aus der Stadt, die meinen, ihr Arsch sei aus purem Silber.«

Sowohl Jocundra als auch Donnell wollten ihm sein Vorhaben unbedingt ausreden, aber Richmond war nicht zu erschüttern. »Ich hab' nich' mein Liebchen dabei wie du, Mann«, sagte er zu Donnell. »Du kannst ja mit mir kommen, wenn du willst, aber auf eins kannste einen lassen – du wirst mich nich' abhalten.« Er zog sein Höllenhunde-T-Shirt an und eine Windjacke, kämmte sein Haar mit Pomade zurück und band es zu einem Pferdeschwanz zusammen.

Die Neonleuchtschrift über dem Restaurant – der blaue Schriftzug ›Sealey's‹ – brummte und knisterte und zog ganze Wolken von Motten an, die in seinen Strahlenkranz flatterten und wieder heraus wie das Geflimmere auf der Spule eines Stummfilms. Jocundra fuhr zum Seiteneingang, und ein grobknochiges blondes Mädchen, bekleidet mit einem enganliegenden Oberteil und abgeschnittenen Jeans, schlüpfte heraus und hüpfte zu Richmond auf den Rücksitz des Lieferwagens. »Konnt nix anderes kriegen als 'n Sechserpack Bier«, sagte sie atemlos. Sie lehnte sich zwischen den Sitzen nach vorn. »Hallo. Ich heiße Marie.« Ihr längliches Gesicht hatte einen dämlichen Ausdruck und war stark mit Lippenstift und Wimperntusche geschminkt. Nachdem die Bekanntmachungszeremonie ringsum beendet war, bog Jocundra vorsichtig in den Highway ein, und dann packte Marie Donnells Arm und sagte: »Ihr müßt 'n ganz schön schlimmen Unfall gehabt haben, ihr beiden Jungs, ehrlich. Tut euch das Licht in den Augen weh?«

Donnell spannte sich und sagte: »Hm, ja.« Aber seine Antwort ging in Maries Geplapper unter. »Jack hier hat gesagt, daß er seine Brille nie abnimmt, auch nicht, wenn er ...« – Sie kicherte – »wenn er ganz nett wird.«

Das Drive-In ›Piratentreff‹ hatte SCHARF GELADENE DAMEN auf dem Programm, und der Parkplatz war zu drei Vierteln voll mit Lieferwagen und Mehrzweckautos und Familienkutschen, die meisten hupten und brüllten und forderten, daß die Show endlich anfangen sollte. Die erste Vorstellung war *Die kriegerische Mätresse;* darin ging es in aller Ausführlichkeit um die kämpferischen und amourösen Machenschaften einer melonenbrüstigen, bisexuellen Chinesin namens Chen Li, die sich in der Hierarchie bis an den Kaiserhof hinauframmelte, so daß sie zu guter Letzt den bösen Premierminister ermorden konnte, der ihre Schwester verführt und getötet hatte. Der Höhepunkt des Films war eine Kung-Fu-Liebesschlacht zwischen Chen Li und dem Minister, der darin gipfelte, daß beide ungeheuer hohe Sprünge machten und mitten in der Luft zueinander fanden, wonach Chen Li sich auf ihre Rache besann und einen geheimen Griff anwandte, der unerträgliche Lust entfachte.

Jocundra hätte sich darüber amüsieren können, aber die Art, wie Richmond sich aufführte, machte jede Möglichkeit, Spaß zu haben, zunichte. Als er und Marie sich in den Sitzen zusammengekuschelt hatten, pustete er ihr ins Genick und grapschte nach ihren Brüsten, was von ihrer Seite Kichern und spielerische Schläge hervorrief, und etwa gegen Mitte des Films zog er sie unter eine Decke. Geraune, Geflüster, scharf eingezogener Atem. Der Lieferwagen wackelte. Dann folgten die unverkennbaren Geräusche leidenschaftlicher Kopulation, gekrönt von heiseren Schreien und unterdrücktem Wimmern. Jocundra saß steif da und starrte auf die sich windenden orientalischen Formen, die für den Technicolor-Sex das gleiche bedeuteten wie Busby Becker für das Hollywood-Musical. Marie gab ein wimmerndes Geräusch von sich, und Richmond ließ eine Bierdose aufknallen, schluckte gurgelnd und rülpste. Jocundra fühlte sich bedroht und einsam und sie sah zu Donnell hinüber, um den Trost geteilten Leids zu finden. Er hatte seine Sonnenbrille hochgeschoben und hielt sich Magnussons Kladde dicht vors Gesicht, um auf diese Weise die Seiten mit den grünen Blitzen aus seinen Augen zu beleuchten.

In der Pause gingen die Lichter im Kino an, Zeichentrick-Krähen brachten sprudelnde Softdrinks, um eine in der Wüste verlorengegangene Familie von rosa Elefanten zu retten, und die Leute stolperten an die Erfrischungsbuden. Marie verkündete, daß sie mal für kleine Mädchen müsse, und fragte Jocundra, ob sie mitgehe; der Klang ihrer Stimme war lässig, aber beharrlich. Einige Teenager drängten sich aus dem Waschraum und polterten gegen die Türen, als sie in der Toilette waren. Der Lautsprecher über dem Spiegel quäkte: »Fünf Minuten, bis die Vorstellung beginnt!« und plärrte verzerrte Zirkusmusik. Insekten klebten an den grellgestrichenen Rohrleitungen; die durchgeweichten Papierhandtücher bedeckten den Boden wie der Verband einer Mumie, braun und verwickelt; und eine ausführliche Beschreibung lesbischer Freuden bedeckte den größten Teil der Wand neben dem Spiegel.

Marie nahm Lippenstift, Lidschatten und Wimperntusche aus ihrer Tasche und machte sich daran, den Schaden wiedergutzumachen, den Richmond angerichtet hatte. »Hat man die Jungs wirklich vollgepumpt mit Schlangengift?« fragte sie unvermittelt. »Ist Jack deshalb, na du weißt schon, 'n bißchen kühler als die meisten?«

Jocundra unterdrückte ein Lachen. »Hm, hm«, sagte sie und spritzte sich Wasser ins Gesicht.

»Ich hab' mal davon gehört, daß man das Blut von Leuten austauscht«, sagte Marie. »Aber daß man es durch Schlangengift ersetzt, das hab' ich noch nie gehört. Is' deiner auch so?«

»Das ist nur vorübergehend.« Jocundra mimte Gleichgültigkeit und tupfte sich das Gesicht trocken.

Zwei Frauen stießen die Tür auf und verschwanden plappernd in den ekelhaften Toiletten.

Marie strich sich über die abgeschnittenen Jeans und drehte sich zur Seite, um die Wirkung zu überprüfen. »Also, das macht mir ja nichts aus. Ich hab' nur gedacht, der gute Jack macht mir einen vor. Der is' schon so 'ne Marke.« Sie blinzelte Jocundra zu und wackelte mit den Hüften. »Na ja, ich mag's, wenn sie spinnen. Du wahrscheinlich auch, was?«

Jocundra verzichtete auf einen Kommentar.

Marie zog ihr Oberteil zurecht. »Er hat mich gefragt, ob ich nich' mit euch kommen will.« Als sie Jocundra entsetztes Gesicht sah, beeilte sie sich hinzuzufügen: »Keine Angst. Ich will nich'. Es liegt nich' an Jack. Der is' okay.« Sie wandte sich in Richtung Tür, hielt noch einmal inne, um einen letzten Blick in den Spiegel zu werfen; es war ihr gelungen, durch mühevolle Arbeit mit Stift und Pinsel ihre Augen in totenschädelähnliche Höhlen zu verwandeln. »Aber ich weiß, daß es zwischen uns beiden Scherereien geben würde«, feuerte sie einen Schuß über die Schulter zurück, während sie ihr Haar zurückschleuderte und das Hinterteil wiegte. »Ich merk' schon, daß wir nichts Gemeinsamens haben.«

Marie sagte, daß sie jetzt besser so langsam heimgehen würde; es sei nett gewesen, aber ihre Mutter sei krank und würde sich bestimmt Sorgen machen – eine Lüge, dachte Donnell; ihre Laune hatte sich merklich gewandelt, seitdem die beiden auf der Toilette gewesen waren, und sie ertrug Richmonds leidenschaftliche Annäherungsversuche nicht mehr so gut. Sie fuhren während des Vorspanns der zweiten Vorstellung weg und setzten sie an einem weißen Stuckhaus eine Meile vom Motel entfernt ab. Im Vorgarten waren Figuren zur Rasendekoration zum Verkauf aufgestellt: Steinfrösche, Plastikflamingos, verspiegelte Kugeln auf Podesten, angeordnet in versetzten Reihen in Richtung Straße, wie das Abschlußphoto einer außerirdischen High School. Richmond ließ eine der verspiegelten Kugeln mitgehen und betrachtete trübsinnig die Reflexionen darin, während sie zum Motel fuhren. Donnell schlug vor, daß sie jetzt die Sache mit dem Wagen erledigen sollten, und Richmond sagte, daß er Hunger habe.

»Ich möchte zurück in unser Zimmer«, sagte Jocundra bestimmt.

Richmond schleuderte die Kugel gegen die Seite des Wagens. Silbrige Scherben flogen auf den Vordersitz, und Jocundra fuhr vor Schreck einen Schlenker.

»Sei vernünftig, verdammte Scheiße!« schnauzte Richmond sie an. »Du verbringst so verdammt viel Zeit in dem Zimmer, daß Sealey's noch denkt, wir hätten dich gekidnappt. Ich klau' keinen Wagen, bevor ich was zu essen krieg'.«

Sealey's Restaurant war unangenehm kalt durch die Klimaanlage, und die spärliche Beleuchtung bestand aus Licht, das durch die gerasterte Holzdecke fiel. Ein Spiegelglasfenster bot einen Ausblick auf den Highway und auf Gebüsch. Man konnte in die offene Küche sehen, die sich an der hinteren Wand entlang erstreckte, abgeteilt durch zwei Reihen von Nischen aus schwarzem Venyl, die auf der einen Seite durch die Eingangstür und auf der anderen durch den Platz der Kellnerinnen und die Kasse unterbrochen waren. Ein langnasiger, sägezahniger Fisch hing über dem Grill, und unter dem Amtszeugnis der Gesundheitsbehörde waren mit Reißzwecken Photos an die Wand geheftet, alle vergilbt; auf einigen waren Kinder zu sehen, eins zeigte einen jüngeren, weniger bulligen Sealey in der blauen Kluft der Marine. Am Ende des Gangs funkelte ein Musikautomat hellrot und purpurfarben und klickte vor sich hin wie ein teuflischer Roboter. Sie setzten sich in die Nische daneben. Sealey blieb hinter seiner Kasse sitzen und nahm keine Notiz von ihrer Anwesenheit, bis Richmond nach Bedienung schrie; dann kam er zu ihnen herübergeschlurft. Donnell fragte nach der Karte.

»Gibt keine Karte nich'«, antwortete Sealey. »Ich hab' Frikadellen und Pommes und Eiersalat. Außerdem Fisch, Bier, Pepsi und Milch.«

Er klapperte mit seinem Spatel auf dem Grill herum, knallte ihnen Teller auf den Tisch und legte das Besteck in einem Haufen dazu. Er verschränkte die Arme und blickte sie finster an.

»Ihr fahrt doch morgen, oder?«

»Ja«, sagte Donnell, und Jocundra bekräftigte es durch »Wir wollen ganz früh los.«

»Ich hab' nichts dagegen«, sagte Sealey und sah sie mit einer Mischung aus Überlegenheit und Abscheu an.

»Was ist das für ein Fisch«, fragte Donnell und deutete auf die Trophäe über dem Grill, um Schönwetter zu machen, ihn für sie einzunehmen.

Sealey warf ihm einen mitleidigen Blick zu. »Kaiman.« Er scharrte in offensichtlichem Ärger mit dem Fuß auf dem Boden. »Verdammt«, sagte er, kratzte sich im Genick und verschränkte die Arme wieder. »Es is' nich' so, daß ich keine Gäste nich' nötig hätte, und mir isses auch schittegal, was ihr miteinander treibt ...«

»Wir machen keinen Scheiß, Mann«, sagte Richmond.

»Aber«, fuhr Sealey fort, »daß heißt nich', daß mir das gefallen muß, was sich hier abspielt.«

»Ich glaube, Sie machen sich falsche Vorstellungen«, sagte Jocundra lammfromm.

Sealey sog Luft durch eine Zahnlücke. »Wenn Sie meine Tochter wären und ich tät Sie mit diesen beiden hier in einem Motel antreffen ...« Er schüttelte langsam den Kopf, erschüttert über den Gedanken, was er tun würde, wenn solches der Fall wäre, und stapfte vor sich hinmurmelnd zurück zur Kasse.

Ungeachtet seines groß angekündigten Hungers, aß Richmond keinen Bissen. Er warf Münzen in den Musikautomat, schnulzige Country-und-Western-Musik dudelte los, und er tanzte im Gang mit einer imaginären Frau. »Zerbrochene Träume und zerbrochene Häääärzen«, grölte er und machte sich über die albernen Texte lustig, während er seine unsichtbare Partnerin in den Armen wiegte. Er bestellte ein Bier nach dem anderen; und jedesmal, wenn ihm der Mann eine neue Flasche brachte, würzte Richmond seine Rede mit Drohungen und Beleidigungen. »Manchen Leuten braucht man bloß mal die Meinung zu sagen, dann lassen sie einen in Ruhe«, sagte er und blinzelte zu Sealey hinauf. »Aber manche Leute sind so bescheuert und widerlich, daß man den Scheißern richtig eins auswischen muß.« Sealey ignorierte ihn entweder ganz oder ging nicht auf sein Geschwätz ein; er nahm seinen Platz hinter der Kasse wieder ein und blätterte eine Zeitschrift durch, deren Titelblatt Soldaten verschiedener Epochen zeigte, die unter einer zerfetzten amerikanischen Flagge marschierten.

Es würde bald notwendig werden, dachte Donnell, daß sie sich von Richmond trennten; er wurde langsam unberechenbar. Richmond hätte nichts dagegen, wenn sie sich von ihm absetzten, er wollte nur irgendwo einen drauf machen, aber Donnell störte die Vorstellung; er empfand keinerlei Loyalität gegenüber Richmond, und in diesem Mangel spiegelte sich seine Unmenschlichkeit wider. Es müßte aufgrund ihres gemeinsamen Weges eine Loyalität zwischen ihnen geben, die Loyalität von Gefangenen und Opfern, und dennoch gab es keine; die Bande zwischen ihnen waren locker, so dürftig wie zwischen Fremden, die zusammen im selben Bus fahren. Vielleicht war Loyalität nichts anderes als eine Chemikalie, die darauf wartete, freigesetzt zu werden, ein kleiner Behälter mit funkelnder Flüssigkeit, irgendwo versteckt in seinem Gehirn und bis jetzt noch nicht von den Bakterien befallen, und wenn die Bakterien erst darauf übergriffen, würde er innerlich vor menschlichen Tugenden aufleuchten.

»Manche Leute muß man fertigmachen«, sagte Richmond und klopfte dazu auf den Tisch. »Man muß mit ihnen Krieg führen, sonst lassen sie einen nicht in Frieden.« Er hatte seinen Pferdeschwanz losgebunden, und das Haar fiel ihm über die Sonnenbrille; seine Haut spannte sich so straff über die Knochen, daß man, wenn er lächelte, am Rand seiner Lippe komplizierte Muskelknoten erkennen konnte. »Krieg«, sagte er und ließ sich das Wort auf der Zunge zergehen, während er mit seinem letzten Rest Bier ein Prost darauf ausbrachte.

Jocundra stieß heimlich Donnells Bein an; ihre Lippen waren zusammengepreßt, und sie gab ihm schweigend ein Zeichen zum Gehen. Donnell sah auf die Wanduhr. Es war ein Uhr vorbei. »Laß uns gehen, Jack!« sagte er. »Wir wollen vor Sonnenaufgang nach New Orleans aufbrechen.«

Sie hatten die halbe Strecke des Gangs hinter sich gebracht, langsam wegen Donnells mühsamen Schritten, als ein dumpfes Dröhnen vom Highway hereindrang und ein Polizist auf einem Motorrad vor dem Restaurant anhielt. »Geht nur weiter!« sagte Richmond. »Der Typ kommt nur von seiner Schicht. Der war heute nachmittag schon mal hier.« Er lachte. »Sieht aus wie'ne verdammte Japsen-Maschine ... überall Scheißschutzbleche und Packtaschen.«

Der Polizist stieg ab und nahm sich den Sturzhelm ab. Er war jung, mit dichtem dunklen Haar und einem Kaninchengesicht; seine Motorradjacke glänzte von den Widerspiegelungen der blauen Neonschrift. Die Schallplatte war am Ende, der Tastarm ratterte an dem Plattengestell entlang, hielt an und fing an zu klicken.

»'n paar Frikadellen?« fragte Sealey, als der Polizist lässig hereinkam, und der Polizist antwortete: »Ja, und Kaffee.« Er ließ kurz einen prüfenden Blick über sie schweifen und setzte sich dann in die Nische neben dem Eingang.

Sie warteten an der Kasse, während Sealey zwei Fleischfladen auf den Grill schob und dem Polizisten seinen Kaffee brachte; er nippte daran und machte ein angewidertes, mißmutiges Gesicht. »Ich kann mich einfach nicht an diesen Kaffee-Ersatz gewöhnen«, sagte er. »Kann ein Mann keine ordentliche Tasse Kaffee in dieser Gegend bekommen?«

»Die meisten unserer Kunden sind dämliche Bärenärsche aus Louisiana«, sagte Sealey als Entschuldigung. »Sie können einfach nicht ohne das Zeug leben.« Er schlenderte zurück an die Kasse und nahm Jocundras Geld.

Donnell heftete die Augen auf die Theke.

»He, Meister«, sagte Richmond, »wieviel Kubik hat denn der Ofen da draußen?«

Der Polizist blies desinteressiert in seinen Kaffee. »Herrje, ich kenn' mich mit dem verdammten Ding nicht aus. Ich bin nur vorübergehend bei der Verkehrspolizei.«

»So?« Richmond war aufgebracht. »'n Mann, der nich' weiß, was er fährt, gehört nich' auf die Straße.«

Überrascht sah der Polizist Richmond über den Rand seiner Tasse an, ging aber nicht darauf ein.

»Seit die Wüstenheinis den Preis fürs Benzin erhöht haben«, sagte Richmond aufmüpfig, »sieht es ganz so aus, als ob schon jeder Hurensohn sich auf 'ne Harley schwingt.«

Der Polizist setzte seine Tasse ab. »Okay, Junge. Zeig mir mal deinen Ausweis!«

»Kein Problem«, sagte Richmond. Er griff sich in die Hüfttasche, doch dann fuhr seine Hand unter die Windjacke, und er zog die Pistole des Wachtpostens heraus. Er machte dem Polizisten ein Zeichen, die Hände hochzunehmen, und der Polizist folgte. »Ausweis!« Richmond mußte über diese Vorstellung lachen. »Da fragste die falschen Typen nach Ausweisen, Meister. Herrje, wir ham nich' mal Geburtsurkunden.«

Der Anblick der Pistole verwirrte Donnell. »Was hast du vor?« fragte er. Jocundra wich von der Kasse zurück, und er wich mit ihr zurück.

»Gibt nur eins, was man machen kann, Mann«, sagte Richmond. Er ging hinter den Polizisten, stieß ihm die Kanone ins Ohr und tastete ihn unter der Lederjacke ab; er riß ihm das Dienstabzeichen ab und steckte es sich in die Jeans. Dann ging er in den Gang, wobei er die Kanone in Kopfhöhe gezückt hielt. »Wenn wir verhindern wollen, daß der Herr Wachtmeister hier in sein Radio quäkt, dann muß ich leider seine Bürgerrechte verletzen.«

»Sie können das Funkgerät kaputtmachen«, sagte der Polizist; er sprach hastig. »Sie könnten das Telephonkabel herausreißen. He, hören Sie, auf dieser Straße gibt es nachts keinen Verkehr ...«

Richmond schob mit einer schnellen Bewegung seine Sonnenbrille hoch. »Nein«, sagte er. »Das wird nich' geschehen, Schweinchen Schlau.«

Der Polizist wurde blaß, die vielen winzigen Sommersprossen auf seinen Backen traten scharf hervor.

»Das sind bloß Kontaktlinsen«, sagte Sealey in einem Ton, der Donnell übertrieben streitsüchtig vorkam. »Diese Leute gehören zu irgend so 'nem verdammten Kult.«

»Damit sind wir gemeint«, sagte Richmond und taumelte durch den Gang zur Kasse. »Die Engel der Verdammnis, die Jünger des Todes. Wir tun alles, um unseren Meister zufriedenzustellen.«

»Paß auf!« sagte Donnell, der in Sealeys Gesicht einen schlauen Ausdruck bemerkte, ein Zusammenspiel von gewalttätigem Vorhaben und genutzter Gelegenheit.

Als Richmond vor der Kasse vorbeiging, explodierte das Schränkchen darunter mit großem Getöse. Blut spritzte aus seiner Hüfte, und er drehte sich blitzartig zur Tür um. Er fiel zu Boden, aber im Fallen beschrieb er mit der Pistole einen engen Bogen und schoß Sealey in die Brust. Die Kugel warf Sealey nach hinten auf den Grill, und er blieb zwischen dem siedendheißen Metall und dem Ventilator hängen; sein Kopf war nach unten gedrückt, als ob er auf einem Zaun säße und sich vorbeugte, um zu spucken. Mit der Hand hielt er eine silbern glänzende Automatikpistole umklammert.

Die Wucht der Explosion warf Donnell gegen Jocundra, und sie schrie. Der Polizist sprang auf, ließ seine Pistolentasche aufschnappen und spähte um sich, um zu sehen, wo Richmond zu Boden gegangen war. Ein zweiter Schuß erwischte ihn im Gesicht, und er floh rückwärts durch den Gang, bis er schließlich in einer Nische zusammenbrach und gekrümmt liegen blieb. Seine Hand scharrte über den Boden, aber das war nur noch ein Reflex. Plötzlich sackte Sealey vom Grill, mit der erhabenen, trägen Anmut einer Pythonschlange, die sich von einem Ast abspulte. Das Fett, das an seiner Hose klebte, zischte und spritzte auf die Fliesen. Kein Laut war zu hören. Nur das Klicken des Musikautomaten und das Summen der Klimaanlage. Die Frikadellen des Polizisten verkohlten langsam auf dem Grill, blasse Flammen züngelten fröhlich empor.

Jocundra fiel auf die Knie und machte sich daran, Bekleidungsfetzen von Richmonds Wunden abzuziehen. »O Gott«, sagte sie. »Seine Hüfte ist zerschmettert.«

Donnell kniete sich neben sie. Richmonds Kopf lehnte an der Rückwand der Nische; seine Augenlider zuckten, als Donnell seinen Arm berührte, und seine Augenbrauen hoben sich zu clownhaften Bogen, als er sich anstrengte, etwas zu sagen. »Oh ...«, brachte er heraus; es hörte sich nicht wie eine Klage an, sondern wie ein normales Wort, das er mit Mühe aussprechen konnte. »... ooh«, wiederholte er. Seine Augen standen weit offen. Die Bakterien hatten die Oberfläche der Membrane überströmt, und es waren nur noch fadenschmale Teile des Weißen sichtbar, wie Risse, die strahlende grüne Ostereier durchzogen. »Oh ...«, sagte er noch einmal.

»Was?« Donnell legte das Ohr an Richmonds Mund. »Jack!«

»Er ist tot«, sagte Jocundra tonlos.

Richmonds Lippen blieben zu einem O geformt, aber er hatte das Sterben noch nicht ganz hinter sich. Die gleiche Rückstrahlung erfaßte Donnell wie damals beim Tod von Magnusson, allerdings noch stärker, und ob es nun an dieser Rückstrahlung lag, oder einfach an der übermäßigen Anspannung, jedenfalls verschwamm Donnells Gesichtsfeld. Weiße Strahlenblitze aus Richmonds Magnetfeld zuckten zwischen den Rändern seiner Wunde auf, und Lichtfetzen lösten sich von allen Seiten seines Körpers ab. Donnell stand auf, Jocundra blieb auf den Knien, zitternd, mit blutverschmierten Armen. Die Nacht senkte sich über sie herab, errichtete schwere schwarze Balken vor den Fenstern und schloß sie mit den drei toten Männern ein.

Ein Wagen flitzte auf dem Highway vorbei.

Die Lichtschalter waren hinter der Kasse angebracht, und Donnells Stock pochte durch die Stille, als er sich dorthin bewegte. Er warf einen Blick auf Sealey, der mit offenem Mund am Boden lag, seine Brust war rot und zerfetzt; hastig legte er die Schalter um. Mondlicht glitt durch die Fenster und überzog die Plastiktische mit einer Schicht wie Schellack, hob Falten und Biesen im Venyl hervor. Die Schublade der Registrierkasse stand offen. Er stopfte sich die Geldscheine in die Tasche, drehte sich um und war vom Anblick der Leiche Richmonds aufgewühlt.

Richmond lehnte immer noch an der Wand der Nische, seine Beine waren weit auseinandergespreizt. Er hätte einen Schatten in den Eingang werfen müssen, da die Hälfte seines Gesichts vom Mondlicht erhellt war, aber das war nicht der Fall.

Ein Schaum von wilden Farben hüllte seinen Körper ein, ein solarisierter Ölschlick aus schimmerndem Rot und Gelb und Blau, in Strudeln zerfließend, sich vermischend und wieder trennend; so grell, daß es aussah, als ob er über dem Boden schwebte: das flammende Nachbild eines Menschen. Sogar die Spritzer seines Bluts waren Tümpel dieser Farben, schillernde Inseln, die von ihm getrennt dalagen. Schwarze Risse erschienen wie Adern auf der Gestalt, verbreiterten sich, als ob sich ein Abguß eines Homunkulus in seinem Innern ablöste; und Prismen glitzerten durch die Dunkelheit wie juwelenbestückte Bienen. Die Rückstrahlung war stärker denn je; jeder Stoß verzerrte Donnells Sicht. Etwas löste sich, wurde frei; etwas Feindseliges. Die Farben verdichteten sich, verhärteten sich zu einem hellen, zähen Schlamm, der von dem Leichnam abfiel. Donnells Haut kräuselte sich, und in seinem Kopf wurde wieder das Gefühl des Kitzels wach.

Er nahm Jocundra beim Arm; ihre Haut fühlte sich kalt an, und sie zuckte bei seiner Berührung zusammen. »Komm!« sagte er und zog sie zur Tür. Er machte einen

Schritt über die verzerrten Farben, die Richmond waren, und empfand ein Schwindelgefühl, den Gefrierpunkt der Schwerkraft, die sich in seinem Bauch niederschlug, als ob er einen Schritt über einen breiten Golf machen müßte. Er fing sich an der Tür wieder und stieß sie auf. Die Luft war warm, feucht, und roch nach Benzin.

»Wir können nicht gehen«, sagte Jocundra mit einem Aufflackern von Angst in der Stimme.

»Zum Teufel, was soll das heißen: wir können nicht?« Er zerrte sie über den Parkplatz. »Verdammt würde ich sein, wenn ich auf die Polizei wartete. Du holst jetzt schnell die Kladde und unsere Sachen. Vernichte alle Spuren im Zimmer. Ich werde im Büro nachsehen und prüfen, ob Sealey irgend etwas schriftlich festgehalten hat.«

Er war überrascht von seiner Kaltblütigkeit, seinem praktischen Denken, Eigenschaften, die er nicht als seine erkannte. Die Worte kamen von jemand anderem, eine fragmentarische, selbstgerechte Stimme, die *ihren* Bedürfnissen Ausdruck verlieh; er verfügte nicht über das Vertrauen und die Willenskraft des anderen. Eine eiskalte Flüssigkeit strömte durch sein Rückgrat, und er weigerte sich, zum Restaurant zurückzuschauen, aus Angst, daß er einen Schatten in der Tür auftauchen sehen könnte.

## 10. KAPITEL

*20. Mai 1987*

Nach der Karte waren es fünfundachtzig Meilen, also etwa zwei Stunden Fahrt, bis zur Stadt Salt Harvest, und von dort aus konnten sie auf der vierspurigen Schnellstraße nach New Orleans weiterfahren; für Jocundra jedoch waren die Meilen und Minuten ein zeitloser, entfernungsloser Schauer von imaginären Baumwipfeln, die im Rückspiegel blinkten, begleitet von den geisterhaften Geräuschen des Windes, der durch das Seitenfenster pfiff, und Erinnerungen an das Gesicht des Polizisten: eine absurd gleichmäßige Vertiefung, wo seine Augen und seine Nase gewesen waren, als ob ein Maschinengehäuse abgehoben worden wäre, damit man die eigentliche Maschine überprüfen könnte. Zypressen schimmerten gräulich-weiß im Scheinwerferlicht, Knochenbäume ragten aus dunklem Fleisch heraus. Gespenstische Kaninchen gerieten ihr unter die Räder und entkamen, ohne zermalmt zu werden. Und in der Nähe der Abzweigung trat ein kleines Mädchen in einem Partykleid aus Spitze auf die Fahrbahn und verwandelte sich im allerletzten Moment in ein Verkehrsschild zur Geschwindigkeitsbegrenzung; Jocundra riß das Steuer herum und kam von der Straße ab. Der Lieferwagen kam mitten in einem Bambusgestrüpp zum Stehen, und um nicht einen weiteren Unfall zu riskieren, häuften sie Buschwerk um den Wagen herum an und beschlossen, zu schlafen. Der Schlaf schloß sich nahtlos an den Wachzustand an, als Fortsetzung eines schrecklichen Traums, und am Morgen sah sie, noch schlaftrunken, Teilstücke von sich in den Scherben der verspiegelten Kugel, die Richmond zerbrochen hatte.

Sie machten sich auf den Weg in Richtung New Orleans, aber der Motor rasselte, und der Temperaturanzeiger vibrierte zum roten Bereich hin. Eine Meile außerhalb von Salt Harvest bogen sie in Placide's Tankstelle und Autowerkstatt ein: ausgeschlachtete Autos türmten sich auf einer von Rissen durchzogenen Betonrampe, altmodische, oben abgerundete Zapfsäulen, eine baufällige, ungestrichene Baracke mit verrosteten Selbstbedienungsautomaten und Gartenstühlen davor. Placide, ein wabbeliger Mann mit Kräuselhaaren, der auf einer nicht angezündeten Zigarre herumkaute, blickte zum Himmel hoch, um sich von dort Anweisung zu erbitten, bevor er einwilligte, einen Blick auf den Lieferwagen zu werfen, nachdem er eine dringendere Arbeit erledigt hätte. Niedergeschlagen warteten sie. Die Nachrichten im Radio brachten nichts über die Morde, und die einzige Zeitung, die sie auftreiben konnten, war ein Tratschblatt, dessen Titelschlagzeile verkündete: *Pickel eines Teenagers als Geheimcode entlarvt.*

»Inzwischen muß sie doch jemand gefunden haben!« Donnell stieß wütend mit dem Fuß gegen einen Stuhl. »Wir müssen von hier abhauen.«

»Die Polizei leistet keine besonders gute Arbeit«, sagte sie. »Und Sealey hat uns nicht mal eingetragen. Vielleicht kommen sie gar nicht darauf, daß noch jemand dabei war.«

»Und was ist mit Marie?«

»Das weiß ich auch nicht.« Sie starrte hinaus auf die andere Seite der Straße, wo ein weißes Holzhaus an einem versumpften See lag. Ein Lastwagen ohne Räder im Vorgarten; schattenspendende Bäume; Kinder, die darunter herumtollten – mal in den Sonnenstrahlen, die durch die Zweige fielen, mal im Schatten. Die Szene hatte etwas Archaisches an sich, als ob der Hintergrund einer angenehmen Vergangenheit durch die fadenscheinige Tapete der Gegenwart hindurchschimmerte.

»Ist es dir gleichgültig?« fragte er. »Hast du keine Angst, daß wir geschnappt werden?«

»Doch«, sagte sie tonlos; sie erinnerte sich an das gelbe Dämmerlicht und den blutverschmierten Boden im Restaurant. »Ich ...«

»Was?«

»Dir scheint das, was geschehen ist, gar nichts auszumachen.«

»Du meinst, ich habe kein Schuldgefühl?« Er dachte darüber nach. »Das mit dem Polizisten macht mir etwas aus, aber als Sealey den Abzug bediente ...« – er lachte – »oh, er war ein glücklicher Mann. Er hatte lange schon auf seine Chance gewartet. Du hättest sein Gesicht sehen sollen. All diese unerfüllte Sehnsucht und Besessenheit, die da zum Himmel auffuhr.« Er humpelte ein Stück über die Rampe. »Sealey hat ein Verbrechen begangen, Richmond vielleicht auch. Ich jedoch habe die Moral nicht verletzt.«

Gegen fünf erstattete ein kummervoller Placide seinen Bericht: ein schleichendes Leck in der Ölwanne. Noch zehn oder fünfzehn Meilen, dann hätte der Motor seinen Geist aufgegeben. »Ich gebe euch noch fünfzig Dollar dafür, mehr nicht«, sagte er. Jocundra sah ihn zweifelnd an, und er bekreuzigte sich.

Er bot ihnen an, sie in die Stadt zu fahren, und sie nahmen sein Angebot an. Er ließ sie beim Cafe ›Krabbe‹ aussteigen, wo sie, so sagte er, sich nach Abfahrtzeiten der Busse erkundigen konnten. Ein Schild über dem Eingang zeigte ein grünes, hummerartiges Geschöpf, das ein Lätzchen trug, und im Innern war es grell wie in der Hölle; die Nischen waren voll besetzt mit betagten Mitbürgern – heute, Sonntagabend, gab es nämlich ein Sonderangebot für »Leute im besten Alter: Froschschenkel satt und eine Spezialität des Hauses für zwei Dollar neunundneunzig«. Der Geruch von Bratfett setzte sich als Film in Jocundras Nase fest. Die Kellnerin sagte ihnen, daß gegen Mitternacht ein Bus nach Silver

Meadow abführe (»Seien Sie aber vorsichtig. Die Krabbenfischer sind zur Zeit im Hafen, und in der Nacht ist das eine wilde Stadt!«), und von dort aus könnten sie mit dem Greyhound nach New Orleans weiterfahren. Dort hätte sie übrigens eine Schwester, Minette hieß sie, die Jocundra ein bißchen ähnlich sah, nur daß sie bei weitem nicht so groß war; und sie mache sich ja solche Sorgen um die arme Frau, die mit einem Wahnsinnigen, der ihr Mann sei, und dessen Bruder in der Beaubien Street lebte wie eine Heilige unter Wölfen ... Versuchen Sie den Krabbensalat. In dieser Jahreszeit liegt man mit Krabben immer richtig.

Die Senioren, bei denen jeder Leberfleck und jedes Mal in dem grellen Licht erbarmungslos sichtbar war, führten silberne Löffel mit tropfender roter Schotensuppe zum Munde, und der Anblick ließ die Erinnerung an Magnussons Tod wieder aufleben. Jocundra drehte es beinah den Magen um. Ein alter Mann blinzelte sie an und schob sich ein Stück Frosch in den Mund, wobei er die Gabel zwischen den Lippen behielt. Das Klappern des Bestecks war ein scharfes, gefährliches Geräusch am Rande einer Stille, die um sie herum einen Hohlraum schuf, und sie aß schweigend.

»Möchtest du wieder zurück?« fragte Donnell. »Ich kann nicht, aber wenn du meinst, daß du dort besser aufgehoben bist, dann werde ich dich nicht halten.«

»Ich weiß nicht, wie ich es können sollte«, sagte sie und dachte, daß sie weiter zurück als nach Shadows gehen müßte, in die Zeit, bevor das Projekt begann.

Er spielte mit einer Pommes frite, zeichnete damit Kreise in das Fett auf seinem Teller. »Ich brauche einen abgelegeneren Ort als New Orleans«, sagte er. »Ich möchte nicht in der Öffentlichkeit untergehen wie Richmond.«

»Du bist doch ganz anders als Richmond.« Jocundra war zu erschöpft, um ihn mit ganzem Herzen zu überzeugen.

»Natürlich bin ich das. Laut Edman, und ich glaube, daß er zumindest teilweise recht hat, war Richmonds Leben die Darstellung eines Mythos, den er sich selbst geschaffen hat.« Die Kellnerin goß Jocundra Kaffee nach, und er wartete, bis sie damit fertig war. »Er mußte jemanden umbringen, um dem Mythos gerecht zu werden, und, bei Gott, das hat er geschafft. Und auch für mich gibt es etwas, das ich tun muß.«

Sie sah zu ihm auf. »Was meinst du damit?«

»Magnusson hat mir etwas Besonderes aufgetragen, und seither verspüre ich den Drang, es zu erledigen. Ich habe keine Ahnung, was es eigentlich ist, aber der Drang wird immer stärker, und ich bin überzeugt davon, daß es keine gute Tat sein wird.«

Weiße Reflexe von der Deckenbeleuchtung funkelten in den Gläsern seiner Sonnenbrille. Zum ersten Mal hatte sie etwas Angst vor ihm.

»Ich brauche einen ruhigen Ort«, sagte er. »Einen, an dem es nicht so viele unschuldige Zaungäste gibt.«

Weitere Senioren drängten in das Cafe. Sie bildeten ein Knäuel am Eingang, wo sie auf einen freien Sitzplatz warteten, und die Kellnerin wurde unwirsch, als Donnell und Jocundra so lange vor ihren leergegessenen Tellern sitzen blieben. Jocundra zwängte Magnussons Kladde in ihre Tasche; sie gaben der Kellnerin ein großzügiges Trinkgeld, ließen ihre Reisetasche bei ihr in Verwahrung und gingen hinaus in die Stadt.

Die Hauptstraße von Salt Harvest war gesäumt von zweigeschossigen Bauwerken aus bröseligen Backsteinen, Baujahr 1930, deren Mauern bedeckt waren mit verwitterten Zeichnungen ehemaliger Geschäfte für Nähmaschinen und in Beutel abgefüllten Tabak; jetzt beherbergten sie einen Drugstore, einen Eisenwarenladen und das Creolische Theater, dessen Kartenverkäuferin – einsam in ihrer grell erleuchteten Bude – aussah wie eine jener schlampigen Attrappen mit Perücke, die eine Zigeunerin darstellen sollen und die man in Wahrsageautomaten findet, deren gelbe Hautfarbe abblättert und deren Hände sich mechanisch über einer verstaubten Kristallkugel bewegen. Die Neonschrift bestand aus geheimnisvollen Worten in Rot und Blau und Grün – KRBS, SONNGE, GUPP – und diese schienen die Quelle für die große Hitze und Feuchtigkeit zu sein. Autos waren entlang der Straße schräg geparkt, die meisten vergammelt und mit vielen Aufklebern, die Windschutzscheiben getupft von Versicherungsplaketten und Abziehbildern. Die Hälfte der Straßenlaternen summte und zischte, die andere Hälfte war zerbrochen. Die Abenddämmerung verdichtete sich zur Nacht, und Hitzeblitze zuckten über den südlichen Himmel.

Gruppen von Leuten bewegten sich mit sicherem Ziel an den Rand der Stadt, und um nicht aufzufallen, hefteten sie sich an die Fersen von drei plappernden alten Damen, die sich mit Fächern kühlende Luft zuwedelten, auf denen die Auferstehung Christi dargestellt war. Hinter ihnen kam eine Traube von lachenden halbwüchsigen Mädchen. Sie waren noch keine hundert Meter weit gegangen, da bekam Donnell einen Krampf im Bein, aber er zog es vor, weiterzugehen, anstatt sich der Menge, die ihnen folgte, in den Weg zu stellen. Sie verlangsamten ihren Gang, und eine Familie hastete an ihnen vorbei: Mutter, Kinder, Vater, alle im feinsten Sonntagsstaat und mit dem einfältigen, zufriedenen Gesichtsausdruck der Gutversicherten. Einige betrunkene Farmer überholten sie ebenfalls, und einer – ein mittelalter Mann mit einem T-Shirt, auf dem stand: *Mach's mit 'nem Farmer, der versteht was vom Befruchten* – sagte »Hoppla« zu Jocundra und bot ihr einen Schluck aus seiner Trinktüte an. Er flüsterte seinem Kumpel etwas ins Ohr. Schleimiges Lachen. Die Menge strömte um sie herum, schnatternd und in Feiertagslaune, und Jocundra und Donnell liefen in ihrer Mitte mit, voller Anspannung, mit gesenkten Köpfen, in der Hoffnung, sich nicht zu verraten und gerade wegen ihrer verstohlenen Art besonders verräterisch: Juden unter Nazis.

Die Dunkelheit vertiefte sich, das Gurgeln und Blubbern des Sumpfes wurde lauter, als sie die Grenzen der Stadt überschritten, und sie hörten eine verzerrte Lautsprecherstimme, die verkündete: »KINDER, KINDER, KIN ...«, der Lautsprecher quietschte. Ein braunes Zirkuszelt stand geduckt auf einer Wiese am Rand des Sumpfes, umgeben von parkenden Autos und bestückt mit bunten Glühbirnen; ein Spruchband über dem Eingang verhieß: Was Jesus versprach, Papa Salvatino erfüllt es. Der Lautsprecher knackte, und die Stimme drang wieder quäkend heraus: eine aufgedrehte Stimme voller Frohsinn, die Stimme eines Jahrmarktschreiers, der von verbotenen Freuden kündete.

»KINDER, KINDER, KINDER! KOMMT ALLE ZU PAPA SALVATINO! KOMMT, BEVOR EUCH DIE NACHTSCHWÄRMER UND GEISTERWÜRMER BESCHNÜFFELN, KOMMT, BEVOR EUCH DER TEUFEL ERWISCHT UND EUCH MIT SEINER KNOCHENKEULE NIEDERMACHT. JA, SO IST'S RICHTIG! IHR WISST, DASS IHR KOMMEN WERDET. IHR MÜSST KOMMEN, DENN MEINE STIMME SCHLEICHT SICH WIE RAUCH DURCH EURE FENSTERRITZEN, SCHLÄNGELT SICH EURE TREPPE RAUF UND IN EURE OHREN. IHR WERDET EUCH KRÜMMEN UND WINDEN UND VOR JESUS AUF DIE KNIE FALLEN! JA, KINDER, JA ...«

Eine wilde, stampfende Musik von einem Saxophon, einer Orgel und einem Schlagzeug schwoll unter der Stimme an, die weiterhin brüllte und der Menge einheizte; die Leute strömten zum Eingang, und das Zelt strahlte in üppigem Braun vor der Schwärze der Landschaft und des Himmels. Während Donnell und Jocundra noch zögerten, hielt ein Polizeiwagen neben der Wiese und ließ die Scheinwerfer über die Reihen der geparkten Wagen gleiten; sie schlossen sich den Müßiggängern auf dem Weg zum Zelt an.

Am Eingang verlangte ein mausgesichtiges Mädchen von jedem von ihnen drei Dollar, und als sich Jocundra empörte, schnalzte sie mit der Zunge und sagte: »Wir haben es früher für freiwillige Spenden gemacht, aber Papa erfüllt die Leute so inbrünstig mit der Liebe Jesu, daß sie manchmal ganz vergessen, was zu geben.«

Im Innern standen, strahlenförmig um eine mit Holz furnierte Bühne angeordnet, Reihen von Klappstühlen, auf denen schattenhafte Gestalten saßen oder meistens standen und grölten und zur Musik klatschten. Das Geruchsgemisch aus Schweiß und Alkohol und Parfüm, die enggedrängten Körper, die stampfende Musik, das alles trug zu Donnells Verwirrung bei. Er drückte Jocundras Hand, um eine Verschiebung seiner Sicht abzuwehren.

»Und jetzt runter!« brüllte ihm eine Stimme ins Ohr. »Die Blinden und die Lahmen sollen die ersten sein, denen Heil gewährt wird.« Ein grauhaariger Mann, groß und mager, dessen Haar über den Ohren kurzgeschnitten und oben auf dem Kopf voll und üppig war, was ihn noch langgestreckter erscheinen ließ, strahlte Donnell an. »Wir verschaffen dir einen Platz in der ersten Reihe, Bruder«, sagte er und schob ihn in Richtung Bühne. Jocundra machte Einwände, und er sagte: »Das ist doch ganz selbstverständlich, Schwester, ganz selbstverständlich.« Sein Lächeln schien von einem weisen und erhabenen Überblick zu zeugen.

Während er sie weiterführte, taumelten die Menschen von ihren Stühlen weg in die Gänge. Mißtönendes Gekreische, ärgerliches Rufen und Scharren, ein paar Schreie religiöser Inbrunst. Eine Samstag-abend-machen-wir-einen-drauf-und-es-gibt-ja-sonst-doch-nichts-zu-tun-Trunkenheit. Mit Frömmigkeit hatte es wenig zu tun. Donnell war dankbar, als der Saaldiener zwei halbwüchsige Mädchen aus der ersten Reihe verscheuchte und ihn neben einer fetten Frau Platz nehmen ließ. »Ganz schön heiß, was?« schrie sie und gab ihm einen Stoß mit einem cellulitischen Arm vom Umfang einer Schinkenkeule. »Fast so heiß, daß Kerzen schmelzen.« Die Ränder der karmesinroten Hibiskusblüte, die ihr Kleid zierte, bluteten von ihrem Schweiß, und jede Ritze und Falte an ihr verströmte eine eigene Säure. »O Jesus, ja!« kreischte sie, als das Saxophon einen schrillen, hohen Ton erzeugte. Sie zitterte am ganzen Körper, sie senkte die Augenlider, und falsche Wimpern stachen ihr in die Backen.

Die Musik verebbte nach einem durchdringenden, langanhaltenden Baßton der Orgel und einer Gospelfanfare des Saxophons. Die Leuchtstrahler waren alle auf eine einzige Stelle gerichtet, und ein dickwanstiger Mann mit schütterem Haar, gut einsachtzig groß, schlurfte gebeugt auf die Bühne. Sein Gang war eine Aufforderung, Drogen zu kaufen, ihm einen Zwanziger zuzustecken und die kleine Dame im oberen Stock kennenzulernen; sein Gesicht hatte eine gelbliche Hautfarbe, war aufgedunsen und eingerahmt von fransigem braunen Haar in Hippielänge. Er trug einen kobaltblauen Anzug, ein Mikrophon baumelte an seiner Hand, und in seinen Augen glitzerte der Widerschein der Leuchtstrahler.

»KINDER, KINDER, KINDER«, schnarrte er. »SEID IHR BEREIT FÜR PAPAS LIEBE?«

Es ertönten hysterische Jaaas als Antwort, ein paar verstreute Neins und ein »Scheißpapa!«

Er lachte. »GUT, UM DIE, DIE JA SAGEN, IST MIR NICHT BANGE, UND WAS DEN REST ANGEHT, DENEN WERDEN WIR BEIBRINGEN, DASS DER GUTE PAPA ETWAS MIT KARTOFFELCHIPS UND DER LIEBE GEMEIN HAT: WENN MAN EINMAL DAMIT ANGEFANGEN HAT, KANN MAN NICHT MEHR AUFHÖREN!« Er neigte den Kopf und marschierte tief in Gedanken versunken am Rand der

Bühne entlang. »ICH BIN HIER, UM EUCH ZU SAGEN, DASS ICH EIN SÜNDER BIN. GLAUBT NIEMALS EINEM PREDIGER, WENN ER EUCH WEISMACHEN WILL, DASS ER KEINER SEI. ZUM TEUFEL, DAS IST DIE SCHLIMMSTE SORTE!« Er schüttelte voller Besorgnis den Kopf, dann kam plötzlich wieder Leben in ihn, und kauerte sich nieder, und seine Botschaft kam wie Maschinengewehrfeuer. »ABER IN SEINER GRENZENLOSEN GÜTE HAT DER HERR SEINEN GEIST ÜBER MICH GESCHICKT, UND ICH SPRECHE NICHT VOM UNFASSBAREN, VON DER TAUBE AUF DEM DACH, VON ETWAS, AN DAS MAN EINFACH GLAUBEN MUSS, NEIN, ICH SPRECHE VOM ERREICHBAREN, VOM FASSBAREN, VON DER PACK-SIE-UND-MACH-SIE-DIR-ZUNUTZE-MACHT DER LIEBE GOTTES!«

Ein paar schwache Lobet-den-Herren und Hallelujas; die Menge raschelte; die fette Frau hob die Hände über den Kopf, mit den Handflächen nach oben, und betete schweigend.

»ICH SPRECHE VON GENAU DEM GEIST, DER EINES BALDIGEN MORGENS KOMMEN UND UNS AUF ENGELSFLÜGELN DAVONTRAGEN WIRD IN DAS LICHT DER VERZÜCKUNG, WO WIR IN EKSTASE LEBEN WERDEN, BIS SEIN REICH AUF ERDEN KOMME. HALLELUJA!«

»Halleluja«, gab die Menge im Chor zurück. Donnell entspannte sich langsam etwas, seine Sinne beruhigten sich; er streckte die Beine aus und bereitete sich darauf vor, gelangweilt zu sein. Papa Salvatino schritt auf der Bühne auf und ab: ein niedergeschlagener, gramgebeugter Mann. Der Orgel entrang sich ein eisiger Trillerton.

»OH, KINDER, KINDER, KINDER! ICH SEHE DIE PFADE, DIE IHR BESCHRITTEN HABT, SIE GLITZERN VOR MEINEM INNEREN AUGE. SCHLEIMIGE SCHLANGENSPUREN! IHR SEID SO LANGE IN DEN

NIEDERUNGEN DES FLACHEN LEBENS UND DER FALSCHEN GEFÜHLE HERUMGEIRRT, DASS IHR NACH EINEM HIRTEN LECHZT!« Er deutete auf die fette Frau neben Donnell. »DU DA, SCHWESTER RITA! ICH SEHE DEINE SÜNDEN LEUCHTEN WIE PHOSPHOR AUF EINEM ALTEN BAUMSTUMPF!« Er deutete auf andere Leute in der Menge, beschuldigte sie, und als sein Blick auf Donnell fiel, wurde sein gelbes Gesicht mit den falschen Edelsteinen seiner funkelnden Augen so bösartig wie das eines Kobolds.

»ABER ES IST NOCH NICHT SPÄT, SÜNDER! DER HERR GIBT EUCH NOCH EINE LETZTE CHANCE. ER LÄSST SICH SOGAR IN DEN PFUHL DES TEUFELS HERAB, UM EUCH IN VERSUCHUNG ZU FÜHREN. ER BIETET EUCH EIN EINMALIGES SONDERANGEBOT MIT SEELE-ZURÜCK-GARANTIE, WENN IHR NICHT ZUFRIEDEN SEID, EINE PROBE DES ERLÖSUNGS-GESCHMACKS! UND ICH BIN HIER, UM EUCH DIESEN GESCHMACK KOSTEN ZU LASSEN. DIESEN SEELENBEWEGENDEN GESCHMACK VON HOSIANNA-GOTT-IN-DER-HÖHE-AMBROSIA! DENN SELBST WENN ER EUCH NICHT ERLÖSEN KANN, IST ES GOTTES EIGNER WILLE, DASS IHR EUCH HEUTE ABEND HIER DRAUSSEN GUT AMÜSIERT!«

Die Menge hatte sich erhoben, schwenkte die Arme und kreischte.

»WOLLT IHR DEN GESCHMACK, KINDER?«

»Ja!«

»WAS WOLLT IHR?«

»Den Geschmack!« schrie der Organist, um die Menge anzuregen; vereinzelte zischten es ihm nach. »Den Geschmack!« schmetterte das Saxophon, und der Schlagzeuger hämmerte einen Trommelwirbel, und der Organist entfesselte eine stürmische Folge von Akkorden. Papa Salvatino schirmte sein Jackett ab. »AMEN!« brüllte er.

»Amen!«

Donnell sah sich um und entdeckte Gesichter mit weit aufgerissenen Mündern, gerötet vor Erregung, mit rollenden Augen; die Leute stießen sich gegenseitig aus dem Weg, um ungehindert die Bühne zu stürmen.

»DEIN WILLE GESCHEHE!« Papa richtete sich hoch auf und ließ sich gebrochen zusammensacken, um sich schließlich langsam wieder taumelnd zu erheben; er vollführte einen kleinen Tanz wie eine Schlange auf dem Schwanz. »ICH WILL DIE KRANKEN ZUERST UND DIE GESUNDEN ZULETZT! GUT, KINDER, KOMMT ZU PAPA!«

Die Menge brodelte in Richtung Bühne, rempelte Donnells Stuhl an, und mit einemmal tauchte der grauhaarige Saaldiener wieder vor ihm auf. Er half Donnell beim Aufstehen. Jocundra wehrte seinen Griff ab und protestierte, worauf Donnell stolperte; aber der Mann ließ nicht locker und sagte: »Du kannst mit ihm kommen, wenn du willst, Schwester, aber ich lasse es nicht zu, daß du der Erlösung dieses Jungen im Wege stehst.«

Nach vielem Geschubse und Gedränge und vielen frommen Bibelsprüchen, die er Leuten entgegenschleuderte, die nicht zur Seite wichen, sicherte der Saaldiener Donnell die vierte Stelle in der Reihe hinter Schwester Rita und einer dünnen, farblosen Frau, die den Arm um einen halbwüchsigen Jungen mit einem Wasserkopf gelegt hatte. Der Junge grinste Donnell stumpf an. Sein Haar lag ihm eng am Kopf, mit Pomade festgeklebt – die Vorstellung einer Mutter von einem hübschen Knaben; der Effekt war jedoch der eines grotesken Gesichts, aufgezeichnet auf einen Ballon. Er ließ den Kopf im Kreis rollen, sein Grinsen wurde breiter: er genoß die dumpfe Empfindung der Geschehnisse um ihn herum. Eine Speichelperle bildete sich in seinem Mundwinkel.

»Jody!« Die dünne Frau drehte ihn von Donnell

weg, und um sich zu entschuldigen, lächelte sie und sagte: »Lobet den Herrn!« Ihr Haar war zu einer gewaltigen Hochfrisur aufgetürmt, wodurch ihre Hagerkeit noch unterstrichen wurde, und ihr graues Kleid schlabberte um sie herum und schien nur durch Stäbe und Schaumstoffpolster in Form gehalten zu werden.

»Lobet den Herrn«, murmelte Donnell, den die Ernsthaftigkeit der Frau anrührte, ihr Verzicht auf Selbstdarstellung, besonders im Vergleich zu Papa Salvatinos Schwindelschau; sein Gesicht war eine Landkarte aus schaurigen Vergnügungen und befriedigten Leidenschaften, und es verschleierte eine unergiebige Seele, die einen Dreh entdeckt hatte, um zu Wohlstand zu kommen. Wie dieser Dreh funktionierte, entzog sich Donnells Begriffsvermögen, aber daß er funktionierte, erkannte er an den erwartungsvollen Gesichtern der Schattengestalten, die in dem Gang unter ihm hin und her wogten.

Die Musik verfiel in seichtes Gedudel auf der Orgel, und Jocundra beugte sich dicht zu ihm; ihr Gesicht war angespannt und besorgt. »Paß auf, daß niemand deine Brille berührt!« flüsterte sie ihm zu. Sie deutete zur hinteren Öffnung des Zeltes, die hinter dem Schlagzeug einen Spaltbreit aufklaffte, und er nickte.

»Was quält dich heute abend, Schwester Rita?« Papa klemmte das Mikrophon an einen Ständer und kam auf sie zu. »Du siehst gesünder aus als ich.«

»Oh, Papa!« Schwester Rita schwenkte verführerisch die Hüften. »Sie wissen doch, daß ich unter der schlimmsten Art von Herzbeschwerden leide.«

Papa lachte. »Wir brauchen nicht in Einzelheiten zu gehen, Schwester«, sagte er. »Jesus versteht sehr gut die Probleme einer verwitweten Frau.« Er legte die Hände mit nach innen gerichteten Handflächen über ihren Kopf und begann, die Luft zu kneten, verhakte die Finger und formte eine unsichtbare Substanz.

Erstaunt erkannte Donnell, daß diese Bewegungen

die gleichen waren, die er angewendet hatte, um den Schließmechanismus der Pforte in Shadows außer Betrieb zu setzen. Er konzentrierte sich auf Schwester Ritas Magnetfeld und stellte fest, daß Papa seine Lichtbögen so induzierte, daß sie sich verengten und an einer Stelle über ihrem Kopf zusammenströmten; und während sie strömten, hörten sie auf zu flackern, wurde heller und dichter, bis daraus ein Käfig aus weißglühendem Draht entstand. Sie krümmte den Rücken. Ihre Arme wurden steif, sie spreizte die Finger. Speckrollen wogten unter ihrem Kleid. Und dann, als sich alle Bögen zu einem Punkt verengt hatten, hüllte ein strahlender Blitz sie ein, als ob sich die Pforte zu einem brennenden weißen Himmel geöffnet und sie eingeschlossen hätte. In Donnells Augen existierte sie einen Moment lang als eine Säule aus blaß schimmernder Energie. Er spürte die Entladung auf jedem Quadratzentimeter seiner Haut, ein Kribbeln, das mit der gleichen Geschwindigkeit wie der Blitz verschwand.

Schwester Rita winselte und taumelte zu einer Seite. Mit unermüdlichem Lächeln geleitete sie der grauhaarige Saaldiener zu den Stufen, und die Instrumente setzten zu einem Ausbruch des Triumphes an. Entzükkungsschreie stiegen aus der Menge auf.

»LOBET GOTTES SOHN!« Papa brüllte marktschreierisch ins Mikrophon. »ICH BIN HEUTE ABEND RANDVOLL MIT DER LIEBE GOTTES!«

Aber wenn Papa wirklich ein Leiter für den Heiligen Geist war, dann mußte der Heilige Geist aus einem elektromagnetischen Stoß bestehen, der in die Zentren des Gehirns geleitet wird. Auf diese Art, so dachte Donnell, hätte Magnusson die Ereignisse kommentiert. Papa Salvatino mußte mit einer psychischen Gabe ausgestattet sein, und in Wirklichkeit diente er seiner Anhängerschaft als Prostituierter, der ihnen kraftvolle Orgasmen verschaffte und es so verkaufte, als sei Gott über die Betreffenden gekommen. Donnell sah hinunter zu Schwester Rita. Sie hing schlaff in ihrem Sitz, japsend, mit ausgestreckten Beinen; ihr Rock war über die geschwollenen Knie hochgerutscht; eine ältliche Frau beugte sich aus der Reihe dahinter zu ihr vor und fächerte ihr mit einer Zeitung Luft zu.

Die Musik schwoll erneut an, die Menge wurde still, und Papa begann, den Wasserkopf zu bearbeiten. Die magere Frau schloß die Augen und hob die Arme in stillem Gebet über den Kopf; die Kurve ihrer Nackenwirbel zeichnete sich wie ein Seil ab und zeigte die ganze Grausamkeit ihrer Aufopferung. In diesem Fall lief es nicht so gut wie bei Schwester Rita. Papas Augen schielten schon fast vor Anstrengung, Schweiß stand ihm auf der Stirn, und der Wasserkopf hatte das Gesicht mit einer Grimasse auf die Brust gesenkt. Sein Feld war komplizierter als das von Schwester Rita, mit Hunderten von Bögen, jeder einzelne fein und ausgefranst, unregelmäßig verwoben zu einem Muster, das einer Spinnwebe glich. Anstatt langsam zu verschwinden und sich neu zu bilden, hüpften sie mit magischer Schnelligkeit ein und aus. Jedesmal, wenn Papa sie berührte, blitzten sie auf und spuckten wie brüchige Schläuche. Was getan werden müßte, dachte Donnell, wäre, die Bögen miteinander zu verschmelzen, das Muster zu vereinfachen; aber Papa versuchte verbissen, sie zusammenströmen zu lassen, und dadurch verursachte er, daß sie sich nur noch mehr ausfransten und feiner zergliederten. Eine Spuckeblase zerplatzte auf den Lippen des Jungen, und er stöhnte. Ein Murmeln zog sich durch die Menge, und dem Organisten gingen die Läufe zur Untermalung aus, da es ihm nicht vergönnt war, zum Höhepunkt zu kommen.

Papa zog die Hände zurück, breitete die Arme aus und wandte sich an die Dunkelheit an der Zeltdecke; seine Lippen bewegten sich in offensichtlichem Gebet, doch sein Blick schoß zwischen der Menge und der hageren Frau hin und her.

Ein Gefühl des Abscheus hatte sich in Donnell aufgebaut, hervorgerufen durch den Gestank im Zelt, die rauhe Musik, die dreisten Gesichter, vor allem aber durch Papa Salvatino: diese große, gelbe Ratte, die auf den Hinterbeinen stand und sich lustig machte über die kleine Welt, die seine Anhänger in ihrer Angst bestärkte. In einem Anflug von Feindseligkeit und mit einer Spur von Verwunderung über seine eigene Unvorsichtigkeit trat Donnell einen Schritt vor, hängte sich den Stock über den Arm und hob die Hände über den Kopf des Jungen. Die Lichtbögen zerrten an seinen Fingerspitzen, und er ließ sie seine Bewegungen bestimmen. Zwei der Bögen materialisierten sich dicht beieinander, und er zwang sie, sich zu einem einzigen hellen Strom zu vereinen, den er auf eine nach innen gerichtete Bahn auf den Schädel des Jungen zu brachte, eine Stelle, zu dem ihn die Schwerkraft auf natürliche Weise hinzuziehen schien. Während sich immer mehr der Bögen vereinten, fing der große Kopf des Jungen an zu schaukeln. Er lächelte benommen, hob die Arme und wackelte mit den Fingern, wie in einer Parodie der Charisma-Verehrung der mageren Frau. Dunkel war sich Donnell bewußt, daß Jocundra neben ihm stand und bewundernde Rufe zu ihm heraufdrangen. Dann fiel eine Hand schwer auf seine Schulter und drehte ihn herum.

»Gotteslästerer!« schrie Papa und packte Donnell mit geballter Faust am Hemd; seine Wangen waren vor Zorn fleckig. Er schlug Donnell mit der Faust vor die Stirn.

Donnell fiel gegen das Schlagzeug und schlug sich den Kopf an den Becken an. Seine Sonnenbrille war in der Mitte durchgebrochen, und ein Teil davon baumelte ihm am Ohr. Er verlor zwar nicht das Bewußtsein, aber alles um ihn herum war in Schwärze versunken, und er befürchtete, erblindet zu sein. Schritte trampelten über die Bretter der Bühne, Schreie ertönten, und eine Männerstimme sagte ganz in seiner Nähe: »O Gott, seht euch bloß seine Augen an!« Er tastete nach seinem Stock, kam sich schrecklich ausgeliefert und hilflos vor, und dann sah er seinen Stock, der sich etwa einen Meter von ihm entfernt in strahlendem Silber abhob; er lag quer über einer silbernen Zeichnung von Bohlen und Nägeln. Er blickte hoch. Das Zelt war verzaubert in eine höhlenartige schwarze Stoffdrapierung, verziert mit silbernen Arabesken und üppigem Faltenwurf, möbliert mit silbern bemalten Stühlen, und darin versammelt waren Dämonen aus Ebenholz. In den Körpern der meisten von ihnen wirbelten Prismen herum, die Gesichter einiger anderer trugen Masken aus glitzernden Prismen, die menschlichen Antlitzen ähnelten; und in zwei Fällen, nein in dreien, einer an der Stelle, wo Papa Salvatino gestanden hatte, flossen die Prismen durch einen komplizierten Kreislauf, schienen die Muster ihrer Nerven und Muskeln zu bleuchten, an ihren Fingerspitzen Schmelztropfen zu bilden und in nadeldünne Strahlen in schillernden Regenbogenfarben zu zerplatzen und sich über die Menge zu ergießen. Doch trotz ihrer furchteinflößenden Erscheinung wichen die meisten von ihnen von der Bühne zurück und drängten sich angstvoll aneinander. Neugierig hielt sich Donnell die Hand vors Gesicht, sah aber nichts, nicht einmal die Umrisse seiner Finger.

Jocundra, deren Gesicht eine edelsteinbesetzte Maske verhüllte, kniete neben ihm und drückte ihm den Stock in die Hand. In dem Moment, als sie ihn berührte, normalisierte sich seine Sicht, und in seinem Kopf pochte es. Sie zog ihn in die Höhe. Die Musiker waren geflohen, und Papa Salvatino war die Bühnenstufen halbwegs hinabgestiegen.

»Welche Abscheulichkeit!« sagte er, aber seine Stimme bebte, und die Menge reagierte nicht auf ihn. Sie quetschten sich an der Zeltwand zusammen, bereit zur hastigen Flucht. Die meisten waren verborgen in der Dunkelheit, aber Donnell konnte diejenigen in der vordersten Reihe sehen, und er war fasziniert über das, was sich ihm darbot.

Sie erschienen ihm jetzt noch außerirdischer als in ihrer vorherigen Erscheinung mit den Ebenholzkörpern und Juwelengesichtern. Klobig und unförmig, mit vorstehenden Bäuchen, nach Luft schnappenden Mäulern, hängenden Brüsten; angetan mit aller Art von öder Kleidung; sie hätten ein verblaßtes Wandgemälde sein können, das ein Denkmal für die Mittelmäßigkeit und Vergänglichkeit ihres Lebens war. Verwelkte Gesichter, gekrönt von altmodischen Hüten; taufeuchte, geschlechtsreife Gesichter, mit Make-up auf wachsigen Hochglanz poliert; plumpe, cholerische Gesichter. Und jedes dieser Gesichter runzelte sich oder blähte sich um einen schwarzen Samenkern der Angst herum. Während er den Blick von einem zum anderen wandern ließ, nisteten sich kleine Fetzen des Begreifens in seinen Gedanken ein: er erkannte sie als schlechtgelaunte alte Männer, vertrocknete alte Frauen, undankbare Kinder, zänkische Ehefrauen und brutale Ehemänner. Doch die Komplikationen ihres Lebens waren nur Fassade, errichtet, um den schwarzen Pfuhl zu verbergen, aus dem sie als Blasen aufstiegen. Er machte einen Schritt nach vorn. Jocundra versuchte, ihn zu der hinteren Öffnung des Zeltes zu ziehen, aber er schüttelte sie ab und humpelte an den vorderen Rand der Bühne. Papa zog sich in den Gang zurück.

»Warum habt ihr denn solche Angst?« fragte Donnell die Menge. »Es kann doch nicht nur an meinen Augen liegen. Das treibt euch doch nicht dazu, nach der Erlösung zu suchen.« Er entdeckte einen würdig aussehenden Mann im Sportjackett, der sich gerade durch den Eingang schieben wollte. »Du!« rief er und deutete auf ihn; er erkannte die Lebenssubstanz dieses Mannes, als ob sie ihm in den Finger gefahren wäre: Pomphaftigkeit, Unersättlichkeit, Abhängigkeit, die sich auf Angst und verheimlichte krankhafte Sexualität gründete, einer Mischung aus Voyeurismus und der Lust, Schmerzen zu bereiten. »Hab keine Angst«, sagte er höhnisch, etwa in der Art, wie ein Mörder sein Opfer verspotten mochte, und er war überrascht, als er sah, wie der Mann schluckte und sich Stückchen für Stückchen auf die Bühne zubewegte, seine Angst abnahm. »Komm näher!« sagte Donnell. »Heute abend wirst du wahrhaftig Zeuge eines Wunders werden.«

Er wählte weitere einzelne Personen aus der Menge aus und redete auf sie ein, näher zu kommen, und während er das tat, spürte er eine Distanz zwischen seiner Stimme und seiner vorsichtigen Seele, genau in der gleichen Art, wie er sie empfunden hatte, als er Jocundra überredete, den Schauplatz der Morde bei Sealey's zu verlassen. Nur daß in diesem Moment die Distanz tiefer ging. Der Teil seines Bewußtseins, der sprach, beherrschte ihn vollkommen, und seine Angst wurde weggespült von der emotionalen Ladung seiner Worte. Ekel, Mitleid und Wut mischten sich in seinem Geist und sprachen das Urteil über die Menge, über die Kultur, die sie hervorgebracht hatte; sie schnitt schlecht ab, als er sie mit einer ernsthafteren Kultur verglich, die unter dem Strom seiner Erinnerung existierte, wie eine Klippe unter der Wasseroberfläche – unsichtbar, unbestimmt, erkennbar nur an dem Wellenstrudel darum herum; er stellte jedoch ihre Realität nicht in Frage, sondern handelte vielmehr als ihr Sprecher. Er könnte, dachte er, der Menge alles erzählen, und sie würden ihm zuhören. Sie hörten nicht im eigentlichen Sinne zu, sondern sie reagierten auf die Melodie und die Klangfarbe seiner Stimme, auf seine glühenden Augen. Ihre Angst hatte etwas Wollüstiges, Jauchzendes angenommen, als ob sie ihn voller Ungeduld erwartet hätten.

»Laßt euch nieder«, sagte er und breitete die Arme aus, indem er Papa Salvatino imitierte. »Gott der Herr hat mich aus dem wackelnden Königreich der Toten erweckt und mich zu euch gesandt, um euch zu warnen. Nicht vor einem Reich, das kommen wird, sondern vor einem Reich, das vernichtet wird, vor Satans überwältigendem Sieg!«

Zögernd näherten sie sich; einige wagten sich bis zur Mitte des Gangs vor, eingelullt von den bekannten biblischen Tönen, jedoch noch nicht bereit, ihn vollkommen in sich aufzunehmen. Die Leichtigkeit, mit der sie ins Wanken gebracht werden konnten, entzückte ihn; er stellte sich vor, wie eine Armee unter einem grünäugigen Banner durch die Welt marschierte und Millionen von seiner Sache überzeugte.

»Könnt ihr euch an die guten, alten Zeiten erinnern?« fragte er in schmachtendem Ton, während er am Rand der Bühne entlanghumpelte. »Jene Zeiten, die gerade erst vorüber zu sein scheinen oder vielleicht auch niemals stattgefunden haben. Die Zeiten, als das Licht voller Rosen und Liebender war, als Musik aus allen Fenstern drang und die Kinder noch keine Drogen nahmen, als Oma noch jeden Morgen frisches Brot buk und die Straßen in den Städten Orte des Erlebens und der Wunder waren. Was ist nur aus diesen Zeiten geworden?«

Sie wußten es nicht und wollten es erfahren.

»Ihr habt angefangen, Stimmen zu hören«, sagte er. »Ihr fingt an, Visionen zu haben, Botschaften zu empfangen, die sich alle gegen diese friedliche Welt verschworen. Im Radio und in den Zeitungen wurde das Evangelium des Verhängnisses gepredigt, und durch einen Bann wurdet ihr an diese Wahrheit gebunden. Und dann trat Satans Auge höchstpersönlich auf den Plan – das Fernsehen. Es ist das beherrschende Wesen in eurem Leben, wie es der Mond für die alten Indianer gewesen sein muß. Ein Orakel, ein Lebensbegleiter, ein Zeichen für die wechselnden Jahreszeiten. Aber anstatt göttlicher Erleuchtung spuckt Es jeden Abend die Bilder Satans aus. Morde, Unfälle, durchgedrehte Polizisten, abartige Fremde! Und ihr liegt da und löst euch in eure

Bestandteile auf in Seinem flimmernden, blaugrauen Licht, und ihr saugt Seine schrecklichen Phantasien in euch auf.«

Er starrte über ihre Köpfe hinweg, als ob er eine Wahrheit sähe, die sie nicht zu schauen vermochten; er starrte so lange, bis einige seinem Blick folgten.

»Ihr werdet heute abend nach Hause gehen und euren Apparat ansehen und sagen: ›Ach was, das ist doch nur harmlose Unterhaltung, eine Wohltat, wenn die Kinder krank sind.‹ Aber diese Logik ist Satans Verkaufstrick, Brüder und Schwestern. In Wirklichkeit ist es die Übertragung des Kampfes am Berg Harmageddon, die Gerüchteküche über den Krieg zwischen Gut und Böse, von dem in der Schrift geschrieben steht, die Energiezelle für Satans Traum von der Menschheit. Seht euch die Sache genauer an! Schaltet das Gerät ein, berührt das Glas, und spürt das Knistern seiner Energie! Empfangt einen Schlag von seinem blitzenden Gehirn! Das ist das, was ihr am meisten fürchten müßt, was euch verführt hat, was euch zwischen seinen Kiefern zu zermahlen im Begriff ist, während ihr glaubt, es will euch einen Kuß geben. Erkennt es, Brüder und Schwester! Oder laßt euch verschlingen. Und wenn ihr es wirklich erkannt habt, dann rettet euch! Und die Rettung heißt: Das Glas zerschlagen, die Röhren zerschmettern!«

»Das Glas zerschlagen!« schrie jemand, und jemand anderes schrie: »Zerschlagen, zerschlagen!«

»Das Glas zerschlagen«, sagte Donnell sanft. »Die Röhren zerschmettern.« Und die Menge, denen diese Litanei noch nicht vertraut war, versuchte, die Worte zu wiederholen.

»Halleluja!« sagte Donnell.

Diesen Refrain kannten sie, und ihre Antwort erschallte fast einstimmig. Er ließ sie ihn noch einmal sagen, damit sie sich innerhalb des Klanges dieses Wortes vereinigten, dann streckte er ruhegebietend die Arme aus.

»Das Glas zerschlagen, die Röhren zerschmettern, und ...« Er ließ sie warten und genoß den erwartungsvollen Ausdruck ihrer Gesichter. »Und ... die Erde erneuern. Oh, Brüder und Schwestern, könnt ihr euch nicht erinnern, wie ihr an den Stadtrand gewandert seid, in die Wälder und Auen? Was ist an dessen Stelle getreten?«

Sie waren sich nicht sicher. »Das Böse!« schlug jemand vor, und Donnell nickte zustimmend.

»Stimmt genau, Bruder! Tankstellen und Motels und Restaurantketten. Entlaubte Gebiete der Gleichheit. Orte, die ihre Identität verloren haben und sich überall auf Gottes Erde befinden könnten. Ach, ihr könnt einen guten Christen dort absetzen, und er glaubt, er sei in Buffalo oder genausogut in Albuquerque. Aber wißt ihr, wo er wirklich ist? Diese grellen kleinen Buden, in denen das Kleingeld klimpert, sind die Vorzimmer zur Hölle-auf-Erden, eine ansteckende Krankheit, bei der sich Beton und Plastik über das Land verbreitet und alles auf die Primärfarben und die kunstlosen Formen von Satans Traum reduziert wird. McDonald's, Burger King und all die anderen. Das sind die Namen der bösen Geister, von Beelzebub und Moloch!« Er schüttelte den Kopf, fassungslos. »Satan hat fast gewonnen, und er hätte es bestimmt längst geschafft, wenn es nicht eine Sache gäbe. Gott hat einen Plan für Salt Harvest. Einen meisterhaften, einen göttlichen Plan! Wollt ihr ihn hören?«

Ja, und ob! Die kühnsten unter ihnen hatten sich bis auf ein Viertel des Gangs genähert, sie schwenkten die Hände über dem Kopf, lobten den Herrn und baten um seinen Beistand.

»Salt Harvest! Hört, wie der Name klingt! Es ist ein natürlicher Name, eine Verkündigung des menschlichen Traums von organischer Reinheit, ein Name, der die Güte des Meeres und die Gottes in sich birgt, der nach christlichen Tugenden und köstlichen Eintöpfen klingt. Wie viele Menschen leben hier?«

Sie stritten kurz über die Zahl, dann einigten sie sich auf fünfzehn- bis achtzehntausend.

»Und es läuft nicht alles, wie es sollte, oder? Die Wirtschaft machte eine Flaute durch, die Konservenfabrik hat zugemacht, und die Jugendlichen ziehen weg. Stimmt's?«

Sie bestätigten es.

»Dann laßt uns gemeinsam dagegen angehen, Brüder und Schwestern! Laßt mich zu Ende reden, denn wie jeder großartige Plan ist auch dieser so einfach, daß er sich vielleicht töricht anhört, bis man sich an ihn gewöhnt hat. Aber stellt euch doch nur mal vor: Achtzehntausend christliche Seelen finden sich zu einer gemeinsamen Unternehmung zusammen, all ihre Mittel fließen in einen Topf, bis auf den letzten Cent, um Satan die Dollar der Verbraucher und die Seelen der Restaurantgäste abzuluchsen. Ihr habt alles, was ihr braucht. Konservenfabriken, Krabbenfänger, gute Männer und Frauen und Gott auf eurer Seite. Salt Harvest. Das ist keine Stadt. Das ist eine Kette von Restaurants, die sich von Küste zu Küste zieht. Ich spreche nicht von einer Aufbereitungsanlage für vergiftetes Fleisch, nicht von einem Burger Chef, einem Wendy's oder einem Sambo's. Nein! Wir werden sie vollstopfen mit Krabben und Hummern aus dem Golf, mit Frikadellen aus feinstem argentinischen Fleisch. Wir werden Satan und seine Handlanger unterbieten und an die Wand kochen, sie in den Ruin treiben. Anstatt mit pickeligen, haschrauchenden Punkern werden wir unsere Läden mit christlichen Konvertierten als Personal ausstatten; und es wird nicht lange dauern, bis unser Firmenzeichen, das Zeichen des Fisches und des Kreuzes, nicht mehr nur als das Symbol für die Liebe Gottes bekannt sein wird, sondern für gepflegtes Essen und eine ausgezeichnete Küche. Wir reißen eine Seite aus Satans Buch und errichten ein Spielparadies für Kinder. Sie werden durch Himmelspforten hineingelangen, auf einem Riesenrad fahren, dessen Gondeln geflügelte Wolken sind, sie werden herumtollen mit Schauspielern, die als süße Engelchen gekleidet sind, und vielleicht sogar mit dem Messias höchstpersönlich. Eine Kapelle im Hinterzimmer, mit geweihten Priestern, die vierundzwanzig Stunden am Tag Dienst tun. Jeder Laden erstrahlt von einem heiligen Schinken, der im diamantenen Licht von Jesus Christus lockt, und bald werden die goldenen Gewölbe zusammenfallen, die riesigen Behälter mit Brathähnchen werden sich mit Regenwasser füllen und auseinanderbrechen, und wir werden sie mit Bulldozern dem Erdboden gleichmachen und statt dessen Himmelstadt errichten! O ja, es hat Kongregationalisten und Baptisten und Methodisten gegeben, doch wir werden etwas Neues sein! Die erste wahrhaftige Restaurantkettenreligion! Das ist die wahre Erlösung, Brüder und Schwestern! Wirtschaftlich und geistlich gleichzeitig. Halleluja!«

»Halleluja!« Ihr Chor klang nicht mehr ganz so begeistert wie zuvor, einige konnten mit seiner Idee nicht so recht etwas anfangen.

»Lobet den Herrn!«

»Lobet den Herrn!« Langsam packte es sie wieder, und nach einigen weiteren Wiederholungen fehlte nicht mehr viel, daß sie die Bühne gestürmt hätten. Ein Mann in einem dünnen Sommeranzug taumelte durch den Gang, mit einem Winseln, das fast wie das Pfeifen eines Wasserkessels kurz vor dem Kochen klang; er fiel auf alle viere, mit krampfhaft verzerrtem Gesicht, und streckte die Hände nach Donnell aus.

Überwältigt von Ekel sagte Donnell: »Ich könnte euch erbärmlichen Scheißern alles verkaufen, was?«

Sie glaubten, nicht richtig gehört zu haben, sahen einander an, verdutzt, fragten, was da gesagt worden sei.

»Ich könnte euch erbärmlichen Scheißern alles verkaufen«, wiederholte er, »solang es eine glänzende Verpackung hat und um einen saftigen Barren Angst herumgewickelt ist. Ich könnte euer grünäugiger König sein. Aber es würde mich langweilen, die Erlösung für Rindviecher wie euch zu sein. Nehmt trotzdem meinen Rat an: Kauft nicht jeden Mist ab, den euch Zwei-Groschen-Warzen-Heiler vor der Nase herumbaumeln lassen!« Er stieß mit dem Stock in Richtung Papa Salvatinos, der mit aufgerissenem Mund im Gang stand und um dessen Füße herum sich ein Abfallhaufen mit Pappbechern und Fächern und Bibeln ausbreitete. »Findet eure eigenen Antworten, eure eigene Erlösung. Wenn ihr das nicht schafft«, sagte Donnell, »dann fahrt zur Hölle!«

Er trat unsicher einen Schritt zurück. Die Menge fing an ihn zu langweilen, und das arrogante Selbstvertrauen, das ihm seine Stimme eingegeben hatte, ließ nach. Seine klägliche Lage wurde ihm wieder bewußt. Die Leute drängten sich wieder an die Zeltwände, erneut verängstigt, in Aufruhr, ein Knäuel von Armen und Beinen, die aus der Dunkelheit hervorstachen und in alle Richtungen fuchtelten. Flüstern, Raunen, wütende Rufe.

»Teufel!« kreischte jemand, und ein Mann entgegnete: »Er ist nicht der Teufel! Er hat Alice Grimeaux' Jungen geheilt.« Und wieder jemand anders schrie mit hysterischer Stimme: »Jesus, o bitte, *Jeeesuus!*«

»Ja, ich habe in das brennende Auge des Satans geblickt und bin vor Schreck erstarrt«, deklamierte Papa Salvatino. »Aber die Macht meines Glaubens lenkt mich. Betet, Brüder und Schwestern! Das ist Gift für den Satan: Gebete!«

Der grauhaarige Saaldiener kam von hinten herbei, ergriff einen Stuhl, hob ihn sich über den Kopf und bahnte Papa einen Weg durch die Menge, während dieser auf die Leute einredete. Dunkle Gestalten sickerten langsam zwischen den Stuhlreihen nach vorn, füllten die Gänge. Jocundra stand neben dem Schlagzeug, blaß; ihre Hand zuckte über das Becken, als ob sie sich erhoffte, es als Waffe benutzen zu können, gebannt von dem Anblick der Armee Des Herrn in Louisiana, die sich so leicht in die Enge treiben ließ. Donnell fühlte, wie sich in seiner Leistengegend etwas zusammenzog. Gewöhnliche Männer und Frauen schlichen sich heran, ihre Gesichter waren jetzt erbost und wölfisch; sie schwenkten Stühle und Flaschen. Das Surren ihres Gebets – »Erlöse uns, lieber Jesus« und »Gnadenreicher Erretter« – stieg von ihnen auf wie Dampf, zerfetzt durch Papa Salvatinos donnernde Ausbrüche.

»Betet! Euer Gebet soll das rote Versteck des Satans zum Bersten bringen! Laßt das Licht eures Gebets auf ihn fallen, bis er sich spaltet wie altes Leder und der schwarze Saft aus seinem Herzen spritzt!«

Eine schwache Hoffnung, Papas verbalen Angriffen zu begegnen, keimte in Donnell auf, aber das einzige, was er zustande brachte, war ein schwaches »Ach ...« Eine alte Dame, die ihren Stock wie einen Speer hielt und deren gerunzelter Hals im Gebet pulsierte, folgte dem grauhaarigen Saaldiener auf den Fersen; ein dickliches Kind, nicht älter als sieben oder acht, das die Hand seines Vaters umklammerte und eine scharfkantige Scherbe hielt, starrte Donnell aus tiefliegenden Augen an; Schwester Rita, zweihundert Pfund schwabbelndes Gebet, umgurrte den Erlöser, während sie ihre Handtasche immer rundherum schwenkte wie ein Schleudermesser; der Mann, der Donnell hatte anbeten wollen, hatte ein Taschenmesser dabei und redete mit der Klinge, drehte sich hin und her und überprüfte den Korkenzieher, den er zu benutzen beabsichtigte.

»Laßt uns den Satan mit den Heiligen Volt des Gebets schmoren!« brüllte Papa Salvatino. »Laßt uns zusehen, wie er wie eine Ratte auf einem heißen Rost tanzt!«

Donnell wich zurück; sein eigenes Gerede über Angst wurde ihm jetzt zum Hohn, denn Angst bäumte sich jetzt in seinem Innern auf, gierige Piranhamäuler schnappten nach seiner Vernunft. Er stieß mit Jocundra zusammen; ihre Fingernägel gruben sich ihm in den Arm.

»Gott, ich bin geheilt!« kreischte jemand, und zwei Jungen rannten durch den Gang. Halbwüchsige. Sie flitzten kreuz und quer durch die Menge, stießen den Saaldiener an, daß er um die eigene Achse wirbelte, und stürmten auf die Bühne. Einer der beiden, der größere, auf dessen Wangen ein Feld von Pickeln in voller Reife stand, hob einen Arm steil in die Höhe. »Heiliger grünäugiger Jesus!« schrie er. »Du hast meine soziale Krankheit geheilt!« Der andere krümmte sich vor Lachen.

»Verdammt, Earl!« Ein faßförmiger Mann im Overall ließ seinen Stuhl sinken und eilte zu den Jungen, die ihm jedoch tänzelnd auswichen. Er machte wieder einen Sprung auf sie zu, doch sie entkamen ihm mühelos.

»Schaut das Werk des Satans!« schrie Papa. »Wie er das Kind gegen den Vater aufbringt! Kind!« Er deutete auf den größeren Jungen. »Beachte nicht den Antichrist, sonst wird er dich erniedrigen und dir Maden einsetzen, auf daß sie sich in der Gallerte deines Augapfels vermehren.«

»Halt's Maul, du alte Mistsau!« Der Junge entging der Rückhand seines Vaters um ein Haar und grinste zu Donnell hinauf. »Du hast den richtigen Senf zu meinem Hot Dog gegeben!« rief er. »Lobet den beschissenen Herrn!«

Eine Welle des Gelächters brach vorne im Zelt los, und ein Mädchen brüllte: »Besorg's ihm, Earl!« Noch mehr Gelächter, als der große Mann hinfiel und ein Stuhl unter ihm zusammenkrachte.

Das Lachen brachte die Menge aus der Fassung, verlangsamte ihr Näherkommen. Donnell drehte sich zu Jocundra um, da er die Idee hatte, sie könnten sich zwischen den Autos verstecken; doch im selben Moment packte sie ihn bei beiden Händen und riß ihn durch die hintere Öffnung. Er landete ausgestreckt im kühlen Gras, erschreckt über die Frische der Nachtluft nach dem Mief im Innern des Zeltes. Sie hob ihn auf die Füße; ihr Atem ging rasselnd, und ein Schrei entrang sich ihr, als jemand heruntersprang und neben ihnen landete. Es war Earl.

»Die Christen da drin sind zu allem bereit, Mann«, sagte er, »und sie werden dich ans Kreuz nageln. Komm schnell!«

Er und Jocundra stützten ihn unter den Ellbogen und trugen ihn zwischen den geparkten Wagen hindurch zu einem Lieferwagen, auf dessen einer Seite eine silberne Entenfamilie aufgemalt war. Earl schob die Tür auf, und Donnell wälzte sich hinein. Seine Hand kam mit schwabbeligem Fleisch in Berührung, und eine empörte Mädchenstimme sagte: »He, paß doch auf!« Jemand anders lachte. Durch das Fenster erhaschte Donnell einen Blick auf die Menschen, die aus dem Zelt strömten, wie Gnome, deren Silhouetten sich gegen eine Flamme weißen Lichts abhoben. Dann sprang der Motor an, und der Wagen schleuderte über die Wiese.

»Juhuu!« brüllte Earl. »Aus den Augen, aber nicht aus dem Sinn!« Er schlug mit der flachen Hand auf das Armaturenbrett. »He, die beiden da hinten sind Greg und Elaine. Und ich bin ...« Er vollführte einen Trommelwirbel auf dem Lenkrad. »Der Earl!«

Scheinwerferlicht von entgegenkommendem Verkehr fiel in den Lieferwagen. Elaine war ein dickliches Mädchen, eingezwängt in ein T-Shirt, das sie eben mit Mühe über große Brüste herunterzog, und Greg war ein langhaariger, muskulöser Junge, der Donnell mit stumpfem Drogenblick betrachtete. Er zeigte auf sein rechtes Auge. »Verdankst du das Papa Salvatino, Mann?«

Elaine kicherte.

»Er war schwerkrank«, erklärte Jocundra. »Strahlenbehandlung.« Sie vermied es, Donnell anzusehen.

»Also, in Wirklichkeit war es schlechter Stoff«, sagte Donnell. »Die Überbleibsel einer üblen Gesellschaft.«

»So?« sagte Greg halb fragend, halb feindselig. Er versuchte, Donnell so lange anzustarren, daß dieser den Blick senkte, aber dessen Augen waren zuviel für ihn.

»Du hättest den Typ sehen sollen!« Der Wagen rumpelte über den Straßenrand, als sich Earl zu ihnen umdrehte. »Hat den gottverdammten Christen einen tollen Scheiß erzählt! Papa ist der Arsch auf Grundeis gegangen!«

Elaine wölbte ihre Hand vor Donnells Augen und sammelte eine Handvoll des reflektierten Funkelns. »Wahnsinnig stark«, sagte sie.

Greg verlor das Interesse an der Sache; er zog einen kleinen Beutel und Papier raus und machte sich daran, einen Joint zu drehen. »Laß uns diesen Karren mal lüften«, sagte er. »Es stinkt hier drin wie in 'nem Schweinebauch.«

»Du hast dich darin gesuhlt.« Earl schmunzelte vor sich hin und drückte den Gasfuß durch; der Wagen schoß vorwärts. Er schob eine Kassette in den Recorder, und eine krächzende Männerstimme übertönte schnarrend das Rumpeln der Räder, im Hintergrund unterstützt von atonalen Klängen und gehirnerschütternden Rhythmen:

»... Ich geh' um Mitternacht ins Bett
und wach' um halb zwei auf,
dann wähl' ich deine Nummer,
nach einem Klingeln leg ich auf.
Ob du mich wohl liebst,
denke ich beim Fernsehen;
ich halte zu Godzilla,
gegen die Armee der Japsen,
und denk' an deine süßen Lippen
und an deine tollen langen Beine.

Ich möchte meine Initialen
ins Gesicht deines Liebsten schnitzen.
Du machst mich fertig, du machst mich fertig.«

Der Sänger begann zu kreischen »du machst mich fertig«, immer wieder und wieder; seine Worte wurden durch einen Maschinengewehrbaß durchdringend untermalt. Im Hintergrund splitterte Glas, schwere Gegenstände kippten um. Earl drehte die Lautstärke auf und sang mit.

Jocundra wich weiterhin Donnells Blick aus, und er konnte es ihr nicht verübeln. Seinetwegen wären sie fast umgebracht worden. Eine wahnsinnige, zynische und unvernünftig selbstbewußte Seele war in ihm erwacht und hatte sein Verhalten auf der Bühne bestimmt, und obwohl sie ihn jetzt verlassen hatte, glaubte er, daß sie noch im Verborgenen in ihm schlummerte, lauernd hinter einem Dunstschleier gewöhnlicher Gedanken und Beurteilungen, so wirklich und unheilvoll wie ein schwarzer Berg in den Wolken. Wenn man bedachte, was er getan hatte, und seine auf Bakterien begründete Intelligenz berücksichtigte, mußte man zu dem logischen Schluß kommen, daß er verrückt war. Aber welche Logik läge nach dieser Schlußfolgerung noch darin, am Leben zu bleiben? Ob er nun verrückt war oder, wie es nach Edmans verschrobener Theorie der Fall war, die Verkörperung des Rohmaterials, aus dem das Bewußtsein besteht, die wissenschaftliche Analogie zu einem Elementargeist – darüber zu spekulieren war reiner Zeitvertreib. Es gab zu vieles, das er erreichen wollte, und er hatte viel zu wenig Zeit, und – er mußte innerlich lachen – er hatte noch eine kleine, ganz besondere Angelegenheit zu erledigen. Eine Mission. Ein weiteres Zeichen für seinen Wahnsinn.

Earl drehte den Recorder leiser. »Wo wollt ihr eigentlich hin?«

Jocundra berührte Donnells Arm, um ihm zu bedeuten, daß er vorsichtig sein solle. »Ich hab' da an so einen Ort gedacht«, sagte sie. »Es ist nicht weit, und ich glaube, dort sind wir sicher. Eine Hütte am Rand des Sumpfgebiets. Dort kommt kaum jemand hin.«

»Einverstanden«, sagte Donnell und nahm ihre Hand in seine. »Es tut mir leid. Ich weiß gar nicht, wie das passiert ist.«

Sie nickte mit zusammengepreßten Lippen. »Kannst du uns zum Bayou Teche mitnehmen?« fragte sie Earl. »Wir zahlen das Benzin.«

»Ja. Ich denke schon.« Earls gute Laune war verflogen. »Herrje, das is' 'ne schöne Scheiße«, sagte er kummervoll. »Mein Alter wird mir den Arsch aufreißen.«

## 11. KAPITEL

*21. Mai – 23. Mai 1987*

Ein Nebenarm des Bayou Teche schlängelte sich um die Hütte, die auf kurzen Pfählen mitten in einem Palmenhain stand; in der Dunkelheit ringsum waren quakende Laute und das Gurgeln des Wassers an schlammigen Ufern zu hören, sowie das elektrische Sirren von Insekten. Gelbes Licht fiel breitgestreut durch halbgeöffnete Fensterläden heraus, sickerte durch Spalten in der Bretterwand, und ein einzelner Strahl schoß aus einem Blechkamin, der in geneigtem Winkel an der Dachschräge lehnte; alles war so hell, daß man den Eindruck hatte, die Sonne müßte in der Hütte eingesperrt sein. Das Dach aus Teerpappe war im Begriff abzurutschen, und baufällige Stufen führten zur Eingangstür hinauf. Jocundra erinnerte sich an die Geschichte, die ihr Mr. Brisbeau einst erzählt hatte, in der er behauptete, daß dieser Ort aus dem Samen einer Zaubernuß gesprossen sei, den man um Mitternacht eingesetzt hatte.

»Ist das der Typ, der sich Motten hielt? Der Kerl, der dich belästigt hat?« Donnell hatte sich eine verspiegelte Sonnenbrille aufgesetzt – ein Geschenk von Earl –, und in den Gläsern waren zwei haargenaue Reproduktionen der Hütte wiedergegeben. »Wie, zum Teufel, können wir ihm trauen?«

»Er hat mich nicht belästigt, er hat nur ...«

Bevor sie zu Ende sprechen konnte, flog die Tür auf, was sie völlig verdatterte, und ein dürrer alter Mann erschien im Lichtrahmen. »Wer ist dort?« fragte er und blickte über Jocundras Kopf hinweg ins Freie, dann senkte er den Blick und richtete ihn auf sie. Graue Strähnen durchzogen sein schulterlanges weißes Haar, sein gebräuntes Gesicht war zerfurcht von fröhlichen Falten. Seine Hose und sein Hemd waren aus Mehlsäkken genäht, mit einem verblichenen Aufdruck von blaßblauen Worten und verschwommenen Markenzeichen-Tieren. Er blinzelte in ihre Richtung. »Bist du das, Florence?«

»Ich bin Jocundra Verret, Mr. Brisbeau«, sagte sie. »Ich habe einen Freund dabei.«

»Jocundra?« Er schwieg, die Reihen von Falten auf seiner Stirn vertieften sich. »Nun ja«, sagte er, »es ist besser, ihr kommt herein, bevor ich die ganze Bude voller verdammter Moskitos habe.«

Er ließ sie auf Kisten neben einem Holzherd Platz nehmen, während er Kaffee kochte und Jocundra ausfragte, wie es ihr ergangen sei. Die Hütte war noch genau so, wie sie sie in Erinnerung hatte: das Nest eines Eigenbrötlers. Hüfthohe Stapel vergilbter Zeitschriften entlang der Wände, vermischt mit noch höheren Stapeln von Müll. Verbeulte Töpfe, zerbrochenes Spielzeug, Plastikbecher, Kisten, Zeitungen. Ähnliche Müllberge waren in der Mitte des Raumes aufgetürmt und schufen eine Miniaturlandschaft aus schmalen Fußbodendielentälern, die sich zwischen surrealen Bergen hindurchschlängelten. Neben der Tür stand ein Wäschetrockengerät, auf dem ein verbeulter Fernsehapparat stand, dessen Bildschirm mit einer Strandszene übermalt war. Der Holzofen und das Feldbett standen zu beiden Seiten einer Tür an der hinteren Wand, sie waren jedoch so vollgepackt mit allerlei Gerümpel, daß sie ihre eigentliche Bedeutung so ziemlich verloren hatten. Die Wände selbst waren vollkommen bedeckt mit politischen Anschlägen und Plakaten, Bildern aus Zeitschriften, abgerissenen Kalenderblättern. Eine Schicht über der anderen. Tausende von Bildern. Griechische Statuen, nackte Frauen, Dschungeltiere, öde Städte, Filmstars, die Größen dieser Welt. Ein wahnwitziges Kunstmuseum. Schimmel hatte an großen Teilen der

Collage geknabbert und sie in graue Ablagerungen von Fetzen und Leim verwandelt, gesprenkelt mit kleinen Farbresten. Für die Beleuchtung sorgten Sturmlaternen – es waren bestimmt ein Dutzend –, die auf jeder freien Fläche aufgestellt waren, und die Folge davon war, daß in dem Raum eine drückende Hitze herrschte.

Mr. Brisbeau reichte ihnen Kaffee, schwarz und bittersüß durch Zichorie, und zog für sich selbst eine Kiste neben Jocundra. »Ich wette, du wirst mir jetzt erzählen, warum du bangst und bebst«, sagte er.

Obwohl sie die Ereignisse im Motel und in Salt Harvest ausließen, erzählte Jocundra Mr. Brisbeau die Wahrheit. Der Glaube an und die Hinnahme von den unwahrscheinlichsten Wahrscheinlichkeiten gehörte zu seiner Natur, und sie dachte, daß er in Donnell vielleicht einen Beweis sähe, nach dem er lange Zeit gesucht hatte. Und außerdem brauchten sie einen Verbündeten, jemanden, dem sie vollkommen vertrauen konnten; und Ehrlichkeit war der einzige Weg, dieses Vertrauen zu erringen. Als sie fertig war, fragte Mr. Brisbeau, ob er sich Donnells Augen mal ansehen dürfte. Donnell nahm die Brille ab, und der alte Mann beugte sich dicht über ihn, so daß sich ihre Nasen beinah berührten.

»Was siehst du mit diesen Augen, mein Junge?« fragte er, während er sich wieder auf seiner Kiste niederließ.

»Nicht viel, das ich begreife«, sagte Donnell mit einem mißtrauischen Beiklang in der Stimme. »Seltsame Lichter, Halos.«

Mr. Brisbeau dachte darüber nach. »An Tagen, wenn ich rausgeh zu den Fallen, geht's mir so, obwohl mir alles mit dunklen Fingern zuwinkt, lauter Schatten, dann komm ich an die Gabelung, und manchmal strahlt der eine Seitenarm so hell, so hell; dann weiß ich, in diesem Morast find ich die Bisamratte.« Er nickte zu einem Ballen pechschwarzer Bisamrattenfelle neben dem Herd hinüber. »Vielleicht siehst du auch etwas in der Art?«

»Vielleicht«, sagte Donnell.

Mr. Brisbeau blies in seinen Kaffee und nahm einen kleinen Schluck. Er lachte. »Da muß ich an meine *Grand-Mère* denken. Sie brauchte dich bloß einmal anzusehen, dann sagte sie: ›Mon Dieu! Der Schwarze Gesell!‹ Aber ich weiß, daß der Schwarze Gesell gar nicht mehr durch die Sümpfe streift. Er ist schon lange vor meiner Zeit verschwunden.« Er blinzelte Donnell zu, als wollte er ihm andeuten, daß er seine Verkleidung durchschaute, und schüttelte verdutzt den Kopf; dann erhob er sich und schlug sich auf die Hüfte. »Ihr müßt müde sein! Helft mir mal, diese Felle hinzulegen, dann bauen wir euch ein Lager.«

Das hintere Zimmer war unmöbliert, doch sie legten einen Stapel Felle auf den Boden, und auf Jocundra, die sich plötzlich erschöpft fühlte, wirkten sie wie schwarze Schlafbecken, in denen sie ertrinken konnte.

»Morgen früh«, sagte Mr. Brisbeau, »hab ich mit dem alten Bivalaqua drüben in Silver Meadow ein Geschäft zu erledigen. Es ist was zu essen und zu trinken da, und morgen abend werde ich zurück sein.«

Er sah Jocundra vielsagend an und bat sie, ihm in den vorderen Raum zu folgen. Er schloß die Tür hinter sich.

»Einmal war ich verrückt nach dir«, sagte er, »und zwölf Jahre hat es gedauert, bis du mir verziehen hast? Du kennst mich doch, wenn ich betrunken bin. Du bist meine *Petit Zozo.*« Er streckte die Arme nach ihr aus.

Sein ganzes Verhalten drückte Bedauern aus, doch die Linien in seinem Gesicht waren so vom Lächeln geprägt, daß selbst seine Verzweiflung etwas Gutgelauntes an sich hatte. Auf Jocundra wirkte er genauso, wie es während ihrer Kindheit der Fall gewesen war: wie ein Stammesgeist, der gekommen war, um ihr Geschichten zu erzählen. Sie ließ sich von ihm in den Arm nehmen, und der bekannte Geruch von Bourbon und Schweiß und selbstgemachter Seife stieg ihr in die Nase. Seine

Schulterblätter waren so scharfkantig und hart wie Zypressenknorpel.

»Du warst mir das liebste von allen Kindern«, sagte er. »Es hätt' mir fast das Herz gebrochen, als du weg bist. Aber ich schätze, so 'n Herz überlebt von einem Tag auf den anderen, indem es immer 'n bißchen mehr bricht.«

Jocundra lag auf der Seite; sie kam langsam zu sich und blickte durch das Fenster hinaus, wo graue Wolken sich auf eine Pfahlreihe aus Zypressen und Krüppelpinien herabsenkten. Schließlich stand sie auf und strich sich die zerdrückte Bluse glatt; sie wünschte sich, sie hätten die Reisetasche nicht einfach in Salt Harvest zurückgelassen. Sie hörte ein Rumoren im vorderen Raum. Donnell saß neben einem der Müllhügel, die Sonnenbrille hatte er sich auf den Kopf hochgeschoben.

»Morgen«, murmelte sie und ging hinaus zur Wasserpumpe. Ein paar Regentropfen hatten konische Vertiefungen in den sandigen Boden gebohrt, und der süßliche Geruch nach Fäulnis, Myrte und Wasserpest mischte sich mit dem Duft des Regens. Das Dach eines alten Bootshauses überragte in einer Entfernung von zwanzig Metern die Wipfel der Palmen; ein Auto polterte über die Kiesstraße, die vor der Hütte vorbeiführte, versteckt hinter weiteren Palmbüschen und Heckenkirschen-Gestrüpp.

Sie hatte erwartet, daß Donnell die Vorfälle in Salt Harvest mit ihr besprechen wollte, aber als sie wieder in die Hütte trat, bestand er darauf, ihr die Dinge zu zeigen, die er in den Abfallhaufen gefunden hatte. Den Panzer eines Gürteltiers, auf den jemand einen Atompilz gemalt hatte, einige fünf Jahre alte Ausgaben von *Madame Sonjas Traumbuch* und einen plattgedrückten Sportlerhelm mit einem menschlichen Schädel. »Glaubst du, er hat die beiden Sachen zusammen gefunden?« fragte er mit einem dümmlichen Gesichtsausdruck und hielt den Helm in die Höhe. Sie lachte, da sie sich die feierliche Opferung eines erfolglosen Mittelstürmers vorstellte.

»Was macht er mit all dem Zeug?« Er blätterte durch eine der Ausgaben des *Traumbuchs.*

»Er sammelt es.« Jocundra zündete den Herd an, um Kaffee zu machen. »Er ist eine Art von primitiver Archäologe; er sagt, er kann sich ein besseres Bild von der Welt machen anhand von Müll als auf irgendeine andere Weise. Die meisten Leute halten ihn für verrückt, und wahrscheinlich ist er das auch. Er hat seinen Sohn im Krieg in Asien verloren, und soviel mir mein Vater erzählt hat, hat er daraufhin angefangen zu trinken. Er hängte sich Photos des Präsidenten an die Wand und warf stundenlang mit Pfeilen darauf.«

»Irgend etwas Merkwürdiges geht vor«, sagte Donnell.

Sie sah ihn über die Schulter an, überrascht durch seinen abrupten Themenwechsel. »Sprichst du von der letzten Nacht?«

»Von den letzten paar Tagen, aber ganz besonders von der letzten Nacht.« Er ließ die Seiten des Buches abrollen. »Als ich dies hier am Anfang in die Hand nahm, hatte ich keine Ahnung, was es war, doch dann überkam mich eine ganze Woge von Assoziationen und Erinnerungen. Dinge im Zusammenhang mit Handlesern, Séancen und Wahrsagern. Auf diese Weise hat meine Erinnerung schon immer funktioniert. Aber in letzter Zeit bringe ich alles, was sich sehe, in Verbindung mit etwas anderem, etwas, das ich nicht so ganz erfassen kann. Es zeichnet sich einfach nicht klar ab.« Entmutigt schleuderte er das Buch auf einen Müllhaufen, worauf sich ein Spielzeuglastwagen in Bewegung setzte. »Ich denke, ich sollte dir von letzter Nacht erzählen.«

Jocundra goß ihm den größeren Teil der Menge Kaffee ein, und nachdem sie ihn gesüßt hatte, sagte sie: »Du solltest dabei die Tatsache nicht vergessen, daß dir ungeheuer viel daran liegt, dir eine Vergangenheit zu schaffen, und daß sich deine alten Erinnerungen als falsch herausgestellt haben. Kannst du dich erinnern, daß ich dir von dem *Gros Bon Ange* erzählt habe? Damals im Motel?«

»Ja. Die Seele.«

»Also! Und du hast die schwarzen Gestalten unmittelbar danach gesehen, nachdem ich dir davon erzählt hatte. Es könnte doch möglich sein, daß du angefangen hast, dir eine neue Vergangenheit zurechtzubasteln, und zwar aus dem Stoff, dem ich dich ausgesetzt habe. Aber«, fügte sie hinzu, als sie sein betrübtes Gesicht sah, »du hast recht. Es ist unwichtig, über den Wirklichkeitsgehalt der Dinge zu spekulieren, die du siehst. Offenbar ist zumindest ein Teil davon wirklich, und wir sollten schleunigst versuchen, es zu verstehen. Ich werde Mr. Brisbeau bitten, einige medizinische Schriften aufzutreiben.« Sie zupfte an ihrer Bluse. »Und ein paar Kleider.«

»Oh! Hier!« Er griff hinter seine Kiste. »Vielleicht paßt es nicht so ganz, aber es ist sauber.« Er zog ein Kleid hervor, ein sehr altes, unmodernes Kleid aus blauem Kunststoff und mit einem Muster von weißen Kamelien. »Zieh's doch mal an!« schlug er vor.

Im hinteren Zimmer zog sich Jacundra die Jeans und die Bluse aus und dann, weil er so verschwitzt war, auch den Büstenhalter. Das Kleid mußte jemandem mit einer kleineren und dralleren Statur gehört haben. Es war fadenscheinig und roch moderig, und diese Moderigkeit ließ sie an alle Frauen denken, die sie kannte, die solche Kleider trugen. Ihre Mutter, moderige Tanten und Nachbarinnen schwärmten für sportliche Hütchen mit Plastikkirschen, und sie sahen aus, als wären sie auf Besuch aus den dreißiger Jahren. Der Rock endete oberhalb ihrer Knie, das miederartig ausgearbeitete Oberteil schlabberte um sie herum, und das abgetragene, seidenähnliche Material reizte ihre Brustwarzen.

»Ich sehe bestimmt entsetzlich aus«, sagte sie, als sie aus dem Nebenzimmer kam, peinlich berührt von Donnells Blick.

Er räusperte sich. »Nein«, sagte er, »es steht dir gut.«

Um die peinliche Situation zu überbrücken, tat sie so, als ob sie sich für das Kamelienmuster interessierte. Blaue Riefen durchzogen das Weiß der Knospen: ein Fehldruck. Aber sie wirkten wie Adern, die sich durch eine blasse, schimmernde Haut abzeichneten. Die Blüten waren mit übertriebener Sinnlichkeit ausgestattet, jeder Bogen und jeder Winkel erweckte den Eindruck von Tiefe und weicher Körperlichkeit, als ob sie die Kehle eines verführerisch schönen Tiers vor sich sähe.

Den ganzen Morgen hindurch und bis in den Nachmittag hinein grübelten sie über der Kladde. Wenn Magnusson recht hatte, dann würden die Bakterien, wenn sie in der südlichen Hemisphäre existierten, sich nach Süden orientieren, indem sie der Richtung des geomagnetischen Felds dieser Region folgten; auf jeden Fall würden sie – genau wie ihre Gegenstände im Norden – nach unten wandern. Wenn man jedoch nach Süden orientierte Bakterien in den Norden versetzen könnte, dann würden sie nach oben wandern. Für Jocundra schien es klar, daß man nach Norden gerichtete Bakterien dazu bringen konnte, sich nach Süden zu wenden, indem man sie einem kurzen, intensiven Anstoß durch ein Magnetfeld aussetzte, das in entgegengesetzte Richtung wie das sie umgebende Feld wirkte, und dadurch die magnetische dipolare Bewegung der Magnetkette umdrehte. Falls nötig, konnte die nach Norden gerichtete Orientierung der Bakterien durch einen antiparallel verlaufenden Impuls, entgegengesetzt zum ersten, wiederhergestellt werden. Auf diese Weise konnte die Bakterienkolonie zwischen Bereichen der Anregung und der Lahmlegung im Gehirn hin und her verlagert und ihre Größe gesteuert werden. Natürlich wäre das technisch nicht ganz einfach zu bewerkstelligen, aber dank der exakten Daten, die Magnusson gesammelt hatte, waren brauchbare Grundvoraussetzungen geschaffen.

Es regnete leicht, mit zwischenzeitlichen Unterbrechungen, doch gegen Mitte des Nachmittags kam die Sonne durch. Sie spazierten zu dem Seitenarm, der hinter der Hütte vorbeifloß, eine schmale Schlange von Seerosenblättern erstickter Wasserfläche, die sich in kurvigen Linien in den Sumpf wand. Tropfen ergossen sich von den Palmwedeln, wenn sie an ihnen vorbeistrichen. Die Sonne ließ alles dampfen, und um der Hitze zu entgehen, gingen sie in den Bootsschuppen, einer skelettartigen alten Ruine, der das halbe Dach fehlte. Herumflitzende Spinnen, Käfer, leere Wespennester. Die Maserung der grauen Bretter war so scharf gezeichnet, als wäre sie aufgedruckt. Ein einzelnes Ruder lag entlang der einen Wand, sein Blatt von Spinnengewebe umhüllt, und Mr. Brisbeaus *Pirogue* schaukelte zwischen den Seerosenblättern an einem verfaulenden Seil. Sie saßen am Rand einer Bohle und ließen die Beine baumeln, plauderten über alles mögliche und streiften auch heikle Themen. Er war bisher kaum mit ihr je so offen gewesen; er machte einen glücklichen Eindruck, wie er da so mit den Beinen wackelte und ihr von seinen Träumen erzählte und von der neuen Geschichte, die er vor ihrer Flucht aus Shadows angefangen hatte.

»Die Kulisse ist die gleiche wie bei der ersten. Eine purpurne Sonne, brütende Wälder. Aber ich brauchte eine Burg, also habe ich einen gewaltigen Brombeerbusch erfunden, eine Art von Dornenlandschaft, Tausende von Metern hoch, der aus der Seite eines Berges wächst und dessen Spitzen der höchsten Äste zu Gefechtstürmen zurechtgeschnitzt sind.« Er hob mit seinem Stock eine Seerose hoch; lange grüne Wurzelfäden hingen an der Unterseite und verdickten sich zu weißen Samenkanälen. »Ich bin noch nicht dazu gekommen, mir das Ende auszudenken.«

Ein blechfarbener Reiher landete mit einem Platschen auf den Seerosenblättern in zehn Metern Entfernung; er machte einen würdevollen Schritt nach vorn und hielt inne, wobei ein Fuß elegant über die Oberfläche schwebte.

»Du solltest sie zu Ende schreiben«, sagte Jocundra lächelnd. »Schließlich mußt du irgendwie deinen Lebensunterhalt verdienen.«

»Glaubst du wirklich, es gelingt mir?« fragte er. »Zu überleben?«

»Ja.« Sie schnipste ein Stück verfaultes Holz auf die Seerosenblätter und beobachtete, wie ein Wasserläufer vor den kleinen Wellen davontrippelte. »Es war richtig, daß du Shadows verlassen hast. Hier bist du keinem so großen Druck ausgesetzt, und es wird leichter sein, sich über die Dinge klar zu werden. Wir werden es schaffen.« Sie zögerte.

»Aber?«

»Wenn ich an die Kladde denke, an alles, was du siehst, alles, was du kannst, dann bin ich überzeugt, daß eine Lösung möglich ist. Ich bin sogar ziemlich überrascht, daß nicht eines der Genies in Tulane darauf gekommen ist. Wenn man die Daten zur Verfügung hat, bedarf es kaum mehr als eines gesunden Menschenverstands und der technischen Mittel. Aber die Ausrüstung und das Material werden teuer sein. Und ich sehe keinen anderen Weg, um an Geld zu kommen, als eine günstige Verhandlungsposition zu erreichen, um zu erzwingen, daß wir aus Mitteln des Projekts finanziert werden.«

»Eine günstige Verhandlungsposition.« Er rührte mit seinem Stock im Wasser. »Sollen wir vielleicht Edman eine neue Diät verkaufen? Harrisons Magnetotaktisches Schlankheitsprogramm? Durch Umorientierung Ihrer fetten Moleküle in Richtung Süden, Verlagerung nach Südamerika, wo man sie dringend braucht!«

»Es ist Ezawa, dem du etwas verkaufen mußt.«

»Noch leichter. Ein Schub von Papa Salvatinos Liebeseinheiten, und er wird zu Wachs in unseren Händen.«

Regenwolken zogen von Süden heran. Große Tropfen platschten auf die Seerosen, und die Sonne verbarg sich abwechselnd und kam wieder zum Vorschein. Donnell beklagte sich über Krämpfe in den Beinen, und Jocundra stützte ihn am Arm, als sie zur Hütte zurückgingen. Sie machte bei der Wasserpumpe halt, um sich den Schmutz vom Bootshaus abzuwaschen, und als sie sich über den Wasserstrahl beugte, legte er ihr die Hand auf die Taille. Sie drehte sich um, da sie dachte, er hätte das Gleichgewicht verloren. Er legte ihr die andere Hand um die Taille und hielt sie nur fest, er zog sie nicht an sich. Sein Gesichtsausdruck war stoisch, er schien mit einer Zurückweisung zu rechnen. Der leichte Druck seiner Hände erzeugte einen warmen Kitzel in ihrem Bauch, und ihr kam es vor, als ob sie zu ihm hinstrebte wie die Ränder einer sich verformenden Wolke, indem sie sich über den freien Raum zwischen ihnen beiden ausdehnte. Als er sie küßte, schloß sie die Augen und öffnete den Mund für ihn, als wäre das die natürlichste Sache von der Welt. Dann zog sie sich zurück, schwindelig und ein wenig furchtsam. Ein Pinienzweig hinter seinem Kopf strahlte wie in Gold getaucht, mit glitzernden Spitzen, als die Sonne wieder durchbrach.

Zaghaft tastete er nach dem obersten Knopf ihres Kleides. »Es ist in Ordnung«, sagte sie und versuchte damit, seine Befangenheit zu überspielen. Immer noch zaghaft fing er an, ihr die Knöpfe zu öffnen. Kleine statische Entladungen knisterten jedesmal, wenn er den Stoff berührte, zarte elektrische Schläge. Sie fragte sich, wie sich das Material so stark hatte aufladen können; als sie sich dann an andere Gelegenheiten erinnerte, bei denen er sie berührt hatte und ebenfalls Elektrizität übergesprungen war, kam ihr der Gedanke, daß er die Ursache dafür sein könnte. Es störte sie nicht. Sie war jetzt ganz und gar mit seiner Absonderlichkeit vertraut, sie hatten einen Zustand äußerster Übereinstimmung erreicht. Als ob sich ein Becken voller Elektrizität um sie herum entleerte, glitt ihr das Kleid von den Schultern, wobei es knisterte und ihr an der Haut klebte, bevor es von ihr abfiel.

Dunkelheit sammelte sich im hinteren Raum. Jocundra lag da, das Gesicht zur Decke gewandt, und hatte einen Arm über Donnells Hüften gebreitet. Das Fell kitzelte sie, und als sie ihre Lage veränderte, streichelte er gedankenverloren ihr Bein. Durch halbgeschlossene Augen beobachtete sie, wie die Schlitze zwischen den Brettern immer purpurfarbener wurden, und sie stellte sich vor, wie die Hütte in eine purpurne Weite davonschwebte, in einer Vergessenheit, wo die Zeit die Materie zu dieser einen Farbe hatte zerfallen lassen. Die Intensität, mit der sie auf ihn reagiert hatte, verblüffte sie. Sie hatte nicht gewußt, wie sehr sie ihn begehrt hatte. Die Sehnsucht war wie Anthrazitkohle in der Grube ihres Ichs begraben gewesen, und sie hatte nur ein Glitzern davon wahrgenommen und nicht geahnt, daß es nur der Spitzhacke einer günstigen Gelegenheit bedurfte, um ein ergiebiges Vorkommen freizulegen. Sex hatte für sie einen Beigeschmack des Verlassenseins enthalten, eine minimale Hingabe an den Akt, und langsam wurde ihr klar, daß sie so programmiert worden war, nicht mehr zu erwarten. Die Einstellung ihrer Mutter zum Sex hatte sich am Tag vor Jocundras Hochzeit am zutreffendsten verdeutlicht; sie hatte Jocundra beiseite genommen, in der Annahme, daß sie immer noch Jungfrau sei, und ihr ein in Geschenkpapier gewickeltes Plastikbettuch überreicht. »Manchmal«, hatte sie ihr zugeflüstert und sich dabei nach allen Seiten umgeblickt, damit niemand bei der Preisgabe dieses entsetzlichen Geheimnisses lauschte, »manchmal gibt es eine ganz schöne Schweinerei.«

Eine mondlose Dunkelheit hüllte die Hütte ein, der

Wind blies warm und feucht durch die Ritzen, und als Donnells Hand sanft den Rundungen ihres Bauches nachfuhr, erweckte ihre sogleich erwachte Leidenschaft in ihr ein Gefühl von Zerbrechlichkeit und Vergänglichkeit, sie empfand sich als ein Wesen aus Hitze und Schwärze, das der Wind aus der Formlosigkeit aufgewühlt und dem Dahinschwinden preisgegeben hatte. Sie legte ihm den Arm um den Rücken, ihr Bewußtsein trübte sich ein. Ein kindlicher Teil in ihr, ein Teil, dem das Diktat einer verklemmten Mutter Vorsicht eingetrichtert hatte, ließ sich nicht verdrängen und warnte ängstlich davor, sich auf eine ungewisse Zukunft einzulassen. Doch es gelang ihr, ihn wegzuschieben. Jubelnd über ihren Sieg über die Selbstbeherrschung, schrie sie auf, als er von neuem in sie eindrang.

Mr. Brisbeau kam am folgenden Tag kurz vor Mittag zurück, früher, als er vorgehabt hatte, und in griesgrämiger Stimmung. Er schüttete Vorräte aus, die er in einem groben Leinensack mitgebracht hatte, schleuderte Konservendosen in eine hölzerne Aufbewahrungstruhe, machte unnötigen Krawall dabei, und dann drückte er ihnen unwirsch je ein Päckchen in die Hand. Hemden und Jeans für Donnell, Blusen und Jeans für Jocundra. Ihre Freude darüber vertrieb seine Griesgrämigkeit nicht. Er stand neben dem Holzherd, blinzelte sie wütend an und sagte schließlich: »Der alte Bivalaqua kann nichts anderes machen als viel Blabla, er hat mir die ganze Sache mit der frommen Schau in Salt Harvest erzählt.«

Jocundra öffnete den Mund, um etwas zu sagen, aber Mr. Brisbeau fiel ihr ins Wort. »Warum nehmt ihr meine Gastfreundschaft in Anspruch und bietet mir nicht an, mich wie diesen Grimeaux-Jungen zu heilen?«

»Ich habe ihn nicht geheilt«, sagte Donnell, den der anklagende Tonfall seiner Stimme ärgerte. »Niemand kann ihn heilen.«

Ein Stirnrunzeln vertiefte die Falten im Gesicht des alten Mannes.

»Hör mal!« Donnell richtete sich auf dem Feldbett auf, wo er in der Kladde gelesen hatte. »Ich bin mir nicht einmal selbst sicher, was ich getan habe. Es war das erste Mal, daß ich überhaupt irgend etwas in dieser Art gemacht habe.«

»Es kann ja aber nicht schaden, wenn du es versuchst«, sagte Jocundra und kam zu ihm herüber. »Stimmt doch, oder? Vielleicht lernen wir dabei etwas, das uns weiterhilft.«

Mr. Brisbeaus Magnetfeld war an einem dunstigen Fleck, etwa in der Größe einer Walnuß, hinter seiner rechten Schläfe zu erkennen, der zwischen den Kraftlinien schwebte wie eine Wolke, die immer an der gleichen Stelle blieb. Als Donnell das erwähnte, wühlte Jocundra in einem Berg von Gerümpel und fand einen Bleistift; sie schlug vor, daß sie mitschreiben sollte, während er den Vorgang kommentierte. Jedesmal, wenn eine der Bogenlinien sich in der Nähe der Dunststelle materialisierte, schwenkte sie ab, um einen Kontakt zu vermeiden. Bei jedem Impuls induzierte Donnell Kraftlinien, um in die Stelle einzudringen, aber sie verweigerten sich seiner Führung und entzogen sich seinem Zugriff. Statt des sanften Ziehens, das er erwartet hatte, ging von ihnen ein kraftvoller Zug aus, und je mehr er sie dehnte, desto unnachgiebiger wurden sie. Nachdem er etwa eine halbe Stunde herumexperimentiert hatte, versuchte er, zwei der Bogen so zu steuern, daß sie aus zwei entgegengesetzten Richtungen auf die Stelle zustrebten, und zu seiner Überraschung drangen sie mit Leichtigkeit ein. Die Stelle erglühte in einem blassen, weißlichen Gold, und die Bogen blieben stabil und hell, während sie nach innen aufeinander zu strömten.

»Verdammt!« sagte Mr. Brisbeau und schlug sich mit der Hand vor den Kopf. »Fühlt sich an, als ob du mich an die Steckdose angeschlossen hast oder so.«

Innerhalb weniger Minuten lösten sich die Bogen auf, und beim nächsten Mal leitete Donnell vier Paar auf die Stelle zu und bewirkte, daß sie wie eine kleine goldene Spinne strahlte. Doch trotz der erfolgreichen Manipulation des Magnetfelds besserte sich Mr. Brisbeaus Sicht nicht. Er behauptete jedoch, daß er sich so gut fühlte wie seit Monaten nicht mehr, und ob es nun an der Behandlung lag oder an seiner Befriedigung über Donnells Bemühungen, jedenfalls hatte sich seine Laune aufgehellt. Er zog eine Flasche Bourboun und ein Glas Kirschsaft aus der Vorratstruhe, mischte die Inhalte und schmeckte mit Zucker ab, wobei er vor sich hin summte und kicherte. »Kirsch-Flip« erklärte er und reichte jedem ein Glas. Es schmeckte grauenvoll, wie schlechte Medizin und geschmolzene Dauerlutscher, aber er kippte ein halbes Dutzend Gläser in sich hinein, während Donnell und Jocundra ihre Drinks von einer Hand in die andere nahmen.

Seine Augen waren vom Alkohol rot geädert, und er setzte zu einer weitschweifenden Erzählung über Bayou Vert an, diesen sagenumwobenen grünen Wasserlauf, der dann und wann jenen erschien, die sich im Sumpf verirrt hatten, und der sie – sofern sie mutig genug waren, ihm zu folgen – zum Palast des Sumpfkönigs führte, wo nicht endende sexuelle Wonnen im Kreise seiner schönen grauhaarigen Töchter auf sie warteten.

»Langes graues Haar wie Flechten, die Haut so weiß wie Lilien«, sagte er und küßte sich auf die Fingerspitzen. Er stieß sich mit den Füßen am Boden ab und schob so im Sitzen seine Kiste neben Jocundra, dann legte er ihr den Arm um die Taille. »Aber keine von denen kann unserer kleinen Jo hier das Wasser reichen, was?« Seine Finger strichen knapp an ihren Brüsten vorbei, und ihr Lächeln gefror. »Einmal« fuhr er fort, »war ich der Dumme; ich hatte Fieber, und der Hurrikan tobte durch den Sumpf, und ich war draußen bei den Fallen. Da hab' ich Bayou Vert gesehen. Nur 'n kleines Kräuseln im Wasser. Aber ich dachte, es is' das Fieber, und ich hatte zuviel Angst, um ihm zu folgen.«

Es hatte leicht geregnet, aber jetzt kam die Sonne durch, fiel schräg in die Hütte, wärmte die Luft, strahlte die Leimstreifen zwischen den Bildern an der Wand an und verschmolz die Abbildungen toter Präsidenten und Mädchen des Monats und berühmter Bauwerke in ein Abstraktum von Farbe und Glanz. Mr. Brisbeau starrte Jocundra unverwandt an, himmelte sie schwachsinnig an; seine Erzählung wurde zusammenhanglos, Sätze blieben unvollendet, und seine Hand wanderte auf ihren Schenkel. Donnell war drauf und dran, einzuschreiten, in der Hoffnung, ihr eine weitere Belästigung ersparen zu können, als der alte Mann aufsprang und zur Tür schwankte, wobei er eine Lawine von Bruchstücken auslöste, die den Abfallhaufen hinabrutschten.

»*Le Bon Dieu!*« rief er; er taumelte auf der oberen Treppenstufe und fiel dann mit einem Plumps in den Sand.

Als sie die Tür erreicht hatten, war er schon wieder auf die Füße gekrabbelt und blickte in die Ferne zu den Umrissen der Bäume. Tränen kullerten ihm über die zerknitterten Wangen.

»Jetzt schaut euch das an!« sagte er. »Gottverdammter Hurensohn!« Er deutete ins Gebüsch. »Den Seifenbaum hab' ich seit drei, vier Jahren nich' mehr gesehen. O gottverdammich, seht euch das bloß an!« Er machte einen Schritt weiter vor, stolperte, fiel wieder hin und kroch dann auf allen vieren an den Rand des Palmenhains, wo er mit dem Gesicht nach unten neben einem dicken, niedrigen blaugrünen Busch in den Schlamm klatschte. »Indigo«, sagte er voller Staunen. »Ich dachte, so was gäb's hier gar nich' mehr.«

»Siehst du?« Jocundra wandte sich zu Donnell um, und dieser hatte das Gefühl, daß er neben ihrer Aufregung auch ein bisher unbekanntes Begreifen in ihrem Gesicht entdeckte. Er blickte auf seine Hände hinunter, erschüttert durch die Erkenntnis, daß er etwas Wirkliches für Mr. Brisbeau getan hatte.

»Erst hab ich gedacht, es kommt vom Trinken und vom Erinnern, daß ich dich sehen kann, Mädchen.« Der alte Mann wischte sich die Augen. »Aber ich muß wirklich sehen können, denn mein Rausch is' verflogen, als ich hingefallen bin.« Er zog sich in die Höhe und strich sich eine Schicht schlammigen Sands vom Hemd; dann kam ihm blitzartig ein Gedanke, und er sagte: »Ich wer' den alten Bivalaqua herbringen, damit du seine Migräne berühren kannst.«

»Es geht nicht, daß Leute hierherkommen«, sagte Jocundra. »Wir werden die Polizei ...«

»Das alte Schlitzohr wird euch nicht verraten«, sagte Mr. Brisbeau mit Bestimmtheit. »Das solltest du auch wissen, Mädchen. Und außerdem wird dieser Junge hier verkümmern, wenn er versucht, seine Gabe zu verbergen.« Er kam zu den Stufen zurück und sah Donnell von unten herauf an; seine Augen waren immer noch randvoll mit Tränen. »Ich danke dir, mein Junge, aber wie kann ich dir wirklich danken?« Dann grinste er. »Komm! Wir werden *Le Bon Dieu* fragen. Ich nehme dich mit zu Ihm.« Er machte sich auf in Richtung Bootshaus, taumelte und stützte sich an der Hütte ab; er drehte sich um und ging zu dem blaugrünen Busch zurück. Er pflückte ein Blatt ab.

»Gottverdammich!« sagte er, während er das Blatt in die Sonne hielt, so daß die Adern sichtbar wurden. »Indigo!«

Mr. Brisbeau schob die *Pirogue* mit dem Stakholz in einen Wasserarm, der kaum breiter war als das Boot. Wolken von Moskitos umschwirrten sie, und Sträucher mit dichtem Laubwerk schlossen sich über ihnen zu einem Bogen, so daß sie einen summenden grünen Tunnel bildeten. Die Äste kratzten ihre Arme. Die Zeit, während der sie durch den Tunnel fuhren, erschien

Donnell unermeßlich lang; sie duckten sich, um den Ästen auszuweichen, atmeten flach, und er verlor jeden Sinn für die richtige Perspektive. Oben und unten stimmten nicht mehr mit den Farben von Erde und Himmel überein. Jedesmal wenn sie unter einer Öffnung im Laubwerk durchfuhren, spiegelte sich im Wasser ein ausgefranstes Oval von Blau, und die Sonne glitzerte in den Tropfen, die an den Blattspitzen hingen; es war, als ob sie durch einen verspiegelten Schlund glitten, eine ursprüngliche Form, die sich hinter unendlich vielen Abbildern verbarg. Stücke von ausgetrockneten Wespennestern fielen ihm in den Nacken und klebten im Schweiß fest; rotgeäderte Glibbermassen hafteten in Höhlen am Ufer, und die dunklen, mit Spinnweben überspannten Spalten zwischen den Wurzeln der Büsche flimmerten vor geheimen Bewegungen. Direkt unter der Oberfläche an der Uferkante erhoben sich phantastische Türmchen aus Schleim, durch die sich schwarze Käfer Tunnel bahnten.

Dann glitten sie hinaus in ein großes Gewölbe mit einem Blätterbaldachin aus immergrünen Eichen und Säulen aus verstreut stehenden Zypressen. Hier verzweigten sich die Wasserarme in alle Richtungen, teilten sich um Inselchen herum, aus denen die Eichen wuchsen; ihre Äste bildeten Brücken zwischen den Inseln, überwuchert von Schmarotzern wie der Bartflechte, die zum Teil länger waren als ein Mensch und ins Wasser hingen. Die Sonnenstrahlen zogen sich zurück und ließen sie allein in einer Phantomwelt aus Grau und Graugrün von solcher Undeutlichkeit, daß die Äste wie schwarze körperhafte Adern erschienen, die sich durch einen Nebel von halbmaterialisierten Formen wanden. Ein Silberreiher schoß in die Höhe und schrumpfte zu einem weißen Punkt im Raum zusammen. Der Ort schien aus der Stille erwachsen zu sein, und die Stille schien das wesentliche Merkmal des Grau zu sein.

Mr. Brisbeau schob die *Pirogue* an einer Insel ans Ufer, wo drei kleine Kreuze errichtet worden waren; an jedes war das Fell einer Bisamratte angenagelt worden. Er kletterte aus dem Boot und kniete davor nieder. Im Knien war er ein Kopf größer als die Kreuze: ein Riese, der seinen persönlichen Kalvarienberg besucht. Die Felle waren vermodert, mit einem Grind aus Larvenresten, aber der Anblick des alten Mannes, der seine verrottete Dreieinigkeit anbetete, hatte für Donnell absolut nichts Groteskes. Die Stille und die riesigen Bogen aus Ästen vertrieben jeden Gedanken an Unzulänglichkeit, und die in der Zersetzung begriffenen Felle waren im Einklang mit dem großen Zersetzungswerk des Sumpfes.

Von Zeit zu Zeit drang Mr. Brisbeaus Stimme bis zu Donnell herüber, und er stellte fest, daß es sich mehr um ein Gespräch als um ein Gebet handelte, eine Erzählung der Tagesereignisse, angereichert mit persönlichen Empfindungen.

»... Du erinnerst dich doch, wie mir Roger Hebert mit dem Ruder eins übergezogen hat, daß mir Funken durch den Kopf geschossen sind. Also, so ungefähr war das, nur daß es nicht weh getan hat ...«

Durch das lange Sitzen im Boot schmerzte Donnells Hüfte, und um sich von seinem Unbehagen abzulenken, machte er allerlei Spielereien mit seiner Sicht. Er entdeckte, daß, wenn er sich Magnetfelder ins Blickfeld brachte und seinen Brennpunkt so weit nach vorn verlagerte, daß er vom weißen Strahlen eines einzelnen Bogens beherrscht wurde, sich die Welt um ihn herum verdunkelte, und der *Gros Bon Ange* sichtbar wurde. Er sah über den Bug des Bootes hinweg und erblickte einen strahlenden Streifen von Grün mitten zwischen den Strudeln. Er drehte den Kopf und zerstörte den Anblick. Er wollte ihn nicht wahrhaben und nicht anerkennen. Es gefiel ihm nicht, daß Jocundra recht haben könnte, daß er alles sehen könnte, was er wollte. Zum

Beispiel etwas so Lächerliches wie Bayou Vert. Trotzdem nagte die Neugier an ihm.

»Was ist dort auf der anderen Seite«, fragte er Jocundra und deutete in die Richtung des grünen Stroms.

»Marschland«, sagte sie. »Ein paar Ansiedlungen und dahinter Bayou Rigaud.«

»Rigaud.« Das Wort zerging glatt auf der Zunge, hatte einen wichtigen Klang.

Er hielt das Boot für Jocundra im Gleichgewicht, während sie nach vorn zu ihm kam und sich neben ihn setzte. »Warum willst du das wissen?« fragte sie. Aber die Stimme des alten Mannes am Ufer wurde lauter und lenkte ihn ab.

»Wenn ich du wäre«, sagte er streitsüchtig, während er zu dem Kreuz in der Mitte sprach, »dann würde ich der Verwirrung dieses Jungen ein Ende bereiten. Du läßt ihn mit Engelsaugen sehen, was kann es dann schaden, wenn du ihn in deinen Plan einweihst?«

## 12. KAPITEL

*30. Mai – 26. Juli 1987*

Eines Abends, nachdem zahlreiche Patienten dagewesen waren, lagen Donnell und Jocundra auf ihrem Bett im Hinterzimmer, umgeben von aufgeschlagenen Büchern und einzelnen Blättern Papier. Das Bett, eine Antiquität mit einem Kopfbrett aus Mahagoni, und das ganze Mobiliar – Schreibtisch, Nachttisch, Stühle – waren ihnen von Patienten geschenkt worden, ebenso wie die Blumen, die in Vasen auf der Fensterbank standen. Manchmal, in einer Ruhepause zwischen zwei Behandlungen, lehnte Donnell die Tür nur an und lauschte den Gesprächen der Patienten im vorderen Raum, wobei er versuchte, ihre Stimmen mit den jeweiligen Blumen in Verbindung zu bringen. Sie sprachen niemals über ihre Beschwerden, sondern tauschten lediglich Klatsch aus oder verrieten sich Kochrezepte.

»Also, wieviel Zitronensaft geben Sie an das Gericht«, fragte zum Beispiel Mrs. Dubray (Iris); und die betagte Mrs. Alidore (ein Strauß aus Schleierkraut und Rosen) würde sich räuspern und ein *Hhmm* von sich geben, bis sie schließlich antworten würde: »Ich weiß nich', jede Woche vergeß ich mehr.«

Ihre Unterhaltung, ihre Geschenke und die Art, wie sie ihn akzeptierten, vermittelten Donnell das behagliche Gefühl, Teil einer Tradition zu sein, denn in den Sumpfgebieten hatte es schon immer Heiler gegeben, und die Leute waren an kleinere Wunder gewöhnt.

»Ich glaube, ich habe recht«, sagte Jocundra.

»In welcher Hinsicht?« Donnell ergänzte die Zeichnung, an der er gerade arbeitete, noch um einen Schnörkel. Es war die Wiedergabe eines der goldenen

Blitze, die er von Zeit zu Zeit sah, ähnlich wie die, die Magnusson in seine Kladde gezeichnet hatte; diese hier war jedoch komplizierter, die Zusammenfügung mehrerer Teilstücke, die er in letzter Zeit gesehen hatte, so daß eine einzige Figur daraus entstanden war:

»Daß du Magnetfelder besser aufspüren kannst als jeder Apparat.« Jocundra gab ihm einen Klaps auf den Arm. »Du hörst ja gar nicht zu.«

»Doch, doch«, sagte er, in seine Zeichnung versunken. »Sprich weiter!«

»Ich fange noch mal von vorne an.« Sie lehnte sich aufrechter an die Kissen. »Okay. Wenn du eine elektrische Ladung durch ein Magnetfeld schickst, bekommst du ein Feedback. Die Aufladung macht sich als Kraft in einer bestimmten Richtung bemerkbar, und dadurch würden sich die Schwankungen in der Lichtintensität erklären, die du wahrnimmst. Aber du beeinflußt nicht nur die Felder. Um einen so hoffnungslosen Fall wie Mr. Robichaux zu heilen, mußt du auf die Zellen einwirken, wahrscheinlich auf der Ebene der Ionen. Du hörst ja schon wieder nicht zu. Was machst du denn?«

»Rumkritzeln.« Unzufrieden klappte Donnell sein Notizbuch zu. Die Sache machte keinen vollständigen Eindruck. Er konnte in den goldenen Blitzen nicht die geringste Bedeutung erkennen, doch sie erschienen immer wieder, und es störte ihn, daß er sie nicht verstand. »Ich höre zu«, sagte er.

»Na gut.« Jocundra war gekränkt, daß er so wenig Begeisterung für ihre Erklärung zeigte. »Also, ein grundsätzlicher Unterschied zwischen einer Krebszelle und einer normalen Zelle ist der, daß die Krebszelle bestimmte Verbindungen produziert, die über das normale hinausgehen. Wenn man nun Magnussons Ausführungen folgt, dann wäre es denkbar, daß bei dir die magnetische Leitfähigkeit der nuklearen Membrane für bestimmte Ionen reduziert ist, wodurch das Ausströmen der betreffenden Verbindungen verhindert wird.«

Donnell bettete den Kopf neben ihren auf das Kissen. »Und wie paßt das damit zusammen, daß ich Magnetfelder aufspüren kann?«

»Paramagnetische Kernresonanz.« Sie strich ihm die Haare aus dem Gesicht. »Magnusson hat sich nur sehr bruchstückhaft zu diesem Thema ausgelassen, aber wenn ich ihn richtig verstehe, will er andeuten, daß deine Einwirkung auf die Kameras darauf beruhte, daß du die Ordnung der Magnetkerne in den Magnetfeldern der Kameras verändert und dadurch eine Kraft übertragen hast, die den elektrischen Blindleitwert des Bildzerlegers beeinflußt. Ich glaube, was du mit den Patienten machst, ist mehr oder weniger das gleiche.« Sie kaute auf ihrem Bleistift herum. »Die Tatsache, daß du die Bewegungen eines geomagnetischen Feldes intuitiv erfaßt und daß du die Patienten auf die richtige Weise behandelst, ohne ihren Körper zu kennen, bringt mich auf den Gedanken, daß du, wenn du über genügend Metall verfügen würdest, um ein ausreichend kräftiges Feld zu erzeugen – vielleicht zwei oder drei Tonnen – in der Lage wärst, die Bewegungen der Bakterien mit feinerem Gespür zu steuern als jedes Gerät.«

Donnell stellte sich vor, wie er auf dem Gipfel eines Berges stand und Blitze durch die Gegend schleuderte.

»Soll ich vielleicht auf einen Alteisenhügel klettern und mich wie ein Wilder abstrampeln?«

»Kupfer«, erwiderte sie. »Wegen der besseren Leitfähigkeit.«

»Das hört sich nach Magie an«, sagte er. »Was ist mit dem Wind?«

»Das hat nichts mit Magie zu tun«, sagte sie. »Die Luft lädt sich durch den Einfluß deines Feldes mit Ionen auf, und die Ionen werden so induziert, daß sie sich in die gleiche Richtung bewegen wie der Einfluß, der auf das Feld wirkt. Die Luft bewegt sich, und weitere Luft strömt heran, um sie zu ersetzen.« Sie zuckte die Achseln. »Wind eben. Aber diese ganzen Zusammenhänge zu verstehen und sie richtig einsetzen zu können, sind zwei verschiedene Dinge.«

»Willst du damit sagen, ich sollte wieder zum Projekt zurückkehren?«

»Es sei denn, du weißt, wie man mit einer Kreditkarte drei Tonnen Kupfer kaufen kann.« Sie lächelte und versuchte, das Ganze in ein heiteres Licht zu rücken.

Irgend etwas fehlte noch zur Vollständigkeit ihrer Erklärung, genau wie es bei seiner Zeichnung der Fall war, und nach seiner Meinung würde weder das eine noch das andere in Shadows vervollständigt werden können. »Vielleicht als allerletzte Zuflucht«, sagte er. »Aber jetzt noch nicht.«

Die Mehrzahl der Patienten stammte aus der Umgebung; es waren Arbeiter und Hausfrauen und Witwen, so erbärmlich und abgenutzt wie die zerschlissenen Sofas, auf denen sie saßen (Mr. Brisbeau hatte den Müll nach draußen geschoben und sie von irgendwoher aufgetrieben); nach einigen Wochen jedoch, als sich die Sache immer mehr herumsprach, kamen in zunehmendem Maße wohlhabender aussehende Leute von so weit entfernten Orten wie Baton Rouge und Shreveport. Die meisten hatten kleinere Beschwerden, und aus ihrer

Behandlung ergaben sich wenig neue Kenntnisse. Doch anhand der schwereren Fälle, im besonderen dessen von Herve Robichaux, einem mittelalten Schreiner, der unter Lungenkrebs im Endstadium litt, reimte sich Jocundra ihre Erklärung über den Heilvorgang zusammen.

Als ihn die Rechnungen der Ärzte gezwungen hatten, sein Haus zu verkaufen, hatte Robichaux mit letzter Kraft zwei Hütten auf einem von Unkraut überwucherten Stück Land, das ihm sein Vater hinterlassen hatte, in der Nähe des Golfs gebaut. Die eine davon war für seine Frau und ihn selbst, die andere für seine fünf Kinder. Als Donnell und Jocundra sie das erstemal besuchten, und zwar chauffiert von Mr. Brisbeau in seinem neuen offenen Lieferwagen, rannten die Kinder – alle einheitlich dreckig und ohne Schuhe – vor ihnen davon, versteckten sich im Unkraut und flüsterten miteinander. Ihr Flüstern vermischte sich mit dem Summen der Insekten und dem Raunen des Windes in den Büschen zu einem Klang zänkischer Betriebsamkeit. In der Mitte des Unkrauts war auf einer kleinen Fläche die Erde freigeräumt, und dort standen die Hütten. Die stumpfe Farbe der ungestrichenen Bretter, der träge neben der Treppe zusammengerollte Collie-Verschnitt, die Fetzen von Plastikplanen, die über den Boden geweht wurden, all das zeugte von einer verbitterten Hoffnungslosigkeit, und das Innere der Haupthütte war der trostloseste Ort, den Donnell je gesehen hatte. Ein batteriebetriebener Fernsehapparat stand auf einer Apfelsinenkiste am Fuß der primitiven Bettstatt des Kranken; sein blasses Bild mit grauen Figuren in gespenstischen Räumen flackerte ohne Ton. Schwarze Adern von Teer durchzogen die Deckenbretter; der ätzende Geruch unterstrich den Krankheitsgestank nach Fäkalien eher, als daß er ihn überdeckte. Fliegen bildeten eine Kruste auf einem Marmeladenglas, das zur Hälfte mit einer rosafarbenen Flüssigkeit gefüllt war, eine weitere Fliege summte laut in einem Spinnennetz, das sich durch eine Fensterecke spannte, und Hexagramme aus Mäusedreck bildeten Muster auf dem Boden. An die Tür war mit Reißzwekken ein Poster geheftet, das eine gewaltige, verschwommene Jesusgestalt zeigte, die traurig auf das UN-Gebäude herabsah.

»Herve«, sagte Mrs. Robichaux mit einer Stimme, die wie Asche klang. »Dieser Mr. Harrison aus Bayou Teche ist hier.« Sie trat zur Seite, um sie vorbei zu lassen; eine abgehärmte Frau, eingehüllt in einen Hausmantel mit fröhlichem Blumenmuster.

Mr. Robichaux lag nackt unter einem Leintuch, von der Chemotherapie waren ihm die Haare ausgegangen. Ein Plastikvorhang hing vor dem Fenster, und das fahle Licht, das durch ihn hereinfiel, unterstrich seine bleiche, eingeschrumpfte Erscheinung. Sein Mund und seine Nase waren so fleischlos, daß sie wie stilisierte, annähernd Gesichtszügen gleichende Gebilde aussahen, und sein Antlitz verriet Donnell nichts über seine Persönlichkeit. Er wirkte alterslos, ein Protowesen aus gräulich-weißem Material, um das herum sich eigentlich eine menschliche Gestalt hätte formen sollen.

»Glaube«, flüsterte er. Seine Finger krochen über Donnells Handgelenk, zart wie Insektenbeine. »Ich glaube.«

Donnell zog die Hand zurück; er empfand gleichzeitig Abscheu und Mitleid. Hinter ihm scharrte ein Stuhl über den Boden; Jocundra hatte Platz genommen, um mitzuschreiben.

Der Bereich des Magnetfeldes um Robichauxs Brust war ein Chaos aus weißen Blitzen; die Überreste des Feldes hatten sich zu vier dicken, hellen Bogen vereint, die sich von seinem Kopf bis zu den Füßen spannten. Donnell hatte so etwas noch nie gesehen. Forschend legte er ihm die Hände über die Brust. Die Anziehung war so stark, daß seine Hände wie gefesselt waren, und die Haut seiner Finger – wie auch die Haut von Robichauxs Brustkorb – bekam abwechselnd Vertiefungen und Ausbuchtungen, spannte sich in alle Richtungen. Er mußte seine Hände mit Gewalt losreißen. Sie lösten sich mit einem lauten elektrischen Knall, und ein Zittern durchfuhr den Körper des Kranken.

Donnell beschrieb Jocundra den Vorfall, und sie schlug vor, daß er es noch einmal versuchen sollte, diesmal für eine längere Dauer. Nach einigen Minuten spürte er eine Veränderung in dem Feld. Das Ziehen wurde zu einem Schieben; es war, als ob er die Hand in einen Schwarm winziger elektrisierender Zitterwelse gesteckt hätte, die zwischen seinen Fingern hindurchschwammen und daran knabberten. Nach ein paar weiteren Minuten stellte er fest, daß er mit den Fingerspitzen wackeln konnte, und er spürte, wie Elemente des Feldes darauf reagierten und in die jeweilige Richtung seines Wackelns strömten. Eine halbe Stunde verging. Die vier hellen Bogen, die Robichaux wie ein Käfig umschlossen, faserten aus, schickten Strähnen von weißen Stromstößen nach innen, und das feuerwerksartige Bild über seinem Brustkorb verblaßte zu einem kaum wahrnehmbaren Dampf.

Schweiß tropfte von Robichaux, sein Nacken krümmte sich, und seine Hände verkrallten sich im Leintuch. Ein Wimmern entrang sich ihm durch die zusammengepreßten Zähne. Ein Netz geplatzter Äderchen erschien auf seiner Brust, ein Geflecht zartpurpurner Linien verschmolz sichtbar. Er schaukelte mit dem Kopf vor und zurück, und das Wimmern schwoll zu ausgewachsenem Schreien an. Daraufhin zog Donnell die Hände zurück und merkte, daß der Wind draußen aufgefrischt hatte; im Raum war es kalt geworden. Jocundra zitterte, und Mrs. Robichaux kniete neben der Tür. »Heiliger Jesus, bitte! Heiliger Jesus, bitte!« brabbelte sie vor sich hin.

»Was ist passiert?« Jocundras Blick war starr auf den kranken Mann gerichtet, der japsend dalag.

Donnell drehte sich mit dem Rücken zu Robichaux; das Feld verwandelte sich wieder in seinen ursprünglichen Zustand. »Ich weiß nicht«, sagte er, »laß es mich noch einmal versuchen.«

Die Heilung dauerte drei Tage und zwei Nächte. Donnell mußte jedesmal eine Stunde lang ununterbrochen das Feld bearbeiten, um seine Umkehrung zu verhindern; dann machte er eine Stunde Pause, zitternd und erschöpft. Die Qualen ihres Mannes ängstigten Mrs. Robichaux, und sie flüchtete sich in die zweite Hütte und kam die ganze Zeit über nicht zurück. Von Zeit zu Zeit steckte der älteste Sohn – ein hohlwangiger Elfjähriger – den Kopf durch das Fenster, um nach seinem Vater zu sehen; er rannte jedoch sofort davon, sobald ihn Donnell mit einer Spur von Aufmerksamkeit bedachte. Mr. Brisbeau brachte ihnen etwas zu essen und zu trinken und wartete in seinem Lieferwagen, vor sich hintrinkend. Donnell konnte hören, wie er die Songs im Radio mitsang und in die Weite der Nacht hinausschmetterte.

Die erste Nacht war gespenstisch.

Sie zündeten die Petroleumlampe nicht an, damit Donnell das Feld besser sehen konnte, und die Dunkelheit isolierte sie in ihrem Ritual: der Heiler, der seine Magie Schritt für Schritt anwendet; der Kranke, der in einem Netz aus weißem Feuer verstrickt ist, fiebernd und jammernd; Jocundra, eingehüllt in eine Decke gegen die Kälte, die eingeweihte Zeugin, die Schriftführerin. Grillen zirpten mit endloser Ausdauer und sägten wie närrisch, der Hund winselte. Trümmerstücke schlugen krachend von außen gegen die Wand, vom Wind gepeitscht; jedesmal, wenn Donnell seine Arbeit verrichtete, wurde er stärker, wirbelte kraftvoll um die Hütte wie ein großes Tier, das seine Wachrunden in engem Kreis darum herum drehte und dessen struppiges Fell an den Brettern entlangschabte. Das Mondlicht verwandelte den Plastikvorhang in ein schmieriges, glühendes Fallgitter, hinter dem die Schatten der Pinien strammstanden; der Wind hatte seinen Standort um die Hütte herum, und bei jeder Behandlung wurde er stärker. Obwohl er zu schwach war, um sich ausdrücklich zu beschweren, starrte sie Robichaux an, und um seinem vergifteten Blick hin und wieder zu entkommen, gingen sie in den Pausen hinaus auf die Treppe der Hütte. Der Hund schlich sich jedesmal, wenn sie hinauskamen, davon, und als ob er Robichauxs Stellvertreter wäre, starrte er sie aus dem Unkraut an; Scheibchen des Mondlichts spiegelten sich in seinen Augen.

Während der letzten Unterbrechung vor dem Morgengrauen kuschelte sich Jocundra an Donnells Arm und sagte glücklich: »Es funktioniert.«

»Meinst du die Heilung?«

»Nicht nur«, sagte sie. »Einfach alles. Ich habe es im Gefühl.« Und dann, plötzlich besorgt, fragte sie: »Glaubst du nicht?«

»Klar«, sagte er, da er sie bei guter Laune halten wollte. Aber noch während er das Wort aussprach, überkam ihn eine plötzliche Überzeugung, und er fragte sich, ob sein eigener Glaube an die Sache, genau wie Robichauxs Glaube daran, es schaffen würde.

Der zweite Tag. Schwüle Hitze am Morgen, der träge Wind wehte Abfall aus dem Unkraut auf. Erschöpft und schmerzgeplagt, war Donnell dem Zusammenbrechen nahe. Wie das Rechteck aus gelbem Licht, das sich über den Boden erstreckte, glitt ein Film auch über seine aufgerauhte, ranzig riechende Haut. Zu seiner Überraschung jedoch fühlte er sich immer stärker, je weiter der Tag fortschritt, und plötzlich fiel ihm auf, daß er die ganze Zeit ohne seinen Stock herumgelaufen war. Während der Behandlung bäumte sich der Körper des Kranken dermaßen auf, daß nur noch sein Hinterkopf und seine Fersen das Lager berührten. Zwei Zähne des Mannes brachen mitten in einem Krampf auseinander, und sie verbrachten den größten Teil der verbleibenden Zeit damit, die Stückchen aus seinem Mund zu klauben. Die Fliege in dem Spinnennetz war verendet und bildete nur noch ein regloses schwarzes Klümpchen, das in der Luft schwebte, ein Einschußloch in dem sonnendurchfluteten Hintergrund der Pinien. Die Spinne war ebenfalls tot und lag zusammengeschrumpft auf der Fensterbank. Es war tatsächlich so, daß alle Insekten in der Hütte – Palmbohrer, fliegende Ameisen, Käfer – auf dem Rücken lagen und nicht einmal mehr zuckten. Gegen Mittag kam der älteste Junge und fragte, ob er den Fernsehapparat ausleihen dürfte, ›damit die Kleinen nicht mehr weinten‹. Er wollte um keinen Preis die Hütte betreten, sagte, seine Mutter hätte es ihm verboten, sondern stand schweigend und mürrisch da und sah zu, wie sich die Brust seines Vaters schwer hob und senkte.

In der zweiten Nacht, nachdem sie Mr. Brisbeau gebeten hatten, bei dem Kranken Wache zu halten, gingen sie zum Golf; sie fanden ein Fleckchen festen Boden zwischen dem salzigen Gras, und breiteten eine Decke aus. Von Zeit zu Zeit liebten sie sich, wobei Jocundra mit den Augen blinzelte und, als sie sie ganz geöffnet hatte, fest auf Donnell heftete, wie um sich ein Bild von ihm einzuprägen, an das sie sich halten konnte. Wenn sie sie wieder schloß, blieben weiße Streifen unter den Augenlidern sichtbar. Die Leidenschaft schien ihrem Gesicht feiner geschnitzte Züge verliehen, sie in die Idealform geschliffen zu haben. Als sie hinterher beieinander lagen, überlegte sich Donnell, wie sein Gesicht während des Geschlechtsakts wohl auf sie wirken mochte, in welcher Form sich darauf die Leidenschaft zeigte. Alles an ihrer Beziehung verwirrte ihn, aber er hatte den Versuch, es zu verstehen, schon lange aufgegeben. Die Liebe war ein Schatten, der sofort verschwand, sobald man sich umdrehte, um einen Blick darauf zu erhaschen. Das einzige, was feststand, war, daß das Leben ohne sie im gleichen Maße des Körperlichen beraubt war, wie Robichauxs Gesicht des Lebens beraubt war: eine leere Hülle war geblieben.

Jocundra rollte sich auf den Bauch und sah aufs Wasser hinaus. Abgefackeltes Erdgas glühte rot entlang der gegenüberliegenden Küste; das schwache Stampfen von Maschinen drang übers Wasser herüber. Kleine Wellen klatschten ans Ufer. Das Wasser und der Himmel waren vom gleichen glanzlosen Schwarz, und die mondbeschienenen Wellenkämme sahen so weit entfernt aus wie der brennende Schacht und die Sterne; allem gemeinsam war die Perspektive einer großen Tiefe, als ob sich das Fleckchen Land bis in den interstellaren Raum ausdehnte. Donnell fuhr ihr mit der Hand über den Rücken hinunter und schob ihr sanft einen Finger zwischen die Beine, wo er ihn in der feuchten Spalte vergrub. Sie küßte ihn auf die Knöchel seiner anderen Hand, drückte ihre Wange dagegen und kuschelte sich näher an ihn. Bei dieser Bewegung verschob sich der Finger in ihr etwas zur Seite, und sie sog tief Luft ein. Sie hob ihm das Gesicht entgegen, damit er sie küßte, und während er sie küßte, zog er sie auf sich. Ihr Haar hob sich in einer hexenhaften Silhouette gegen den Himmel ab, ein Widerschein der Gasfackeln glühte auf ihrem Hals, und ihm kam es so vor, als ob die Sterne, die hinter ihr blinkten, mit Grillenzungen plapperten.

Am Nachmittag des dritten Tages beschloß Donnell, daß er alles für Mr. Robichaux getan hatte, was er konnte. Obwohl sein Feld immer noch nicht normal war, hatte es den Anschein, als ob es sich selbst wiederherstellte. Sein ganzer Brustkorb war mit einem Spitzenmuster von geplatzten Äderchen überzogen, aber seine Gesichtsfarbe hatte sich gebessert, und seine Atemzüge waren tief und regelmäßig. Während der nächsten beiden Wochen besuchten sie ihn täglich, und sein Befinden wurde immer besser. Der allgemeine Zustand der

Hütten und ihrer ganzen Umgebung verbesserte sich in gleichem Maße, als ob sie unter der gleichen Krankheit gelitten und die gleiche Behandlung erfahren hätten. Der Hund wedelte mit dem Schwanz und beschnüffelte Donnells Hand. Die Kinder spielten vergnügt im Hof; der Abfall war weggeräumt und das Unkraut zurückgeschnitten worden. Und sogar Mrs. Robichaux winkte freundlich, als sie beim Wäscheaufhängen war.

Bei ihrem letzten Besuch, während sie auf den Stufen saßen und auf Mr. Robichaux warteten, der sich gerade anzog, kam das kleinste der Mädchen – ein mürrisch dreinblickender Winzling, dessen Windel auf Halbmast hing – auf sie zugewatschelt und bot Donnell an, von ihrem Marmeladebrötchen zu beißen. Es war altbacken, die Marmelade schmeckte nach nichts, doch während Donnell darauf herumkaute, fühlte er sich zufrieden. Der älteste der Jungen kam auf ihn zu, die anderen Kinder kichernd im Schlepptau, und schüttelte ihm feierlich die Hand. »Ich möcht' Ihnen danken«, murmelte er; er warf seinen Geschwistern einen trotzigen Blick zu, als ob gerade ein Beweis für etwas erbracht worden sei. Der Winzling von Mädchen kletterte auf Donnells Knie und nahm ihm die Sonnenbrille ab. »Dada«, sagte sie und zeigte siegessicher auf seine Augen. »Dada grün.«

Robichaux knöpfte sich gerade das Hemd zu, als Donnell eintrat. Er runzelte die Stirn, sah in eine andere Richtung und dankte ihm noch einmal. Aber diesmal waren seine Worte des Dankes weniger inbrünstig, sondern klangen eher nach einem förmlichen Versprechen. »Und wenn ich nur noch einen einzigen Dollar besitze«, sagte er ernst, »dann wird dieser Dollar Ihnen gehören.«

Donnell hob die Schultern; er schielte in Robichauxs Feld. »Sind Sie bei einem Arzt gewesen?«

»Brauch keinen Doktor, daß er mir sagt, daß ich geheilt bin«, antwortete Robichaux. Er blickte unter sein Hemd. Das Netz der geplatzten Äderchen erstreckte sich bis zu seinem Hals hoch. »Ich weiß zwar nich', warum sie diese Sauerei hier machen mußten, is' ja schlimmer als 'ne verdammte Tätowierung.«

»So was kann bei einem Versuch schon mal vorkommen«, sagte Donnell ohne Mitleid. Wie ein Schock war die Erkenntnis über ihn gekommen, daß er Mr. Robichaux nicht leiden konnte; daß sich – während es zehn Pfund zunahm, ein gehöriges Maß an Lebenskraft erlangte – das charakterlose Ding, das er anfangs behandelt hatte, in ein nichtswürdiges menschliches Wesen verwandelte, eines, das zu allerlei Niedertracht fähig war. Er hatte den Verdacht, daß es für die Kinder besser gewesen wäre, wenn die Krankheit ihres Vaters ihren normalen Verlauf genommen hätte.

»Es is' nich' so, daß ich nich' dankbar bin, verstehen Sie«, sagte Robichaux katzbuckelnd, irgendwie verängstigt. »Ich weiß nur nich' genau, ob das hier alles mit rechten Dingen zugeht, wissen Sie. Ich meine, Sie sind ja kein Mann Gottes nich'.«

Donnell dachte darüber nach; immerhin waren seine Absichten durchaus frommer Natur. Eine Zeitlang hatte er geglaubt, das Heilen könnte sein Verlangen nach Pflichterfüllung befriedigen, in Wirklichkeit war er durch das Heilen lediglich von einer tiefergehenden Beschäftigung abgehalten worden. Er fühlte sich abgestoßen von diesem duckmäuserischen, untertänigen Geschöpf, das er geheilt hatte.

»Nein, das bin ich nicht«, sagte er nachdrücklich. »Aber Sie sind es auch nicht, Mr. Robichaux. Und dieses kleine Hexengeflecht auf ihrer Brust ist vielleicht nur ein Omen für etwas viel Schlimmeres, das noch bevorsteht.«

»... Da die großen, geneigten Äste niemals wuchsen oder sich veränderten, da die blaßpurpurne

Sonne niemals ganz auf- oder unterging, war der Schatten von Moselantia eine feststehende Größe auf der grasbewachsenen Ebene darunter. Menschen und Tiere lebten in diesem Schatten, ebenso wie andere Dinge, die ansonsten vielleicht überhaupt nicht gelebt hätten, da sie ihre dumpfe Energie, so wurde gesagt, aus den gleichen lichtlosen Vibrationen bezogen, die sein gewaltiges Wachstum bewirkt hatten, die die Berge zum Bersten brachten und sie weit weg schleuderten. Von den höchsten Türmen aus konnte man die von Fackeln beleuchteten Karawanen sehen, die sich auf den dunklen Straßen des Schattens nach innen bewegten, auf den Kern zu, um sich zu den Waffen zu melden oder wenigstens ihr Glück zu versuchen, denn von den Hunderten, die jeden Tag ankamen, würden nur eine Handvoll die Strapazen der Induktion überleben ...

»Wie findest du es?« fragte Donnell.

Jocundra hielt nicht viel davon, aber sie sah keinen Grund, ihm das zu sagen. »Es ist merkwürdig«, sagte sie und deutete dazu ein dramatisches Schaudern an und grinste. Sie kippte das Wasser aus einer Blumenvase durch das Fenster nach draußen, dann steuerte sie wieder durch den Raum zurück und schlüpfte zu ihm unter die Decke. Sie hatte eine Gänsehaut. In der vergangenen Nacht war es warm und totenstill gewesen, aber die Luft hatte sich abgekühlt, und dunkle Wolken mit silbrigen Rändern türmten sich am Himmel auf. Untrügliche Vorzeichen eines Unwetters. Ein feuchter Wind ließ die Fensterläden klappern.

»Das ist nur Beiwerk«, sagte Donnell mißgestimmt. »Und das muß merkwürdig sein, weil die Geschichte an sich sehr einfach ist: Junge lernt Mädchen kennen, sie tun das Natürliche, Junge geht in die Armee, verliert Mädchen. Jahre später trifft er sie wieder. Sie war auch in der Armee gewesen. Dann entwickeln sie eine starke, aber ziemlich kühle Beziehung, wie ein Falke und ein Tiger.«

»Lies noch weiter vor«, sagte sie, zufrieden darüber, daß er an einer Liebesgeschichte schrieb, wenn es auch eine so abartige war.

»Moselantia ist vom Krieg besessen, nichts anderes hat eine Bedeutung, er ist Religion, Verzückung. Der Krieg wird im allgemeinen als der reinste natürliche Ausdruck der Seele gewertet, ein ökologisches Werkzeug, geschaffen, um die Gattung zu kultivieren, und die Kader der Yoalo, die die Türme von Moselantia bewohnen, werden als der Preis für sein Gelingen erachtet. Selbst jene, unter denen sie Verwüstung anrichten, verehren sie, zum Teil deswegen, weil sie mit sich selbst nicht weniger hart zu Gericht gehen als mit denen, die unter ihrem Joch stehen. Während die Rekruten auf der Leiter der Turmgemeinschaft immer höher klettern, werden die Prüfungen und Unterweisungen immer schwerer. Kampf aus dem Hinterhalt, die Meisterschaft des schwarzen Anzugs der synchronen Energie. Jedes Versagen, und sei es auch noch so gering, wird nicht geduldet und zieht unweigerlich immer die gleiche Bestrafung nach sich. Die Versager eines jeden Tages werden zum Hohen Turm von Ghazi gebracht, von dem lange Schlingen und Seile herabhängen. Die Schlingen sind nicht so geknüpft, daß sie sich zuziehen und einen erdrosseln, sondern daß sie das Genick und das Rückgrat stützen. Die jungen Männer und Frauen werden nackt ausgezogen, die Schlingen werden um sie gelegt, und dann werden sie in die Leere hinabgelassen. An den Armen und Beinen sind sie nicht gefesselt. Und dann ertönt aus der geronnenen Dunkelheit des Kerns ein schnatterndes, klatschendes Geräusch, und die Tiere erheben sich. Ihre Körper erinnern an die von Fliegen; sie besitzen jedoch die Masse eines Adlers, und wirklich gleicht ihr Flug dem ziellosen Hin und Her einer Fliege, die einen Abfallhaufen umschwirrt. Ihre Flügel sind lederig mit langen Zotteln; ihre Gesichter ähneln auf vielfältige Weise aufgemalten Masken: mumifizierte Menschenaffen, Frösche, Spinnen, alle Arten von abscheulichen Ungeheuern. Ihre Mäuler sind alle gleich, ausgestattet mit nadelspitzen Zähnen und zarten Tastorganen wie die Saugnäpfe einer Qualle. Wie es bei allem durch und durch Bösen der Fall ist, fördert eine eingehende Beschäftigung mit ihnen eine Menge von widersprüchlichen Ungereimtheiten zutage. Die Leute in der Ebene und in den Wäldern erzählen zum Beispiel, daß sie die letzte Transformation der Yoalo sind, die im Kampf gefallen waren, und daß hier ihr Walhall sei: indem sie in den Wurzeln und Ritzen von Moselantia ihr Dasein fristeten und sich von den Ausgestoßenen ernährten. Natürlich, da die höheren Ränge der Yoalo ihre Energiemasken diesen Tieren aufdrücken, kann dies ohne Zweifel nur eine Fehldeutung sein.

Es gibt Beobachter des Kampfes von Ghazi, alte Männer und Frauen, die die erfolglosen Rekruten durch Ferngläser betrachten. Während die Tiere ihre Beute packen und zerreißen, registrieren diese Beobachter jedes Zucken und Zappeln der Sterbenden, und wenn sich ihr Verhalten als zu undiszipliniert erweist, erntet der Kader, aus dem sie stammen, einen Minuspunkt. Viele der Rekruten wurden in Moselantia geboren, und ihnen gilt das besondere Interesse der Beobachter. Sollte einer von ihnen weinen oder versuchen, sich zu verteidigen oder meditative Techniken anwenden, um den Schmerz zu lindern, dann werden seine oder ihre Eltern für den nächsten Tag nach Ghazi vorgeladen, um eine ähnliche Prüfung zu bestehen. Und wenn diese wiederum sich nicht an die Disziplin halten, dann tritt man an ihre Verwandten und Kampfgenossen heran und unterzieht sie Prüfungen, bis der ganze infizierte Bereich gereinigt worden ist. Gelegentlich kommt es vor, daß die Zelle einer solchen Schwäche bloßgelegt wird, eine, die sich in alle Türme vermehrt hat; dann werden ganze Kader ausgerottet. Das ist der Vorgang der Revolution in Moselantia ...«

Während er vorlas, versuchte Jocundra, ihre Gedanken von den unerfreulichen Einzelheiten mit aller Macht abzulenken, sie konnte es jedoch nicht verhindern, daß sie sich vorstellte, wie sich die aufgehängten Körper in eindrucksvollem Relief gegen die purpurfarbene Sonne abhoben, während kleine Blutbäche an ihren Hälsen entlangliefen und sich die Tiere an ihnen gelassen gütlich taten, indem sie ihre Opfer mit klebrigen Insektenbeinen umfingen. Als er geendet hatte, konnte sie ihr Mißfallen nicht verbergen.

»Es gefällt dir wohl nicht«, sagte er.

Sie gab ein undefinierbares Geräusch von sich.

»Also gut«, sagte er und pustete sich in die Finger, als ob er sich darauf vorbereitete, einen Safe zu knacken. »Ich weiß, *was* dir gefällt.«

Sie lachte, als er die Hände nach ihr ausstreckte.

Ein Klopfen an der Tür, und Mr. Brisbeau steckte den Kopf herein. »Besuch«, sagte er. Er war verkatert, mit roten Augen von der Sauferei der vergangenen Nacht; er runzelte die Stirn, als er bemerkte, was zwischen ihnen vorging, und schlug die Tür zu.

Der Regen prasselte in harten Tropfen auf das Dach, als sie sich wieder anzogen. Im vorderen Raum war ein grobschlächtiger Mann, der aus dem Fenster sah. Dunkelgrüne Palmwedel schwankten fächerartig hinter ihm, gepeitscht von dem Unwetter. Er drehte sich um, und Jocundra schnappte nach Luft. Es war Papa Salvatino, mit einem Lächeln christlicher Kameradschaft im Gesicht. Er trug einen Anzug aus weißer Rohseide mit modisch abgerundeten Taschen, und seine ganze Aufmachung paßte zu ihm wie ein Spitzenkrägelchen zu einem Straßenköter.

»Bruder Harrison!« sagte er mit frömmelndem Entzücken und streckte die Hand aus. »Als ich davon hörte, daß Sie der Wundertäter hier in Bayou Teche sind, mußte ich unbedingt vorbeikommen und Sie um Verzeihung bitten.«

»Reden Sie nicht um den heißen Brei herum«, sagte Donnell. »Sie wollen mir doch irgend etwas sagen.«

Es dauerte ein paar Sekunden, bis Papa seine elegante Gelassenheit wiedererlangt hatte, eine Zeit, während der sich sein Gesicht zu einem miesen, neidischen Knäuel verknotete. »Ja«, gab er zu. »In der Tat.« Er musterte Donnell kalt. »Meine Arbeitgeberin, Miss Otille Rigaud ... vielleicht haben Sie von ihr gehört?«

Mr. Brisbeau spuckte aus. Jocundra erinnerte sich an Geschichten aus ihrer Kindheit, in denen jemand namens Rigaud vorkam, aber nicht mit dem Vornamen Otille. Vielleicht Claudine, Claudette, irgend etwas in der Art.

»Sie ist eine wohlhabende Frau, diese Miss Otille«, fuhr Papa fort. »Ein Geschöpf mit den verschiedensten Leidenschaften, und ihre vorherrschende Leidenschaft gilt im Moment dem Okkulten. Sie ist äußerst angetan von Ihnen, Bruder.«

»Wie wohlhabend?« fragte Donnell, während er sich eine Tasse Kaffee eingoß.

»Reich oder nicht, diese Rigauds sind weniger wert als ein Wurm in einem Scheißhaufen«, sagte Mr. Brisbeau wütend. »Und was mich betrifft, ich will mit dem Gesindel nichts zu tun haben!«

Papa Salvatino setzte ein strahlendes Gesicht auf und tadelte ihn sanft mit wackelndem Zeigefinger. »Nun, Bruder, Sie haben wohl an des Teufels Hintertür gelauscht und seine Lügen aufgeschnappt.«

»Raus!« schrie Mr. Brisbeau; er nahm einen Herddeckel und drohte Papa damit.

»Zur gegebenen Zeit«, fuhr Papa ruhig fort, »hätte Miss Otille gern das Vergnügen, Sie kennenzulernen, Bruder Harrison, und ebenfalls ihre reizende Partnerin. Ich bin beauftragt, Sie sofort nach Maravillosa zu geleiten, wenn es genehm ist. Das ist ihr Landsitz drüben am Bayou Rigaud.«

»Das glaube ich nicht«, gab Donnell zur Antwort, während er seinen Kaffee schlürfte. »Aber sagen Sie ihr, daß ich ebenfalls sehr angetan sei.«

»Es wird ihr schmeicheln, das zu hören.« Er machte eine Halbdrehung zur Tür. »Wissen Sie, ich könnte ihre Neugier bis zu einem gewissen Grad befriedigen. Ich und Miss Otille haben schon viele Abende miteinander verbracht, und ich bin mit einem großen Teil der Familiengeschichte aufs engste vertraut.«

»Verarsch mich nicht!« sagte Donnell. »Du sollst mir etwas über sie erzählen. Das gehört zu deinem Auftrag.«

Papa ließ sich auf der Lehne des Sofas nieder und starrte Donnell an. »Von Kollege zu Kollege, Bruder, würdest du mir vielleicht verraten, wieso du mich durchschaut hast?«

»Ich habe in deine Seele geblickt«, sagte Donnell; er machte eine paar Schritte zum Fenster und kippte den Kaffee hinaus in den Regen. An dieser Stelle machte seine Stimme eine sonderbare Verwandlung durch: sie wurde für die Dauer eines halben Satzes hohl und glatt, dann klang sie wieder normal, dann wieder hohl. Es war keine extreme Veränderung, nur eine leichte Steigerung der Resonanz, wie die Stimme eines Mannes, der in einem leeren Raum spricht, und in einem Zimmer mit mehreren Stimmen wäre sie wahrscheinlich nicht wahrnehmbar gewesen. »Möchtest du wissen, wie sie aussieht? Sie ist glänzend schwarz, und an der Stelle, wo einmal ein Gesicht war, halb Spinne, halb Kröte, ist nur noch eine Masse von geronnenem Licht, die jetzt allerdings zu spiralförmigen Mustern zerfließt und dir die Arme hinabrinnt.«

Papa war erschüttert; auch er hatte die Veränderung wahrgenommen. »Bruder«, sagte er. »Du vergeudest deine Talente hier im Sumpfgebiet. Nimm den Rat eines Mannes an, der seit fünfzehn Jahren im Geschäft ist. Geh mit deiner Show auf Tournee! Du wirst es weit bringen!« Er schüttelte bekümmert den Kopf. »Nun ...« – er schlug die Beine übereinander, lehnte sich zurück und seufzte – »ich schätze, der beste Weg, dich auf Otille einzustimmen, ist, daß wir mit dem alten Valcours Rigaud anfangen. Er war einer von Lafittes Offizieren; im Alter von ungefähr Vierzig setzte er sich nach dem Dienst auf See zur Ruhe, da ihn ein Säbelhieb ein Bein gekostet hatte. Er kaufte sich ein hübsches Haus in New Orleans. Sein Leben als Privatier brachte ihn zu Wohlstand, und da er viel Zeit zur Verfügung hatte und Geschmack an den dunkleren Spielarten irdischer Vergnügungen, war es nicht allzu überraschend, daß er in den Einflußbereich eines gewissen Lucanor Aime geriet, des Anführers der Nanigo-Sekte. Jemals davon gehört?«

Mr. Brisbeau ließ den Herddeckel mit einem Knall fallen, murmelte etwas, stapfte in den Nebenraum und schlug die Tür hinter sich zu. Papa schnaubte vor Vergnügen.

»Voodoo«, sagte er. »Aber nicht für Schwarze. Nur für Weiße. Das entsprach genau Valcours' Natur, da er die Schwarzen abgrundtief haßte. Er hatte sie nicht mal auf seinen Schiffen geduldet. Wie auch immer, der alte Lucanor bot Valcours einen hohen Posten in seinen Diensten an, weihte ihn in alle Geheimnisse ein, und das nächste, was man erfuhr, war, daß Lucanor auf Nimmerwiedersehen verschwand und Valcours, der inzwischen noch reicher als je zuvor geworden war, nimmt seine Stelle ein, zieht nach Bayou Rigaud um und baut Maravillosa.« Papa schmunzelte. »Du wolltest wissen, wie reich Miss Otille ist. Nun, sie ist zwanzigmal so reich wie Valcours, und um dir eine Vorstellung zu geben, wie reich er war: Als seine älteste Tochter Verlobung feierte, ging er hin und bestellte eine Ladung Spinnen aus China, ganz besondere Spinnen, die für die Feinheit und Eleganz ihrer Netze bekannt sind, und er setzte sie aus, damit sie in den Pinien, die entlang der Allee zum Hauptgebäude standen, ihre Kunstwerke weben sollten. Dann ließ er die Gewebe von seinen Dienern mit Silberstaub und Goldstaub besprühen, so daß seine Tochter durch diesen Gang unter einem Baldachin von unvergleichlicher Pracht wandeln konnte.«

Der Wind blies kräftiger; Regen rann zwischen den Brettern herab und durchfeuchtete die Bilder an der Wand, so daß sie glitzerten. Jocundra schloß die Fensterläden und schob die Riegel vor; mit halbem Ohr hörte sie Papa zu, gleichzeitig horchte sie aber auch auf eine Wiederholung der Veränderung in Donnells Stimme. Er selbst schien es gar nicht zu bemerken, obwohl es ziemlich häufig geschah; es dauerte jedesmal ein paar Sekunden, dann schlug sie wieder um, als ob er einen sonderbaren Stimmbruch durchmachte. Wahrscheinlich, dachte sie, lag es nur daran, daß sich die Bakterien bis ins Sprachzentrum ausgebreitet hatten; sobald sie die verschiedenen Zentren besetzt hatten, verstärkten sie die jeweiligen Funktionen über das normale Maß hinaus. Ein Beweis dafür waren seine Augen. Dennoch beunruhigte es sie etwas. Sie erinnerte sich, wie sie einmal in Magnussons Zimmer geschlichen war und bei seiner Grabesstimme Angst bekommen hatte; Angst stieg auch jetzt in ihr auf. Wegen seiner Stimme, wegen des Sturms, aber vor allem wegen der Geschichte. Sagenhafte Bälle und Maskeraden hatten allwöchentlich in Maravillosa stattgefunden, erzählte Papa; doch trotz seines großen Stils hatte sich Valcours einen schlechten Ruf erworben. Man erzählte sich allerhand Schauriges von sexueller Perversion und unheiligen Ritualen; Leute verschwanden und wurden niemals wieder gesehen; man behauptete, Zombies arbeiteten auf seinen Feldern, und nach seinem Tod zerhackte man ihn in Stücke und setzte ihn in sieben Särgen bei, um seine Wiederkehr zu verhindern. Die Geschichte und der Sturm nisteten sich fest in Jocundras Kopf ein, die Worte heulten, und der Wind sprach in gedehntem Ton; Natur und Legende vermischten sich, und sie hatte das Gefühl, daß die Wände der Hütte zusammengedrückt und sie von ihnen zermalmt würden, so daß ihre Gesichter der Sammlung angeklebter Bilder zugefügt würden.

»Valcours' Kinder verbrachten den größten Teil ihres Lebens damit, den Namen der Familie wieder reinzuwaschen«, sagte Papa. »Sie gründeten Waisenhäuser, richteten Wohlfahrtsinstitute ein. Maravillosa wurde zu einer Fabrik der guten Taten. Doch der Geist des alten Valcours schien in seiner Enkelin Clothilde wiedergeboren zu sein. Die Leute erzählten sich die gleichen Geschichten über sie, wie sie über ihn im Umlauf gewesen waren. Und noch schlimmere. Sie baute das Familienvermögen zu einem Imperium aus, und eingeweihte Kreise sagten, daß das neue Geld aus Waffengeschäften, aus Menschenhandel und noch übleren Machenschaften stammte. Es gingen Gerüchte, daß sie in New Orleans Opiumhöhlen besaß und sich als Mann verkleidet in der Hafengegend herumtrieb, als ein Halsabschneider namens Johnny Perla. Es war aktenkundig, daß sie mit Abraham Levine gemeinsame Sache machte. Ihr wißt schon, der Papageien-König. Der alte Knabe, der in ganz Zentralamerika Vögel aufkaufte und die Epidemie der Papageienkrankheit auslöste. Tausende von Kindern starben daran. Doch plötzlich, auf der Blüte ihres Lebens, auf dem Höhepunkt ihres üblen Schaffens, verschwand Clothilde.«

Papa stieß wieder einen Seufzer aus, schlug die Beine andersherum übereinander und fuhr fort zu erzählen, wie Clothildes Sohn, Otilles Vater, in die Fußstapfen seiner Großeltern getreten war und versucht hatte, die Familienehre wiederherzustellen, indem er sich während des Zweiten Weltkriegs auf internationaler Ebene für das Judentum einsetzte und die Rigaud-Stiftung zur Finanzierung wissenschaftlicher Forschung gründete; wie Otilles Kindheit von einem Skandal nach dem anderen begleitet war, gekrönt von der Affäre mit Senator Millman, einem Wochenendgast in Maravillosa, den man mit Otille im Bett fand, als sie gerade zwölf Jahre alt war. Donnell lehnte sich an den Ofen, sein Gesichtsausdruck war wegen der verspiegelten Brillengläser unergründlich. Der Sturm ließ etwas nach, aber Jocundra wußte, daß das nur eine vorübergehende Beruhigung war. Die Julistürme dauerten tagelang an. Sie fröstelte in der feuchten Luft, und ein Film fieberartigen Schweißes stand ihr auf der Stirn.

»Die folgenden Jahre verbrachte Otille in privaten Internaten und am College, und über diese Zeit spricht sie nicht viel. Aber als sie etwa zwanzig, einundzwanzig war, wurde sie vom Theaterfieber gepackt, und sie machte sich auf nach New York. Es dauerte nicht lange, bis sie eine Rolle bekam, die als der größte Leckerbissen seit so mancher Spielsaison galt. Die Mireille in *Danse Calinda.* Natürlich wurde darüber gemunkelt, wie sie an die Rolle gekommen war, und es wurde ihr unterstellt, ein Verhältnis mit dem Autor des Stückes gehabt zu haben. Aber die Rolle konnte auch keine andere als sie spielen, da sie ihr auf den Leib geschrieben war. Die Kritiken waren einstimmig. Es wurde gesagt, das Stück brächte eine neue Dimension in das Genre des Okkulten und sie verkörpere die Rolle durch und durch. Diese verdammten Dummköpfe schreckten vor keiner noch so blöden Äußerung zurück, nehme ich an. Otille hatte erreicht, daß die Kritiker benommen von ihr waren und ihr alle Schändlichkeiten zutrauten. Das schafft sie bei jedem Mann, garantiert.« Er grinste schleimig. »Doch die Figur, die Mireille, war eine starke, begabte Frau, gutherzig, doch dem Teufel verfallen, gefesselt an eine unheilvolle Wahrheit durch die Bande einer schwarzen

Tradition, und die gute Otille hatte keine Schwierigkeiten mit dem Einfühlen. Dann, als es ganz danach aussah, als würde sie ein großer Star werden, griff sie den männlichen Hauptdarsteller mit einer Spiegelscherbe an und verletzte ihn schwer!« Papa schnipste mit den Fingern. »Damit war sie zu weit gegangen. Man schloß sie in einem Sanatorium irgendwo im Staat New York ein, und die Ärzte sagten, daß es die Anstrengung der Rolle gewesen sei, die sie nicht verkraftet habe. Otille selbst aber erzählte, daß sie durch das Stück zu gewissen Erkenntnissen über sich selbst gekommen sei und daß sie vor etwas fliehen wollte, vor dem es keine Flucht gab. Daß die Schattenwesen von Valcours und Clothilde von ihrer Seele Besitz ergriffen hätten. Sobald man sie freiließ, fuhr sie auf kürzestem Wege nach Maravillosa, und dort lebt sie seit den letzten zwölf oder dreizehn Jahren.« Er streckte den Bauch raus, klopfte darauf und grinste. »Und sechs Jahre davon habe ich mit ihr verbracht.«

»Und ist sie verrückt?« fragte Donnell. »Oder frönt sie dem Bösen?«

»Ein bißchen verrückt ist sie schon, Bruder, aber sind wir das nicht alle?« Papa lachte. »Ich weiß, daß ich es bin. Und was das Böse betrifft, ne, ne, sie spielt nur mit dem Bösen herum. Ihrer Ansicht nach kann sie ihrer Vorbestimmung nicht entgehen, egal was sie tut, also umgibt sie sich mit Sonderlingen und Kriminellen. Keine schweren Kaliber. Taschendiebe, Falschspieler, Drogenhändler, Prostituierte ...«

»Religionsscharlatane«, schlug Donnell vor.

»Ja«, sagte Papa ungerührt. »Und Freaks. Du würdest wunderbar in die Sammlung passen.« Er bohrte sich etwas aus den Zähnen. »Ich will offen mit dir sein, Bruder. Für Otille zu arbeiten ist wie zum Zirkus zu gehen. Täglich drei Vorstellungen. Das schafft nicht jeder. Aber um zu ihrer Theorie zurückzukehren, sie glaubt, wenn sie sich in diese Niederungen der Halbwelt zurückzieht, befriedigt sie ihre unnatürlichen Gelüste und stellt nichts *wirklich* Böses an wie Valcours oder Clothilde.« Er holte eine Karte aus seiner Jackentasche und überreichte sie Donnell. »Wenn du mehr erfahren willst, rufe die untere Telefonnummer an. Sie kann es kaum erwarten, mit dir zu sprechen.« Er stand auf und rückte sich die Hose höher. »Noch eins, dann verschwinde ich. Ihr werdet beobachtet. Otille sagt, sie sind hinter dir her wie der Teufel hinter der armen Seele.«

Donnell reagierte nicht auf diese Neuigkeit; er starrte auf die Karte, die Papa ihm gegeben hatte. Doch Jocundra war verdutzt. »Wer?« fragte sie.

»Die Regierung aller Wahrscheinlichkeit nach«, sagte Papa. »Otille sagt, wenn du es herausfinden willst, dann ... kennst du die kleine miese Kneipe ein Stück die Straße runter?«

»Den ›Piratentreff‹?«

»Genau. Fahr morgen daran vorbei. Etwa eine halbe Meile weiter kommt eine unbefestigte Straße, und direkt neben dem Schotter findest du einen Spitzelposten. Zwei Männer in einem hübschen polierten neutralen Wagen. Heute sind sie nicht dort, deswegen bin ich gekommen.« Papa schlenkerte mit seinen Autoschlüsseln und schenkte ihnen sein verbindlichstes Lächeln. »Also, laß von dir hören.« Er rannte in den Regen hinaus.

Jocundra drehte sich zu Donnell um. »Hat er wohl die Wahrheit gesagt?«

Einen Augenblick lang wußte er nicht so recht, was sie meinte, dann antwortete er: »O ja. Zumindest hat er nicht gelogen.« Er sah auf die Karte hinunter. »Wart mal eine Sekunde.« Er ging ins Nebenzimmer und kam mit einem Notizbuch heraus; er legte es geöffnet auf den Ofen. »Dies hier«, sagte er und deutete auf eine Zeichnung, »ist die letzte Skizze, die ich von den Lichtmustern, die ich sehe, angefertigt habe. Und dies ...« – er deutete auf ein Zeichen unten auf der Karte – »ist das große Ganze, von dem meine Skizze ein Teilstück ist.«

Jocundra erkannte das Zeichen, und wenn er ihr auch nur die Skizze des Teilstücks gezeigt hätte, hätte sie es ebenfalls erkannt. Sie hatte es mit Hühnerblut auf Hauswände gemalt gesehen, mit Farbstaub auf Böden aus gepreßter Erde aufgetragen, mit Schaum aufgesprüht auf die Schaufenster von Ladeneingängen, gedruckt auf Flugblättern. Sein Anblick machte all ihre Erklärungen seiner Fähigkeiten zunichte, ließ sie lächerlich erscheinen wie ein Amulett zur Abwendung des Bösen.

»Das will ich aus Kupfer herstellen«, sagte Donnell. »Ich bin meiner Sache ganz sicher. Ich war noch nie ...« Er bemerkte, wie sie das Zeichen anstarrte. »Hast du es schon mal gesehen?«

»Es ist eine *Veve*«, sagte Jocundra bedrückt. »Ein rituelles Zeichen aus dem Voodoo-Kult, mit dem einer der

Götter herbeigerufen werden kann, das sozusagen als Pforte zu ihm dient. Es gehört zu einem der Aspekte von Ogoun, ich kann mich jedoch nicht erinnern, zu welchem.«

»Ein *Veve?*« Er nahm die Karte in die Hand. »Na ja«, sagte er, »warum nicht.« Er schob die Karte in seine Tasche.

»Was wirst du tun?«

»Ich werde jetzt erst mal bis morgen warten, damit ich nicht zu ungeduldig erscheine.« Er lachte. »Und dann gehe ich wahrscheinlich zum ›Piratentreff‹ und rufe Otille mal an.«

Donnell warf seine Münzen ein und wählte. Ein Tieflader-Lastwagen fuhr auf der Straße vorbei und wirbelte mit den Reifen Wasser auf, das gegen die Telefonzelle spritzte. Aber auch als die Scheiben wieder klar waren, konnte er kaum den Wagen erkennen, der vor der Kneipe abgestellt war. Der Regen löste das Gesicht des Piraten über dem Schindeldach auf, so daß nur noch eine Augenbinde und ein dreistes Lächeln übrigblieb; das Neon-Markenzeichen des ausgeschenkten Biers verlief zu einem tränenüberströmten Lichtschimmer.

»Ja, bitte?« Die Stimme am Telefon war abgehackt und ausdruckslos, aber sobald er seinen Namen nannte, wurde sie weicher und nahm einen schwachen südlichen Akzent an. »Ich bin aufs angenehmste überrascht, Mr. Harrison. Ich hatte nicht damit gerechnet, daß Sie so bald anrufen würden. Was kann ich denn für Sie tun?«

»Ich weiß nicht, ob Sie etwas für mich tun können«, sagte er. »Ich hätte nur gern ein paar Auskünfte gehabt.«

Otilles Lachen klang zynisch; sogar durchs Telefon war eine geballte Bösartigkeit darin zu erkennen. »Sie schlagen sich offenbar mit einigen Problemen herum, sonst hätten Sie bestimmt nicht angerufen. Warum sprechen Sie sie nicht einfach aus? Wenn ich dann noch immer an Ihnen interessiert bin, können Sie sich Ihre Auskünfte einholen.«

Donnell rieb sich mit dem Telefonhörer über die Wange und überlegte sich, wie er am besten mit ihr umgehen sollte. Durch die tropfenverhangenen Plastikscheiben sah er einen alten Hund mit braun und weiß geflecktem Fell aus dem Gestrüpp neben der Telefonzelle herauskommen und auf die Straße treten. Vor Dreck starrend, knochendürr und halb verhungert, mit trüben Augen. Er schnüffelte mit der Nase über den Boden und lief auf die Kneipe zu, begutachtete jedes Stück Abfall und kümmerte sich nicht um den strömenden Regen.

»Ich brauche drei Tonnen Kupfer«, sagte er. »Ich möchte etwas bauen.«

»Wenn Sie nicht zur Sache kommen wollen, Mr. Harrison, können wir die Unterhaltung auf der Stelle beenden.«

»Ich möchte ein Abbild des *Veve* auf Ihrer Visitenkarte herstellen.«

»Warum?« fragte sie nach einer Pause.

Zunächst war er durch ihre Frage aufgeschreckt und erzählte nur Halbwahrheiten, wiederholte die Lügen, derer er sich schon innerhalb des Projektes bedient hatte; er erklärte seinen Plan, das *Veve* als Mittel zu benutzen, ließ jedoch Einzelheiten aus. Doch im Laufe ihres Gesprächs merkte er, daß er immer weniger Vorbehalte dagegen hatte, sich ihr zu offenbaren, und er sprach freizügiger. Obwohl manche ihrer Fragen auch weiterhin in einem scharfen Ton gestellt wurden, verrieten andere eine kindliche Neugier, und wieder andere waren geradezu verführerisch formuliert, als wollte sie Informationen aus ihm herauskitzeln. Diese Schwankungen in ihrem Charakter erinnerten ihn an sein eigenes wechselhaftes Wesen, das zwischen Arroganz und Angst pendelte, und aus diesem Grund glaubte er, daß er sie vielleicht verstehen und ihre Schwächen ausnutzen könnte.

»Mir ist immer noch nicht ganz klar geworden, warum Sie ausgerechnet dieses *Veve* nachbauen wollen«, sagte sie.

»Ich habe da so eine Intuition«, antwortete er. »Jocundra meint, es könnte eine Analogie zu einem Wesenszug meines Gehirns sein, aber das kann ich erst sagen, wenn ich es gebaut habe. Warum haben Sie es auf Ihre Karte drucken lassen?«

»Tradition«, sagte sie. »Wissen Sie überhaupt, was ein *Veve* ist, welche Funktion es im Voodoo-Kult hat?«

»Ja, in groben Zügen.«

»Alles, was ich von Ihnen gehört habe, hat mich sehr beeindruckt«, sagte sie. »Wenn mir irgend jemand anderes vorgeschlagen hätte, das *Veve* von Ogoun Badagris aus drei Tonnen Kupfer nachzubauen, hätte ich sofort den Hörer aufgelegt. Aber bevor ich mich darauf einlasse ... entschuldigen Sie.«

Der Hund hatte sich auf den Parkplatz der Kneipe begeben, wo er jetzt stand und mit jämmerlichem Blick die Ladefläche von Mr. Brisbeaus Lieferwagen anstarrte; er beschnüffelte irgend etwas unter dem Hinterreifen und spazierte auf die andere Seite hinüber. Donnell hörte, wie Otille ärgerlich mit jemandem sprach, und sie klang immer noch ärgerlich, als sie sich wieder an ihn wandte.

»Kommen Sie nach Maravillosa, Mr. Harrison. Wir werden miteinander reden. Ich werde dann entscheiden, ob ich Sie unterstützen werde oder nicht. Aber Sie sollten bald kommen. Die Leute, die Sie beobachten, werden nicht mehr lange dulden, daß sie frei herumlaufen.«

»Woher wissen Sie das?«

»Ich habe sehr gute Beziehungen«, sagte sie spitz.

»Welche Garantie habe ich, daß man mich dort nicht beobachten wird?«

»Maravillosa ist mein privater Besitz. Niemand betritt

ihn ohne meine Erlaubnis.« Otille gab einen Laut der Ungeduld von sich. »Wenn Sie sich also entschließen zu kommen, dann rufen Sie einfach diese Nummer an, und sprechen Sie mit Papa. Er wird Sie abholen. Dieser alte Schwachkopf, bei dem Sie wohnen, soll Sie durch den Sumpf bis zum Laden von Caitlett bringen.«

»Ich werde es mir durch den Kopf gehen lassen«, sagte Donnell. Grauer Regen, vom Wind gepeitscht, trübte die Scheiben der Zelle; die Lichter der Kneipe schienen in weiter Ferne zu sein, wie die Lichter eines im Nebel liegenden fernen Ufers.

»Nehmen Sie sich nicht zuviel Zeit dafür«, sagte Otille; ihre Stimme wechselte die Tonart und wurde heiser, verführerisch. »Darf ich Sie Donnell nennen?«

»Lassen Sie uns auf geschäftlicher Ebene miteinander verhandeln«, sagte er, abgestoßen durch ihre plumpe Art.

»Oh, Donnell«, sagte sie und lachte. »Die Frage war eine reine Formsache, ich nenne Sie ohnehin so, wie ich will.«

Sie legte auf.

Jemand hatte mit blauer Tusche ein Kreuz über das Telefon gezeichnet, und jemand anderes, ein etwas geschickterer Künstler, hatte eine Frau zugefügt, die nackt auf einem der Querbalken saß, mit Wellenlinien, die andeuten sollten, daß sie sich rauf und runter bewegte, und den Worten »Danke, Jesus« in einer Sprechblase vor ihren Lippen. Während er überlegte, welchen Schritt er als nächstes unternehmen sollte, betrachtete er all die Wandkritzeleien, benutzte sie als Hintergrund für seine Gedanken; ihre einheitliche Obszönität schien einen zwingenden Schluß nahezulegen. Er ging zurück zum Lieferwagen, wobei kalter Regen sein Haar vollkommen durchnäßte.

Nachdem Donnell von seinem Gespräch berichtet hatte und vorschlug, man sollte mal sehen, was Maravillosa zu bieten hätte, grunzte Mr. Brisbeau abfällig.

»Lieber würde ich meine Lieblingsmaus einem Falken anvertrauen«, sagte er, während er in seiner Tasche nach dem Autoschlüssel wühlte.

»Das hört sich an, als sei sie eine schreckliche Person«, sagte Jocundra. »Shadows kann gar nicht schlimmer gewesen sein. Dort kennen wir wenigstens die Fallen.«

»Sie spielt mit offenen Karten«, sagte Donnell. »Das mußt du ihr immerhin zugute halten. In Shadows wußte ich nie, was Sache war.«

Jocundra zupfte an einer Unebenheit im Plastik des Armaturenbretts.

»Und übrigens«, ergänzte Donnell, »bin ich überzeugt davon, daß es noch viel mehr über das *Veve* zu erfahren gibt, und wenn man irgendwo etwas darüber erfahren kann, dann in Maravillosa.«

Regen trommelte auf das Wagendach, die Fenster beschlugen sich, und die drei saßen schweigend da.

»Welcher Tag ist heute?« fragte Donnell.

»Donnerstag«, sagte Mr. Brisbeau; »Freitag«, sagte Jocundra zur gleichen Zeit. »Freitag«, wiederholte sie. Mr. Brisbeau hob die Schultern.

Donnell klopfte mit dem Finger auf das Armaturenbrett. »Gibt es eine Nebenstraße, auf der man von hier wegkommt, eine, auf der der Lieferwagen fahren kann?«

»Es gibt einen Weg drunten an der Sägemühle vorbei«, sagte Mr. Brisbeau. »Der Wagen wird ganz schön im Dreck versinken, aber es wird gehen. Vielleicht.«

»Falls Edman nach wie vor seine Wochenenden zu Hause verbringt«, sagte Donnell, »werden wir ihm die Chance zu einem Gegenvorschlag geben. Jetzt fahren wir los. Auf diese Weise werden wir unsere Beobachter, wer immer sie sein mögen, durcheinanderbringen; sie werden bestimmt nicht damit rechnen, daß ich jetzt bei Edman auftauche.«

»Was machen wir, wenn er nicht zu Hause ist?« Jocundra sah beunruhigt bei dieser Vorstellung aus, und ihm wurde klar, daß sie sich fest darauf verlassen hatte, daß er Otilles Angebot ausschlagen würde.

»Dann werde ich Papa anrufen, und wir werden zum Laden von Caitlett fahren. Ehrlich gesagt, kann ich mir nicht vorstellen, daß Edman irgend etwas bieten kann, das mich dazu bewegen könnte, wieder beim Projekt mitzumachen, aber ich bin bereit, mich eines anderen belehren zu lassen.«

Sie nickte niedergeschlagen. »Vielleicht sollten wir gleich Papa anrufen. Edman könnte sich als Risiko erweisen.«

»Alles ist ein Risiko«, sagte er, während Mr. Brisbeau den Motor anließ. »Aber nur so werden wir wissen, daß wir das getan haben, was wir tun mußten.«

Als Mr. Brisbeau zurücksetzte, rumpelte das rechte Vorderrad über etwas, dann sackte es tiefer ein, und Donnell hörte von unten ein Aufjaulen. Er riß die Tür auf und stieg aus; da sah er den Hund. Der Wagen war ihm über das Genick und die Schultern gefahren, was ihn sofort getötet hatte. Wahrscheinlich hatte er aufgegeben, etwas zu essen zu suchen, und sich bäuchlings unter das Rad gelegt, wo er vor dem Regen geschützt war und in den Genuß der Motorwärme kam. Eines seiner Augen war halb aus der Höhle gesprungen, so daß die faserige Struktur dahinter freilag, und der Regen überzog die braune Iris mit einem schimmernden Film, aus dem dahinterliegenden Loch im Schädel lief eine schmutzige Flüssigkeit. Hellrotes Blut quoll ihm aus dem Mund, verblaßte zu Rosa und schlängelte sich in Rinnsalen über den matschigen Boden.

Mr. Brisbeau kam vorne um den Lieferwagen herum; er war wütend. »Verdammt, Junge! Gibt dir das nicht zu denken?« schrie er, als ob es Donnells Schuld gewesen wäre, daß er den Hund überfahren hatte. »Wenn du nicht mit diesen Rigaud-Verrücktheiten aufhörst, mißachtest du ein eindeutiges Zeichen!«

Aber wenn es wirklich ein Zeichen war, wie sollte man es deuten? Mit seinem rosafarbenem Fleisch, den gespreizten Beinen, das Maul aufgerissen zu einem erstarrten Knurren – der groteske Stempel des Todes hatte dieses dumpfe, müllfressende Tier in etwas verwandelt, das entschieden eindrucksvoller war als je zu seinen Lebzeiten. Donnell hätte niemals gedacht, daß eine so erbarmungswürdige Kreatur eine so herrliche Farbe besitzen könnte.

# 13. KAPITEL

## *Aus Menschenbeschwörung: Meine Arbeit mit Ezawa in Tulane*
## von Dr. med. Dr. phil. Anthony Edman

... Obwohl Ezawas Geldmittel aus privaten Quellen stammten, hatte man ihm auferlegt, die Regierung über seine Arbeit mit DNS in neuen Kombinationen zu unterrichten. Die Regierung mischte sich jedoch kaum in das Projekt ein, jedenfalls bis zum Tod von Jack Richmond. Am Morgen nach seinem Tod – ich wußte zu dem Zeitpunkt noch nichts davon – besuchte mich Douglas Stellings, unser Verbindungsmann zur CIA, ohne Ankündigung. Ich war keineswegs erfreut, ihn zu sehen. Es war uns gelungen, die Flucht vor den anderen Patienten geheimzuhalten, aber die Belegschaft war aufgewühlt, und die allgemeine Reaktion bestand in äußerster Mutlosigkeit, in Resignation und dem Gefühl, versagt zu haben. Nicht einmal Dr. Brauer konnte sich dazu aufschwingen, einen Pfeil gegen mich abzuschießen. Wir alle hatten geglaubt, kurz vor dem Durchbruch zu stehen, aber mit dem Abgang von Magnusson, Richmond und Harrison war unsere kleine Bühne ihrer Hauptakteure beraubt und wir des zentralen Brennpunkts unserer Arbeit. Als nun also Stellings auftauchte, begrüßte ich ihn so, wie ein um einen geliebten Toten Trauernder einen Beerdigungsunternehmer begrüßt, mit düsterem Desinteresse, und als er mich über die Todesfälle in Kenntnis setzte, konnte ich ihn nur anstarren.

Stellings, ein dünner, gestählter Mann, der die Eigenschaft hatte, seine Worte mit einem Hochziehen der Nase zu unterstreichen, hatte nichts als Geringschätzigkeit für mich übrig, ebenso für die Belegschaft, ja für jeden, der nicht irgendeinen Rang in der CIA innehatte.

»Wir haben die örtlichen Behörden angewiesen, sich der Sache anzunehmen«, sagte er. Schnief. »Die hiesige Kriminalpolizei kümmert sich darum ... unter unserer Oberaufsicht, Gott sei Dank!« Während er einen Blick auf die Schädel von Eingeborenen warf, die hinter mir aufgereiht waren, verzerrte ein Anflug eines Lächelns seine Gesichtszüge, das meiner Auffassung nach von pathologischer Nichtssagendheit war. »Lassen Sie Ihre Leute hier erscheinen«, befahl er. »Ich möchte Videos von Harrison sehen.«

Bis spät in den Abend hinein betrachteten wir die Aufzeichnungen von Harrisons letzten vier Tagen. Nach ein paar Fragen, die er zu Anfang stellte, enthielt sich Stellings jedes Kommentars; dann, so gegen Mitternacht, verlangte er, daß drei spezielle Stellen noch einmal durchlaufen sollten. Die erste zeigte Harrison, der an seinem Schreibtisch saß; er beugte sich nach vorn und stützte den Kopf mit der linken Hand ab, den rechten Ellbogen ließ er auf die Schreibtischplatte knallen und wackelte mit den Fingern. Er machte den Eindruck, tief in Gedanken versunken zu sein. Kurz nach dieser Szene verschwand das Bild, und auf dem Schirm war nichts mehr zu sehen. Die zweite Stelle ähnelte der ersten, nur daß in diesem Fall Harrison durch den Korridor im Erdgeschoß humpelte, und die dritte, die am Abend der Flucht aufgenommen worden war, war mit der ersten ziemlich identisch.

»Die Kameras laufen immer zu schnell«, murmelte jemand.

Stellings ließ das Band zurücklaufen bis zu dem dritten Teilabschnitt, dann spulte er es wieder etwas weiter vor. »Er schielt in die Kamera«, sagte er. »Er sieht zwar nach oben und zur Seite, damit man es nicht so genau sieht, und versteckt seine Augen hinter den Händen. Und dann wackelt er mit den Fingern, wir zählen bis zehn ...« – er zählte –, »und daraufhin spielt die Kamera verrückt. Begreifen Sie?«

»Genau wie Magnusson«, hauchte Dr. Leavitt mit niedergeschmetterter Stimme, einer Stimme, die in meinen Ohren unrecht klang.

»Was ist mit Magnusson?« hakte Stellings sofort ein.

»Auch bei ihm war ein ähnliches Verhalten in bezug auf Augen und Hände zu beobachten, bevor die Kameras versagten«, sagte Leavitt. »Ich habe Dr. Brauer darauf hingewiesen, aber er maß dem nicht allzu große Bedeutung bei.«

»Ihr solltet hier alle in Spielhöschen rumlaufen«, sagte Stellings voller Verachtung.

»Warum hat man mich nicht davon in Kenntnis gesetzt«, wollte ich von Brauer wissen. Es bereitete mir, das muß ich gestehen, großes Entzücken zu beobachten, wie er herumdruckste, obwohl mir klar war, daß der Untergang eines Brauer lediglich den Aufstieg eines Leavitt zur Folge hätte; und Leavitt, unser lernbegieriger Experte, dessen hauptsächlicher Beitrag bis jetzt darin bestand, daß er untersuchte, inwieweit die Patienten, nachdem man sie dem Fernsehen ausgesetzt hatte, aus dem Gesehenen autobiographische Einzelheiten für sich übernahmen, dieser Leavitt war ganz gewiß kein geringerer Opportunist als Brauer. Natürlich war mir Harrisons Verhalten auch nicht aufgefallen, aber Brauer saß da, mit zusammengekniffenen Augen und die Zunge zwischen den Lippen, wie ein überführter Gauner vor seinem Gang zum Galgen.

Stellings schickte alle bis auf mich hinaus und rief seine vorgesetzte Dienststelle an. Er sprach die Empfehlung aus, daß die Mitwirkung des FBI an der Aufklärung des Falles mit allen Mitteln ausgeschaltet werden sollte, woraufhin sich ein juristischer Streit entwickelte, der es Harrison und der Verret letztendlich erlaubte, im Haus von Clarence Brisbeau Zuflucht zu nehmen. In dem Moment, als Harrison bei den Erweckungs-Anhängern in Salt Harvest auf der Bühne stand, war kein einziger Agent oder Beamter auf ihn angesetzt. Alle

Jagdhunde wurden zurückgehalten, bis die hohen Herren Jäger ihre verwickelten Stricke entwirrt hätten; als die CIA schließlich die Oberhand gewann und Harrison ausfindig gemacht worden war, wurde die Entscheidung getroffen, daß man ihn weiterhin auf freiem Fuß lassen wolle. Der Hintergedanke dabei war, nach Stellings Worten, »ihm freie Bahn zu lassen, um zu sehen, wie der Hase läuft«. Wenn man ihn schnappen würde, wäre mit Sicherheit zu erwarten, daß sich Harrison nicht kooperativ zeigen würde, deshalb käme entschieden mehr dabei heraus, ihn unter ständiger Beobachtung zu haben. Brisbeaus Hütte war keine ideale Operationsbasis für den Sicherheitsdienst, doch ihre einsame Lage war andererseits ein positiver Faktor, und weder Stellings noch seine Vorgesetzten rechneten damit, daß Harrison weglaufen würde. Außerdem war er ja nicht der einzige Nachzünder; je mehr er unfreiwillig enthüllte, desto mehr wäre man in der Lage, sie wirkungsvoll zu kontrollieren. Als man in Erfahrung brachte, daß Harrison eine Art von Wunderheilerei betrieb, schickte ihm die CIA – ein Geniestreich und eine Meisterleistung bürokratischer Fähigkeit – Patienten aus ihrer eigenen Klinik, an denen allen eine wundersame Heilung vorgenommen wurde. Zu diesem Zeitpunkt – wach geworden durch die gespenstische Vorstellung, wie kranke Spione durch den Einsatz eines Zombie-Heilers wiederhergestellt wurden – vertrieb ich den Nebel, der sich seit der Flucht auf mich herabgesenkt hatte, und Angst stieg in mir auf.

Die Überwachungseinrichtungen, die in Brisbeaus Hütte installiert worden waren, versagten während der meisten Zeit, aber an Tagen, an denen keine Patienten kamen und Harrisons elektrische Aktivität auf ein Minimum beschränkt war, waren wir manchmal in der Lage, verzerrte Übertragungen zu empfangen; und daraus, sowie aus unseren bisherigen Kenntnissen und den Berichten der Agenten, setzten wir uns Stück für Stück ein wissenschaftliches Bild über Harrisons besondere Begabung zusammen. Stellings zeigte sich kaum überrascht, als er von den Heilungen und anderen Wundertaten hörte; seine Reaktionen bestanden lediglich in der Ausarbeitung weiterer taktischer Pläne und Empfehlungen. Doch ich war erschüttert. Harrison lebte erst seit fünf Monaten, und er war bereits zu Wundertaten in der Lage. Und als wir einem ganz speziellen Gespräch zwischen ihm und der Verret lauschten, bekamen wir Hinweise auf eine weitere Entwicklung seiner Begabung.

VERRET: Was siehst du?

HARRISONS: Nichts. Nur den *Gros Bon Ange.* Ich beherrsche sie immer besser *(Lachen)* – oder umgekehrt.

VERRET: Wie sehe ich aus?

HARRISON: Du hast eine hübsche Seele. *(Verret lacht.)* Ich sage dir, was meine Reaktion ausgelöst hat: All die einzelnen Funken des Feuers schwirrten in der Schwärze herum, vereinigten sich aufs Geratewohl, und dann – wupps – verschmolzen sie alle miteinander, um dein Abbild zu schaffen. Es war nicht ganz so wie üblich, aber die Züge waren die gleichen. Sind die gleichen. Die Farben sind jedoch anders. Weniger Blau, mehr Gold und Rubinrot.

VERRET: Ich könnte mir denken ...

HARRISON: Was denn?

VERRET: Mein Gefühl für dich war gerade eben ... sehr romantisch.

HARRISON: So? *(Ein Rascheln)*

VERRET: *(Lachen)* Fühle ich mich anders an? *(Schweigen)* Stimmt was nicht?

HARRISON: Ich versuche, wieder rauszukommen. Manchmal ist es schwierg zu schaffen.

VERRET: Warum machst du dir nicht einfach nichts daraus. Es macht mir nichts aus.

HARRISON: *(Seine Stimme wird für eine Weile sehr stabil, als ob der Empfang besser geworden wäre.)* Das wäre so, als ob zwei verkohlte Leichen sich lieben wollten. *(Langes Schweigen)* Bist du okay?

VERRET: *(Sie bebt.)* Ja.

HARRISON: O Herrje! Ich habe mir nichts dabei gedacht, so wollte ich das nicht sagen. Es tut mir leid.

VERRET: Es gibt nichts, das dir leid tun müßte.

Danach nahm Harrisons elektrische Aktivität zu, und die Übertragung wurde durch Störungen verzerrt.

Die Fähigkeit, Magnetfelder zu manipulieren, Dinge über die Ionen zu beeinflussen, und jetzt diese geheimnisvolle Erwähnung des Voodoo-Ausdruckes für die Seele. Ich muß sagen, wir hatten keine Ahnung von der wahren Potenz, die in diesem Mann steckt. Meine Phantasie bekam neue Nahrung aus den finsteren Erkenntnissen, die uns das Projekt lieferte, und mich plagte die Vorstellung, daß Harrison mit einer einzigen Bewegung ganze Städte in Schutt und Asche legen und eine Armee der Toten aufbauen könnte. Ich machte Stellings den Vorschlag, daß wir ihn doch lieber hinter Schloß und Riegel bringen sollten, aber er erklärte mir, daß die Risiken ›akzeptabel‹ seien. Er teilte nicht meine Meinung, die sich in mir immer mehr verfestigte, daß Harrison eines der gefährlichsten Geschöpfe war, die jemals gelebt haben. Natürlich wußte Stellings nicht von Otille Rigaud ... oder doch? Vielleicht war das ein unentwirrbarer Knoten. Er schien sich nur nach seinen eigenen Gesetzen auflösen zu lassen, außerweltlichen Gesetzen, wie ein komplizierter Teppich aus schwarzer Spitze, mit winzigen Figuren, deren Handlungen einen Schatten unseres zukünftigen Lebens vorauswarfen.

Und dann kam die Nacht des 26. Juli 1987, eine Nacht, während derer all meine Befürchtungen übertroffen wurden. Ich hatte schon seit einer Stunde geschlafen, das heißt, nicht richtig geschlafen, sondern gedöst und auf den Regen und den Wind vor dem Fenster gelauscht, als es mir erschien, als hörte ich Schritte im Gang. Obwohl das äußerst unwahrscheinlich war – ich verfügte über ein ausgeklügeltes Alarmsystem –, richtete ich mich im Bett auf und horchte genauer hin. Nichts. Die einzige Bewegung war das Rechteck, das die Straßenbeleuchtung an die gegenüberliegende Wand warf, gefleckt durch die trüben Schatten von Regentropfen und einem windgepeitschten Blatt. Ich lehnte mich zurück. Und wieder hörte ich das Geräusch, als ob etwas über den Teppichboden des Flurs glitte. Diesmal schaltete ich die Nachttischlampe an, und da stand im Türrahmen ein bizarrer alter Mann mit schulterlangem weißen Haar; er trug ein lose fallendes Hemd, dessen Aufdruck, jedenfalls erschien es meinen geblendeten Augen so, eine blaue Schlange darstellte (etwas später erkannte ich, daß es das Wort *Backfreund* war, der Schriftzug eines Mühlenkonzerns. »Verdammt, der is' ganz schön groß, is' der«, sagte der alte Mann zu jemandem, der sich hinter der Türkante außer Sicht befand. Eine zweite Gestalt erschien im Türrahmen, und eine dritte, und ich begriff, warum meine Alarmanlage nicht funktioniert hatte. Es war die Verret, sie sah besorgt aus, und neben ihr, verkleidet mit einer Spiegelbrille, war Harrison. Er hatte zugenommen, besonders in den Schultern, aber er war immer noch insgesamt mager. Seine Haare waren gewachsen, sie umrahmten sein Gesicht, was ihm etwas Piratenhaftes verlieh.

»Edman«, sagte er.

Er sprach das Wort wie eine Beschimpfung aus, und es lag so viel Boshaftigkeit darin, daß ich es fast nicht als meinen Namen erkannte.

Seine Bewegungen zeigten keinerlei Anzeichen von Schwäche, als er einen Stuhl hochhob, ihn zum Bett trug und sich neben mich hinsetzte. Wie soll ich die Gefühle beschreiben, die mich in diesem Moment bewegten, die Wirkung, die das alles auf mich hatte. Ich habe ja schon erwähnt, daß den Patienten etwas außerordentlich Charismatisches anhaftete, aber Harrisons Ausstrahlung war stärker als alles, was ich sonst erlebt hatte. Um es schlicht auszudrücken, ich war zu Tode erschrocken. Seine *Anima* packte mich wie eine elektrifizierte Faust, ich konnte mich nicht mehr rühren und zitterte, und ich starrte hilflos in mein entsetztes Spiegelbild in seinen Brillengläsern. Der Wind rüttelte am Fenster, Äste schlugen gegen die Scheibe, wie ein Trommelwirbel, der seine Anwesenheit untermalte. Ich fragte mich, wie die Verret und der alte Mann in seiner Gegenwart so gelassen sein konnten. Merkten sie nichts davon, oder waren sie abgestumpft gegen seine machtvolle Aura? Und was war mit *seinen* Patienten? Waren alle Wunderheiler derart kraftvolle Wesen? War es vielleicht so, daß die Kraft zu heilen, zum Teil von den Gläubigen auf den Heiler übertragen wurde, so daß dieser Austausch von Energie die Patienten gegen Unbilden immun machte? Ich glaube, es zeugt von der Strenge und Disziplin, die ich bei meiner Ausbildung erfahren habe, daß ich selbst in diesem Moment großer Angst mir im Geist eine Notiz machte, mich später mit dieser Frage zu befassen.

»Gibt es ein paar neuere Erfolge aus der letzten Zeit, die mit den neuen Erkenntnissen erreicht wurden?« fragte er.

Ich weiß nicht genau, was ich erwartet hatte, daß er sagen würde, vielleicht, daß er mir drohen würde oder mich beleidigen, aber bestimmt nicht so etwas. »Zwei«, konnte ich nur japsend hervorbringen.

Ohne sichtbare Regung nahm er die Auskunft zur Kenntnis. »Edman«, sagte er, »ich brauche Geld, einen Ort, an dem ich unbehelligt arbeiten kann, und die Gewährleistung meiner Bewegungsfreiheit. Können Sie dafür sorgen?«

Ich wollte, ich hätte gesagt, daß ich keinerlei Garantie übernehmen könnte, daß die CIA sich mit der Angelegenheit befaßte und daß ich in dem Projekt nicht mehr das absolute Sagen hatte; dann hätte er mir vielleicht ein gewisses Maß an Vertrauen geschenkt. Aber es war leider so, daß ich automatisch so antwortete, wie es mein Amt von mir verlangte, und ich sagte: »Kommen Sie zum Projekt zurück, Donnell. Wir werden uns um Sie kümmern.«

»Darauf möchte ich wetten«, sagte er, und während der Dauer von ein paar Silben hatte seine Stimme eine Art Echo, eher wie die Stimme eines Geistes als die eines Menschen. »Ich sollte mich um *Sie* kümmern. Sie sind nämlich ziemlich krank, wissen Sie.« Er wandte sich an den alten Mann und machte eine Handbewegung in Richtung Tür. »Sieh mal nach, ob es hier irgend etwas gibt, das wir brauchen können, ja?« Und dann an die Verret gewandt: »Man kann ihm keine Sekunde lang trauen. Im einen Moment hat er Angst, im nächsten heckt er etwas aus. Haben Sie irgendwo Geld?« fragte er nun wieder mich.

Ich deutete auf meine Hose, die am Kleiderständer hing. Die Verret ging hinüber und nahm alle Geldscheine aus meiner Brieftasche. Plötzlich spürte ich eine starke Feindseligkeit gegen sie in mir aufsteigen; ich sah in ihr die eigentliche Verräterin an unserer gemeinsamen Sache, und ich machte eine Bemerkung zu ihrem Diebstahl.

»Ich eine Diebin?« Sie holte zu einem Schlag aus. »Sie Leichenschänder! Von Ihnen lasse ich mich nicht beschimpfen.«

»Verschwende deinen Atem nicht für ihn.« Harrison sah mich mißfällig an. »Er ist nichts weiter als ein paar zufällige Moleküle, die der Kleister seiner Ausbildung zusammenhält.«

Normalerweise hätte ich wutentbrannt auf eine solche Beschreibung reagiert, aber er sagte es freundlich, ja mitleidig, und in jenem Moment akzeptierte ich es als zutreffend, eine traurige, aber wahre Diagnose. Dieser

Umstand und die Tatsache, daß ich zum Zeitpunkt unserer Begegnung unter Anfällen von Depression litt, was ich auf den Fall Harrison zurückführte, brachten mich zu der Überlegung, ob seine Energie meinen Denkprozeß vielleicht direkt beeinflußte oder nicht.

Die Verret entfernte sich von mir, um dem alten Mann bei seiner Suche zu unterstützen, und Harrison blickte mich nachdenklich an. »Stehen Sie auf!« sagte er. Er schob seinen Stuhl zurück und erhob sich.

Ich hatte Angst, daß er im Begriff stand, mir etwas anzutun. Meine Angst mag Ihnen irrational vorkommen; schließlich war ich entschieden größer und stärker als er, und es hätte mir sicher keine Schwierigkeiten bereitet, sowohl ihn als auch die Verret zu überwältigen, obwohl der alte Mann gestählt und zu allem fähig aussah. Trotzdem hatte ich einfach Angst.

»Ich tue Ihnen nichts«, sagte er, offensichtlich voller Abscheu. Er nahm seine Sonnenbrille ab. »Ich werde versuchen, Sie zu heilen.«

Als er die Hände über meinem Kopf bewegte und sich auf meine Schädelbasis konzentrierte, hörte ich nichts mehr von dem Sturm, nahm nichts mehr um mich herum wahr, sondern war voll und ganz beansprucht vom Vorgang meiner Heilung. Schwache Elektroschocks durchzuckten mich von Kopf bis Fuß, in meinen Ohren war ein Summen von elektrischer Spannung. Von Zeit zu Zeit verkrampften sich meine Muskeln, wenn heftige Stöße auf mich einwirkten, und nach jedem dieser Krämpfe hatte ich ein Gefühl – ich zögere, diesen Ausdruck zu gebrauchen, aber mir fällt kein treffenderer ein – von *Geistigkeit*. Nicht in der Art des warmen *bona fide* in bezug auf Jesu, wie er von der Kirche propagiert wird. Wohl kaum. Es war eine kalte Körperlosigkeit, die mich umfing, die mein Denken erhaben machte, auf daß es sich in eine höhere Ebene aufschwang; es war weniger eine spürbare Kälte als ein seelischer Schüttelfrost, bei dem ich ein eisiges Empfinden dafür bekam, in wessen Klauen ich geraten war. In meiner Phantasie sah ich mich in einer goldgrünen, schuppigen Hand liegen, winzigklein wie ein Talisman. Wirkte hier die Biochemie der Erlösung, ein Beispiel für die Wirkung, die Harrisons Freisetzen geistiger Endorphine auslöste? Ich weiß nur, daß ich jedes Mal, wenn ich wieder die Blitze in seinen Augen sah, in meinem neuerwachten Glauben an das Übernatürliche bestärkt wurde.

»Es tut mir leid«, sagte er schließlich. »Es dauert zu lange. Einen Tag oder mehr, schätze ich.« Er lächelte. »Vielleicht sollten Sie einen der neuen Patienten bitten, daß er Sie sich einmal vornimmt.« (Und das hätte ich auch getan, wenn mir das Projekt nicht aus der Hand genommen worden wäre.) Er mußte wohl nicht mitbekommen haben, daß die Verret aus dem Zimmer gegangen war, denn er drehte sich halb um und sprach über die Schulter, als ob sie noch da wäre: »Wenn das hier klappt, könnten wir ja mal überlegen, ob wir die anderen freikriegen können. Es gibt keinen ...« Dann fiel ihm auf, daß sie gar nicht da war, und er machte ein verdutztes Gesicht.

»Was ist der *Gros Bon Ange?*« platzte ich unbesonnen heraus. »Was haben Sie vor?« Ich hatte immer noch Angst, aber die Art meiner Angst hatte sich gewandelt. Es war diese unbekannte Größe, die er darstellte, die mich aus der Fassung brachte, und ich war verzweifelt bemüht zu begreifen.

»Der *Gros Bon Ange?*« Seine Stimme klang wieder hohl und hallte nach, umwehte mich wie ein Lufthauch aus einer Höhle und vermischte sich mit dem Heulen des Windes draußen. »Ein Traum, eine Vision, oder vielleicht ist es auch der Schatten, den ein Hund aus einem geöffneten Sarg schlüpfen sieht.« Dann wurde seine Stimme wieder normal, und er beschrieb, was er gesehen hatte.

Ich weiß nicht, warum er auf meine Frage einging.

Vielleicht aus Langeweile, oder vielleicht hatte er einfach keinen Grund, etwas vor mir zu verbergen. Es gab, so sagte er, drei verschiedene Typen, von denen der gängigste eine schwarze Gestalt war, in der Lichtprismen in einem wilden Durcheinander herumwirbelten. Der zweithäufigste Typ schien bis zu einem gewissen Grad zur Beherrschung seiner inneren Feuer (so drückte er sich aus) in der Lage, denn er besaß die Fähigkeit, daraus Gesichter zu bilden, einfache Muster; und der seltenste Typ, der ihm bisher erst dreimal begegnet war, war zu einer weitgehenden Beherrschung der Vorgänge in der Lage, ja sogar, Lichtblitze aus den Fingerspitzen zu schleudern.

»Und was ich vorhabe?« sagte er. »Ich habe vor zu leben, Edman. Ich werde das *Veve* eines Voodoo-Gottes aus Kupfer nachbauen. Aus drei Tonnen Kupfer.« Er lachte. »Ich nehme jedoch an, daß Sie nichts über *Veves* wissen.«

Ich versicherte ihm, daß ich in der Tat etwas darüber wüßte, da ich einiges zum Thema Voodoo gelesen hätte, und zwar, weil mich Miss Verret darauf gebracht hatte.

»So?« Er kratzte sich im Genick. »Erzählen Sie mir etwas über Ogoun Badagris.«

»Das ist ein Teilaspekt von Ogoun«, sagte ich, »der im wesentlichen der Held des Krieges im Pantheon ist. Ich glaube, Ogoun Badagris wird mit Zauberei in Verbindung gebracht, dem *Rada* zugehörig.«

*»Rada?«*

»Ja. *Rada* und *Petro* sind mehr oder weniger gleichbedeutend mit weißer und schwarzer Magie. Mit dem Guten und dem Bösen.«

»Und was von beidem ist *Rada?*«

»Das Gute«, antwortete ich.

»Nun«, sagte er leise, mehr zu sich selbst als zu mir. »Ich denke, dafür sollte ich dankbar sein.«

Er fuhr fort, mir von seinem Plan zu erzählen, der eigentlich kein Plan war, sondern vielmehr ein Drang, in eine bestimmte Richtung zu handeln; und obwohl die Art des Handelns bis jetzt noch ziemlich unklar war, zeigten sich im Laufe der Tage die Parameter dieses Tuns immer deutlicher. Es ging um etwas Entscheidendes, sagte er, etwas Gefährliches. Es war für mich offenkundig, daß er im Begriff stand, sich über das Menschliche hinaus zu entwickeln, und ich empfand eine Todesangst vor dem tobenden Teufel, der er sein würde. Ich lag hilflos und halb hypnotisiert vor ihm; die Zungen seiner Worte leckten an mir, probierten meinen Geschmack, bevor die Zähne zubissen. Schließlich kehrten die Verret und der alte Mann zurück; er trug eine Flasche mit Brandy und sie ein Seilknäuel. Ohne großes Federlesen knebelten sie mich und fesselten mich ans Bett, und anschließend forderte mich Harrison auf, mich zu befreien, wenn ich es schaffte. Normalerweise hätte ich mich nur scheinbar gewehrt, aber auf seinen Befehl hin rüttelte ich ernsthaft am Bett.

Und dann waren sie verschwunden, abgehauen nach Maravillosa, untergetaucht und unerreichbar für die CIA, das Projekt, und meiner Ansicht nach sogar für die Hand Gottes. Wir erfuhren nichts mehr über sie, bis Neuigkeiten über Harrisons Wirken in Bayou Rigaud durchsickerten.

Vielleicht habe ich Otille Rigaud mal irgendwo gesehen, doch nach allem, was über sie berichtet wird, ist es unwahrscheinlich, daß ich ein solches Ereignis hätte vergessen können. Sie war eine Frau, die sich ungeniert in allen Gesellschaftsschichten bewegte, und allein die Erwähnung ihres Namens genügte, daß hochangesehene Bürger hüstelten, sich entschuldigten und den Raum verließen. Ich wünschte, ich wäre ihr wirklich mal begegnet. Obwohl viele Leute versucht haben, die Vorgänge in Bayou Rigaud zu erklären, wäre sie die einzige gewesen, die sie hätte erhellen können. Zur Zeit liegen auf meinem Schreibtisch seitenweise fragwürdige, wenn auch gründliche Erklärungen. Datenausdrucke, medizinische Berichte, amtliche Dokumente. Zum Beispiel haben wir hier die Ergebnisse einer Autopsie, die an einer nichtidentifizierten Leiche durchgeführt wurde. Darin ist von einhundertfünfundsiebzig verschiedenen Brüchen die Rede, verursacht durch unnatürliche Degeneration der Knochenstruktur, außerdem von Blutgerinnseln, zerstörten Zellen, gequetschten Nervenknoten im Bereich des Rückgrats und so weiter. Angefügt ist eine Studie in Telefonbuchstärke, die sich mit dem Todeskampf des Opfers befaßt, der lang und grausam gewesen sein muß, und mit Spekulationen über die Art der Kräfte, die hier gewirkt haben könnten. Ich zitierte aus der Zusammenfassung:

*... Bewegungen der Ezawa-Bakterien in den Gehirnen der Objekte Eins und Zwei erzeugten elektrischen Strom, die mit den elektrischen Funktionen der Neuronen interagierten und sie dadurch befähigten, die Richtung des geomagnetischen Feldes zu erfassen. Das kupferne Gerät, abgesehen davon, daß es als Leiter dient, scheint als topologischer Knotenpunkt gewirkt zu haben, der so konstruiert war, daß alle möglichen Gesetze der Energiemanipulation – der Vibrations- und Rotationszustand der Elektronen, der Schleudereffekt eines magnetischen Kerns – reduziert wurden auf die choreographisch bestimmten Bewegungen eines elektrischen Feldes (entweder bei Objekt Eins oder Zwei) innerhalb des geomagnetischen Felds. Mit Hilfe des Gerätes wurden die Objekte zu einer Art Dynamo. Sie lieferten den Strom, der durch das Gerät geschickt wurde, welches seinerseits ein Magnetfeld zurück durch ihre Körper schickte. Je nach der Exaktheit der Choreographie konnte dieses Feld eine Potenz erreichen, die um einige hundert Mal stärker war als die eines geomagnetischen Felds.*

*Die Energie, die in die Körper der beiden Objekte zurückfloß, muß von solcher Stärke gewesen sein, daß sie auf die entsprechende Weise ihre Kernstruktur zerstören konnte. Bulman vertritt die Hypothese, daß es zu einer bestimmten Reaktion gekommen sein könnte, bei der das Hämoglobin eine Rolle spielt. Elektronen wurden mit Energie angereichert, einpolige Felder bildeten sich an den Fingerkuppen der Objekte, und Photonen wurden entlang der Kraftlinien der Felder übertragen. Die Lichtemissionen, die in den Aufzeichnungen sichtbar sind, resultieren aus dem Energieverlust, wenn die Elektronen in einen geringeren Energiestatus zurückfielen. Im wesentlichen ist es so, daß der physische Schaden, den Objekt Eins erlitt, dadurch entstand, daß seine Zellkerne genügend Strahlung aufgenommen hatten, um aus der Bahn zu geraten und sich der Ordnung des Felds von Objekt Zwei anzuschließen; dies sprach der Struktur Hohn, und die einzelnen Partikel wurden nicht damit fertig …*

Alles schön und gut, aber nichts von all dem berührt die entscheidende Frage: Können die Ereignisse von Bayou Rigaud so eingeschätzt werden, wie sie sich darbieten, oder steckt eine schicksalsschwere historische Bedeutung dahinter? Vielleicht kann sie nicht beantwortet werden. Vielleicht ist es so, daß wir, wenn wir über die äußerste Kante des menschlichen Wissens spähen, nichts weiter sehen als eine stille Finsternis. Oder, und ich neige zu dieser Überzeugung, vielleicht ist es so, daß sich die Natur in einem Prozeß befindet, der zu weitreichend ist, als daß wir ihn wahrnehmen können, ein letzter Zusammenschluß der physikalischen Gesetze von Zufall und Wahrscheinlichkeit, in dessen Rahmen eine unendliche Anzahl von Ereignissen, Ereignisse so unbedeutend wie die Begegnung zweier Menschen auf der Straße und so großartig wie eine Wiederauferstehung, sich verbinden und jedes eine solche weitreichende Bedeutung erlangt, um Anstoß zu einem unwahrscheinlichen und magischen Schicksal zu sein. Aber lassen wir meine ureigene Antwort beiseite; dann ziehe ich allen anderen Versionen diejenige vor, die ich von einer alten Akadierin, die ich während der Vorbereitungsarbeiten zu diesen Memoiren befragt habe, hörte. Zumindest hielt sie die Frage keineswegs für absurd.

»*Le Bon Dieu,* er konnte nich' mehr mitansehen, was in Bayou Rigaud für merkwürdige Dinge passierten«, sagte sie. »Deshalb hat er den Grünäugigen auferstehen lassen, damit der gegen Seinen uralten Feind ankämpft.«

## 14. KAPITEL

*27. Juli – 28. Juli 1987*

Die Eiche, in deren Schutz Caitletts Laden stand, sah aus, als ob sie eine erschreckende Verwandlung durchgemacht hätte: Eine Höhlung unterhalb der Gabelung des Stammes erinnerte an ein vor Schreck aufgerissenes Maul, gescheckte Muster in der Rinde konnten als Augen gelten, dünne Ärmchen streckten sich in den Wipfel hinauf. Mr. Brisbeau parkte den Wagen daneben, mit laufendem Motor, während Jocundra und Donnell ausstiegen. Jemand öffnete die mit einem Fliegengitter bespannte Tür des Ladens ein kleines Stück und spähte zu ihnen heraus, dann knallte er sie mit Wucht zu, wobei ein Blechschild klapperte, auf dem ein Schlafwandler dargestellt war. Nichts bewegte sich in der ganzen Umgebung. Die Marsch lag gelblich-grün im Schein der Spätnachmittagsonne, durchzogen vom glitzernden Zickzack der Wasserläufe und durchbohrt von der Staatsstraße, die schnurgerade zum Horizont führte.

»Fährst du zurück zur Hütte?« fragte Jocundra Mr. Brisbeau.

»Ich laß mich nich' von der verdammten Regierung an die Wahrheitsmaschine anschließen«, sagte er. »Was mich betrifft, ich geh' in den Sumpf.«

»Leb wohl«, sagte Donnell und streckte ihm die Hand hin. »Danke.«

Mr. Brisbeau zog die Stirn kraus. »Du hast mir mein Augenlicht zurückgegeben, da laß ich dich doch nich' so einfach mit ›leb wohl‹ und ›danke‹ davonziehen.« Er reichte Donnell ein quadratisch zusammengefaltetes Blatt Papier. »Das is' mein Glücksbringer, Junge. Ich hab' ihn im Sand bei Gran Calliou gefunden.«

In dem Papier war eine kleine Goldmünze eingewikkelt; das erhabene Gesicht darauf war so abgegriffen, daß man keine Züge mehr erkannte.

»Piratengold«, sagte Mr. Brisbeau; er räusperte sich verlegen. »Ich bin nun zwar nich' die glücklichste Seele auf Erden, aber mit meinem vielen Trinken hab' ich vielleicht das Glück selber vertrieben.«

»Danke«, sagte Donnell noch einmal, während er die Münze in der Hand herumdrehte.

»Kannst se mir ja zurückgeben, wenn wir uns das nächste Mal sehen.« Mr. Brisbeau umfaßte das Steuer. »Ich bin auch noch nich' so alt, daß ich nich' noch 'n bißchen Glück brauchen könnte.« Er warf Jocundra einen Blick von der Seite zu. »Wenn du weitere zwölf Jahre wartest, Mädchen, bis du wieder vorbeikommst, dann kannste meinem Grabstein was zuflüstern.«

»Das werde ich nicht tun.« Sie legte die Hand auf den Fensterrahmen, und er tätschelte sie sanft. Seine Finger zitterten.

»Ich sag' kein Lebewohl nich'«, sagte er und verzog das Gesicht voller Trauer; er ließ die Kupplung kommen und brauste davon.

Jocundra sah ihm nach, bis er außer Sichtweite entschwand; sie fühlte sich verloren, verlassen. Donnell jedoch blickte angestrengt in die andere Richtung.

»Ich wußte, daß dieser Hurensohn zu spät kommen würde«, sagte er.

Das Innere des Ladens war dunkel und mit allem möglichen Gerümpel vollgestopft. Unüberblickbare Regale mit Konservendosen und Krimskrams, Kästchen mit Fischhaken und Bleigewichten, Gestelle mit Angeln und Kurbeln. Das verblassende Licht war angefüllt mit Staubteilchen, und ihre Vibration schien von einem Halbwert zu zeugen, von einer Kraft, die ein Blecheimer mit getrockneten Köderkrabben unter dem Fenster auszustrahlen schien.

»Wennse nix kaufen, könnense hier nich' warten«,

sagte die Frau hinter der Theke; also kauften sie Sandwiches und aßen sie draußen auf den Stufen.

»Letzte Nacht ist etwas Komisches passiert«, sagte er und unterbrach ein langes Schweigen, während dessen sie nur gekaut hatten. »Ich habe mit Edman gesprochen, während ihr das Haus durchsucht habt, und ich hatte das Gefühl, daß du hinter mir warst. Ich hätte schwören können, daß du ins Zimmer zurückgekommen warst, aber dann erkannte ich, daß ich spürte, wie du durchs Haus läufst. So was ist schon mal passiert, aber nicht so stark.«

»Das hat wahrscheinlich nur was mit Sex zu tun«, sagte sie.

Er lachte und nahm sie in den Arm.

»Also, Leute, ihr könnt hier nich' länger rumlungern«, sagte die Frau durch die Tür. »Ich mach' jetzt bald zu, und ich will nich', daß ihr euch im Dunkeln noch hier rumtreibt.«

»Da scheint irgendein Feedback-System zu wirken«, sagte Jocundra, nachdem die Frau zu ihrer Theke zurückgeschlurft war. »Ich meine, wenn man bedenkt, wie sich deine Fähigkeiten entwickelt haben, seit du mit den Heilungen angefangen hast. Ich hätte eigentlich eher eine Steigerung erwartet, während du dem *Veve* ausgesetzt bist. Auch wenn du die Bakterien zurückdrängen wirst, wirst du sie durch die Systeme leiten, die deine Fähigkeiten bestimmen.«

»Hmm.« Er fuhr ihr gleichgültig über die Hüfte. »Es war wirklich merkwürdig gestern nacht«, sagte er. »Etwa so, wie man genau weiß, daß der Golf hinter den Pinien von Robichauxs Anwesen liegt. Irgend etwas ist mit der Luft, mit dem Licht. Tausend Mikroumwandlungen. Ich wußte jede Sekunde ganz genau, wo du warst.«

Die Sonne rötete sich, Vögel kreuzten in gekrümmten Flugbahnen den Horizont, und der Sumpf blubberte hier und dort. Eine paläozoische Stille. Die Szene löste in Jocundras Kopf einen Traum in den Farben des Sonnenuntergangs aus. Sie fuhren in einem Boot durch einen der Kanäle zum Meer, und weiter entlang der Küste bis in ein Land mit Spiralentürmen und dreckigen Hafenkneipen, wo ihnen ein alter Mann mit einer sprechenden Echse an der Leine und einer tätowierten Landkarte auf der Brust seinen weisen Rat anbot. Sie überließ sich dem Traum, er war ihr lieber als das Nachdenken über das, was in Wirklichkeit vor ihnen lag.

»Da ist er«, sagte Donnell.

Ein langgestreckter dunkelbrauner Wagen verringerte seine Geschwindigkeit, fuhr an den Straßenrand und hupte. Ohne ein Wort zu sprechen, gingen sie zu ihm hinüber. Das Rückfenster war mit Blumenvasen geschmückt, und die Tür zierte das weiße Monogramm eines R. Jocundra streckte die Hand aus, um die hintere Tür zu öffnen, doch Papa Salvatino, dessen aufgedunsenes Gesicht halb von einem Schal verhüllt war, drückte den Verriegelungsknopf nach unten.

»Steigt vorn ein!« fuhr er sie an. »Ich bin nicht euer Chauffeur!«

»Du kommst zu spät«, sagte Donnell, während er einstieg. Jocundra quetschte sich neben ihn, weit weg von Papa.

»Hör mal zu, Bruder, von dir laß ich mir nicht sagen, daß ich zu spät komme!« Papa legte den Gang ein, und der Wagen schoß los. »Von jetzt an, genau von dieser Sekunde an, befindet ihr euch auf Otilles Boden.« Er schaltete hoch, und durch die Beschleunigung wurden sie aneinandergedrückt. »Wir haben eine Hackordnung in Maravillosa«, überschrie Papa den Fahrtwind. »Und das solltest du besser nicht vergessen, Bruder, denn du bist das jüngste Küken.«

Er zündete sich eine Zigarette an, und der Wind verstreute Funken über den Vordersitz. Jocundra hustete, als er sie in eine Rauchwolke hüllte.

»Ich kann nicht fahren, wenn ich keine Zigarette im

Mund habe«, sagte Papa. »Tut mir leid.« Er zwinkerte Jocundra zu, dann sah er sie wohlgefällig an. »Herrje, Schwester, ich war so damit beschäftigt, Bruder Harrison für uns an Land zu ziehen, daß ich gar nicht gemerkt habe, was für eine tolle, gutaussehende Frau du bist. Wenn du mal keine Lust mehr hast, ihm den Bleistift zu spitzen, brauchst du es mir nur zu sagen.«

Jocundra rückte noch weiter von ihm weg; Papa lachte und trat das Gaspedal bis unten durch. Das Licht wurde bröselig, die Gräser stellten sich in ordentlichen Reihen von Schatten vor dem bleiernen Sonnenuntergang auf. Schweigend fuhren sie weiter.

Das Haus war schwarz gestrichen.

Auf den ersten Blick, als er kurz durch eine verschlunge Wildnis aus Ranken und Bäumen spähte, war Donnell nicht ganz sicher gewesen. Als sie das Anwesen erreichten, hatten sich dichte Wolken vor den Mond geschoben, und er konnte nicht einmal die Abgrenzung des Daches gegen den Himmel erkennen. Eine Anzahl von beleuchteten Fenstern hing freischwebend in der Nacht und zeugte von den großen Ausmaßen des Hauses. Als sie die Auffahrt entlangfuhren, beleuchteten die Scheinwerfer einen alptraumartigen pflanzlichen Verfall: Oleanderbüsche mit träge schwankenden weißen Blüten, zerklüftete Baumstämme, eingesponnen in Ranken, violette Orchideen, die auf einem abgestorbenen Ast austrieben, leuchtende Bambusspeere, Gestrüpp so hoch wie Bäume, alles miteinander verschlungen und verwoben. Vom Ende der Auffahrt her lugte zwischen Blättern hindurch das bleiche Zwittergesicht einer Statue. Auf dem mit Platten belegten Weg knirschten allerlei Dinge, die unter ihnen zermalmt wurden, und als sie sich dem Hauptportal näherten, bemerkte Donnell, daß die Bretter alle mattschwarz waren mit Ausnahme von vier silberfarbig gestrichenen Zeichen, die zufällig auf das Haus gefallen zu sein schienen und ihre Form den Umrissen des Hauses angepaßt hatten wie sonderbare, nicht schmelzende Schneeflocken: ein ägyptisches Kreuz, das sich seitlich über die Wand erstreckte, ein Hakenkreuz, das die untere Hälfte der Tür bedeckte und die Bretter am Boden, ein aufgehender Mond, ein Stern. Er vermutete, daß sich in der Dunkelheit noch weitere verbargen.

Papa führte sie durch einen muffig riechenden, unbeleuchteten Korridor, der von lauter Rockmusik widerhallte. Mehrere Leute rannten kichernd an ihnen vorbei. Am Ende des Korridors befand sich ein kleiner Raum, der als Büro eingerichtet war: ein Schreibtisch mit Metallbeinen, verstellbare Drehstühle, eine Schreibmaschine, Aktenregale. Die Wände bestanden aus schmucklosen schwarzen Wänden.

»Wartet hier«, sagte er und knipste die Schreibtischlampe an. »Laßt euch nicht einfallen, hier herumzuschnüffeln, bevor euch Otille grünes Licht zum freien Bewegen gibt.«

Sobald er gegangen war, ließ sich Jocundra auf einen Stuhl fallen. »Du lieber Gott«, sagte sie und öffnete den Mund, um dem noch etwas hinzuzufügen, doch dann verzichtete sie darauf.

Schrilles Lachen vom Korridor, der scharfe Geruch von Katzendreck und Marihuana. Da er selbst durch die Atmosphäre niedergedrückt war, konnte ihr Donnell keinen Trost anbieten.

»Das Ende der Welt«, sagte sie und lachte verzweifelt. »In meinem Highschool-Jahrbuch stand, daß ich bis ans Ende der Welt reisen würde, um Abenteuer zu finden. Das hier muß es sein.«

»Das Ende der Welt ist nichts anderes als der Anfang einer neuen Welt«, sagte hinter ihnen jemand feierlich.

Der grauhaarige Saaldiener von Papa Salvatinos Erweckungs-Show stand in der Tür; weder sein heimtückisches Lächeln noch sein abgewetzter Anzug hatte sich geändert. An seiner Seite stand ein junger Mann mit

Bürstenhaarschnitt und einem verschlagenen Gesicht, der eine Gitarre in der Hand hielt, und an diesen lehnte sich ein Teenagermädchen, deren Aufmachung mit einer roten Lockenperücke und einem hautfarbenen Negligé ihre Mäuschenhaftigkeit nicht verdecken konnte.

»Das hier sind Downey und Clea«, sagte der Saaldiener. »Und ich bin Simpkins. *Entzückt*, euch wieder bei uns zu sehen.«

Downey lachte und flüsterte etwas in Cleas Ohr, worauf sie grinste.

Jocundra war sprachlos, und Donnell, der einen schlimmen Verdacht hatte, verlagerte sein visuelles Feld. Drei schwarze Figuren zeichneten sich in der silbernen Fläche der Tür ab; die prismatischen Feuer in ihnen bildeten die Säulen ihrer Beine, zogen die Linien der Muster ihrer Muskeln und Nerven nach und glühten an ihren Fingerkuppen. Demnach mußten Simpkins und einer der anderen beiden zusammen mit Papa die drei Gestalten gewesen sein, die Donnell in Salt Harvest gesehen hatte, und er glaubte zu wissen, worauf ihre komplizierten Muster hindeuteten. Er stellte seine Sicht wieder normal ein und sah ihnen forschend in die Gesichter. Clea und Downey waren Speichellecker und Arschkriecher, aber beide hatten ein Geheimnis, einen besonderen Trick, eine Spur von Bestimmtheit. Simpkins war schwer zu ergründen.

»Ihr seid also Otilles kleine Mutantenband?« sagte Donnell und ging zu Jocundra hinüber, um sich hinter sie zu stellen.

»Woher weißt du das?« fragte Clea mit näselnder Aussprache. »Ich möchte wetten, Papa hat es euch erzählt.«

»Gut geraten«, sagte Donnell. »Wo ist der andere? Es gibt doch noch einen anderen außer Papa, oder?«

Simpkins behielt seine Miene falscher Gottesfürchtigkeit bei und lächelte. »Du hast vollkommen recht, Bruder«, sagte er. »Aber wenn die Hälfte von dem, was wir über dich gehört haben, wahr ist, dann können wir hier dir alle nicht das Wasser reichen. Also, Downey hier« – er strich Downey wohlwollend über den Kopf – »er kann mit Geisteskraft Sachen bewegen. Keine schweren Sachen, so etwas wie Tischtennisbälle oder Federn. Und dann auch nur, wenn er nicht voll ist, was nicht allzuoft vorkommt. Und Schwester Clea ...«

»Ich singe«, sagte Clea keck.

Downey kicherte.

»Und wenn ich singe«, sagte sie und streckte Downey die Zunge raus, »dann passieren merkwürdige Dinge.«

»Manchmal«, sagte Downey. »Meistens verlassen nur alle fluchtartig den Raum. Es hört sich an, als ob jemand eine Ratte zerquetscht.«

»Es ist wahr«, sagte Simpkins. »Schwester Cleas Talent ist Schwankungen unterworfen, aber es geschehen in der Tat wundersame Dinge, wenn sie ihre Stimme zum Gesang erhebt. Eine sanfte Brise weht, wenn zuvor die Luft ganz unbewegt war, Insekten fallen mitten aus dem Flug tot herunter ...«

»Sie macht jedem Mückenspray Konkurrenz«, sagte Downey.

»Und«, fuhr Simpkins fort, »erst letzte Woche ist ein Kanarienvogel von seiner Schaukel gefallen und wird nun nie mehr die Morgenluft mit seinem liebreizenden Gezwitscher füllen.«

»Reiner Zufall«, sagte Downey mürrisch.

»Du bist bloß neidisch, weil dich Otille aus dem Bett geworfen hat«, sagte Clea.

»Zufall oder nicht«, sagte Simpkins. »Cleas Wert ist entschieden gestiegen, seit die arme Pavarotti sterben mußte.«

»Und worin besteht deine Spezialität, Simpkins?« fragte Donnell.

»Ich nehme an, du würdest mich in die Kategorie der Telepathen einstufen«, sagte Simpkins und verschränkte nachdenklich die Arme. »Obwohl es nie den

Anschein hatte, als ob ich wirklich die Gedanken anderer empfange, eher so etwas wie Träume hinter den Gedanken ...«

»Simpkins hatte einmal eine ziemlich exotische Vision, von der er behauptete, daß sie meinen Gedanken entsprungen sei«, sagte eine melodische Stimme. Eine zierliche schwarzhaarige Frau rauschte in den Raum; Papa und ein grobschlächtiger Mann folgten ihr dicht auf den Fersen. »Es war eine schöne Vision«, sagte sie. »Ich habe sie als Dekorationselement verwertet. Doch kurz darauf verließ ihn sein Talent, so daß wir nie herausgefunden haben, was sie bedeutete.« Sie ging zu Donnell hinüber; sie trug ein Cocktailkleid aus einem seidenartigen roten Stoff, der bei ihren Bewegungen jeden einzelnen Teil ihres Körpers zu berühren schien. »Ich bin Otille Rigaud.« Sie ließ sich den Namen mit ausgeprägtem französischen Akzent auf der Zunge zergehen, als ob es sich um einen Wein eines seltenen Jahrgangs handelte. »Wie ich sehe, haben Sie meine Lieblinge hier schon kennengelernt.« Dann runzelte sie die Stirn. »Baron!« sagte sie scharf. »Wo ist Dularde?«

»Da fragen Sie mich zuviel«, sagte der Schwarze.

»Findet ihn!« sagte sie und scheuchte sie mit einem Fingerschnipsen davon. »Ihr alle, los jetzt!«

Sie bedeutete Donnell mit einer Handbewegung, sich neben Jocundra zu setzen, und nachdem er auf einem Stuhl Platz genommen hatte, setzte sie sich auf den Schreibtisch vor ihnen. Das Kleid rutschte ihr über die Knie, und er stellte fest, daß er, wenn er ihr nicht standhaft in die Augen sah oder den Kopf extrem zur Seite drehte, genau den im Schatten liegenden Bereich zwischen ihren Schenkeln im Blick hatte. Sie war eine Frau von bemerkenswerter Schönheit, und obwohl sie nach dem, was Papa erzählt hatte, fast vierzig sein mußte, hätte sie Donnell gut zehn Jahre jünger geschätzt. Ihr Haar fiel ihr in lockeren Wellen auf die Schultern; ihre Oberlippe war kürzer und voller als die untere, was ihr einen ständigen Ausdruck der Unzufriedenheit verlieh; ihre Haut war blaß, durchscheinend, und blaue Adern schimmerten am Hals zart hindurch. Sie hatte einen feinen Knochenbau und schwarze Augen mit einem feuchten Schimmer, der nicht von Lichtreflexionen herzurühren schien. Ein Kameegesicht, doch eines, das einfühlsames Verständnis und Leidenschaft verhieß. Doch die allgemeine Zartheit an ihr, nicht nur ein einzelner Aspekt, war das Überwältigende an ihr. Verglichen mit ihren »Lieblingen« schien sie von einer begabteren Hand gestaltet worden zu sein; als sie den Raum betrat, hatte Donnell ein Gefühl gehabt, als ob sie eine unsichtbare Hand aus den Reihen der Bauern in Angriffstellung geschoben hätte: die winzige Elfenbeinkönigin in einem Schachspiel von unbezahlbarem Wert.

»Sie sehen sehr gut aus, Donnell«, sagte sie nach langem Schweigen. »Wirklich sehr gut.«

»Im Vergleich zu wem?« fragte er, ärgerlich darüber, daß sie ihn so begutachtete. »Mit den anderen ihrer zurückgebliebenen Mißgeburten hier?«

»O nein, Sie sind unvergleichlich. Finden Sie nicht auch, Miss Verret? Jocundra.« Sie lächelte Jocundra kumpelhaft an. »Wie kann man ein Kind nur mit einem so grauenvollen Namen strafen! So lang und umständlich. Aber Sie sind ihm tatsächlich gerecht geworden.«

Jocundra war zwar im ersten Moment überrascht, als sie angesprochen wurde, aber sie war nicht um eine Antwort verlegen. »Ich habe nicht das geringste Interesse daran, Beleidigungen auszutauschen«, sagte sie. Sie öffnete ihre Tasche und entnahm ihr einen schmalen Ordner. »Hier ist unser Kostenvoranschlag. Sollten wir nicht vielleicht zum Geschäftlichen kommen?«

Otille lachte, nahm jedoch den Ordner entgegen. Sie nahm ihn mit zum Schreibtisch, setzte sich und begann, ihn durchzublättern.

Ein kurzes Klopfen an der Tür, und Papa steckte den Kopf herein. »Otille? Man hat Dularde im Ballsall entdeckt, aber es sind so verdammt viele Leute dort, daß wir nicht an ihn herankommen.«

»Gut. Unternehmt gar nichts! Ich komme gleich runter.« Sie machte ihm ein Zeichen zu gehen. »Das scheint sich alles im Rahmen zu halten«, sagte sie und klappte den Ordner zu. »Und Sie haben mich sehr beeindruckt, Donnell. Aber ich glaube, wir sollten beide darüber schlafen und sehen, wie wir morgen früh darüber denken. Dann sprechen wir weiter. Einverstanden?«

»Das soll mir recht sein«, sagte er. »Was meinst du, Jocundra?«

Sie nickte.

»Ich muß mich entschuldigen, daß ich etwas schroff war«, sagte Otille, während sie ihren Stuhl zurückschob und aufstand. »Ich muß mich gegen so viel Gemeinheit wehren, daß ich manchmal selbst gemein werde. Und ich glaube, meine Theatervergangenheit hat einen starken Einfluß auf mich ausgeübt.« Sie neigte den Kopf zur Seite und ließ erkennen, daß sie eine Idee erwog. »Hätten Sie Lust, etwas aus meinem Stück zu hören? *Danse Calinda?*«

Donnell zuckte die Achseln; Jocundra sagte nichts.

Otille stellte sich in einer ausdrucksvollen Pose hinter ihrem Stuhl auf. »Ich werde eine kurze Passage zum besten geben«, sagte sie, »und dann werden wir zu Dularde gehen.« Während sie den Text sprach, schoß sie im Zimmer hin und her, ihre Hände spielten nervös an ihrem Kleid herum, mit Papieren auf dem Schreibtisch, rückten Möbel zurecht, und alle ihre Bewegungen waren abgehackt, wie elektrifiziert, als ob sie den Blitzen einer außerweltlichen Vision ausgesetzt sei.

»... Und auf dem Weg von Brooklyn Heights herunter redete der Taxifahrer, während er mich im Rückspiegel ansah und blinzelte. Er war sehr freundlich, so wie sie immer sind, wenn sie denken, daß man fremd in der Stadt ist. Aber jedenfalls, während wir uns unterhielten, löste sich die Haut um sein Auge herum auf, schmolz, verfaulte, bis nur noch eine riesige Kugel da war, umgeben von Fetzen grünen Fleischs, die mich im Rückspiegel anstarrte. Und ich hatte Angst! Jeder, der seine fünf Sinne beisammen hat, hätte an meiner Stelle ebenfalls Angst gehabt, aber wovor ich während der ganzen Fahrt über den Broadway am meisten Angst hatte, war ein Zusammenstoß mit einem anderen Wagen, wenn er sich nicht auf die Fahrbahn konzentrierte. Ist das nicht sehr sonderbar? Mir ist schrecklich warm. Ihnen nicht?« Sie ging zur Wand und tat so, als ob sie ein Fenster öffnete. »So, das ist besser.« Sie fächerte sich Luft zu. »Ich weiß, Sie müssen mich für verrückt halten, daß ich so etwas erzähle, aber ich habe so wenig Gelegenheit, mit Menschen zu reden, und ich habe ... ich wollte sagen, ich habe so viele Gedanken, die ich ausdrücken möchte, so viele tragische Gedanken. Es haben sich so viele tragische Dinge ereignet. Meine Gedanken sind jedoch nicht wirklich tragisch, das heißt, wenn sie es sind, dann sind sie es nicht auf eine edle Art. Das einzig Edle, das ich je gesehen habe, war ein goldener Amboß, der in den Wolken über Bayou Goula erstrahlte, und das war einen Tag bevor ich an Pocken erkrankte. Nein, meine Gedanken sind wie das Radio, das im Hintergrund spielt, es kommen nur Geklimper und Schlager und Werbespots und Nachrichten heraus. Peng! Heute ist etwas Tragisches geschehen, zehntausend Menschen sind ums Leben gekommen. Nervöse Musik, klappernde Schreibmaschinen; und weiter geht's, bei der letzten Etappe ihres Europabesuches veranstaltete die First Lady ein Essen mit Modenschau für die Gattinnen der ausländischen Presse. Zehntausend Menschen! Todeskampf, Sterben, Leichen. Dieser viele Atem und die Energie, die von der Welt verschwindet. Man könnte meinen, daß sich die Luft dadurch irgendwie verändert, oder etwas Ähnliches; ein Zeichen, eine auffallend dunkle Wolke, die am Himmel vorüberzieht. Man könnte meinen, daß man etwas *fühlen* würde ...«

Donnell war ganz in die Darbietung versunken, und als Otille die wahnhafte Intensität, die sie heraufbeschworen hatte, unterbrach, hatte er das Gefühl, von einer Energiequelle abgeschnitten worden zu sein. »Das war nicht schlecht«, sagte er widerwillig.

»Nicht schlecht!« Otille schnaubte höhnisch. »Es war ein wahnsinniges Stück, das Schlimme war nur, daß ich mich in der Rolle zu verlieren drohte.«

Otilles ›Lieblinge‹ und der Schwarze, den sie ›Baron‹ genannt hatte, warteten am Eingang zum Ballsaal. Obwohl die Türflügel geschlossen waren, drang die Musik ohrenbetäubend heraus, und sie mußte die Stimme heben, um sich Gehör zu verschaffen. »Es ist mir wirklich zutiefst zuwider, die Dinge nur wegen Dularde zu unterbrechen«, sagte sie und machte ein bekümmertes Gesicht.

Downey und Clea und Papa setzten besorgte Mienen auf, um ihr mitfühlendes Verständnis für Otilles Lage zu bekunden, lediglich Simpkins' Lächeln versiegte keine Sekunde lang; er empfand offensichtlich keine Notwendigkeit, sich einzuschmeicheln. Der Schwarze starrte Jocundra an, die ein wenig hinter der Gruppe zurückgeblieben war und sich die Augen rieb. Falten der Anstrengung und Müdigkeit zeigten sich um ihre Mundwinkel.

»Muß das denn sein?« fragte Donnell. »Wir sind müde. Wir könnten ihn doch morgen früh sprechen.«

»Ich werde morgen früh nicht wach sein«, sagte Otille wütend; sie wandte sich an die anderen. »Bitte versucht noch einmal, ihn zu finden. Ich warte hier.« Sie gab dem Baron ein Zeichen, und er stieß die Türflügel auf.

Musik, verräucherte Luft und zuckendes Licht drangen heraus, und Donnells unmittelbarer Eindruck war, daß sie in ein Loch in einem schwarzen Kadaver gestoßen und mitten in die Feierlichkeit von Insekten geraten waren, die sich auf halbem Wege zur Umwandlung in Menschen befanden. Hunderte von Leuten tanzten, schoben und stießen einander; ihre Bekleidung schien der Restbestand eines Flohmarktes zu sein: Federboas, satinbesetzte Abendanzüge, pailettengeschmückte Abendkleider, Schulorchester-Uniformen. Orangefarbene Punktstrahler ließen ihren Schein über sie gleiten, Rauch stieg in geschlängelten Linien durch das dunstige Licht auf. Nachdem sich seine Augen an den Wechsel von grellem Licht und Dämmerbeleuchtung gewöhnt hatten, sah er, daß die Decke herausgebrochen worden war und gesplitterte Balken wie Halbinseln in einer Höhe von etwa sechs Metern aus der Wand ragten; sie dienten als behelfsmäßige Balkone, auf denen sich jeweils ein halbes Dutzend Leute oder mehr drängten, und als Sockel für die Strahler und Lautsprecher, die in einem nach unten geneigten Winkel darunter angebracht waren. Seile hingen an ihnen herab, und am anderen Ende des Saals schaukelte jemand über den Köpfen der Menge hin und her.

»... Party!« schrie Otille, während ihre ›Lieblinge‹ sich unter die Tänzer mischten und sich einen Weg durch sie hindurch bahnten.

»Was?« Donnell beugte sich dicht zu ihr hinüber.

»Es ist Downeys Party. Er hat gerade ...« Otille deutete auf ihr Ohr und zog ihn ein Stück weit in den Flur, wo der Krach nicht ganz so schlimm war. Jocundra folgte ihnen.

»Er hat gerade seine erste Platte herausgebracht«, sagte Otille. »Wir haben unsere eigene Plattenfirma. Das ist etwas von ihm, das gerade gespielt wird.«

Donnell horchte angestrengt. Wenn man über die Verzerrung weghörte, war die Musik eingängig und hauptsächlich vom Synthesizer geprägt, und Downeys Text war überraschend romantisch, seine Stimme kräftig und melodisch:

»... wie die Königin auf einer Spielkarte,
berühren kleine Gaunereien nicht dein Herz,
du lächelst und läßt den Dingen ihren Lauf,
bis die letzte Karte ausgespielt ist,
wartest, bis man sich dir ergeben muß.«

»Das ist einer der Vorteile, wenn man hier lebt«, sagte Otille. »Ich unterstütze gern schöpferische Unternehmungen.« Sie schlenderte wieder in Richtung Tür und winkte ihnen zu, ihr zu folgen.

Die blitzenden Klingen der Strahler stießen wild zukkend schräg über die hüpfenden Köpfe, verharrten zwischendurch, um eine Insel ekstatischer Gesichter zu beleuchten, und brachen dann plötzlich ab. Einige der Tanzenden – sowohl Männer als auch Frauen – waren bis zur Taille nackt, und andere hatten nichts als Lumpen am Leib, doch sie sahen alle so aus, als ob es ihnen an nichts mangelte. Teure Haarschnitte, Schmuck, und viele der Lumpen waren aus wertvollem Stoff, so daß man den Eindruck bekam, als wären sie extra für diesen Anlaß zerrissen worden.

Fünf Minuten verstrichen, zehn. Jocundra stand da und hielt sich die Hand vor den Mund, blaß, und als Donnell sie fragte, was sie störte, gab sie zur Antwort: der Rauch, und lehnte sich an die Wand. Endlich kamen Downey und Papa zurück, gefolgt von Simpkins.

»Ich glaube, ich habe ihn gesehen«, sagte Downey. »Aber ich bin nicht an ihn herangekommen. Es ist wie ein verdammter Viehhof da drin.«

»Jemand hat behauptet, er hätte sich in diese Richtung davongemacht«, sagte Papa; er ächzte und keuchte, und Donnell durchschaute sofort, daß er seine Anstrengung schrecklich übertrieb, um sicherzugehen, daß Otille auch merkte, wie sehr er sich für sie verausgabt hatte.

»Ich befürchte, wir werden dem Tanzen Einhalt gebieten müssen«, sagte Otille. »Es tut mir leid, Downey.«

Downey bedeutete mit einer Handbewegung, daß das vollkommen nebensächlich sei.

»Moment mal«, sagte Papa in einem Ton, dem man entnehmen mußte, daß er sich jetzt wirklich mit allem Ernst der Sache annahm. »Ich wette, wenn wir alle ... – vielleicht sogar Bruder Harrison hier ebenfalls – wenn wir alle da rein gehen und eine Art Kette bilden, sagen wir mal so einsfünfzig bis zwei Meter voneinander entfernt, und den Saal vom einen Ende zum anderen durchkämmen, wir ihn auf diese Weise erwischen.«

Otille warf Donnell einen zaghaften Blick zu. »Würde es Ihnen etwas ausmachen?«

Was er in Otilles Gesichtszügen las, ärgerte Donnell und überzeugte ihn davon, daß er auf dem besten Wege war, einer ihrer ›Lieblinge‹ zu werden; es war der erste Zug in einem kleinen Machtkampf, bei dem er, wenn er lieb wäre, Zuckerchen bekäme, und wenn er es nicht wäre, die Peitsche. Als er Otille das erste Mal gesehen hatte, war ihr Gesicht von tiefem Verständnis geprägt, von den tiefen Gefühlen eines leidenschaftlichen Charakters, doch jetzt hatte es sich in einen Porzellanteller verwandelt, mit versüßten Lippen und geschminkten Augen; es war das Gesicht eines verzärtelten kleinen Mädchens, das immer den längeren Atem hätte, wenn man sich ihm in den Weg stellte. Und was die anderen anging, sie würden glückselig die ganze Nacht damit fortfahren, ihre Brüder der Gosse zu übertrumpfen, entzückt über dieses niederträchtige Versteckspiel, winselnd, schwanzwedelnd und ihr die Hände leckend. Mit Ausnahme von Simpkins; mit seinem ewigen Lächeln war Simpkins' Miene unergründlich.

»Herrje!« sagte Donnell, ohne seinen Ekel zu verbergen. »Ich will's versuchen.«

Der Ballsaal verfinsterte sich, und die Welt des *Gros Bon Ange* wurde sichtbar. Es war zum Lachen, wenn man zusah, wie diese dunklen, juwelenbehangenen Phantome mit den Armen fuchtelten, mit den Hüften wackelten und ihre plumpen Erotizismen zur Begleitung von Downeys Song aufführten. Er streifte durch die Menge auf der Suche nach dem komplizierten Muster, das Dularde aus den anderen hervorheben würde; dann könnte Otille ihre Jagdhunde loslassen, und er und Jocundra konnten sich ausruhen. Er fragte sich, auf welche Weise Dularde wohl bestraft werden würde. Verbannung? Brot und Wasser? Vielleicht würde ihn Otille schlagen lassen. Das wäre durchaus im Rahmen des Registers der Grausamkeiten dieser verwöhnten Göre, die noch vor ein paar Augenblicken ihre Netze nach ihm ausgeworfen hatte. Er ließ den Blick nach oben und über die Behelfsbalkone wandern, und dort, ganz am anderen Ende des Saales, waren zwei Gestalten, händchenhaltend schlenkerten sie im Gleichtakt mit den Beinen, die über den Rand einer silbern eingefaßten Plattform baumelten. Glitzernde Prismen schlängelten sich in gewundenen Säulen um die Beine der größeren Gestalt, zogen die Linien seiner Brustmuskulatur nach und paßten sich wie eine Maske seinem Gesicht an.

»Dort«, sagte Donnell und fügte mit aller Unfreundlichkeit, die er aufbringen konnte, hinzu: »Ist das dort Ihr Ausbrecher?«

Er deutete in die entsprechende Richtung.

Bei dieser Bewegung bekam sein Ellbogen einen heftigen Krampf, und sein Arm schnellte heftiger nach vorn, als er es beabsichtigt hatte. Das Licht aus dem Innern von Dulardes Körper fiel breitgestreut nach außen, so daß das Bild der Silhouette eines Mannes entstand, der sich in einem Regenbogenkult übte. Er schwankte, taumelte zu einer Seite, machte einen Schritt daneben, verlor den Halt an seiner Partnerin, bemühte sich um Gleichgewicht, und dann, genau in dem Moment, als Donnell seine Sicht normalisierte und den Arm zurückzog, fiel Dularde herunter.

Kaum jemand merkte etwas davon. Wenn es er-

Zwischendurch: [redacted] Donnell ärgert sich über Otille – sie will ihn zu einem ihrer „Lieblinge“ machen, die sie mit Zuckerchen belohnt. Keine angenehme Perspektive für einen Mann, der Herr seiner Entschlüsse bleiben will ... [redacted] Selbst entscheiden sollte an dieser Stelle auch der Leser, ob er seine Lektüre für eine herzhafte kleine Mahlzeit zwischendurch unterbrechen möchte. Diese Entscheidung fällt um so leichter, wenn man weiß, daß man dazu das Buch nur fünf Minuten beiseite legen muß ... [redacted]

schreckte Schreie gegeben haben sollte, hörte sie niemand. Nur Otille schrie: »Schaltet die Musik aus! Schaltet die Musik aus!« Papa und Simpkins und Downey wiederholten ihre Worte wie Echos, und einige der Tanzenden, die gemerkt hatten, daß es Otille war, die schrie, fielen ebenfalls ein. Das Schreien schwoll an, obwohl die meisten gar nicht wußten, warum sie brüllten, brüllten sie voller Begeisterung, drängten andere, ihre Stimme ebenfalls zu erheben, bis das Ganze ein einstimmiges Gegröle war. »Schaltet die Musik aus! Schaltet die Musik aus!« Schließlich wurde sie wirklich ausgeschaltet, und jemand übertönte den ganzen Tumult und rief nach einem Arzt.

Otille warf Donnell einen fassungslosen Blick zu, dann quetschte sie sich durch die Menge, wobei Papa Salvatine ihr einen Weg bahnte. Downey reckte den Hals und glotzte stumpfsinnig zu der Stelle, wo Dularde hingefallen war. Simpkins kreuzte die Arme.

»Du liebe Güte!« sagte er. »Zur Zeit jagt wirklich ein Zufall den anderen, was, Bruder Donnell?«

Ihr Zimmer befand sich im zweiten Stock, ebenso wie die aller anderen »Lieblinge«, und obwohl an der Möblierung nichts Besonderes war, verbrachte Jocundra wegen der Wände eine schlaflose Nacht. Sie waren mit Ebenholz getäfelt, und aus der Täfelung ragten lebensgroße Arme und Beine und Gesichter heraus, ebenfalls aus Ebenholz, als ob Geister beim Durchdringen der Bretter in der Teerschicht steckengeblieben wären. Wohin immer sie den Blick wendete, streckten sich ihr klauenartige Hände entgegen oder starrten sie puttenhafte Gesichter an, schienen sich für ihren Zustand zu interessieren. Die Gesichter waren am dicksten an den Wänden einer Nische, die in den Korridor führte, und hier waren sie, anders als die anderen, im Todeskrampf verzerrt, mit heraustretenden Augen und entstellten Mündern.

Donnell hatte ebenfalls eine schlaflose Nacht hinter sich, zum Teil wegen ihres Stöhnens und Strampelns, aber auch wegen seiner Besorgnis um den Mann, der von dem Balken gefallen war. Sie verstand nicht ganz, warum er sich solche Sorgen machte; er hatte schon brutalere Dinge gelassener hingenommen. Sie versuchte jedoch, ihn zu beruhigen, indem sie ihm erklärte, daß Leute im allgemeinen schlimmere Stürze überlebten. Doch als Otille am frühen Nachmittag zu ihnen kam, erzählte sie, daß Dularde sich Verletzungen an der Wirbelsäule zugezogen hätte und daß nichts mehr zu machen gewesen wäre. Sie schien nicht im geringsten traurig darüber zu sein und bestand darauf, ihnen das Gelände zu zeigen, das in seinem verfallenen Zustand geradezu phantastisch sei.

Es hatte in der Nacht geregnet, der Himmel war bleifarben, und entferntes Donnergrollen war im Süden zu hören. Sie wandelten über die Pinienallee, wo vor langer Zeit Valcours Rigauds Tochter unter einem Baldachin aus goldenen und silbernen Spinnweben geheiratet hatte. Jetzt spannten sich die Netze sogar von Stamm zu Stamm und bildeten dichte Schleier mit Flekken von leeren Wespen- und Fliegenhüllen. Otille zerriß sie mit ihrem Schirm. Die ganze Landschaft war so sehr überwuchert, daß Jocundra nur ein paar Meter weit in jede Richtung blicken konnte, bevor ihre Augen auf eine verflochtene Wand aus Ranken trafen, ein undurchdringliches Dickicht von Oleander oder den ausgehöhlten Stamm einer einst gewaltigen Eiche, der wiederum eingehüllt war von einer Schmarotzerpflanze, deren gedrehte Äste auf andere Bäume übergriffen und gleichfalls ein Netz um eine Reihe von gigantischen Opfern spannen. Die Welt von Maravillosa war ein triefender Garten voller Parasiten. Doch spürte man durch diesen Verfall hindurch die Überbleibsel einer kunstvollen Gestaltung. Verstreut im Gelände erhoben sich spitz zulaufende Kegel von fünf oder sechs Metern Höhe, bedeckt von Efeu und Purpurwinden; kleine Sprößlinge wuchsen aus den Seiten wie bei einem burmesischen Tempel, den der Dschungel erstickte. Pfade führten in die Kegel, schlängelten sich durch bemooste Wände, und in der Mitte stießen sie auf zerbrochene Bänke, Bruchstücke von Marmorbrunnen und Sonnenuhren und einmal auf eine von Moos und Ranken bedeckte Statue, die die Hand in einer beschützenden Geste ausgestreckt hatte, als ob ein Zauberer mitten bei der Beschwörung eines Gegenbanns selbst in ein mit Blättern bewachsenes, seelenloses Wesen verwandelt worden wäre.

»Valcours«, sagte Otille verwirrt, während sie das Moos abrieb und eine bestimmte Stelle im Marmor freilegte.

Von der Spitze eines Kegels aus, zwischen Eingrenzungen aus Bambusstäben und Ranken, konnten sie das Haus sehen: Schwarz; strotzend vor zahlreichen Giebeln, gesprenkelt mit magischen Symbolen in Silber; ein verfallener Flügel erstreckte sich nach hinten. Es sah aus wie ein sonderbarer Samen, den das Herz der Nacht ausgespuckt hatte und der im Begriff war, in eine neue Konstellation zu zerbersten. Jenseits der Kegel lag ein ovales Becken mit einer gesprungenen Marmoreinfassung, bedeckt mit Schlamm und umringt von Büschen, deren Konturen absonderliche Formen aufwiesen. Valcours, so erklärte Otille, war von der menschlichen Gestalt fasziniert gewesen, und die Büsche hatten eine Gruppe von Figuren mit einem Bewegungsmechanismus überwuchert, die er zu seiner Unterhaltung in Gang setzen ließ. Sie schlug einen der Büsche mit ihrem Schirm nieder und legte eine gesichtslose Holzfigur frei; der Kopf war ein von Würmern zerfressener Klumpen, der Rumpf zeigte noch Spuren von weißer Farbe und einem roten Herzen auf der Brust. In seiner Hand steckte ein verrosteter Degen.

»Während meiner Krankheit funktionierte es noch«, sagte sie. »Im Innern hatten sich Ameisen eingenistet, und zwar in Gängen voller Sand, und sobald deren Zahl zu groß wurde, öffneten sich bestimmte Schleusen und Quecksilber floß heraus, um die Siedlung zu überfluten. Die Behälter waren so konstruiert, daß sie sich in gewissen Zeitabständen mit einer genau berechneten Strömungskraft entleerten, so daß sich das Gewicht der Figur verlagerte und sie in der Parodie eines Schwertkämpfers in Bewegung setzte. Die einzigen Ameisen, die überlebten, waren die, die sich in diese Kammer aus Eisen flüchteten« – sie klopfte gegen das Herz –, »und nachdem man sie gereinigt hatte, wurden sie befreit, und das Spiel ging von vorn los.« Sie sah sie mit hochgezogenen Augenbrauen von der Seite an, als erwartete sie eine Reaktion.

»Welchem Zweck diente das?« fragte Jocundra. Diese offenkundige Nutzlosigkeit des Dings, der durch den Tod angetriebene Lebensimpuls erschreckte sie.

»Wer weiß, was sich Valcours dabei gedacht hat«, sagte Otille und stieß mit dem Schirm gegen die Menschenattrappe. »Ein Gag, ein Spiel. Aber ich habe das Ding gehaßt. Einmal, als ich ungefähr acht Jahre alt war, hat es mir fürchterliche Angst eingejagt, und nachdem es aufgehört hatte, sich zu bewegen, nahm ich die Eisenkammer heraus und warf sie in den Sumpf.« Sie schlenderte am Rand des Beckens entlang und scharrte mit den Füßen Algen von dem Marmor. »Ich habe das Kupfer bestellt«, sagte sie über die Schulter zurück. »Sie können so lange hierbleiben, wenn Sie wollen.«

»Wie lange wird es dauern?« fragte Donnell.

»Eine Woche, bis es hier angeliefert wird, und dann ein paar Wochen für den Bau.« Sie lenkte ihre Schritte in Richtung Haus. »Sie können noch ein paar Tage darüber nachdenken, wenn Sie das Bedürfnis haben, aber falls Sie sich zum Bleiben entschließen, werden Sie hoffentlich verstehen, daß Sie hier eine Aufgabe haben. Sie werden sich an fünf Tagen in der Woche von mittags bis abends um acht zu meiner Verfügung halten müssen.

Für meine Experimente. In der übrigen Zeit können Sie machen, was Ihnen beliebt.« Sie drehte sich um und warf Donnell einen schlauen Blick zu. »Sind Sie sicher, daß Sie mir alles über das *Veve* erzählt haben, und warum Sie es bauen möchten?«

»Das weiß ich selbst nicht so recht«, antwortete er.

»Ich bin gespannt, wie es sich hinsichtlich *Les Invisibles* auswirkt«, sagte sie.

*»Les Invisibles?«*

»Die Voodoo-Götter«, sagte Jocundra. »Manchmal nennt man sie *Les Invisibles* oder die *Loas.*«

»Ach so«, sagte er abfällig. »Voodoo.«

»Seien Sie nicht so voreilig, sich darüber lustig zu machen«, sagte Otille. »Sie sind im Begriff, das *Veve* von Ogoun Badagris aus drei Tonnen Kupfer zu bauen. Das hört sich für mich erst recht nach Voodoo an.«

»Es ist gut möglich«, erwiderte Jocundra, wütend über Otilles besserwisserisches Gehabe, »daß das *Veve* einem Mechanismus im Gehirn entspricht und deshalb von einem Medium als Konzentrationsmittel benutzt werden kann, eines, das Donnell aufgrund seiner besonderen Fähigkeit auf eine handfestere Weise einsetzen kann.«

»Nun«, setzte Otille an, aber Jocundra ließ sie nicht zu Wort kommen.

»Wenn Sie Anhängerin von Voodoo sind, dann wissen Sie sicher, daß es sich dabei um eine sehr soziale Religion handelt. Die Leute kommen mit ihren Alltagssorgen in die Kultstätten, mit ihren finanziellen Schwierigkeiten oder Liebeskummer. Da liegt es doch nahe anzunehmen, daß sie etwas dafür bekommen, mehr als das Placebo der Hoffnung, daß die Rituale anwendbare psychologische und sogar physiologische Prinzipien enthalten.«

»Ach du liebe Güte«, sagte Otille und verdrehte die Augen. »Ich hatte ganz vergessen, daß wir uns in Gesellschaft einer Akademikerin befinden. Lassen Sie mich Ihnen eine Geschichte erzählen, meine Liebe. Es gab einen Mann in Warner's Parish, einen Schwarzen, der war im Gemeinderat und glaubte an Voodoo, und seine Kollegen übten Druck auf ihn aus, damit er sich in aller Öffentlichkeit von seinem Glauben abwandte. Die Sache war ihnen peinlich, und außerdem waren sie sowieso nicht allzu glücklich darüber, einen Schwarzen im Gemeinderat zu haben. Sie drohten damit, seine Wiederwahl zu verhindern. Nun, der Mann war der Meinung, daß es wichtig sei, ein schwarzes Ratsmitglied zu haben, und er verkündete seine Abkehr vom Voodoo-Glauben. Doch noch in derselben Nacht kamen Hunderte von Männern und Frauen in den Ort, die alle von Papa Legba, dem Schutz-*Loa* des Mannes, besessen waren. Sie waren alle als Legba verkleidet, mit falschem grauen Haar aus Flechten, Spazierstöcken, zerlumpten Mänteln und Pfeifen, und sie begaben sich zum Haus des Mannes und forderten Geld von ihm. Es war eine Meute von nicht abzuwimmelnden ekstatischen Menschen, die alle nach Geld schrien, und schließlich gab er ihnen welches, und sie verschwanden. Er sagte, er hätte es getan, damit sie weggingen, was auch stimmte, egal wie man die Geschichte deutet. Die Leute in der Gemeinde taten es ab als Spinnerei eines wilden Haufens von hinterwäldlerischen Niggern, die sich über eine Bagatelle aufgeregt hatten, doch die Folge war, daß der Mann seinen Posten behielt und gleichzeitig seinen Gott zufriedenstellte. Und natürlich passierte so etwas nie wieder. Warum sollte es auch? Das, was erreicht werden sollte, war erreicht worden. Das ist die Art, wie *Les Invisibles* vorgehen. Durch einzigartige, nicht faßbare Geschehnisse. Die in keine Statistik passen, nicht theoretisch definiert werden können.«

Otille lächelte Jocundra an, und Jocundra erschien es wie das Lächeln einer Giftmörderin, eine, die beobachtete, wie ihr Opfer den tödlichen Schluck nahm.

»Man merkt kaum etwas davon«, sagte Otille.

Hinter dem Haus stand eine Gruppe von acht kugelsicheren Schuppen, jeder mit drei ineinandergehenden Räumen, und hier, sagte Otille, wohnten ihre »Freunde«. Schlampige Frauen spähten aus den Fenstern und zogen sich schnell zurück; zerlumpte Männer standen in den Türen, kratzten sich am Bauch und spuckten aus. Westlich von den Schuppen lag ein Friedhof mit einem verwitterten Grabmal in der Mitte; es war verziert mit *Rada*-Zeichnungen – schwarzen Figuren, die blutige Herzen in den Händen hielten und in Schiffen über Meere blauer Wellenlinien fuhren –, und hier waren die sieben Särge von Valcours bestattet. Am hinteren Ende des Friedhofs, nach einem Dickicht aus Myrte, begann der Sumpf; ein grasbewachsenes Ufer, an dem weggeworfene Bierdosen und Flaschen herumlagen, ein Anlegesteg aus geteerten Brettern und daran vertäut ein schwarzer Heckraddampfer: ein gewaltiger, düsterer Geburtstagskuchen von einem Schiff, mit Lebkuchen-Geländer und einem Schornstein als Kerze. Er hatte ursprünglich Clothilde, Otilles Großmutter, gehört.

»Es hätte ihr Leichenkahn werden sollen«, erzählte Otille. »Sie hatte geplant, ihn zum Golf fahren zu lassen, mit ihrer sterblichen Hülle und einer Gesellschaft ihrer Freunde. Mein Vater erlaubte uns, darauf zu spielen, doch dann kam er dahinter, daß sie irgendeine Falle darauf eingebaut hatte, eine Überraschung für ihre Freunde. Wir enthüllten das Geheimnis nie ganz.«

Langsam sah Jocundra in Maravillosa immer mehr einen Märchenpark des Bösen: Da war zunächst das verwunschene Schloß, das finstere Haus, das mit Geheimzeichen bedeckt war; dann das Bacchanal der verlorenen Seelen mit dem besonderen Auftritt eines Galgenvogels; der Garten der verbotenen Lüste, die Schuppen ein Sündenbabel, wo Hintertreppen-Dämonen in ihre Rumbuddeln sabberten und ihre schielenden Flittchen betatschten, wobei sie schmierige Handabdrücke auf ihren Gesäßbacken hinterließen; und jetzt noch dieses unheimliche Schiff mit der Schwerfälligkeit einer Faschingsumzugs-Flotte. Irgendwo auf dem Gelände, daran konnte kein Zweifel bestehen, würden sie Gevatter Tod begegnen, der in seinem Skelettanzug verseuchte Bonbons verteilte; Kinder hätten einen Bocksritt frei, Roboter würden enthauptet. Vielleicht, dachte sie, bestand einmal eine wirkliche Verbindung zwischen diesem Ort und dem Bösen, ein Moment von Schwefel und Blut, aber das einzige, was sie gegenwärtig entdeckte, waren die Machenschaften einer pathetischen Irrationalität: Otilles Machenschaften. Obwohl Maravillosa eher machtlos der Auflösung als dem Bösen ausgeliefert war, konnte die Schauspielerin Otille die Vergangenheit wieder aufleben lassen. Sie lehnte sich an einen Bootsschuppen; ihr Haar war von der gleichen Tönung wie die Bretter, so daß sie aussah wie eine exotische Blüte, die ihnen entsproß. Dann erzählte sie ihnen noch eine Geschichte.

»Haben Sie von Bayou Vert gehört?« fragte sie.

Donnell hob den Kopf.

»Man sagt, daß er ganz in der Nähe liegt. Es ist erstaunlich, daß ein solcher Ort den Mythos von himmlischen Gefilden schafft, und wenn es auch nur so etwas klägliches ist wie der Palast des Sumpfkönigs. Grauhaarige Sumpfmädchen versprechen meiner Meinung nach nicht allzugroße Reize.« Ihr Blick suchte den Kontakt zu Jocundras, ihre Lippen kräuselten sich. »Clothilde hat mir einen Brief über Bayou Vert geschrieben, jedenfalls befaßte er sich zum Teil damit. Natürlich ist sie lange, bevor ich auf die Welt kam, gestorben, aber sie adressierte ihn an ihr Enkelkind. Der Familienanwalt hat ihn mir übergeben, als ich sechzehn Jahre alt war. Sie schrieb darin, daß sie hoffte, ich sei ein Mädchen, denn Mädchen hätten entschieden mehr für das Vergnügen übrig als Jungen. Sie hätten, so drückte sie es aus, ›eine größere Oberfläche, mit der sie die Welt berühren konnten‹. Sie unterwies mich im Gebrauch meiner ... meiner

Oberflächen und gestand mir Seite um Seite ihre Missetaten. Verstümmelungen, Morde, Abartigkeiten.« Otille beugte sich über das Geländer und blickte übers Wasser. »Sie sagte, sie hätte den Mythos von Bayou Vert wieder fruchtbar gemacht – er war bereits zu Valcours' Zeiten uralt –, indem sie neue Gerüchte über Erscheinungen in die Welt setzte, neue Geschichten über seine Wunder, Geschichten über den schwarzen Raddampfer des Sumpfkönigs, die die glücklichen Seelen in seinen Palast transportierte. Dann ließ sie Fässer voller grüner Farbe ins Wasser kippen, wühlte die Marschen zu farbigen Strudeln auf und wartete. Und fast jedes Mal, so berichtete sie, kam irgend so ein Dummkopf, ein Fallensteller oder Glücksritter, in seinem Boot vorbeigepaddelt und fand dann Clothilde, nackt, mit täuschender grauer Perücke, eine Paradiesdienerin.« Otille fuhr mit der Hand über eine Reihe von Stäben und betrachtete ihre Hände, an denen Teer kleben geblieben war. »Sie mußten etwas sehr Erhabenes dabei empfunden haben, wenn sie ihrer ansichtig wurden, denn es verschlug ihnen jedesmal die Sprache. Sie sahen sie nur ungläubig an. Voller Glück. Sie ließ sich von ihnen lieben, bis sie einschliefen; und sie schliefen tief, sehr tief, denn sie gab ihnen Alkohol mit einem Schlafmittel darin zu trinken. Und wenn sie wieder aufwachten, zu erschlagen, um irgend etwas zu empfinden, dann runzelten sie überaus bestürzt die Stirn – so berichtete sie –, wenn sie an sich hinabsahen und entdeckten, was sie mit ihrem Messer angerichtet hatte.«

Die Wolken lockerten sich auf, die Sonne schien mit Unterbrechungen, und die Bierdosen glänzten abwechselnd hell und wurden wieder stumpf, als ob ihre Batterien nachließen.

»Kommen Sie«, sagte Otille traurig. »Es gibt noch viel mehr zu sehen.«

## 15. KAPITEL

*29. Juli – 14. August 1987*

Während jener ersten Wochen in Maravillosa hatte Jocundra reichlich Zeit zur Verfügung. Sie wanderte durch die Gänge, untersuchte den Inhalt der Kartons und Kisten, die überall aufgestapelt waren, und erforschte die verschiedenen Räume. Die Ebenholznachbildung von Gesichtern und Gliedern, die aus den Wänden ragten, waren im ganzen Haus angebracht, jedoch waren in den unteren Räumen die Gesichter vielfach übermalt oder verunstaltet, und häufig sah man, daß ein hölzernes Bein in einem Nylonstrumpf steckte, eine Kaffeetasse in die Finger einer Hand geklemmt war oder in einer schwarzen Handfläche ein gebrauchtes Kondom lag. Das Mobiliar bestand aus Schrott. Sofas ohne Füße, fleckige Matratzen, Sessel ohne Polster, und das Ganze eingebettet in Abfallberge leerer Bierdosen und Weinflaschen. Und hier konnte man Otilles ›Freunde‹ zu jeder Tages- und Nachtzeit antreffen. Trinkend, ungeniert Geschlechtsverkehr treibend, streitend. Viele der Auseinandersetzungen, von denen sie Wortfetzen auffing, beschäftigten sich mit den Vorzügen verschiedener religiöser Kulte und Gurus; es waren unqualifizierte Streitereien, die häufig mit Handgreiflichkeiten endeten, und die meisten Standpunkte wurden mit dem Satz untermauert: »Otille hat gesagt ...« Es wurde schnell deutlich, daß dieses Interesse an religiösen Dingen lediglich Otilles Interesse widerspiegelte und daß die ›Freunde‹ hofften, sich bei ihr lieb Kind zu machen, wenn sie sich bei diesen Diskussionen mit ihren spärlichen Kenntnissen hervortaten.

Um sich die Zeit weiterhin zu vertreiben, beschloß Jocundra, sich einen Überblick über die ethnologische Zusammensetzung der Bewohner der Anlage zu verschaffen, und machte sich daran, einen Informanten für sich zu gewinnen. Dannî (»In Wirklichkeit heiße ich Danielle, aber es gibt unter den Schauspielerinnen schon so viele Danielles, daß ich einfach die Endung ›elle‹ weggelassen und dem i einen Akzent gegeben habe. Klingt doch aufregend, oder nicht?«) war typisch für die Frauen. Hübsch, wenn auch ungepflegt, blond und vollbusig, üblicherweise mit Designer-T-Shirts und Joggingshorts bekleidet; eine abgetakelte Schauspielerin Mitte der Zwanzig. Sie war in der Hoffnung nach Maravillosa gekommen, daß Otille ›etwas für ihre Karriere tun könnte‹. »Man sieht ja, was sie für Downey getan hat, nicht? Ich meine, er ist fast so was wie ein Star!« Die anderen ›Freunde‹ klassifizierte sie als Spieler, die auf Gewinn aus waren, Dichter, die eine Mäzenin suchten, Kokainhändler, die vom großen Geschäft träumten, Schauspieler, Sänger, Tänzer, Musiker und Pseudokünstler. Alle jung und gutaussehend, alle bestens mit Otilles Vergangenheit und Persönlichkeit vertraut, alle voller Hoffnung, daß etwas für sie getan werde.

»Aber was tut ihr denn für sie?« fragte Jocundra eines Tages. »Soweit ich es verstehe, leistet ihr ihr Gesellschaft, seid ihr Publikum, und sie bietet euch Kost und Logis dafür ...«

»Und Schauspielunterricht«, unterbrach Dannî. »Ich wäre nicht hier, wenn es den Schauspielunterricht nicht gäbe.«

»Ja, aber wie ich Otille kenne, verlangt sie mehr als Gegenleistung.«

»Manchmal macht sie Veranstaltungen«, sagte Dannî mit sichtlichem Unbehagen, »und wir helfen ihr dabei.« Als Jocundra weiter in sie drang, wurde Dannî wütend, aber schließlich gab sie zu: »Wir schlafen mit den Geldsäcken, die sie aus New Orleans anschleppt! Jetzt zufrieden?« Beschämt vermied sie es, Jocundra in die Augen zu sehen. »Sieh mal«, fuhr sie nach einer Weile mißmutigen Schweigens fort, »Otille ist eine wahnsinnig gute Schauspielerin. Von ihr Unterricht zu bekommen, ist ... also, ich würde mit dem Teufel persönlich dafür schlafen. Man lernt soviel, wenn man ihr nur zusieht! Hier!« Sie vollführte eine Pose, die Jocundra als armselige Karikatur von Otille erkannte. »Baron!« sagte sie gebieterisch, »bring mir sofort Downey her! Wenn er nicht in zehn Minuten hier ist, lehne ich jede Verantwortung ab!« Sie erschlaffte wieder und sagte: »Siehst du?«

Die Hierarchie unter den ›Lieblingen‹ war nach Dannîs Darstellung das Thema, mit dem sich die ›Freunde‹ am intensivsten befaßten; sie verwendeten den größten Teil ihrer Energie auf das Bemühen, sich an denjenigen oder diejenige anzuhängen, von denen sie glaubten, daß er oder sie im Aufsteigen begriffen war. Mit Otilles Favoriten ins Bett zu gehen, was fast so gut, wie mit Otille selbst ins Bett zu gehen, es rangierte gleich an zweiter Stelle danach: das zu schaffen, war ein ganz großer Coup, der den ›Freunden‹ so selten beschieden war, daß er zu einem Mythos erhoben wurde. Clea war gegenwärtig sehr gefragt, und Papa, auf dessen Gabe man sich verlassen konnte, nahm einen beständigen ersten oder zweiten Platz ein. Simpkins genoß ein kaum höheres Ansehen als die anderen ›Freunde‹, während Downey, dank seiner Starqualitäten, jederzeit freie Auswahl hatte, ungeachtet des Status, den er jeweils bei Otille einnahm. Sogar Clea war scharf auf ihn. Und was den Baron betraf, so war er offenbar weder ›Freund‹ noch ›Liebling‹, und Dannî war der Ansicht, daß ihm Otille auf irgendeine Weise hörig sein mußte.

»Ich bin eine Zeitlang mit Downey gegangen«, erzählte Dannî eines Tages, als sie in Jocundras Zimmer zusammen Kaffee tranken. »Ich wohnte damals ganz am Ende des Flurs. Otille hat mich sogar ein paarmal nach oben eingeladen. Ich sage dir, das ist wahnsinnig toll! Aber dann« – ihr Gesicht verzog sich zu einer traurigen Clownsmaske – »verknallte sie sich wieder in ihn, und ich wurde wieder nach draußen in die Hütten gesteckt.« Sie nahm einen Schluck Kaffee. »Das könnte dir auch bald passieren, jedenfalls nach dem, was ich so höre.«

»Ich weiß, daß Otille hinter Donnell her ist«, sagte Jocundra. »Aber ich bezweifle, daß sie Erfolg haben wird.«

»Daran solltest du besser nicht zweifeln«, sagte Dannî. »Männer haben bei Otille keine Chance. Er wird nach ihrer Pfeife tanzen, bevor ...« Sie versetzte sich selbst einen strafenden Klaps auf die Backe. »Es tut mir leid. Ich bin den Umgang mit den anderen gewöhnt, aber du bist so nett, und überhaupt ... ich sollte mit dir nicht so sprechen.«

»Ich bin deswegen nicht beleidigt«, sagte Jocundra. »Ich muß zugeben, daß ich mir deswegen auch Sorgen mache.« Sie kippte den Rest ihres Kaffees hinunter. »Wir sind Otille gegenüber in einer schwierigen Lage.«

Dannî nahm ihre Hand und sagte, es würde schon alles gut werden und daß sie verstünde.

Obwohl sie sich sehr unterschieden, war Jocundra gern mit Dannî beisammen. Eine Freundin zu haben, machte die schleimige Atmosphäre des Hauses ein wenig erträglicher, und auch Dannî schien die Beziehung zu genießen; besonderen Spaß machte es ihr, Jocundra bei der Erforschung der Geschichte des Anwesens anhand der Inhalte der Kisten und Kartons zu unterstützen. Eines Morgens, als sie in einer Kammer im unteren Stockwerk in einer verstaubten Kiste wühlten, stießen sie auf ein altes Buch, ein Tagebuch, das in Goldprägung den Buchstaben A trug, mit einer weiteren Goldverzierung auf dem Innentitel, bei der es sich, obwohl sie so wurmzerfressen war, daß man kaum noch etwas erkennen konnte, offensichtlich um die Reste einer *Veve* handelte.

»Ich wette, das bedeutet, na, du weißt schon, wie heißt er noch mal ...« Dannî schlug sich mit der flachen Hand gegen die Stirn. »Aime! Lucanor Aime. Der hat doch dem alten Valcours seine Kunststücken beigebracht!«

Die erste Eintragung trug das Datum 9. Juli 1847, und darin wurde sehr plastisch die erotische Begegnung mit einer Frau namens Miriam T. beschrieben, was Dannî immer wieder Ausbrüche des Kicherns entlockte. Dann folgte eine Reihe von kurzen Eintragungen, im wesentlichen eine Liste von eingehaltenen Verabredungen mit der Bemerkung, daß ein Neuling angekommen und gut aufgenommen worden sei. Plötzlich fiel Jocundras Blick auf die Worte *Les Invisibles* etwa in der Mitte einer Seite, und sie las die entsprechende Eintragung von Anfang an durch.

> *19. Sept. 1847: Heute hatte ich das Bedürfnis nach Einsamkeit, nach Meditation, und aus diesem Grund schloß ich den Tempel und begab mich an eine stille Stelle am Ufer, wo ich den größten Teil des Nachmittags damit zubrachte, die Kalligraphie der Strudel und Wirbel auf der Wasseroberfläche des Flusses zu beobachten. Doch trotz dieser friedlichen Träumerei kam ich zu keiner Entscheidung. Kurz vor Einbruch der Dunkelheit ging ich zum Tempel zurück und fand Valcours R, der in der Kostümkammer wartete ...*

»Valcours!« hauchte Dannî. »Ich weiß nicht, ob wir das lesen sollten.« Sie schauderte geziert.

> *... mit seiner abscheulichen Dogge zu seinen Füßen, die auf den Teppich seiberte. Mit einemmal stand mein Entschluß fest. Als ich Valcours' gleichgültigem Blick begegnete, hatte ich das Gefühl, die Wahrheit seines Geistes an seiner gerunzelten Stirn und dem wie aus Stein gemeißelten, harten Mund ablesen zu können. Obwohl er im all-*

*gemeinen für einen gutaussehenden Mann gehalten wird, schien sein gutes Aussehen in diesem Moment auf subtile Weise durch eine unsichtbare Einwirkung wie durch eine Maske aus klarstem Glas entlarvt und sein fiebrig glühendes und bösartiges Antlitz enthüllt worden zu sein, so daß seine innere Falschheit sichtbar wurde. Ohne ein Wort der Begrüßung fragte er nach meiner Entscheidung.*

*»Nein«, sagte ich. »Was Sie vorschlagen, ist die schlimmste Form von* Petro. *Ich werde mit* Les Invisibles *keine Faxen machen.«*

*Er ließ kein Anzeichen von Überraschung erkennen, sondern zog gelassen seine Handschuhe an, während er sagte: »Nächsten Samstag werde ich mit drei Männern in den Tempel kommen. Gemeinsam werden wir die Mysterien durchdringen.«*

*»Behalten Sie Ihre verdammten Mysterien für sich!« schrie ich ihn an.*

*»Sonntag«, erwiderte er lächelnd. Dann neigte er den Kopf zu einer dieser affektierten Verbeugungen, die mir so sehr auf die Nerven gehen, und verließ mich; sein verwünschter Hund folgte ihm auf den Fersen.*

*Ich trage mich jetzt mit der Absicht zu bewirken, daß er mit einem magischen Bann belegt wird, obwohl ich durch dieses Vorgehen genau die Art von* Petro *ausüben würde, die er von mir verlangt. Und doch geschähe das strikt im Dienste des Tempels und bedeutete keine Verletzung meiner Gelöbnisse, allenfalls meiner Selbstwertschätzung. Wie dem auch sei, Valcours ist mit einer Aura des eindeutig Bösen umgeben, wie ich sie im Laufe meiner langen Erfahrung noch nie erlebt habe, und es ist Zeit, daß unsere Verbindung ein Ende findet, so oder so.*

Im Anschluß daran folgten wieder Eintragungen der üblichen Art: Listen von Verabredungen und mehr Sex mit Miriam T.; so ging das bis zu etwa einem Drittel des Buches weiter, wo das Geschriebene endete.

Aimes Ausführungen gaben nur neue Rätsel auf, und beim Lesen hatten sich Jocundras Muskeln verkrampft und ihre Schläfen zu pochen angefangen, als ob das Geschriebene die Bakterien einer alten Krankheit enthielte. Sie wollte sich für den Rest des Morgens zurückziehen und sagte Dannî, daß sie sich eine Weile hinlegen wollte, aber Dannî bestand darauf, mit ihr zu kommen und sie zu massieren.

»Es gibt nichts Besseres als Massage gegen Verspannungen«, sagte sie und blinzelte vielsagend. »Das habe ich in Hollywood gelernt.«

Sie begleitete Jocundra in ihr Zimmer und sagte, sie solle ihre Bluse und den Büstenhalter ausziehen und sich flach entspannen. Dannî saß rittlings auf ihr und klopfte und knetete mit erfahrenen Händen die verspannten Stellen, aber dann fuhr sie mit einer Hand unter Jocundra und umschloß eine ihrer Brüste, küßte sie auf die Schulter und flüsterte ihr zu, wie schön sie sei. Entsetzt rollte sich Jocundra herum und warf dabei Dannî unabsichtlich vom Bett.

»Ich dachte, du hättest Lust auf mich«, schluchzte Dannî, vollkommen fassungslos; ihre Gesichtsmuskeln zuckten, und Tränen glitzerten in ihren Augen. »Magst du mich nicht?«

Jocundra versicherte ihr, daß das wohl der Fall sei, aber nicht auf diese Art; Dannî ließ sich jedoch nicht trösten und rannte aus dem Zimmer.

Ihre Freundschaft kühlte sich danach rapide ab. Jocundra versuchte, Dannî zum Verlassen von Maravillosa zu überreden, indem sie darauf hinwies, daß Otille keinem der ›Freunde‹ jemals wirkliche Unterstützung geleistet hätte; sie bot an, ihr Geld zu leihen; Dannî wies das Angebot jedoch zurück und warf ihr vor, sie nicht zu verstehen. Sie ging Jocundra immer mehr aus dem Weg und fing an, mit ihren Begleiterinnen zu tuscheln und zu kichern, wenn Jocundra vorbeikam, und ein paar Tage später unternahm sie einen erfolglosen Annäherungsversuch an Donnell. Jocundra erkannte, daß Dannî die ganze Zeit nur darauf hinaus wollte, und sie war zu dumm gewesen, es zu erkennen. Das pathetische Getue der ›Freunde‹ und dieser untalentierten Kindfrau samt ihrer Imitation von Otille, die ganze Art, sich wie Otille zu gebärden, riefen in Jocundra den Verdacht hervor, daß sie möglicherweise den schlechten Einfluß des Ortes unterschätzt hatte. Donnell wurde wieder launisch und in sich gekehrt, und zwar in einem Maße, wie er es seit ihrer Flucht von Shadows nicht mehr gewesen war; er lehnte es ab, über das zu sprechen, was ihm während des Tages durch den Kopf ging; und eines Nachts, gegen Ende der zweiten Woche, als sie aus dem Fenster ihres Schlafzimmers blickte und auf seine Rückkehr wartete, bekam sie einen ganz neuen Eindruck von Maravillosa.

Schreie, von denen einige verzweifelt klangen, drangen von den Hütten herauf. Fackeln leuchteten in dem dunklen Gebüsch dahinter. Der Halbmond segelte hoch am Himmel, scharf abgegrenzte Schatten schwebten daran vorbei, und die kegelförmigen Hügel und die rankenüberwucherten Bäume, die im Mondlicht silbergrün schimmerten, wirkten wie eine zerfallene Stadt Jahrtausende nach einer großen Katastrophe.

Morgendliches Sonnenlicht fiel durch die Fenster im oberen Stock, mit deutlich getrennten einzelnen Strahlen, die die untere Hälfte des Ballsaals in kathedralenhafter Dämmerung versinken ließen, jedoch enthüllten, daß die Tapete abblätterte und voller Kritzeleien war. Grob gezeichnete *Veves* in Rot und Grün, einschließlich des von Ogoun Badagris, bedeckten besonders gut sichtbare Stellen inmitten von Reimen und Schweinereien. Otille hielt ihren Schauspielunterricht im Ballsaal ab; überall verstreut standen Holzstühle herum, von denen jedoch im Moment nur fünf besetzt waren, und zwar von Otille, Donnell und den übrigen ›Lieblingen‹.

Außer Otille und Donnell saßen sie alle weit auseinander in einem großen Kreis um Clea, die sich über eine verkratzte gelbe Gitarre beugte und bleich und elend aussah. Ohne ihre Perücke vermittelte sie nicht einmal den scheinbaren Eindruck von Lebhaftigkeit. Sie trug nur einen Slip, und man sah, daß ihre Brüste die Größe von Zwiebeln hatten, und als Donnell ihr in der Tür begegnete, streifte ihn ein schwacher ranziger Geruch, der an saure Milch erinnerte. Zu ihren Füßen stand ein halbes Dutzend Käfige mit Wellensittichen und Papageien.

»Was wirst du uns vorspielen, meine Liebe?« klang Otilles Stimme durch die Leere.

»Ich bin noch nicht soweit«, sagte Clea schmollend.

Simpkins saß mit verschränkten Armen da; Papa hatte sich vorgebeugt und die Hände zwischen den Knien zusammengelegt, wodurch er gespanntes Interesse zum Ausdruck bringen wollte; Downey saß sichtlich gelangweilt hingelümmelt auf seinem Stuhl. Die Vögel hüpften herum und zwitscherten.

»Okay«, sagte Clea tapfer. »Es geht los.«

Sie schlug einen Akkord an, summte vor sich hin, um die Tonlage zu finden, und erhob einen brüchigen Sopran, der bei den hohen Tönen versagte.

»Schöne, wohin bist du geflohen heut' nacht,
wen hast du statt meiner glücklich gemacht ...«

»Du lieber Gott!« sagte Downey und knallte seine Absätze auf den Boden. »Nicht das! Sing was von jemand anderem!«

»Ich möchte aber das singen«, sagte Clea und funkelte ihn an.

»Laß sie in Ruhe, Downey«, sagte Otille mit mütterlicher Geduld. Sie legte eine Hand auf Donnells Arm. »Downey schrieb dieses Lied in einer Zeit, als er glaubte, in mich verliebt zu sein, aber dann trat er in seine narzißtische Periode ein und schämte sich, etwas so unverzeihlich Romantisches geschrieben zu haben.« Sie wandte sich wieder an Clea. »Spiel weiter, meine Liebe!«

»Wir stehen hinter dir, Schwester«, sagte Papa. »Laß dich nicht beirren!«

Donnell fragte sich, ob irgend jemand wirklich auf Papas Scheinheiligkeit hereinfallen konnte. Sein Gesichtsausdruck strotzte vor Böswilligkeit, und man brauchte nur ein wenig logisch zu denken, um daraufzukommen, daß Cleas Versagen seinen Stellenwert erhöhen würde. Sie erhob erneut ihre erbärmliche Stimme, und für Donnell war es die Stimme von Maravillosa, der traurige, vulgäre Klang der abgestorbenen Bäume und der ›Freunde‹ und der Ebenholzfratzen, von Otille selbst und der dumpfen und neidvollen Beziehung zwischen den ›Lieblingen‹; das Winseln eines übernatürlichen Nervensystems, das sie alle beherrschte. Selbst wenn niemand zuhören würde, dachte er, würde der Klang davongetragen, aufgestiegen aus den Ruinen des Bösen. Eine vergebliche Verkündung wie das Summen einer halbzerquetschten Wespe.

Clea zitterte und sang eine schrille hohe Note. »Ich kann nicht singen, wenn er mich angrinst«, sagte sie und deutete auf Downey. »Er macht mich zu nervös!«

»Ach du Schande!« sagte Downey. »Ich werd ihr mal ein bißchen helfen.« Er schlenderte zu ihr hin und nahm ihr die Gitarre ab.

»Wenn es ihr nichts ausmacht«, sagte Otille. »Macht es dir etwas aus?«

Clea konnte ihr Entzücken nicht verbergen. Sie errötete und warf Downey einen schmachtenden Blick zu. »Eigentlich nicht«, sagte sie.

Er zog einen Stuhl neben sie, schlug ein paar wirbelnde Akkorde zur Einleitung an, und diesmal vermittelte der Song das flüchtige Gefühl eines Duells eines Mädchens vom Land und eines wandernden Balladensängers.

»... Schönheit ist überall, sagt man,
aber nirgends ist Schönheit wie deine,
Schöne, ich liebe dich noch viel mehr
als die Wahrheit, die doch nur für eine
Weile Bestand hat, nicht mehr.
Doch du bist ewig, in allen Zeiten,
und ohne dich kann keine Wahrheit
das geringste bedeuten ...«

Einige der Vögel flatterten aufgeregt in ihren Käfigen herum, zwitschernd und zirpend; andere thronten auf ihren Stangen und gurrten mit Kehlen, die im Rhythmus des Liedes pulsierten. Donnell spürte, wie sich Otille neben ihm straffte, und er konzentrierte sich auf Clea. Ihr Magnetfeld war nicht in einzelne Bogen unterteilt; ein Nimbus weißen Lichts umfing sie und Downey und Teile der Käfige.

In dem Strahlenglanz wirkte sie wie eine entrückte Heilige, die mit ihrem Begleitengel im Gebet versunken war. Das Antlitz ihres *Gros Bon Ange* war ekstatisch, ein Mosaik aus Kobaltblau, durchwoben von feinen Goldfäden. Gegen Ende hin wurde der Gesang noch leidenschaftlicher, der weiße Lichtschein umfaßte jetzt alle Käfige, und alle Vögel sangen.

»Schöne, nur einmal bist du zu mir gekommen,
jetzt bist du fort, fern und unerreichbar,
goldene Funken, die in deinen Augen glommen,
strahlten wie Diamanten, unvergleichbar.
Dein schlanker Hals, wo der Puls schlägt
in der Kuhle, und sich blaue Adern zeigen,
ein hartes Muster, vom Geheimnis geprägt,
es wird mir den Weg nach Irgendwo weisen.
Gefangen für immer,
in unendlichem Schimmer,
in diesem reinen Lied,
das ich für dich schrieb.«

Als der Song zu Ende war, schien Otille offensichtlich enttäuscht. Sie rühmte Cleas Bemühungen und sprach anerkennend vom Ergebnis, aber ihr Mißfallen war nicht zu verkennen.

»Laß mich mit den Vögeln zu Werke gehen, Otille«, sagte Papa. Er ließ seine Knöchel knacken, ungeduldig, loslegen zu können.

»Wir alle wissen, welche Leistungen du vollbringen kannst, Papa«, sagte Otille. »Du beweist gar nichts damit, wenn du es noch mal vorführst. Ich hatte auf etwas ... Ausgefalleneres gehofft.«

Clea ließ den Kopf hängen. Downey klimperte gleichgültig auf der Gitarre und entlockte ihr einige wehmütige Tonfolgen.

»Es kommt offenbar ganz auf die Stimmung an«, sagte Simpkins. »Ich erinnere mich, als es die bedauernswerte Pavarotti erwischte, da war Schwester Clea toll drauf, während sie heute, da sie mit ihrem heimlichen Herzblatt Musik machte ...«

»Das ist er nicht!« kreischte Clea; sie bäumte sich auf und deutete vor Wut kochend auf ihn. »Er soll doch mal zeigen, was er kann. Nämlich nichts!«

Downey lächelte und strich über die Saiten.

»Wenn ich erst anfange zu zwitschern«, sagte Simpkins, »dann wissen wir Cleas Talent zu schätzen. Aber ehrlich gesagt bin ich mehr daran interessiert zu sehen, was Bruder Harrison mit unseren gefiederten Freunden schafft.«»

Otille kräuselte die Lippen und tippte mit einem ihrer Elfenbeinfinger dagegen. Sie sah Donnell von der Seite an. »Hätten Sie etwas dagegen?« fragte sie.

Donnell tat es Simpkins gleich, indem er die Beine ausstreckte und die Arme verschränkte, während er ihn mit dem gleichen leeren Lächeln anlächelte. Simpkins war offenbar ein Faktor, mit dem man rechnen mußte, obwohl seine Begabung manchmal versagte, und Donnell wollte ihm nicht Wasser auf die Mühle geben, indem er ihn als Stellvertreter anerkannte und seinen Befehlen gehorchte. »Ich passe«, sagte er. »Ich bin nicht hier, um Vögel umzubringen.«

»Sie brauchen sie ja nicht *umzubringen*«, sagte Otille, als ob sie an nichts weniger als an das gedacht hätte. »Mich interessiert viel mehr die Vielfalt psychischer Macht als ihre Wiederholung. Warum versuchen Sie nicht einfach, was Sie erreichen? Als Experiment. Ich machte Ihnen keinen Vorwurf, wenn nichts geschieht.«

Du wirst mir aber einen machen, wenn ich es nicht versuche, dachte Donnell bei sich. »Nun gut«, sagte er. Er nahm Cleas Platz mitten zwischen den Käfigen ein, während sie und Downey sich in Sessel fallen ließen.

Die Vögel schienen nicht die geringste Spur von Angst zu haben; ihre Augen glänzten, sie zwitscherten und schaukelten auf ihren Stangen. Ihr Gefieder war hübsch – zarteste Blau- und Rosatöne, Schneeweiß, Flaschengrün –, und ihre Magnetfelder erschienen als schimmernder Dunst in der Luft, leicht aus der Ferne zu beeinflussen wie die Felder von Telephonen und Kameras. Er stellte fest, als er eine Hand in einen Käfig streckte, daß die darin untergebrachten Vögel still wurden, schwiegen, und ihre Felder anfingen zu glühen. Die beiden Käfige, die ihm am nächsten standen, enthielten neun Vögel, und indem er die Finger im Stil eines Zauberers weit spreizte, schaffte er es, alle neun zur Ruhe zu bringen, wobei er mit jeweils einem Finger ein Tier beherrschte und das Kribbeln der Felder spürte. Er bezweifelte jedoch, daß sich Otille damit zufrieden geben würde. Er befolgte also Otilles Rat, zu experimentieren und – wobei er sich fragte, warum es ihm nie zuvor in den Sinn gekommen war, das zu probieren – hielt den Kontakt zu den Feldern aufrecht, während er seinen Brennpunkt in die Dunkelheit des *Gros Bon Ange* verlagerte.

Stücke wirbelnder Schwärze und funkelnden Feuers schwebten durch die Käfige. Zaghaft schob er einen

Zeigefinger in eins der Felder, bewegte ihn sachte auf und ab, und ein Faden schillernden Lichts, nicht dicker als der Faden eines Spinngewebes, schoß aus seiner Fingerspitze. Verdutzt zog er seinen Finger zurück, aber da die Vögel nicht den Eindruck machten, als ob es ihnen geschadet hätte, und ihr Feuer genauso hell strahlte, versuchte er es noch einmal. Nach und nach verbanden neun Lichtfäden seine Fingerspitzen mit den neun Vögeln, und die Lichtbrechung innerhalb ihrer Körper vollzog sich nach regelmäßigen Mustern. Der Druck ihrer Felder auf seine Hände nahm zu, und als er versehentlich einen Finger krümmte, hüpfte einer der Vögel von seiner Stange. Er wiederholte den Vorgang, und bald fühlte er sich allmächtig, wie der Herr im Ring eines magischen Zirkus; er hatte nun so weit die Beherrschung über sie gewonnen, daß er sie durch die Käfige laufen lassen konnte. Kleine Wesen wie aus Schmuckkästchen, die auf silbernen Freßnäpfen und Schaukeln herumhüpften, zwitschernd und hin- und herstolzierend.

Clea schnappte nach Luft, jemand warf einen Stuhl um, und jemand anders spendete leisen, ironischen Beifall. »Danke, Donnell«, sagte Otille. »Das ist ausreichend.«

Er verringerte seine Kraft, brachte den Ballsaal wieder in seine Sicht und sah, daß Otille ihn anlächelte. »Nun«, sagte er, betroffen durch den Besitzerstolz, der sich in ihrem Gesicht spiegelte, »war das außergewöhnlich genug?« Dann sah er zu den Käfigen hinunter.

Er hatte die Vögel nicht umgebracht. Nicht direkt. Das wäre gnädig gewesen, verglichen mit dem, was er getan hatte. Die zarten Töne ihres Gefieders waren blutverschmiert, und nachdem sie von seiner Herrschaft befreit waren, wurden ihre Schreie durchdringend und riefen in den sonnendurchfluteten oberen Bereichen des Raumes Echos hervor. Ihre Schnäbel waren zerfetzt, rote Tropfen quollen aus den Rissen; ihre Flügel und

Beine waren gebrochen; und die Membrane ihrer Augen waren zerrissen, und Flüssigkeit tropfte daraus hervor. Alle bis auf einen Wellensittich lagen zuckend am Boden der Käfige; die Beine dieses einen waren nicht gebrochen, und er klammerte sich an seiner Stange fest und schrie.

»Papa«, sagte Otille. »Würdest du mit Downey die nicht beschädigten in mein Büro bringen.«

Downeys Gesicht war frostig und grimmig; Clea barg ihren Kopf an seiner Schulter. Papa zögerte und beäugte Donnell nervös.

Drei, nein vier der Vögel hatten aufgehört zu flattern, und Donnell sah versteinert zu, wie sie starben.

»Simpkins«, sagte Otille. »Bring die anderen hinaus in meinen Wagen!«

»Ja, Madam«, antwortete Simpkins. Er kam zu den Käfigen herüber und während er sich niederbeugte, flüsterte er: »Der arme Dularde hat nie erfahren, was ihn niedergestreckt hat, oder, Bruder?«

Donnell war seine bissigen Kommentare leid, konnte seine zur Schau gestellte Genugtuung nicht mehr ertragen; er sprang auf und holte aus, aber Simpkins packte ihn mühelos am Handgelenk, und seine andere Hand umfaßte seinen Hals, wobei seine Finger den Adamsapfel nach innen drückten. »Ich bin kein verdammter Wellensittich, Bruder«, sagte er. Sein Griff wurde noch fester, und Donnells Mund sprang unwillkürlich auf.

»Simpkins!« Otille klatschte in die Hände.

»Ja, Madam.« Simpkins ließ Donnell los und hob die Käfige hoch, nun wieder mit leerem Gesicht und lächelnd.

Donnell hielt sich die Hand an den Hals und wollte zur Tür gehen.

»Wohin gehen Sie?« rief ihm Otille hinterher.

Er antwortete nicht; er wollte unbedingt Jocundra finden und den Auswurf von Otille und ihren ›Lieblingen‹ von sich abwaschen. Aber an der Tür wandte er sich noch einmal um, da ihn ein Gedanke stutzig machte. Während er die Vögel tötete, warum hatte da ihre ... ja, ihre ... – was eigentlich? Konnte man es Seele nennen? Warum nicht? Warum hatten sie keine Spur einer Verletzung gezeigt? Er starrte die Haufen blutiger Federn an und blinzelte und strengte seine Augen an, bis die Käfige silbern schimmerten. Sie waren leer. Da wurden seine Augen von einer Bewegung in Anspruch genommen. Hoch über Simpkins Kopf, steigend und sinkend und zitternd wie glitzernde Juwelensplitter im Wind, flogen die Seelen der ermordeten Vögel.

Gegen Ende der zweiten Woche traf Jocundra den Baron im Flur vor seinem Zimmer. Er reparierte seinen Türgriff mit einem Schraubenzieher; dabei murmelte er vor sich hin und drehte ungeduldig an dem Griff. Er hatte nie ein Wort zu ihr gesagt, und sie hatte vorgehabt, grußlos an ihm vorbeizugehen, aber er rief sie zu sich und bat sie, ihm kurz zu helfen.

»Bleib einfach nur hier stehen«, befahl er. »Dreh den Türgriff nach rechts, und wenn ich es sage, dann geh schnell hinein.«

Er betrat sein Zimmer und begann, mit dem Schraubenzieher ein schmales Brett in der Decke zu bearbeiten. »Jemand«, sagte er grunzend, während er versuchte, das Brett anzuheben, »jemand hat hier herumgeschnüffelt, deshalb muß ich mir jetzt eine kleine Sicherheit einbauen.« Er trug Jeans und ein Sweatshirt mit der Aufschrift *New Orleans Saints;* seine Armmuskeln zogen sich zusammen und streckten sich wie Schlangen. Seine Augen hatte eine gelbliche Färbung wie bei Leberkranken. Sie hatte ihn für Mitte Vierzig gehalten, aber jetzt schätzte sie ihn auf einen guterhaltenen Sechzigjährigen.

Er senkte den Schraubenzieher und hielt die Hände unter das Brett. »Jetzt!« sagte er.

Sie drehte den Griff. Die Tür fiel mit einem Knall zu,

und hätte sie fast umgestoßen, als sie ins Zimmer trat; aus der Decke fiel eine zweite Tür und hätte die Eingangsnische versperrt, wenn der Baron sie nicht aufgefangen hätte. Er taumelte unter dem Gewicht. »Das Scheißding muß hundert bis hundertfünfzig Pfund wiegen«, sagte er. Er bemerkte Jocundras Verblüffung. »Alle Zimmer haben so was. Der alte Valcours hat die Leute gern in Fallen gelockt.« Er schmunzelte. »Und dann hatten sie nichts mehr zu lachen.« Er schob die Tür zurück an ihren Platz, bis sie einrastete, darauf sah er sie unfreundlich an. »Erkennst du mich nicht mehr, Frau?« Sie sah ihn verdutzt an, und er fuhr fort: »Scheiße! Mama Zitos Tempel an der Prideau Street. Ich war der verdammte Idiot, der draußen davor stand und die Leute zu den Veranstaltungen reingezerrt hat!«

»Foster«, sagte sie. »Stimmt das?« Sie erinnerte sich an ihn als an einen feindseligen, arroganten Mann, der zuviel getrunken hatte; er hatte sich geweigert, ihr Informationen zu geben.

»Yeah, Foster.« Er nahm den Schraubenzieher in die Hand. »Nur, daß ich jetzt Baron heiße. Dieser verdammte Name Foster hat mir kein Glück gebracht.« Er ging um sie herum, öffnete die Tür zum Flur und drehte den Griff nach links, bis er zweimal klickte. »Schon mal in Afrika gewesen?« fragte er.

»Nein«, sagte sie. »Ich bin vorher von der Schule abgegangen.«

»Yeah, das hab' ich mir gedacht, daß du es nich' soweit gebracht hast, als ich gesehen hab', wie du dich mit dem grünäugigen Affen rumtreibst. Es is' nämlich so, daß seit er da is', der Junge Otille den Kopf verdreht hat, und das is' nich' gut.«

»In welcher Beziehung stehst du zu Otille?«

»Willst du darüber was schreiben?«

»Ich bin nur neugierig.«

»Dann is' gut«, sagte er. »Paß nur auf mit deiner Neugier, denn hier is' man auch ganz schön neugierig. Ha!

Neugierig!« Er ging zu einer Schublade und nahm ein Hemd heraus. »Ich bin Otilles Feund. Nich' so einer wie die zerlumpten Scheißer da draußen in den Hütten. Ich bin wirklich ihr *Freund.* Und sie ist meine Freundin. Deshalb nennt sie mich Baron nach dem toten Gott, weil sie sagt, nur jemand der tot is', kann ihr Freund sein. 'türlich, das is' die typische Übertreibung von 'ner Schauspielerin.« Er zog das Sweatshirt aus und schlüpfte in das Hemd; eine verästelte Narbe zog sich über die rechte Seite seiner Brust, und die Muskeln waren an dieser Stelle etwas verkümmert. »Ich muß nichts Schlechtes für sie machen, und ich bedräng' sie nich'. Wir helfen uns gegenseitig. So wie jetzt.« Er ballte eine Hand zur Faust. »Ich hab' ein Auge auf dich und diesen Affen.«

»Warum?«

»Du glaubst wohl, Otille is' bescheuert, oder was? Scheiße! Klar, sie hat ihre Launen. Aber die Leute hier schneiden dir für 'nen Groschen die Kehle durch und machen für 'nen Fünfziger Matsch aus dir. Nimm nur diesen lächelnden Hurensohn Simpkins ...«

»Baron!« Otille stand mit zuckendem Gesicht in der Tür.

Der Baron fuhr ungerührt fort, sich das Hemd zuzuknöpfen. »Bin sofort drunten.«

»Haben Sie Donnell gesehen?« fragte Jocundra in der Hoffnung, daß diese Frage für Otille eine Erklärung für ihr Hiersein wäre.

Otille schenkte ihr keine Beachtung. »Fahr den Wagen vor!« sagte sie zu dem Baron.

»Brauchst dich nich' aufzuregen, Otille«, sagte er. »Die Frau hat mir bloß geholfen, meine Tür zu reparieren.« Als sie nicht darauf einging, seufzte er, warf sich die Jacke über die Schulter und schlenderte hinaus.

»Ich möchte nicht, daß Sie mit ihm sprechen«, sagte Otille mit beherrschter Stimme. »Ist das klar?«

»In Ordnung.« Jocundra ging in Richtung Tür, aber

Otille versperrte ihr den Weg. Ihre Schläfen pochten, ihr Gesicht arbeitete nervös, ihr korallenroter Mund wurde schmal. Nur ihre Augen blieben unberührt; sie schienen in eine schwarze Tiefe hinter ihrer milchweißen Gesichtshaut zu versinken, wie Löcher, die in ein Leintuch geschnitten wurden. Es erstaunte Jocundra, daß ihre Stimme, als sie wieder sprach, sehr gemäßigt klang und kein Kreischen war.

»Möchten Sie Maravillosa verlassen?« fragte sie. »Ich kann Sie überall hinbringen lassen, wohin Sie wünschen.«

»Ja«, sagte Jocundra. »Aber wenn ich gehe, geht Donnell mit mir; und wenn er bleibt, dann bleibe auch ich, denn ich habe Angst, daß Sie ihm etwas antun.«

»Hexe!« Otille hieb mit der Faust seitlich gegen die Wand. »Ich werde ihm nichts antun!« Sie starrte die Wand an und sah, daß ihre Faust die Stirn eines Ebenholzgesichtes getroffen hatte; sie legte die flache Hand auf die Stelle, als wollte sie so den Schmerz lindern. »Ich werde ihn *bekommen*«, sagte sie sanft. »Gefällt Ihnen dieses Zimmer?«

»Ich glaube nicht«, sagte Jocundra und sprach die Worte mit besonderer Betonung aus, da sie sie als Antwort auf beide Bemerkungen Otilles verstanden wissen wollte.

»Es beansprucht sehr viel Zeit und Kraft, dieses Anwesen zu unterhalten«, sagte Otille fröhlich und schwungvoll. »Ich habe es herunterkommen lassen, aber ich habe immerhin versucht, Inseln der Eleganz darin zu erhalten. Möchten Sie eine davon sehen?« Und bevor Jocundra antworten konnte, huschte sie aus der Tür und bedeutete Jocundra, ihr zu folgen. »Es ist gleich am Ende des Flurs«, sagte sie, »das ehemalige Zimmer meines Vaters.«

Es war tatsächlich elegant. Gobelins mit Einhörnern und Jagdszenen, Dutzende von Originalgemälden. Klee, Kandinsky, Magritte, Braque, Miró. Das schwarze

Holz der Wände schien dazwischen durch wie Kohleadern, die einen surrealen Erdstollen durchzogen. Bequeme Sofas und Sessel, ein antiker Globus, ein herrlicher Schirasteppich. Von diesem geschmackvollen Ambiente hob sich ein Durcheinander von allerlei Krimskrams ab, das in Vitrinen und auf Tischchen zur Schau gestellt war, billiger Kitsch, wie man ihn in Geschenkläden auf Flughäfen und in Andenkengeschäften findet: Erinnerungsstücke an exotische Kulturen, die den Stempel der Unkultur und Sterilität trugen, meistens mit Unterstützung der nationalen Kammern für Handel und Gewerbe. Da gab es Aschenbecher, emaillierte Schlüsselanhänger, Beutel für Kleingeld, Modelle berühmter Sehenswürdigkeiten; der Schwerpunkt der Sammlung lag jedoch auf mechanisch betriebenen Tieren. Pandabären, Affen, ein Elefant, der kleine Baumstämme hochob, eine Schlange, die an einer Plastikpalme emporkroch, und so weiter. Eine Miniaturinvasion, die sich über Regale und Beistelltischchen ergoß. Diese Sammlung, erklärte Otille, repräsentierte die Reisen ihres Vaters für die Rigaud-Stiftung und verschiedene andere Wohltätigkeitseinrichtungen und spiegelte seine eichhörnchenhafte Sammelleidenschaft für alles Grelle und Triviale wider.

Der Raum schien eine beruhigende Wirkung auf Otille auszuüben. Sie plapperte drauflos, als ob Jocundra eine alte Schulfreundin sei, und erzählte von Abenden in der Familie, als sie und ihr Vater sich einen Spaß daraus gemacht hatten, alle Tiere aufzuziehen und durcheinanderpurzeln zu lassen. Jocundra war jedoch über die Wandlung ihrer Stimmung um hundertachtzig Grad mehr beunruhigt als über ihre vorherige Wut, und außerdem fiel ihr langsam eine gespenstische Verbindung zwischen den Generationen der Rigauds auf. Valcours mit seinen anthropomorphen Spielzeugen, Otilles Vater mit seinen aufziehbaren Tieren und Otille mit ihren ›Lieblingen‹ und ›Freunden‹. Gott mochte wissen, was Otille schon zusammengesammelt hatte. Es war leicht nachzuvollziehen, daß man sich diese Familie als eine einzige schreckliche Kreatur vorstellen konnte, die sich durch die Zeiten zurück erstreckte; ein genetischer Makel oder ein chemischer Zauber, der den Geist an das Blut band.

»Leider habe ich eine Verabredung zum Mittagessen in New Orleans«, sagte Otille und drängte Jocundra hinaus. »Geschäfte der Stiftung. Aber wir können uns ein andermal weiter unterhalten.« Sie schloß die Tür hinter ihnen ab und entfernte sich den Flur entlang. »Wenn ich Donnell auf dem Weg zum Auto sehe«, rief sie zurück, »werde ich ihn schicken.«

Sie sagte es mit so ungespielter Ernsthaftigkeit, daß ihr Jocundra in diesem Moment glaubte.

»Eine Mansarde ist das zweite Leben eines Hauses«, sagte Otille und öffnete die Tür. »Jedenfalls behauptete meine Mutter das.«

Die Luft im Innern war süßlich parfümiert und kühl. Sie trat zur Seite, damit er vorbeigehen konnte, und dabei streifte ihre Hüfte seine Hand, mit einer geschmeidigen Bewegung, wie sich eine Katze einer Handwölbung anpaßt. Sie machte die Tür zu, und er hörte, wie das Schloß einschnappte. Die Läden vor den Giebelfenstern waren geschlossen, der Raum lag im Stockfinstern, und als sie weiterging, konnte er sie nicht mehr sehen.

»Machen Sie das Licht an!«

»Warum finden Sie mich nicht auf die Art, wie Sie Dularde gefunden haben?«

»Sie könnten hinfallen.«

Sie stieß ein eisiges kleines Lachen aus. Bretter knarrten.

»Verdammt, Otille!«

»Nehmen Sie Ihre Brille ab, dann mache ich das Licht an.«

Herr im Himmel! Sie legte seine Brille zusammen und steckte sie ihm in die Tasche. Er bildete sich ein, sie atmen zu hören, erkannte aber dann, daß es sein eigener Atem war, der in unregelmäßigen Stößen keuchend ging.

»Was, zum Teufel, wollen Sie mir eigentlich zeigen?« fragte er.

»Sie müssen zum Fenster kommen«, sagte sie sanft.

Ein Rasseln zu seiner Linken ließ ihn einen Satz machen. Metalljalousien hoben sich vor einer Reihe von Dachfenstern, Streifen silberner Strahlen verbreiterten sich zu Wasserfällen staubverhangenen Mondlichts, die sich in einen langen, schmalen Raum verströmten; er war so lang, daß sich sein anderes Ende im Schatten verlor. Er mußte, dachte er, sich über die ganze Länge des hinteren Flügels erstrecken. Das Rasseln ließ nach, und sieben Fenster waren in der Dunkelheit aufgereiht, Portale, die sich in ein Universum gefrorenen Lichts öffneten. Packen und Bündel und mit Tüchern zugedeckte geheimnisvolle Gegenstände standen an den Wänden entlang. Und dann trat Otille, die aus ihren Kleidern geschlüpft war, aus dem Schatten und an das nächste Fenster. Ihre Erscheinung wirkte wie eine Illusion, als ob ihr Bild von den Mondstrahlen projiziert würde. Ihre Haut schimmerte bleich, und die Stellen, wo ihr das schwarze Haar über die Schulter fiel, und das Dreieck ihrer Scham wirkten wie freie Stellen im Fleisch ihres Körpers.

»Starr mich nicht so verdattert an«, sagte Otille und nickte ihm zu.

Durch das Fenster sah Donnell flackernde weiße Lichter jenseits der kegelförmigen Hügel. Funken, die beim Schweißen entstanden, erklärte Otille. Das Kupfer war angeliefert worden, und die Nachtschicht hatte gleich mit der Arbeit begonnen. In der Enge des Giebels mußten sie dicht beisammen stehen, und während sie sprach und mit den Armen deutete, streifte ihre Brust seinen Arm. Er konnte nicht anders, als sie immer wieder verstohlen anzublicken, die Feinheit ihrer straffen Muskeln, die Art, wie das Mondlicht auf ihre Brustwarzen fiel und sie in einen lavendelfarbenen Ton tauchte; und jedesmal, wenn sie ihn ansah, hatte er das Gefühl, daß etwas aus ihr herausfloß, daß Dämme niedergerissen worden waren und ihr innerster Kern freilag und auf ihn abstrahlte. Er hatte sich verstohlen an sie gedrängt, sein Körper reagierte, und sein Denken wurde wirr. Er wollte sich abwenden und hinunter zu Jocundra gehen, aber gleichzeitig wollte er die Wölbung von Otilles Bauch berühren und die Hitze, die darunter wallte, spüren. Ihre schwarzen Augen schimmerten vor Licht, ihr schmollend aufgeworfener Mund lockte ihn zu ihr; er bekam nicht mehr mit, was sie sagte, irgendwas in der Art, daß er sie in ihrem Glauben bestärkt habe.

»Komm mit!« sagte sie und nahm seine Hand. »Ich zeige dir mein Zimmer. Früher gehörte es Clothilde, aber ich habe es neu richten und gestalten lassen, wie es meinem Geschmack entsprach.«

In der Mitte der Mansarde waren drei Türen in die Wand eingelassen, deren mittlere sich auf einen kurzen Gang öffnete, der wiederum zu einer Tür führte, und dahinter lag ein gewölbeartiger Raum, durchflutet von Mondstrahlen. Die Decke war so geschnitzt, daß sie ein Geäst aus schwarzen Zweigen vortäuschte, mit verstreuten Blättern und hängendem Moos; das Licht fiel in den Zwischenräumen durch das Glasdach. Baumstämme wölbten sich aus den Wänden, mit täuschend echt nachgemachten Strukturen; Ebenholzbüsche und junge Bäume – mit perfekt ausgearbeiteten Details, bis zu den Blattadern – sprossen aus dem Boden, und in der Mitte des Raumes war eine mit Teppich ausgelegte Vertiefung mit verstreuten Kissen darin, die wie das stille, düstere Auge im Herzen eines Wellenbeckens wirkte.

Eine Bedienungskonsole war daneben angebracht,

mit Schaltern und einer Sprechanlage, und nachdem sie ihn herabgezogen hatte, damit er sich neben sie setzte, bediente Otille einen der Schalter. Farbige Filter schoben sich in die Lücken in dem geschnitzten Laubdach, und die Mondstrahlen wurden purpurn. Donnell lehnte sich in die Kissen zurück und betrachtete ihr verzücktes Gesicht, während sie sein Hemd aufknöpfte; als sie sich hinabbeugte, um ihn auf die Brust zu küssen, durchfuhr ihn ein Beben. Es war, als ob ein bleiches wildes Tier in der Gestalt Otilles seinen Rüssel in ihn getaucht hätte und ihn aussaugte.

Ihre Hüften unter ihm rollten hin und her und bebten, ihre Finger fuhren den Kreisen seiner Nerven nach, doch die Art ihrer Liebkosung war so aufgesetzt, so athletisch, und ihre Leidenschaft so beschränkt auf dekorative Gymnastik, daß der Zauberbann, mit dem sie ihn belegt hatte, durchbrochen wurde und sein Interesse abebbte. Doch wie ein braves Schmusetier tat er, was von ihm erwartet wurde, und bildete sich dabei ein, es sei Jocundra, die ihn berührte. Und dann, weil er dachte, es sei der Stimmung angemessen, warf er seinen ersten Blick auf Otilles *Gros Bon Ange.*

Wenn nicht eine geschickte Bewegung von ihr seine Leidenschaft aufs neue angestachelt hätte, hätte er sich voller Abscheu von ihr heruntergerollt. Die Teppichwand löste sich auf in unendlich viele nadelfeine Punkte, vor denen sich ihr Kopf abhob wie ein Kohlesack; doch von der Gegend ihrer Hüften stoben unaufhörlich Funken glitzernden Lichts auf und zogen in ihrem gesamten Fluß die Linien ihrer Brüste und ihrer Rippen nach, um sich schließlich als häßliche Tiermaske über ihr Gesicht zu legen. Es war etwas, das sich in ständiger Auflösung befand, zusammengesetzt aus smaragdgrünen, azurblauen, goldenen und rubinroten Splittern, die sich zu Flecken einer mineralischen Strahlkraft zusammenfanden, zerfielen und wieder zu neuen festgefügten Formen verschmolzen. Schwarze Schlitze als Augen,

Zähne aus glitzerndem Licht. Es brüllte ihn schweigend an, wobei sein Maul sich verzerrt öffnete und wieder zuschnappte. Doch jedesmal, wenn ihre Hüften aufeinandertrafen, wogte die Maske und sprühte Funken nach unten, als ob durch ständige Stöße die beseelte Materie zum Mitmachen angeregt würde. Er stieß kräftiger, und für den Bruchteil einer Sekunde löste sich die gesamte Struktur der Maske auf, brennendes Wachs rann von einer gegossenen Form. Er empfand eine bittere Schadenfreude bei der Erkenntnis, daß er diese monströse Erscheinung überwältigen könnte, und er wandte seine ganze Energie auf, um die Maske zu entlarven; er stieß immer heftiger in Otille, die unter ihm stöhnte. Jedesmal, wenn er in seiner Anstrengung nachließ, wurde der Ausdruck der Maske barbarischer, aber schließlich zerlief sie, floß zurück in ihren Schoß. Als er hinabblickte, wo sich ihre Bäuche berührten, sah er eine schillernde, glitschige Schicht, wie ein Ölfilm, der sich zwischen ihnen gebildet hatte.

Nach dem Orgasmus lag er still da und sammelte seine Gedanken; es ärgerte ihn immer noch, daß er ihr nachgegeben hatte, und er war immer noch aufgewühlt von dem Anblick ihres *Gros Bon Ange,* ihrer Seele, oder was immer es gewesen war. Schließlich zog er sich wieder an.

»Bleib noch ein bißchen«, sagte sie träge.

»Du hattest nur einen Wurf frei, Otille. Ein zweites Mal wird es nicht geschehen.«

»Es wird, wenn ich es will.«

»Du weißt nicht, was ich gesehen habe«, sagte er und band sich die Schuhe zu. »Dort draußen in der Mansarde war es noch wie ›Die Schöne und das Ungeheuer‹. Aber als die Sache ernst wurde, hat mich deine kleine abgebrühte Darstellung der himmlischen Wonnen zu Tode gelangweilt.«

»Du mieser Kerl!«

»Was hast du erwartet?« Er klappte die Bügel seiner

Sonnenbrille auf. »Daß mich die billigen Kunststückchen aus deiner blau-bunten Trickkiste dazu bringen würden, dir meine unsterbliche Liebe zu gestehen?«

»Liebe!« Otille spuckte auf den Teppich. »Deine Liebe kannst du dir aufheben für das beschränkte Püppchen, das du dort unten hast!«

Die Sprechanlage summte, und sie haute auf einen Knopf. »Was ist los?« fragte sie giftig.

»Ach, Otille?« Es war Papa.

»Ja.«

»Ähem ... das Krankenhaus hat angerufen. Dularde ist nicht durchgekommen. Ich dachte, ich sollte es dir sagen.«

»Dann veranlasse das Notwendige. Du brauchst mich doch nicht dazu.«

»Na gut. Aber ich wollte mal fragen, ob ich raufkommen kann?«

Sie schaltete ihn aus.

»Ich möchte, daß du bleibst«, sagte sie mit fester Stimme zu Donnell.

»Hör zu, verdammt! Wir haben einen Handel abgeschlossen, und ich halte mich an die Vereinbarung. Wenn du jedoch noch ein paar heiße Stunden willst, dann kauf dir doch ein Wasserbett und laß dich in einem billigen Motel bumsen. Ich schreibe deinen Namen gern in allen Männerklos an die Wand: ›Wenn du was Tolles erleben willst, geh zu Otille! Sie ist richtig schön verdorben, sie ist appetitlich sauber, und sie beherrscht den Tempelhurentrick!‹«

Sie versuchte, ihm eine Ohrfeige zu geben, aber er hielt ihren Arm fest und schob sie weg. Er stand auf. Die lavendelfarbenen Mondstrahlen waren so scharf wie Laserstrahlen, und zum erstenmal fiel ihm auf, wie sehr die Ausstattung des Raumes den Kulissen seiner Geschichte glich.

»Was ist das hier für ein Ort?« fragte er; sein Zorn war durch eine plötzliche Ahnung weggewischt. »Ich habe einmal eine Geschichte geschrieben, die an einem Ort wie diesem spielte.«

Sie machte einen benommenen Eindruck und rieb sich den Unterarm, wo er sie gepackt hatte. »Das ist nur ein Traum, den ich einmal hatte«, sagte sie. »Laß mich jetzt allein!« Ihre Augen waren weit aufgerissen und leer.

»Mit Vergnügen«, antwortete er. »Und vielen Dank für die Leibesübung.«

Die Tür am Ende des Gangs klemmte; nein, sie war verschlossen, und die Tür in Otilles Raum, die hinter ihm zugefallen war, war ebenfalls verschlossen. Er rappelte an dem Griff. »Otille!« schrie er. Ein eisiges Gewicht drückte in seine Magengrube.

»Clothilde nannte dies den Vertauschbaren Raum.« Ihre Stimme kam aus einem Lautsprecher über der Tür. »In Wirklichkeit sind es über zwanzig Räume. Die meisten werden unter dem Haus aufbewahrt, bis sie in den Aufzug verfrachtet werden. Jeder davon ist vollgestopft mit Clothildes Gästen.«

Der Raum war heiß und muffig. Er rüttelte an dem Türgriff. »Otille! Kannst du mich hören?«

»Clothilde vertauschte die Räume, während ihre Liebhaber schliefen, und stellte sie auf die Probe, ob sie die richtige Tür fanden. Damals lief der Mechanismus so leise, wie wenn man Seide durch die Hände gleiten läßt.«

»Otille!« Er stemmte die Fingerspitzen gegen die Tür.

»Aber jetzt ist er alt und quietscht«, fuhr sie gutgelaunt fort. Ein dumpfes Knarren erschütterte die Wände, und ein Quietschen drang durch die Ritzen an den Rändern der Decke. Der Raum bewegte sich nach unten. »Ich weiß nicht, wie lang es dauert, bis die Pumpen die Luft aus dem Raum gesaugt haben, aber lang bestimmt nicht. Ich hoffe, es bleibt Zeit genug.«

»Was willst du?« schrie er gellend und trat gegen die Tür. Sein Brustkorb war wie zusammengeschnürt, und ihm wurde schwindelig. Der Raum hielt an und bewegte sich zur Seite.

»Jetzt bist du unter dem Haus«, jubelte Otille. »Drück den Knopf neben der Tür! Ich möchte, daß du dir etwas ansiehst. Schnell!«

Donnell machte den Knopf ausfindig, drückte ihn, und ein Teil der Wand wich zurück, um ein großes Fenster freizugeben, das auf eine Metallwand hinausging, die fast bündig damit abschloß. Er zog sich einen Schuh aus und hämmerte damit gegen das Glas, aber es hielt seinen Schlägen stand, und er brach zusammen und rang nach Luft. Dann glitt die Metallwand zur Seite und gab den Blick auf ein Fenster frei, das dem vor seinem Gesicht glich, und dahinter waren ein Mann und eine Frau, deren ausgetrocknete Glieder in Gesten einer Unterhaltung verharrten. Schwarze Zungen wie Stöckchen ragten aus ihren Mündern, Wimpern glichen groben Stichen, mit denen ihre Lider an die Wangen geheftet waren. Ringe hingen ihnen lose an den Fingern, und sie waren in ihren altmodischen Satinfetzen, den Überbleibseln prächtiger Kleidung, zusammengeschrumpft. Donnell sog tief die dünner werdende Luft ein und taumelte vom Fenster zurück. In seiner Kehle war ein metallischer Geschmack, auf seinem Brustkorb lag das Gewicht einer Tonne, und Schwärze zuckte durch die Ränder seines Blickfeldes. Otilles Stimme gab irgendeinen Unsinn von sich über ›Clothilde‹ und ›Parties‹ und ›Gäste‹; ihre Worte wurden zu Brei zermahlen. Der Gedanke ans Sterben war wie eine Blase, die langsam in seinem Gehirn wuchs und die anderen Gedanken verdrängte; bald würde sie platzen. Sehr bald. Dann hatte er auf einmal das deutliche Gefühl, daß Jocundra unter ihm und zu seiner rechten Seite stand, sich umsah und davonging. Er konnte sie spüren, sah ihren traurigen Gang vor sich, als ob zwischen ihnen nur ein dünner, durchsichtiger Film wäre. O Gott, dachte er, was wird mit ihr geschehen. Und dieser Gedanke war beinah so groß und wichtig wie der an den Tod. Aber nicht ganz. Otilles Stimme war zum Bestandteil eines allgemeinen Brüllens geworden, und er hatte den Eindruck, daß die Leichen auf ihn deuteten und ihn auslachten. Fetzen zerfallener Spitze lösten sich von der Manschette des Mannes, als er lachend die Hand schüttelte. Die mumifizierte Brust der Frau hob und senkte sich wie die pulsierende Kehle einer Fledermaus, eine dünne Membrane, die sich mit Luft vollpumpte. Der Raum schwankte im gleichen Rhythmus mit dem Gelächter, und die Luft glühte rot.

Dann konnte er wieder durchatmen.

Süße, abgestandene Luft.

Er sog sie in tiefen Zügen ein, verschlang sie förmlich. Die Tür zur Mansarde war aufgegangen. Mit schwindelndem Kopf kroch er zum Licht eines Giebelfensters und rutschte aus; ein Holzsplitter grub sich tief in seinen Handballen. Er rollte sich auf den Rücken und drückte, so fest er konnte. Er war fast dankbar für den Schmerz; Blut und grauer Staub vermischten sich auf seiner Hand.

»Es tut mir leid, Donnell«, sagte Otilles Stimme aus dem Lautsprecher. »Ich konnte es nicht zulassen, daß du dir einbildetest, du hättest gewonnen. Aber keine Angst, ich will dich noch.«

## 16. KAPITEL

*17. August 1987*

Am Morgen von Dulardes Beerdigung erzählte Donnell Jocundra, daß er mit Otille geschlafen hatte. Er war voller Reue; er erklärte, wie es gekommen war und warum es passiert war, und sagte, daß es schrecklich gewesen sei, und gelobte, daß es niemals wieder vorkommen würde. Jocundra, die sich auf eine derartige Wendung vorbereitet hatte, glaubte ihm seine ehrliche Zerknirschung, daß die Umstände in Verbindung mit Otilles Reizen zu dieser Entwicklung geführt hätten – aber obwohl sie vernunftmäßig all das akzeptierte, war sie verletzt und wütend.

»Es liegt an diesem Ort«, sagte sie kummervoll und sah nach hinten zu den engelhaften Gesichtern, die im schwarzen Treibsand ihrer Zimmerwände versanken. »Hier ist alles auf den Kopf gestellt.«

»Ich kann nicht weg von hier ...«, begann er.

»Warum solltest du auch? Du bist der König von Maravillosa! Otilles auserkorener Prinz!«

»Du glaubst vielleicht, hier läuft alles scheißnormal«, sagte er. »Ich bin der Mann, und du bist die Frau, und jetzt stimmt's vorübergehend bei uns nicht so ganz, aber bald befinden wir uns wieder in einer Unterabteilung des Paradieses. Drei Kinder mit Sonnenbrillen, ein grünäugiger Hund und ein *Veve* im Garten neben dem Grillplatz. Die Sache mit Otille ist ein gefährlicher Drahtseilakt für mich.«

»Ach so nennt man das jetzt?« fauchte sie. »Drahtseilakt? Oder ist das Otilles erotische Spezialität?«

»Vielleicht hatte Edman recht«, sagte er. »Vielleicht hast du dich deshalb meiner angenommen, weil du jemanden wie mich für deine Seele brauchtest. Einen lächerlichen, verdrießlichen Krüppel. Vielleicht brauchtest du jemanden zum Bemitleiden und auch Beherrschen, aber jetzt bin ich nicht mehr bemitleidenswert genug.«

»Ach nein?« Sie lachte. »Nachdem du jetzt in den Stand der ›Lieblinge‹ erhoben wurdest, erwartest du von mir, daß ich in Ehrfurcht erstarre? Ich beobachte, wie du brav jedes Zuckerchen schluckst, das sie dir hinhält ...« Tränen traten ihr in die Augen. »Ach, Mist!« sagte sie und rannte zur Tür hinaus, die Treppe hinunter und hinaus ins Gelände.

Das Sonnenlicht sickerte durch die wilde Vegetation der Farben und trocknete ihre Tränen. Sie fand neben der Auffahrt einen flachen Stein und setzte sich, um die Fliegen zu beobachten, die in einem Büschel Unkraut herumschwirrten. Die Unterseiten der Blätter waren mit gelbem Staub überzogen. Es hatte seit einigen Wochen nicht geregnet, und alles verdorrte langsam. Sie fühlte sich benommen, schuldig. Er befand sich in ausreichend großen Schwierigkeiten und verdiente nicht, daß sie ihn noch dazu beleidigte. Ein Schmetterling ließ sich auf ihrem Knie nieder. *Wenn ein Schmetterling auf deiner Schulter landet, hast du ein Jahr lang Glück,* erinnerte sie sich. Ihr Vater hatte viele solcher überlieferter Weisheiten aus dem Sumpfgebiet gekannt. *Neun Blätter an einem Lavendelsproß bringen Geldsegen. Fange einen Regentropfen auf und stecke ihn dir in die Tasche, er wird sich in Silber verwandeln.* Im Alter hatte er die optimistischen Sprüche nicht mehr zitiert und war dazu übergangen, die düsteren Redensarten auf Papierfetzen niederzuschreiben. Während ihres letzten Besuches zu Hause hatte sie sie im ganzen Haus verstreut gefunden, wie ein vergeudetes Vermögen; sie steckten zwischen Buchseiten, lagen zusammengeknüllt am Boden, und der letzte, den sie vor ihrer Abreise sah, wurde unter der Tür durchgeschoben. *Wer freitags lacht, wird sonntags weinen,* stand darauf, und *Gebete, die in Dunkeln gesprochen werden, sind Gebete an den Teufel.*

Wolken zogen über ihr vorüber, verdeckten die Sonne und gaben sie wieder frei, so daß das Licht strahlte und verblaßte im Rhythmus angestrengten Atmens. Donnell kam aus dem Haus und ging in Richtung Friedhof. Jocundra stand auf und wollte gerade seinen Namen rufen, aber ein Mädchen, eine von den ›Freunden‹, kam die Stufen herabgerannt und fiel neben ihm nieder. *Grüne Augen bei einer Frau bedeuten Leidenschaft, bei einem Mann bedeuten sie Bitterkeit,* erinnerte sich Jocundra, während sie Donnells sich entfernender Gestalt nachsah. *Jemand, der seine Mutter nicht kennt, ist fähig zu heilen.*

In dem Grabmal standen sechs Särge hinter einer Mauer aus Stein und Mörtel, und in jedem befand sich ein Teil der Überreste von Valcours Rigaud; es gab Platz für einen siebten, aber Otille sagte, dieser sei irgendwo anders im Gelände vergraben. Sie zündete eine Kerze an und stellte sie auf eine Eisenverstrebung in der Mauer. Das gelbe Licht verlieh ihrem Gesicht das Aussehen von altem Elfenbein; es züngelte an den Wänden hoch und beleuchtete eine Schnitzerei über jeder der Sargnischen. Donnell erkannte darin ein *Veve,* obwohl er bisher davon nur eine grobe Zeichnung auf der Rückseite von Jack Richmonds Gitarre gesehen hatte. Der Anblick erweckte in seinem Innern eine unbestimmte Wut. Er ballte die Hände zu Fäusten und durch seinen Kopf schossen ein heftiges Drängen, schattenhaftes Erkennen sowie Bilder und Szenen, die zu schnell vergingen, als daß er sich daran erinnern konnte. Er hatte noch nie so stark das Gefühl gehabt, besessen zu sein, einem von außen gesteuerten Teil seiner Persönlichkeit unterworfen. Eine ganze Zeitlang konnte er nichts anderes tun als dazustehen und gegen den Drang anzukämpfen, die Mauern mit bloßen Händen einzureißen, die Särge zu zertrümmern und die Lumpen und die Knochenstücke von Valcours zu einem nicht wieder zusammensetzbaren Staub zu zermalmen. Schließlich verließ ihn dieses Gefühl, und er fragte Otille nach der Bedeutung der Schnitzerei.

»Das ist das *Veve* von Mounanchou«, erklärte sie. »Valcours' Schutzgott. Und Clothildes. Einer von der üblen Sorte. Der Gott der Verbrecher und Geheimbündler.«

»Warum benutzt du *ihn* dann nicht als dein Firmenzeichen?« fragte er, immer noch wütend. »Das schiene mir sehr passend.«

»Ich lehne Mounanchou ab«, antwortete sie unbeeindruckt. »Genauso wie ich Valcours und Clothilde ablehne. Ogoun Badagris war der Schutzgott eines ... eines Freundes der Familie. Er war ein guter Mann, deshalb habe ich ihn übernommen.« Sie strich an ihm entlang, und die Berührung von ihr erweckte den Eindruck, als ob sich etwas in der trockenen Luft und Dunkelheit erhoben habe. »Warum hast du ein so sonderbares Gesicht gemacht, als du es sahst?«

»Ich spürte, wie die Bakterien in Bewegung gerieten«, sagte er. »Das machte mich schwindelig.«

Otille ging zur Tür. »Baron«, rief sie, »würdest du mir bitte meinen Sonnenschirm aus meinem Büro holen, ich möchte keinen Sonnenbrand bekommen.«

Vor der Tür, hinter einer Reihe halbverfallener Grabsteine, die ungeordnet herumstanden, erhob sich ein grober Erdhügel, der Dulardes Sarg bedeckte. Eine Gruppe von ›Freunden‹ stand in Reih und Glied neben dem Grab, lachend und schwatzend; weitere kamen auf dem Weg von den Hütten herangeschlurft. Simpkins stand oben auf dem Grab mit einem Kasten voller Injektionsspritzen und Arzneifläschchen. Ein ›Freund‹ nach dem anderen gesellte sich zu ihm auf die aufgeworfene Erde, und jedem band er den Arm mit einem Gummischlauch ab und verpaßte ihm eine Spritze. Dann schlurften sie wieder davon, schwankend und im Unkraut zusammenbrechend, wo sie sich übergaben und sich krümmten, mit schwach fuchtelnden Armen, wie vergiftete Ameisen, die zum Sterben aus ihrem Bau gekrochen kamen. Das war, dachte Donnell, eine vollkommene Darstellung des Wesens von Maravillosa: diese gesunden, attraktiven Männer und Frauen, die sich in Reih und Glied dicht nebeneinander aufstellten und sich gegenseitig spielerische kleine Stöße versetzten, um vom leichenhaften Simpkins und seiner magischen Flüssigkeit in elende Wracks verwandelt zu werden. Seine Arbeit schien ihm Spaß zu bereiten; er gab den frisch Gespritzten einen Stoß in die Rippen, damit sie sich weiterbewegten, und strahlte den nächsten in der Reihe an mit den Worten: »Auf Bruder Dularde!« Jemand schaltete ein Radio ein, und ein unklarer Sender mit lauter Rock-'n'-Roll-Musik brüllte durch die Luft.

Donnell trat aus der Grabkammer und blinzelte in die Sonne. Genau über seinem Kopf, oberhalb der Tür, war ein verwitterter Engel, dem man schwarze Tränen auf die Wangen gemalt hatte; er konnte seinen sehnsuchtsvollen Gesichtsausdruck gut verstehen. Clea, Papa und Downey waren noch nicht da, und ihre Abwesenheit bedeutete, daß sich Otille ganz auf ihn konzentrierte. Er spähte den Weg entlang, in der Hoffnung, sie zu sehen. Ein Mann und eine Frau kamen auf den Friedhof zu, bekleidet – so schien es ihm auf den ersten Blick – mit irgendwelchen phantastischen Uniformen. Als sie jedoch näher kamen, erkannte er, daß es sich bei den Uniformen um ein Satingewand und ein Jackett aus Brokat handelte; er sah, daß ihre Gesichter braun und mumifiziert waren, die Gesichter von Leichen genau wie die, die er im Vertauschbaren Raum gesehen hatte. Er rannte zu Otille. Sie lächelte.

»Nur eine kleine Erinnerung«, sagte sie.

Er blickte zu den Leichen zurück; sie hielten sich jetzt bei den Händen und hüpften leichtfüßig über den Weg;

er fragte sich, ob die Gestalten in dem Vertauschbaren Raum wirklich Leichen gewesen waren, oder ob es sich um diese Nachbildungen gehandelt hatte. Er drehte sich wieder zu Otille um.

»Du brauchst mich nicht daran zu erinnern, was für eine Hexe du bist«, sagte er.

Er hatte erwartet, daß sie ihn zornig anfunkeln würde, aber sie wich furchtsam zurück, als ob der Klang seiner Stimme ihn bedroht hätte.

»Wo liegt das Problem, Otille?« fragte er, entzückt über ihre Reaktion. »Ich dachte, du wärst immer noch scharf auf mich?«

Bei diesen Worten drehte sie sich blitzartig um und eilte in Richtung Haus davon.

»Nutte«, brüllte er ihr zornig hinterher. »Lieber würde ich mich im Hühnerstall einnisten, als es noch mal mit dir zu machen!«

Die Leute beim Grab starrten ihn an, einige wichen zurück. Immer noch vor Wut kochend, machte er ihnen eine Geste des Ekels und stürmte auf einem der Wege davon, die vom Haus wegführten. Er schäumte immer noch vor Zorn; beim Weitergehen brach er Zweige ab und stieß Bierdosen und Flaschen weg, die ihm im Weg lagen. Das Gebüsch war verziert mit Girlanden aus Abfall. Verkohlte Matratzen, zerrissene Unterwäsche, leere Lebensmittelpackungen. Fetzen von Zellophan hingen an den Zweigen, so fest mit den Pflanzen verbunden, daß sie aussahen, als hätten diese sie als Blüten hervorgebracht. Langsam ließ seine Wut nach, und es beunruhigte ihn, daß er derartig die Selbstbeherrschung verloren hatte, nicht nur wegen der Reaktionen, die er damit hervorrief, sondern weil es Rückschlüsse auf seine Stabilität zuließ. Seit ihrer Ankunft in Maravillosa hatte er immer häufiger solche Ausbrüche gehabt, und er glaubte nicht, daß das nur an Otilles anmaßendem Verhalten lag. Bestimmt hatte sie mit seinem Gefühl, besessen zu sein, nichts zu tun. Der Weg bog nach rechts ab und verbreitete sich, und er sah hinter den entferntesten Büschen den Raddampfer. Vor dem Hintergrund des glitzernden Wassers und des strahlend blauen Himmels wirkte er unwirklich wie eine von hinten abgestützte flache Attrappe, wie ein Potemkinsches Dorf. Etwas knackte hinter ihm.

»Mojen, Bruder«, sagte Simpkins.

Donnell sah sich nach einem Fluchtweg um, da er wußte, daß er sich in Gefahr befand, sah aber keinen.

»Du kannst einfach nicht richtig mit Otille umgehen«, sagte Simpkins, während er näher auf ihn zukam. »Sie ist wie ein Fischer, der einen guten Fang gemacht und ein paar fette Brocken zum Kühlhalten in den Fluß gehängt hat. Und hin und wieder holt sie sich einen davon raus und überlegt, ob sie ihn braten soll. Und genau in dieser Situation befindest du dich, Bruder. Du bist der Fisch auf dem Trockenen.«

Donnell wollte auf dem Weg zurückweichen, aber Simpkins hielt ihn mit der ausgestreckten Hand zurück.

»Es wäre besser, du würdest still hängenbleiben und das Wasser durch deine Kiemen strömen lassen«, sagte Simpkins. »Du zappelst zuviel rum, das muß ja ihre Aufmerksamkeit auf dich lenken.«

»Was willst du?« fragte Donnell.

»Ein bißchen mit dir reden«, sagte Simpkins. »Sieh mal, Bruder, seit du hier bist, geht es für uns anderen hier abwärts, und uns würde mal interessieren, was an dir dran ist. Vielleicht können wir auch etwas davon erlangen. Und dann« – er kraulte Donnell unterm Kinn, als ob sie intime Freunde wären –, »wenn das erledigt ist, wird der einzigartige Papa Salvatino deine Leiden heilen.«

Jocundra traf den Baron auf dem Weg zum Friedhof. Er stand gedankenverloren da und drehte einen gelben Sonnenschirm in der Hand. Als er sie sah, spuckte er aus.

»Dein Äffchen hat bei der Beerdigung 'ne Extraschau aufgeführt«, sagte er. »Hat mit 'nem Zaubertrick gearbeitet oder so was. Otille wäre bald ausgeflippt.«

»Wo ist Donnell jetzt?«

»Hast du ihn nicht gesehen?«

»Ich habe ihn vor etwa einer halben Stunde in diese Richtung gehen sehen.«

»O verdammt!« sagte der Baron. »Laß uns hinterhergehen!«

Körper lagen zwischen den Grabsteinen verstreut; die meisten bewegten sich nicht und rührten sich nicht einmal, wenn der Baron dagegentrat. Andere jammerten oder verzerrten gequält das Gesicht. Die einzige Person, die nicht am Boden lag, war ein dünnarmiger, kugelbäuchiger Mann in einer Badehose, der auf einem Grabstein saß und dessen strähniges braunes Haar ihm ins Gesicht geweht wurde. Störgeräusche drangen aus einem Radio auf seinem Schoß.

»Sieht so aus, als müßten wir dem alten Captain Tomorrow ein paar passende Worte sagen«, meinte der Baron. »Der Knabe ist schon so lange hier, daß er etwas verknöchert ist. In seinem Oberstübchen brennt zwar Licht, aber es ist keiner daheim!« Er tippte sich an die Stirn. »Laß mich reden, er könnte denken, du kommst aus 'ner anderen Welt oder so was.«

Er schlenderte wie beiläufig zu dem Grabstein und sagte: »He, was weißt du, Captain?«

»Was ich weiß«, antwortete der Mann und blickte dabei hinüber zum Dach des Hauptgebäudes, das wie eine schwarze Pyramide die Baumwipfel überragte.

»Ich frage, ›was weißt du, Captain?‹, und du antwortest ›was ich weiß‹«, sagte der Baron. »Was soll das denn heißen?«

»Es ist kein geordnetes Wissen«, sagte Captain Tomorrow. »Es gehorcht nicht der Logik des Aristoteles. Ich versuche es in eine Form zu bringen, aber ich erwarte nicht, daß du es verstehst.«

Im Gegensatz zu seinen pompösen Worten, war das Benehmen des Mannes jämmerlich. Seine Haut zeigte Spuren einer ungesunden Ernährung, seine Augen waren wäßrig und blinzelten ständig, und als er die Hand hob, um sich am Hals zu kratzen, blieb diese Bewegung unvollendet, und er hielt die Hand schwebend in der Luft.

»Ich habe kürzlich vom Fliegen geträumt«, sagte er zu Jocundra.

Sie erinnerte sich, wie sie, als sie in Magnussons Augen gesehen hatte, sich davon aufgesogen fühlte, aber der Anblick dieses Mannes rief das genaue Gegenteil hervor. Ihr Blick prallte an ihm ab, als ob seine Augen Gegenpole zu den menschlichen Sinnen enthielten.

»Wahrscheinlich eine Folge meiner Arbeit«, erklärte er ihr feierlich. »Ich habe geheime Bücher der alten Hindus übersetzt.« Er schien von Jocundra eine Antwort zu erwarten.

»Ich habe eine Freundin, die an der Zusammenstellung eines tibetischen Wörterbuchs arbeitet«, sagte sie. »Sie lebt in Nepal.«

»*Das tibetische Totenbuch.*« Er sah sie mit neuerwachtem Interesse an. »Übersetzt sie das?«

»Ich glaube, das ist schon übersetzt«, sagte Jocundra taktvoll.

»Aber nicht korrekt.« Er wandte sich ab. »Könntest du mir ein Exemplar ihres Wörterbuchs beschaffen?«

»Ich werde es versuchen«, sagte Jocundra. »Aber die Post aus Nepal dauert sehr lange. Über einen Monat.«

»Zeit«, sagte Captain Tomorrow. Er schien sich über den Begriff zu amüsieren. »Es ist sehr wichtig, daß ich das Wörterbuch bekomme.«

»Dieser grünäugige Kerl hier ...«, begann der Baron.

»Nein, er nicht.« Der Captain schlang die Arme um seinen Oberkörper, neigte den Kopf und schauderte.

»Nö«, stimmte ihm der Baron zu. »Nö, er ist keinen Scheißdreck wert, wo immer er auftaucht. Nix wie weg mit ihm! Aber wer es mit ihm zu tun kriegt, dem jagt er wahrscheinlich ganz schön Angst ein.«

Der Captain lächelte; es war ein böses, verschwörerisches Lächeln.

»Es sei denn, er kriegt es mit Simpkins zu tun. Ich kann mir nicht vorstellen, daß er Simpkins Angst einflößt!«

Das Radio auf dem Schoß des Captain gab eine entfernte Musik von sich, dann drangen nur noch knisternde Geräusche heraus.

»Wo sind die anderen hingegangen, Mann?«

»Gehen, ging, gegangen«, sagte der Captain.

»Herrje!« Der Baron drehte sich um und machte sich an den Versuch, die anderen ›Freunde‹ zu sich zu bringen; er trat sie, schüttelte sie, fragte sie, ob sie Donnell gesehen hätten.

»Hier«, sagte Captain Tomorrow; er zog eine kleine Plastiktüte vorn aus seiner Badehose und entnahm ihr ein Bündel von Otilles Visitenkarten. Er reichte Jocundra eine. Auf der Rückseite stand in säuberlicher Handschrift ein Zweizeiler:

*Wer die Realität des Heute nicht schafft,*
*wird von der Phantasie des Morgens hinweggerafft.*

»Das ist mein Wahlspruch«, sagte er, während sein Blick sich wieder in das Hausdach versenkte.

»Vielen Dank.« Jocundra steckte die Karte ein und war gerade im Begriff, sich dem Baron anzuschließen, als Captain Tomorrow die Hand zur Sonne emporstreckte und sie dann zurück an seine Lippen führte, als ob er eine Mundvoll Licht schlucken wollte, um die Kommunion zu empfangen.

»Sie sind unten beim Dampfer«, sagte er zu seinem Radio. »Unten, unten, unten.«

Im Laderaum des Raddampfers roch es harzig, und die kleinen Wellen, die gegen den Schiffsrumpf klatschten, riefen Echos hervor, die sich wie das Ticken von tausend Uhren anhörten. Sonnenlicht fiel zwischen den Planken hindurch, wo die Abdichtung Lücken aufwies, und Lichtstrahlen leuchteten unter dem Lukendeck; sie wurden gedämpft, als Papa Salvatino eine Lampe mit Batterie anknipste und sie auf eine Kiste stellte. Clea und Downey standen neben ihm, ihre Gesichter drückten Angst aus. Simpkins warf Donnell eine Würgeschlinge um den Hals und drehte ihm die Arme auf dem Rücken nach oben, während Papa auf ihn zukam und sich die Hände rieb.

»Wo tut es dir heute abend weh, Bruder Harrison?« fragte er und lachte.

Er legte Donnell eine Hand auf den Kopf, und Donnell empfand Verwirrung und Schwindel. Ein hohes Heulen wurde in seinen Ohren laut.

»Ich mache es anders als du, Bruder«, sagte Papa. »Ich arbeite durch Berührung, und manchmal ... manchmal rutscht mir die Hand aus.«

Plötzlich schwand alle Kraft aus Donnells Körper; die Schwäche war so überwältigend und erschreckend, daß sich ihm der Magen umdrehte, und er hätte sich übergeben, wenn Simpkins ihn nicht mit der Schlinge fester gewürgt hätte. Als Simpkins dann etwas locker ließ, sackte er zu Boden.

»Ich kann dich bluten lassen«, sagte Papa. »Das würde dir nicht gefallen.«

»Sprich, Bruder!« sagte Simpkins.

Donnell schwieg und hielt für einen Moment still; Simpkins versetzte ihm einen Tritt. Sein Schweigen beruhte jedoch nicht auf Widerspenstigkeit, sondern er hatte den Eindruck gehabt und hatte ihn auch weiterhin, daß Jocundra über ihm herumlief und jetzt irgendwo in der Nähe des Bugs stehenblieb. Der Eindruck setzte sich zusammen aus dem Duft ihres Haares, der Farbe ihrer Augen, ihrer Wärme und tausend anderer verschiedener Wahrnehmungen, doch er war unbestimmter Natur, ein nicht zu verdichtendes Destillat aus all diesen Dingen. Er rieb sich den Hals und tat so, als ob er nach Luft schnappte.

»Über was?« japste er. »Über was soll ich sprechen?«

»Sag uns, was du mit den Vögeln angestellt hast«, gurrte Clea; ihre Stimme zitterte, und sie stand halb versteckt hinter Downey, der auf seinem Daumennagel herumkaute. Trotz seiner gebieterischen Pose mit herausgestrecktem Bauch und hinter die Jackenaufschläge gehakten Daumen zeigte Papa Spuren von Unbehagen. Selbst Simpkins' Lächeln sah unecht aus. Donnells Sonnenbrille war ihm auf die Nase heruntergerutscht, und er ließ sie ganz herunterfallen und wandte den Blick von der Lampe ab, damit sich seine Augen an die Dunkelheit gewöhnen konnten.

»Vergiß nicht, Bruder«, sagte Papa, »du kannst dich jetzt nicht mehr hinter Otilles Rockzipfeln verstecken. Du steckst jetzt in der Scheiße, und die Hunde heulen schon nach deinen Knochen.« Er zog ein Jagdmesser hervor und ließ das Licht auf der Klinge blitzen.

»Und damit du es von Anfang an weißt«, sagte Simpkins. »Wir haben alle Zeit der Welt.«

Vielleicht täuscht ihr euch da, dachte Donnell; Jocundra bewegte sich wieder, hielt inne, ging weiter, hielt inne, und ihren Bewegungen haftete etwas Gezieltes an.

»Von Anfang an anzufangen, ist falsch«, sagte er und war selbst überrascht, daß er sprach, denn er hatte sich auf Jocundra konzentriert. Dann erkannte er, daß es sein Alter ego war, das gesprochen hatte, und diesmal war ihm das willkommen. »Ich habe einmal einen Mann sterben sehen. Er war erschossen worden und lag am Boden eines Restaurants. Sein Herz hatte ausgesetzt, sein Blut war überall, und dennoch war er noch nicht tot. Da muß man anfangen.«

Er sprach zu ihnen über den *Gros Bon Ange,* über seine besondere Inkarnation, über seinen Ursprung in den

Labors von Tulane, und es befriedigte ihn zu sehen, wie Downey und Clea besorgte Blicke wechselten. Das Jagdmesser lag locker in Papa Salvatinos Hand, und sein Atem ging stoßweise. Simpkins' Adamsapfel hüpfte auf und ab. Zu neun Zehnteln waren sie bereits vom Übernatürlichen überzeugt, und er mußte es schaffen, ihren Glauben zu verstärken. Er senkte die Stimme zu einem düsteren, drohenden Ton, der zu der durch die knarrenden Planken hervorgerufenen Stimmung paßte, und begann – wieder zu seiner eigenen Überraschung –, ihnen über die Welt von Moselantia und die purpurne Sonne zu erzählen, über den *Gros Bon Ange.* Es war, als erklärte er ihnen, eine Welt, in der jedes Leben ein Gegenstück in dieser Welt hatte, miteinander verbunden, wie Träume miteinander verbunden sind, wie Winde verschmelzen und Wasser zusammenfließen; und auch zu jeder Handlung gab es ein Gegenstück, obwohl sie sich nicht immer gleichzeitig abspielten wegen der verschobenen Ebenen der beiden Welten. Und es gab viele Welten, die auf diese Weise verbunden waren. Und auf sie alle hatten die Yoalo feindliche Überfälle verübt.

»Um Yoalo zu werden, muß man mit den nötigen psychischen Gaben ausgestattet sein, um sich schwarzer Energie anpassen zu können«, sagte er. »Und alle nehmen einen hohen Rang innerhalb der Gruppe ein als Diener des einen oder anderen von *Les Invisibles,* den Herrschern von Moselantia. Legba, Ogoun, Kalfu, Simbi, Damballa. Ghede oder Baron Samedi, Erzulie, Aziyan. Männer und Frauen, die durch den häufigen Gebrauch von Macht so gewachsen sind, daß sie sich von normalen Menschen unterscheiden wie Stein von Ton.«

Die Geschichte, die er erzählte, war keine spontane Erfindung von ihm, sondern stieg als Erinnerung an eine Legende in ihm hoch, deren Keim in seiner Kindheit lag. In der Art von Yoalo-Geschichtenerzählern – eine Art, an die er sich lebhaft erinnerte – machte er mit der rechten Hand Bewegungen, um tatsächliche Begebenheiten zu untermalen, und mit der linken, um Dinge, die sich seiner genauen Kenntnis entzogen, zu umreißen und anzudeuten. Er begleitete sich mit der linken Hand, als er anfing von sich als einem Diener der Ogoun-Gruppe zu sprechen, da hastete Clea plötzlich zur Treppe.

»Wohin gehst du, Schwester?« Simpkins packte sie am Arm.

»Mit dem hier habe ich nichts zu tun«, sagte sie und versuchte, sich loszureißen.

»Ich auch nicht«, sagte Downey und bewegte sich in Richtung Luke.

»Was, zum Teufel, habt ihr denn?« fragte Papa. »Ihr wißt doch, daß er nicht von hier weggeht.«

»Er wird wiederkommen«, sagte Clea, und ihre Stimme hob sich zu einem Kreischen. »Er hat es schon mal getan.«

»In der Gruppe des Ogoun«, sagte Donnell, während sich ein Teil seines Denkens mit der Überlegung beschäftigte, was Jocundra wohl machte, »gibt es ein Lied, das wir ›Das Lied der Wiederkehr‹ nennen. Hört es euch an, denn es hat etwas mit dem Gesagten zu tun.

Die traurige Welt zerbricht und läßt mich ein,
meine Staub rieselt wie die Asche eines Liedes
über den langen grauen Weg, der in den Himmel führt.
Doch die Seelen der Gefallenen versammeln sich,
ihre Formen bilden sich im Rauch von Schlachten,
sie werfen sich mit ihrem Ungewicht in den Kampf,
und beeinflussen mit sterblicher Geringfügigkeit,
die Stöße und Paraden ihrer uralten Widersacher.
Ich komme zurück zu denen, die mir Unrecht taten,
und bringe die Gerechtigkeit des Grabes als Lohn.
Zu denen, die mir Ehre widerfahren ließen,
kehre ich mit angemessener Gerechtigkeit zurück,
wie es ihnen gebührt.

Und jene, die mich liebten – es sind nicht viele –,
auch zu ihnen kehre ich zurück,
Und alle Dinge, die zwischen uns liegen,
werden erneuert werden.«

Behutsam, mit sachte abrollenden Füßen, um unter Deck nicht gehört zu werden, schlich sich der Baron von der Luke weg und zu Jocundra, die sich im Bug zusammengekauert hatte.

»Wir müssen sie irgendwie ablenken«, sagte er und strich sich über die Stirn. »Alle vier sind da unten, und Simpkins und Papa haben die Messer gewetzt. Das ist zuviel für mich.«

Er sah sich um, und Jocundra tat es ihm gleich. Etwas Rosafarbenes ragte durch die Tür des Steuerhauses heraus: ein Lumpen, der mit schwarzer Farbe beschmiert war. Sie spähte durch die Tür nach innen. An der Wand stand eine Kiste mit weiteren Lumpen, und noch mehr waren auf dem Boden verstreut.

»Feuer«, sagte sie. »Wir könnten ein Feuer entfachen.«

»Ich weiß nicht so recht«, sagte der Baron und dachte darüber nach. »Verdammt, wir haben keine Zeit, uns etwas Besseres einfallen zu lassen. Also gut. Siehst du die Luke dort drüben am anderen Ende? Die führt in den Lagerraum neben dem, in dem sie sich befinden. Hier.« Er gab ihr sein Feuerzeug. »Geh auf Zehenspitzen hin, denn die Wände sind dünn. Räum das Gerümpel vor der Wand weg, hinter der sie sind, dann kannst du sie reden hören. Sobald du sie in Fahrt gebracht hast, gibst du mir ein Zeichen, und dann fängst du an zu brüllen, als ob dein Arsch in Flammen stünde!« Er schüttelte mißgelaunt den Kopf. »Verdammt! Ich hab' keine Lust, mich wegen 'nem verdammten grünäugigen Affen umbringen zu lassen.«

Er zog sich die Jacke aus und wickelte sie sich um den Unterarm; dann holte er ein Klappmesser aus seiner

Hose. »Was starrst du mich so an, Frau?« Er warf einen Blick gen Himmel. »Wenn du noch lange wartest, werden sie ihn aufspießen. Setz deinen Arsch in Bewegung!«

Sie sammelte die Lumpen zusammen, nahm einen Armvoll davon und schlich in Richtung Luke. Die Stufen knarrten erschreckend laut. Stimmen drangen durch die der Treppe gegenüberstehende Wand, einige zornig erhoben, aber die Worte waren unverständlich. Während sie die Lumpen aufschichtete, huschte etwas aus der Ecke, und sie konnte einen Aufschrei kaum unterdrücken. Mit angehaltenem Atem, um auf einen erneuten Schreck gefaßt zu sein, hielt sie das Feuerzeug an die Lumpen. Der Stoff schmolz, und ein Teil der Farbschmierer ging in Flammen auf. Sie wollte sich gerade vorbeugen und ihnen Luft zufächeln, als eine Feuerzunge mit einem knisternden, glucksenden Geräusch an der Wand hochleckte und die Zeichnung eines dreigehörnten Mannes mit rotgelben Flammenspitzen erhellte. Sie tanzte auf den schwarzen Brettern, von denen ein beißender, chemischer Geruch ausging; ein Spuk aus der Welt der Geister. Voller Entsetzen wich sie zur Treppe zurück. Flammenblitze zuckten aus den Händen des dreigehörnten Mannes und zischten über die angrenzenden Wände; sie zogen eine Linie um ihren Mittelpunkt und kreisten sie ein; dann jagten sie entlang des Treppengeländers nach oben. Weitere Flammen zuckten aus dem mittleren Horn der Gestalt, verbreiteten sich über die Decke, und ihre Linien zeichneten ein Muster aus Kreuzschraffierungen und Strichmännchen und bildeten ein Gespinst aus Feuer und Dunkelheit über ihrem Kopf. Sie vergaß vollkommen, dem Baron ein Zeichen zu geben, sondern rannte nur noch brüllend die Treppe hinauf.

Clea stieß ihr Knie kräftig in Simpkins' Leistengegend, und er ging wimmernd und sich die Hände auf die

Stelle pressend zu Boden. Sie und Downey kamen in dem Moment die Stufen heraufgeklettert, als Jocundra anfing zu brüllen. Donnell sah Rauch durch die Bretter hinter sich hereindringen. Er drehte sich um. Papa Salvatino kam auf ihn zu und schwenkte das Messer langsam im Bogen; sein Kopf schaukelte im Gleichtakt mit der Klinge. Dann wurde der Lukendeckel aufgerissen, Licht und dünne Rauchschwaden drangen herein, und der große Schatten des Baron hastete die Treppe herunter. Er ließ sich mit gezücktem Messer in die Hocke fallen.

»Beweg deinen Arsch weg von ihm, Papa!« befahl er.

Simpkins stöhnte, versuchte krampfhaft aufzustehen, und der Baron versetzte ihm einen Tritt in die Seite.

Papa gab keine Antwort, sondern drehte sich um sich selbst, und mitten im Schritt machte er einen geschickten Satz und schlitzte dem Baron mit der Spitze seines Messers die Brust auf, wobei er eine Linie aus Blut auf das Vorderteil dessen Hemds zeichnete.

»Schnell!« rief Jocundra von der Luke her. »Es verbreitet sich rasend!«

Simpkins rollte sich vom Boden hoch, er hielt sich immer noch die Leistengegend; dann humpelte er die Stufen hinauf. Jocundra stieß einen Schrei aus, aber gleich darauf rief sie ihnen wieder zu, sich zu beeilen.

Flammen knisterten an der Wand hinter Donnell, und als er hinsah, brachen sie in alle Richtungen aus und zeichneten die Linien einer Frau, die sehr wie Otille aussah. Es hätte eine Karikatur von ihr sein können, mit ihrem Schlangenhaar und ihrem verzerrten Lächeln: ein Gesicht aus Feuer, das in der Schwärze schwebte. Donnell kam auf die Füße, geschwächt durch Papas Manipulationen; zu schwach, dachte er, um sich physisch mit Papa auseinanderzusetzen. Er sah sich suchend nach einem Stock um, nach irgend etwas, das er als Waffe hätte benutzen können, und da er nichts fand, wühlte er in seiner Hosentasche und brachte eine Handvoll Münzen zum Vorschein.

»He, Papa«, rief er und warf eine Münze auf ihn. Sie verfehlte ihr Ziel und prallte klingend gegen die Wand. Doch selbst dieser verfehlte Wurf brachte Papa aus der Fassung, und der Baron holte aus und traf seine Hüfte.

Papa stieß ein japsendes Geräusch aus und tänzelte, als er um Gleichgewicht rang; er warf Donnell einen rachsüchtigen Blick zu, und als Donnell noch eine Münze warf, schnaubte er. Der Baron knickte ihm bei einem zweiten Angriff das Handgelenk um, um einen Gegenschlag zu verhindern.

»Du bist aus dem Tritt geraten, Papa«, jubelte der Baron halb singend. »Das Metall wird dir schwer in der Hand! Deine Eier gefrieren. Du wirst sterben, du Wichser!«

Donnell warf weiterhin Münzen, ließ sie durch die Luft zischen, so kräftig er konnte, und dann – im Werfen ertasteten seine Finger die verbeulte Münze, die der Glücksbringer von Mr. Brisbeau war – traf die letzte Münze Papa am Auge. Er fuhr mit der Hand an die Stelle, und gleichzeitig empfing er einen tiefen Schnitt in den Arm, mit dem er das Messer hielt. Er ging rückwärts die Stufen hinauf und duckte sich dabei, um den Baron nicht aus den Augen zu lassen; dann machte er eine Drehung, um davonzurennen, aber etwas sauste durch die offene Luke herab und prallte gegen seinen Kopf. Er taumelte und fiel mit dem Gesicht nach unten in den Lagerraum. Eine Planke fiel ihm quer über die Beine.

»Um Himmels willen!« brüllte Jocundra. »Schnell!«

Während ihn der Baron eilig die Stufen hinaufdrängte, warf Donnell einen letzten Blick auf das Feuerlächeln, das gespenstisch im Dunkeln schwebte, während die Augen bereits von den Flammen verschlungen waren. Dann schob ihn Jocundra, deren Gesicht rußverschmiert war, über die Reling auf den Steg. Der Baron löste das Haltetau und drückte mit der Schulter gegen das Schiff, um so zu versuchen, es in die Strömung hinauszuschieben.

»Helft mir doch mal, verdammt!« sagte er. »Sonst geht das verdammte Ding in die Luft.«

Als sie alle gemeinsam schoben, schafften sie es, das Boot ein paar Meter vom Steg wegzubewegen, aber dort blieb es am Fleck liegen; es war zu schwer, als daß der träge Strom es mitgenommen hätte.

Donnell brach neben einem Pfahl zusammen und lehnte sich daran; Jocundra barg ihr Gesicht an seiner Schulter und umarmte ihn zitternd. In seinem Kopf wirbelten übriggebliebene Fetzen der merkwürdigen Geschichte, die er den ›Lieblingen‹ erzählt hatte, wild durcheinander, und fast wünschte er sich, er wäre nicht unterbrochen worden, damit er selbst das Ende erfahren hätte. Er war dem Tode sehr nah gewesen, überlegte er, und doch hatte er keine Angst empfunden; er war für die Besessenheit und innere Arroganz dankbar, die ihm Angst ersparte. Aber jetzt schwappte Jocundras Angst auf ihn über, und er klammerte sich fest an sie; ihr Pulsschlag, den er gegen seinen Arm pochen spürte, machte ihn glücklich.

»Diese verdammte Clothilde«, sagte der Baron, während er sein Hemd vorsichtig von dem Schnitt in seiner Brust abhob. »Sieht so aus, als ob sie jetzt doch noch ihre Beerdigungsfeier bekäme.«

Die Art, wie der Raddampfer brannte, war gleichzeitig schön und unheimlich. Flammenlinien zuckten im Zickzack über die Wände, wischten Muster aus, die in die Farbe eingegraben waren und immer wieder das *Veve* von Mounchanchou und Clothildes Gesicht wiederholten, ebenso wie *Petro*-Symbole: Messer, die in Herzen steckten, gehängte Männer, Böcke mit Menschenköpfen. Kleine Flammenzüge rasten über die Reling und erleuchteten die Zuckerbäckerarbeit und die Stützpfeiler. Fackeln flammten in den Ecken des Daches auf. Andere Flammen jagten einander in fröhlicher Ausgelassenheit durch die Gänge, Funken stoben über Fensterrahmen und Lukendeckel, bis das ganze Schiff in eine mystische Verkleidung und Zierat aus rotgelben Flammen gehüllt war, als ob es für den Karneval geschmückt wäre. Mitten zwischen ächzenden Planken sprühte der Schornstein Funken, die mit einem lauten Zischen in den Sumpf fielen; und in dieser gespenstischen Beleuchtung begann sich das Boot in gleichmäßigen Kreisen im Uhrzeigersinn zu drehen, und seine Umrisse gingen in dem allgemeinen Flammenmeer unter. Die Farbe des Rumpfes warf Blasen, die wie schwarze Warzen aussahen, der Himmel über dem wilden Toben auf dem Oberdeck flimmerte durch transparente Flammen, und das Krachen des Feuers erinnerte an das Krachen von Knochen, die im Maul eines Tieres zermalmt werden. Der Wind war mit einem entsetzlichen Gestank befrachtet.

Das Schiff lag vielleicht sechs Meter vom Steg entfernt und der Bug zeigte ziemlich genau in ihre Richtung, als Papa Salvatino aus der Luke getaumelt kam; er hustete, und seine Hose schwelte. Er stolperte über das Deck, sah nach oben, und sie hörten sein Schreien, als das obere Geländer herunterfiel und ihn unter sich begrub; es umklammerte ihn mit brennender Faust und nahm ihn mit über die Seite in die Tiefe. Verkohlte Bretter wurden von der Strömung davongetragen, und einen Augenblick lang erschien sein Kopf wieder an der Oberfläche. Er hob einen Arm. Es sah aus wie eine sorglose Geste, als ob er Freunden am Ufer zuwinkte. Das Schiff, das sich immer noch drehte, verdeckte die Sicht auf ihn; es drehte sich und drehte sich, wie das schwarze Schloß eines Zauberers, das im Feuer einer anderen Dimension um die eigene Achse rotierte, und als es über die Stelle hinweg war, an der sein Kopf aufgetaucht war, sah man im Wasser kein Treibgut mehr, die Oberfläche war glatt und spiegelte ein samtenes Blau wider wie ein Leintuch, bei dem eine Hand alle Falten glattgestrichen hatte.

## 17. KAPITEL

*18. August – 12. September 1987*

»Muß irgendwo in den Mangroven hängengeblieben sein«, sagte der Baron, als man Papa Salvatinos Leiche nicht finden konnte. »Oder sonst wo« fügte er hinzu und zeigte keine Spur von Traurigkeit. »Da draußen schwimmt 'n hübscher Alligator rum, der sich gern mal einen Leckerbissen gönnt.«

Otille konnte daran jedoch nichts Lustiges finden. Es wurde berichtet, daß aus der Mansarde Schreie und ein Krach, als ob etwas zerbrochen würde, gedrungen seien, und die ›Freunde‹ schlichen durch den unteren Stock und flohen in ihre Hütten, sobald die geringste Vermutung bestand, daß sie auftauchen könnte. Soweit Jocundra wußte, hatte Otille jedoch nur ein einziges Mal zwischen dem Tag, an dem Papa zu Tode gekommen war, und der Fertigstellung des *Veve* ihre Räume verlassen – in einem Zeitraum von mehr als zwei Wochen also –, und dann nur zu dem Zweck, um die Bestrafung von Clea, Simpkins und Downey zu überwachen. Sie ließ sie an das Geländer am Portal des Hauptgebäudes binden und mit Bambusstöcken auspeitschen; das Auspeitschen besorgte ein fetter, dunkelhäutiger Mann, der offensichtlich eigens für diesen Zweck angeheuert worden war. Clea schrie gellend und schluchzte, Downey wimmerte und flehte um Gnade, und Simpkins – sehr zu Jocundras Überraschung – heulte bei jedem Schlag wie ein Hund auf. Die ›Freunde‹ drängten sich vor dem Eingang dicht aneinander, verstockt und ängstlich, und Otille stand wie eine böse Plantagenherrin kalt und unnahbar im Eingang. Ihre schwarze Trauerkleidung war so vollkommen eins mit dem Holz um sie herum, daß

Jocundra den Eindruck hatte, ihr Porzellangesicht und ihre Hände wären losgelöst vom Körper wie Einlegearbeiten, die den Gegensatz zu den herausstechenden Ebenholzgesichtern und -gliedern im Innern darstellten.

Nachdem er Otilles Ansprüchen nun nicht mehr gerecht werden mußte, war Donnell entspannter und nicht mehr so sehr in sich zurückgezogen, obwohl er noch immer nicht über seine Gedanken und seine Erlebnisse mit den ›Lieblingen‹ sprechen wollte. Aber eine Zeitlang war es fast so, als ob sie wieder bei Mr. Brisbeau wären. Sie unternahmen Spaziergänge und liebten sich und erforschten jeden Winkel des Hauses. Sie waren unbehelligt von ›Lieblingen‹ und ›Freunden‹, von allen außer vom Baron, der weiterhin seine Rolle als Leibwächter beibehielt. Als jedoch der Tag der Fertigstellung des *Veve* immer näher rückte, wurde Donnell nervös. »Was ist, wenn es gar nicht funktioniert?« fragte er zum Beispiel, und sie antwortete dann: »Du glaubst doch daran, daß es funktioniert, oder?« Er nickte in solchen Fällen und schien sein Vertrauen für eine Weile wiedergewonnen zu haben, aber die Frage kam immer wieder auf. »Wenn es nicht funktioniert«, tröstete sie ihn, »dann gibt es immer noch das Projekt.« Er sagte, er müsse darüber nachdenken.

Jocundra hatte den Platz, wo das *Veve* hergestellt wurde, häufig aufgesucht, aber weil es dort von Arbeitern wimmelte und die Konstruktion noch sehr unvollendet war, hatte sie keinen klaren Eindruck gewonnen, wie es aussehen würde. Und an dem Abend, als es Donnell zum erstenmal benutzen sollte und sie auf den Gipfel des letzten Kegelhügels geklettert war, um in die Vertiefung hinabzusehen, wo es lag, war sie von seinem Aussehen abgestoßen. Drei Tonnen Kupfer, einundzwanzig Meter lang und fünfzehn Meter breit; eine Komposition aus zusammengeschweißten Bändern, die auf einem etwa einen Meter hohen Gestell stand, das in den Boden gerammt worden war. Die Lichtung war von einem dschungelartigen Dickicht aus Eichen umgeben, von denen viele abgestorben und rankenüberwuchert waren, und überragt von einer einsamen Zypresse; die Stelle, von der Jocundra, Otille und der Baron dem Geschehen zusehen sollten, überspannte ein Bogen von zwei von Schmarotzern erstickten Ästen. Flutlichter waren in den Bäumen hängend angebracht worden, mit nach unten gerichteten Scheinwerfern, deren Licht sich wellenartig auf der Kupferoberfläche brach. Fledermäuse trudelten benommen durch das Licht dicht über dem *Veve* und prallten gegen die Stämme der Eichen. Der Boden darunter war von Bulldozern zu einem Kreis aus schwarzer Erde kahl gemacht worden, und darauf wirkte das große Gebilde wie ein glühendes Brandmal, um die Erde zu markieren.

»Ich hoffe sehr, daß es funktioniert«, sagte Otille ohne Gefühlsregung. Sie trug immer noch wegen Papa Trauer, und Jocundra glaubte, daß ihr Kummer echt war. Ein kalter, ritueller Kummer, aber dennoch tief empfunden. Neben ihr stand der Baron mit einer Videokamera auf der Schulter.

»Viel Glück«, flüsterte Jocundra und umarmte Donnell.

»Das Schlimmste, was passieren kann, ist, daß ich herunterfalle«, spottete er. Er versuchte zu lächeln, aber es war nicht sehr überzeugend. Dann nahm er sie noch einmal in die Arme und ging den Hügel hinunter. Im Vergleich zu der Masse Kupfer sah er unbedeutend aus; seine Jeans und sein Hemd waren in Verbindung mit dem archaischen Muster des Gebildes lächerlich modern. Sie wurde das Gefühl nicht los, daß es sich plötzlich entknoten und enthüllen würde, daß es schon die ganze Zeit eine Kupferschlange gewesen war und ihn verschlingen würde. Schnell kreuzte sie zwei Finger auf dem Rücken und wünschte, sie könnte beten, anstatt einem kindischen Aberglauben nachzuhängen, oder

Trost am Fuß eines Götzenbildes finden wie ihre Mutter oder ihren Glauben den verdrehten und gewundenen Formen des *Veve* anpassen wie Donnell.

Sofern *er* es wirklich konnte.

Was, wenn es nicht funktionierte?

Kurz nachdem er sich daran gemacht hatte, das *Veve* zu besteigen, frischte ein Wind auf. Jocundra hatte das erwartet, aber Otille wurde unruhig. Sie warf den Kopf von einer Seite zur anderen, als ob sie unheimliches Flüstern hörte, und sie zupfte an den Falten ihres Rokkes. Sie setzte an, um etwas zu Jocundra zu sagen, doch dann sog sie nur tief die Luft ein und preßte die Lippen zusammen. Der Baron hielt sein Auge dicht an den Sucher, ohne sich von dem Wind beeindrucken zu lassen, der jetzt Kreise um die Lichtung herum drehte, wobei seine Bahn durch das Schwanken von Ästen und Zittern von Blättern gekennzeichnet war. Er wehte träge, jede Runde dauerte so lange, daß man langsam bis zehn zählen konnte. Strähnen von Otilles Haar strichen ihr bei jedem Windhauch wie Peitschenstriemen über die Wange; sie starrte mit offenem Mund hinunter, und Jocundra warf ihr ein ermutigendes Lächeln zu; dann fragte sie sich allerdings selbst, woher sie die Kraft für die Ermutigung nahm. Ein Ausbruch elektrischer Ladung knisterte in ihrem Genick, und die Haare auf ihrem Unterarm stellten sich auf. Die Luft kühlte sich rasch ab, und trotz der Feuchtigkeit fühlte sich ihre Haut wie ausgedörrt an. Nach allen paar Runden wurde der Wind spürbar kräftiger. Fetzen von grauem Moos wurden von den Zweigen gerissen, Blätterwirbel stiegen auf, und der Wind fegte über den Gipfel des Hügels; sein Heulen vibrierte in immer höheren Schwingungen, immer rundherum.

Doch trotzdem hingen Donnells Kleider schlaff an ihm, und bis jetzt hatte er nichts anderes getan als zu laufen.

Der Baron taumelte und wäre beinah hingefallen, da

er durch das Gewicht der Kamera das Gleichgewicht verloren hatte. Otille half ihm, sich zu fangen, doch nur einen Moment lang. Dann schrie sie laut auf, als der oberste Ast der größten Eiche sich löste und davonsegelte. Jocundra kroch ein Stück tiefer in den Windschatten des Hügels und spähte über den Rand hinunter. Donnell stand an einer Kreuzungsstelle in der Mitte des *Veve* und schwankte; er schwenkte die Hände in einer erschöpften Bewegung über dem Kopf; wie ein heidnischer Priester, der seinen Gott anruft. Und sie erinnerte sich an Filme über Besessenheitsriten, die sie gesehen hatte, in denen die Füße der Zelebranten fest verwurzelt waren, während sie mit den gleichen ekstatischen Gesten die Arme schwenkten. Otille kam heruntergekrochen und klammerte sich an ihr fest. Aber Jocundra wich entsetzt zurück. Otilles Haar stand wirr um ihren Kopf, daß er aussah wie das Schlangenhaupt der Medusa; die einzelnen Wellen wanden sich und schnappten zu. Unwillkürlich berührte Jocundra ihr eigenes Haar. Es entwand sich ihren Händen. Ihre Bluse bauschte sich auf, ebenso ihre Jeans; doch dann wurden sie von einer elektrischen Aufladung auf ihrer Haut wieder zurückgezogen. Otille deutete zu dem *Veve,* und in ihrem Gesicht stand eine flehende Frage geschrieben. Jocundras Blick folgte ihrem ausgestreckten Arm; sie wollte schreien, doch der Schrei blieb ungehört in ihrer Kehle stekken. Und diesmal war nicht daran zu denken, daß sie hätte ermutigend wirken können.

Donnell fand schnell heraus, daß Bewegung der Schlüssel zur Handhabung des *Veve* war. Die Magnetfelder des Kupfers waren Ausbrüche trüben weißen Lichts in Wolkenformationen, schwebend, verschwindend, wieder sichtbar werdend; sie wurden von seinen Händen fortgetragen, sobald er versuchte, sie zu manipulieren. Er ging weiter, probierte dies und jenes, ohne Wirkung, und schließlich wurde ihm klar, daß er beim Gehen den

Linien gefolgt war, die durch die Bewegung der Bakterien vorgegeben war. Er konnte sie deutlicher und stärker als je zuvor spüren, wie einen warmen Kitzel im Innern seines Kopfes. Er ging weiter, wobei er einer Spur ins Innere folgte; von jeder Verbindungsstelle des *Veve* mit Ausnahme einer – und diese eine, das erkannte er, war seine Bestimmung – ging ein Streifen weißen Feuers aus, und alle Streifen verbanden sich zu einem Gespinst, das um ihn herum immer dichter wurde, ein turmähnliches Gebilde. Hoch über ihm blinkte das milchige Phantom des geomagnetischen Feldes am Himmel, und er begriff, daß das komplizierte Fließen des Gespinstes und der Weg, den er einschlug, damit harmonisierten und sich den Veränderungen anpaßten. Seine übliche Schwäche ließ nach, und sein Schritt wurde schneller, was bewirkte, daß die Struktur des Feldes höher stieg und dichter wurde. Seine neue Kraft wirkte wie eine Droge, und seine Gedanken wurden vom Spiel seiner Muskeln und dem Rauschen seines Blutes begleitet. Die Felder summten in seinen Ohren, wie ein Insektenchor im Schilf; er hatte das Gefühl, daß ihm sein Weg wie die Schritte eines Schamanentanzes vorgezeichnet war; ein Muster, das sowohl durch einen Akt des Willens als auch der physikalischen Gesetze in den Boden des Universums geritzt war. Dann hörten die Bewegungen der Bakterien auf, und er hielt genau in der Mitte des ihm vorausbestimmten Kreuzungspunktes inne.

Ein Turm aus sich entzündenden Drähten, fein verwoben wie Spitze, erhob sich um ihn herum bis in den Himmel, und das geomagnetische Feld flackerte nun nicht mehr, sondern zog sich wie eine weiße Straße im Bogen von Horizont zu Horizont. Sein kalter Glanz schien die Verkörperung einer Einheit aus Gegenständlichem und Geschehendem zu sein, sowohl Schicksalsbestimmung als auch Straße. Es trieb ihm fast die Tränen in die Augen, als er, obwohl er wußte, daß er es niemals würde erreichen können, dennoch die Hände danach ausstreckte. Die unteren Ausläufer des Turmes schossen auf ihn zu und fuhren ihm in die Fingerspitzen, und gleichzeitig senkte sich das geomagnetische Feld; sein Zentrum löste sich in Streifen auf, die zu Teilen des Turmgebildes wurden. Ein Blitz ließ den Himmel weiß werden, und als das Licht an den Rändern des Blitzes zerfiel, löste er sich in ein Gitterwerk aus Feuer auf; alle Feuerstreifen flossen nach innen und ergossen sich in seine ausgestreckten Hände.

Er hatte nicht geahnt, daß sein Körper ein solches Gefühl der Macht empfinden könnte. Es war wie das Leben an den brodelnden Rändern einer Wolke – an einem Ort, wo die Grenzen zwischen der Materie und der Nichtmaterie unaufhörlich neu definiert werden –, bei dem man seine Energie aus der ständigen Transformation bezog. Eine stürmische Kraft tobte in ihm. Einen Augenblick lang waren seine Augen von weißer Helligkeit geblendet, und sein Bewußtsein machte eine neue Erfahrung, gegen die Liebe und Freude, rein menschliche Empfindungen, nichts als gespaltene Ideale waren.

Erschöpft blinzelte er, schüttelte den Kopf und sah sich um.

Ihm war, als ob er inmitten eines Knoten stünde, den man in ein schwarzes Seil geknüpft hatte, während er durch die Lücken in einem blaß purpurnen Himmel blickte. Doch direkt über ihm, vielleicht dreißig Meter entfernt und zwischen verschlungenem schwarzen Holz hindurch zu sehen, war ein Schloßturm. Er erkannte ihn als den Turm von Ghazi, den Wachtposten der Yoalo hoch oben im Dornengestrüpp von Moselantia. Figuren als öffentliches Zeugnis der Neigung zur Selbstverleugnung waren in die Wehrzinnen geschnitzt.

Die Erscheinung des Turmes war so unerwartet, als er sich über ihm aufbäumte wie eine Welle, die kurz davor war, in sich zusammenzubrechen, daß er den rechten

Arm hochriß in dem vergeblichen Versuch, das Geschehen aufzuhalten. Seine Hand war ein negatives, konturloses schwarzes Etwas; seine Finger schimmerten, und Strahlen schillernder Feuerblitze zuckten aus den Spitzen; sie verbanden sich zu einem einzigen Strahl und prallten gegen den Turm, wodurch er in einen regenbogenartigen Schein getaucht wurde. Er versuchte, seine Hand zurückzuziehen, aber sie war in ihrer Stellung erstarrt; er wand sich und warf sich in alle Richtungen, bis er vor Erschöpfung zusammensackte, so daß er buchstäblich nur noch an seinem Arm hing. In einigen Metern Entfernung entdeckte er eine krallenbewehrte Tür, die sich in eine der Hauptadern öffnete; die Wand im Innern war mit Flechten wie mit einem Pelz überzogen, von denen ein fischschuppenartiges Glitzern ausging. Die Luft roch stark nach Ozon, und alles war reglos, geräuschlos.

Doch dann hörte er ein Geräusch.

Im ersten Moment dachte er, es handele sich um irgendeine Sprache, denn es hatte den Rhythmus und die tiefe Tonlage, wie wenn Worte von einer lederigen Zunge gesprochen werden. Er sah über die Schulter zurück und bemerkte, daß etwas als Silhouette vor dem Hintergrund des Himmels auf und ab hüpfte; es verschwand hinter einem Seitenarm und tauchte wieder darüber auf. Etwas Merkwürdiges mit länglichen Flügeln und dem knolligen Körper einer Fliege. Noch ein Wesen erschien, und noch eins, und wieder eins. Es waren mindestens ein Dutzend, die alle durch die verzweigten Streben träge auf ihn zuflatterten.

Ein weiteres Mal, und zwar diesmal fast gelähmt vor Angst, versuchte er sich freizuwinden. Feuerblitze zuckten immer noch aus seinen Fingerspitzen. Die Strahlung, die von dem Turm ausging, pulsierte, und der Turm selbst verschwamm wellenartig. Dann schalt er sich selbst für seine Dummheit und erinnerte sich, wie er eine Entladung der Spannung bewirken konnte.

Er formte die Hände zu Klauen, so daß die fünf Strahlen jeweils aufeinanderprallten, und langsam schaffte er es, seine Finger zueinander zu bringen, bis sie sich berührten.

Das angriffslustigste der Tiere verschwand daraufhin von dem Seitenarm; sein Gesicht war eine Schreckensvision mit weiß umrandeten Augen und der flachen Nase eines Menschenaffen, mit nadelspitzen Zähnen und Saugnäpfen an den Lippen. Es schlug mit den Flügeln, um Höhe für den Absprung zu gewinnen; ein grausamer Gestank umwehte seine Nase, und er erhaschte einen kurzen Blick auf die schorfige Unterseite des Bauches. Er duckte sich, aber ein Flügel streifte seinen Kopf, und er wurde an den Rand der Strebe geworfen. Während er dort unsicher schwankte, sah er unter sich ein Gewirr aus purpurnem Glanz und Schatten und kupferner Verstrebungen. Im Fallen krallte er sich an der Luft fest und spürte eine Spannung in den Fingerspitzen.

Sein Fall hätte endlos sein können. Er hätte gegen all die vielen Streben unter ihm prallen und zu einem blutigen Brei zermalmt werden können. Aber er fiel nur einen bis eineinhalb Meter tief durch einen Ausbruch weißer Herrlichkeit und landete auf seiner Seite. Verwirrt rollte er sich auf den Rücken. Über ihm schwebte schlaff wie eine durchsackende Hängematte der Halbmond mitten unter den scharfgezeichneten Sternen der Nacht von Louisiana.

Der Wind trug Jocundras Schrei davon. Von Donnells Fingern ging der Strahl einer überirdischen Energie aus, der Geist eines Strahls, und zuckte in Richtung des Zypressenwipfels. Er fuchtelte mit dem Arm, als ob dieser in unsichtbaren Fesseln steckte, und strampelte in Panik. Sie kroch den Hügel hinab, aber der Wind warf sie zu Boden. Zerknülltes Einwickelpapier, Blechdosen, Flaschen und abgebrochene Zweige rutschten den

Hang hinunter, alle in einem Strahlenkranz, und die Luft war von einem stechenden Sand erfüllt. Etwas knallte ihr gegen die Wange, haftete eine Sekunde lang mit klebrigen Klauen daran, fiel ab und in den Ausschnitt ihrer Bluse, kroch ihr über die Brust. Sie rollte sich herum und haute sich auf den Brustkorb, bis eine halb zerquetschte Zikade aus ihrem Ausschnitt fiel und vom Wind davongetragen wurde; auf ihrem Bauch blieb eine feuchte Spur zurück. Sie blickte genau in dem Moment auf, als Donnell von dem *Veve* purzelte und als der Zypressenwipfel, umgeben von einem Schein gespenstischer Strahlung explodierte.

Zumindest fing es als Explosion an.

Ein lauter Knall ertönte, Flammen stoben in alle Richtungen, ein Feuerball entstand und wurde immer größer. Doch als er seine äußerste Ausdehnung erreicht hatte, schrumpfte der Feuerball nicht etwa zusammen oder löste sich in Rauch auf. Statt dessen behielt er seine Form bei; dann wurden die Flammen blasser und verdichteten sich zu einer Wolke aus roten Funken, die sich wiederum auf den Umrissen eines Mechanismus festsetzten, eines Mechanismus von rätselhafter Kompliziertheit. Wie ein Teil eines funkelnden Uhrwerks, das sich in sich zusammenfaltete und in eine bis dahin ungeahnte Ferne zurückwich: ein dunkler Tunnel brach am nächtlichen Himmel zusammen. Die letzte Windbö ging gleichzeitig dahin, mit einem scharfen Schrei, bei dem Jocundras Zähne klapperten.

Als sie schließlich das *Veve* überquert hatte und an der Stelle angekommen war, wo Donnell hingefallen war, setzte er sich aufrecht hin und starrte die zerfetzte Zypresse an. Blut floß ihm aus der Nase. Mit einem Satz war sie neben ihm, hielt ihm den Kopf und drückte ihm die Nasenflügel zusammen, um den Blutstrom zu bremsen. In seinen Augen war kaum etwas Grünes zu sehen. Sie dachte, das läge an dem grellen Licht der Flutlichter, und sie beschattete sie mit der Hand. Es flakkerte ein paarmal lebhaft darin, aber nur wenige Male.

»Mir geht es gut«, sagte er. »Mein Herz tobt nicht mehr so wild.« Er sah zu ihr hoch. »Meine Augen?«

Sie nickte, unfähig zu sprechen, ihre Augen füllten sich mit Tränen. Sie legte die Arme um ihn und lehnte den Kopf hinten an seinen Hals.

»Du erstickst mich«, murmelte er, aber er hielt ihre Taille fest umklammert.

Ein Schrei schallte vom Gipfel des Hügels herüber. Jocundra sah zurück und sah Otille, die sich gegen den Griff des Baron wehrte. Sie warf den Kopf vor und zurück, trat ihn mit den Absätzen gegen die Beine. Er hob sie hoch und setzte sich in Richtung Haus in Bewegung; doch Otille brachte einen letzten Schrei zustande, und diesmal war er verständlich. Ein einziges Wort.

»Ogoun!«

Lange nachdem die beiden weg waren, starrte Donnell immer noch zum Gipfel des Hügels hinüber, und obwohl seine Gesichtszüge keine Beunruhigung zeigten, glaubte Jocundra darin eine Mischung aus Haß und Begehren zu erkennen. »Was hat sie denn?« fragte er.

»Der Wind hat ihr Angst eingejagt«, sagte sie. »Und der Baum. Was ist denn mit dem Baum passiert?«

»Ich weiß nicht«, murmelte er. »Ein Unfall. Vielleicht kommst du dahinter.« Er drehte sich zu der Zypresse um. Eine dünne Rauchwolke kringelte sich aus den Überresten ihres Stammes empor und hüllte die Sterne in Dunst. Seine Stimme wurde volltönend, mit einem sarkastischen Beiklang, als er sagte: »Gott weiß, was das alles mit Otille zu tun hat.«

Innerhalb von zwei Tagen hatten Donnells Augen ihren üblichen Glanz wiedererlangt, und er stieg wieder auf das *Veve;* in der anschließenden Zeit besuchte er es mindestens einmal am Tag. Er lief jedoch nicht Gefahr, es zu übertreiben. Und während die Behandlung einerseits dazu diente, die Größe der Bakterienkolonie in Grenzen zu halten, so schien sie andererseits ihre Vermehrungsrate anregend zu beeinflussen, und Jocundra bezweifelte, daß er mehr als zwei Wochen Abstinenz durchhalten konnte. Der Baron filmte Donnell weiterhin – er hatte sich zum Schutz gegen den Wind eine Nische in den Hang des Hügels gegraben –, aber Otille blieb verbarrikadiert in ihren Räumen. Eine Erfahrung mit Donnells neu erworbener Kraft hatte ihr offenbar gereicht. Als sie den Baron nach ihr fragten, gab er nur Grunzlaute von sich und machte wegwerfende Handbewegungen.

»Otille braucht jetzt nur noch dazusitzen und zu warten, bis ihre Saat aufgeht«, sagte er einmal. »Sie wird dann nur noch ernten.« Aber er schien nicht so ganz überzeugt davon.

Aus Angst vor dem Wind, der das Dickicht von Maravillosa immer heftiger zersauste, je mehr Donnells Macht zunahm, sowohl an Kraft, als auch an Reichweite, verließen einige der ›Freunde‹ das Anwesen, und diejenigen, die blieben, verschanzten sich in den Hütten. Mit Ausnahme von Captain Tomorrow. Er war entzückt über den Wind und mußte mit Gewalt vom *Veve* vertrieben werden. Jedesmal, wenn er Jocundra traf, sprach er mit ihr in einem schulmeisterlichen Ton, indem er ihr zum Beispiel einmal mitteilte, daß die Physik der Phantasie kurz vor dem Durchbruch stünde, oder ihr ein andermal einen von Gedanken betriebenen Laser vorführt, zu dem ihn, so sagte er, Donnells ›Windreise‹ angeregt habe.

Was Jocundra betraf, seit der Baron ständig dabei war, um auf Donnell aufzupassen, zog sie es vor, während der Behandlung in ihrem Zimmer zu bleiben und auf ihn zu warten. Manchmal beschäftigte sie sich mit den Prinzipien, auf denen die Wirkung des *Veve* beruhte, aber sie kam selten zu einem Ergebnis. Der Wind machte sie nervös. Obwohl sie die logische Erklärung dafür kannte, aufgeladene Ionen, freiwerdende Luftmassen, hatte sie das Gefühl, er könnte die Papiere mit ihren Erklärungen davontragen in Gefilde, in denen Erklärungen keine Bedeutung mehr hätten. Die meiste Zeit dachte sie über Donnell nach. Sie glaubte, daß er etwas vor ihr verbarg, und ihrem Gefühl nach war das nichts Gutes. Seine Einstellung zum *Veve* erstaunte sie. Er schien nicht im geringsten bedrückt, als er merkte, daß er davon abhängig war; vielmehr schien er erleichtert als er erfuhr, daß er es häufig benutzen konnte.

Eines Abends, elf Tage nach Fertigstellung des *Veve,* als Jocundra am Fenster ihres Zimmers saß und lauschte, wie die Äste gegeneinander schlugen und Blätter gegen das Haus klatschten, bemerkte sie die Ecke eines Notizbuches, die unter ihrer Matratze hervorsah. Beim ersten Durchblättern hielt sie es für Notizen zu einer neuen Story, da es eine Auflistung von Orten und Leuten enthielt; außerdem erschienen darin die Purpursonne und die Yoalo. Doch dann erkannte sie, daß es Aufzeichnungen über Donnells Wanderungen über das *Veve* waren. Auf der Innenseite des Umschlags war eine Zeichnung des *Veve;* jede Verbindungsstelle war numeriert; und sie enthielt eine Rangliste der Yoalo. Rekrut, Neueingeweihter, Längereingeweihter, Unteraspektor, Aspektor, Oberaspektor. Obwohl sie ein ungutes Gefühl hatte und eine Ahnung sie quälte, lehnte sie sich zurück, um die erste Eintragung zu lesen, und sie versuchte sich einzureden, daß es sich nur um Hintergrundnotizen zu einer Story handelte, die zufällig in Tagebuchform geschrieben waren.

*8. September. Hörte bei Verbindungspunkt 14 auf. Die Sonne versank hinter dem Rand der Welt, eine längliche, blasse bauchige Form wie die Schwelle zu einem anderen Kontinent, die sich vom Horizont abhob, umgeben von einer Korona aus grellem Purpur. Sterne strahlten. Kein Mond. Zerbrochene, öde Hügel zu meiner Linken, und ich dachte, daß Moselantia irgendwo dahinter liegen müsse. Ich stand oben auf einem Felsen, der steil hinabfiel in ein bewaldetes Tal. Wuchtige, von Purpur eingehüllte Bäume im Schatten eingeschlossen; ein Fluß bahnte sich seine gewundene Bahn hindurch. Und nach zwei Dritteln des Weges durch das Tal, an einer Stelle, wo sich der Fluß teilt, lag ein Dorf, angelegt in einem merkwürdigen Muster, das ich aus meinem Blickwinkel nicht ganz erfassen konnte. Ich versuchte, mein Sichtfeld etwas nach vorn zu verlagern, aber es war diesmal schwerer als sonst. Anstatt an einer bestimmten Stelle einzurasten, war es, als müßte ich eine Barriere durchdringen, die schwerer zu überwinden war als die Entfernung. Schließlich gelang es mir, mir eine Perspektive zu verschaffen, bei der meine Augen auf gleicher Höhe mit der Straße waren. Die Tür eines der Häuser wurde geöffnet, und ein Mann streckte den Kopf heraus; er stieß ein erschrecktes Kreischen aus und zog sich schnell ins Innere zurück. Wie, zum Teufel, hatte er mich sehen können? Ich sah an mir hinab und stellte fest, daß ich ganz in Schwarz gehüllt war. Schimmerndes, konturloses Schwarz. Die Energie-Hülle. Ich hatte mich auf einem Felsen befunden, und jetzt war ich – platsch – mitten in Rumelya gelandet (der Namen haftet einem unwillkürlich im Gedächtnis). Erinnerungen durchfluteten mich, darunter Informationen über die Möglichkeit, mit der Energie-Hülle fast ohne Zeitverschiebung über Entfernungen in der Sichtlinie zu reisen. Der Fluß – der Quinza – war zu gefährlich, um darin zu schwimmen, obwohl ich nicht mehr weiß, warum, und der Name des Waldes lautete Mothemelle.*

*Allerlei Abfall und schwarze Blätter wurden über die staubige Straße geweht. Alle Gebäude bestanden aus verwittertem schwarzen Holz; die meisten von ihnen waren zweigeschossig, wobei das obere Geschoß das untere überragte und von geschnitzten Säulen abgestützt wurde. Jeder Quadratzentimeter der Gebäude war von Schnitzerei bedeckt: Köpfe von Wasserspeiern zierten Tür- und*

*Fensterstürze, dekorative Schnörkel begrenzten Dachfirste. Die Türrahmen strotzten vor winzigen Gesichtern, durchzogen von Ranken und Girlanden, und abartige Wesen – halb Blume, halb Tier – hoben sich plastisch von den Wänden ab. Die Ähnlichkeit dieser Darstellung mit denen in Maravillosa war nicht zu übersehen. Licht fiel durch Fensterläden, in denen verstreut Löcher in Sternform angebracht waren, so daß die Wandverkleidungen wirkten wie ein nächtlicher Himmel mit orangefarbenen Sternen. Obwohl viele Einzelheiten nicht meiner Originalidee entsprachen – die Namen zum Beispiel –, so war es doch zweifellos das Dorf aus meiner Geschichte, getreu nachgeahmt bis hin zum Wirtshausschild, einer alten Abbildung, die ich inzwischen als* Petro-*Symbol erkannt habe. Der von bösen Geistern bewohnte Wald überragte die Dächer; die Atmosphäre war gespannt und geheimnisvoll; Muschelbruchstücke und Abfall trieben durch die Straßen – alles stimmte überein. Laute Stimmen drangen aus der Wirtschaft, und ich hatte eine ganz starke Intuition, daß sich dort bald etwas Wichtiges ereignen würde.*

*Während sich der Strahlenkranz der Sonne immer höher über den Wald erhob und in den Strudeln des Flusses ein violettes Glitzern erzeugte, bemerkte ich ein graphisches Symbol, das in den schwarzen Staub in der Mitte der Straßenkreuzung direkt vor mir gezeichnet war. Der Wind, der bisher in unregelmäßigen Böen geweht hatte, stabilisierte sich, formte sich zu einem Wirbel über dem Symbol und verwischte es zu einem aus einzelnen Partikeln bestehenden Staubdunst. Ich hatte die Erinnerung an einen alten Mann in einem stumpfgrauen Gewand, der sich über einen orangefarbenen Lichtschein beugte und mit mir sprach. Seine Stimme war rauh und schwach, das Knarren einer Kiste, zu Worten geformt. »Die Sterne sind die Gegenwesen der Menschen«, sagte er. »Der Wind ist eine Seele ohne Körper.«*

*Kurz darauf bekam ich Angst. Es könnte mir nicht mehr möglich sein, Rumelya wieder zu verlassen. Ich hatte – oder hatte ich nicht? – meine Position auf dem* Veve *verändert. Ich ging vor und zurück, von links nach rechts und umgekehrt, und versuchte, über den Rand zu fallen, wie es beim ersten Mal passiert war. Doch ohne Erfolg. Dann, genau wie es damals unterhalb des Turmes von Ghazi geschehen war, erinnerte ich mich an die nützliche Funktion meiner Hülle, mit der ich mich innerhalb des geomagnetischen Feldes orientieren konnte. Ich streckte die Hände nach oben und fühlte die Verbindungsstellen in der Luft. Da war sie wieder, die mystische Erfahrung des Übergangs. Sie verlor ihre Faszination, und ich erinnere mich, daß ich während des Übergangs dachte, eine solche entpersönlichte Ekstase könnte auf die Dauer langweilig werden. Ich befand mich wieder an der Verbindungsstelle 14 und schwenkte die Arme wie ein Ertrinkender.*

Als Jocundra die Hälfte der Eintragungen gelesen hatte, verdichtete sich ihr unbehagliches Gefühl zu einer entsetzlichen Erkenntnis. Entweder brachten ihn die gewaltigen elektromagnetischen Kräfte vollkommen aus den Fugen, indem sie Phantasien speisten, mit denen er sich eine Ersatzvergangenheit bilden konnte, oder – und diese Möglichkeit konnte sie nicht ganz ausschließen – er reiste wirklich irgendwohin. Wie es auch sein mochte, errichtete seine Geheimniskrämerei eine Schranke zwischen ihnen, obwohl sie überzeugt war, daß er ihr nur deshalb nichts erzählt hatte, damit sie sich keine Sorgen machte.

Seine letzte Eintragung in dem Tagebuch beschrieb in allen Einzelheiten seine Ankunft in einer weiträumigen Halle, deren Wände bis unter die Decke mit Spiegeln versehen waren. Durchscheinende Wesen – ›kristalline Unregelmäßigkeiten in der Luft, so flink wie Kolibris‹ – flogen zwischen den Spiegeln herum. Bilder entstanden in ihrer Flugspur. In einem Spiegel waren grüne Schuppen mit Goldrändern zu sehen, die sich hin und her bewegten, als ob die Windungen einer Riesenschlange sich um die Halle kringelten; ein zweiter zeigte ein edelsteinbesetztes Spielbrett, dessen Ecken von Spinnweben überzogen waren; ein dritter stellte einen schwarzgekleideten Yoalo dar, der auf den Wachttürmen von Moselantia stand und sich ständig um sich selbst drehte, mit über den Kopf erhobenen Armen, und der immer durchsichtiger wurde, bis an seiner Stelle nur noch ein Wirbelwind zurückblieb, der den Staub vom Boden des Turmes aufwirbelte. Jedes folgende Spiegel-Bild rief in ihm die Erinnerung an weitere Bruchstücke und Einzelheiten wach: die Bewegung militärischer Kräfte, Namen, eine Folge von Buchstaben und Zahlen, die Jocundra an astronomische Koordinationen erinnerten. Schließlich bot ihm ein Spiegel das Bild einer Frau, die sich nach vorn beugt und sich wiederum in einem Spiegel betrachtet; ihr Gesicht ist durch eine üppige Pracht dunklen Haares verborgen; dann neigte sie den Kopf und hob ihr Haar in die Höhe.

*Ich war überwältigt von Sehnsucht. Die Farbe ihrer Haare glich genau derer von Jocundra, dunkelbraun, durchzogen von goldenen Strähnen; ihre Bewegungen waren ebenfalls die von Jocundra, ihre vorbildliche Haltung des Rückens beim Vorbeugen. Ich sah wieder den alten Mann vor mir, mit seinen gekrümmten Schultern, wie er mir etwas entgegenstreckte: eine Elfenbeinkugel, eine dieser optischen Täuschungen, die geschnitzt und ausgehöhlt sind und in sich wieder kleinere Kugeln enthalten. Sie war eingenistet in seiner Handfläche wie eine Perle im Fleisch einer Auster. »Wenn du etwas verlierst«, sagte er, »dann wirst du es hier wiederfinden. Und wenn es dir wirklich gehört, dann wird es zu dir zurückkehren.« In diesem Moment wußte ich, daß die Frau, ob es nun namentlich Jocundra war oder nicht, durch Welten und Zeiten zu mir gehörte, und daß alles, was ich in den Spiegeln gesehen hatte, Teile der Zukunft waren.*

Jocundra legte das Tagebuch aus der Hand und ging zum Fenster. Offensichtlich dachte er daran, daß er sie verlieren könnte, und jetzt kam ihr der gleiche Gedanke. Obwohl sie einmal der Auffassung gewesen war, daß das unweigerlich so kommen müsse, hatte diese Aussicht inzwischen etwas Erschreckendes an sich, sie konnte sich unmöglich damit abfinden. Das Haus bebte. Zweige krachten und schlugen gegen die Außenmauer. Sie hätte sich gewünscht, einen Zauberspruch zu kennen, mit dem sie den Wind hätte niederbrüllen können, eine Inkantation, um ihn zum Schweigen zu bringen, denn er wirkte auf sie wie eine geheulte Prophezeiung ihres Verlustes. Aber er wurde noch stärker und sang in den Dachrinnen und formte jammervolle, unartikulierte Worte, die durch das offene Fenster zu ihr drangen, klagende Laute, wie traurige Ungeheuer, die wach liegen und Fragen in ihren Köpfen wälzen.

Die bleiche Sonne, deren Strahlenkranz zu einem blausüchtigen Rand zusammengeschrumpft war, zeichnete einen Bogen über den Wald von Mothemelle. Donnell stand vor dem Wirtshaus vom Rumelya und drückte ein Ohr ans Fenster; er versuchte sich zu vergewissern, daß im Innern keine Kundschaft saß. Schließlich, nachdem er nichts gehört hatte als ein unmelodiöses Singen und das Klappern von Steingutzeug, stieß er die Tür auf. Ein plumpes Schankmädchen ließ einen Armvoll Geschirr fallen und rannte durch eine mit einem Vorhang verhängte Tür; nun war er allein in dem Schankraum; lange graue Bänke und Holztische, weiß gekalkte Wände, eine davon mit einer Nische mit einem Vorhang; Schichten festgetretenen Sandes am Boden, durchsetzt mit weggeworfenen Knorpeln und Knochen; eine gestreifte Eidechse, müßig um ein Tischbein geschlängelt; eine hohe Decke, durchkreuzt von dicken Balken, an denen Töpfe und Pfannen aus Gußeisen hingen. Er nahm auf einem Stuhl in der Nähe der Tür Platz und wartete. Das Merkwürdigste an dem Raum war das orangefarbene Licht. Man sah nicht, aus welcher Quelle es stammte, der Raum war einfach davon erfüllt.

Der Wirt erwies sich als molliger junger Mann, mit dicht beieinander stehenden Augen über einer Stupsnase und einem Mund wie ein Barockengel. Er trug einen Kittel aus derbem Stoff und eine Schürze, und in der Hand hielt er ein Tablett mit einem gemusterten Keramikkrug. »Was zu trinken?« fragte er hoffnungsvoll, wobei seine Lippen zitterten. Donnell nickte, und der Wirt setzte den Krug ab und zog die Hand zurück. »Sir«, sagte er. »Oh, mein Herr, oh ...« Donnell warf ihm einen Blick zu, und er nahm eine stramme Haltung an.

Donnell deutete auf die Nische mit dem Vorhang. »Ich werde heute abend von dort aus zusehen«, sagte er und spielte mit dem Griff seines Krugs. Schwarze Funken, die aus seinen Fingern zuckten, hafteten eine Weile flackernd an der Keramik und verschwanden.

»Gewiß, mein Herr.« Der Wirt schlug die Hände in einer Geste der Unterwürfigkeit zusammen. »Aber, mein Herr, ist Ihnen klar, daß der Aspektor jeden Abend hierherkommt?«

»Ja«, antwortete Donnell, dem das nicht im geringsten klar gewesen war. Er hob den Krug hoch – der Inhalt war ein scheußlich riechendes Zeug, gegorene Baumrinde – und nahm ihn mit zu dem Tisch hinter dem Vorhang. »Wo pflegt er für gewöhnlich zu sitzen?« fragte er. Der Wirt zeigte auf einen Platz an der hinteren Wand, und Donnell schob den Vorhang so zurecht, daß er eine ungehinderte Sicht dorthin hatte. Er sah keine Notwendigkeit, den Wirt darauf hinzuweisen, daß er über seine Anwesenheit den Mund halten sollte. Die Angst des Mannes war groß genug.

Während der nächsten halben Stunde betraten nacheinander sieben Männer die Wirtschaft. Man hätte sie für Vettern halten können; alle waren dunkelhaarig und grobknochig, von jugendlichem bis zu mittlerem Alter, und alle waren mit hohen Stulpenstiefeln und lose fallenden Hemden bekleidet. Sie machten einen mißmutigen Eindruck, und ihre Unterhaltung war schleppend; meistens ging es um irgendwelche gemeinen Strudel, die neuerdings im Fluß entstanden waren, und zwar wegen ›unerwünschter Eingriffe‹, wie einer von ihnen sagte. Ihre Sprache, die Donnell zwar für Englisch hielt, war grob; viele Worte hörten sich an, als ob ein Pferd einen Apfel zermalmte. Doch er stellte fest, daß er sich ganz gut hatte verständigen können.

Eine weitere halbe Stunde verging. Zwei der Männer verließen die Wirtschaft, drei kamen, und dann stieß eine Windbö die Tür auf und wirbelte den Sand auf. Ein Mann im schwarzen Gewand der Yoalo kam herein und warf sich auf eine Bank an der gegenüberliegenden Seite. Beim Anblick seines Gesichts wünschte sich Donnell einen Spiegel. Es war eine tierhafte Maske, die eine ovale Öffnung in dem schwarzen Gewand ausfüllte. Glänzende, scharlachrote Wangen, eine Elfenbeinstirn mit angedeuteten Zornesfurchen, goldene Augen mit schmalen Schlitzen, ein Maul mit Reißzähnen, das sich bewegte, wenn er sprach. Jeder Zug der Maske reagierte auf die Muskulatur darunter. Er kippte einen Krug nach dem anderen von dem Gebräu hinunter, schleuderte ihn jeweils schweigend weg und gab dem Schankmädchen ein Zeichen, einen neuen zu bringen. Einmal grapschte er nach ihr, und als sie sich ihm entwand, lachte er. »Diese Landpomeranzen zu zähmen, ist, wie den Wind in einen Käfig zu sperren«, sagte er laut. Seine Stimme vibrierte nicht und war erstaunlich volltönend. Alle Männer lachten und fuhren in ihrer Unterhaltung fort. Obwohl er Yoalo war, zollten sie ihm nur ein geringes Maß an Respekt, und Donnell dachte, wenn er hier Aspektor wäre, würde er von ihnen mehr Achtung und Höflichkeit verlangen.

Der Mann trank eine Zeitlang zügellos, offensichtlich

war er bedrückt; er starrte zu Boden und scharrte mit den Füßen im Sand. Nach einer geraumen Weile hielt er den Wirt am Ärmel fest und forderte ihn auf, sich zu ihm zu setzen. »Jemand, von dem ich etwas erfahren müßte?« fragte er.

»Nun«, sagte der Wirt und vermied es angestrengt, in Richtung der Nische zu blicken. »Letzte Woche ist hier ein Trickkünstler vorbeigekommen.« Und dann fuhr er in begeistertem Ton fort: »Er konnte Flammen aus den Weinflaschen schießen lassen.«

»Name?« erkundigte sich der Yoalo, winkte dann jedoch ab. »Egal. Wahrscheinlich einer dieser Vagabunden aus dem Lager in den Südlichen Felsspalten. Hat sich wohl ein Häppchen Macht geklaut, um Dorftrottel zu beeindrucken.«

Der Wirt machte ein beleidigtes und dorftrotteliges Gesicht. »Ich wollte, ich könnte mal Moselantia sehen.«

»Nichts leichter als das«, sagte der Yoalo. »Melde dich freiwillig.« Er lachte ein schepperndes Lachen und begann mit einer weitschweifigen Aufzählung der Wunder von Moselantia, seiner verschiedenen Unternehmungen, der Geschwindigkeit und zurückgelegten Entfernungen seines ›Ourdha‹, ein Wort, das Donnell mit ›Windeseile‹ übersetzte.

Plötzlich flog die Tür auf, und ein zerlumpter alter Mann in geflickter und zerschlissener Kleidung, über dessen Schulter Körbe der verschiedensten Größe hingen, betrat die Wirtschaft. »Schlangen!« rief er. »Vollgepumpt mit Gift!« Er holte eine große gestreifte Schlange aus einem der Körbe und hielt sie hoch, damit alle sie sehen konnten. Die Männer aus dem Dorf quittierten seinen Auftritt mit Nicken und gemurmelter Bewunderung, behaupteten aber, bereits ausreichend mit Schlangen versorgt zu sein. Der alte Mann setzte ein kummervolles Gesicht auf, mit so tiefen Furchen, daß er aussah wie aus Holz geschnitzt. Dann erspähte er den Yoalo und machte einen kleinen Luftsprung in seine

Richtung, wobei er die Schlange zur Schau stellte und dazu pfiff.

Ärgerlich über diese Unterbrechung sprang der Yoalo auf und packte die Schlange. Blut quoll durch seine geschlossene Faust, und zwei getrennte Hälften der Schlange fielen in den Sand, wo sie sich noch eine Weile wanden. Er schlug dem alten Mann mit dem flachen Handrücken vor die Brust, worauf er zu Boden ging; dann wankte er zur Tür und hinaus auf die Straße. Mit Ausnahme des Schlangenverkäufers – der den Verlust seines besten Verkaufsschlagers bejammerte – blieben die Männer des Dorfes ruhig, zuckten die Achseln und machten Scherze über den Vorfall. Als sie jedoch sahen, wie Donnell aus der Nische heraustrat, warfen sie die Bänke um und drängten sich in der gegenüberliegenden Ecke des Raumes erschreckt zusammen.

»Herr!« schrie der Schlangenverkäufer und kroch Donnell in den Weg. »Mein Ältester war Rekrut der zehnten Stufe in Ihrer Gruppe. Hören Sie mich an!«

»Zehnte Stufe?« sagte Donnell. »Dann ist er auf dem Turm umgekommen.«

»Jawohl, Herr. Er hat nicht geschrien.«

»Ich werde dich anhören.« Donnell verschränkte die Arme, belustigt darüber, daß er so schnell zu Rang und Ehre gekommen war, sich aber durchaus seiner Pflichten bewußt.

»Das hier«, sagte der alte Mann, während er den Kopfteil der Schlange aufhob, »das ist nichts gegen die Mißhandlungen, die wir hier in Rumelya erleiden müssen. Aber für mich bedeutet es sehr viel.«

Es folgte eine langatmige Erzählung darüber, wie er die Schlange gefangen hatte, wofür er einen halben Tag zwischen den Felsen verbrachte, sie mit einem auf einen gegabelten Ast gespießten Stück Fleisch anlockte und ihr mit einer geschickten Drehung den Giftzahn brach, als sie zubiß. Er betonte noch mal, welch hohen Wert sie gehabt habe, und fuhr dann mit einer Aufzählung der anderen Missetaten des Yoalo fort. Vergewaltigung, Raub, Überfälle. Seine Beschwerde galt nicht der Natur der Taten – die standen dem Yoalo zu –, sondern dem Umstand, daß sie mit einer so hinterhältigen Unberechenbarkeit durchgeführt wurden, daß sie eher den Eindruck von Exzessen eines Wahnsinnigen machten als den von Vergeltungsmaßnahmen eines Eroberers. Er bat um eine Beendigung der Mißstände.

Die Augen des alten Mannes füllten sich mit Tränen, seine Haut war aschfahl; sein Unterarm war übersät mit vernarbten Rillen, wo er gebissen worden war und das Fleisch herausgeschnitten hatte, damit sich das Gift nicht ausbreitete. Diese Male verfehlten nicht ihre Wirkung auf Donnell, aber er ließ es nicht zu, daß sie sein Urteilsvermögen beeinflußten.

»Die Angelegenheit wird erwogen werden«, sagte er. »Aber bedenke folgendes: Ich bin Zeuge des Umstandes geworden, daß in Rumelya große Respektlosigkeit herrscht, und vielleicht ist sie angebracht. Aber wenn ihr dem Aspektor die nötige Achtung entgegengebracht hättet, wäre er vielleicht anders mit euch umgegangen. Sollte ein anderer seinen Platz einnehmen, könnte euer lasches Benehmen als Faktor bei der Festlegung des Regierungsstils eine Rolle spielen.«

Als er ging, hörte er noch, wie die Männer des Dorfes den Schlangenverkäufer wegen seiner Unvorsichtigkeit schalten.

Die Spur des Yoalo – strahlenförmige Eindrücke im Sand – führte nach links und wieder nach links, und am Ende der Straße erblickte Donnell den Fluß. Über den Baumwipfeln am gegenüberliegenden Ufer beleuchtete der Strahlenkranz der Sonne den nächtlichen Himmel purpurfarben, und die Sterne waren so groß und schienen so hell, daß es aussah, als ob sie sich tanzend zu neuen Formationen zusammenfänden. Die Straße endete an einem grasbewachsenen Ufer, wo mehrere umgedrehte Kanus lagen, und auf einem davon saß die schattenhafte Gestalt des Yoalo. Um näher an ihn heranzukommen, verschob Donnell sein Blickfeld nach vorn, wie er es bei seinem ersten Besuch im Dorf schon gemacht hatte. Diesmal hatte er das Gefühl von etwas Schimmerndem, Flackerndem in seinem ganzen Körper, während die Hülle ihn hinter einen Schuppen trug, der etwa sechs Meter entfernt vom Kanu des Yoalo am Ufer stand. Der Mann schaukelte vor und zurück und schmunzelte vor sich hin, wahrscheinlich freute er sich immer noch über den Vorfall mit der Schlange. Er berührte seine Stirn, worauf die Maske verschwamm und schließlich verschwand. Aber bevor Donnell sein Gesicht sehen konnte, legte sich der Mann flach auf den Bauch, beugte sich über das Flußufer und bespritzte sich mit Wasser. Tief aus dem Wald drang ein hohes *Kiii,* ein leidenschaftlicher, einsamer Schrei, der aus einer metallenen Kehle hätte stammen können. Prustend stützte sich der Yoalo auf einen Ellbogen und blickte in Donnells Richtung.

Das ganze Benehmen des Mannes, seine Anfälle von Gewalttätigkeit und Depression, seine Belästigung des Schankmädchens, seine Besessenheit von der Geschwindigkeit standen plötzlich im Brennpunkt von Donnells Wahrnehmung. Er wollte ihm gerade etwas zurufen, als der Mann sich in die Hocke aufrichtete und die rechte Hand ausstreckte, als ob er von etwas aufgeschreckt worden wäre. Mit der linken Hand fuhr er in seinen Anzug und brachte eine Konstruktion zum Vorschein, die dem Anschein nach aus Drähten und Diamanten bestand und die er aufschnappen ließ. Ihre Entfaltung war ein langsamer organischer Prozeß, eine ständige Entwicklung neuer Anordnungen wie bei den in Bewegung geratenen Sternen am Himmel. Mit trunkenen Augen beobachtete der Yoalo den Vorgang, geriet ins Schwanken und fiel auf den Rücken; er rollte sich herum und richtete sich wieder auf, und schillernde Feuerstrahlen zuckten aus seiner Hand auf den dunklen

Gegenstand am Ufer zu. Er ging in Flammen auf, und es stellte sich heraus, daß es sich um einen Heuhaufen handelte, von denen etliche am Ufer verstreut standen.

Der Yoalo schüttelte über seine eigene Dummheit den Kopf, kicherte und faltete sein strahlendes Gerät zusammen; es schrumpfte zu einem Gefunkel von Saphirlicht zusammen, während er es in die Tasche steckte, als ob er eine kleine Galaxis zu einer einzigen Sonne zerknüllt hätte. Er berührte seine Stirn, und die Maske erschien wieder. Dann taumelte er am Ufer entlang, die Hand hielt er ausgestreckt und ließ weitere Feuerstrahlen daraus hervorzucken, die er auf die Heuhaufen richtete, worauf einer nach dem anderen in Flammen aufging. Jedesmal, wenn wieder einer aufloderte, schrie er »Ogoun!« und lachte laut. Sein Lachen schwoll immer mehr an, wurde ohrenbetäubend, offenbar durch irgend etwas verstärkt; es prallte an den Gebäuden, die entlang des Ufers standen, ab. Die Feuer schickten derwischhafte Schatten hüpfend durch die Straßen, tauchten die geschnitzten Gesichter an den Wänden in einen glutroten Schein und beleuchteten die elfenbeinfarbene Strömung des Flusses und das dichte Gestrüpp am anderen Ufer.

Mitten in einem Dickicht speerförmiger Blätter entdeckte Donnell die Bewegungen kriechender Körper. Aber, dachte er, die wirklich gefährlichen Tiere waren in negatives Schwarz gehüllt und machten die Straßen von Rumelya auf heimtückische Art unsicher. Ein Wandale, ein brutaler Gesetzloser. Und obwohl er den Machtmißbrauch des Mannes verurteilte, war er von der Dramatik der Szene fasziniert. Dieser wahnsinnige Krieger mit dem Gesicht eines wilden Tieres und dem heulenden Gelächter, der die verschlafenen Bürger und Fischersleute mit seinem Spuk erschreckte; der reißende Strom dunklen Wassers; die Schleier der Morgenröte, die sich über den dichten Wäldern blähten, die streunenden Tiere. Es war wie ein bloßgelegter Lebensnerv, ein glitzernder Kreislauf mit der Wirkung eines einzeiligen Gedichts. Er schob das Bild weg und nahm sich vor, das Gedicht vielleicht während seiner nächsten Meditation zu ersinnen. Halb als Begrüßung und Achtungsbezeugung für die Kraft dessen, was er mitangesehen hatte, und halb als Warnung schickte er einen Strahl seines eigenen Feuers aus, um die Erde zu Füßen des Yoalo zu versengen. Und dann hob er die Hände, um sich der Magnetfelder zu bedienen und nach Maravillosa zurückzukehren.

Der Himmel wurde schon hellgrau, die Morgendämmerung zog herauf. Einer der Büsche in der Nähe des *Veve* war ein verkohltes Gerippe, Rauch kräuselte sich aus den Spitzen der Zweige. Er setzte sich mit überkreuzten Beinen auf den Boden. Innerhalb der Magnetfelder, dachte er, war er ein ganz anderer Mensch als derjenige, der jetzt den Wert des Experiments anzweifelte. Nicht, daß er zu echten Zweifeln in der Lage gewesen wäre. Diese ganze Frage war grundsätzlich nicht von Interesse.

»He, Affe!« Der Baron winkte ihm vom Gipfel des Hügels zu.

Der Wind mußte schlimm gewesen sein. Eine Schneise war durch das Gestrüpp geschlagen worden, und er konnte zwischen den Hügeln hindurch einen Teil des Hauses sehen. Die Giebel und die obere Kante seines Schlafzimmerfensters. Jocundra schlief bestimmt, die langen Beine angezogen und ihren Arm quer über sein Kopfkissen gestreckt.

»Mann«, sagte der Baron, während er auf ihn zukam. »Du mußt diesen Scheiß nicht übertreiben!« Er zeigte auf das zerstörte Laub der Büsche.

Donnell zuckte die Achseln. »Was soll ich tun?«

Der Baron ließ sich auf dem *Veve* nieder. »Das weiß ich auch nicht, Mann«, sagte er und klang entmutigt. »Vielleicht ist es das beste, wenn das Ganze hier in die

Luft gejagt wird.« Er spuckte aus. »Du hast ja schon wieder Nasenbluten, Mann.«

Donnell strich sich über die Oberlippe. Blut haftete an seiner Hand und setzte sich in den Rillen seiner Handfläche fest; es schien eine Form zu bilden, die viel gemein hatte mit dem Gewirr von Schmarotzerpflanzen und den Blüten, die der Wind neben das *Veve* geweht hatte: fleischige Blätter, winzige violette Blümchen. Weitere Kreislinien traten unter der Haut der Welt hervor. Jedes Ding, so hatte der alte Mann gesagt, ist nichts anderes als die Deutung aller anderen Dinge. Es gibt kein absolutes Wissen, nur einen endlosen Prozeß.

»Als du hierherkamst, hab ich am Anfang gedacht, Mann«, sagte der Baron, »du bist genau so 'ne Null wie Papa und die anderen miesen Typen. Aber ich muß gestehen, du bist außergewöhnlich.« Er hustete und spuckte wieder aus. »Droben in der Mansarde spielen sich ganz schön wilde Szenen ab. Ich glaube, du und ich, wir sollten mal jemandem davon erzählen, was hier so vor sich geht.«

»Yeah«, sagte Donnell, dem plötzlich bewußt wurde, wie erschöpft er war und daß er sich wieder in der Welt befand. »Aber nicht jetzt, ich muß jetzt erst mal schlafen.«

Aber ein paar Tage später schickte Otille den Baron fort, um irgendwas zu erledigen, und als er zurückkam, waren die Dinge so weit gediehen, daß man sie nicht mehr erzählen konnte.

## 18. KAPITEL

*15. September – 19. September 1987*

Normalerweise schliefen sie um drei Uhr morgens, aber aus irgendeinem Grund war Jocundras Adrenalinspiegel auf dem Höchststand, und sie wälzte sich unruhig hin und her und zappelte mit den Beinen.

»Laß uns was zu essen besorgen«, schlug sie vor, und da Donnell ebenfalls Schwierigkeiten hatte zu schlafen, willigte er ein.

Es war unheimlich, nachts durchs Haus zu schleichen, wenn auch nicht ernsthaft: es war, wie wenn man nach den Geschäftszeiten durch eine Geisterbahn ging, wenn alle Ungeheuer in ihren Nischen stillstanden. In diesen Tagen sah man selten jemanden durch die Gänge von Maravillosa wandern. Clea und Downey waren zusammegezogen und sehr mit sich selbst beschäftigt – wie der Baron mit einem Augenzwinkern sagte –, indem »sie sich gegenseitig ihre Wunden leckten, verstehst du«. Simpkins hielt sich wie immer von allem fern. Nur zwei der ›Freunde‹ waren geblieben, ein dicklicher Mann und natürlich Captain Tomorrow, der Jocundra inzwischen vorkam wie ein zerfledderter Rabe, der auf einem Band mit Poe-Geschichten thronte und zeitgenössische Abgesänge zum besten gab. Und Otille ließ sich unten überhaupt nicht mehr sehen. Jocundra stellte sich vor, wie sie durch ihre Ebenholzgefilde wandelte und Ophelia rezitierte, und dabei erinnerte sie sich, daß Laura Petit, als das Projekt noch in den Anfängen steckte, bestimmte Patienten als ›Opheliatiker‹ bezeichnet hatte, weil sie eine starke Neigung zum Plappern und Weinen hatten. Jocundra hatte einmal einen solchen Patienten gehabt, einen Mann in den

Dreißigern, mit dünnem hellroten Haar, fleischig, ein akademischer Selbstmörder. Er hatte an den dunkelbraunen Streifen in der Tapete geleckt, und am Schluß, als er keinen vernünftigen Satz mehr herausbrachte, hatte er versucht, ihr einen Antrag zu machen, indem er jämmerliche Grimassen schnitt und übertriebene Gesten vollführte, so daß sie sich an Quasimodo erinnert fühlte, der sich um Esmeralda bemühte. Nach seinem Tod war sie nahe daran gewesen, die Arbeit am Projekt aufzugeben.

Das Mondlicht zeichnete verschwommene Muster aus Licht und Schatten auf den Boden und die Wände der Gänge im unteren Stock und hob die Bilder der vom Sturm zerbrochenen Fenstern und aus den Angeln gehobenen Blendläden hervor. Sie hatten vorgehabt, hinauszugehen, aber es fing an zu nieseln und deshalb blieben sie in dem Vorbau am Eingang stehen. Der Regen duftete frisch und angenehm, und seine Sanftheit, sein stetes Tropfen von der Dachrinne gaben Jocundra das Gefühl, überlebt zu haben, einem vernichteten Haus entronnen zu sein, um die Auswirkungen des Sturms zu begutachten. Als sich ihre Augen an die Dunkelheit gewöhnt hatten, entdeckten sie etwas Strahlendes auf der Auffahrt. Ein Auto. Lang, von einer blassen Farbe, vielleicht Grau.

»Gesellschaft«, sagte sie und wies Donnell mit ausgestreckter Hand darauf hin.

»Bestimmt hat Otille Trost in den Armen eines neuen Liebhabers gefunden«, sagte er. »Oder es ist eine neue Lieferung von Fledermäusen für die Mansarde.«

»Ich möchte trotzdem gern wissen, wer das ist.«

»Laß uns in die Küche gehen, ich habe Hunger.«

Auf dem Weg in die Küche hörten sie Stimmen aus Otilles Büro.

»Ich möchte heute nacht nichts mit ihr zu tun haben«, sagte Donnell und versuchte sie einfach weiterzuschieben.

»Ich möchte sehen, wer das ist«, flüsterte sie. »Komm!«

Sie schlichen an der Wand entlang zu dem Büro, wobei sie den auf dem Boden liegenden Glasscherben der Fensterscheiben auswichen.

»... scheint, daß der Bastard seine Neigung zu Gewalttätigkeiten weiterentwickelt«, sagte eine Männerstimme. »Aber nachdem ich ihn gesehen habe ...«

»Aber er kann nichts dafür, daß er so ist«, warf Otille ein. »Es ist wahrscheinlich meine Schuld.«

»Das mag sein, wie es will«, sagte der Mann geduldig. »Wir sind noch nicht soweit, um Tests mit lebenden Objekten durchzuführen. Sieh mal, wenn die Schwierigkeiten in deiner Familie von einem kongenitalen Faktor herrühren, wovon ich keineswegs überzeugt bin ...«

Jocundra erkannte die Stimme, obwohl sie es kaum glauben konnte, daß sie diesen Menschen hier antreffen würde.

»Ich bin es so leid, so veranlagt zu sein«, sagte Otille.

Jocundra wollte Donnell wegschieben, während sie den Namen des Mannes mit den Lippen formte, aber er widersetzte sich.

»Hast du dich an die Medikation gehalten?« fragte der Mann.

»Mir wird davon übel.«

»'n Abend, Leute«, sagte Simpkins. Er stand hinter Donnell, in der einen Hand einen Apfel, in der anderen ein Küchenmesser, mit dem er in Richtung des Büros deutete.

Donnell beachtete ihn kaum. »Ezawa!« sagte er und huschte an Jocundra vorbei in das Büro. Simpkins bedrängte sie, ihm zu folgen.

Otille stand an die Wand gelehnt, aufgewühlt, ihr Haar zerzaust und ihr schwarzes Seidenkleid bis zur Taille offen. Jocundra hatte sie seit jenem Abend, an dem Donnell zum erstenmal das *Veve* benutzt hat, nicht mehr gesehen, und sie war verblüfft, wie sehr sie sich verändert hatte. Alle Höhlen in ihrem Gesicht schienen sich vertieft zu haben, ihre Augen wirkten größer, dunkler, geschwärzt wie alte, ausgebrannte Lampen. Ezawa saß hinter dem Schreibtisch, mit übergeschlagenen Beinen, ein Bild der Selbstbeherrschung. Er fuhr sich mit der Hand durch sein üppiges weißes Haar und sagte zu Otille: »Das ist Pech.«

»Es war unvermeidbar«, erwiderte sie. »Mach dir keine Sorgen, Yoshi. Ich werde mich darum kümmern.« Sie beugte sich über den Schreibtisch und drückte einen Knopf an der Sprechanlage. Eine gepflegte Männerstimme meldete sich, und Otille sagte: »Kannst du kommen und meine neuen Gäste willkommen heißen?«

»Oh?« Ein Rascheln. »Selbstverständlich. Ich bin gleich da.«

»Brauchst du Hilfe?«

»Nein, nein. Kein Problem. Ich habe mich schon darauf gefreut.«

»Die Rigaud-Stiftung«, sagte Donnell plötzlich; er hatte Ezawa angestarrt. »Sie hat das Projekt finanziert.«

»Das stimmt«, sagte Ezawa.

»Und ich bin mit der Erbkrankheit der Familie geschlagen. O Gott!« Er wandte sich an Jocundra. »Die neue Züchtung. Sie haben sie aus ihrem verdammten Friedhof ausgegraben, stimmt's?« fragte er Ezawa.

»Stimmt zum Teil.« Ezawa warf Donnell einen Blick zu, dann lehnte er sich zurück, legte seine Fingerspitzen aneinander, daß sie einen Kirchturm bildeten, und schlug die Daumen gegeneinander. Im grellen Licht der Lampe wirkte sein gelblicher Teint blasser, und seine Muttermale bekamen eine seltsame Form und sahen schwarz wie Fliegen aus, und trotz seiner geschniegelten Erscheinung machte er einen weichlichen Eindruck, als ob ihn schlechte Säfte durchströmten.

»Eigentlich«, sagte er, »ist das gesamte Projekt von der Stiftung ins Leben gerufen worden, im besonderen von Valcours Rigaud. Er verbrachte den größten Teil seines späteren Lebens damit, Zombies zu erschaffen, und erstaunlicherweise gelangen ihm einige kurzlebige Reanimationen. Seine Methode war plump, aber seine Formel enthielt eine Konstante – ein Löffel voll Friedhofserde, der Leiche in den Mund geschoben –, die mich zu meinen eigenen Forschungen anregte.« Er seufzte. »Bei Ihnen, Mr. Harrison, wurden Bakterien injiziert, die in Valcours' Grab gezüchtet worden waren, ebenso bei Magnusson und Richmond. Aber ...«

»Das ist unmöglich«, fuhr Jocundra dazwischen. »Valcour ist in der Grabkammer beigesetzt. Dort gibt es keine Erde. Die Bakterien konnten dort nicht gezüchtet werden.«

»Sein Kopf«, sagte Otille; sie nestelte an der Schärpe ihres Kleides herum. »Man hat ihn beim Wasserbecken vergraben.«

»Wie gesagt«, fuhr Ezawa fort, wobei er Jocundra stirnrunzelnd ansah und sich dann wieder an Donnell wandte. »Sie und Magnusson erhielten eine hybride Gattung. Eins der Ziele des Projekts, verstehen Sie, war, ein Heilmittel für Otilles ererbte Gestörtheit zu finden, und zu diesem Zweck kreuzten wir die Bakterien von Valcours mit einer Gattung aus einem anderen Grab, das sich ebenfalls auf diesem Gelände hier befindet. Es war das Grab von Valcours' Lehrmeister und seinem Opfer. Lucanor Aime.«

»Also Aime«, sagte Donnell kühl und ruhiger, als Jocundra erwartet hätte. »Und dessen Schutzgottheit ist Ogoun.«

»Ogoun Badagris«, murmelte Otille.

»Erstaunlich, nicht wahr?« sagte Ezawa. »Der gute Zauberer und sein böser Schüler tragen ihren Kampf ein Jahrhundert später immer noch aus, tragen ihn in ihrem Kopf aus, Mr. Harrison. Als Otille die Kreuzung vorschlug, lächelte ich über die Idee, aber die Ergebnisse sind bemerkenswert. Sie reichen aus, um mich zu veranlassen, mich wieder mit dem Mystizismus meiner

Vorfahren eingehend zu beschäftigen.« Er stieß ein Schnauben aus, das sich wie ein selbstironisches Lachen anhören sollte. »Das gesamte Experiment ist sozusagen mystisch, sogar von Anfang an, als es in dem Labor vor Ratten und Hunden und Kaninchen und Affen in Käfigen wimmelte, alle mit leuchtenden grünen Augen. Heidnische Wissenschaft!«

»Sie werden sterben, Ezawa«, sagte Donnell wütend. »Genau wie im Film, und zwar bald. An einem Morgen nach dem heutigen werden die Zeitungen nach ihrem Blut lechzen, darauf können Sie sich verlassen, und ihre altmodische Religion wird Sie dazu bewegen, sich einen weißen Fetzen um den Kopf zu wickeln und sich angesichts der Sonne mit einem hübschen Messer und dem Kopf voller edler Absichten hinzusetzen. Und dann kommt der ironische Teil, daß sie von all dem Edelmut davongetragen werden genau bis zu dem Moment, da Ihnen die Eingeweide herausgepustet werden und Sie zusehen können, wie Ihnen die Schläuche aus dem Bauch quellen.«

Er hielt inne und sah zur Tür. Dort war nur Simpkins, aber Jocundra hörte schleppende Schritte im Gang. »Wer ist das?« fragte Donnell und drehte sich schnell zu Otille um.

»Er sagt, er kann dich ebenfalls fühlen, aber aus einer viel größeren Entfernung.« Otilles Stimme verriet keine Regung.

»Unser neuester Erfolg mit der neuen Züchtung«, sagte Ezawa. »Er ist entschieden stärker als Sie, Mr. Harrison. Oder jedenfalls wird er das sein. Ich glaube, das läßt sich darauf zurückführen, daß er ein ausgeprägter Psychopath ist, nicht nur ein latenter.«

Donnell machte einen Satz auf Otille zu, voller Zorn, aber Simpkins fing ihn ab und warf ihn zu Boden. Otille zuckte mit keiner Wimper.

»Ein Faustkampf«, sagte ein Mann an der Tür. »Wie herrlich! Wie wundervoll!«

Er trug einen schwarzen Hausmantel aus Seide, der zu Otilles Kleid paßte, und hatte einen Stock bei sich; die rechte Seite seines aufgedunsenen Gesichts steckte in einem dicken Verband, aber beide Augen waren sichtbar. Die Iris flackerte grün.

»Papa!« japste Jocundra.

Er betrachtete sie wie aus der Ferne, verwirrt; dann neigte er den Kopf und machte vor Donnell eine spöttische Verbeugung. »Valcours Rigaud, zu Ihren Diensten, Sir«, sagte er. »Ich hoffe, Sie sind nicht verletzt.«

Jocundra machte einen Schritt auf Ezawa zu. »Sie haben ihn umgebracht!« sagte sie. »So muß es sein!«

»Es ist fraglich, ob er am Leben geblieben wäre«, sagte Ezawa gelassen.

»Hast du mich *umgebracht,* Otille?« Valcours setzte eine Miene des Verletzt- und Ernüchtertseins auf. »Du hast mir nur gesagt, daß ich gestorben sei.«

Es war unmöglich, in ihm noch Papa zu sehen. Er war wahrhaft Valcours, dachte Jocundra, auch wenn er nur ein Abbild war, das Otille heraufbeschworen hatte. Der Tod hatte sein Gesicht in einen schlaffen, teigigen Knödel verwandelt und seine ganze stiernackige Vitalität auf das gezierte Benehmen eines vermodernden mittelalten Monsters beschränkt.

»Ich mußte es tun«, sagte Otille. Sie ging zu ihm hin und nahm seine Hand. »Sonst wärst du nicht zurückgekommen.«

Valcours zog sie an sich und gab ihr einen langen, innigen Kuß, während er ihr mit der freien Hand die Brust streichelte. Er bettete sie an seine Brust. »Nun ja«, sagte er. »Die Freuden des Lebens sind es wert, Gedankenlosigkeit und Niedertracht zu erdulden. Stimmen Sie mir zu, Mr. Harrison?«

Donnell richtete sich auf und lehnte sich mit gesenktem Kopf an die Wand. »Was hast du vor, Otille?«

Valcours antwortete statt ihrer. »Es gibt unglaublich viele Dinge zu erforschen, Mr. Harrison. Aber was Sie betrifft, wir werden Sie bei uns behalten, bis wir alles über das *Veve* erfahren haben, und bezüglich ihrer hübschen Begleiterin ...« Bevor Jocundra es verhindern konnte, stieß er mit seinem Stock ihre Brust an. »Ich glaube, ein Schicksal, das schlimmer als der Tod ist, wäre angemessen.« Er lachte, ein schrilles Lachen, dessen Tonlage höher und höher stieg, bis an den Rand der Hysterie. Tränen der Heiterkeit kullerten ihm aus den Augen, und er winkte mit der Hand, eine alberne Geste, die von einem Spitzentaschentuch hätte untermalt werden sollen, womit er andeuten wollte, daß ihn das Komische an der Situation vollkommen überwältigte.

»Du hattest deine Chance«, sagte Otille verbittert zu Donnell. »Ich wollte, daß du mir hilfst.«

»Dir dabei helfen, das Universum zu beherrschen, wie du es jetzt mit dieser üblen Tunte da probierst?« sagte Donnell. »Ich dachte, du wolltest geheilt werden, Otille. Wie hätte ich dir dabei helfen können? Aber du willst ja gar nicht geheilt werden. Du willst Zombies und Schrecken und fragwürdige Vergnügen. Und jetzt« – er warf einen vernichtenden Blick auf Valcours – »jetzt ist dein Wunsch in Erfüllung gegangen.«

»Schweigen Sie!« zischte Valcours zornig. Er hob den Stock, um Donnell zu schlagen, und Jocundra sprang entsetzt zurück, prallte auf Simpkins und machte einen Satz von ihm weg. In seiner Wut besaß Valcours eine Brutalität, die zuvor von seinem affektierten Gehabe verdeckt gewesen war.

»Sie wissen, Ezawa«, sagte Donnell, »daß Sie ganz schön in Schwierigkeiten geraten sind mit dem Unternehmen hier. Vielleicht in noch größere Schwierigkeiten, als Sie angenommen haben. Was ist, wenn dieses Früchtchen wirklich Valcours ist, wenn Sie tatsächlich ein Wunder zustandegebracht haben?«

»Und wenn schon!« Valcours war wieder ganz der feine Herr, der sich über eine unwürdige Behandlung beklagte. »Ich bin die eigentliche Seele des Mannes! Wie die Harzrückstände in einer Opiumpfeife, die Seele, die ihre Einritzungen im Fleisch hinterläßt. Die Essenz, das reine Narkotikum des Lebens! Ob sich meine aufgelöste Gestalt zu einem neuen Dunstwesen neu verdichtet hat, dank der Wirkung moderner Alchemie, oder ob all dies nur eine Illusion ist, dies sind Fragen für die Philosophen und ohne Bedeutung für Männer der Tat.« Er kicherte, entzückt über den Geschmack seiner Rede, den er sich auf der Zunge zergehen ließ.

»Sehen Sie«, sagte Donnell zu Ezawa. »Es schlägt Ihnen direkt ins Gesicht. Schneewittchen und der hübsche Prinz hier treffen den Wolfsjungen, haben eine Reihe von Halluzinationen, und dann wirbelt die Scheiße durch die Luft. Er ist Ihre Marionette, und sie hat ihren verdammten Verstand verloren. Glauben Sie wirklich, die beiden schaffen es?«

»Simpkins!« schrie Otille. »Wirf sie raus!«

Bevor Simpkins den Raum durchquert hatte, unternahm Valcours einen schwachen Angriff auf Donnell, indem er versuchte, ihm mit dem Stock gegen die Beine zu schlagen. Aber Donnell rollte sich zur Seite, zog sich am Schreibtisch hoch und riß Valcours den Stock aus der Hand. Er drehte Valcours um, legte ihm den Stock quer unters Kinn und begann, ihn zu würgen.

»Dieser Bastard ist noch schwächer als ich«, sagte er. »Ich wette, ich könnte ihm ziemlich schnell die Gurgel durchbrechen.«

Simpkins verharrte in einiger Entfernung und blickte zu Otille, damit sie ihm Anweisungen geben möchte; aber sie war wieder in den Sog der Lustlosigkeit geraten, dem sie schon während der meisten Zeit der Begegnung ausgeliefert gewesen war. Speichel blubberte zwischen Valcours Lippen heraus und tropfte auf Donnells Hände.

»Sehen Sie sie an, Ezawa«, sagte Donnell; er verstärkte den Druck auf Valcours Kehle, bis seine Augen heraustraten und er schlaff dahing, wobei er noch einige wirkungslose Versuche machte, den Stock wegzuschlagen. »Begreifen Sie nicht, was die beiden aushecken? Dies ist ihre große Chance, im Theater Des Wirklichen Lebens aufzutreten, mit ihrem geheimnisvollen dritten Akt an die Öffentlichkeit zu treten. Eine Galavorstellung der Obszönitäten! Otille und Valcours. Lord und Lady Monster zum erstenmal gemeinsam auf der Bühne! Helfen Sie uns! Helfen Sie sich selbst!«

»Ich kann nicht.« Ezawa hatte sich erhoben und war an die Seite des Schreibtischs gegangen. »Sie würde mich vernichten.«

»Sie sind bereits vernichtet«, sagte Donnell. »Und es wird nur noch schlimmer werden, wenn Sie den Dingen ihren Lauf lassen. Sie ist in einem so fortgeschrittenen Stadium, daß sie nicht eher Ruhe geben wird, bis Sie tote Jungfrauen von den Straßen von New Orleans abkratzen. Diese Frau glaubt, das Böse ist ein niedliches Comic und sie ist die finstere Königin. Vielleicht ist sie es! Wie auch immer, sie wird Böses tun, und man wird darüber reden. Helfen Sie uns! Ich werde diesen hier fertigmachen, und dann werden wir uns gemeinsam Simpkins' annehmen.«

Die Muskeln in Ezawas Gesicht arbeiteten, aber seine Schultern sackten zusammen. »Nein«, sagte er.

»Nein, hm?« Donnell ließ Valcours zu Boden gleiten. »Ein andermal«, sagte er und versetzte ihm einen Fußtritt.

»Schlag ihn!« sagte Otille mit monotoner Stimme. »Töte ihn nicht, aber schlage ihn kräftig!«

Jocundra umklammerte Simpkins' Hals, als er auf Donnell losging, aber er warf sie ab, und ihr Kopf prallte gegen den Schreibtisch. Weiße Sterne tanzten ihr vor den Augen, ein heftiger Schmerz fuhr ihr durch den Schädel, und jemand hielt ihr Handgelenk in festem Griff. Wahrscheinlich, um ihren Puls zu messen. Sie wollte erklären, daß ihr nichts fehlte, daß ihr Puls in Ordnung sei, aber ihr Mund gehorchte ihr nicht. Und kurz bevor sie das Bewußtsein verlor, fragte sie sich, ob sie überhaupt noch einen Puls hatte.

Am vierten Tag nach ihrer Bestrafung erinnerte sich Jocundra an die Tricktür im Zimmer des Baron, während der ersten drei Tage jedoch war ihr ihre Lage hoffnungslos erschienen. Donnells Kiefer war geschwollen, seine Augen wurden rapide strahlender und seine Haut wurde blasser, und er sagte so gut wie kein einziges Wort. Er starrte die Wände des Schlafzimmers an, als ob er sich mit den friedlichen Ebenholzgesichtern unterhielte. Der Wind wehte zweimal am Tag, am Anfang nicht so stark, wie er bei Donnell geblasen hatte, aber bei jedem Mal etwas stärker, und durch das Fenster beobachteten sie, wie Otille, unveränderlich in ihr schwarzes Seidengewand gehüllt, Valcours zwischen dem *Veve* und dem Haus hin und her geleitete. Die Mahlzeiten wurden ihnen von Simpkins und dem dicklichen ›Freund‹ gebracht; der letztere war ein unschuldig aussehender Typ mit eng beieinander stehenden Augen und einem Mund wie ein kleiner Liebesgott, und seine Anwesenheit ging Donnell offenbar auf die Nerven. Simpkins pflegte im Flur zu warten, wo er sich in den Zähnen herumstocherte und spöttische Bemerkungen machte, und am Abend des dritten Tages überbrachte er ihnen eine schlechte Nachricht.

»Bruder Downey ist den Weg alles irdischen Fleisches gegangen«, sagte er. »Wir hatten ihn an den Füßen gefesselt und ihn auf das *Veve* gestellt, und dann ging der verstorbene Papa Salvatino um ihn herum, wobei blasse Strahlen aus seinen Fingern kamen. Nun, als die Strahlen Bruder Downey berührten, hätte man meinen können, er wäre auf einmal fromm geworden. Er kreischte und zappelte und brüllte. Ich war droben auf dem Hügel und konnte hören, wie seine Knochen knackten. Er sah aus, als wäre er von einem Wolkenkratzer gestürzt.« Er bearbeitete sein Zahnfleisch mit einem Zahnstocher.

»Schwester Clea ist weggelaufen, sonst wäre sie vermutlich die nächste gewesen. Der einzige Grund, warum du noch am Leben bist, Bruder, dürfte wohl der sein, daß Otille Angst vor dir hat. Wenn ich das Sagen hätte, dann würde ich dich sofort töten.«

In diesem Moment erinnerte sich Jocundra an die Tür. Zwei Eisenstifte hielten sie an ihrem Platz, aber diese zu entfernen war nicht das Hauptproblem.

»Wir müssen einen Draht anschließen, damit wir die Verriegelung bedienen können«, sagte Donnell. »Dann werden wir Simpkins unter einem Vorwand hereinlokken und versuchen, ihn in der Schleuse zu fangen. Wir wollen hoffen, daß wir einen nach dem anderen erwischen.«

Sie arbeiteten die halbe Nacht daran, die Leiste zu entfernen, wobei sich beide die Fingernägel abbrachen. Sie entriegelten den Haltemechanismus und lösten die Sprungfedern aus ihrem Bett, um sie geradezubiegen und so aneinanderzuknoten, daß sie sie mit dem Mechanismus verbinden konnten. Sie wackelten so lange an zwei Beinen des Betts, bis diese locker waren und sie sie als Schlagstöcke verwenden konnten; das Bett unterstützten sie statt dessen mit Büchern. Dann sprachen sie ihren Plan genau durch.

»Du wirst am Tisch stehen«, sagte Donnell, »und ich werde mich ungefähr hier befinden.« Er stellte sich in die Mitte zwischen der Eingangsnische und dem Tisch. »Wenn der Kerl die Tabletts absetzt, werde ich ihn angreifen. Du läßt die Tür herunterfallen, sobald sich Simpkins bewegt. Dann hilfst du mit, den anderen fertigzumachen. Im schlimmsten Fall kann es zu einem Kampf zwei gegen zwei kommen, und selbst wenn Simpkins durchkommt, gelingt es uns vielleicht, den anderen bis dahin schon unschädlich gemacht zu haben.«

»Ich weiß nicht so recht«, sagte sie. »Als ich auf dem Schiff auf Papa eingeschlagen habe, war das ein reiner

Reflex. Angst. Ich weiß nicht, ob ich vorsätzlich so etwas tun kann.«

»Ich glaube, du wirst genügend Angst haben«, sagte er. »Ich weiß, daß *ich* sie haben werde.« Er umfaßte seinen Schlagstock. »Anschließend renne ich gleich zum *Veve* und versuche, die Beherrschung darüber zu erlangen.«

Während am nächsten Morgen der Wind wehte, machten sie einen Versuch mit der Tür. Donnell stand unter ihr auf dem Tisch und fing sie auf, nachdem sie ein paar Zentimeter gefallen war.

»Laß es uns heute abend machen«, sagte er. »Er wird immer stärker, aber noch habe ich einen kleinen Kräftevorteil. Du hältst dich vom *Veve* fern, bis alles vorbei ist. Such einen Autoschlüssel, schnapp dir ein paar Videobänder! Vielleicht können wir etwas damit anfangen. Aber bleib auf jeden Fall vom *Veve* weg!«

Jocundra versprach es, und während er die Bettfedern um das Tischbein neben sich wickelte, versuchte sie, das Ausholen mit dem Stock zu üben. Unten war das Bein zu Schnörkeln gedreht, aber das Schlagende war gerade abgeschnitten, und aus der Seite ragte ein Eisenbolzen heraus. Der Gedanke, was man damit in einem Gesicht anrichten konnte, ließ sie frösteln. Sie ließ den Stock lange Zeit quer über ihrem Schoß liegen, denn jedesmal, wenn sie ihn berührte, wurden ihre Finger gefühllos, und sie wollte ihn nicht fallenlassen und ihre Angst zeigen. Schließlich lehnte sie ihn an die Wand und dachte noch einmal genau an alles, was sie zu tun hätte. Den Draht lösen, den Stock aufnehmen und damit auf den Dicken einschlagen. Das Aufsagen der Reihenfolge wurde zu einem Singsang mit dem eingängigen Rhythmus eines Kinderreims, der all ihre anderen Gedanken auslöschte und vollkommen Besitz von ihr ergriff. *Den Draht lösen, den Stock ergreifen und damit auf den Dicken einschlagen.* Sie sah sich selbst vor sich, wie sie zum Schlag ausholte, traf, und er wie in einer Filmklamotte zu Boden ging, ein dämliches Grinsen im Gesicht und explodierenden UFFs und BOINGs über seinem Kopf. Dann stellte sie sich vor, wie es wirklich sein würde, und sie war sich absolut nicht sicher, ob sie es würde tun können.

Donnell hatte sich noch nie so zu ihr hingezogen gefühlt wie in diesem Moment, und obwohl er Angst hatte, war seine Angst nicht so stark wie sein Verlangen, bei ihr zu sein und ihre Angst zu lindern. Sie war sehr nervös. Dauernd streckte sie die Hand aus, um zu fühlen, ob ihr Stock noch an der Wand lehnte, und mit der Handfläche rieb sie sich die Fingerknöchel. Die Anspannung hatte ihre Gesichtszüge schärfer gemacht; ihre Augen waren sehr groß und dunkel; sie sah zerbrechlich aus. Ihm fiel nichts ein, wie er sie hätte ablenken können, doch schließlich, als schon fast die Dämmerung hereinbrach, zog er ein Notizbuch aus der Schublade seines Schreibtischs und reichte es ihr.

»Was ist das?« fragte sie.

»Bilder«, sagte er, und dann fügte er hinzu: »Vielleicht mache ich demnächst irgendwas damit.«

Sie blätterte durch die Seiten. »Das handelt ja alles von mir!« sagte sie und lächelte. »Sie sind hübsch, aber sie sind sehr kurz.«

Er kniete sich neben sie und las mit ihr zusammen. »Die meisten sind als Fragmente angelegt, kleine Stücke ... aber sie sind auch noch nicht fertig. Dies hier zum Beispiel.« Er zeigte auf eins der Gedichte.

*Grauer Regen hängt wie ein Vorhang von der Traufe*
*hinter ihr, während sie*
*die vom Mehltau befallenen Blumen in den Abfall wirft*
*und das von Blättern faule Wasser aus der Vase*
*aus dem Fenster kippt; sie beugt sich hinaus,*
*um das Aufplatschen zu sehen.*
*Sie zerfließt von den Knöcheln bis zur schmalen Taille,*

*weiße Brüste und ein Schal braunen Haars,*
*jede Linie ein unerschöpfliches Gießen,*
*wie die Linien einer Lotusblume.*

»Reine Berechnung«, sagte er. »Ich habe nicht das gemacht, was ich eigentlich wollte. Aber alles in allem, und wenn ich noch ein bißchen daran arbeite, könnte etwas dabei herauskommen.«

Sie blätterte weiter. »Das stimmt nicht«, sagte sie lachend.

»Was?«

»Das mit meinen Beinen.« Sie las vor: »›... *die Beine einer Geisterfrau, gestreckt durch jahrhundertelanges Wandern durch Wände.*‹ So lang sind sie auch wieder nicht.« Sie klopfte ihm spielerisch auf die Hand, dann hielt sie ihm ein zusammengefaltetes Blatt Papier hin, auf das er geschrieben hatte: »Das Lied der Wiederkehr.« Er hatte es ganz vergessen. »Was ist das?« fragte sie.

»Irgend so ein altes Zeug«, antwortete er.

Sie las es, faltete das Blatt wieder zusammen, sagte jedoch nichts.

Er legte den Kopf auf ihren Unterarm und war überrascht über den Frieden, den die Wärme ihrer Haut zu übertragen schien, als ob er den Kopf unter den Bogen eines Gebets gesteckt hätte. Er strich mit der Wange über ihren Arm. Ihre Finger zausten zart in seinem Haar, und er fühlte sich wie in der Schwebe. Das Licht der Lampe tauchte die sonst goldene Haut ihres Armes in einen blassen Olivton, wie auf einem feinen Gemälde.

»Jocundra?«

»Ja?«

Er wollte ihr etwas sagen, etwas, das wie ein Abschied sein könnte für den Fall, daß die Sache nicht gut ausging; aber alles, was ihm einfiel, klang zu endgültig, zu sehr nach einer unabwendbaren Katastrophe.

»Nichts«, sagte er.

Sie lehnte den Kopf an seinen und stieß einen zitternden Seufzer aus. »Es wird schon gutgehen«, flüsterte sie.

Ihre ermutigenden Worte erinnerten ihn an Shadows, wie sie ihn wegen des Strahlens seiner Augen getröstet und seinen Kummer und seine Schmerzen gelindert hatte; Zorn stieg in ihm hoch. Es war noch nie gutgegangen, und aller Voraussicht nach würde es auch nie gutgehen. Er wußte nicht, wem er dafür die Schuld geben sollte. Jocundra hatte es erträglich gemacht, und alle anderen waren entweder zu schwach oder von Krankheit gezeichnet, um verantwortlich gemacht zu werden: offenbar hatte die ganze Welt *die* Entschuldigung für schurkisches Verhalten.

Im Gang waren Schritte und Stimme zu hören.

Er löste die Verknotung des Drahtes, drückte ihn ihr in die Hand, wobei er sich versicherte, daß sie ihn auch fest zu halten bekam, und hastete auf seinen Platz in der Nähe der Eingangsnische.

Fast hätte es nicht geklappt. Fast hätte sie zu lange gewartet. Simpkins brüllte: »He!« und kam hereingerannt, und zunächst dachte sie, er wäre der Tür entkommen. Doch dann fiel er mit einem Ruck nach vorn, als ob ihm jemand die Füße weggerissen und ihn niedergeworfen hätte, und sie sah, daß ihm die Tür in die Fersen gefallen war und ihn niederdrückte. Der Dicke sah sich nach Simpkins um, und in diesem Moment holte Donnell aus; der Stock sauste ihm seitlich gegen den Kopf, und er taumelte gegen die Wand. Simpkins schrie. Der Dicke prallte von der Wand ab und wankte wie schlafwandlerisch auf Jocundra zu, mit ausgestreckten Händen und einem geistesabwesenden Gesichtsausdruck. Blut tropfte ihm aus dem Ohr. Er hörte Donnell hinter sich, drehte sich um, und genau in dem Moment, als Jocundra ausholte, drehte er sich verwirrt wieder in die andere Richtung. Sie traf ihn mit voller Wucht auf den

Mund. Er schwankte und fiel auf die Knie. Er stieß einen merkwürdigen gurgelnden Laut aus, und seine Hände zuckten vor seinem Mund, doch er hatte Angst, ihn zu berühren. Eine Seite seiner Lippe war zermalmt und bildete einen matschigen Brei unter seiner Nase; seine Kiefer waren eine Masse aus Bruchstücken und Blut. Donnell versetzte ihm einen Hieb ins Genick, woraufhin er unter den Tisch rollte und reglos liegenblieb.

Simpkins Augen waren weit aufgerissen, sein Gesicht aschfahl, und sein Atem ging rasselnd. Die Tür hatte sich ein paar Zentimeter tief über dem Knöchel in sein Bein gegraben, und auf dem Holz zeigte sich ein halbmondförmiger Blutfleck. Im selben Augenblick, als sie sich hinunterbeugten, um die Tür anzuheben, schob sich von der anderen Seite ein schwarzes Händepaar herein und hob sie für sie an. Jocundra machte einen Satz zurück, Donnell hielt den Stock in Bereitschaft. Die Tür hob sich langsam und gab nach und nach den Blick frei auf eine braune Hose, ein Polohemd und schließlich das mürrische Gesicht des Barons. Simpkins hatte gar nicht bemerkt, daß die Tür hochgehoben worden war. Sein Fuß war in einem lächerlichen Winkel wie bei einer Strohpuppe verdreht, und er starrte mit forschender Eindringlichkeit das Muster des Teppichs an, als ob er eine Geheimschrift entziffern müßte. Seine Nasenflügel bebten.

»Ihr Leute braucht keine Hilfe, verdammt noch mal«, sagte der Baron, während er das Ausmaß des Gemetzels abschätzend überblickte. Clea spähte hinter seinem Rücken hervor, mit bedrückter Miene und blaß.

»Wo ist Otille?« fragte Donnell.

»Wir ham se unterwegs unten gesehen«, sagte der Baron; er stieß mit dem Fuß Simpkins Bein aus dem Weg und machte ihnen ein Zeichen, an ihm vorbei zu gehen; dann ließ er die Tür zu Boden knallen. »Was, zum Teufel, ist denn hier los? Clea sagt ...«

»Halt dich vom *Veve* fern!« sagte Donnell und nahm

Jocundra bei den Schultern. »Verstanden? Such die Bänder! Und dann, bevor sie etwas erwidern konnte, sagte er zum Baron: »Paß auf, daß sie hier bleibt!« und rannte zur Treppe. Clea rannte hinterher. Trotz seiner Warnung wollte Jocundra ihm folgen, aber der Baron stellte sich ihr in den Weg. »Tu, was er sagt, Frau!« befahl er. »Soviel ich weiß, können wir dort nichts anderes tun als sterben.«

Die Abenddämmerung hatte sich über Maravillosa herabgesenkt, und ein silbriger Dreiviertelmond hatte sich hoch über die zerrupften Bäume erhoben. Fetzen von Isolationsmaterial und Stücke von Dachblech, die der Wind von den Hütten gerissen hatte, glitzerten in dem Trümmerhaufen aus Farn und Zweigen und Ranken. Als einziges Geräusch war ein Knacken und Rascheln zu hören, als sich Donnell und Clea durch das verwüstete Gestrüpp arbeiteten. Wegen Valcours' schlechter Verfassung würde ihn Otille auf einem relativ unbeschwerlichen Weg in großem Bogen zu dem *Veve* führen, deswegen hatte Donnell eine Abkürzung gewählt. Clea keuchte und quietschte jedesmal, wenn sie ein Zweig kratzte.

»Du solltest zurückgehen«, sagte er. »Du weißt doch, was er mit Downey gemacht hat.«

»Ich verspreche dir«, sagte Clea glucksend, »wenn du ihn nicht fertigmachst, dann werde ich es tun.«

Donnell sah sich um und stellte fest, daß sie weinte.

Ein dunkler Gegenstand in Menschenform schwamm in dem marmornen Becken, und die schattenhaften Umrisse von Valcours' anderen anthropomorphen Spielzeugen waren durch die entlaubten Zweige des Gebüsches zu sehen, im Fallen, mit ausgestreckten Armen, wie Soldaten, die beim Überqueren von Niemandsland in Stacheldraht geraten waren. Sie alle überragte mit einer Höhe von drei Metern oder mehr der Kopf eines Metallteufels, ein schmaler abgezehrter

Schädel mit langen Ohren. Seine mondbeschienenen Facettenaugen schien sie zu verfolgen, und sein Kinn war heruntergesackt, was ihm einen blödsinnigen Gesichtsausdruck verlieh. Die Nieten, mit denen die Metallplatten zusammengehalten wurden, glichen Stammestätowierungen.

Während er den letzten kegelförmigen Hügel erklomm, lief Donnell ein Schweißtropfen am Brustbein entlang, und sein Mund fühlte sich trocken an. Von der Lichtung ging der beängstigende Hauch einer unterdrückten Energie aus. Die Flutlichtlampen waren abgeschaltet, doch die kupfernen Stränge des *Veve* schimmerten wellenförmig im Mondlicht: ein verrückt gewordener Fluß, der in alle Richtungen gleichzeitig floß. Er zwang sich, den Hügel hinunterzugehen, und kletterte auf das *Veve;* dabei hatte er das Gefühl, sich selbst an einen elektrischen Stuhl gefesselt zu haben. Clea kletterte hinter ihm her. Er hatte keine Lust mehr, sie zu warnen, sie mußte selbst wissen, was sie tat, und er durfte keine Zeit vergeuden.

Er vertiefte sich in das Abschreiten seines Musters, in das Aufbauen seines Feuerturms; so sehr war er darin versunken, daß er nicht merkte, wie sich Valcours zu ihm auf das *Veve* gesellte, bis die Entwicklung der Felder ihm aus der Kontrolle geriet und sie sich in einer unglaublichen Ausdehnung bis in den Himmel erstreckten. Valcours wanderte allein am anderen Ende des *Veve* umher, und aufgrund der Bewegungen der Bakterien, der Höhe und Kompliziertheit des Gebildes über ihnen und seines Verständnisses für die Notwendigkeit ihrer beider Muster war Donnell der Ansicht, daß sie jeweils ihren letzten Abzweig gleichzeitig erreichen würden. Die Erkenntnis, daß ihr Schicksal miteinander verknüpft war, erfüllte ihn mit wildem Zorn. Niemand durfte in sein Gebiet eindringen, in seinen Hoheitsbereich! Er würde sein Siegesgedicht mit dem Blut des Bastards schreiben und seinen Schädel zum Käfig einer

Schlange machen! Er erhaschte einen Blick auf Clea, die auf den Mann zutrottete; ihr Mund öffnete und schloß sich, und obwohl das Sirren des Magnetfeldes ihre Stimme übertönte, wußte er, daß sie sang.

Dann erfolgte die weiße Explosion, die den Übergang begleitete, die oberflächliche Frömmigkeit eines Funkens füllte die Lücke, und wieder einmal stand er im purpurnen Licht und den staubigen Straßen von Rumelya.

Irgendwo schrie eine Frau, ein gurgelndes, blubberndes Kreischen, und als er in die Richtung hastete, aus der der Schrei kam, erkannte er, daß die Stadt gar nicht Rumelya war. Die Straßen waren mit dem gleichen hellen Sand bedeckt; der Mothemelle erhob sich über die geduckten Dächer; die Gebäude waren im gleichen Stil erbaut und geschnitzt, viele von ihnen waren jedoch drei oder vier Stockwerke hoch. Als er nach Osten blickte, sah er eine schwarze Säule. Der Splitter von Moselantia. Dies war also die gepriesene Stadt am Fluß. Badagris. Wo er Aspektor war. Normalerweise sollten die Straßen vor Leben brodeln, bevölkert von Narren, die das Lachen liebten. Fischer und Bauern vom Oberlauf des Flusses; reiche Männer mit ihren Gattinnen, die ihre Reise für eine abendliche Festveranstaltung unterbrachen; der *Kultus,* dessen Mitglieder Gitarre spielten und sangen und sich wanden, wenn *Les Invisibles* von ihnen Besitz ergriffen. Aber heute abend war es anders. Nicht, solange die Wahl noch nicht gewonnen war. Danach würde sogar er möglicherweise seine übliche Zurückhaltung aufgeben, würde sich von der dumpfen Menge mitreißen und sich berühren lassen, wobei sie wegen des Kitzelns seiner schwarzen Funken quietschen würden.

Er fragte sich, wer so leichtsinnig gewesen war, dieses Jahr die Kandidatur anzunehmen. Es war eigentlich gleichgültig. Sein Feuer war stark, er war bereit und voller Vertrauen.

Zu sehr voller Vertrauen.

Wenn seine Hülle ihn nicht alarmiert und ihn veranlaßt hätte, einen Purzelbaum nach hinten zu machen, wäre er vielleicht ums Leben gekommen. So streifte nur ein Feuerstrahl seine Stirn. Als er aus seinem Purzelbaum auf den Füßen landete, rannte er sofort los, ohne einen Blick auf seinen Angreifer erhascht zu haben; halbblind vor Schmerz und sich selbst wegen seiner Unachtsamkeit verfluchend. Er eilte zwischen Gebäuden hindurch, und während er rannte, fiel ihm der Grundriß der Stadt ein; die Straßen waren so angelegt, daß sie dem Siegel des Aspektors entsprachen. Seine Kraft gab ihm neuen Mut. Selbst eine so leichte Verwundung hätte ihn üblicherweise geschwächt, seine Hülle übermäßig belastet, aber er fühlte sich besser in Form denn je, mächtiger. Schließlich wurde er langsamer und verfiel in Schrittempo und ging mit lässigem Gang weiter; der Sand knirschte unter seinen Füßen. Die kauernden hölzernen Dämonen auf den Dachschrägen hatten sich mit ihm zu seiner Sicherheit verschworen; sie beschützten ihn mit ihren windmühlenartigen Flügeln gegen das Mondlicht, und es schien so, als ob sie für ihn um die Ecken spähten, um drohende Gefahren auszumachen. Eines Tages, wenn er endgültig bei einer Wahl verlieren würde, würde sein Bild neben den ihren irgendeinen bedeutenden Ort der Stadt schmücken. Diese Wahl würde er jedoch nicht verlieren.

Als er in die Straßen der Betten einbog, sah er einen Körper vor dem Ostwind-Bordell liegen, einem Ort des Bösen, der künstlich gezüchtete Absonderlichkeiten und Kinder anbot. Es war die Leiche eines Mädchens. Wahrscheinlich eine Küchenmagd, die einen Blick in die Welt des Wahlkampfs werfen wollte. So etwas passierte jedes Jahr. Unter ihrem derben Kleid traten ihre Knochen in verschiedenen Richtungen hervor. Er rollte sie mit dem Fuß auf die andere Seite, und ihr Arm schlappte ihrer Schulter mit einer lose zappelnden Bewegung nach, wobei er mehrmals an ihrem Körper anschlug. Geplatzte Adern durchzogen ihr Gesicht und ihren Hals, und ihre Augen waren blutunterlaufen. Ihr war kein schneller Tod beschieden gewesen, und das notierte er als Punkt gegen den Kandidaten. Er zog das Mieder ihres Kleides herunter und sah das Siegel des Aspektors, das ihr auf die rechte Brust gedrückt worden war. Sie gehörte zum *Kultus.* Obwohl sie sich töricht verhalten hatte, konnte er ihr den Segen Ogouns nicht vorenthalten. Er berührte ihre Lippen mit dem Zeigefinger, sandte einen schwarzen Funken aus, der sich zuckend den Weg in ihren Mund bahnte, und sang den Psalm der Auflösung.

»Ich bin Ogoun, ich bin der Dunst des Südwinds,
der Strudel im Fluß, der Puls im Herzen des Lichts,
der Schatten im Spiegel, die selten durchbrochene
Stille.
Obwohl ihr mich töten mögt, werde ich im
Innern des Todes kriechen und in der Dunkelheit
neben der Nichtheit wohnen und den Legenden
der Zungen des Staubes lauschen,
bis der Tag meiner Rache anbricht.«

Da sie nur eine Küchenmagd war, sang er nur diese eine Strophe.

Lagunenförmige Schatten ergossen sich aus den Baumwipfeln in die Straßen. Er schwebte voran, strömte von Dunkelheit zu Dunkelheit, materialisierte sich neben Wänden, in die Gesichter von Waldtieren und Geistern geschnitzt waren. Was hatte der alte Mann gesagt? Eine bedauerliche Vergangenheit und eine düstere Zukunft drücken ihre Rüssel gegen die Ebenholzmaserung der Gegenwart. Der Aspektor floß durch die Straßen, auch er ein Schatten, bis er schließlich in der Nähe der Pointcario-Bar, seinem Lieblingsort in der Stadt, weil die Tür das Relief einer schlanken Frau mit nach innen gewandtem Kopf zierte, den Kandidaten fand: einen großen Mann mit einem Gesicht, das halb als Spinne, halb als Kröte aus seinem Anzug hervorsah. Ohne zu zögern, griff der Aspektor an, und bald befanden sie sich mitten im Kampf miteinander.

Ihre Strahlen überkreuzten sich und wurden abgeleitet, fehlgeschlagene Funken ließen auf den Dächern Feuer auflodern, und Teile nahegelegener Mauern wurden durch lebhafte Feuer in Brand gesetzt. Der Kandidat war unglaublich stark, aber tolpatschig; seine Muster aus Angriff und Parade waren schlicht und vertrauten nur auf seine Kraft als Gegenmittel gegen das geschicktere Spiel der Strahlen des Aspektors. Schließlich verwoben sich ihre Feuer ineinander und verflochten sich über ihnen und um sie herum zu einer schillernden Rune, einem Käfig ungezügelter Energie, dessen Stäbe hin und her strömten. Nachdem er die Schwächen und Stärken des Kandidaten vollkommen ausgelotet hatte, ließ der Aspektor von ihm ab und glitt in ein anderes Viertel der Stadt, um über seine weitere Strategie nachzudenken und auszuruhen, obwohl er eigentlich wirklich kein Bedürfnis nach Ruhe hatte.

Noch nie zuvor war er so kampfbereit gewesen, seine Hülle so sehr seinen Reaktionen angepaßt, sein Zorn so rein und flammend.

Er ließ sich am Eingang zu Manyanals Apotheke nieder und streichelte den Kopf des Windhunds aus Ebenholz, der sich aus den Bodendielen erhob. Die Schönheit der Nacht war das passende Gewand für seine Stärke und seinen Zorn, das sich genauso geschmeidig an ihn schmiegte wie seine Hülle. Es schien sich zu bewegen, wenn er sich bewegte, und die Sterne tanzten zu den Feuerstößen seiner Nerven. Krallen der purpurnen Morgenröte grapschten nach dem Himmel, hielten die Welt in ihrem Griff und warfen einen violetten Schein auf die Efeuranken und Dachfirste und in kreisenden Bewegungen um die Flügel der Dachdämonen. Die Stille war tief und voller Zauber und wurde nur hin und wieder unterbrochen durch den Jagdschrei einer eisenkehligen Echse, die durch den Mothemelle streifte.

Eine Tür knarrte hinter ihm.

Er machte einen Purzelbaum nach vorn, schwebte ein Stück weiter und landete in den Schatten auf der anderen Straßenseite, wo er seine Feuer über die Eingangstür spielen ließ. Ein Schrei, etwas klatschte in den Eingang, Flammen loderten um eine dunkle Gestalt herum auf. Er wich zurück. Unter einem Netz geplatzter Adern war das Gesicht von Manyanal; seine Augen quollen aus den Höhlen, und Rauch stieg aus seinem strähnigen braunen Haar auf. Waren denn alle verrückt geworden? Einen Narren konnte man erwarten, aber zwei ... Manyanal war ein geachteter Bürger, er genoß das Ansehen eines Weisen, Händler mit narkotischen Kräutern, der sich viele Jahre vor seiner Wahl in Badagris niedergelassen hatte. Was könnte ihn dazu getrieben haben, sich so töricht zu benehmen? Der Aspektor hatte eine Ahnung, daß irgend etwas nicht stimmte, aber er verdrängte sie. Es war an der Zeit, den Kampf zu beenden, bevor sich noch mehr Narren bloßstellten. Er würde den Kandidaten auf die Folter spannen, sich mit ihm verbünden und sich wieder von ihm lossagen, seine Feuer löschen und langsam an den Nervenenden in den Tod geleiten. Immer noch mit einem unbestimmten Gefühl der Verwunderung über seine anhaltende Stärke ging er die Straßen entlang, dann hielt er inne, da ihm einfiel, daß er Manyanal noch den Segen erteilen mußte. Doch dann erinnerte er sich, daß der Apotheker nicht zum *Kultus* gehörte, und deshalb ließ er ihn in seinem Eingang vermodern.

Otille kam genau in dem Moment ins Haus geschossen, als Jocundra und der Baron aus ihrem Büro traten, jeweils mit einem Armvoll Videobändern; sie drückte sich flach an die Wand und starrte sie entsetzt an. Ihr schwarzes Seidengewand hing offen an ihr, und Dreckschmierer waren auf ihrem Bauch und ihren Schenkeln. Der Wind wehte etwas gegen die Seite des Hauses, und sie schrie gellend auf; ihr Schrei war ein Anruf um Gnade an das Heulen draußen. Sie rannte an ihnen vorbei, mit gesenktem Kopf und wild in der Luft fuchtelnd, als ob sie einen Schwarm Bienen abwehren müßte.

Der Baron rief etwas, das im Windgetöse unterging.

Jocundra machte ihm ein Zeichen, daß sie ihn nicht verstanden hätte, und er schüttelte den Kopf, um sie wissen zu lassen, das mache nichts, während er Otille hinterhersah.

Wind schlug gegen das Haus, ein Sturm, vielleicht sogar ein Hurrikan. Die Wände bebten, Fenster barsten klirrend, Lampen fielen um, eine riß einen Kaffeetisch mit – alles mit der bösartigen Energie eines Geistes, der seit Jahrhunderten auf diese Gelegenheit wartete. Eine Flut von Papieren wirbelte aus Otilles Büro wie weiße Vögel, die durch den Gang flatterten.

»Ich gehe hinaus!« rief Jocundra.

Der Baron schüttelte den Kopf und versuchte, sie festzuhalten. Aber sie entkam ihm und rannte durch die Tür hinaus und die Stufen hinunter. Die Nacht war erfüllt von gequälten Schatten, in der Luft hing ein Hauch von Fäulnis. Zweige und Dachschindeln schwebten vor dem lächerlich ruhigen und unbewölkten Mond vorbei. Sie hielt sich schützend die Hände über den Kopf und schaffte es, in den Schutz der Büsche zu gelangen, taumelnd und vom Wind vom Weg abgetrieben. Sie duckte sich hinter einen entblätterten Busch, der ihr keinen Schutz bot, und zerkratzte sich an den Dornen, aber sie entdeckte weit und breit keinen besseren Schutz. Der Wind zerrte mit aller Wucht an ihr, würgte ihre Gedanken ab, sogar ihre Angst, und verschluckte sie in seinem Chaos. Der Baron warf sich neben ihr zu Boden. Blut sickerte ihm übers Kinn, und er rang nach Luft. Dann spaltete hinter ihnen ein gequälter Aufschrei das Brüllen des Windes. Sie sah zurück. Langsam hob sich ein abgerissener Fetzen des Daches wie ein großer prähistorischer Vogel über sein Nest, schlug einmal mit seinem schwarzen Flügel und explodierte, löste sich in Bruchstücke auf, die in die Büsche um sie herum niederregneten. Im hellen Mondlicht sah sie Kästen, Bündel und Möbelstücke, die spiralförmig aus der Mansarde hochgeschleudert wurden, und sie durchfuhr der alberne Gedanke, daß sie in neue Wohnungen in der Geisterwelt verfrachtet würden. Der Baron zog ihren Kopf nach unten und schützte sie gegen ein Sofa, das direkt neben ihnen niederging und in zwei Teile zerbrach.

Es dauerte eine Ewigkeit, bis sie das *Veve* erreichten.

Eine Ewigkeit des Hastens, des sich Duckens und des sich Wehrens gegen Ranken, die durch die Nacht schwebten und sich um sie wickelten. Einmal lag eine abgestorbene Eiche quer über ihrem Weg, und als sie durch ihr aufrechtstehendes Wurzelwerk kroch, warf sie der Wind seitwärts in ihren hohlen Stamm. Der Mond schaute zu ihr hinein und beleuchtete die feinen Härchen der Wurzel. Sie wurde von Platzangst erfaßt, Angst vor einem alten Mann mit Eichenfingern, der sie bei lebendigem Leib verschlingen wollte. Als der Baron sie endlich herausholte, schluchzte sie vor Schrecken und schlug sich auf die Kleidung, um die unsichtbaren Dinge zu verjagen, die auf ihr herumkrabbelten. Sie bewegte sich auf allen vieren weiter, wobei sie sich die Hände an Glasscherben aufschnitt, und hielt sich geduckt im Schatten der Büsche. Doch schließlich schleppten sie sich doch den Hügel hinauf, von dem aus man das *Veve* sehen konnte.

Valcours und Donnell standen etwa vier Meter voneinander entfernt, und aus ihren Fingern flossen Ströme der gleichen überirdischen Strahlen, die die Zypresse zerstört hatten; die einzelnen Ströme verflochten sich und schlangen sich umeinander und verbanden sich zu einem komplizierten Muster um sie herum, eines, das sich ständig veränderte, während sie die Hände in langsamen, bedeutungsvollen Gesten bewegten, wie Kabuki-Tänzer bei der Darstellung einer rituellen Schlacht. Plötzlich unterbrach Valcours die Verbindung und humpelte über einen der Kupferstränge davon. Das Gespinst aus Energie löste sich auf; das blasse Licht, das aus Donnells Fingerspitzen herausbrach, bündelte sich zu einem einzigen Strahl und steckte einen Busch am Fuß des Hügels in Brand. Vielleicht, dachte sie, vielleicht könnte sie sich durch den Wind anschleichen, unter das *Veve* gelangen und Valcours herunterziehen. Sie schlängelte sich vorwärts, aber der Baron hielt sie zurück.

»Sieh doch nur, verdammt!« brüllte er ihr ins Ohr und zeigte auf einen Teil des *Veve,* der weit entfernt von den Standorten von Donnell und Valcours war.

Zwei Leichen lagen quer über den Streben. Eine war Clea, mit zerrissenem Kleid, und die andere – Jocundra erkannte ihn an dem Radio, das er mit der Hand fest umklammert hielt – war Captain Tomorrow. Selbst aus dieser Entfernung war die Verstümmelung ihrer Glieder unverkennbar. Sie drehte sich um und sah, daß Donnell hinter Valcours herrannte. Mit unglaublicher Anmut – die sie ihm niemals zugetraut hätte – machte er einen Salto nach vorn, drehte sich in einer Schulterrolle ab und landete auf der Verbindungsstelle hinter Valcours. Der Busch, den er in Brand gesteckt hatte, wirbelte in einem Funkengestöber empor in die Dunkelheit und war verschwunden.

Geschwächt bis zu einem Grad, der einen weiteren Kampf unmöglich machte, in die Ecke getrieben, flehte der Kandidat um Gnade. Er löste seine Maske auf; sein aufgedunsenes Gesicht trug erschöpfte und ängstliche Züge. Der Aspektor war überrascht über sein Alter.

Normalerweise stellte man die jüngsten, die zornigsten auf, aber ohne Zweifel hatte diesen Mann seine Kraft qualifiziert.

»Bruder«, sagte der Kandidat. »Meine Seele ist noch nicht reif. Gewähre mir noch zwei Jahre der Meditation, dann werde ich mich in Ghazi melden.«

»Deine Seele wird in meinen Feuern reifen«, erwiderte der Aspektor. »Wenn das nicht der Fall sein sollte, dann wird sie niemals Reife erlangen.«

»Wie wird es sein, Bruder? Ich möchte mich vorbereiten.«

»Langsam«, sagte der Aspektor. »Zwei meiner Kinder sind heute nacht gestorben.«

Er kostete den Augenblick des Sieges aus. Der Glanz, den solche Momente bargen, waren der Lohn der Besinnung. Er bemerkte, daß das Glitzern der Sterne lebhafter geworden war, gierig nach dem Tod, und in der Ferne gluckste der Fluß anerkennend gegen die Pfähle der Werft. Die Schatten der Dachdämonen streckten sich lang im Sand; mit einem gemeinsamen Mittelpunkt – nämlich dem Fleck, wo der Kandidat stand. Alles streckte sich darauf zu und führte seine Kraft der seinigen zu.

»Ogoun wird über mich richten«, sagte der Kandidat.

»Ich bin sein Gericht hier in Badagris«, sagte der Aspektor, verdrossen über die ehrfurchtslose Dreistigkeit des Mannes, seine überflüssige Störung der Stille. »Und die Schwachen kommen weder in den Genuß seiner Gnade, noch ist sein Gericht für sie angenehm.«

Er zog seine linke Hand hinter sein Ohr zurück, streckte die rechte aus und hüllte den Kandidaten in einen schillernden Schein. Der Mann begann zu zittern, und mit einem mehrmaligen Knacken wie von Kastagnetten verschlangen sich seine Finger zu unregelmäßigen Knoten. Blutiger Schaum quoll ihm aus der Nase; das Adernetz – die neue Maske des Todes – wurde langsam sichtbar. Noch ein Knacken, diesmal viel lauter, und die spitze Beule eines Bruchs zeigte sich auf seiner Schulter. Oh, wie gerne hätte er geschrien, sich in die Meditation zurückgezogen, aber er hielt durch. Der Aspektor klatschte schweigend Beifall für dieses Durchhaltevermögen und unterzog es einer strengeren Prüfung, was dazu führte, daß seine Augen immer weiter heraustraten, bis sich die Iris wie Stieraugen aus geäderten, blutunterlaufenen weißen Globen wölbten. Laut wie ein Baumstamm beim Gefälltwerden brachen seine Oberschenkelknochen, und er fiel zu Boden; seine Hülle verwandelte sich bei jedem folgenden Knacken. Sein Brustkorb hob und senkte sich mühsam, und etwas von der Größe einer Pampelmuse zeigte sich darauf; es beulte sich abwechselnd nach innen und außen gegen die Hülle schwarzer Energie aus; und bald, noch bevor sich der Schädel des Kandidaten nach innen beulte, wurde es still.

Nach dem Sieg die Ernüchterung.

Die alte Weisheit, die in der Gruppe überliefert war, stimmte. Er hatte keinen rechten Spaß an dem Nachspiel nach einer Schlacht. Es bedeutete nur, daß er jetzt bis zur nächsten überleben müßte, und trotz seiner Poesie und seiner Meditation war das nicht leicht. Bald würden die Bewohner der Stadt aus ihren Türen strömen, die Fensterläden aufreißen und die Reinheit der Nacht mit ihrem Lärmen und ihrem orangefarbenen Licht besudeln. Voller Lobpreisungen würden sie herumstehen und die Leiche begaffen, die, da sie dem Tod mutig begegnet war, Besseres verdient hätte. Vielleicht würde er in die Pointcario-Bar gehen und die Taille des Ebenholzmädchens berühren, das für immer an die Tür verloren war, und sich vorstellen, sie wäre eine andere Frau. Aber zunächst mußte noch etwas erledigt werden. Die Geschäfte des abtrünnigen Hohen Aspektors von Mounanchou mußten in die Hand genommen werden. Er griff nach oben zu den Kreisen seines *Ourdha,* konzentrierte seine Gedanken auf einen Punkt saphirenen

Lichts und drehte sich immer wieder um sich selbst, bis er in Maravillosa ankam.

Das Innere seines Kopfes fühlte sich warm an, unangenehm, während er hinuntersprang, aber seine Muskeln waren geschmeidig und seine Kräfte unvermindert. Er machte sich auf den Weg in Richtung Haus, hielt beim Anblick der beiden Leichen, die weit entfernt von dem Kandidaten lagen, jedoch inne. Von Valcours. Verwirrt sah er sich in der mondbeschienenen Verwüstung um, entdeckte das zerstörte Dach des Hauses, und ein Teil von ihm, der geschlafen hatte, erhob seine innere Stimme und erinnerte ihn an gewisse Wahrheiten. Jetzt erkannte er die Bedeutung der Wärme, die Natur seiner neugewonnenen Kraft, und als ihm eine andere Stimme – eine bekanntere aus jüngster Zeit – etwas zuflüsterte, erkannte er auch, wie diese Kraft eingesetzt werden mußte.

## 19. KAPITEL

*19. September 1987*

Donnell stand neben dem *Veve,* als Jocundra und der Baron vom Hügel herabkamen. Als er ihre Schritte hörte, blickte er auf. Sein Gesicht war blaß, und seine Augen schienen erloschen, die Pupillen waren in einer grün strahlenden Glut versunken. Sie rannten auf ihn zu, er streckte jedoch heftig die Hand aus und schleuderte ihr ein »Nein!« mit solcher Wucht entgegen, daß sie einige Meter von ihm entfernt stehenblieb.

»Sie sind alle hinüber«, sagte er dumpf. »Alle gottverdammt hinüber!« Er schlug mit der Faust gegen das *Veve* und beulte das Kupfer über zehn Zentimeter tief ein. Er hob sich die Faust vor die Augen, als ob er eine eigenartige Wurzel untersuchte; dann stieß er ein unartikuliertes Gebrüll aus und schlug wieder und wieder auf die Streben, bis die zusammengeschweißten Streifen auseinanderbrachen. Seine Hand blutete und schwoll schon langsam an.

»Bitte, Donnell«, sagte sie. »Geh wieder hinauf. Vielleicht ...«

»Zu spät«, sagte er und deutete auf ein Geäst geplatzter Adern auf seiner Stirn. »Mein Tod war in dem Moment besiegelt, als er mich schlug. Es hat sie verändert, es ...«

Sie näherte sich ihm weiter.

»Bleib, wo du bist, zum Teufel!« fuhr er sie an. »Ich werde nicht noch zu guter Letzt deine Tür aufbrechen und dich wie ein wildes Tier zerfleischen.« Er sah sie an und nickte. »Jetzt weiß ich, was all die anderen armen Jammergestalten gesehen haben.«

»Es gibt für ihn keinen Weg, zu dir zu kommen«,

sagte der Baron und zog Jocundra am Arm. »Gib ihn auf!«

Aber in ihrer Brust ballte sich ein großer Klumpen zusammen, und ihre Beine fühlten sich schwach und schwammig an, als ob der Anfang der Trauer gleichzeitig den Anfang eines schrecklichen Unvermögens bedeutete. Sie konnte sich nicht bewegen.

»Sie wollten sich bis zum letzten Moment im Leben suhlen, bis ihre Herzen aussetzten«, sagte Donnell. »Und, herrje, das ist auch für mich jetzt eine Versuchung!« Er wandte sich ab.

»O Gott, Donnell!« flehte sie und schlug sich mit den Händen verzweifelt an den Kopf. »Bitte, versuch es!« Der Baron legte den Arm um sie, und sein Gewicht verstärkte ihr Gefühl der Schwäche, löste die Beklemmung in ihrer Brust in Tränen auf.

»Wo ist Otille?« fragte Donnell beiläufig und machte den Eindruck, als ob er die Anwesenheit des Barons erst jetzt wahrgenommen hätte.

Die Haltung des Barons straffte sich. »Was willst du von ihr? Sie ist übergeschnappt und zur Hölle gefahren. Sie kann niemandem mehr weh tun, kann sich nichts Gutes mehr tun.«

»Heutzutage geschehen Wunder«, sagte Donnell. »Ich vergewissere mich besser.«

Der Baron schwieg.

»Wo sollte sie sonst sein«, sagte Donnell. »Sie ist bestimmt oben.«

»Klar, Mann!« sagte der Baron trotzig. »Klar ist sie oben. Warum willst du also mit ihr Umstände machen?«

»Es muß geschehen«, sagte Donnell gedankenverloren.

»Wovon sprichst du?« Der Baron machte einen Satz nach vorn und holte mit der Faust aus, aber Donnell bekam sie zu fassen – so leicht, wie jemand einen Gummiball auffängt – und drückte zu, bis sie knackte, woraufhin der Baron auf die Knie sank und jammerte. Dann ließ er den Baron mit gespreizten Fingern los. Als nichts passierte, schien er überrascht.

»Warum willst du ihr weh tun?« fragte der Baron, während er sich die Hand hielt. »Ihr weh zu tun bringt gar nichts.«

Donnell schenkte ihm keine Beachtung. Er öffnete den Mund, um etwas zu Jocundra zu sagen, doch dann warf er nur den Kopf zur Seite und lachte.

Es war ein so verbittertes Lachen, so ohne jede Hoffnung, daß es sich schmerzhaft in sie bohrte. Sie kam nahe an ihn heran und nahm ihn in die Arme; und wie aus der Ferne, als ob ihre Stimme durch den Vorhang ihrer Dumpfheit dränge, hörte sie, wie sie ihn bat, es doch noch einmal zu versuchen. Er stand still da, die Hände um ihre Taille gelegt.

»Vielleicht«, sagte er, »vielleicht sollte ich ...«

»Was?« Schwache Hoffnung flackerte in ihr auf. Ohne Bestimmtheit, wider die Vernunft, eine reine Zweckhoffnung.

Seine Hände hatten sich unter ihre Bluse geschoben, und er rieb ihr mit der Daumenkuppe über den Bauch. Er sagte etwas. Es fing mit einem sonderbaren Japsen an und endete mit einem Laut tief in seiner Kehle; es hörte sich an wie in einer gutturalen Sprache gesprochene Wörter, ein Fluch oder eine leidenschaftliche Erklärung. Dann schob er sie weg. Der Stoß ließ sie taumeln, und als sie das Gleichgewicht wiedererlangt hatte, war er verschwunden. Sie hörte, wie er sich einen Weg durch das Gebüsch brach; doch verwirrt starrte sie auf die Stelle, wo er gestanden hatte, als ob sie immer noch erwartete, daß er wieder auftauchte.

Die dunkle Hülle des Hauses war leer. Glassplitter auf der Treppe glitzerten durch die dunklen Ritzen der zerbrochenen Fensterläden. Das Hinaufsteigen in die Mansarde erforderte seine ganze Selbstbeherrschung, seine körperliche Kraft. Er wollte zu ihr zurückrennen, sie wieder atmen, sein Leben in ihres verbluten lassen. Selbst sein Wissen, daß ihm der Weg verschlossen war, verringerte nicht sein Verlangen, zum *Veve* zurückzukehren, es noch einmal zu versuchen, und nur sein innerer Zwang zur Pflichterfüllung trieb ihn voran. Auf der obersten Stufe zögerte er, doch dann stieg Wut wegen seines wankelmütigen Geistes in ihm auf, und er rüttelte am Knopf der Mansardentür. Sie war verschlossen, aber das Holz splitterte, und das Schloß lockerte sich und lag lose in seiner Hand. Er trat die Tür auf und ging hindurch.

Ein Teil des Daches fehlte, und der Mond schien auf ein wildes Durcheinander demolierter Kisten, zerbrochener Möbel und entrollte Stoffballen. Sämtliche Schätze Otilles waren geplündert und durchwühlt, ihr moderiger Geruch verflüchtigte sich in der feuchten Nachtluft. Es war sonderbar, dachte er, während er auf die Tür zuging, daß der Höhepunkt seiner Existenz sein sollte, Otille zu töten, der Sinn seiner Tage in Shadows, seines Lebens mit Jocundra, seiner Tätigkeit als Heiler. Es schien nicht angemessen. Und doch war es wesentlich. Diese Abartigkeiten hatten genug Unheil in den Welten angerichtet, und es war allerhöchste Zeit, daß jemand auserwählt wurde, um die Gruppen zu befriedigen und die Schwachstellen zu beheben, die Rekruten zu entlassen und den Obersten Aspektor und die Offiziere zu bestrafen. Die Wahl war offensichtlich auf ihn gefallen, schließlich hatten sich die Aspektoren von Badagris zweimal mit der Mounanchou-Gruppe auseinandergesetzt. Solche Säuberungsaktionen wurden schon langsam zur Tradition. Es war sehr wahrscheinlich Zeit für eine Umstrukturierung der Werte innerhalb der Gruppe, um einen vollkommen neuen Aspekt aus den Flammen des Ogoun entstehen zu lassen. Moralische Bedenken gegen das Töten quälten ihn, und diese Empfindsamkeit diente dazu ihn daran zu erinnern, wie dringend er eine Zeit der Meditation nötig hatte. Er umging ihre Ratespielchen und hob die Haupttür zum Vertauschbaren Raum einfach aus den Angeln, zog die Schultern ein und drang durch den Korridor vorwärts. Die zweite Tür brach er mit Leichtigkeit auf, doch er taumelte dabei etwas und spürte eine Welle der Schwäche und Verwirrung über sich zusammenschlagen.

Das Dach über dem Apartment war weggerissen worden, und das Licht des Mondes und der Sterne ließ die Wände und Pflanzen wie einen echten Wald erscheinen. Die Lichtung inmitten eines Waldes. Moosmatten waren in den Raum geweht worden und hingen über den Zweigen. Eine Eiche hatte einen Teil der gegenüberliegenden Wand durchschlagen, und durch die mit einem Spitzenvorhang aus Ästen bedeckte Lücke konnte er winzige Tupfer eines orangefarbenen Schimmers erkennen. Vielleicht jemand, der bei Nacht fischte, jemand, dem nichts Besseres einfiel, als sein Glück in der Nähe von Maravillosa zu versuchen. Otille stand in etwa sechs Metern Entfernung hinter einem Busch; ein Zweig durchteilte ihr Gesicht, wie ein gegabelter Sprung quer durch ihr elfenbeinweißes Gesicht. Sie hastete zur Tür, aber er schnitt ihr den Weg ab. Sie schrak zurück, drückte sich flach an die Wand und wich langsam zurück.

»Komm her!« sagte er.

»Bitte, Donnell«, flehte sie und stahl sich immer weiter zurück. »Laß mich gehen, oh!« Das Oh! wurde zu einem kläglichen Wimmern, und dann zu einem Wort. »Ogoun.« Sie zitterte, blinzelte, als ob sie aus einem Traum erwachte. Ihr Seidengewand, das offen an ihr hing, war mit Blättern und feuchtem Dreck bespritzt, und eine Prellung bildete einen dunklen Fleck auf ihrer Hüfte. Ihr Blick flackerte nervös zwischen Donnell und der Tür hin und her, aber ihr Gesicht trug einen in Schrecken erstarrten Ausdruck. Schwarze Locken fielen ihr über die Wangen, so daß es aussah, als sei ihr Kopf in der Zange eines Folterinstrumentes eingeklemmt. »Laß mich gehen!« kreischte sie in befehlendem Ton.

»Möchtest du das wirklich?« Er verlieh seiner Stimme einen gleichbleibenden eindringlichen und gelassenen Tonfall. »Möchtest du damit fortfahren, dir selbst weh zu tun, allen anderen weh zu tun und deinen Stachel in das Leben anderer Menschen zu bohren, bis sie sich in deinem Netz verfangen und zugrunde gehen?« Er trat lässig einen Schritt näher an sie heran. »Die Zeit ist reif, damit aufzuhören, Otille.«

Sie wich weiter zurück, aber nicht allzu weit. »Ich habe Angst«, sagte sie.

»Es ist besser für dich zu sterben, als dich weiterhin zu quälen«, sagte er; dabei näherte er sich ihr weiterhin zentimeterweise und versuchte, sie von ihrem Wahn abzubringen und sie mit der traurigen Wahrheit zur Vernunft zu bringen. »Bedenke doch, welches Leiden du verursacht hast! Du hättest sehen sollen, wie Valcours gestorben ist; aus seinen Augen strömte Blut, und seine Knochen wurden zermalmt wie Zuckerstangen. Downey, Clea, Dularde, Simpkins, alle, die zu dir gehalten haben. Weg, tot, verschwunden. Du bist jetzt allein. Was liegt noch vor dir außer dem Wahnsinn und kurzen Momenten der Klarheit, in denen du die Strecke der Leichen vor dir siehst, die deinen Lebensweg begleitet haben, und in denen du Kummer und Abscheu empfinden wirst. Es ist besser zu sterben, Otille.«

Sie hob sich eine Hand an die Wange, und bei dieser Bewegung sah ihr Gesicht wie das eines jungen Mädchens aus, immer noch voller Angst, aber gleichzeitig voller Hoffnung. »Ogoun?« fragte sie.

»Ich bin der Vollstrecker seines Gerichts«, sagte er und wunderte sich selbst über den archaischen Klang der Worte, die die Distanz zwischen ihnen zum Ausdruck brachten.

Otille blinzelte; sie war jetzt wieder Herrin der Lage. Sie neigte den Kopf zur Seite und sagte: »Nein, Donnell!« Ihre linke Hand, die sie hinter dem Rücken gehalten hatte, fuhr so blitzartig auf und ab, daß er gar nicht erkannte, daß sie ein Messer darin hielt, bis er den Schaft aus seiner Brust ragen sah. Eine goldene Hand war um den Griff geschnitzt. Die Klinge hatte genau sein Schlüsselbein getroffen, war nach oben abgeglitten und steckengeblieben; sie versuchte, sie wieder herauszuziehen und erneut zuzustechen, aber ihre Hand rutschte vom Griff ab, und sie taumelte zurück.

Wütend über seine eigene Unvorsichtigkeit zog er das Messer heraus und warf es in die andere Ecke des Raums. Die Wunde war nicht tief; Blut sickerte heraus. »Das war deine letzte Chance«, sagte er. »Und ich glaube nicht einmal, daß du sie wirklich nutzen wolltest.«

Sie drückte sich an die Wand; sie war einer Ohnmacht nahe, und der Kopf sackte ihr auf die Schulter; ihre Augenlider flatterten, sie war hilflos; doch er konnte die Hand nicht heben, um sie zu schlagen. In diesem Moment erschien sie ihm zerbrechlich, hübsch, ein Wesen, das eine gnädige Beurteilung verdiente, gefangen in einem quälenden Alptraum, ohne daß sie etwas dafür konnte. Als sie merkte, daß er zögerte, schlängelte sie sich zur Tür; er machte einen Satz ihr hinterher, bekam einen ihrer Fußknöchel zu fassen und zog sie zu Boden. Taumelnd kam er wieder auf die Füße, immer noch zögernd. Seine kühle und berechnende Stimmung war vergangen, und er war nicht sicher, ob er es schaffen würde. In einer Sekunde war sie ein Ungeheuer oder eine bedauernswerte Verrückte, in der nächsten eine Dame, so zart wie Alabaster, oder ein kleines Mädchen, als ob zahllose Seelen in ihrer Brust wohnten, von denen nicht alle den Tod verdienten. Und jetzt sah sie ihn an, eine weitere Seele war in ihr verkörpert, diesmal die eines trotzigen jungen Mädchens, unwissend und sexuell neugierig: ein schwarzäugiges Kind mit hübschen Brüsten und einem dreckverschmierten Bauch. Eine kleine Schweißspur zog sich durch die Hautrinne zwischen ihren Schenkeln und ihrem Bauch. Er fühlte sich auf bizarre Weise angezogen, dann angeekelt; er ging um sie herum und öffnete die erste Tür zum Vertauschbaren Raum.

»Geh hinein!« sagte er. »Das ist der Ausgang.«

Verdutzt richtete sie sich auf und stützte sich auf einen Ellbogen; mit wackelndem Kopf und verhangenem Blick starrte sie in den düster beleuchteten Gang.

»Du kannst nicht ungeschehen machen, was geschehen ist, Otille. Diesmal nicht. Du steckst zu tief drin, um es noch zu retten. Und du weißt, was man mit dir machen wird? Man wird dich irgendwo tausend Kilometer entfernt von Maravillosa einsperren, in einem Zimmer mit Eisenstäben vor dem Fenster und einem Bett mit Ledermanschetten und Fußriemen und einem Spiegel, der nicht zerbricht, wie fest du auch auf ihn einschlagen magst, und einer grellen Glühbirne, die so hoch hängt, daß du sie nicht erreichen kannst, auch wenn du auf einen Stuhl steigst und hochspringst. Und das einzige, das du nachts hören wirst, sind unterdrückte Schreie und scharrende Schritte.«

Es gab keinerlei Anzeichen dafür, daß sie ihm zugehört hatte. Sie starrte weiterhin in den Raum, ihr Kopf wackelte vor und zurück, und ihre Augenlider hingen schwer herab, als ob der Anblick sie sehr, sehr müde machte.

»Und am Tage, vorausgesetzt du beschmutzt den Boden nicht und schreist nicht zuviel oder spuckst deine Medikamente nicht aus, darfst du in einen großen, sonnenbeschienenen Raum; die Sonnenstrahlen fallen dort mit einer so großen Helligkeit durch die hoch oben angebrachten Fenster, daß sie in deinen Ohren summen und das Glas schmelzen und die Sprünge zum Glühen bringen. Es werden weitere Frauen da sein, die den gleichen gestärkten grauen Kittel tragen wie du, und ihre Gesichter werden dem deinen gleichen, stumpf und faltig und bedrückt über etwas, über das sie sich einfach nicht klar werden können; sie kauen auf ihren Fingern herum, sprechen mit den Raben, schreien und müssen beruhigt werden. Manchmal wandern sie geräuschlos wie Staub durch den Raum, die übergeschnappten Hausfrauen und die wahnsinnigen Nonnen und die ganze Hexenbande, die Zigarettenkippen verschlingen und den letzten Rest Asche schnupfen. Und dort wirst du bis in alle Ewigkeit bleiben, Otille, denn man wird dich niemals in Freiheit entlassen.«

Otille stand auf; sie zog sich vor dem Raum zusammen, konnte den Blick jedoch nicht davon abwenden.

»Sie werden dich mit Tabletten vollstopfen, durch die sich die Luft in finsteres Wasser verwandelt; sie werden dir Larven ins Essen mischen, die in deinen Eingeweiden ausschlüpfen und sich vermehren werden, werden dir Spritzen verpassen, von denen du noch verrückter wirst. Elektroschocks. Vielleicht werden sie einen Teil deines Gehirns herausschneiden. Warum nicht? Niemand kann etwas damit anfangen, und keinen schert es. Die Ärzte und Rechtsanwälte werden grauhaarig und fett werden, während sie dein Vermögen durchbringen, und du wirst unter deiner Glühbirne sitzen und versuchen dich zu erinnern, was du gedacht hast. Und schließlich, Otille, wirst du alt sein. Alt und dahindämmernd und geschlechtslos und mit einem schwammigen schwarzen Gedanken, der in einem Schädel hin und her klatscht wie eine kranke Fledermaus.«

Ohne großes Aufhebens spazierte Otille in den Raum. Sie ließ den Blick an den Wänden entlangschweifen, und ihre Aufmerksamkeit wurde kurze Zeit von etwas in der Nähe der Decke in Anspruch genommen. Die Ruhe, mit der sie ihre Begutachtung durchführte, war erschreckend, als ob sie eine Gaskammer nach undichten Stellen untersuchte, bevor sie ihr ihren Tod anvertraute. Dann drehte sie sich um, ihre schlaffen

Züge strafften sich zu einem Ausdruck ängstlichen Begreifens, und sie sprang auf ihn zu.

Der Angriff traf ihn überraschend. Er strauchelte und landete auf dem Rücken, und sofort war sie über ihm. Kniend, beißend, kratzend. Der Wahnsinn verlieh ihr Stärke, und er hatte große Mühe, sie abzuwerfen und auf die Füße zu kommen. Als sie herumwirbelte und nach einer Öffnung suchte, kam es ihm vor, als ob sich ein wildes Tier in ihrem Gewand verfangen hätte. Ihre Augen waren Höhlen in einem sternenlosen Himmel, ihr Atem ging rauh und rasselnd. Jeder Nerv in ihrem Gesicht zuckte, was den Eindruck erweckte, als ob sie sich häutete. Wieder ging sie auf ihn los. Er war auf der Hut vor ihrer Kraft, machte einen Schritt zur Seite und versetzte ihr einen Schlag in die Rippen. Ihre Knochen gaben nach, und sie sackte gegen die Wand. Er holte zu einem Schlag gegen ihren Kopf aus, aber sie duckte sich darunter durch; seine Faust landete auf einem geschnitzten Baumstamm, und Ebenholzsplitter flogen durch die Luft. Keuchend wich sie zurück. Sie hielt sich die gebrochenen Rippen und zischte durch die Zähne, als ob ihr die Verletzung Vergnügen bereitete. Dann stieß sie einen wilden Schrei aus und warf sich auf ihn. Diesmal nahm er sie in die Bärenklammer, und sie fügte sich in die Umarmung. Sie verkrallte die Hände in seinen Haaren, mit den Beinen umklammerte sie seine Taille, und sie schlug ihm die Zähne in die Schulter und riß an seinen Sehnen. Er zog ihren Kopf an den Haaren zurück. Ihr Mund war blutverschmiert, und sie spuckte etwas aus – etwas, das an seiner Wange abglitt, etwas, das er als sein eigenes Fleisch erkannte – und versuchte, sich freizurütteln. Er wickelte sich ein paar Strähnen ihres Haares ums Handgelenk, löste eins ihrer klammernden Beine, ging zur Tür des Vertauschbaren Raumes und knallte ihren Kopf gegen die Wand. Sie blieb geschlagen und winselnd liegen; ihr Haar war unter ihrem Kopf ausgebreitet wie eine zermalmte Spinne.

»O Gott, Donnell«, sagte sie schwach. Sie streckte den Arm nach ihm aus, woraufhin er sich neben ihr niederhockte und ihre Hand ergriff.

Er sollte ihr den Rest geben, dachte er, das wäre am gnädigsten. Aber sie erlangte ihre Menschlichkeit wieder, ihre Schönheit, und er konnte es nicht. Nach dem Knick ihrer Hüften vermutete er, daß ihr Rückgrat gebrochen war; allerdings machte sie nicht den Eindruck, als ob sie Schmerzen hätte – höchstens, als ob sie verwirrt wäre. Sie flüsterte etwas, und er beugte sich dicht über sie. Ihre Lippen strichen über sein Ohr. Er konnte die Worte nicht verstehen, es war ein Staub aus Klängen, doch schwang in ihnen eine Liebkosung mit, das Hauchen einer Liebenden. Er hob den Kopf etwas, nicht viel, und betrachtete ihr Gesicht aus einigen Zentimetern Entfernung. Es war so zart, alle Spannung war aus ihm gewichen. Er spürte, daß er sich auf sonderbare Weise von ihr entfernte, als ob er ein kleiner Vogel wäre, der sich über das Universum erhebt, unter ihm ein Boden aus Knochen und Elfenbein und in der Mitte ein roter aufgeworfener Mund, der ihn nach unten zog und ihn in eine transparente Säule aus Atemluft einhüllte. Halb zu Ende gebildete Sätze wirbelten durch seine Gedanken, Erinnerungen an sexuelle Akte, an den formellen Austausch von Energie und Artigkeiten, und mit einemmal küßte er sie. Ihre Lippen schmeckten salzig von seinem Blut, und wie automatisch tastete ihre Zunge schwach nach ihm. Voller Abscheu rappelte er sich auf.

»Donnell«, sagte sie mit rauher Stimme und voller Haß. Und dann schob sie sich hoch, stützte sich auf die Arme und begann, ihm ihren gebrochenen Unterkörper entgegenzuheben. Dunkles Blut sickerte zwischen ihren Lippen hervor.

Er wich schnell zurück und schloß die Tür.

Er ging zu der mit Teppich ausgeschlagenen Vertiefung in der Mitte des Raums, kniete sich neben der Konsole nieder und drückte wie wild mehrere Knöpfe auf einmal. Als er einen Knopf in der Mitte der Reihe bediente, drang ihre Stimme aus dem Lautsprecher, zusammenhanglos brabbelnd. Es war ein mißtönender Singsang mit dem Rhythmus und der Eindringlichkeit einer Inkantation. Er schaltete sie aus und drückte die Knöpfe bis zum Ende der Reihe, bis er schließlich das Brummen einer Maschine und das Quietschen von Pumpen hörte. Er wartete neben der Konsole, bis das Quietschen aufgehört hatte, bis dasjenige, das zu sterben im Begriff war – was immer es gewesen sein mochte –, es endlich geschafft hatte.

Es war sehr still, in der Art, wie sich ein Teppich der Stille herabsenkt, wenn das letzte Echo einer Explosion verklungen ist und bevor die ersten Schreie der Opfer ertönen. Die Stille verwirrte ihn, denn sie tauchte den Raum in eine gewisse Normalität, und er war erstaunt, daß er plötzlich keinerlei Empfindungen mehr hatte, als ob er jetzt, nachdem er seine Aufgabe erfüllt hatte, auf das Fundamentale beschränkt sei. Er stand auf und wäre fast hingefallen, überwältigt von den schlechten Nachrichten, die ihm seine Sinne über den Tod übermittelten: ihm war schwindelig, weiße Streifen durchkreuzten sein Blickfeld, seine Brust pochte, weil sein Herz so außer Rand und Band war.

Erledigt!

Dein Schicksal ist besiegelt; binde ein schwarzes Band um deinen Sarg, und mach einen Knoten, den nur die Engel lösen können.

Sowohl das Leben als auch die Pflicht – erledigt.

Voller Bitterkeit schlug er mit dem Absatz auf die Konsole und beulte die Metallbeschichtung ein. Rauch kräuselte aus dem Gitter vor dem Lautsprecher. Dann drehte er sich blitzartig um, da er Jocundra hinter sich spürte. Doch nein. Sie war anderswo, ging auf das Haus zu; sie schien ihn zu umgeben, überall hing etwas Vertrautes von ihr in der Luft. Er konnte sie schmecken, sie auf der Haut spüren. Er setzte sich in Richtung Tür in

Bewegung, in der Annahme, er hätte vielleicht noch Zeit, wieder nach unten zu gehen.

Nein, nicht wirklich.

Nicht, wenn er nach dem Kitzel an seiner Schädelbasis ging oder nach dem Gefühl der Vernichtung in seiner Brust.

Die Blätter an den Ebenholzbüschen schienen sich zu bewegen, und in dem dunklen Schimmer der waldähnlichen Wände changierten lebhafte Farben; eine Tiefe aus Licht und Laubwerk erstreckte sich hinter den Stämmen. In südlicher Richtung führte eine Straße mit hellem Sand durch die Bäume, und in der Straßenbiegung strahlte ein winziges orangefarbenes Licht. Er lachte, als er sich an das Licht erinnerte, das er eine Weile zuvor durch das Laub der umgekippten Eiche gesehen hatte, dennoch ging er darauf zu. Die Stelle, wo die Straße von der Lichtung weg führte, war mit Zweigen überwuchert, und sie kratzten ihn, als er weiterkroch, um sich eine ungehinderte Aussicht zu verschaffen. Er mußte jetzt ziemlich an der Kante sein, im dritten Stockwerk, doch alles, was er unter sich sah, war der mondbeschienene Staub auf der Straße. Er verlegte den Brennpunkt seiner Sicht auf das Schimmern. Das orangefarbene Licht hatte seinen Ursprung in einem Metallring, und daneben saß, an einen Baumstumpf angelehnt, ein dürrer, wolfsgesichtiger Mann. Mit dichten Augenbrauen und dunklem Haar, das sich über seine Schultern ergoß. Er schien Donnell aufmerksam anzustarren, und dann winkte er; sein Mund öffnete und schloß sich, als ob er etwas riefe.

Jemand rief ihm wirklich etwas zu, aber es war Jocundra; ihre Stimme war schwach und drang von weither zu ihm. Er verdrängte alle Gedanken an sie. Ohne Zugang zu seinem *Ourdha* war es entscheidend, daß er sich darauf konzentrierte, seine Gedanken mit seinen Visionen in Einklang zu bringen, sonst würden ihn die Winde davontragen und er hätte keine Hoffnung auf

Wiederkehr. Er schob sich vorwärts in die Lücke, wobei er sich unter den Ästen hindurchduckte. Dicht vor der Kante blieb er stehen. Er richtete den Brennpunkt seiner Sicht auf eine Stelle jenseits des wölfischen Mannes, der ihm jetzt aufgeregt zuwinkte, dort, wo die Straße eine Biegung machte. Der Wald senkte sich zu einem Tal ab, und dort unten, eingebettet in die Windungen des Flusses, waren die verstreuten orangefarbenen Lichter von Badagris. Über der Ortschaft und dem Wald bauschte sich die Morgenröte auf, und noch höher schwebten eisige Sterne, so prunkvoll wie die Edelsteine auf dem Gewand eines Juweliers.

Schmerz durchfuhr seine Brust, ein eiserner Pfeil davon schoß an seiner Halswirbelsäule entlang. Seine Sicht wurde verschwommen, und um seinen Kopf klar zu bekommen, konzentrierte er seinen Blick auf das grelle Glitzern der Sterne. An ihren Mustern war etwas Vertrautes. Was war es? Dann fiel es ihm ein. Der Kurze Krieg gegen Akadja, die Ebene von Kadja Bossu. Dort hatte es ein nächtliches Scharmützel mit einer Kompanie der *Dyobolos* gegeben; der Sieg hatte seinen Preis gefordert. Und anschließend hatte er auf einem Hügel Wache gestanden, der einzigen Anhöhe weit und breit. Die unzähligen Feuer der kämpfenden Truppe brannten um ihn herum, der Wind, der vom Land her wehte, sang in dem dunklen Gras. Es war ihm so vorgekommen, als sei er in der Nacht ausgesetzt, um eine Sternenfläche zu überwachen, als ihr Wächter, ihr Beherrscher, und das erschien ihm wie eine Vision seines Schicksals. Einsam, unerbittlich, gebieterisch. Doch er war viel jünger gewesen, kaum über die Pubertät hinaus, und trotz des Reizes seiner Vision, trotz der Klarheit, bereitete es ihm Wohlbehagen, daß der Krieg für eine Weile vorbei war, daß die Schatten im Gras von Freunden stammten und die Stunden bis zum Morgengrauen mit friedlicher Meditation verbracht werden konnten. Die Erinnerung war so eindringlich, so lebendig bis ins kleinste Detail, daß er, als ihn ein Zweig im Augenwinkel streifte, diesen mit der Hand wegschlug – mit einer schwarzen, konturenlosen Hand –, ärgerlich über die Ablenkung; und da er danach trachtete, weitere Ablenkung auszuschließen, machte er noch einen Schritt und bewegte sich auf der Straße voran.

# EPILOG

*15. Juli 1988*

Der Aufschrei der Öffentlichkeit nach der Aufdeckung des Projekts hielt nur drei Monate an, bis er erstarb; das war – so dachte Jocundra – bezeichnend für die Fähigkeit des amerikanischen Bewußtseins, Wunder wie ein Schwamm aufzusaugen und sie mit dem üblichen Quark, den die Medien verbreiteten, zu verdauen, bis schließlich eine Bagatelle übrigblieb, an die man sich nur noch dunkel erinnerte. Die verschiedenen Sicherheitsorgane zogen die Schlinge um die Überreste von Ezawas Projekt nach und nach immer enger und zogen sie hinunter in ein geheimnisvolles Tiefgeschoß der Bürokratie. Mehrere Menschen verschwanden, Beweise wurden beiseite geschafft, ein Untersuchungsausschuß verblaßte in der dumpfen Sommerhitze des Kongresses zur Bedeutungslosigkeit. Ezawas Selbstmord ließ das Interesse noch einmal für kurze Zeit aufflackern, aber zu dem Zeitpunkt gab das Thema selbst für die abgestandenen Witze der Fernsehshows nichts mehr her. Nachdem sie von der CIA verhört und freigelassen worden war, übergab Jocundra die Kopie eines der Videobänder einem Radioberichterstatter und litt unter den Enthüllungen eines professionellen Enthüllers, einer aufgeblasenen Figur mit Bart und Bauch und einem Fünfhundert-Dollar-Anzug, der behauptete, alle Kunststückchen, die Donnell vollbracht hatte, könnten von einem geschickten Zauberer jederzeit wiederholt werden. Den ganzen Winter über wurde sie durch obszöne Anrufe und Briefe belästigt und mit Angeboten von Verlagen bombardiert und von der Schmierenpresse gejagt, und als jemand ein Paar teuflisch grüner Augen auf die Tür ihres Apartments gemalt hatte, packte sie ihre Sachen und zog in ein gemietetes Häuschen am Bayou Teche.

Von diesem Häuschen aus sandte sie ihre Bewerbungen an mehrere Hochschulen, in dem Bemühen – wie ihr Psychiater es ausgedrückt hatte –, »ihr Leben weiterzuleben, eine neue Richtung zu finden«. Sie war zu dem Versuch bereit, obwohl sie nicht glaubte, daß es eine Richtung geben würde, die von all dem, was sie erlebt hatte, wegführte. Die Unfähigkeit, Dinge zu empfinden, die sie mit Donnell empfunden hatte, war nicht zu ertragen; es war, als ob ihr eine Kraft verliehen gewesen wäre, von deren Existenz sie keine Ahnung gehabt hatte, und nachdem sie ihr wieder genommen worden war, schien ihre ursprüngliche Kraft bedeutungslos. Und immer, wenn sie in der Erinnerung Trost suchte, drängte sich Otille in ihre Phantasie, und ebenso Valcours und das Licht des Krankhaften, das dadurch auf ihre Beziehung zu Donnell geworfen wurde.

»Sie unterschätzen sich«, hatte der Psychiater gesagt. »Sie sind mit all dem überraschend gut fertiggeworden. Sehen Sie sich doch im Vergleich einige Ihrer Kollegen an; Laura Petit zum Beispiel. Ihr Anlaß zu einem Trauma war entschieden geringer als bei Ihnen, und doch bezweifle ich, daß man sie je wieder richtig hinbekommen wird. Sie werden jedoch in einiger Zeit wieder obenauf sein.«

Sein frömmelndes Lächeln und alles, was er sagte, wirkten auf sie wie eine Anklage, wie die unausgesprochene Bemerkung, daß sie eine gefühllose Hexe sei und endlich aufhören solle, seine Zeit zu beanspruchen. Schließlich war sie geplatzt, hatte ihm eine wütende Entschuldigung dafür entgegengeschleudert, daß sie nicht in Schizophrenie verfallen war, und war aus seiner Praxis spaziert. Dennoch hatte sie seinen Rat befolgt. Sie wurde in Berkeley angenommen, und wenn alles nach Plan laufen würde, könnte sie nach einem Jahr vor Ort in Afrika arbeiten. Sie hatte Ziele, die sie anstrebte, hatte viel Arbeit, und doch hatte sich nichts geändert.

Alles war leer ohne ihn.

Die Leute von Bayou Teche, solche, die Donnell geheilt hatte, und auch andere, hatten ihm in der Nähe von Mr. Brisbeaus Haus einen Gedenkstein errichtet. Einen Monat lang hatte sie sich geweigert, ihn zu besuchen, doch dann, als ihr klar wurde, daß diese Weigerung ungesund war, fuhr sie eines Morgens zu der Hütte und – in der Hoffnung, Mr. Brisbeau nicht aufzuwecken – schlich sich durch die Palmbüsche zum Bootshaus. Dort hatte man den Stein mit der Vorderseite zum Sumpf hin aufgestellt. Als sie ihn sah, war sie im ersten Moment abgestoßen. Es war ein gewöhnlicher Stein, grau-weißer Marmor mit schwarzen Adern; ZUM ANDENKEN AN DONNELL HARRISON war in ordentlichen Großbuchstaben eingemeißelt. Davor war ein Durcheinander von Kerzenstummeln, Engeln aus Goldpapier, glänzenden Bändern, Spiegeln, Perlstickereien und tellerweise verdorbenes Essen. Ameisen und Fliegen krochen überall herum, Mücken und Schnaken summten in Schwärmen durch die Luft. Grünliche Haufen von Kartoffelsalat, schillernde Fleischbrocken. Bei dem Gestank drehte sich ihr der Magen um. Ihr wurde schwindelig, und sie setzte sich auf einen wackeligen Stuhl, einen von mehreren, die im Bootshaus herumstanden. Nach einer Weile faßte sie sich wieder. Sie hätte nichts anderes erwarten dürfen, wenn sie bedachte, wie sich die Legende über ihn in den Jahren entwickelt hatte und welchen kultischen Charakter die Religion im Bayou-Gebiet hatte. Die Stühle waren ohne Zweifel bei einem Ritual oder einer Nachtwache verwendet worden.

Als sie wieder aufblickte, schenkte sie dem gespenstischen Festgedeck keine Beachtung mehr, sondern sah nur noch den Stein. Er schimmerte in der Morgensonne, und das Schimmern schien immer intensiver zu werden, verwirrte sie, als ob ihre Augen auf einmal überempfindlich auf Licht reagierten. Mit eigenartiger Klarheit erkannte sie plötzlich, wie die schwarzen Adern des Marmors sich durch die Buchstaben seines Namens schlängelten. Sie mußte den Kopf auf die Knie legen, überwältigt von Gefühlen. Alles war hell und vertraut, doch gleichzeitig war da ein Gefühl der Leere, des Verhextseins; nicht durch ihn, sondern durch eine Spreu von Augenblicken, die sie überhäufte, wie Geister ein kürzlich erst verlassenes Schloß einnehmen, wie Irrwische in jämmerlicher Beharrlichkeit. O Gott, sie hätte niemals herkommen sollen. Hier war nichts von ihm. Sein Körper befand sich in Form von Präparaten und Pulvern in irgendeinem staatlichen Labor, und der Stein diente nur dazu, sie zu bestrafen.

Jemand pfiff auf dem Weg.

Sie richtete sich auf und rieb sich die Augen, als Mr. Brisbeau auch schon um die Ecke kam; ein leerer Rupfensack hing ihm über die Schulter.

»Hallo«, sagte sie und versuchte zu lächeln.

»Nun«, sagte er und hockte sich neben dem Stein nieder, »*zwölf* Jahre hat es immerhin nicht gedauert. Wie geht's denn, mein Mädchen?«

»Ich weiß nicht«, antwortete sie, unfähig, sich zu freuen. »Ganz gut, nehme ich an.«

Er nickte. »Ich komm' immer her und hol den Müll ab.« Er zeigte ihr den Rupfensack. »Ich bring das Zeug zum alten Bivalaqua, der hat Schweine. Besser, als wenn es hier rumsteht.« Er öffnete den Sack und leerte einen Teller hinein. »Du kommst nicht davon los«, sagte er nach einer Weile. »Ist es nicht so, Mädchen? Es ist schwer, davon loszukommen, aber man kann es nicht ändern.«

»Am Schluß war es sehr merkwürdig«, sagte sie, in dem Bestreben, es jemandem zu erklären, jemandem, der es nicht analysieren würde. »Es sind so viele merkwürdige Dinge passiert, und er hat Dinge gesagt und geschrieben ... Ich bin mir einfach nicht sicher. Es hört sich vielleicht verrückt an, aber ich kann nicht hinnehmen ...« Sie schüttelte den Kopf, unfähig, es zu erklären. »Ich weiß nicht.«

»Du denkst doch nicht etwa, daß er noch lebt?«

»Nein«, sagte sie. »Ich habe gesehen, wie er zugrunde ging. Ein Jahr lang habe ich es gesehen. Ich habe gesehen, wie sein Gesicht durch einen Mauerdurchbruch spähte. Es war der einzige helle Fleck in all der Dunkelheit. Und dann sprang er. Nicht nach unten. Vorwärts. Als ob er es eilig hätte, irgendwohin zu gelangen. Ich bin sicher, daß er nicht das Gefühl hatte zu fallen, aber ich verstehe nicht, was das bedeutet.«

»Mädchen, du weißt, daß ich an die Mysterien glaube«, sagte Mr. Brisbeau, während er fortfuhr, die Teller in den Sack zu leeren. »Im Jetzt und in der Ewigkeit, im Hier und Jenseits. Ich wäre ein verdammter Narr, wäre ich, wenn ich das nicht täte. Es hat keinen Sinn, nicht zu glauben.« Er hielt eine verschimmelte Orange hoch. »Sieh dir das an! Der kleine Robichaux kommt etwa einmal in der Woche raus und bringt 'ne Orange, und wie die Familie auch sein mag, verdammt gehässig gegeneinander und sehr arm, so steht doch die Orange für etwas Bestimmtes. Etwas ganz Besonderes. Der Junge hier« – er klopfte auf den Stein –, »wer weiß, was er damit erreicht, wenn er es schafft, die Seele im Jungen von Herve Robichaux zum Vorschein zu bringen. Vielleicht hast du Grund zur Hoffnung.« Er warf die Orange in den Sack.

»Es handelt sich nicht um Hoffnung«, sagte Jocundra. »Es ist Verwirrung. Ich weiß, daß er tot ist.«

»Natürlich ist es Hoffnung«, sagte Mr. Brisbeau. »Ich bin zwar kein Genie, aber über Hoffnung kann ich dir was erzählen. Als mein Junge nach einem Kampf vermißt wurde, habe ich zehn Jahre lang mit der Hoffnung gelebt. Das ist das Grausamste auf der Welt. Wenn es dich einmal gepackt hat, dann läßt es dich nie mehr los, egal wie hoffnungslos die Dinge sein mögen.« Er verschloß den Sack und lachte. »Ich erinnere mich, was meine *Grand-Mère* zur Frühstückszeit zu sagen pflegte. Mein Bruder John war immer scharf drauf, daß sie Pfannkuchen buk. Das erste, was er jeden Morgen sagte, war: ›Ich hoffe, wir kriegen heute Pfannkuchen.‹ Und meine *Grand-Mère* sagte, er soll froh sein, daß er überhaupt was in den Bauch kriegt, und dann: ›Bewahre dir eine Hoffnung für morgen, Junge, denn heute gibt's Hafergrütze.‹« Er stand auf und warf sich den Sack über die Schulter. »Vielleicht ist es so mit einer bestimmten Art von Hoffnung. Man schluckt dadurch die Hafergrütze leichter.«

Er störte ein paar Sekunden lang die Ameisen mit dem Zeh, während er über etwas nachdachte, und sagte dann: »Du begleitest mich jetzt, während ich die Schweine vom alten Bivalaqua verwöhne, und danach lade ich dich zum Frühstück im Ort ein. Was sagst du dazu, Mädchen?«

»Gut«, sagte sie, dankbar für die Gesellschaft. »Ich komme in einer Minute nach.«

Sobald er außer Sichtweite war, öffnete sie ihre Handtasche und entnahm ihr das zusammengefaltete Blatt Papier, auf das Donnell »Das Lied der Wiederkehr« geschrieben hatte. Sie ging zum Stein und legte das Blatt davor auf den Boden. Der Wind zauste daran und entfaltete es. Eine Ameise hastete über den mittleren Knick und benutzte das Papier als Brücke zwischen Brocken von Essensresten; dann wurde es von einem stärkeren Windstoß erfaßt und in Richtung des Sumpfes getragen. Sie wollte ihm gerade hinterherjagen, doch dann hielt sie sich zurück. Auch wenn ihr die Worte niemals aus dem Gedächtnis schwinden würden, hatte sie eine Ahnung, daß sie, wenn sie es entschweben lassen würde, von Donnell loskommen würde. Das Blatt blieb an einem Myrtenzweig neben dem Bootshaus hängen, flatterte wie wild, und dann, der Drehung des Windes gehorchend, glitt es unter den Stuhl, auf dem sie gesessen hatte, und blieb dort liegen. Sie wartete, um zu sehen, wohin es als nächstes geweht würde, aber der Wind hatte abgedreht und sich in den Sumpf zurückgezogen, und das Papier blieb einfach liegen. Nach einer Weile hob sie es auf.